L'ABYSSIN

JEAN-CHRISTOPHE RUFIN

L'ABYSSIN

*Relation des extraordinaires voyages
de Jean-Baptiste Poncet,
ambassadeur du Négus auprès de
Sa Majesté Louis XIV*

roman

FRANCE LOISIRS
123, boulevard de Grenelle, Paris

Une édition du Club France Loisirs, Paris,
réalisée avec l'autorisation des Éditions Gallimard.

© *Éditions Gallimard, 1997*
ISBN : 2-7441-1188-0

I

L'ORDRE DU NAUFRAGÉ

CHAPITRE 1

Le Roi-Soleil était défiguré. Certaine lèpre qui, dans les pays de l'Orient, corrompt les huiles, s'était introduite jusque sous le vernis et s'y étalait de jour en jour. Louis XIV avait sur la joue gauche, celle que le peintre lui faisait tendre en majesté vers le spectateur, une grosse tache noirâtre, hideuse étoile qui projetait jusqu'à l'oreille ses filaments d'un brun rouillé. En y regardant bien, on remarquait aussi des auréoles sur le corps. Mais à l'exception de celles qui souillaient son bas, ces autres injures n'étaient pas aussi gênantes.

Le tableau ornait le consulat de France du Caire depuis trois ans. Il avait été exécuté dans son atelier parisien sous la surveillance de Hyacinthe Rigaud lui-même, auteur de l'original, puis expédié par bateau. Pour comble de malheur, ni au Caire ni dans d'autres échelles du Levant raisonnablement proches ne se comptait pour l'heure de peintre habile. Le consul, M. de Maillet, était placé devant un choix cruel : laisser voir à tous, dans la grande salle du bâtiment diplomatique, un portrait du Roi qui l'offensait gravement, ou y faire porter des mains inexpertes qui pouvaient le ruiner tout à fait. Le diplomate retourna cette considérable affaire dans sa tête pendant trois mois. Il prit finalement le parti de l'audace et osa la réparation.

M. de Maillet choisit pour opérer un droguiste établi dans

9

la colonie franque et que l'on disait habile à la restauration des toiles altérées par le climat. C'était un grand bougre un peu voûté, le visage mangé jusqu'aux yeux par une barbe noir et gris, les cheveux bouclés comme l'astrakan, qui déplaçait sa forte masse avec brutalité et battait l'air de ses longs membres. Pourtant ses gestes, quand il s'appliquait, étaient d'une grande minutie. On l'appelait maître Juremi. Son plus grave défaut était d'être protestant. L'idée de confier l'image du Roi à un fanatique, toujours capable d'un attentat, ne plaisait guère au diplomate. Mais l'homme était connu comme un sujet honnête, chose assez remarquable au milieu de cette turbulente population et, de toute façon, M. de Maillet n'avait pas le choix.

Maître Juremi déclara, en voyant le tableau, que le travail prendrait une dizaine de jours. Dès le lendemain, juché sur un échafaud de deux mètres de haut, assisté d'un petit esclave nubien du consulat, il barattait de grands pots de grès qui sentaient la térébenthine et l'huile d'œillette. Le consul avait exigé d'être présent chaque fois qu'il s'agirait de toucher la toile. Tous les matins vers onze heures, les dilutions faites, car il fallait appliquer ces matières dans leur état d'extrême fraîcheur et on ne pouvait les conserver d'un jour à l'autre, les domestiques allaient prévenir le consul, et maître Juremi, devant lui, commençait sa restauration. Il s'attaqua d'abord aux taches qui couvraient les replis de la tunique pourpre, là où on les distinguait le moins. Ces premiers résultats furent encourageants : les glacis n'avaient pas perdu leur éclat, la teinte n'était pas altérée, et les auréoles avaient presque complètement disparu. M. de Maillet avait lieu d'être optimiste. Pourtant, chaque fois que maître Juremi approchait de la toile souveraine avec ses petits pinceaux en oreille de veau, le consul poussait les cris qu'un patient exhale, la bouche ouverte, en voyant arriver le davier du dentiste. Plusieurs fois, il fallut interrompre des séances qui s'annonçaient trop douloureuses.

Enfin, on en vint au cancer qui dévorait la joue royale. M. de Maillet, vêtu d'une robe de chambre en indienne légère, en cheveux, se tordait sur la petite banquette qu'il avait fait placer en face du tableau. Sa femme lui tenait une main, qu'elle pressait contre son cœur. Ce groupe implorant regardait en l'air comme une famille éprouvée au pied de la crucifixion d'un proche. C'était un après-midi de mai alourdi par trois jours de vent chaud, qui avait soufflé sur la ville l'haleine sèche du désert nubien. Maître Juremi, une calotte grise sur la tête, saisit un pinceau fin que lui tendait le petit esclave et le porta vers l'auguste face. M. de Maillet se leva en criant :

— Attendez !

Le droguiste suspendit son geste.

— Êtes-vous absolument sûr que...

— Oui, Monsieur le consul.

Maître Juremi montrait, au moral, le même contraste que dans son apparence. Il était la proie de violentes tentations de colères mais se contenait au prix d'une concentration extrême, qui se lisait sur son visage. Il bougonnait, ronflait, sifflait comme un four en surchauffe mais n'éclatait pas et s'exprimait même avec une surprenante douceur pour un homme aussi violemment travaillé de l'intérieur.

— Ce n'est qu'une couche de préparation, dit-il. Regardez, Excellence, j'effleure à peine...

S'il n'avait tenu qu'à lui, le protestant aurait plutôt barbouillé le quatorzième nez d'un rouge écarlate et peint sur la perruque des oreilles de chien. Toute sa famille et lui-même avaient connu les plus grands malheurs par la faute de ce Roi. C'était déjà beau qu'il le traitât avec autant d'égards. Une fois de plus, maître Juremi s'était promis, ce jour-là, si la séance n'aboutissait à rien, de tout envoyer au diable.

Le consul dut percevoir quels immenses orages roulaient derrière les yeux brillants du restaurateur ; il se rassit et dit finalement :

— Eh bien, soit ! S'il le faut.

Les mains dans la bouche, il ferma légèrement les yeux...

À cet instant, deux violents coups retentirent à la porte. Le peintre recula, l'esclave soudanais leva vers le ciel ses grands yeux blancs et M. de Maillet rouvrit les siens, rougis par l'émotion. Un silence épais régna un instant sur la pièce, comme si le grand Roi lui-même, irrité de l'outrage qu'on lui préparait, eût projeté dans les cieux deux coups de sa redoutable foudre.

On toqua de nouveau à trois reprises et plus fort. Il fallut se rendre à l'évidence. Malgré les ordres formels du consul, qui exigeait qu'on ne le dérangeât jamais pendant ces séances, quelqu'un s'était permis de frapper à la porte de chêne à deux battants qui donnait sur le vestibule et les bureaux. Le diplomate, assurant la fermeture de sa robe de chambre, alla d'un pas vif jusqu'à la porte et l'ouvrit d'un coup sec. M. Macé apparut dans l'embrasure et, devant l'air courroucé de son chef de poste, se cassa littéralement en deux dans une sorte de révérence, une courbette d'une folle audace au regard de la géométrie puisqu'il aurait dû, en toute logique, s'écraser la face sur le sol. Il tint bon, peut-être à cause de la promptitude avec laquelle il se releva, et dit de cette façon à la fois modeste et ferme qui avait fait son succès auprès de son supérieur :

— L'Aga des janissaires vient d'envoyer un message pour Votre Excellence. Il a fait préciser qu'il s'agissait d'une affaire extrêmement urgente. Les Turcs ont un mot pour désigner ce genre de choses qui n'exige aucun délai. Je ne saurais le traduire autrement que par l'impérieuse nécessité où je me suis trouvé de devoir transgresser vos ordres formels.

M. Macé était un « enfant de langues » c'est-à-dire l'élève de l'École des langues orientales. Ceux qui venaient d'en être diplômés étaient, comme lui, envoyés en ambassade avant de devenir diplomates ou drogmans. Le consul avait

12

pour ce jeune homme une certaine considération, fondée sur la satisfaction de le voir « tenir sa place ». M. Macé, n'étant pas gentilhomme, abordait toutes choses avec une réserve qui montrait à la fois ses limites et la judicieuse conscience qu'il en avait.

— Y a-t-il une lettre ?

— Non, Excellence. L'envoyé de l'Aga, qui n'a pas même voulu descendre de cheval, a fait savoir que son maître attend Monsieur le consul, maintenant, à son palais.

— Voilà que ces sauvages me convoquent ! dit M. de Maillet entre les dents. J'espère qu'ils ont de bonnes raisons. Sinon j'en appellerai au Pacha lui-même...

M. Macé approcha du consul puis pivota avec lui de façon à se placer côte à côte, le dos tourné aux autres personnes présentes dans la pièce. L'enfant de langues prit alors cette voix chuchotante qui convient à la révélation en public d'un secret d'État. Maître Juremi remarqua, en haussant les épaules, cette grossièreté déguisée en bonne manière et qui constitue pour les hommes de la carrière une seconde nature.

— L'Aga tient à la disposition de Votre Excellence un prisonnier français arrêté au Caire hier, susurra M. Macé.

— Eh bien, est-ce une raison pour nous interrompre ? Ils capturent chaque semaine au moins un de ces misérables qui viennent tenter leur chance ici. Que me chaut...

— C'est que, fit M. Macé encore plus doucement, au point que le consul dut presque lire ces paroles sur les lèvres du secrétaire, ce n'est pas un prisonnier ordinaire. Il est l'homme que nous attendons et qui porte le message du Roi.

M. de Maillet poussa un cri d'étonnement.

— Dans ce cas, dit-il à haute voix, il ne faut pas perdre un instant. Messieurs — et c'est à maître Juremi qu'il s'adressait d'abord —, la séance est interrompue.

Le consul sortit de la pièce l'air digne et contrarié, bien

qu'intérieurement tout lui parût préférable au supplice que cet incident venait d'interrompre.

Maître Juremi, une fois seul, jura bien fort et, de rage, jeta violemment son pinceau dans le pot. Le précieux onguent rosé, destiné à la joue royale, éclaboussa en gouttelettes le front noir du jeune esclave.

*

Un bon marcheur pouvait, à cette époque, faire le tour du Caire en trois heures. Ce n'était encore qu'une petite ville ; les étrangers s'accordaient à la juger laide, vétuste et sans charme. De loin, l'entrelacs de ses fins minarets avec le panache des hauts palmiers qui dépassaient des jardins lui donnait un semblant de caractère. Mais sitôt qu'on entrait dans ses rues étroites, la vue était arrêtée par les maisons à étages construites sans autres ornements que des moucharabiehs de cèdre qui surplombaient dangereusement les passants. Le palais des Beys, la citadelle elle-même où vivait le Pacha et qui ouvrait d'un côté sur la place Roumeilleh, les nombreuses mosquées disparaissaient dans la confusion de l'ensemble. Cette ville sans espace et sans perspective, privée d'air et de lumière, repoussait la beauté, le bonheur et les passions derrière des murailles aveugles et des grilles obscures. Sauf aux alentours du bazar ou près de certaines portes par où entraient les marchands venus de la campagne, on voyait peu de monde. Des silhouettes noires, enveloppées de voiles, passaient à une allure précipitée, pressées de rendre ces ruelles aux mendiants et aux chiens galeux qui y avaient seuls leur séjour.

Il était bien rare de voir un étranger s'aventurer dans ce vieux Caire. Les Européens jouissaient, depuis le XVIᵉ siècle, de la protection que leur accordait le Grand Turc en vertu des capitulations signées avec la France par Kheir Eddin Barberousse. Mais s'ils pouvaient commercer librement et jouir de certains droits, les chrétiens ne se sentaient pas moins menacés. De permanentes querelles déchiraient les Égyptiens et dressaient le Pacha contre les milices, les janissaires contre les beys, les beys contre les imams, les imams contre le Pacha, quand ce n'était pas tout le contraire. Lorsque les factions musulmanes s'accordaient une trêve et feignaient, pour un moment, de se réconcilier, c'était toujours en faisant leur unanimité contre les chrétiens. L'affaire n'allait jamais bien loin ; on en rossait un ou deux et tout rentrait vite dans l'ordre, c'est-à-dire dans la discorde. C'était assez cependant pour que les Francs, comme on les appelait à l'époque, jugeassent prudent de sortir le moins possible du quartier qui leur était réservé.

L'aisance du jeune homme qui marchait cet après-midi-là par les ruelles du vieux Caire n'en était que plus étonnante. Il était sorti peu avant d'une maison arabe bien ordinaire, en refermant derrière lui une simple porte de planches. Il se dirigeait dans le dédale de la ville avec la sûreté familière d'un autochtone bien qu'il fût à l'évidence un Franc et ne cherchât point à le dissimuler. Le khamsin avait soufflé toute la matinée son air chaud et saturé de sable. Même dans l'ombre perpétuelle des rues étroites, l'air était étouffant et sec. Le jeune homme, vêtu d'une simple chemise de batiste au col ouvert, de hauts-de-chausse de toile et de bottes souples, marchait tête nue et portait sur le bras son pourpoint de drap bleu marine. Deux vieux Arabes, qui le croisèrent devant la mosquée de Hassan, lui firent un aimable salut, auquel il répondit par un mot, dans leur langage, sans s'arrêter. Bien que rien ne fût officiel à son propos car il n'était pas turc, tout le monde dans la ville savait que ce jeune homme s'appelait Jean-Baptiste Poncet et qu'il remplissait une charge éminente à la citadelle, auprès du Pacha.

Solide, plein de vigueur, il avait les épaules larges, le cou puissant et s'était maintes fois demandé pourquoi la destinée, qui aurait dû plutôt s'en servir à cette fin, n'avait pas

15

voulu de lui pour les galères. Sur cette robuste charpente, inattendue de finesse, venait une tête allongée, juvénile, un visage lisse encadré de cheveux noirs, où brillait un regard vert. Ses traits manquaient tout à fait de symétrie ; sa pommette gauche était un peu plus haute que l'autre et ses yeux avaient une disposition curieuse, qui accentuait la présence de son regard. Cette irrégularité donnait de la puissance et du mystère à sa simplicité.

Jean-Baptiste Poncet, depuis trois ans qu'il vivait au Caire, y était devenu le plus renommé des médecins. En ce mois de mai 1699, il venait d'avoir vingt-huit ans.

Tout en marchant, il balançait au bout du bras une petite mallette ; elle contenait quelques-uns des remèdes qu'il fabriquait lui-même, aidé par son associé. Les fioles, en se choquant, rendaient un tintement étouffé par le cuir. Jean-Baptiste s'amusait à donner à ce grelot cristallin qui accompagnait ses pas un rythme joyeux. Il regardait devant lui, souriant et paisible, et il sentait sans inquiétude qu'on l'observait derrière beaucoup de ces persiennes et de ces grilles en bois. Reçu dans la plupart des maisons, soit pour y exercer son art soit, souvent, comme simple invité, il partageait avec ses hôtes le thé ou le souper. Connaissant une grande partie des petits secrets de la ville — et même une petite partie des grands —, il était accoutumé à être un des sujets favoris de l'immense curiosité qui anime tout un chacun, particulièrement les femmes, dans ces sérails obscurs où bouillonnent le désir et l'intrigue. Il prenait cet état de choses sans complaisance ni passion et jouait, avec moins d'amusement peut-être qu'au début, le rôle exotique de l'animal sans entrave que des milliers d'yeux chasseurs, dissimulés, traquent au moindre de ses déplacements.

En poursuivant son chemin, il passa près du bazar aux parfums puis parvint enfin au bord du Kalish. Un moment, il longea vers l'amont le cours presque à sec de ce ruisseau que les orages, à d'autres saisons, font bouillonner en quelques minutes et il s'engagea sur le pont à maisons qui l'enjambait. L'endroit concentrait toujours un peu de foule car ce passage étroit était le seul qui reliât le Vieux Caire aux quartiers arabes. Mais ce jour-là, l'agitation était particulièrement marquée et Jean-Baptiste eut beaucoup de difficulté à se frayer un chemin. Il comprit que quelque chose d'inhabituel avait dû survenir quand, parvenu jusqu'au milieu du pont, il vit sortir d'une des maisons qui y étaient construites une épaisse fumée. Un réchaud de terre, lui dit-on, avait répandu ses tisons chez un marchand d'étoffe. Pour maîtriser les flammes, toute une troupe d'Égyptiens hurlants jetait des seaux d'eau qu'ils tiraient d'un puits voisin et qu'ils apportaient en courant. L'affaire était en bonne voie, il n'y avait pas de catastrophe à craindre. Mais, dans cette ville où les événements sont si rares, cet incident provoquait un attroupement et rendait le passage presque impossible. Jean-Baptiste continua à jouer des coudes pour avancer. À l'entrée du pont, du côté opposé à celui par lequel il était arrivé, un carrosse tiré par deux chevaux était immobilisé dans la foule. Arrivé à sa hauteur, Jean-Baptiste vit que la voiture était aux armes du consul de France et cela l'engagea à bousculer encore plus rudement les badauds pour ne pas stationner longtemps dans ce voisinage.

Officiellement installé comme apothicaire, Poncet, qui n'était titulaire d'aucun diplôme, exerçait la médecine à titre tout à fait illégal. Les Turcs n'y trouvaient rien à redire ; mais, pour ses compatriotes, surtout quand figuraient parmi eux des médecins patentés — ce qui n'était pas le cas heureusement à ce moment-là au Caire —, il était suspect. Sans cesse sous le coup d'une dénonciation, il avait déjà dû quitter deux autres villes pour ce motif. La prudence voulait qu'il se tînt toujours à l'écart du représentant de la loi, qui, pour tout ce qui concernait les Francs, était le consul.

Au moment où il allait dépasser le carrosse, la tête rentrée dans les épaules et légèrement tournée de l'autre côté, il entendit quelqu'un l'appeler impérieusement en français :

— Monsieur, je vous prie ! Monsieur ! Pourriez-vous nous dire un mot ?

Jean-Baptiste craignait le consul ; heureusement c'était la voix d'une femme. Il approcha. La vitre était grande ouverte, et la dame sortait la tête par la portière. L'étouffante chaleur l'avait mise tout en nage ; son rouge coulait et découvrait le blanc de céruse dont elle avait enduit son visage et qui se fendillait en plaques. Ces artifices, destinés à ralentir le naufrage des ans, le précipitaient. Si ce maquillage en déroute ne l'avait pas outragé à ce point, on aurait contemplé le visage d'une femme de cinquante ans, simple et souriante, qui gardait un reste de beauté dans son regard bleu, et surtout un air de bonté, craintive et tendre.

— Pouvez-vous nous dire ce qui ralentit à ce point la voiture ? N'y a-t-il pas de danger pour nous ?

Jean-Baptiste reconnut l'épouse du consul, qu'il avait eu l'occasion d'apercevoir quelquefois dans le jardin de la légation.

— C'est un début d'incendie, Madame, et qui fait un attroupement, mais tout va rentrer dans l'ordre.

La dame marqua son soulagement et, après avoir gentiment remercié Jean-Baptiste, rentra dans le carrosse, se cala sur la banquette et fit battre de nouveau son éventail. Il vit alors qu'elle n'était pas seule. En face d'elle, éclairée par la lumière oblique du soleil, qui venait à travers la trouée du Kalish, était assise une jeune fille.

C'est peu de dire que les défauts de l'une servaient les qualités de l'autre : elles étaient exactement opposées. À l'excessif emplâtre qui boursouflait la peau de l'aînée répondait la carnation pure de la jeune fille. À l'angoisse trépidante de la dame s'opposaient le calme et la gravité immobile de la demoiselle. Comment était-elle ? Jean-Baptiste n'aurait su le dire. De tout ce qu'est la beauté lorsqu'elle se découvre pour la première fois, il ne reçut qu'une impression d'ensemble. Seul un détail s'en détachait, absurde et adorable : elle avait noué des rubans de soie bleus aux tresses de sa coiffure. Jean-Baptiste regarda la jeune fille tout étonné et, bien qu'il ne manquât pas d'aisance, la surprise ne lui permit pas de se composer un visage. Le carrosse démarra vivement à un coup de fouet du cocher, interrompant cette muette conversation des yeux et laissant Jean-Baptiste planté seul sur son pont, interdit, troublé et ravi.

— Diable, se dit-il, je n'ai jamais rien vu de tel au Caire.

Et il continua plus lentement sa marche jusqu'au quartier franc, où il habitait.

Le consul, M. de Maillet, était un homme de petite noblesse, né dans l'est de la France, où la plante de sa maigre famille poussait encore quelques racines. On ne pouvait pas dire que les Maillet fussent ruinés car ils n'avaient jamais possédé grand-chose. Environnés de bourgeois entreprenants et de paysans prospères, ces petits nobles mettaient tout leur orgueil à ne rien faire et toute leur fierté à ne rien avoir. La seule chose qui les empêchât tout à fait de se comparer et donc de souffrir était cette noblesse pourtant médiocre mais qui transfigurait tout le reste de leurs médiocrités. Le salut, pour eux, ils n'en avaient jamais douté, viendrait par le haut. L'élévation, qui devait immanquablement se produire un jour, d'un membre, même fort éloigné, de leur lignage, hausserait alors à sa suite tous ses autres parents. Le miracle se fit attendre mais il se produisit enfin lorsque Pontchartrain, apparenté par sa cousine germaine à la mère de M. de Maillet, devint ministre puis chancelier du grand Roi, alors au faîte de sa puissance. On ne se hisse pas seul à ces altitudes, quand même ce sont vos seuls mérites qui vous y conduisent. Il faut s'assurer des hommes et beaucoup, les placer, les entretenir et, un jour, les actionner. Ils sont d'autant plus dévoués qu'ils n'étaient rien, avant qu'on en fît quelque chose. Pontchartrain le savait et n'oublia point d'utiliser sa famille.

M. de Maillet, au terme d'une jeunesse pieuse et oisive,

avait appris fort peu dans les livres et moins encore dans la vie. Son oncle puissant le tira de cette espèce de néant en obtenant pour lui le consulat du Caire.

Le protégé vouait à son protecteur une reconnaissance inquiète car il savait ne pouvoir rien faire pour s'acquitter seul de cette dette. Il devait attendre le jour redouté où l'homme qui pouvait tout — y compris le faire retomber à rien — lui demanderait une grande chose qu'il ne serait peut-être pas capable d'accomplir sans danger. Or, M. de Maillet n'aimait pas le danger.

Le consulat du Caire était une des places les plus enviables du Levant. La dépendance de l'ambassadeur de France à Constantinople était assez lointaine. La ville du Caire ne servait pas de passage : c'était beaucoup d'embarras en moins. Il fallait seulement régner sur une troupe turbulente de quelques dizaines de marchands et d'aventuriers. Ces hommes, échoués là par le concours de circonstances généralement extraordinaires, avaient l'audace de considérer le courage comme une vertu, l'argent comme une puissance et l'ancienneté de leur exil comme un titre de gloire. Le consul savait leur rappeler qu'il n'est de puissance que la loi, qui ne leur était guère favorable, et de vertu que la noblesse, qu'ils n'auraient jamais. Mais l'essentiel, M. de Pontchartrain avait largement insisté là-dessus, était de s'entendre toujours au mieux avec les Turcs. Il y allait de la grande politique de la France — qui favorisait, bien qu'en secret, l'alliance ottomane contre l'Empire —, autant que de la sécurité quotidienne : rien ne faisait tenir la nation franque tranquille comme de savoir qu'à tout moment, sur un signe du consul, les Turcs procéderaient à l'expulsion immédiate des trouble-fête.

À cela il faut ajouter que le consul ne payait pas de loyer, et recevait quatre mille livres de rente annuelle, six mille cinq cents livres pour la table et le personnel, et le droit d'entrer en franchise cent tonneaux de vin par an à deux piastres et demie de douane, ce qui faisait un bénéfice considérable. M. de Maillet était reconnaissant à l'extrême pour ces bienfaits qui le faisaient riche. Il renouvelait ses hommages à son protecteur chaque mois dans des lettres qui partaient par les vaisseaux de la Compagnie des Indes à l'escale d'Alexandrie. L'essentiel, dans ces missives, était la louange mais, pour que cette matière assez sucrée ne finît pas par faire naître la satiété voire le dégoût, le consul la diluait dans d'autres matériaux empruntés à la situation locale. Le propos, s'il était assez nourri, pouvait prendre la forme de petits mémoires, tel celui — son grand orgueil, bien qu'il ne fût jamais sûr de l'effet produit — qui examinait l'opportunité de creuser un canal pour joindre la Méditerranée à la mer Rouge.

M. de Pontchartrain répondait toujours à ces lettres. Il en faisait le commentaire et, parfois, ajoutait quelques notations politiques. Dans son dernier courrier, qui datait déjà de plus d'un mois, le ministre, pour la première fois, avait mentionné ce qui ressemblait à une instruction directe. Le consul devait se préparer à recevoir bientôt la visite d'un jésuite qui, annonçait-il, venait de Versailles en passant par Rome. Le ministre enjoignait M. de Maillet d'exécuter ce que l'ecclésiastique lui ordonnerait. Il devait considérer ces volontés comme si elles étaient celles du Conseil et du Roi lui-même.

M. de Maillet s'était inquiété de ce procédé. Il fallait que ces ordres fussent bien secrets pour être confiés à un messager et qu'on prît soin d'écarter le risque d'une correspondance écrite. Toutefois, le jésuite n'apparaissant pas, le consul s'était rassuré en pensant que la politique des souverains est une chose mystérieuse et qui peut changer incessamment de cours. D'autres intrigues avaient dû dénouer celle-ci et appeler le jésuite à d'autres places. À moins qu'il ne se fût simplement perdu en chemin.

Or voilà que ce voyageur improbable réapparaissait, à demi nu et captif, chez l'Aga des janissaires. Le Turc n'avait fait aucune difficulté pour remettre son prisonnier au consul, puisque celui-ci s'en portait garant. Néanmoins, cette affaire causait déjà de la curiosité. Le Pacha et toutes les nations étrangères dans la ville n'allaient avoir de cesse qu'ils ne percent le mystère de cet envoyé du Roi-Soleil arrivé couvert de boue et suffisamment imprudent pour clamer qu'il était porteur d'un message politique.

M. de Maillet roulait ces inquiétantes pensées en marchant, dans la grande salle du consulat. Il avait fait dresser la table pour son hôte et il y dînerait tout à l'heure avec lui en tête à tête. Sa femme et sa fille viendraient seulement saluer le saint homme avant de les laisser converser. On entendait des pas précipités monter et descendre l'escalier : les valets nubiens portaient des seaux d'eau fraîche pour le bain du voyageur. À l'évidence, l'ancien captif prenait ses aises. M. de Maillet, impatienté, en conçut une légère irritation. Il cessa de déambuler et vint s'asseoir sur la banquette en face du tableau en restauration. Ce qu'il vit le stupéfia. La figure du Roi était intacte. La tache avait disparu et la carnation d'origine apparaissait dans toute sa pureté. Le consul s'approcha : en regardant très attentivement, on voyait aux lieu et place qui avaient été maculés une aire un peu plus rouge que le reste du visage. Sur la joue d'un enfant, une telle marque serait passée pour la trace d'un soufflet. Sur l'auguste Roi, cette ombre parme ne pouvait être qu'un excès de fard, étalé pour témoigner la santé du monarque et communiquer de l'optimisme à son peuple.

Un court instant, M. de Maillet crut avoir aperçu un miracle. L'apparition du jésuite et la disparition de la tache semblaient manifester la présence d'une Providence active qui tenait toute cette maison dans sa grande main. Puis il vit la vérité et se précipita sur un cordon pour sonner.

— Dites à maître Juremi de passer ici demain matin, cria-t-il au portier.

L'insolent hérétique avait osé terminer la restauration hors de sa présence ! Le résultat était heureux. Une chance ! Mais quelle catastrophe n'avait-on pas frôlée ? Le travail accompli méritait un salaire — le consul l'avait déjà négocié — mais la désobéissance méritait une punition. L'autorité est à ce prix, avec ces gredins. Demain, le consul laisserait le choix au droguiste : huit jours d'emprisonnement ou une amende, qui réduirait son salaire d'autant. Nul doute qu'il choisirait l'amende. À la satisfaction d'avoir mené cette restauration avec succès s'ajoutait pour M. de Maillet l'espoir de ne pas la payer à son prix. C'est finalement d'excellente humeur qu'il accueillit le Père Versau quand celui-ci entra.

— Mon ami ! mon ami ! s'écria le jésuite en saisissant les deux mains du consul. Votre accueil me bouleverse. J'ai l'impression de revenir à la vie. Ce bain, ces habits propres, cette maison sereine… si vous saviez comme j'en ai rêvé.

Il avait des larmes aux yeux de reconnaissance. Et si, comme l'affirme Machiavel, on aime quelqu'un pour le bien qu'on lui a fait, il ne faut pas s'étonner que le consul fût gagné par la plus vive sympathie à l'égard d'un homme auquel il venait de prodiguer tant de bontés.

— J'ai salué Mme de Maillet dans le vestibule, dit le bon Père. J'ai appris qu'elle ne dînerait pas avec nous. Je ne voudrais pas troubler l'ordre de cette maison…

— Nullement, nullement. Nous avons à nous parler seul à seul. Considérons que ce dîner sera en même temps une séance de travail.

— Oui, en quelque sorte. J'ai aussi croisé Mademoiselle votre fille et je vous complimente pour sa grâce et sa retenue. Comment avez-vous pu l'éduquer si bien dans une terre étrangère où, je suppose, on ne trouve guère de précepteurs, encore moins d'établissements ?

— Elle est restée en France jusqu'à l'âge de quatorze ans. Nous ne l'avons amenée ici que ces dernières années.

Ils se connaissaient à peine et voilà que déjà la conversation roulait sur des choses familières. Le jésuite admira le portrait du Roi et « son excellente conservation sous un tel climat ». Il fit encore deux ou trois questions affectueuses sur la santé du consul, la charge de sa position. Enfin, ils passèrent à table et en vinrent aux choses sérieuses.

— Mon Père, je brûle de savoir les détails de votre voyage. Vous m'avez dit que c'était un naufrage qui vous avait ainsi précipité dans le dénuement ?

— Un naufrage, et des plus terribles. Je devrais être mort, à cette heure, et seule l'extrême bonté de la Providence m'en a sauvé.

Il raconta alors longuement comment, parti de Rome et tâchant de gagner le Levant sans recourir à un vaisseau italien, il s'était embarqué sur une galère grecque. Une fois à bord, il avait découvert avec terreur l'incompétence du capitaine et de l'équipage. En vue de Chypre, le vaisseau était allé se planter sur des hauts fonds. Voyant le naufrage imminent, le jésuite fit mettre un canot à la mer et y embarqua avec quelques autres. Le canot, poussé par les courants, les amena près d'une côte de rochers aigus battus par les vagues. L'esquif s'y précipita et fut broyé par le flot. Le Père Versau eut un instant le regret de ne jamais avoir de sépulture terrestre, ce qui, chacun le sait, rend moins assurée la résurrection d'entre les morts au jour du Jugement. Mais il remit ce problème entre les mains de Dieu, comme sa vie et le destin de son ordre, et il périt. Son dernier souvenir était cette mort dans l'eau froide agitée de gros bouillons noirâtres. Le suivant était son réveil sur le sable d'une petite crique, tenant dans ses bras un gros madrier dans la compagnie duquel la mer l'avait rejeté. Il était aussi seul, aussi nu, aussi terrifié et transi qu'Adam au jour de la Création. Mais Dieu ne l'avait pas abandonné. Le rivage était peuplé de pêcheurs qui le secoururent, le vêtirent comme ils purent, et, deux jours après, l'embarquèrent avec eux vers les côtes d'Égypte, où ils allaient lancer leurs filets. Ils le déposèrent à sa demande sur une plage proche d'Alexandrie. Étant entré chez les Turcs sans sauf-conduit, le Père Versau préféra éviter la grande ville, fit un détour par le désert pour enfin rejoindre le Nil un peu plus bas. Il eut l'audace de négocier son passage jusqu'au Caire avec des mariniers, sachant qu'il n'avait pas un sou.

— Vous connaissez la suite, dit-il modestement.

M. de Maillet avait poussé mille exclamations de surprise et d'effroi pendant ce récit. Il regardait ce petit homme chétif et sec qu'une légère bastonnade eût transformé en fagot et se demandait comment il avait pu survivre à tant d'épreuves.

— Mes aventures, continua le jésuite en prenant un air plus grave, ne sont dignes d'intérêt que pour expliquer ma présence ici et l'équipage dans lequel je me suis présenté à vous. Mais il nous faut arriver à l'essentiel, qui n'est pas là.

— Ah oui, dit M. de Maillet, le message du Roi !

Le Père Versau se redressa sur sa chaise, cligna lentement des yeux et installa dans la conversation une certaine solennité. M. de Maillet jeta un coup d'œil vers le portrait, qui paraissait tout à coup trahir la présence physique du souverain au-dessus d'eux.

— À justement parler, dit le jésuite, je ne suis pas porteur d'un message.

— Vous m'aviez dit…

L'homme en noir étendit la main. Il lui fallait du temps.

— Un message au sens d'une missive. Rien que le Roi eût écrit ou même directement prononcé. Cette précaution est fort heureuse, vous en conviendrez. Étant donné les mésaventures qui m'ont été réservées, il était plus prudent que je ne transportasse rien de la sorte…

— J'en conviens, dit M. de Maillet.

— Mais s'il n'existe de message, il y a, de la part du Roi, une intention très claire, dont il a ouvert sa conscience à celui qui en est le directeur.

— Son confesseur, le Père de la Chaise ?

Le jésuite plissa les yeux. M. de Maillet resta bouche bée,

26

comme un enfant auquel on découvre un coffre rempli de
trésors.

— Ce saint homme, poursuivit le Père Versau, qui appartient, comme vous le savez, à notre compagnie, a fait part
des intentions du Roi à un groupe très restreint de personnes de confiance : Mme de Maintenon, qui défend avec
tant de zèle la cause de la foi dans la cour de Versailles,
M. de Pontchartrain, le Père Fleuriau, supérieur de notre
congrégation pour tout ce qui relève des échelles du
Levant, moi-même, son adjoint et représentant. Vous maintenant...

M. de Maillet inclina la tête pour montrer qu'il était soumis à la volonté des puissants et aussi pour dissimuler les
larmes de reconnaissance qui lui venaient.

— L'affaire tient en quelques mots. Vous savez le combat
que livre aujourd'hui la chrétienté contre ses ennemis. Les
Turcs sont désormais contenus. Il faut poursuivre la reconquête. Elle se fera. Mais c'est au sein même de ceux qui prétendent vivre en Christ que sont apparus les plus grands dangers. La hideuse Réforme a prétendu ronger de l'intérieur
l'œuvre même de Dieu. Le Roi de France l'a combattue partout. Chez lui, en révoquant les traités de capitulation qui
avaient été passés jadis avec les huguenots. Dans toute
l'Europe, en affrontant, au péril de sa couronne, la conjura-
tion des princes protestants menée par le traître Guillaume
d'Orange. Mais ce combat n'est plus celui de jadis, quand le
monde était limité à la Méditerranée et à son pourtour. Tout
l'univers est entraîné dans la bataille. Nous devons porter le
message du Christ sur les terres connues et les reprendre à
l'infidèle ; mais aussi sur les terres inconnues, ces mondes
nouveaux qui ont émergé au cours des deux derniers siècles
et qui sont autant de nouveaux théâtres de bataille pour la
chrétienté : les Amériques, les Indes, la Chine et l'extrémité
de l'Orient. Chaque fois, nous rencontrons les même défis :
d'abord la résistance de peuples qui vivent hors de la vraie

foi sans pour autant reconnaître le vide et le danger mortel auxquels les expose ce manque pour l'éternité. Mais aussi, la concurrence de cette prétendue Réforme, qui n'est qu'une tentative diabolique pour éloigner de l'Évangile véritable ceux à qui on feint de le présenter.

M. de Maillet faisait de temps en temps des signes affirmatifs de la tête, pour montrer qu'il suivait le propos. À vrai dire, l'éloquence du petit homme le fascinait d'autant plus qu'elle s'était déclenchée d'un coup, dès lors que le discours avait roulé sur les questions de politique et de religion.

— Le Roi de France a beaucoup appris de son long règne, continua l'homme d'Église. Il sait s'abstraire des contingences par lesquelles apparaît d'abord l'Histoire. Il distingue clairement, son confesseur en est émerveillé, le sens profond de son combat et la justification de sa puissance. Cette lutte universelle entre les forces de la vraie foi et ceux qui sont plongés dans les ténèbres l'occupe tout entier. Il est bien déterminé à la conduire jusqu'à son dernier souffle. Parmi ces innombrables combats, certains sont plus urgents à livrer que d'autres. Avec le Turc, je vous l'ai dit, tout est affaire de temps. Nous sommes présents, nous assistons quelques chrétiens qui maintiennent ici la flamme. Quand l'édifice ottoman se fissurera, nous l'inonderons par ces brèches. Mais l'heure n'est pas venue. En revanche, il est, tout près d'ici, un pays qui nous appelle, un grand pays que l'Histoire et son étonnante géographie de montagne ont tenu loin de nous, un pays qui est dans l'ombre mais j'oserais dire de très peu, il ne demande qu'à nous rejoindre : c'est une terre gagnée par la chrétienté mais où la foi, mal irriguée, a poussé dans une mauvaise direction…

— L'Abyssinie ! dit M. de Maillet comme en hypnose.

— L'Abyssinie, oui, cette terre presque inconnue et presque convertie ; cette terre qui a englouti jusqu'ici tous ceux qui ont tenté d'y pénétrer et qui pourtant nous appelle.

Le jésuite se pencha en avant et, par-dessus la table où

étaient épars les reliefs du repas disposé sur des plats d'étain, saisit la main de M. de Maillet et lui dit :

— Il faut que le Roi de France puisse ajouter à sa gloire celle d'avoir ramené cette terre à l'Église. Sa Majesté vous charge, là-bas, d'une ambassade.

CHAPITRE 3

Jean-Baptiste Poncet et maître Juremi, associés dans le métier d'apothicaire, partageaient une maison qui leur servait en même temps d'atelier, tout au bout de la colonie franque, dans une ruelle retirée qui convenait à la discrétion de leurs travaux.

— Holà ! cria Jean-Baptiste en poussant la porte d'entrée de cette demeure de célibataires et en pénétrant dans le désordre extrême qui y régnait, es-tu ici, vieux sorcier ?

Du haut de la maison lui parvint un grognement. Il jeta sur le dossier d'une chaise le pourpoint qu'il tenait encore à la main et monta rejoindre son ami.

À l'étage, une assez vaste terrasse donnait sur une cour aveugle. Toutes les autres fenêtres gardaient leurs persiennes closes, quand elles n'étaient pas simplement murées. Poncet trouva le protestant debout, accoudé à la balustrade, le regard dans le vague et une épée à la main.

— Que fais-tu ici, tout seul, avec cet instrument ?

— Je viens de tuer le consul, dit maître Juremi.

— Vraiment ?

Jean-Baptiste connaissait trop son compère pour s'émouvoir.

— Vraiment. Je l'ai tué douze fois. Veux-tu voir ? Regarde.

Sur ces mots, le géant fit mine de croiser le fer et de batailler avec un adversaire qui reculait rapidement. Arrivé au mur, il se fendit, gémit comme s'il traversait péniblement un corps. La pointe du fleuret se planta dans le plâtre, en détacha une petite plaque et laissa apparaître les entrailles rouges de deux briques.

— Bravo ! dit Jean-Baptiste en battant des mains. Il le méritait. Cela t'a-t-il soulagé ?

— Grandement.

— Alors, puisque te voilà calme, tu vas pouvoir tout m'expliquer.

Jean-Baptiste prit une chaise de fer et s'assit. L'autre resta debout, continua de déambuler, en frappant son épée contre sa jambe.

— Je suis à bout, avec ce consul. Rien que sa vue me donne des envies de meurtre.

— Ce n'est pas nouveau, dit Jean-Baptiste en souriant, et il me semble que je t'avais conseillé, dès le début, de ne pas accepter ce travail.

— Ne pas accepter ! mais il m'a convoqué...

— S'il me convoquait, moi, dit Jean-Baptiste, je n'irais pas.

— Tu es bien drôle ! Dois-je te rappeler que tu n'es pas protestant, ce qui te met à l'abri de beaucoup de choses ; qu'en outre le Pacha te consulte et t'honore comme son médecin tandis que je ne suis, moi, qu'un obscur préparateur de plantes... De toute façon, nous n'en sommes plus là. Maillet m'a convoqué ; j'y suis allé, j'ai entrepris le travail et maintenant tout est terminé.

Maître Juremi raconta à son associé comment il avait profité de l'absence du consul pour enfreindre son interdiction et achever la restauration du tableau.

— Est-ce réussi ? demanda Jean-Baptiste.

— Je le crois.

— Alors, tout est pour le mieux.

— Ah ! tu ne le connais pas. J'attends d'un moment à l'autre qu'il me fasse chercher par ses gardes. Il a dû être trop occupé pour remarquer encore ma retouche.

— Que peut-il faire ? Ce n'est pas un crime d'avoir accompli son travail.

— Bien sûr ! mais ce monsieur veut qu'on lui obéisse. Il me donnera tort et il a sur nous autorité de haute et basse police : il est juge et partie. Comme c'est un ladre, il va me faire payer une amende et réduire mon salaire d'autant.

— Paie, si c'est pour ne plus entendre parler de rien.

— Jamais ! Je préfère le tuer et m'enfuir.

Sur ce chapitre pécuniaire, maître Juremi avait un sens de la justice tout huguenot. Jamais il ne se serait approprié un sequin qu'il n'aurait pas honnêtement gagné mais jamais il n'aurait toléré qu'on ne lui payât pas l'exacte somme qu'on lui devait.

— Calme-toi, Juremi. Il n'a pas le droit de te contraindre à une amende. Notre statut prévoit que l'on doit toujours nous donner le choix : une sanction financière ou une peine de prison. Frappe son avarice au lieu de lui percer la poitrine, cela lui fera aussi mal. Constitue-toi prisonnier, reste deux jours dans son cachot et dispense-toi d'avoir jamais plus affaire à lui.

Maître Juremi s'était suffisamment abandonné à la délicieuse pensée d'assommer le consul pour en avoir retiré une complète satisfaction. Il reconnut la sagesse et la malice du conseil que lui donnait son ami.

Ils restèrent un moment silencieux. Le vent chaud s'était interrompu depuis le milieu de l'après-midi. La poussière fine qu'il avait charriée retombait en une mince couche qui poudrait le noir des fers forgés et ternissait le feuillage des orangers en pots. Jean-Baptiste alla chercher une cruche d'eau dans la maison ainsi que deux gobelets en étain et ils burent.

— Il y avait un début de feu, tout à l'heure, sur le pont du Kalish. Cela a fait un grand embarras, dit-il. La femme du consul s'est même trouvée bloquée par la foule dans son carrosse.

— Ah ! fit maître Juremi sans marquer un grand intérêt.

— Au fait, dit Jean-Baptiste en versant de l'eau dans son verre, toi qui fréquentes le consulat...

Le protestant haussa les épaules.

— Connais-tu cette jeune fille qui accompagnait Mme de Maillet ?

— Comment est-elle ?

Jean-Baptiste aurait eu honte d'avouer qu'il n'avait retenu que ses rubans.

— Je ne l'ai pas bien vue...

— Blonde, avec de grands yeux bleus fort tristes ?

— Il me semble, dit vivement le jeune homme. Oui, c'est tout à fait cela.

— Ce sera la fille de ce pouacre de consul.

— Il faut croire que la nature donne aisément son pardon, dit pensivement Jean-Baptiste.

— C'est bien étrange que tu l'aies vue. D'ordinaire, cette demoiselle ne sort jamais. Depuis deux ans qu'elle est ici, personne ou presque n'a pu l'apercevoir. Moi-même, je ne l'ai rencontrée qu'au détour d'un vestibule. Mais, j'y pense, nous sommes jour de Pentecôte : elles devaient aller assister à une messe chez les Visitandines. Oui, ce doit être cela ; à part les grandes occasions, son père la tient dissimulée chez lui comme un trésor.

— Il a raison, dit Jean-Baptiste, c'en est un.

— Ce consul est un monstre, ajouta seulement maître Juremi.

Au ton lugubre de ces paroles, on pouvait voir qu'il était revenu à la rumination de sa rancune personnelle.

Jean-Baptiste allongea ses jambes et les croisa sur le parapet en s'étirant sur sa chaise. Au-dessus des maisons, le carré de ciel qui couvrait la terrasse virait au mauve et, tendus d'un mur à l'autre, de longs filaments de nuages étaient rosis par le couchant.

Cette rencontre fugace, éblouissante, avec une jeune fille

qui n'était pas de sa condition lui rappelait Venise, Parme, Lisbonne. Mais là-bas tout était possible...

Jean-Baptiste avait compris très tôt que l'errance, en détachant le voyageur de l'ordre des castes qui règne en chaque lieu, lui confère la dignité d'un homme libre et la capacité de parler également à tous. D'où qu'il vienne, un vagabond peut, s'il est habile, devenir l'ami d'un prince ou l'amant d'une princesse. Au moins peut-il l'imaginer. Poncet, qui ne manquait ni d'habileté ni d'imagination en avait fait maintes fois l'expérience dans les villes où il avait été libre.

Mais sitôt qu'il reprenait sa place dans l'ordre de sa nation, comme dans cette colonie franque du Caire, il n'était plus, quelque soin qu'il mît à cacher ses origines, que le fils d'une servante et d'un inconnu. L'écart des conditions redevenait un écrasant obstacle et lui ôtait, devant de semblables apparitions, jusqu'au loisir de rêver à la possibilité du bonheur. Depuis qu'il était en Égypte, ces rencontres avaient été excessivement rares. Il n'avait même pas à le regretter puisqu'elles le rendaient si triste.

— Ne trouves-tu pas que l'on commence à s'ennuyer dans cette ville ? dit Jean-Baptiste.

— Ah ! je changerais bien volontiers, répondit maître Juremi, dont les propres pensées avaient abouti tout près de cette conclusion. Mais partir pour aller où ?

Dans toutes les échelles du Levant, ils savaient qu'ils rencontreraient cette même contrariété née, non pas du dépaysement mais au contraire de la présence trop familière et trop pesante des représentants de leur État. L'idéal eût été de retourner en Europe mais l'exercice de leur art y était impossible sans diplôme et les condamnait à une permanente persécution.

— Nous devrions partir pour le Nouveau Monde, dit Jean-Baptiste.

L'idée leur parut excellente et, pour en discourir à loisir, ils retournèrent gaiement à pied dans le Vieux Caire et dînèrent dans une taverne arabe où l'on servait un agneau de lait sans égal.

*

Le jésuite avait demandé l'autorisation de prendre un peu de repos dans sa chambre et s'était retiré. M. de Maillet resta seul, les deux coudes sur la table, étourdi. Il avait cessé d'entendre les explications du religieux dès que celui-ci avait parlé d'ambassade. Le choc était violent ; le consul en avait différé les effets au prix d'un grand effort. Dès qu'il fut seul, il se libéra de cette retenue et poussa un cri étouffé. Un valet accourut et le soutint jusqu'à une large bergère, où il s'effondra.

La femme et la fille du diplomate rentraient dans ce moment de leur pèlerinage chez les Visitandines. Elles se précipitèrent auprès du malheureux.

Mme de Maillet sortait rarement de sa maison, où une pièce lui était réservée ; elle en avait aménagé un angle en oratoire et déposé aux autres coins des ouvrages de couture et de tapisserie auxquels elle s'adonnait alternativement. Elle vouait à son mari un véritable culte, qui alimentait encore son pessimisme. La pauvre femme se représentait comme d'effroyables dangers les tracas insignifiants à quoi se bornait d'ordinaire la vie du consulat mais que M. de Maillet rapportait à sa femme avec une exagération propre à la terrifier. Que tout cela finît par le terrasser était une éventualité à laquelle elle se préparait de longue date, sans avoir pourtant jamais songé à ce qu'elle ferait dans cette situation. Elle tournait donc sur elle-même en gémissant. Sa fille eut un peu plus de présence d'esprit : elle dénoua de ses doigts fins le jabot de dentelle qui étranglait son père.

M. Macé se glissa dans l'attroupement. Voyant l'état du consul, il proposa d'appeler un médecin, ce à quoi les deux femmes applaudirent.

— Oui, mais qui ? demanda timidement la jeune demoiselle de Maillet.

— Plaquet…? hasarda à voix basse M. Macé.

Le consul se redressa avec un cri.

— Pas lui !

En un instant, il était sur son séant et se prétendait tout à fait remis.

Tel était l'effet presque miraculeux de ce seul nom. Le docteur Plaquet était un vieux chirurgien de la marine, échoué au Caire, où l'avait entraîné jadis l'amour d'une comédienne. La dame était morte ; le chirurgien était resté. Depuis la disparition, quatre ans plus tôt, du dernier médecin digne de ce nom qu'ait jamais eu la colonie franque du Caire, Plaquet restait le seul praticien officiel. Hélas ! les notions qu'il avait de l'art étaient si anciennes et si pleines de lacunes, il exerçait ses talents avec une telle brutalité, que personne ne voulait avoir affaire à lui. Menacée en cas d'indisposition de sa terrifiante intervention, la nation française avait un moment retenu ses maladies comme on retient sa respiration, en espérant ne pas s'en étouffer. Puis, de plus en plus, les marchands et les gens ordinaires avaient eu recours à d'autres personnages : des charlatans, juifs ou turcs, des droguistes, dont le plus fameux était Jean-Baptiste Poncet. Mais le consul avait formellement interdit toute consultation auprès de ces irréguliers. Il se devait de donner l'exemple et espérait bien, pendant les quelques années qu'il avait encore à passer en Égypte, ne pas en avoir l'occasion. Au besoin, si l'affaire était grave, il se ferait conduire à Constantinople.

Mais Plaquet, jamais !

Toute l'assistance se félicita du rétablissement rapide du consul, et l'atmosphère se détendit. Mme de Maillet ordonna du café.

Tous quatre se retrouvèrent bientôt assis en cercle sur des fauteuils, une tasse à la main.

— Ce n'est rien, disait le consul, le déjeuner… un peu lourd sans doute. Le vin… avec ce climat.

Que dire ? Il ne pouvait s'ouvrir à ces femmes bavardes de l'énorme secret qui venait de lui être confié. Macé, peut-être ? Oui, Macé devait être mis dans la confidence. Tout cela exigerait beaucoup d'action, pendant les jours qui allaient venir. Il avait besoin d'être secondé. Le jésuite le comprendrait. D'ailleurs, Macé était un homme de confiance, très soumis. Encore que le consul n'aimât guère les façons qu'il prenait pour parler à sa fille. À l'instant, par exemple, pensait-il, ils sont tournés l'un vers l'autre, la tasse de café à la main. Elle n'y voit rien de mal, la pauvre enfant. Mais on jurerait que lui la regarde avec plus d'insistance qu'il ne faudrait. « Je voudrais bien que cesse immédiatement ce manège », se dit M. de Maillet en lui-même.

M. Macé était le seul homme jeune qui fût admis sinon dans l'intimité, du moins dans les parages de Mlle de Maillet. Bien qu'elle le trouvât fort laid et qu'il répandît à sa suite une indiscrète odeur de malpropreté, la jeune fille, dans l'isolement où elle était tenue, aimait à parler avec cet être différent qui l'écoutait si gentiment. Quant à M. Macé, il avait fait une fois pour toutes le choix de sa carrière et n'entendait pas se mettre dans l'embarras avec l'homme de qui elle dépendait en courtisant sa fille. Pourtant, aux rares occasions où Mlle de Maillet paraissait près de lui, le secrétaire était comme aimanté par son extrême beauté, sa grâce, sa jeunesse. C'est malgré lui qu'il la regardait si profondément et malgré elle qu'elle en paraissait enchantée. Tout cela n'en faisait pas moins, aux yeux de son père, le début d'un crime.

— Laissez-moi seul avec M. Macé, voulez-vous, dit le consul d'un air sévère.

Les deux femmes se retirèrent. Dès qu'ils furent seuls, le consul se mit à déambuler et M. Macé attendit silencieusement, assis sur la chaise que lui avait ordonné de prendre son supérieur.

— J'aurais beaucoup de commentaires à faire, Macé, sur votre conduite, dit M. de Maillet avec humeur. Mais l'heure n'est pas à cela. Il faut — comprenez-moi : il le faut, cela ne veut pas dire que vous le méritez —, il faut que je vous fasse partager un lourd secret politique. Vous devez vous en montrer digne sans quoi il n'est pas d'endroit au monde où vous pourriez échapper à la vengeance de celui que vous auriez trahi.

Ce disant, il pointa l'index vers le portrait du souverain. Le jeune homme se courba pour marquer sa soumission et comme, cette fois, il était assis, son nez toucha presque ses genoux.

CHAPITRE 4

— Le Roi, commença solennellement M. de Maillet, pour des raisons qu'il ne m'appartient pas de vous livrer, veut envoyer une ambassade en Éthiopie.

— Votre Excellence a rédigé là-dessus une dépêche l'année dernière, dit M. Macé.

— Tout juste. Le ministre, mon parent, m'avait consulté sur le moyen de pénétrer dans ce pays. L'affaire était déjà dans l'air à Versailles, certainement. Vous vous souvenez de mes conclusions ?

— Deux voies : l'une maritime, par Djedda et la côte. L'autre terrestre, par le royaume musulman de Senaar et les montagnes.

— Votre mémoire est excellente, Macé. Vous vous rappelez donc aussi ce que j'ajoutais à propos de ces deux voies ? Par la mer, l'entrée du pays est sous le contrôle d'un potentat musulman allié des Turcs. La seule fonction de ce barbare est de s'assurer que ne pénètre sur son territoire aucun chrétien blanc, en particulier catholique. Personne n'a réussi à franchir cet obstacle depuis cinquante ans. Les derniers prêtres à l'avoir tenté ont été égorgés et leurs tonsures, paraît-il, envoyées dans un colis à l'Empereur d'Éthiopie, qui avait commandité leur meurtre.

M. Macé fit une moue de dégoût et sortit un petit mouchoir de dentelle dont il se couvrit un instant le nez.

— Du côté terrestre, reprit le consul, nous faisions le même déplorable constat. Les rares voyageurs européens à avoir pénétré dans le pays jusqu'à rencontrer le Négus ont été retenus prisonniers à sa cour leur vie durant. Mais, le plus souvent, la foule les a lapidés dès qu'ils ont été démasqués comme catholiques.

— Tout cela, dit tristement M. Macé, est l'œuvre des Jésuites.

— Taisez-vous ! dit le consul en pâlissant.

Il approcha de la porte et l'entrouvrit pour voir si personne n'était posté derrière.

— Vous savez pourtant que cet homme que vous avez vu ici en est un. Proche du confesseur du Roi, de surcroît.

— Mais enfin, dit M. Macé à voix basse, ils savent ce qui s'est produit ?

— C'était il y a cinquante ans.

— Tout de même ! continua le secrétaire en chuchotant. Tant d'habileté et tant de maladresse. Dire qu'ils ont converti le Négus, presque subjugué le pays pour être finalement chassés, bannis et pour voir interdire à quelque catholique que ce soit l'entrée de l'Abyssinie. Ne me dites pas, Excellence, que ce prêtre est assez insensé pour vouloir y retourner.

— Non, Macé, rassurez-vous : il ne veut pas y aller lui-même. Son projet est encore plus extraordinaire que vous l'imaginez.

La lèvre du consul tremblait légèrement. Il craignait un nouveau malaise et posa prudemment une main sur la table en chêne.

— C'est moi, cette fois, qu'ils veulent envoyer.

— Vous, Excellence ! s'écria M. Macé en se levant d'un bond, mais c'est tout à fait impossible !

Ils restèrent ainsi un moment, debout, face à face, immobiles et pâles. Dans le silence qui se fit se glissa un peu de gêne. Impossible, oui, cela l'était tout à fait. Mais pourquoi ?

La seule, la véritable raison était inavouable. On ne proclame pas que l'on a peur. Ce refus si évident, comment, alors, le justifier ? M. Macé comprit qu'il y avait là la première mission de confiance dont le chargeait le consul. Il vit l'occasion inespérée de rentrer dans la grâce qu'il craignait d'avoir quittée à la suite de son imprudente conduite avec Mlle de Maillet.

— Votre santé... dit le secrétaire en faisant le geste de la main de celui qui veut saisir une idée comme on attraperait un papillon.

— Oui, oui... fit vivement le consul, ma santé ne le supporterait pas. Le climat. Il faut traverser des déserts...

Puis il se rembrunit.

— Ils ne me croiront pas. Vu de Versailles, Le Caire ou les sables du Soudan sont une seule et même chose...

— Quand même, dit M. Macé, qui continuait à réfléchir.

— Les Turcs ! dit le consul. Les Turcs ne me donneront jamais l'autorisation. Le prosélytisme chrétien est interdit ici et les Turcs tiennent à ce que l'Abyssinie reste encerclée de musulmans. Ils ne craignent rien comme une alliance catholique qui les prendrait à revers.

— Oui, dit M. Macé, il faut, si cette ambassade a lieu, qu'elle soit secrète. Un inconnu.

— De surcroît, dit M. de Maillet sans crainte de se contredire, ce sera moins cher. Avec les Turcs, tout s'achète mais il faudrait payer beaucoup pour que le Pacha autorise à se déplacer un consul qui a pour eux rang de bey.

— À chaque étape les présents seraient plus onéreux.

Une grande fébrilité avait gagné les deux hommes. M. de Maillet entraîna son adjoint dans un coin de la pièce où était un secrétaire à rouleau. La chaleur en avait dilaté les lattes et le meuble demeurait obstinément à demi ouvert. M. Macé prit une plume, du papier et il rédigea sous la dictée du consul un petit mémoire qui mettait en ordre tous les arguments interdisant au diplomate de se rendre lui-même en Abyssinie. Ils le relurent avec entrain. M. de Maillet versa

41

deux petits verres de xérès (nom que l'on donnait dans la maison au vin de Bordeaux quand il avait madérisé) et ils trinquèrent.

— Tout de même, dit le consul en posant son verre avec un air sombre comme si le liquide l'eût traversé d'amertume. Désobéir au Roi !

— Vous ne désobéissez pas, Excellence ! Il veut une ambassade, vous lui montrez seulement que vous ne pouvez pas la conduire.

— Alors, nous devons trouver quelqu'un d'autre.

M. Macé trembla tout à coup que le consul ne pensât à lui. Il ne se sentait aucune volonté de partir à la mort, quand il pouvait espérer une carrière paisible et brillante.

— Il faut, dit-il précipitamment, quelqu'un qui ait de bonnes chances d'aboutir. Le Roi ne veut pas seulement que son ambassade parte, ce me semble. Il veut aussi qu'elle revienne. Un diplomate serait trop voyant : il ne passerait même pas la frontière de l'Égypte.

— Tout juste ! confirma le consul, et nous l'avions écrit dans notre dépêche au ministre.

Ils réfléchirent en silence. Les deux heures de l'après-midi venaient de sonner à la chapelle. La chaleur qui tenait la ville avait réussi à percer le rideau de verdure qui entourait les maisons. La sueur, aux aisselles, faisait des auréoles sur la jaquette de coton de M. Macé. Le consul en éprouva un instant du dégoût. « Vraiment, il pourrait changer d'habit de temps en temps ! » se dit-il.

Puis il revint à ses pensées. Mais il faut croire que cette distraction l'avait conduit à de nouvelles imaginations car il s'écria :

— Au fond, il faudrait un homme utile !

Surpris par sa propre idée, il s'arrêta. M. Macé fut saisi du même étonnement, devant la découverte d'une si riche évidence.

— Oui, continua le secrétaire, Votre Excellence a raison. Un homme qui apporterait au Négus ce dont il a besoin.

— Un marchand !

Tout à coup le visage de M. Macé s'illumina :

— Monsieur le consul s'en souvient, dit-il avec une grande animation, le mois dernier, on nous a signalé l'arrivée au Caire d'une caravane d'Éthiopie. Pourtant nul ne l'a jamais vue. Elle s'est sans doute dispersée plus au sud. Son chef est un négociant musulman qui a fait plusieurs fois le voyage d'Abyssinie.

— Le connaissez-vous ?

— On me l'a montré une fois au Caire. C'est un homme qui paraît tout à fait modeste, un mendiant presque. Mais on dit qu'à son dernier voyage il a rapporté pour cinq cent mille écus de poudre d'or, de civette et d'ambre gris qu'il a échangés contre des marchandises que le Négus lui avait commandées.

M. de Maillet allait et venait avec une grande émotion.

— Serait-il ici ?

— Je l'ignore. Pour tout dire, c'est peu probable, mais qui sait ? Tout ce qu'il fait est très secret. Je ne suis même pas certain qu'il accepterait de nous parler, encore moins qu'il livrerait quelque détail que ce soit sur l'Abyssinie.

— Chaque chose en son temps, dit péremptoirement le consul. Trouvez-le. Nous saurons le convaincre.

Sa résolution était prise. Il poussa M. Macé vers la porte.

— Mettez-vous immédiatement en quête de cet homme.

Le secrétaire était un peu désarmé par cette précipitation.

— Prenez mon cheval, un garde, de l'argent, ce qu'il vous faut. S'il est ici, ramenez-le-moi. Au fait, son nom ?

— Les Arabes l'appellent Hadji Ali.

— Eh bien, bonne chance pour trouver Hadji Ali, mon cher ami.

Fier de ce qualificatif mais désespéré par sa mission,

M. Macé se précipita dans la cour du consulat. Dix minutes plus tard, il était en ville.

*

Bien reposé, le jésuite écouta calmement M. de Maillet lui exposer de façon naturelle et prétendument improvisée le petit mémoire qu'il avait rédigé avec M. Macé.

Après une brève argumentation, le Père Versau se rangea aux raisons du consul et convint, au grand soulagement de celui-ci, qu'il ne devait pas, en effet, se rendre lui-même en ambassade en Abyssinie.

— Pour tout vous dire, conclut le bon Père, personne n'a vraiment cru que vous iriez.

Le consul fut piqué par cette remarque. L'aurait-on soup-çonné de lâcheté ? Il allait se récrier quand il pensa que le courage véritable était d'accepter les affronts sans ciller. Il se tut donc vaillamment.

— Que nous proposez-vous d'autre ? demanda calmement le jésuite.

— Il me semble, commença M. de Maillet, qu'étant donné la différence de puissance entre notre Roi Très Chrétien et ce monarque — qui n'est après tout qu'un indigène, fût-il couronné — il convient que Sa Majesté Louis XIV ne paraisse point solliciter. Avec ces gens, on n'est sûr de rien. Songez à l'offense que subirait Sa Majesté si son ambassade était capturée, comme celle des Portugais au siècle passé. Pedro de Covilham, qui la menait, a été retenu là-bas plus de quarante ans et, en vérité, il y est mort. En sorte que si la qua-lité de celui qui nous sera envoyé est de la plus haute impor-tance, celle de notre messager l'est beaucoup moins.

— Votre raisonnement est très juste, dit le jésuite. Nous avions pensé que l'envoi d'une véritable ambassade était plus de nature à provoquer chez le souverain abyssin la réci-

44

proque que nous désirons. Mais si vous disposez d'autres moyens de parvenir à la même fin...

La conversation avait lieu sur un petit balcon qui ornait, au premier étage, la grande chambre qui avait été attribuée au Père Versau. De ce promontoire, on dominait la rue principale, autour de laquelle était regroupée la colonie franque. Chaque personne qui passait devant le consulat, apercevant M. de Maillet au balcon, se découvrait respectueusement.

— Il me semble, dit hardiment le consul, que le meilleur moyen serait encore de tirer profit des relations naturelles que l'Éthiopie entretient avec ce pays-ci.

— Quelles sont-elles donc ?

— Il y en a de deux sortes. De temps en temps, l'Empereur envoie un messager au Patriarche copte d'Alexandrie pour lui demander de désigner un abuna. Il est de la plus ancienne tradition que le chef de l'Église éthiopienne, que l'on appelle l'Abuna, soit un copte égyptien envoyé à cet effet. Mais on ne peut pas compter sur cette opportunité, trop imprévisible et trop rare.

— L'autre opportunité ?

— Ce sont les marchands. Certaines années, il arrive qu'une caravane descende d'Abyssinie et vienne échanger des produits au Caire et sur le trajet.

— Je croyais que le Négus était en guerre avec les musulmans ?

— Mon Père, nous le sommes aussi avec les Turcs et cependant nous voici sur ce balcon à deviser tranquillement. Les États ont des prudences dont les individus devraient parfois s'inspirer. Il y a des liens qui ne se rompent jamais.

M. de Maillet dit ces dernières phrases avec une grimace courtoise qui trahissait l'immense satisfaction qu'il avait parfois d'être lui-même.

— Excellence, dit le jésuite en montrant par son fin sourire qu'il était à l'endroit du diplomate dans les meilleures

45

dispositions de confiance, je m'en remets entièrement à vous pour me proposer une solution qui serve le projet du Roi.

Le consul inclina la tête. Intérieurement, il éclatait d'orgueilleuse humilité.

*

M. Macé rentra vers cinq heures. En nage, les cheveux collés de sueur, des grumeaux de poudre sur les joues, il fit irruption chez le consul en s'excusant à peine.

— Je l'ai, dit-il hors de lui.

— Notre marchand ?

— Hadji Ali lui-même.

Il reprenait son souffle, une main sur le cœur.

— J'ai fouillé toute la ville. On le croyait parti. La chance m'a souri. Un de mes indicateurs l'avait vu hier.

— Où est-il ? dit le consul sévèrement.

— Sur le palier. Il attend. Laissez-moi vous expliquer...

Puis, se reprenant :

— ... Excellence.

Avec le souffle revenait le sens des convenances et c'était tant mieux. M. de Maillet acceptait mal les privautés quelles qu'en fussent les raisons.

— C'est un fourbe, continua M. Macé. Un malin. Il ne voulait rien entendre, à propos de l'Abyssinie. J'ai dû lui promettre...

— Quoi donc ?

— Cent écus.

Le consul fit un écart.

— Comme vous y allez !

— Pour cette somme, il parlera.

— Et que dit-il qui vaille cent écus ?

— Excellence, promettez-moi d'honorer mon engagement. Sinon, je suis un homme mort.

— C'est entendu, je paierai. Mais qu'a-t-il dit ?

46

— Rien encore.

— Vous vous moquez de moi ! dit M. de Maillet en faisant mine de s'éloigner.

— Excellence, permettez. Il va parler. Il va vous dire de quoi le Négus a besoin.

M. de Maillet hésita un instant sur le parti à prendre.

— Eh bien, dit-il finalement avec humeur, qu'attendez-vous pour le faire entrer ?

Hadji Ali était un de ces hommes dont il est impossible de définir l'origine. D'une excessive maigreur, à en juger par ses mains osseuses et ses joues creuses, il avait des traits fins, un nez busqué, de lourdes paupières et un teint cuivré qui pouvaient faire de lui un Yéménite au Yémen, un Arabe en Égypte, un Abyssin en Éthiopie et même un Indien aux Indes. À la rigueur, on aurait même pu le voir comme un Européen tanné par le tropique. Pour l'heure, il était vêtu de la tunique bleue des Arabes et portait des babouches vertes. Il avait un anneau dans l'oreille droite. Il prit la main du consul entre ses deux mains à plat, fit d'abord une sorte de triple prosternation, mit ensuite sa main droite sur le cœur et, pour finir, se baisa les doigts.

M. de Maillet était accoutumé à n'opposer aucune résistance à ces formes variées mais qu'il jugeait toujours pénibles de salamalecs. Il indiqua à son invité une banquette sur laquelle l'autre s'assit en tailleur.

La conversation commença lentement, traduite par M. Macé. Hadji Ali loua la décoration du consulat, la beauté du Roi d'après son portrait, la fraîcheur du sirop de fleurs d'hibiscus qui lui avait été servi et fit enfin remarquer avec mélancolie que le sédentaire, quelles que soient ses richesses, est hélas toujours privé de la compagnie touchante des étoiles au-dessus de lui pendant qu'il dort. M. de Maillet se rangea poliment à cet avis. On n'avançait pas.

Sur un signe de M. Macé, le consul alla chercher dans le secrétaire une bourse de cuir contenant la somme promise.

47

Il la remit au caravanier, qui la fit promptement disparaître. Hadji Ali commença alors à parler du Négus. L'actuel Empereur s'appelait Yesu, premier du nom. Il avait environ quarante ans. C'était un grand guerrier, dont le royaume vivait actuellement en paix. Mais il avait livré bien des combats.

— Les Éthiopiens n'ont besoin de rien, dit Hadji Ali, répondant par avance à une question dont M. Macé avait dû l'avertir. Leur pays les pourvoit en tout.

— On m'a laissé entendre, dit finement le consul, que l'Empereur vous aurait pourtant chargé de rapporter certaines choses de l'Égypte ?

Hadji Ali fit une courte réponse.

— Il dit littéralement : « Pas des choses », traduisit M. Macé, qui jugeait nécessaire d'intervenir.

— Comment cela « Pas des choses ». Quoi donc alors ? fit le consul.

— Je n'en sais rien, Excellence. Des animaux, peut-être ?

— Demandez-le-lui.

M. Macé traduisit la question et le marchand partit d'un rire interminable. Il se tenait les côtes ; on voyait, et c'était assez répugnant, des chicots noirs plombés d'or au fond de sa bouche grande ouverte. Le consul s'impatienta. Hadji Ali reprit peu à peu son calme en s'essuyant les yeux.

— Peut-il nous expliquer sa gaieté ?

— C'est à cause de votre question, paraît-il, dit M. Macé.

— Je vous ai dit : « Il ne veut pas des choses » et vous me dites : « des animaux ». C'est très drôle ! hoqueta Hadji Ali, qui riait toujours.

— Cher Monsieur, dit M. de Maillet avec humeur, je trouve cela également irrésistible. Mais j'aimerais savoir, puisque vous vous êtes engagé à nous le dire, ce que vous devez rapporter si ce ne sont ni des choses ni des animaux.

Hadji Ali reprit un air grave.

— Je cherche un homme.

M. de Maillet échangea un bref regard avec M. Macé.

— Un homme, tiens donc ! Et peut-on savoir qui ?

— C'est un secret d'État, que je ne puis confier à personne, fit le marchand sur un ton qui ne souffrait pas de réplique.

Il y eut un long silence, pendant lequel M. Macé fit signe au consul de retourner vers le secrétaire et d'en sortir une autre bourse. M. de Maillet s'y refusait sans mot dire mais avec force grimaces. Hadji Ali, les yeux mi-clos, faisait mine de ne rien voir. De guerre lasse et se sentant près du but, le consul finit par s'exécuter. Une seconde bourse disparut sous la tunique du marchand.

— L'année dernière, commença Hadji Ali, que la bourse avait mis en route aussi sûrement que la clef d'un automate, j'ai été malade.

Le consul s'épouvanta d'un tel commencement.

— Au fait, au fait…

M. Macé jugea plus prudent de ne pas traduire ces exclamations et laissa le chamelier prendre son départ à petit train.

— J'ai été malade, continua-t-il, et je suis venu au Caire pour me faire soigner. Les médecins arabes n'ont pas trouvé de remède. D'ailleurs, je ne leur fais guère confiance. Il m'a toujours semblé que les médecins francs étaient plus habiles. Je me suis rapproché de votre colonie et quelqu'un m'a donné le nom d'un religieux. Je suis allé le voir. Il était vêtu comme nous mais sa robe était brune et il portait une corde nouée autour de la taille.

— Un capucin, dit M. de Maillet avec impatience.

— Sans doute. Ils sont assez nombreux par ici. Celui-là était un vieil homme presque aveugle. Je demandai si son pouvoir s'exerçait aussi sur ceux qui croient par Mohammed ; on me dit que oui. Et, de fait, il m'a guéri.

— Je suis bien aise de savoir tout cela, dit le consul à l'interprète. Il faudrait pourtant qu'il comprenne que sa petite santé ne nous intéresse guère. Demandez-lui en quoi ces affaires nous concernent.

— Je suis retourné vers l'Abyssinie par la caravane de septembre, poursuivit le marchand. L'Empereur m'a fait appeler d'abord que j'arrivais. Fait exceptionnel, il a demandé à me parler seul à seul. C'est là qu'il m'a découvert sa maladie, qui est en tous points semblable à celle dont ce Franc venait de me guérir.

— Et vous êtes revenu chercher un médecin ici ! dit M. de Maillet, dont le visage s'était empourpré d'émotion.

Hadji Ali s'inclina respectueusement pour marquer son approbation.

— Peut-on savoir si... vous l'avez trouvé ? dit le consul.

— Hélas ! fit Hadji Ali en prenant une mine exagérément contrite, le vieux Franc qui m'a guéri l'an dernier est mort pendant la saison sèche. Il était très âgé et le cœur, sans doute...

— Qu'allez-vous faire ? demanda le consul.

— J'attends. Allah pourvoit à tout, lorsqu'on lui fait confiance.

— C'est une belle leçon de piété, dit M. de Maillet avec un peu d'impatience, mais comment se présente l'affaire... sur terre ?

— D'autres religieux francs de la même sorte que mon défunt guérisseur m'ont promis de me fournir quelqu'un sous peu. Ils attendent un des leurs, renommé dans les choses de médecine, qui arrive ces jours-ci de Jérusalem. À l'heure qu'il est, il doit être en train d'approcher d'Alexandrie. C'est l'affaire d'une dizaine de lunes, tout au plus.

— À la bonne heure, dit M. de Maillet.

— Je me réjouis aussi que cet homme arrive, ajouta le marchand, parce que l'effet des remèdes que le précédent m'avait ordonnés s'est épuisé et il faudrait qu'il m'en procure de nouveaux.

— Peut-on savoir de quelle maladie il s'agit ? demanda prudemment le consul à M. Macé. Celui-ci traduisit longuement la question, avec sans doute force formules de circonstances.

— Ma maladie n'est pas secrète mais puisque vous savez que c'est celle du Négus, il m'est impossible, sans trahir, de la révéler. Sachez qu'elle n'est pas mortelle mais qu'elle cause beaucoup de désagréments et aigrit le caractère, ce qui est toujours fâcheux pour un souverain.

La conversation reprit ensuite un tour poli et insignifiant. M. Macé raccompagna le marchand vers six heures, après qu'ils furent convenus de se revoir le lendemain.

M. de Maillet était satisfait au-delà de ses plus grandes espérances. Il gratifia son secrétaire de félicitations, que celui-ci reçut cassé en deux. Voilà qu'en une même journée ils avaient pu rectifier le projet d'ambassade sans le dénaturer mais en épargnant la vie de M. de Maillet. Ils avaient découvert le point faible du Négus et le moyen d'introduire auprès de lui un messager. De plus, ce messager serait un religieux, ce qui ne pouvait que combler les désirs de Louis XIV. L'un et l'autre se jugeaient à cette minute extrêmement habiles. Pour consacrer leur triomphe, il suffisait d'annoncer ces excellentes nouvelles au jésuite.

— Au fait, dit M. de Maillet, de quelle maladie croyez-vous qu'il s'agit ?

— Mon avis est que Hadji Ali souffre d'une affection de la peau. Vous avez sans doute remarqué qu'il se gratte sans cesse sur le côté droit. Tout à l'heure, quand il a avancé le bras pour saisir sa tasse de thé, j'ai cru apercevoir le long du coude une sorte de bourgeon, comme ce lichen qu'on voit sur l'écorce des arbres, dans nos forêts.

— Bah ! dit le consul, cela ne change pas grand-chose que ce soit la peau ou toute autre partie du corps.

Sur ces paroles, ils montèrent chez le Père Versau. Le jésuite accueillit poliment leur récit, assis les doigts croisés sur le ventre. Mais quand M. de Maillet en arriva à l'affaire du médecin franc, le petit homme noir entra dans une colère qui terrifia ses interlocuteurs. Qu'un corps si frêle pût déchaîner tant de violence fut d'abord ce qui les stupéfia. Ensuite, ils cherchèrent à comprendre l'erreur qu'ils avaient pu commettre et qui expliquait une telle explosion. C'est alors que M. de Maillet se ressouvint que tout avait commencé dès lors qu'il avait prononcé le seul mot de « capucin ».

CHAPITRE 5

Les Capucins, qui se singularisent par un costume particulier à large capuche, sont les moines d'un ordre réformé de saint François. En Égypte, à l'époque, du fait d'un grave différend avec la custodie de Terre Sainte dont ils dépendaient, les Capucins avaient vu en dix ans leur nombre se réduire et leur position s'affaiblir. M. de Maillet le savait. Il savait aussi que pour éviter leur complète disparition de ce pays les Capucins avaient dû recourir à un stratagème. Ils étaient allés jusqu'à Rome demander l'intercession du Pape. Ils l'avaient persuadé que des milliers de catholiques, convertis cinquante ans plus tôt par les Jésuites en Abyssinie, avaient fui les persécutions ordonnées par le Négus au moment de l'expulsion de la Compagnie. Ces malheureuses victimes du zèle des disciples d'Ignace et de la cruauté des hérétiques d'Éthiopie survivaient à grand-peine, prétendaient les Capucins. Ils étaient, selon leurs dires, dispersés dans des régions inhospitalières, quelque part dans le sud de l'Égypte, entre le pays de Senaar et la frontière d'Abyssinie. Les Capucins se proclamèrent les protecteurs de ces catholiques égarés que nul n'avait jamais vus mais dont ils attestaient l'existence. Ils demandèrent au Pape de leur confier officiellement cette mission. Innocent XII considérait avec bienveillance cet ordre de religieux simples, peu instruits, et n'était pas insensible au fait qu'un grand nombre d'entre eux étaient italiens. Il leur accorda la faveur qu'ils demandaient. Forts du soutien pontifical, les Capucins étaient revenus en Égypte deux ans auparavant. Ils avaient migré vers le sud et ouvert un hospice en Haute-Égypte. Si bien qu'après avoir été tout près de disparaître du pays, ils y étaient maintenant réinstallés plus en force que jamais.

M. de Maillet savait aussi, mais il n'y avait pas pris garde, que les Capucins ne comptaient pas s'arrêter là. Leur véritable but n'était pas seulement de secourir les catholiques abyssins en exil, mais la conversion de l'Abyssinie elle-même. Le Pape avait encouragé cette prétention et créé un fonds destiné à l'entretien à perpétuité des missionnaires capucins envoyés en Abyssinie. Cette ambition les mettait directement en concurrence avec les Jésuites, qui n'avaient jamais accepté leur échec et entendaient bien retourner un jour dans ce pays.

Les Jésuites étaient si peu nombreux en Égypte, ils y vivaient si paisiblement et en si bonne intelligence apparente avec tous que le consul avait méconnu la rude rivalité qui pouvait, à l'échelon supérieur, les opposer aux autres ordres. La colère du Père Versau lorsqu'il prononça le mot « capucin » vint rappeler brutalement son erreur à M. de Maillet.

— Il n'est pas question, expliqua le jésuite avec véhémence, qu'un message du Roi de France soit transmis par des Italiens. De plus cette mission incombe à notre ordre et à lui seul. Les recommandations du Roi sont formelles. Et puisqu'il me faut bien vous confier des faits dont j'aurais préféré de pas m'ouvrir tant ils pourraient paraître compromettants pour ma modestie, je vous dirai qu'avant de me rendre auprès de vous, lorsque je suis passé par Rome j'y ai rencontré Sa Sainteté le Pape en personne.

Aux yeux de M. de Maillet, le prestige du jésuite s'accrut encore, ce qui ne paraissait pas d'abord possible. Non content d'avoir reçu ses ordres de la bouche même du confesseur du Roi, l'homme que le consul avait en face de lui s'était tenu dans la même proximité du Souverain Pontife et lui avait parlé. Cette admiration ne fit qu'aviver la honte extrême que ressentait le diplomate pour son erreur et il était prêt à tout entendre dans une parfaite obéissance et soumission de l'âme.

— Le Pape, à qui j'ai représenté les intentions du Roi de France, s'est déclaré entièrement favorable et il a donné sa bénédiction pour tout ce qu'entreprendrait la Compagnie aux fins d'extraire l'Abyssinie de l'hérésie dans laquelle elle est malheureusement plongée.

Le soir tombe vite sous le tropique ; il baignait la pièce d'une pénombre bleutée qui accroissait la solennité des paroles du jésuite.

— C'est ainsi, dit-il pieusement. Pour qu'une aussi haute entreprise que la reconquête spirituelle d'un immense peuple s'accomplisse comme une œuvre de vraie foi, il faut qu'elle soit réalisée par une puissance universelle, incontestée, bien au-dessus de toute ambition terrestre. Seul le Roi de France, le plus grand souverain catholique, possède une semblable puissance et peut mener à bien un tel projet avec désintéressement. Tout procède ensuite de ce grand dessein : le Pape le reconnaît comme sacré et notre ordre l'exécute humblement.

Il marqua un temps puis ajouta avec une pointe d'humeur dans la voix :

— Tandis qu'une entreprise menée à partir du bas, par des prêtres souvent ignorants, issus d'une nation sans puissance, ne pourrait être que guidée par des intérêts trop humains...

Cette phrase se termina dans un soupir. M. de Maillet, accablé, ne respirait plus.

— Votre affaire est fort bien engagée, reprit le jésuite d'une voix forte et sur un ton redevenu très amical. Faire porter notre ambassade par un médecin qui cheminera avec ce marchand, voilà une excellente idée. Il faut seulement que ce praticien soit français et qu'un prêtre de notre ordre l'accompagne.

Des domestiques entrèrent avec des flambeaux, rompant le charme et l'on n'en parla plus.

Le dîner se passa gaiement. Le jésuite raconta mille anecdotes de ses voyages. Les dames l'interrogèrent sur Versailles, sur Rome. Il brilla, s'adressant tout particulièrement à Mlle de Maillet. Son père reconnut là avec attendrissement la propension naturelle des prêtres de cette illustre compagnie à guider les jeunes âmes.

Le Père Versau exprima le désir que les deux jésuites qu'il savait être au Caire à cette époque vinssent le visiter le lendemain. M. Macé s'engagea à les prévenir. On se sépara très tôt et le consul resta seul dans son cabinet. Il médita longtemps cette terrifiante évidence, à laquelle il n'avait d'abord pas voulu croire : les Jésuites avaient bien la folle témérité non seulement d'envoyer une ambassade en Abyssinie mais ausi de se rendre eux-mêmes dans ce pays où ils étaient exécrés. Le pire, pour M. de Maillet, n'était cependant pas là : il lui fallait maintenant trouver un médecin franc dans cette colonie qui n'en comptait point.

*

À sept heures du matin, la fraîcheur de la nuit se décollait par lambeaux, dans un bain de lumière tiède. Les grands arbres du quartier franc étaient pleins d'oiseaux qui piaillaient dans ce qu'il restait d'ombre. La poussière collait encore au sol ; mais quand des pas la soulevaient, elle ne retombait plus.

Maître Juremi marchait sur le bas-côté de sable, passant du couvert des platanes à la blancheur des intervalles ensoleillés. Il était aussi heureux qu'un dauphin qui alterne par bonds l'air chaud et l'eau fraîche. Il portait à bout de bras un petit balluchon de toile et sifflotait. Les sbires du consulat, comme il l'avait prévu, étaient passés la veille au soir pour lui transmettre une convocation.

Maître Juremi s'était finalement rangé aux sages conseils de Jean-Baptiste. Il avait préparé dans un sac quelques effets de toilette, une chemise propre, une petite Bible et il partait vers le cachot aussi gai qu'un homme en route pour un après-midi de pêche.

À la porte du consulat, un domestique vint se saisir de lui fort poliment. Il le conduisit au premier étage puis, par une porte basse en trompe-l'œil percée dans le vestibule du haut, ils entrèrent dans une petite pièce pleine de fraîcheur : la croisée ouverte donnait sur le feuillage d'un grand mûrier. Au milieu de la chambre, et qui l'occupait toute, était dressée la table d'un déjeuner. La lumière ricochait sur une nappe blanche brodée aux armes des Maillet, tintait sur des verres de cristal, illuminait une carafe remplie de jus d'orange, deux tasses de porcelaine, du pain frais. Le laquais tira une chaise pour maître Juremi et l'invita à s'asseoir. Le droguiste refusa. À l'évidence, tout cela était le produit d'un malentendu qui n'allait pas tarder à se dissiper. Maître Juremi eut envie de dire au laquais qu'il y avait une erreur, qu'il venait seulement pour le cachot, mais l'autre disparut et le laissa planté debout, avec son balluchon, calculant tous les désagréments que cette méprise ne pouvait manquer de lui valoir sous peu.

Bientôt le consul entra. Il avait très mauvaise mine, les yeux rougis et avait abusé de fard et de poudre. Son affabilité n'en était que plus surprenante.

— Maître Juremi ! Comme je suis aise de vous voir ! Mais pourquoi ne vous a-t-on pas fait asseoir ? Prenez place, s'il vous plaît.

Après un dernier sursaut de méfiance, le droguiste plia son grand corps sur la petite chaise. Le consul fit servir du thé à la menthe et montra mille attentions, pour le lait, le sucre, la cuiller, etc. ; il versa lui-même le jus d'orange dans les deux verres. Maître Juremi commençait à regretter d'avoir abandonné l'idée de la rapière car, d'un coup ferme, il aurait mis fin à cette comédie séance tenante.

— Vous avez fait du très bon travail, dit M. de Maillet, qui ne put s'empêcher d'ajouter, en relevant le sourcil : en mon absence.

Maître Juremi ne sut rien répondre. Pour se donner une contenance, il se chargea la bouche avec une corne de gazelle et, ainsi muselé, attendit la suite.

Il faut dire que, n'étant pas en temps ordinaire un homme d'éloquence, on ne pouvait espérer qu'en de telles circonstances il fût bien loquace.

— C'est un talent, certainement, votre affaire, reprit le consul. Mélanger les plantes de la sorte, en faire des pâtes, des enduits, des vernis, n'est-ce pas ?

Maître Juremi pencha la tête d'un côté et de l'autre, haussa les épaules et continua de mastiquer.

Le consul tournait autour d'une question, cela se sentait. Mais laquelle ? Le diplomate but une grande tasse de café d'un seul trait, et il sembla au droguiste que l'affaire n'allait plus traîner.

— Cela peut servir à tout, ces mélanges, hum ? Je me suis laissé dire que vous faisiez même... des remèdes ?

— Nous y sommes, se dit maître Juremi.

Et il se mit à respirer plus vite, comme une antilope qui sent derrière elle remuer les buissons.

— Ne craignez rien, dit le consul en sortant un petit mouchoir jauni d'avoir été trop lavé et en s'essuyant la bouche. Mes prédécesseurs ont été sévères, dans le passé, avec certains de vos collègues qui exerçaient la pharmacie ou la médecine sans les diplômes nécessaires. Moi-même, j'ai pu manifester une certaine prudence, bien compréhensible après tout. Il y a tant de charlatans dans ces régions. Qu'en pensez-vous ?

Maître Juremi haussa deux fois les sourcils, ce que M. de Maillet comprit comme une approbation.

— Mais désormais, poursuivit-il, mon opinion est faite et bien faite. J'ai pu vous voir à l'œuvre — certes sur un tableau, mais tout de même. Et les renseignements que j'ai sur vous sont excellents. Si vous me dites que vous fabriquez des remèdes, croyez-moi, vous n'aurez qu'à vous louer de mon appui. Je suis un homme fidèle, le savez-vous ?

— Oui, Excellence, articula péniblement maître Juremi.

— Eh bien, dans ce cas, parlez-moi sans détour. Connaissez-vous, comme on le dit, la pharmacopée des plantes ?

— Il me semble que oui, prononça le droguiste.

— Il lui semble ! Mais quelle modestie ! J'ai ouï dire que vous faites plus que semblant, que l'on vient vous voir de toute la colonie, que le Pacha lui-même vous consulte.

Maître Juremi baissa les yeux.

— Ne vous repentez pas ! insista M. de Maillet. C'est bien. C'est très bien. J'étais loin de soupçonner chez vous de tels talents. Vous êtes si modeste, maître Juremi. Il a fallu que mon épouse, cette nuit que j'étais légèrement indisposé, m'avouât qu'elle, elle-même, ma propre femme, et sans que je le sache, avait fait appel à vous, voilà six mois et que vous l'avez guérie.

Voyant la mine épouvantée de son hôte, le consul prit un ton encore plus doux.

— Vraiment, ne craignez rien. Je ne sais comment gagner votre confiance. Je vous félicite sincèrement. Bien plus, je vous encourage.

M. de Maillet se leva, fit un pas vers la fenêtre, se retourna et dit en regardant le droguiste :

— Sauriez-vous, par exemple, guérir les maladies de peau, je veux dire ces sortes de lèpres que l'on voit souvent ici sur les Noirs.

— C'est-à-dire, Excellence, finit par bredouiller maître Juremi, nous sommes deux.

— Que voulez-vous dire ?

— J'ai un associé.

— Fort bien, je le sais d'ailleurs. Mais répondez néanmoins à ma question.

— Comprenez-moi, pour la médecine, c'est plutôt lui. Il prescrit et je prépare. Pour Madame votre épouse, par exemple, je lui ai parlé du cas, il m'a dit ce qu'il fallait mettre, j'ai mélangé un onguent et je l'ai livré. Voilà mon seul rôle.

Le consul revint à la table et se rassit.

— Je vois, dit-il. En somme, c'est à votre associé qu'il faudrait plutôt que je m'adresse.

— Voilà ce que je tentais de dire à Votre Excellence.

La chaleur que M. de Maillet mettait à la conversation baissa de quelques degrés.

— Comment se nomme-t-il, déjà ?

— Poncet, Excellence. Jean-Baptiste Poncet.

— Et où le trouve-t-on ?

— Nous partageons la même maison. Il dort au premier étage et moi de plain-pied.

— Et votre laboratoire ?

— Oh ! Excellence, je crois bien que rien ne se puisse distinguer chez nous de ce qui sert à vivre et de notre travail. J'aurais du mal à vous décrire...

Le consul resta songeur un long moment.

— Croyez-vous, dit-il enfin, que votre ami serait disponible pour un long voyage ?

— Il faut le lui demander, Excellence. C'est un garçon, comment dirais-je, particulier. Si je n'étais pas son associé, j'affirmerais qu'il a... du génie.

— Du génie ! comme vous y allez !

Vraiment, pensa M. de Maillet, ces aventuriers ne doutent de rien.

— Me l'amèneriez-vous ?

— Certainement, si vous l'exigez. Nous sommes les sujets du Roi et vous le représentez.

Même venu d'un homme sans condition, l'énoncé de telles professions de foi réjouissait toujours le cœur de M. de Maillet, qui ne savait pas refuser sa gratitude à celui qui lui témoignait aussi sincèrement sa fidélité. Voilà, pensait-il, l'harmonie même du régime monarchique : une autorité bienvenue sur des sujets reconnaissants.

Maître Juremi sourit pour lui-même. Il avait souvent observé qu'il ne connaissait aucun milieu entre la révolte impulsive et violente, et l'obséquiosité soumise. C'était là son masque de protestant. On aurait bien étonné M. de Maillet en lui disant qu'il avait devant lui l'un de ces émigrés furieux que Guillaume d'Orange avait employés pour trancher presque à mains nues la ligne de défense des Stuart sur la côte d'Irlande. Pourtant, la blessure qu'il avait au ventre en témoignait et maître Juremi sentait une terrible envie de rouler sa chemise et d'étaler sous le nez du consul ses coutures de sabre.

— Dans ce cas, reprit M. de Maillet, dites à votre associé que je l'attends ici à onze heures.

— Comme vous voudrez, Excellence. Pourtant...

Maître Juremi était pris d'un scrupule : le consul ne paraissait pas mal intentionné. Il n'y avait pas grand risque à lui avouer la profession réelle de Jean-Baptiste. C'était plutôt du caractère de celui-ci que tout était à craindre. N'avait-il pas dit lui-même la veille : « S'il me convoquait, moi, je n'irais pas. »

— Pourtant ? s'impatienta M. de Maillet.

— Pourtant, comme je connais bien mon ami Poncet, je me permettrais un autre avis.

— Dites.

— Il me semble que si Votre Excellence voulait bien se rendre jusqu'à chez lui, c'est-à-dire chez nous, mon associé vous serait infiniment reconnaissant et ne pourrait rien vous refuser.

— Me rendre chez lui ! Ce monsieur donne des audiences, peut-être ?

Le protestant garda un prudent silence.

C'était étrange, absurde, révoltant même, pensait le consul. Mais enfin, puisqu'il y avait urgence, puisque ce drôle était en posture de force, à sa manière et pour de brèves circonstances, autant valait ravaler son mépris.

— Y sera-t-il dans une heure ? dit M. de Maillet en serrant les poings.

CHAPITRE 6

Le carrosse attendait dans la cour du consulat pavée de rondelles de bois. C'était une superbe voiture construite à Montereau et apportée de France par deux vaisseaux (les roues dans l'un, la caisse et le timon dans l'autre). Le consul l'utilisait pour ses déplacements officiels en ville et son autorité avec les Turcs en était augmentée. Après avoir employé toute l'heure qu'il s'était donnée à délibérer, M. de Maillet avait finalement résolu d'aller chez le médecin en voiture. Il habitait à quelques dizaines de mètres et il aurait été facile, naturel même, de s'y rendre à pied. Cette étrange visite aurait peut-être gagné en discrétion ; elle n'aurait cependant paru que plus suspecte. Non, le meilleur moyen de ne pas attirer trop l'attention était de partir en carrosse, de l'arrêter devant l'hôtel d'un gros marchand auquel le consul avait parfois rendu visite et de faire un détour de l'autre côté de la rue, par la maison des apothicaires, en ayant l'air d'être mû par la seule curiosité. M. de Maillet demanda son avis à M. Macé, qui confirma, et ils s'embarquèrent tous les deux vers les dix heures du matin.

Afin de paraître plus naturel encore, le consul ordonna au cocher de sortir d'abord de la colonie, de faire un tour dans la ville et de rentrer se garer « devant l'hôtel de Monsieur B. ».

— Alors, Macé, dit le consul un peu piqué, qu'avez-vous

découvert dans nos fiches sur le grand personnage que nous allons visiter ?

— Bien peu de choses, Excellence. L'homme ne fait guère parler de lui. À vrai dire, nous ne savons même pas si Poncet est son vrai nom. Il est arrivé ici il y a trois ans. On sait qu'il avait d'abord séjourné six mois à Alexandrie, d'où il était arrivé en fuyant Venise. Il s'est vanté plusieurs fois d'avoir exercé son art auparavant à Marseille, à Beaucaire et en Italie. Nous avons de bonnes raisons de croire que ses papiers sont faux. Son certificat de naissance vient de Grenoble, là où a été arrêté l'an passé ce moine défroqué qui exerçait avec talent l'activité de faussaire. Votre Excellence, avertie en son temps de ces faits, a accepté néanmoins avec bienveillance d'étendre sa protection sur le sieur Poncet, malgré l'incertitude où nous sommes du lieu, de la date et des circonstances de sa naissance.

— Que m'importe sa naissance ! siffla le consul entre ses dents.

Pour M. de Maillet, seul un gentilhomme naissait quelque part, sur une terre dont il possédait le sol et les hommes, et qui portait son nom. Les autres naissaient où ils pouvaient, cela n'avait de valeur qu'anecdotique.

— A-t-on idée de la raison de cette errance ? reprit-il. Ce Poncet ne serait-il pas protestant, comme son associé ?

— Il semble qu'il se soit plutôt déplacé sous l'effet de dénonciations. Il exerce la médecine et la pharmacie sans aucun diplôme. Mais, s'agissant de sa religion, nous sommes certains qu'il est catholique romain baptisé.

— Je ne l'ai pourtant jamais vu à la chapelle.

C'est ainsi qu'on nommait la petite église attenante au consulat où se réunissait la colonie chaque dimanche.

— Hélas ! plus d'un quart des membres de notre nation ne fait pas mieux que lui.

— Je sais et, un jour ou l'autre, il va falloir y mettre bon ordre.

— Le curé dit qu'il l'a vu de temps en temps, en dehors des cérémonies, les premiers temps qu'il est arrivé dans la colonie. Il aurait même apporté une fois des fleurs à l'église.

— S'est-il déjà confessé ?

— Jamais.

Le consul haussa les épaules et regarda par la portière avec impatience.

M. Macé fouilla dans les papiers jaunis qu'il avait sur les genoux. Par les vitres ouvertes du carrosse entrait l'air tiède de la ville arabe avec des odeurs de piment séché et de café. La foule croisait le carrosse dans des ruelles si étroites que les piétons le touchaient presque. Des enfants criaient des quolibets dans leur langue et détalaient. Toujours en troupe, les femmes, serrées dans leurs voiles de coton, jetaient à l'intérieur du carrosse des coups d'œil indiscrets.

— Peu de condamnations, continua le secrétaire. Tapage nocturne : son associé et lui avaient bu pour fêter je ne sais quoi. Une plainte pour duel : en réalité ils ferraillaient seulement entre eux, pour se divertir. Poncet voit beaucoup les Turcs, soigne le Pacha, plusieurs beys, le kayia des azabs et celui des janissaires, de nombreux marchands...

C'était bien là ce qui rendait l'affaire délicate pour le consul. La faveur dont l'apothicaire jouissait auprès de l'autorité turque lui donnait une grande indépendance. Le consul savait d'expérience qu'il était toujours dangereux de s'attaquer à des hommes qui pouvaient, au moindre incident, exciter la mauvaise humeur des indigènes et provoquer de grandes confusions diplomatiques. Ce Poncet devait bien le savoir. Il était à craindre qu'il s'en autorisât pour mettre beaucoup d'insolence dans sa conduite.

— Votre dossier est très maigre, je ne vous en félicite guère, dit le consul sur un ton rogue, lui, qui, pourtant, portait d'ordinaire peu d'intérêt à la surveillance de sa nation.

La voiture s'était arrêtée, au terme de son périple, devant la maison que le consul avait désignée. Le riche marchand qui en était propriétaire vint à sa rencontre avec des exclamations de surprise et de joie. Le diplomate eut le désagrément d'expliquer à ce lourdaud qu'il était certes très heureux de le voir mais qu'à vrai dire une autre affaire insignifiante et de pure curiosité l'attendait en face. Sur quoi, il entraîna M. Macé et traversa dignement la rue.

La maison que partageaient Poncet et maître Juremi était beaucoup moins prestigieuse que celle qui lui faisait face. Il s'agissait en fait d'un groupe de constructions hautes d'un étage, collées les unes aux autres. Elles n'auraient présenté du côté de la rue qu'une muraille uniforme si on ne leur avait appendu tout un appareil de bois ; ces échafaudages formaient en bas des sortes de galeries en arcades où l'on pouvait marcher à l'ombre et, en haut, un balcon qui faisait visière contre le soleil et gardait les pièces fraîches. La demeure des droguistes n'était pas individualisée autrement que comme une tranche de ce gros pâté de maisons, identique de l'extérieur à ses voisines. Ce petit quartier logeait, dans une grande promiscuité et guère d'hygiène, ce que la colonie comptait de moins prospère : les nouveaux arrivants, les faillis, les veuves, les enfants naturels de race mêlée, que le consul avait la bonté de tolérer parfois dans la nation.

La porte des droguistes était ouverte. Pour éviter de prolonger une trop suspecte station dans la rue, les diplomates entrèrent sans attendre d'y être conviés. Maître Juremi accourut et les fit passer de l'étroit vestibule où ils avaient pénétré jusqu'à une pièce vaste et sombre qui occupait tout le rez-de-chaussée de la maison. Il régnait dans cet endroit un indescriptible désordre, trop disparate pour être compris par l'œil. La première impression était seulement celle de mortiers de cuivre brillant de reflets jaunes. Des cornues en terre, posées sur des braises rouges, répandaient des fumerolles qui cherchaient à s'élever mais qui, lestées de substances mystérieuses et trop lourdes, rampaient à l'horizontale le long des murs. Dans un coin, un drap usé moulait les contours d'une paillasse. Le plafond était bas, noirci de suie ; des paniers d'osier, cent, deux cents peut-être, y étaient accrochés, bourrés de plantes séchées, de fruits ridés, de quignons de pain disputés aux rats.

— C'est un grand honneur, Excellence, de vous accueillir dans notre laboratoire, dit maître Juremi, dont la haute et large silhouette touchait presque les poutres.

— Votre associé est-il ici ?

— À l'étage.

Dans la pénombre, on distinguait une lumière venue d'en haut et, sous cette percée, une échelle de meunier. Le consul, suivi de M. Macé, s'y engagea.

La pièce du haut, dans laquelle ils arrivèrent, était aussi claire que celle du bas était sombre. Quatre grandes croisées l'éclairaient, ouvertes d'un côté sur le balcon, de l'autre sur une terrasse. Le plafond avait été retiré — à moins qu'il n'eût jamais existé — et l'œil voyait jusqu'au revers du toit avec ses poutres, ses chevrons et le fond un peu grisé des tuiles rondes.

Ce volume était tout entier occupé de feuilles. Planté dans de larges baquets de bois, de véritables arbres prenaient leur essor dans la lumière et la chaleur moite. Une euphorbe géante allait presque jusqu'au faîte ; un beau ficus, des arbres au tronc velu, d'autres couverts d'épines entremêlaient leurs branchages. Dans les espaces laissés libres par ces grands spécimens se glissait une multitude d'autres plantes plus petites. Le sol était presque entièrement jonché de pots, à l'exception d'étroits sentiers par où l'on pouvait gagner la porte-fenêtre de la terrasse, celle du balcon de façade, la table sur laquelle s'empilaient des livres et une petite armoire acculée dans le seul angle sombre. À une altitude intermédiaire, soit accrochées au mur dans des jardinières de cuivre ou d'étain, soit suspendues au bout de cordes qui rejoignaient la poutre faîtière, des dizaines d'autres plantes de toutes sortes, succulentes, ombellifères, lichens, orchidées, prospéraient paisiblement.

Le consul et son secrétaire restèrent un moment interdits. Dans l'inconcevable fouillis de cette véritable serre, on entendait voleter et piailler de petits oiseaux. Maître Juremi était resté en bas. À part leurs deux personnes, les visiteurs ne distinguaient, dans ce paradis terrestre, aucune autre créature humaine.

— Entrez, entrez, Messieurs, dit pourtant une voix venue des hauteurs.

Les deux diplomates avancèrent à petits pas, en faisant grincer les ais de bois du plancher, tout humide de l'eau des arrosages. À hauteur d'homme, vers le fond de la pièce se balançait entre deux crochets un hamac vide.

— Je termine cette bouture délicate et je suis à vous, dit la voix. Prenez place, en attendant, il y a deux tabourets près de la table.

M. Macé, qui avait de bons yeux, fit signe au consul que tout en haut du plus grand arbre était accotée une échelle. Sur les derniers barreaux étaient posées deux jambes chaussées de bottes de cuir souple.

— Fort bien, fort bien, dit le consul d'une voix forte où l'on ne distinguait pas trop d'humeur. Prenez votre temps !

Il fit signe à M. Macé. Enjambant des pots, accrochant leurs bas à un malencontreux épineux, ils rejoignirent la table et s'installèrent comme il leur avait été commandé de le faire.

— Il n'y a qu'une petite saison pour ces boutures, reprit la voix du haut de l'échelle. Or l'intérêt de notre métier, voyez-vous, ce sont les hybrides. La plante sauvage n'est en somme qu'un matériau. Aïe aïe aïe, ce petit fil vient encore de se rompre. Excusez-moi.

— Nous comprenons, dit M. Macé, qui craignait que le consul n'eût plus la ressource de dissimuler sa colère.

— Oui, je disais, c'est un matériau. Il faut croiser, prendre l'une pour servir de support à l'autre. Bref la nature, pour nous, n'est qu'un commencement, en quelque sorte. Nous avons les ingrédients. Il reste à explorer le monde des combinaisons.

Sur la table s'empilaient des ouvrages hétéroclites que le consul feuilletait nerveusement : un traité de botanique, les odes d'Horace et quelques in-quarto en langue arabe.

À une branche robuste étaient suspendus deux fleurets, et par terre gisaient des plastrons de cuir, des masques, des gantelets, tout ce qu'il faut pour l'escrime.

— Vous pouvez commencer à m'exposer l'affaire, reprit la voix. Je suis Jean-Baptiste Poncet. Il paraît que vous avez quelque chose à me communiquer.

— Monsieur, dit le consul en se levant, l'affaire dont j'ai à vous parler est en effet fort urgente. En toute autre circonstance, croyez bien que je ne me serais pas déplacé. Pour dire l'exacte vérité, j'aurais souhaité vous voir. Mais si, à tout le moins, nous nous entendons, ce sera peut-être suffisant.

— Vraiment, dit Jean-Baptiste sur un ton sincère et chaleureux, je vous sais gré de me permettre de terminer ce travail. Sans quoi, tout ce que j'ai préparé serait ruiné...

— Monsieur Poncet, coupa le consul toujours debout, la tête dressée vers la toiture, est-il exact que vous exercez la médecine ?

— Ah, Excellence ! J'ai toujours prévu que ce moment arriverait. Nous ne vous dissimulerons pas plus longtemps la vérité. J'ai regretté, figurez-vous, que nous ne puissions en parler plus tôt. Il n'est pas plaisant de devoir ainsi se cacher pour exercer un art qui ne fait, au fond, que du bien. Mais je vous savais très hostile. Puisque vous êtes ici, je vais vous montrer tout à l'heure quelques spécimens...

— Écoutez, Poncet ! Ma question est simple. Elle n'est pas perfide. Je ne prendrai aucune sanction contre vous, bien au contraire. Je vous le demande de nouveau et j'attends que vous répondiez simplement : exercez-vous la médecine ?

— Oui.

— Seriez-vous capable de soigner, disons, par exemple, ces maladies de peau qu'ont les indigènes, ces sortes de lèpres, de lichens.

— Rien de plus simple. Encore qu'il n'y ait aucune recette miracle. Chaque cas exige un traitement particulier.

— J'en sais assez, coupa le consul, n'entrons pas dans les détails. Passons maintenant à autre chose. Je suis venu vous proposer solennellement une mission d'une extraordinaire importance.

— Ce fil, ce fil. Juremi ! cria l'homme du haut de son échelle.

— M'écoutez-vous ? dit le consul.

— Oui, oui, poursuivez.

— Accepteriez-vous d'être le messager du Roi de France ?

— Qu'y a-t-il ? dit maître Juremi d'une voix forte en apparaissant hors de sa tanière.

— C'est ce fil de cuivre. Veux-tu m'en apporter une autre bobine ? Celui que j'ai se casse sans arrêt.

— Monsieur Poncet, dit le consul, qui se contenait à grand-peine, je vous parle de choses de la plus haute importance. Ne pouvez-vous m'accorder deux minutes et descendre de cet arbre ?

— J'ai presque terminé. Il me reste deux ou trois nœuds mais si j'arrête là, tout est gâché. Ne vous en faites pourtant pas. J'entends ce que vous me dites. Une mission pour le Roi...

— Une mission qui ferait de vous un des instruments les plus glorieux de la chrétienté, du Pape lui-même.

— Je vous l'ai dit, répondit Poncet d'une voix où ne perçait pas le moindre enthousiasme, je ferai tout pour vous êtes agréable, Monsieur le consul. Mais je n'ai guère de goût pour les choses officielles.

— Prenons l'affaire autrement : il s'agit de soigner un souverain.

— Louis XIV ?

— Non pas, ricana le consul, qui s'impatientait de tant de niaiserie. Un souverain auprès duquel le Roi de France vous enverrait. Comprenez-vous ? N'est-ce pas glorieux de traiter le corps d'un grand roi ?

— Vous savez, pour nous, médecins, s'il s'agit d'un corps, il n'y a plus de roi.

M. Macé regardait le consul et il sentait monter chez son maître comme chez lui un découragement qui pouvait, d'un moment à l'autre, déborder soit en invectives, soit en larmes.

— Bon, je vous l'ai dit, Monsieur le consul, je suis touché que vous soyez venu. Roi ou pas, si vous me demandez de traiter quelqu'un, je le ferai pour vous. J'espère seulement que ce n'est pas trop loin. J'ai beaucoup de travail ici et il n'est guère possible que je m'absente longtemps.

— Dans ce cas, s'exclama le consul en se laissant retomber sur sa chaise, je crains que tout ceci soit inutile.

— Dites toujours.

— Ce dont je vous parle, dit le consul avec ironie, n'est pas l'affaire d'un court déplacement. Je gage qu'il faudra plus de six mois pour vous rendre auprès de votre patient.

— Six mois ! Mais de quoi s'agit-il donc ?

— D'aller soigner chez lui le Négus d'Abyssinie, dit le consul.

Il y eut un long silence dans le feuillage. Puis les visiteurs virent trembler l'échelle et les pieds descendre les barreaux.

Jean-Baptiste fut bientôt en bas. Il secoua de la main les petites feuilles qui s'étaient accrochées à sa chemise et à ses cheveux et il avança lentement vers les diplomates.

Il avait l'air beaucoup plus jeune que M. de Maillet se l'était imaginé, sans doute à cause de cette profession médicale que le public aime voir exercée par de vénérables personnages.

À cette remarque près, le consul ne s'attarda point à détailler le physique de l'individu qu'il avait en face de lui. Il observa plutôt ses manières et elles lui déplurent. Il n'y avait chez ce jeune homme nulle mimique forcée, ébauchant un début de politesse, aucune marque de respect, encore moins de soumission. Rien d'étudié ne troublait son expression, qui était celle du naturel. En face de lui, les deux visiteurs, poudrés, suants, coiffés de perruque se donnaient laborieusement une contenance d'autorité. Leur interlocuteur posait sur eux, comme sur chaque être de ce monde, un regard sans faiblesse, plein de curiosité, de candeur et de sympathie, qui leur parut le comble de l'insolence. Face à un si singulier personnage, M. de Maillet se tint, plus que d'abord, sur ses gardes. M. Macé sentit immédiatement en lui-même la morsure d'une vive haine.

Le consul et son secrétaire, l'un par dépit de ne pouvoir la soumettre et l'autre par regret de n'avoir jamais pu s'y abandonner, détestaient également la liberté et la reconnaissaient devant eux. Jean-Baptiste, après un instant de silence, avança d'un dernier pas et dit en souriant :

— Le Négus d'Abyssinie ! Ah ! ça, Messieurs, il faut que nous causions.

CHAPITRE 7

Mme de Maillet attendait son mari en haut des marches du perron. Elle se donnait un peu d'air en agitant nerveusement un grand éventail de papier chinois décoré de roses. Le carrosse rentra à onze heures. Le consul en sortit avec son adjoint. Mme de Maillet se jeta au-devant de son époux.

— Mon ami, dit-elle, je vous en supplie. Prenez un peu de repos, vous n'arrêtez pas. Ce climat est dangereux. Votre cœur…

— Ne craignez pas pour moi, dit le consul, craignez plutôt pour les affaires de l'État, qui sont difficiles à mener. Et indiquez-moi où se tient pour le moment le Père Versau.

— Il est en conciliabule depuis plus d'une heure dans son appartement avec les deux pères jésuites qui l'ont visité ce matin.

Le consul se dirigea vers le premier étage et fit signe à M. Macé de l'accompagner.

La vaste chambre qui avait été réservée au jésuite ouvrait à l'arrière sur un petit cabinet de travail au plafond bas, aux murs lambrissés, dont le prêtre avait fait son séjour favori. M. de Maillet frappa, on l'autorisa à entrer et M. Macé à sa suite. Ils s'installèrent à la table autour de laquelle figuraient déjà les silhouettes noires des trois ecclésiastiques.

— Permettez-moi de vous présenter le Père Gaboriau, que

vous connaissez et le Père de Brèvedent que, je crois, vous n'avez encore jamais vu, dit le Père Versau.

Les diplomates saluèrent les deux prêtres. Le Père Gaboriau vivait dans la colonie depuis au moins quinze ans. C'était un homme d'embonpoint, au visage et aux mains carrés et rougeauds. Il faisait la classe aux enfants de la nation franque. Plusieurs générations de petits élèves avaient tenté, fascinés, de comprendre comment la ligne chaotique de sa denture supérieure, qui avait poussé ses chicots dans toutes les directions, pouvait s'occlure sur une mâchoire inférieure qui n'était pas moins accidentée. Pourtant, chaque fois que le prêtre cessait de parler, le miracle se reproduisait et cette bouche de saurien se refermait paisiblement. La seule conséquence de cette difformité masticatoire était, semblait-il, la nette préférence que ce père, sinon sans histoire, marquait pour les liquides. Le consul, qui, on le sait, disposait d'un quasi-monopole sur le commerce du vin, avait la grandeur d'âme de fournir les congrégations à prix coûtant. Le manque à gagner n'était pas considérable, à condition que ces saints hommes n'exagérassent pas. Le Père Gaboriau était le seul à marquer de l'abus. Si la piété de M. de Maillet lui interdisait de considérer ce prêtre comme un ivrogne, rien ne l'empêchait, en revanche, de le regarder presque comme un voleur.

L'autre jésuite était tout à l'opposé. Il était de haute stature, point maigre mais avec des membres grêles et une peau cireuse ; il portait de petites lunettes de cuivre que retenait à peine un nez minuscule. L'effacement de ce centre du visage faisait paraître plus grands encore le front bombé, qui gagnait sur des cheveux coupés ras, et surtout une bouche et un menton proéminents. Mais cette avancée semblait faite de plus de chair que d'os : ses grandes lèvres se fermaient à peine et la peau du cou commençait à pendre dans le menton. En le voyant, voûté, avec ce front et ces bésicles, ces mains osseuses habituées à tourner des pages jaunies, on reconnaissait à coup sûr l'homme de savoir et d'étude.

— Non, en effet, dit le consul en s'inclinant, je ne connaissais pas le Père de Brèvedent.

— Il est arrivé il y a deux mois seulement et vous savez que les Turcs nous font beaucoup de difficultés. Officiellement, nous n'avons droit qu'à la présence permanente de l'un d'entre nous. Les autres sont de simples visiteurs. Pour les autorités, le Père n'est donc qu'un voyageur ordinaire.

Brèvedent esquissa un sourire timide, en regardant le consul du coin de l'œil sans tourner la tête.

— Alors, poursuivit le Père Versau, avez-vous mis la main sur un messager possible ?

— Oui, mon Père, dit le consul, j'en ai trouvé un et croyez bien que cela n'a pas été sans mal. Français, catholique, médecin, de robuste constitution, avec un naturel aventureux.

— Je crois bien que c'est la perle rare, dit le jésuite en sollicitant du regard l'approbation tout autour de la table. A-t-il fermement accepté ?

— C'est-à-dire... Il sera ici après le déjeuner. Sa décision est encore réservée. J'ai pensé qu'il valait mieux ne pas la précipiter. Vous lui exposerez vous-même les détails de sa mission. Nous le recevrons tous ensemble, si vous l'acceptez, et son engagement n'en prendra que plus de poids.

Là-dessus, M. de Maillet fit une description détaillée du personnage en question. Il opéra un choix délicat mais qui lui parut fort habile entre les qualités de l'individu et ses bizarreries. Il jugea prudent de prévenir favorablement le Père Versau quant à l'âge apparent de celui qu'il allait voir.

— Il a l'air jeune mais d'après nos renseignements de police, il l'est moins qu'il ne paraît d'abord.

Le consul ajouta en riant :

— Ce doit être l'effet d'un cordial qu'il a composé avec

des plantes et qu'il s'administre à lui-même à titre d'expérience.

— Une jouvence ? dit le Père Gaboriau qui avait eu recours toute sa vie à des jus de végétaux mais avec un succès modeste.

— Je le suppose. Rien d'autre ne peut expliquer une si étonnante conservation...

Ils discutèrent encore un peu de ces élixirs. Un valet, envoyé par Madame, vint enfin leur annoncer le déjeuner et ils descendirent.

Mlle de Maillet était au repas. Pour briller, le Père Versau évoqua, avec presque tous les détails, la mission d'Éthiopie qu'avait recommandée le Roi. Le consul jugea cette confidence inutile et dangereuse. Il se promit de parler le soir même à sa fille pour lui indiquer l'extrême discrétion qui convenait sur ce sujet. En attendant, le déjeuner fut d'une grande animation. Le Père Versau dit ce que l'on savait des empereurs abyssins, d'après les témoignnages des jésuites qui avaient converti l'un d'entre eux au début du siècle. Il fit le récit de l'injuste expulsion de ces missionnaires et des grandes persécutions qui l'accompagnèrent. Ces dames étaient indignées. Il leur représenta ensuite tous les dangers de la mission qui allait partir, la cruauté des climats et des hommes. Le repas se termina dans une sorte de stupeur voluptueuse. Rarement, le consul dut en convenir, cette maison avait connu tant d'animation et, malgré la gravité du sujet, de gaieté. On n'en jugea que plus sévèrement les deux jésuites venus en visite. Car l'un, Brèvedent, n'avait pas quitté son air contrit et l'autre, plus rouge que jamais, s'était assoupi au troisième verre.

Pendant qu'on se levait de table, l'intendant vint annoncer le sieur Poncet. Les dames se retirèrent et il fut arrêté qu'on le recevrait dans la salle d'audience du consulat, sous le portrait du Roi, avec le café.

Poncet entra. Il ne s'était pas donné la peine de changer

de vêtement ; seulement avait-il enfilé, par-dessus sa chemise, son habit bleu foncé, qui était fort court et qu'il n'avait pas boutonné. Ni chapeau, ni manchettes, ni canne ; il gardait libres ses cheveux noirs, dont les boucles roulaient quand il tournait la tête. Ses mains fines, aux bouts verdis, se promenaient dans l'air aussitôt qu'il parlait avec un peu d'animation. Il salua poliment le consul et les trois prêtres en les regardant les uns après les autres dans les yeux. Le consul fit les présentations. Le Père Versau, assis dans un grand fauteuil presque au-dessous du portrait du Roi, parla en majesté.

— Monsieur Jean-Baptiste Poncet, commença-t-il avec solennité, pouvez-vous nous dire très officiellement ici si vous êtes d'accord pour vous rendre auprès du Roi d'Abyssinie afin de lui remettre un message de Sa Majesté Louis XIV ?

Poncet s'illumina d'un grand sourire.

— Messeigneurs, vous êtes bien pressés ! dit-il en riant. Comptez que je suis debout, que j'ai travaillé toute la matinée et que je suis venu à pied, seul dans la rue ou presque, car nul n'oserait s'aventurer dehors par cette chaleur. En outre, je vois ici du café et des biscuits…

— Vous avez raison, s'écria le consul, que la précipitation avait égaré. Prenez place. Que pouvons-nous vous servir ? Macé, s'il vous plaît, une tasse de café sucré pour M. Poncet.

Le jeune homme fut bientôt pourvu de tout. Il but son café lentement, mit la conversation sur le portrait du Roi et sa restauration, parla des arbres qu'il avait vus dans le jardin du consulat en entrant. Quand ses interlocuteurs furent bien assouplis, à bout de longe, que le ton fut devenu plus naturel, il revint soudain à leur affaire.

— Ainsi, Messieurs, vous souhaitez m'envoyer soigner le Roi des Rois ? L'idée est bonne, je vous jure. Elle est même excellente. Car, plus j'y pense, plus je vois que seul un médecin, en effet, pourrait s'introduire dans ce pays sans y être immédiatement mis à mort. Mais qu'est-ce qui vous fait penser que l'actuel empereur a besoin de mes services ?

— Nous le savons, dit le consul, de la source la plus certaine. C'est lui-même qui a fait demander le secours d'un homme de l'art. Il y a dans cette ville un messager chargé de cette mission et avec lequel vous voyagerez.

— Espérons seulement que le Roi ne sera pas mort avant mon arrivée ! Enfin, nous verrons bien.

— Il faut en tout cas le tenter, ajouta le consul.

— À cette affaire médicale, intervint le Père Versau, qui reprit un ton plus familier, s'ajoute le message que nous souhaitons vous faire porter.

— De quoi s'agit-il au juste ? dit Jean-Baptiste.

— Voilà, fit le Père Versau, heureux que la conversation allât enfin à l'essentiel. Vous gagnerez d'abord la confiance de l'Empereur abyssin par les soins que vous allez lui prodiguer. Il vous appartiendra ensuite de lui annoncer solennellement que vous êtes aussi — et même d'abord — le messager de Son Altesse Louis XIV. Vous lui direz tout l'intérêt que le Roi de France porte au royaume chrétien d'Abyssinie. Nous comptons bien que vous lui représentiez dans son détail la grandeur sans égale, la puissance extrême et la sainteté du souverain français. Il faut simplement exciter ce Négus à comprendre que les princes d'Occident ont, dans leur plus grand nombre, accepté de rendre hommage au Roi de France et qu'il est dans son intérêt à lui, Roi d'Éthiopie, d'être éclairé aussi par cette grande lumière et de se tourner vers elle.

— Cela est beau, dit Poncet, et j'espère que j'y parviendrai. Mais quel effet pratique attendez-vous de la chose ?

— Nous voulons, dit le Père Versau, que le Négus envoie, en retour, une ambassade à Versailles. Cette ambassade devra être brillante, conduite par un homme de confiance de l'Empereur et accompagnée de plusieurs représentants des familles nobles de son entourage. Enfin, et ceci est fort important, il faudrait qu'y figurent également quelques jeunes Abyssins qui viendraient étudier à Paris, au collège

Louis-le-Grand. Ils manifesteraient ainsi la reconnaissance que le monde entier fait de la gloire de notre langue, de notre culture et de nos sciences.

— Me donnerez-vous une lettre dans ce sens ? dit Poncet.

— Une lettre officielle et pourvue, comme il se doit, de tous les sceaux, intervint le consul.

— Mais, reprit le Père Versau, il faut que vous la dissimuliez soigneusement. Vous ne devez délivrer votre message qu'au Négus lui-même.

— Il me semble que j'ai bien compris, dit Jean-Baptiste. Maintenant, si vous voulez bien considérer les choses de mon point de vue, nous dirons que cette mission est en plus.

— En plus ? s'écria le consul avec étonnement.

— Oui, en plus, car, vous en conviendrez, mon métier n'est pas d'abord la diplomatie. Je vais là-bas pour la guérison de l'Empereur. Et voilà ce dont nous devons discuter.

— Qu'y a-t-il à discuter ? dit le consul. Vous nous dites seulement oui ou non, et voilà tout.

— Pardon, Excellence, fit Jean-Baptiste, il me semble, à moi, qu'il y a bien des détails à considérer et d'abord celui-ci : quels seront mes honoraires ?

— Vos honoraires ! se récria le Père Versau. Mais Monsieur, il s'agit d'exécuter une volonté du Roi. L'honneur...

— Chacun cherche ce qu'il n'a pas, coupa Poncet en toussant. Moi, c'est l'argent qui me manque.

Le consul regarda le Père Versau d'un air effaré.

— Comment voudriez-vous que je soigne les pauvres gratuitement, continua Jean-Baptiste, que le lourd silence ne paraissait pas gêner, si les riches ne me paient pas ?

— Monsieur, dit enfin le Père Versau, l'Empereur veut un médecin : il vous paiera lui-même. Notre affaire est seulement de prendre en charge les frais de votre voyage.

— Le raisonnement me va, dit Poncet en croquant un biscuit à la cannelle. Je verrai donc avec l'Empereur pour les honoraires. Mais considérons de plus près les frais.

Suivit une laborieuse conversation au cours de laquelle le médecin extorqua au consul la promesse — qui serait écrite — de payer son équipement de voyage, de le dédommager du travail manqué et des clients perdus du fait de sa longue absence. Il se fit rembourser par avance les instruments de médecine qu'il emporterait au motif qu'ils seraient certainement endommagés ou égarés, exigea des vêtements chauds, des armes. À cela s'ajoutaient les montures de l'expédition ainsi que le prix à payer auprès de tous les roitelets dont les terres seraient traversées.

Le consul consentit à tout, épouvanté par la dépense. Il se promit d'écrire le jour même à son parent, M. de Pontchartrain, pour lui faire endosser les frais.

— Eh bien, j'accepte, dit finalement Jean-Baptiste. J'irai en Abyssinie quand vous voudrez.

Un frisson de soulagement parcourut l'assistance.

— J'ajoute un détail, dit le Père Versau, qui voulait que rien ne restât hors de leur accord.

Et, désignant de la main son collègue, il dit :

— Voici le Père de Brèvedent, qui vous accompagnera.

— Un jésuite, dit Poncet, en Abyssinie ! Mais voilà cinquante ans que les empereurs vous ont déclaré leurs ennemis. Mon Père, c'est un risque que je ne voudrais faire prendre à personne.

— Ce n'est pas vous qui le faites prendre, dit le Père Versau fermement. Il s'agit des ordres du Roi. Et, comme vous le dites avec pertinence, voilà cinquante ans que l'affaire a eu lieu. On peut penser que les choses ont changé. De toute façon, rassurez-vous, il n'est pas question d'emmener le Père de Brèvedent sous son identité de jésuite. Personne ne connaît ce père ici. C'est un simple voyageur. Là-bas il sera seulement, disons, votre valet.

Poncet échangea un bref regard avec le Père de Brèvedent,

qui avait l'air aussi gai que s'il venait d'essuyer une bastonnade.

— Va donc pour le valet, s'il en est d'accord, dit Poncet.

Puis, se tournant vers le Jésuite :

— Nous vous appellerons… Joseph ? Qu'en dites-vous,
mon Père ?

Brèvedent baissa les yeux.

— Puisque nous en sommes à composer l'expédition, dit
Jean-Baptiste, j'ai un associé sans lequel je suis fort désarmé.
S'il avait pu nous accompagner…

— Un huguenot ! s'écria vivement le consul.

À ces mots, le Père Versau se leva.

— Monsieur, il me semble que nous avons satisfait toutes
vos exigences. N'allez pas plus loin. Vous ne sauriez mêler un
émigré à une affaire concernant d'aussi près le Roi et notre
Église. Il me semble que c'est assez facile à comprendre.
N'en parlons donc plus.

Poncet, qui n'en avait même pas encore informé maître
Juremi, ne jugea pas utile de livrer cette bataille, perdue
d'avance. Les choses en restèrent là.

Les engagements furent solennellement renouvelés. Le
consul raccompagna Poncet jusqu'au vestibule. Quand il
revint, une visible satisfaction s'était emparée du petit
groupe. Le consul se joignit à ce concert d'actions de grâce.
Comme d'ordinaire, l'austère Macé tira cette colombe en
plein vol :

— Maintenant, dit-il sombrement, il reste à convaincre
Hadji Ali de renoncer à ses capucins.

*

Debout sur le perron du consulat, Jean-Baptiste respira
profondément. Des senteurs de pin, dissoutes dans l'air
chaud, venaient du grand jardin de l'Esbequieh tout proche.
Mais derrière l'odeur de l'oasis, derrière celle du désert, il lui

semblait distinguer, tout à l'origine de ces vents, descendu avec eux du haut plateau en longeant le fleuve, le parfum d'épices et d'encens du pays de Pount, de cette côte des aromates qu'on l'envoyait découvrir. L'Abyssinie... Cette terre l'avait fait rêver, à Venise, quand son ami Barbarigo lui avait parlé des aventures de João Bermundez, compagnon de Christophe de Gama, le fils du grand Vasco, qui avait volé au secours des Éthiopiens et sauvé leur royaume de l'invasion musulmane, un siècle plus tôt. Ce n'était encore qu'un rêve et Jean-Baptiste n'aurait jamais osé entreprendre sa réalisation. Voilà que sa bonne fortune, à laquelle il croyait si fermement, lui en offrait le moyen. Il rêvait de nouveau monde. Or, quel monde était plus nouveau que ce pays inaccessible et légendaire, non point ignoré et vide mais au contraire convoité et riche, de son or et de son histoire.

Né dans une époque de misère, la France de la Fronde, sans fortune et sans état, Jean-Baptiste avait eu toutes les occasions de rencontrer le malheur et le désespoir. Il avait décidé une fois pour toutes et depuis bien longtemps de n'y céder jamais. On ne pouvait imaginer une existence plus gaie, plus soustraite aux routines et à la contrainte que la sienne. À l'instant même où il commençait à ressentir un léger ennui dans cette ville qui lui était maintenant trop connue, le destin venait, comme dans un conte d'Orient, le transporter au pays de ses rêves.

Jean-Baptiste, tout à son émerveillement, descendit lentement les marches du perron. Il était souvent passé devant le petit jardin du consulat mais n'avait jamais eu le loisir d'y pénétrer. Il s'y attarda un instant. À droite de la courte allée de graviers était planté un boulingrin au milieu duquel coulait une petite fontaine de pierre. Il s'en approcha. Derrière le bassin, il remarqua un arbuste qui lui était inconnu. Même distrait par la rêverie, Jean-Baptiste gardait l'œil du botaniste. Il s'agenouilla près du buisson, considéra son feuillage et, moitié pour en chercher le nom dans ses livres, moitié pour garder un souvenir de cette journée, il sortit de sa poche un greffoir à manche de bois et entreprit de couper un rameau de la plante. Il jeta d'abord un coup d'œil alentour pour voir si personne ne l'observait. Son regard fut arrêté au premier étage du consulat par celui de Mlle de Maillet. Elle était accoudée à la traverse de la fenêtre et s'attendait si peu qu'il levât les yeux vers elle qu'elle se sentit aussi surprise que lui.

La belle humeur qui l'habitait fit penser à Jean-Baptiste que cette seconde rencontre en deux jours était un signe heureux. Il sourit. Elle avait encore ses rubans bleus et ce repère familier permit à Jean-Baptiste de voir autre chose : les traits si délicats de la jeune fille, son nez régulier, petit et fort droit, surtout ce regard pâle, limpide où toute gravité disparut quand elle répondit à son sourire. Mais sitôt qu'elle eut découvert sa denture blanche, enflammé son œil, la jeune fille se retira. Jean-Baptiste resta un moment le genou sur le gazon, puis debout, à attendre qu'elle reparût. La croisée resta vide. Il regagna lentement l'allée puis sortit dans la rue et rentra chez lui sans hâte.

Le merveilleux voyage qui lui était proposé reprenait possession de ses rêves. L'apparition de Mlle de Maillet, qui, la veille, avait provoqué sa tristesse, augmenta cette fois sa joie. Tout était à nouveau possible, il se sentait redevenu un voyageur libre et sans attache, comme à Venise, à Parme ou à Lisbonne. Cette seule pensée lui faisait imaginer le plaisir. Il n'en demandait pas plus.

CHAPITRE 8

Alix de Maillet avait été une enfant très laide jusqu'à l'âge de quatorze ans. Élevée dans un couvent proche de Chinon depuis que ses parents étaient hors de France, elle avait grandi accoutumée aux sobriquets cruels qui stigmatisaient son embonpoint et la rougeur de ses joues : grosse pivoine, navet joufflu, et d'autres qu'elle avait oubliés. À cette disgrâce du corps s'attachait de façon consolatrice une certaine indulgence des esprits. Elle ne faisait peur à personne, n'excitait pas la jalousie et recueillait, pour prix du dégoût que suscitait son apparence aux autres, leur affection. Les premiers temps de son adolescence ne firent que confirmer cet état des choses : la transformation de son corps promettait de se faire sans atténuer ses fâcheuses proportions. Laide elle était arrivée dans ce collège à six ans ; laide encore elle en repartait à quatorze pour faire le voyage d'Égypte. C'est alors que soudain, inexplicablement et bien tard, la beauté s'empara d'elle comme une éruption éclate sur un visage avec la fièvre. Elle mincit, s'élança. Tout ce qui s'était accumulé en graisses peu seyantes devint sève et la fit pousser. Le rouge de ses joues pâlit : tant de blanc à ce rose mêla son grain qu'elle prit un teint d'une extraordinaire fraîcheur, et un toucher de satin. Elle dénoua ses épais cheveux blonds auxquels l'obscurité des chignons et des nattes avait donné les reflets assombris du bois de chêne. Le malheur voulut que cette beauté arrivât quand elle était désormais seule, sans rien pour la lui manifester du dehors. Le regard de ses parents n'était pas bon juge ; elle n'avait plus d'amie pour lui renvoyer son image et le miroir seul ne disait rien. Elle sentait quelque chose se transformer ; il lui paraissait même, en se regardant, apercevoir la confirmation de son pressentiment. Mais elle se demandait s'il n'y avait pas là un effet de la terrible solitude où elle était plongée, car dans cette belle maison du Caire elle ne voyait personne et, surtout, personne ne la voyait.

Elle avait entretenu d'abord une correspondance de jeune fille avec quelques anciennes amies. Mais les lettres n'arrivaient pas, ou si tard, qu'elle cessa de les attendre et bientôt de les écrire. On lui donna quelques leçons de piano mais la vieille répétitrice s'effondra bientôt dans la rue, un jour qu'elle venait la faire travailler. Elle fut dix jours sans sa connaissance puis mourut. Le Père Gaboriau tâcha de lui enseigner le latin, qu'elle savait déjà mieux que lui car elle avait été bonne élève chez les sœurs, et les mathématiques, qui ne l'intéressaient pas. Elle supplia son père de la délivrer de ces répétitions. Restait la lecture. La bibliothèque du consulat n'était pas mal pourvue. Elle aimait les sciences naturelles et les tragédies. On lui donna de surcroît *Télémaque*, les *Fables* de La Fontaine. Elle découvrit seule les romans que son père réprouvait mais qu'il n'avait pas lus et qu'il ne cachait guère. *La Princesse de Clèves* lui apporta tout un monde, qu'elle ne quitta plus. On n'a pas besoin d'être belle pour rêver. Elle avait fait l'expérience, toute son enfance, du contraire. La préoccupation venue du corps qui lui avait laissé croire un moment qu'elle méritait le bonheur dans la vraie vie ne lui avait au fond causé qu'incertitude et tourment. Si bien qu'elle reprit pied avec volupté dans le monde de son imagination, où elle avait toujours été la plus belle et où tout continuait de lui rendre cet hommage.

Après le déjeuner en compagnie des jésuites, elle s'était installée à la fenêtre de sa chambre, qui donnait sur le jardin

85

du consulat et elle regardait le feuillage des tilleuls. Elle pensait à l'Abyssinie dont on venait de lui parler, à ces mondes si proches, inaccessibles, où rêvaient sans doute d'autres jeunes filles, où elle aurait pu naître. Elle s'imaginait une peau noire et, regardant le bracelet d'or se détacher sur le blanc de lait de son poignet, elle se demandait quel effet ferait le même éclat jaune sur un fond sombre. D'une pensée à l'autre, elle s'évada tout à fait des choses qui l'entouraient et, accoudée à la croisée, entra dans cet état de rêverie qui était alors son naturel et où les heures passaient imperceptiblement.

Soudain, elle entendit du bruit sur le perron, en dessous d'elle. Son père raccompagnait quelqu'un. Elle vit le personnage descendre les marches ; il lui apparut de dos, mince, sans chapeau, la tête entourée de cheveux bouclés, chaussé de bottes souples. Il s'arrêta dans l'allée. Elle continua de l'observer. C'est alors qu'il quitta son chemin, foula la pelouse et s'agenouilla au bord de cet étrange petit arbuste qu'elle avait déjà remarqué pour ne ressembler à rien de commun.

Elle voyait maintenant le visiteur de profil. C'était le jeune homme qu'elle avait aperçu la veille sur le pont du Kalish et qui l'avait regardée si drôlement. Ses gestes avaient une étonnante élégance, tout empreinte de simplicité. Elle nota avec quelle aisance il s'était agenouillé, comment il avait tiré un couteau de sa poche, saisi une branche... Au consulat, les rares personnages qu'elle croisait appartenaient à deux mondes en apparence incompatibles : d'un côté étaient les hommes de condition, éduqués, polis, pleins de leur importance et raides, précieux, incapables d'un geste ordinaire, surtout s'il était utile. De l'autre, ceux du peuple, qui faisaient tout mais n'étaient rien et qui avaient, cuisiniers, cochers, gardes, la rudesse de leur habileté, au point qu'on préférait qu'ils se taisent et qu'ils vivent comme des ombres. Le jeune homme qu'elle avait devant les yeux mêlait troublement les traits de ces deux castes : il avait la silhouette d'un maître et l'aisance d'un valet.

Pas un instant, pendant qu'elle l'observait, elle n'eut d'abord la crainte d'être vue. Alix se croyait encore dans ses rêves, où il n'est pas possible que le dormeur soit démasqué par ses songes. Pourtant, le jeune homme tourna le regard sur elle. Depuis quand n'avait-elle pas éprouvé cette sensation, si naturelle pourtant à ceux qui vivent en société : être dévisagée par un inconnu ? L'avait-elle même éprouvée depuis qu'elle était sortie de l'enfance ? Peut-être avec quelques vieux prêtres que son père lui laissait apercevoir au dîner. Mais cette violente effraction par un homme qui se livrait lui-même avec grâce à l'observation, qui offrait à voir sa silhouette au naturel et son visage dans toute la vérité de l'étonnement, elle ne l'avait jamais ressentie. Elle en fut étourdie et répondit en souriant à ce sourire. Ensuite, par un mouvement de frayeur qu'elle se reprocha immédiatement, elle s'éloigna de trois pas de la fenêtre. Les mains croisées dans le dos, touchant le bois de la porte de sa chambre, elle se tint un long moment debout, violemment émue, le souffle court. Déjà la chaleur de ce regard lui manquait. C'était la réaction d'une enfant que la crainte du danger fait fuir au moment où elle fait l'expérience d'un délice.

— Pourquoi suis-je rentrée ? se disait-elle. Ce jeune homme ne me fait pas peur. Non, non, je n'ai pas peur. D'ailleurs, il a l'air fort poli et honnête, sans quoi mon père ne le recevrait pas. Que ferais-je de mal en me penchant à ma fenêtre ? Et quelle honte y aurait-il à regarder un visiteur sortir du consulat ?

Elle se raisonna un long moment. Enfin, quand au terme de ce petit combat l'un des plateaux de la balance eut fait laborieusement céder l'autre sous son poids, elle se précipita de nouveau à la fenêtre. L'inconnu avait disparu.

Elle s'attarda, vit qu'il ne revenait pas, rentra dans sa chambre. La chaleur s'était concentrée dans la maison sans le soulagement qu'apportait au-dehors le mouvement des arbres dans le vent tiède. Elle regarda son lit avec la couverture de moire verte, l'oreiller où ses initiales étaient brodées, la petite table et sa feutrine, la chaise, le cabriolet, les livres et quelques poupées de porcelaine. Ces objets de compagnie, qui avaient apaisé tant de ses journées, n'étaient au fond que les geôliers de sa solitude. Un seul regard avait suffi à les démasquer. Elle s'en serait voulu de leur confier si peu que ce fût le soin de la consoler et elle sanglota debout, le visage dans les mains.

*

— Vert ! dit le consul d'un ton catégorique. Vous m'avez bien entendu. Et au bout de deux jours d'affreuses douleurs, il est tombé à terre, comme un fruit pourri...

— Laissez-moi le temps de traduire, Excellence, dit M. Macé en agitant la main.

Hadji Ali, penché en arrière, faisait une horrible grimace.

— Il demande si le patient est mort, traduisit le secrétaire à l'adresse du consul.

— Non, répondit doctement M. de Maillet. Du moins, ajoutez : pas tout de suite. Il a d'abord souffert longuement. Il suppliait qu'on ait la bonté de l'achever. Mais nous autres, chrétiens, ne sommes pas autorisés à délivrer l'âme du corps.

— Je l'aurais fait, moi, s'écria Hadji Ali, en brandissant un petit poignard sorti de sous son étonnante tunique.

— Qu'il se calme, maintenant, dit le consul en reculant, et surtout qu'il rengaine cet objet.

Hadji Ali s'épongea le front avec sa manche et reprit plus tranquillement, en regardant le diplomate dans les yeux.

— Êtes-vous bien sûr de ce que vous dites ? demanda-t-il.

— Comment, si j'en suis sûr ? Mais puisque c'est mon très honorable collègue de Jérusalem qui l'a écrit lui-même à notre ambassadeur à Constantinople, M. de Ferriol, lequel vient à son tour de me le faire savoir par un courrier exprès. Il est arrivé ce matin et vous trouverez le cheval encore tout en sueur dans mes écuries.

Macé traduisit.

— Un capucin, reprit M. de Maillet en ânonnant comme pour faire rabâcher une leçon, se faisant passer pour un médecin a quitté Jérusalem. Il est parti en bateau pour Alexandrie et Le Caire. N'est-ce pas tout à fait le même ?

— Sans doute, dit Hadji Ali.

— Trois patients qu'il avait prétendu traiter d'une lèpre ont été portés au consulat après son départ. Mon collègue a vu l'un d'entre eux vivant et les deux autres morts. Tous avaient les membres verts et l'un d'eux les avait perdus tout à fait.

— Assez, cria Hadji Ali, le coude devant la bouche et saisi d'un haut-le-cœur. Ne me répétez pas tout.

— Je vous le répète, puisque vous ne voulez pas entendre. Vous persistez à douter.

— C'est qu'il y a d'autres capucins et qu'ils ont pu...

— N'en parlons plus, dit M. de Maillet en se levant. Je vous aurais prévenu. Si vous voulez prendre le risque d'emmener un charlatan chez le Négus, vous en subirez les conséquences. Ce n'est pas ma tête, après tout, qui roulera...

— Mais quelle autre solution ai-je, si je n'emmène pas ce capucin ?

Le consul se rassit. L'affaire progressait lentement.

— Nous avons dans la colonie un médecin franc tout à fait capable.

— Je l'ignorais, fit Hadji Ali, l'air plein d'intérêt. De qui s'agit-il ?

— Un droguiste. Il soigne le Pacha en personne.

— Ah ! oui, j'en ai entendu parler, dit le marchand. Mais tout de même, pour un Franc, avoir la référence des Turcs, voilà qui est étrange, ne trouvez-vous pas ?

— Comment, la référence des Turcs ! Et la mienne, qu'en

faites-vous ? Non, non, je vous recommande formellement cet homme. Ma propre femme a été soignée par ses soins.

Hadji Ali gardait un air dubitatif.

— Les capucins me l'ont déconseillé, dit-il.

— Et pour quel motif, s'il vous plaît, se sont-ils permis cette calomnie ?

— Il n'est pas pieux.

— Il n'est pas pieux ! s'écria M. de Maillet au comble de l'impatience. D'abord, c'est inexact : il va à l'église. Ensuite dites-moi ce que la piété a à voir là-dedans. S'il est un bon médecin, que vous importe le reste ?

— Rien ne se fait tout à fait sans l'aide de Dieu, dans cette matière, dit le caravanier en secouant la tête.

— Quelle idée avez-vous là ? Vous êtes mahométan, ce médecin est catholique et le Négus est dans l'hérésie ; comment voulez-vous trouver un Dieu qui fasse le compte de tout cela ?

— Dieu est Dieu, fit Hadji Ali en baisant ses doigts et en regardant en l'air.

— Eh bien, emmenez avec vous le patriarche copte d'Alexandrie et demandez-lui de faire un miracle, hurla le consul.

Ce chamelier, M. de Maillet le sentait bien, était en train de l'entraîner sur un terrain absurde où il allait bientôt être rendu à défendre l'athéisme le plus répugnant, à seule fin de faire valoir son candidat. Il se tut et le marchand resta longuement plongé dans sa réflexion.

Hadji Ali ignorait absolument s'il fallait croire l'histoire du courrier de Jérusalem. Dans sa culture d'homme du désert, les choses extraordinaires ne sont pas les moins véridiques et il se gardait bien de provoquer tout ce qui, de près ou de loin, ressemblait au surnaturel.

En revanche, il savait de science certaine que le consul avait une envie irrésistible bien que mystérieuse de le convaincre d'abandonner les capucins et d'emmener le médecin franc. Il calcula son intérêt et vit clairement qu'il n'était pas du côté des religieux : ceux-ci ne lui avaient rien promis et faisaient même mine de lui rendre service. De plus, ils étaient compromettants et pouvaient susciter la méfiance des Turcs et de toutes les puissances indigènes qu'ils rencontreraient sur leur chemin. Au contraire, ce médecin franc risquait moins les persécutions et si son gouvernement souhaitait tant le voir partir, il y mettait le prix.

Hadji Ali commença de gémir et de se lamenter pour lui-même.

— Voulez-vous lui demander pourquoi il geint, dit avec humeur le consul à M. Macé.

— Il dit qu'il pense à tous les frais qui vont lui incomber s'il doit changer ses plans et emmener un autre médecin.

— À la bonne heure, nous y sommes, soupira d'aise le consul.

La discussion dura encore une demi-heure. M. de Maillet dut aller trois fois vers le tiroir du secrétaire à rideau. Il fallut payer pour les chameaux à changer, pour les messagers à envoyer, pour les prières à faire dire. Mais, au bout du compte, l'affaire fut honnêtement réglée et tout le monde se sépara satisfait.

*

Le Père Versau, dès qu'il connut l'heureuse conclusion, annonça qu'il partirait le lendemain. Son voyage devait se poursuivre vers Damas, où l'attendaient d'autres affaires. Le dîner fut rapide et silencieux. Le Père de Brèvedent revint à la nuit recevoir les dernières instructions de son supérieur. Les deux prêtres se mirent en conciliabule au premier étage.

M. de Maillet se retira tôt, recru de fatigue.

Non loin de là, dans une des dernières ruelles de la colonie, Jean-Baptiste et maître Juremi avaient soupé gaiement et vidé une bouteille de leur meilleur vin. À dix heures, ils sortirent sur la terrasse. Le vent de sable voilait les étoiles et gardait la tiédeur de l'air. De toutes parts, dans la ville arabe résonnaient les tambourins et les youyous car c'était la fin de la saison des mariages. Des chiens se répondaient en hurlant.

— Non, non, dit maître Juremi qui poursuivait leur conversation, il n'est pas question que je m'engage dans une telle affaire...

— Mais le consul n'a pas besoin de savoir quoi que ce soit. Je ne lui dis rien, mon valet et moi quittons la ville et nous te retrouvons un peu plus loin.

Le protestant, qui d'une main tenait son gobelet d'étain, leva l'autre avec autorité.

— Inutile ! c'est non.

— Alors, nous allons nous séparer ?

Ils s'étaient connus à Venise, cinq ans plus tôt. Jean-Baptiste y cherchait un maître d'escrime. Il était tombé sur ce grand vaurien d'émigré français, noir de poil et grognon, qui vivait sous une fausse identité. Ses élèves l'appelaient maître Juremi.

— Sans doute, dit sombrement le protestant.

Il détourna la tête car s'il était bien du genre à s'émouvoir, il ne supportait pas de le montrer.

Avant de devenir maître d'armes, il avait fait tous les métiers et gardait la nostalgie d'un petit temps qu'il avait passé comme préparateur chez un apothicaire. Jean-Baptiste lui avait rendu l'usage du trébuchet et de l'alambic, et il avait renoncé au commerce des coups de lame. Ils s'étaient associés et avaient fui ensemble au Levant.

— C'est un monde ! s'écria soudain le protestant en se redressant. On dirait que tout cela est ma faute.

Il fit deux pas furieux sur la terrasse, puis se retourna vers son associé.

— Nous ne nous séparons pas parce que je refuse de partir, reprit-il, mais parce que tu as pris un engagement tout seul et, je crois, un peu vite...

— N'est-ce pas toi, hier encore, se défendit Jean-Baptiste, qui proposait de quitter Le Caire, de partir pour le Nouveau Monde ?

— Le Nouveau Monde, peut-être, mais pas sur les ordres du consul. Crois-moi, si je devais un jour aller vers des terres inviolées, ce ne serait pas pour y conduire des jésuites.

— Oh ! dit Jean-Baptiste, les jésuites... un moyen tout au plus. Crois-tu que cette mission m'intéresse ? Je me moque bien de leur ambassade et du service du Roi. Mais ils sont assez bêtes pour me donner des montures, un attirail, des armes. Devrais-je l'être plus encore et refuser ce qu'on me tend ?

— N'importe, te voilà lié.

— Lié ? Tu plaisantes. Rien ne dit que je vais faire ce qu'ils attendent de moi. Si un endroit me plaît, je m'y arrêterai ; si une direction m'attire, je la suivrai. Leur ambassade peut aller au diable. Je suis curieux de voir l'Abyssinie et je n'ai pas d'autre but. D'ailleurs, si je m'y trouve à mon aise, je pourrai tout aussi bien y rester.

Ils se turent un long instant. Maître Juremi, toujours sans dire un mot, rentra dans la maison où brûlait une bougie, décrocha deux épées et saisit les pourpoints de cuir. Depuis qu'ils s'adonnaient à la pharmacie, l'escrime ne leur restait qu'en agrément pour occuper les nuits d'été. Ils se mirent en garde.

— Allons, dit Jean-Baptiste avant de croiser le fer, je te connais, tu partiras bien.

— Non Monsieur, tu ne me feras pas changer d'avis, dit maître Juremi, mais je te souhaite bon voyage.

Dès que les épées crépitèrent, la mélancolie, qui les guettait, s'envola très loin.

CHAPITRE 9

Il restait à préparer dans son moindre détail matériel la caravane qui allait partir pour l'Abyssinie, conduite par Hadji Ali accompagné de Poncet et de son valet Joseph. La chose devait paraître le plus naturelle possible et ne pas éveiller les soupçons des Turcs. Il ne fallait pas que le consulat s'en mêlât, ni que Jean-Baptiste parût trop intéressé à l'affaire. Hadji Ali prit donc seul la responsabilité d'acheter les chameaux et les mulets, leurs selles, leurs brides et les bricoles de bât. Il était convenu que M. de Maillet paierait cette mise en train, au prix que le marchand voudrait bien lui déclarer. Ce fut pour celui-ci autant d'occasions de nouveaux profits. Avec ses gains, Hadji Ali acheta des marchandises dont il chargea les bêtes et qui, échangés en Abyssinie contre de l'or et de la civette, décupleraient au retour son avoir.

Le consul rédigea une lettre pour le Négus. Il la fit traduire en arabe par M. Macé. Pour plus de précaution, il chargea celui-ci de faire vérifier sa traduction auprès d'un moine syriaque érudit, le Frère François, qui résidait dans la ville arabe. On y apposa finalement les sceaux de France et la missive fut remise à Poncet. Il fallut encore rassembler des présents pour les princes dont ils allaient traverser les terres, selon un tarif rigoureux, immuablement fixé par la tradition.

Jean-Baptiste quant à lui prit soin de réunir, dans une boîte porte-fioles que M. de Maillet lui avait procurée, un arsenal de remèdes appropriés à toutes les circonstances imaginables. Il s'occupa également des armes : un gros mousquet fut installé sur la monture de Joseph. Jean-Baptiste garda avec lui la poudre et les amorces. Outre deux sabres, il fit préparer pour lui-même deux pistolets, et les glissa dans les fontes de sa selle.

Pendant ces préparatifs, le consulat devint le quartier général des opérations. Les membres de la caravane s'y retrouvaient discrètement chaque soir avant le dîner pour rendre compte de l'avancement des affaires. Le prétendu Joseph avait quitté l'habit jésuite pour n'être pas remarqué. Il n'avait pas encore pris l'habit de valet de façon à ne pas se rendre suspect aux autres domestiques qui pouvaient compter parmi eux des espions. Hadji Ali, Poncet et même maître Juremi, qui ne faisait pas partie du voyage mais aidait à sa préparation, allaient et venaient dans le consulat sans même se faire annoncer. M. de Maillet supportait ces libertés car il en connaissait le terme prochain. L'animation que mettaient ces visites fatiguait Mme de Maillet mais ravissait sa fille Alix à qui cet état d'exception donnait le plaisir, sans sortir de la maison, d'y voir entrer un peu de monde. Ce fut surtout pour elle l'occasion de croiser plusieurs fois et de fort près le jeune homme qu'elle avait vu d'abord dans le jardin et d'apprendre son identité. Jean-Baptiste restait toujours d'une grande prudence à son égard : il prit garde de ne pas lui causer d'embarras en s'adressant à elle directement. Pourtant, Alix eut vite l'impression surprenante et délicieuse de communiquer avec lui aussi sûrement que s'ils se fussent parlé seule à seul. La première fois qu'elle éprouva cette sensation fut le jour où il y eut ce long débat à propos de la charge respective des mulets et des dromadaires. Jean-Baptiste affirmait que, contrairement à l'idée courante, ces derniers peuvent moins porter que les équidés. Il disputait cette question avec Hadji Ali ; le consul, M. Macé et le Père de Brèvedent y prenaient leur part. À la faveur des nouvelles mœurs du consulat, où les portes n'étaient pas fermées, Alix entra dans la pièce où se faisait la conversation. Elle se tint à l'écart, sur un tabouret et fit mine de broder tout en observant les visiteurs. Immédiatement, il lui sembla que le jeune homme ne s'adressait qu'à elle. C'était une impression étrange. Les paroles de Jean-Baptiste ricochaient sur la masse opaque des hommes en face desquels il était placé et qu'elle voyait de dos, à contre-jour. Les mots arrivaient jusqu'à elle, arrondis comme des galets ; les syllabes en étaient amorties ; le sens premier, effacé. Restait une musique qui lui était destinée, dans le seul but de la charmer — et y parvenait à merveille. S'ils avaient eu une vraie conversation, elle aurait été occupée par le sens des mots tandis que ce dialogue silencieux n'était fait de rien d'autre que d'émoi.

De temps en temps, le jeune homme regardait dans sa direction. Ses yeux semblaient porter loin, vers un point situé bien au-delà de la fenêtre ; les autres n'y voyaient sans doute que cette inspiration du vague que recherche, par moments, le causeur. Mais elle, avec une certitude qui lui paraissait infaillible, sentait que ce regard était en fait posé sur elle et que la lumière, que reflétaient son visage et ses longs cheveux blonds, aspirait son image et sa personne tout entière dans la chambre noire de cet œil et au-delà dans le cœur secret de cet homme. Ces jeux du regard, hélas ! s'ils enflamment l'imagination, n'apaisent pas la passion qu'ils suscitent. Loin d'assouvir l'envie qu'Alix avait d'approcher le jeune homme, ces signaux troublants l'accroissaient chaque jour. Lui ne faisait rien pour abolir la distance qui les séparait, et elle en était empêchée par la double entrave que constituaient la dignité de sa position et la pudeur de son sexe.

Un après-midi, pourtant, se servant de sa propre mère comme d'un paravent de moralité, Alix osa presque aborder le jeune homme alors qu'il entrait au consulat. Les deux femmes déambulaient dans le petit jardin. Comme le médecin passait à leur hauteur sur l'allée, Alix dit assez fort pour qu'il entende, en regardant l'arbuste auprès duquel Jean-Baptiste s'était agenouillé précédemment :

— Pourquoi ne demandez-vous pas à ce monsieur, qui connaît si bien les plantes, le nom de ce buisson que nous avons remarqué hier et dont nous ignorons l'origine ?

Jean-Baptiste s'arrêta, fit un salut plein de naturel et dit sans se troubler :

— Je l'ai remarqué, moi aussi. Figurez-vous que c'est une espèce inconnue chez nous et que John Ray lui-même ignore dans sa botanique. Je n'en ai trouvé mention que dans un ancien ouvrage égyptien. Il paraît que l'espèce est commune plus au sud. La plante n'est jamais plus haute que celle-ci et fleurit une seule fois dans sa vie, en rouge vif et dans l'espace de quelques instants. Certains y voient l'explication du passage de la Bible où paraît le fameux buisson ardent.

Il dit ces derniers mots en regardant bien droit la jeune fille dans les yeux. Ce fut elle, pour le coup, qui prit feu. Il salua tout aussitôt et partit.

Mme de Maillet, qui n'avait pas noté le trouble de sa fille, revint longuement sur cette explication de l'Évangile, qui l'avait ravie. C'est seulement la semaine suivante, lorsqu'elle confia l'anecdote à son confesseur, qu'elle apprit que ces explications symboliques ou scientifiques du Livre saint sont le fait de kabbalistes ou de philosophes également impies.

Quand arriva la veille du départ, Alix réalisa d'un coup que ces jours de désordre et de gaieté allaient finir, qu'elle n'avait jamais dit un mot en particulier à ce jeune homme, qu'il allait peut-être mourir dans ce périlleux voyage. Pouvait-elle tenter quelque chose ? Comme d'habitude, au moment de franchir la porte qui la ferait sortir du rêve, elle hésita. Elle sentit le peu de don qu'elle avait pour la vraie vie, se dit que tous les sentiments, tous les regards, toutes les pensées qu'elle avait prêtés à cet homme ne venaient sans doute que d'elle. D'ailleurs, avait-il jamais essayé de lui parler, de lui faire passer un billet ? Au premier pas qu'elle aurait fait vers lui, il l'aurait sans doute détrompée. Que voulez-vous, navet joufflu ? Pour qui se prend cette grosse pivoine ? Tout était, au fond, pour le mieux. En l'absence de confirmation, mais aussi de démenti, elle pouvait conserver intacte la nouvelle provision de fantômes, de douceur et de rêve qu'elle avait faite pendant ces journées heureuses. Que pouvait-elle espérer de plus ?

Jean-Baptiste, de son côté, était envahi par la plus grande perplexité. Il partait pour un voyage qu'il désirait passionnément accomplir, par goût de la découverte et de l'aventure. Il s'y préparait avec enthousiasme. Or voilà que sa rencontre avec la jeune fille mettait dans son cœur comme un scrupule, qui troublait le bonheur pur qu'il aurait dû ressentir.

Après la mélancolie de leur première rencontre, sur le pont du Kalish, puis la vaniteuse rêverie de la seconde, à la fenêtre du consulat, s'étaient succédé de fréquentes visites et des entrevues quotidiennes. Jean-Baptiste avait eu tout loisir pour contempler ce qu'il n'avait d'abord qu'aperçu et pour observer en détail cette jeune fille dont il connaissait désormais le prénom. Cette proximité, loin de dissiper la première impression de grâce et de mystère, l'avait confirmée, nourrie et rendue si vive qu'elle en remplissait même ses rêves. C'était au point qu'Alix commençait à lui manquer quand il ne la voyait pas.

Tout l'écart de leurs conditions, qui lui était d'abord apparu, puis qu'il avait cru pouvoir ignorer, revint placer entre eux un insupportable mur, que pourtant leurs yeux franchissaient sans cesse. Jean-Baptiste était désemparé.

Cette période de préparatifs et de rencontres quotidiennes ne dura qu'une courte semaine. Marquée par la confuse excitation du départ, elle était peu propice à l'analyse des sentiments. À qui, du reste, se confier ? Maître Juremi avait une aversion marquée pour ces sujets et ne connaissait pas de milieu entre une gravité toute protestante ou des impudeurs de troupier. À part lui, Jean-Baptiste, qui confessait toute la ville, n'y connaissait personne capable de changer de rôle et de l'entendre. Il se vit tout à coup le plus seul et le plus malheureux des hommes, et cette pensée, qu'il n'avait jamais eue, née en lui à l'heure d'un si vertigineux voyage, lui fit connaître pour la première fois de sa vie la paradoxale douceur de la compassion, quand on se l'applique à soi-même. La veille du départ, à la fin de l'après-midi, il partit pour la ville arabe, croisa deux cortèges de mariage qui sortaient d'Al Azar et entra dans le jardin de Roda.

Avec ses vieux sagoutiers ventrus, le tronc torturé de grands manguiers et l'austère rudesse des acacias, c'était, de tout Le Caire, l'endroit qui pouvait le mieux tenir lieu de jardin des Oliviers, pour la méditation d'un homme qui allait quitter ses semblables. Pourtant, à peine arrivé dans ces solitudes, Jean-Baptiste sentit le peu de don qu'il avait pour le désespoir. Les plantes grasses du jardin exhalaient leurs parfums huileux dans l'air tiédi par le sol. De vieux jardiniers pieds nus arrosaient pensivement les jeunes plants et l'eau faisait, en coulant sur la terre sèche, un bruit léger et délicieux. Les jours étaient encore longs ; cette heure du soir déjà privée de soleil mais baignée d'une ombre mauve allait se prolonger. Jean-Baptiste s'assit sur un banc, rit d'avoir été assez stupide pour laisser la mélancolie ronger une heure entière de son existence et se jura bien qu'on ne l'y reprendrait plus.

Il tâcha alors de regarder la situation le plus froidement possible. D'abord, il vit à quel point il manquait d'expérience. S'il recevait depuis longtemps la faveur des femmes sans effort, il n'avait toutefois jamais éprouvé d'autre amour que celui qu'il suscitait, sans en être atteint lui-même. Ces passions non partagées ne lui avaient pas enseigné grand-chose, sauf à savoir se soustraire aux désagréments que pouvait parfois causer la jalousie un peu violente de certains maris. Un de ces furieux l'avait même contraint à quitter Venise en catastrophe... Depuis qu'il était au Caire, il s'était montré assez prudent pour se tirer sans dommage de quelques intrigues où avaient tenté de le précipiter de belles Ottomanes enflammées. Un bey, qui le tenait en amitié, lui avait même proposé de l'unir à sa fille aînée. La condition était bien sûr qu'il se fît turc pour le mariage et Jean-Baptiste prit prétexte de cette obligation pour se soustraire à une affaire où, de son côté, ne se mêlait point de sentiment.

Heureusement, il avait assez de lucidité pour ne pas confondre ces jeux et ces plaisirs avec l'amour et il reconnaissait bien volontiers qu'il ne l'avait jamais rencontré. Il n'y avait ni à s'en désoler ni à s'en repentir : c'était ainsi. Aucune femme, jamais, n'avait suscité en lui ce trouble durable, cette capture de l'esprit tout entier, cet asservissement du cœur et des sens qui devait être l'amour. Accoutumé à ne voir que le meilleur côté de ce qui lui advenait, il s'était plutôt félicité que la passion n'eût jamais disposé d'entrave à sa liberté. Aussi est-ce d'abord avec un certain désagrément qu'il se sentit poursuivi, au moment où il entreprenait le plus aventureux des départs, par l'image tendre et troublante de Mlle de Maillet.

Un pauvre vieillard, assis sur la croupe de son âne, passa lentement sur le chemin. On entendait dans le silence immobile du soir les claquements de langue du vieil homme et, au même rythme, le petit bruit feutré des sabots. Sur la bricole de l'âne était attachée une bourriche pleine de figues de Barbarie. Jean-Baptiste fit signe au paysan, quand celui-ci arriva à sa hauteur, lui tendit une piastre et reçut en échange quatre figues. Il commença d'en peler une avec son greffoir, toujours méditant sur son banc.

Maintenant, il ne regrettait plus d'être saisi par l'amour, car c'était bien de cela, cette fois, qu'il s'agissait. La question était seulement : que faire ? Il ne voyait que de mauvaises solutions. S'il restait au Caire, il serait en butte au ressentiment du consul, qui ne manquerait pas de le persécuter et le contraindrait sans doute à un nouvel exil. Il était absurde d'imaginer quoi que ce fût dans ce cas avec sa fille. La pauvre enfant s'était animée de la sorte parce qu'elle ne voyait personne mais c'était une fille de condition, avec laquelle un homme tel que lui, Jean-Baptiste, ne pouvait rien imaginer, surtout s'il quittait la position éphémère que lui avait un instant conférée sa mission. D'autre part, s'il partait, il ne la reverrait probablement jamais. C'était sans doute la meilleure solution. Tout passe et le voyage aide à recouvrir les fâcheux souvenirs comme les bons en jetant sur eux à poignées de nouvelles impressions des sens.

Quelque chose, pourtant, lui disait qu'il pouvait réunir l'inconciliable, c'est-à-dire ne renoncer ni au désir qu'il avait de connaître l'Abyssinie et de s'y illustrer, ni à la tentation de conquérir l'inaccessible Alix de Maillet, dont tout en lui proclamait qu'elle n'avait été créée que pour le rencontrer et le rendre heureux.

La figue était juteuse et sucrée. Il aimait le délicieux contraste des petits pépins durs et de la tendre chair du fruit. Il en prit une autre. Il y restait des épines et il se piqua. « C'est parce qu'elle pique qu'elle est si douce », pensa-t-il.

C'était une des ces phrases dépourvues de sens qui viennent parfois dans le cours d'une autre réflexion. Il voulait dire, sans doute : c'est parce que le cactus a des piquants qu'il protège son fruit des animaux qui pourraient convoiter sa douceur. Mais son esprit, gauchi par la pensée du problème qui l'obsédait, saisit ce paradoxe et le transposa. Il en fut ébloui comme par une illumination. « Voilà, pensat-il, en laissant choir ses figues, c'est exactement cela. Il y a entre elle et moi d'extraordinaires obstacles ; seules d'extraordinaires circonstances peuvent les surmonter. Si j'étais resté au Caire, je ne l'aurais jamais vue, jamais approchée et rien n'aurait été possible. Mais la mission qui m'est confiée, en me faisant affronter de grands périls, peut m'assurer en retour un grand triomphe. Je vais en Abyssinie, je guéris le Négus, je reviens avec l'ambassade qu'on me demande, je l'accompagne à Versailles. Louis XIV me fait noble et le consul ne peut plus me refuser sa fille. Voilà. Aujourd'hui les piquants, et demain, grâce à eux, la douceur. »

Le jeune homme se mit debout et, tout en marmonnant, gagna la sortie du jardin à grandes enjambées. Dès lors qu'il avait arrêté le principe, le reste devait venir sans effort. Il élabora le plus naturellement du monde un plan de conduite, le jugea excellent, et jura de s'y tenir.

Tout lui apparaissait désormais sous un nouveau jour, particulièrement la mission qui lui avait été confiée. Il avait cru d'abord, sans enthousiasme, qu'elle servait seulement les desseins du Roi de France et du Pape. Maintenant, il réalisait qu'elle pouvait être aussi l'instrument de son bonheur. La chose devenait autrement sérieuse...

CHAPITRE 10

Des bateliers, interrogés par M. Macé dans le port fluvial de Boulac, qui desservait Le Caire, signalèrent deux capucins qui remontaient le delta sur une mauvaise felouque. Ils étaient encore à trois journées de la ville. La nouvelle de cette arrivée précipita les préparatifs. Le départ fut fixé au surlendemain, un lundi. La veille, le Père de Brèvedent, que M. de Maillet imaginait de plus en plus mal en homme de peine, avait demandé au consul la faveur de pouvoir dire la messe lui-même au consulat. Il était imprudent d'utiliser la grande chapelle, où l'office du dimanche réunissait le tout-venant de la colonie. La messe des voyageurs eut donc lieu dans la pièce de réception, sous le portrait du Roi. Outre la famille de Maillet au complet, l'assistance comptait le Père Gaboriau, M. Macé, M. Frisetti le drogman et Jean-Baptiste. Comme à son habitude, celui-ci ne fit aucun geste vers Alix, mais échangea avec elle un dernier regard où elle lut, à son grand étonnement, beaucoup de joie.

Le consul nota seulement, dans le comportement du médecin, l'ignorance complète dans laquelle était celui-ci de la plus élémentaire liturgie. Ce détail confirmait, s'il en était besoin, la scandaleuse impiété du personnage.

La cérémonie terminée, une petite collation fut donnée dans le salon voisin. On se congratula. C'est alors que Jean-Baptiste demanda au consul une dernière audience en privé.

— Eh bien, dit le consul avec humeur dès qu'ils furent seuls, qu'y a-t-il encore ?

— Je dois vous informer, Excellence, commença Poncet, que mon associé ne peut rester au Caire en mon absence. Il fait ses préparations sur mes instructions et, seul, il ne peut rien. Il va donc rejoindre Alexandrie où un apothicaire le réclame depuis longtemps à son service.

— Fort bien, dit M. de Maillet. En quoi, je vous prie, cela me concerne-t-il ?

— J'y viens. Cet arrangement est provisoire. Quand je retournerai d'Abyssinie...

Le consul baissa les yeux.

— ... Oui, dis-je, reprit Jean-Baptiste d'une voix déterminée, quand je retournerai d'Abyssinie, maître Juremi reviendra et nous reprendrons nos affaires ici.

— Excellente idée.

— Donc...

— Donc ?

— Nous laissons notre maison telle qu'elle est.

— Je n'y vois pas d'inconvénient. Ne vous tracassez pas pour le loyer, dit le consul avec résignation, car il croyait voir où le médecin voulait en venir.

— Là n'est pas la question. J'ai compté un an d'avance dans les frais que je vous ai demandés.

— Alors, tout est parfait !

— Non, dit Poncet qui, après avoir fait deux tours pas à pas dans la petite pièce où ils étaient, fondit littéralement sur le consul et se planta devant lui, plus haut d'une tête. Cette maison n'est rien mais son contenu est infiniment précieux. Il y a là tout notre matériel, ce qui n'est pas encore grand-chose. Surtout, nous y avons fait croître quantité de plantes d'une inestimable valeur, des plantes que nous avons patiemment croisées ces dernières années. Il ne faut pas qu'elles disparaissent.

— Il me semble qu'on doit pouvoir donner des ordres pour que mes gens les arrosent...

— Les arrosent ! Vos gens ! Ah ! Monsieur, comme vous connaissez peu ces choses ! dit Poncet en levant les yeux au ciel. Croyez-vous donc qu'il suffise de quelques gouttes d'eau, versées n'importe quand par n'importe qui pour maintenir en vie un tel trésor ?

— Oui, sans doute, bafouilla le consul, je le croyais.

— Eh bien, non ! tonna Poncet. Ce n'est pas ainsi. Voilà pourquoi, d'ailleurs, on nous paie : pour tout ce que nous devons savoir sur ce monde étrange, à côté duquel les intrigues humaines sont d'une naïve simplicité. Vous n'imaginez pas, vraiment, ce qu'il faut de patience, d'intuition, de mémoire pour faire vivre en intelligence tous ces êtres végétaux furieusement hostiles les uns aux autres.

Jean-Baptiste, comme toujours lorsqu'il était emporté par un sujet, faisait de grands gestes avec les bras.

— Telle espèce, par exemple, mourra si la température monte de quelques degrés. Vous le savez ; vous croyez suffisant d'ouvrir une fenêtre. Malheur ! Elle est dans un courant d'air et vous la trouverez morte le lendemain.

Il annonçait cela comme un génocide et M. de Maillet ouvrait de grands yeux effrayés.

— Cette autre, reprit Jean-Baptiste, et il fit sursauter le consul, absorbe toute l'eau que vous lui mettez. Elle s'en gorge, ses feuilles sont gonflées, bouffies, turgescentes. On dirait une outre et vous continuez, chaque matin, à lui jeter un baquet d'eau. Et puis voilà, elle entre dans son cycle sec. Rien ne le marque, en apparence, sauf certains signes presque imperceptibles que les botanistes ont mis près d'un siècle à déceler. Et là, d'un jour à l'autre, un seul verre, versé à son pied, suffit à la faire pourrir tout entière. Il y a aussi des proximités incompatibles ; on voit des voisins qui se dévorent, s'étranglent, luttent à mort de toute la force de leurs branches. On croit...

— Il me semble que j'ai compris, interrompit le consul, qui voulait rejoindre les autres. Qui donc vous faut-il pour entretenir vos pensionnaires ?

— Il me faut quelqu'un d'instruit, qui sache bien lire car nous avons tout écrit. Il y a chez nous des cahiers où chaque espèce est décrite, avec son emplacement, son origine, ses maladies, sa faim, sa soif, sa respiration. Mais ce n'est pas tout. Il y a des savants qui ne peuvent toucher une plante sans la faire périr. Car s'il nous faut beaucoup d'efforts pour connaître le végétal, lui nous connaît d'instinct et d'abord qu'il nous voit. Mettez par exemple Macé à la garde de notre maison : c'est un tombeau en une semaine.

— Qui, alors ? dit le consul qui voyait avec dépit récuser le candidat qu'il allait proposer.

— Je vous l'ai dit, il y a des signes sur les humains que les plantes reconnaîtront comme favorables. Nous autres, botanistes, finissons par deviner qui aura leurs faveurs, inexplicablement. Je ne vois qu'une personne, ici, qui soit ainsi désignée par la nature.

— C'est tant mieux s'il y en a au moins une, dit le consul, impatient d'en finir. Son nom, que je la prévienne sur-le-champ.

— C'est mademoiselle votre fille.

Ayant jeté sa bombe, Poncet recula de deux pas et attendit. Le consul restait interdit.

— Ma fille, dit-il enfin avec un air de dignité offensée, est une personne d'une condition tout à fait au-dessus de ces travaux.

— La nature l'en a pourtant rendue digne.

— Peu importe ce que permet la nature, si la société l'interdit. Quittez immédiatement cette idée et trouvez, je vous prie, un autre candidat.

— Il n'y en a pas.

— Eh bien, vos plantes crèveront et l'on vous dédommagera.

— Ce n'est pas une question d'argent, dit Jean-Baptiste sérieusement.

Puis il s'approcha du consul et parla sur un ton apaisé :

— Songez que l'on ne vous demande rien de grave. Mon associé et moi serons partis demain. Cette maison restera vide. Mademoiselle votre fille trouvera, sur une large étagère, deux gros cahiers où tout est inscrit en latin. Pour le reste, je suis confiant : elle a la grâce qu'il faut aux plantes et elle trouvera d'instinct ce qu'elles réclament.

— Je vois que vous insistez alors que ce propos est clos. Ma fille n'ira pas.

— Dans ce cas, s'écria Jean-Baptiste, je n'irai pas non plus. Vous trouverez quelqu'un d'autre pour aller renifler les croûtes du Négus.

— Un peu de respect, Monsieur, il s'agit d'un roi.

— Il s'agit d'un roi, et de ses croûtes. Je les recommande à vos bons soins.

Jean-Baptiste mima une révérence et ouvrit la porte.

— Poncet, cria le consul, en voilà bien assez ! Votre chantage perpétuel est excessif. Écoutez-moi et fermez d'abord cette porte.

Le médecin resta dans l'embrasure.

— Voilà huit jours que vous nous faites passer vos quatre volontés. Il y a des limites. Je vous le dis solennellement : arrangez-vous comme vous voudrez pour votre maison, à l'exception de ce que vous me proposez et qui est intolérable. Ensuite partez pour l'Abyssinie, sans quoi...

— Sans quoi...

— Sans quoi je vous fais mettre aux arrêts immédiatement. J'ai tout pouvoir sur les sujets de notre nation dans cette ville. J'en userai avec vous sans faiblesse.

— Alors faites-moi arrêter tout de suite.

— Ne me provoquez pas ! cria le consul.

Poncet tendait déjà les mains comme pour recevoir les fers.

— Alors, qu'attendez-vous ?

Attirés par le bruit, M. Macé et le Père de Brèvedent s'interposèrent et calmèrent les deux hommes. Poncet peu après rentra chez lui. Avant de partir, il dit au consul que sa proposition ne changerait pas et qu'il avait la nuit pour y réfléchir.

M. de Maillet était accablé par ce dernier incident. Il refusa de s'en ouvrir à son secrétaire ainsi qu'au jésuite et monta chez lui prendre immédiatement du repos. Sa femme vint le rejoindre, inquiète de le voir aussi bouleversé. Elle le trouva allongé sur son lit, la tête appuyée sur deux oreillers. Il eut un grand soulagement à lui confier l'indécente proposition du jeune homme.

On ne peut pas dire que Mme de Maillet était une personne sans honneur. Elle avait tout autant que son mari une haute idée de sa naissance. Mais les femmes savent souvent mieux distinguer l'essentiel de l'accessoire. Doucement, avec beaucoup de tact, elle insinua à son mari qu'il y avait sans doute moins de préjudice pour lui de céder à cette dernière exigence de Poncet qu'à lui résister. Si l'apothicaire ne partait pas, il continuerait à persécuter le consul à demeure et le précipiterait dans des complications où sa santé serait mise à terrible épreuve. Au contraire, si M. de Maillet acceptait, l'inconvénient serait mineur, inexistant.

— Cette maison sera vide. Chacun sait qu'elle est pleine de plantes et de livres de sciences. Nous enverrons Alix avec le Père Gaboriau au motif d'y herboriser : personne n'y verra de mal. Quant à notre fille, une sortie lui fera du bien, un peu d'activité aussi.

— Mais d'abord, comment a-t-il pu porter les yeux sur elle ? dit le consul en se redressant. Auraient-ils eu quelque relation secrète dans cette maison ?

— Calmez-vous, mon ami, notre fille est d'une grande pudeur, j'en témoigne. Il ne lui a parlé qu'une fois, encore était-ce en ma présence.

Et elle lui raconta brièvement la scène du jardin.

— C'est là, ajouta-t-elle, qu'il aura eu l'intuition de ses qualités pour l'horticulture. Je puis vous assurer qu'il a raison. Lorsqu'une de mes petites plantes en pot a souffert du chaud ou du sec, je la confie à Alix. Elle la met dans sa chambre et me la rend refleurie quelques jours après.

Mme de Maillet fit si bien que son mari se rendit à ses raisons. Intérieurement, il se disait aussi que Poncet n'avait aucune chance de rentrer de ce voyage. Même si sa proposition recelait quelque projet déshonnête, il n'aurait jamais le loisir de le mettre à exécution... Soulagé d'avoir vaincu ce dernier obstacle, qu'il avait pourtant dressé en partie lui-même, le consul fit partir son petit domestique nubien chez Jean-Baptiste avec mission de lui porter ce billet : « Ma fille viendra herboriser chez vous chaque matin avec le Père Gaboriau. Maintenant, partez. »

II

LE VOYAGE EN ABYSSINIE

CHAPITRE 1

La mission du Roi-Soleil pour l'Abyssinie partit un lundi matin à onze heures. Hadji Ali marchait devant, sur un chameau, la tête entourée d'un turban de mousseline neuf. Derrière venait Jean-Baptiste, qui montait un cheval tout piaffant ; il était couvert d'un grand feutre à plume blanche. Enfin le prétendu Joseph, faux valet et vrai jésuite, dissimulé dans l'ombre d'un chapeau de paille, les attendait à la sortie de la ville, assis de travers sur un mulet. Cinq bêtes de bât, chameaux et mules, portaient les bagages, à la garde d'une poignée d'esclaves nubiens.

Pour plus de discrétion, il n'y eut pas d'autres adieux au consulat que ceux qui avaient eu lieu la veille. Jean-Baptiste passa devant les fenêtres de la légation un peu avant neuf heures, pour aller rejoindre les autres. M. de Maillet et son épouse lui firent signe du balcon. Ils furent bien émus de voir ce pauvre garçon, destiné selon toute vraisemblance à ne pas s'en retourner vivant, les saluer presque tendrement, avec des larmes de reconnaissance dans les yeux. La vérité est que Jean-Baptiste se moquait bien de ces vieux crabes mais espérait qu'Alix, derrière une des croisées de l'étage, le regardait.

Ensuite vinrent les adieux aux Turcs, longs et pleins d'effusions. Le Pacha, qui avait donné pour la caravane tous les sauf-conduits nécessaires, pleurait le départ de son médecin.

113

Mais il était habitué à lui obéir en tout et à s'en bien porter ; aussi acceptait-il de le satisfaire encore, quand même ce qu'il lui prescrivait cette fois était amer. Ce pacha, nommé Hussein, était un homme d'une cinquantaine d'années, usé par une vie faite en parts égales de grandes épreuves et de plaisirs excessifs. L'Égypte lui paraissait la contrée la moins plaisante et la plus difficile à gouverner. Les incessantes intrigues des milices et des seigneurs le fatiguaient. Il alternait l'indifférence — et, dans ces périodes, l'agitation était à son comble — et la cruauté, quand, soudain lassé des manœuvres de ses adversaires, il se déterminait à en faire décapiter quelques dizaines. Les bons soins de Poncet avaient ôté de l'amplitude à ces oscillations : il y eut grâce à lui moins d'émeutes et moins de condamnés. Avec son départ, il y en aurait de nouveau un peu plus. Mais tout cela était écrit et le Pacha n'éprouva pas le besoin de contrarier ce destin.

D'autres riches personnages, turcs et arabes, qui étaient aussi des clients de Jean-Baptiste, lui firent tenir des bourses pleines de piastres pour lui souhaiter un prompt retour. Mais la populace du Caire ne fut pas la moins émue du départ du médecin, qui n'avait jamais refusé son secours aux humbles. Une petite foule d'estropiés, de mendiants et de simples gens, attroupée par la rumeur de son voyage, l'accompagna dans les ruelles, faisant fuir les chiens pelés qui dormaient à l'ombre et relever prestement leur voile aux femmes qui tendaient la tête sous les persiennes. Jean-Baptiste promit à tous de revenir et dut presque se fâcher pour qu'on lui lâchât les jambes et qu'il pût avancer.

Ralentis par ces hommages, les voyageurs traversèrent la ville en faisant de nombreux détours. Maître Juremi, qui avait suivi à cheval jusqu'aux remparts, fit à la caravane des adieux pleins de gravité. Sous le regard de son Dieu austère, il n'y avait point à s'attendrir. Chaque jour, pendant les préparatifs, Jean-Baptiste avait demandé à son ami s'il avait changé d'avis et, chaque jour, celui-ci avait répondu de ne plus se préoccuper de lui. Après tout, ils étaient deux aventuriers que la vie avait un moment mêlés aux mêmes turpitudes et qui continuaient chacun leur chemin. Jean-Baptiste était trop fixé maintenant sur ce qu'il voulait faire pour dévier de sa voie et son compagnon avait ses propres raisons d'agir autrement. Il fallait se résigner. C'est avec peu d'émotion apparente que maître Juremi saisit finalement la main de Jean-Baptiste dans sa grosse pogne carrée. Il la serra peut-être un peu plus longtemps qu'à l'ordinaire et partit sans dire un mot.

La troupe sortit de la ville par la porte du Tapis et retrouva Joseph sous une arche de l'aqueduc des Pharaons. Il était près de trois heures de l'après-midi. Le soleil jaunissait déjà les pierres. Peu à peu, pendant qu'ils marchaient vers l'ouest, leurs ombres s'allongeaient derrière eux sur le sol. Ils passèrent le Nil dans deux grands bacs qu'actionnaient des rameurs nus jusqu'à la ceinture. Les chameaux épouvantés tiraient sur leur licol de chanvre. Au milieu du fleuve, les eaux prenaient, avec les dernières heures du jour, une teinte d'encre. Ils voyaient sur une rive s'éloigner la masse grise du Caire, piquée de minarets ottomans ; sur l'autre, derrière un rideau de palmiers vert sombre, ils distinguaient au loin la masse montueuse des pyramides. Ils atteignirent avec le soir le village de Gizeh et entrèrent dans l'étroit dédale des maisons de terre où brûlaient en lueurs jaunes des lampes à huile.

Un cousin de Hadji Ali les accueillit dans sa cour dallée où était planté un mimosa. Il les invita à dormir sur le toit en terrasse de sa maison. Le Caire était déjà loin, la nuit très noire, sans lune et fraîche. Ils dormirent bien.

De bonne heure le lendemain matin ils repartirent. Le long du fleuve s'étendait une immense plaine, soyeuse à l'œil comme une étoffe verte, rapiécée par endroits de carrés noirs. Des milliers de paysans, seuls ou par petits groupes

115

colorés, étaient penchés sur ces nouveaux labours. D'autres, sur les chemins, poussaient des bœufs et portaient l'araire de bois sur l'épaule. La petite caravane coupa à travers cette bande fertile et rejoignit le désert à la hauteur des pyramides. Ils passèrent lentement à leur pied, dans la silencieuse tiédeur du matin. Jean-Baptiste était souvent venu rêver dans ce lieu depuis qu'il habitait au Caire. Deux fois déjà, il avait attendu l'aube au sommet de Chéops. Près du Sphinx, Jean-Baptiste s'écarta discrètement de la caravane et contourna le colosse de sable. Quand il fut bien en face de celui que les Arabes appellent Abou El Houl, le « père de la terreur », et qu'ils craignent mortellement, le jeune homme fixa les grands yeux d'ombre et dit :

— Nous nous reverrons, je le jure.

Puis, au galop, il rejoignit la caravane.

Ils dormirent la seconde nuit à la belle étoile, à la limite du désert et de la plaine cultivée, enroulés dans des peaux. Ensuite s'installa, pendant les deux semaines qu'ils mirent à rejoindre Manfalout, le rythme régulier des chameliers : se lever avec le soleil, boire un thé très sucré chauffé sur un feu de brindilles, charger les bêtes, marcher en silence, à la limite de l'hypnose, chercher un campement, décharger, dîner et dormir.

Manfalout, où ils arrivèrent au bout de quatorze jours de marche, était une grosse ville à peine détachée du sol tant ses maisons basses, en pierres vives, semblaient appartenir au socle même du désert. Une fois dans la cité, pourtant, ils trouvèrent toutes les commodités et logèrent chez un marchand juif qui louait le haut de sa maison aux voyageurs.

La grande caravane qui les emmènerait jusqu'en Nubie devait les rejoindre dans cette ville. Hadji Ali savait qu'elle était attendue pour « bientôt ». Mais, dans le temps du désert, « bientôt » est tout juste moins que l'éternité. Les jours passèrent et l'attente se prolongea dans la torpeur de cette bourgade écrasée de chaleur.

Plus que les dangers qu'il était supposé braver, Jean-Baptiste était inquiet de la compagnie qu'il allait devoir subir pendant ce long voyage. Hadji Ali avait à peu près la même conversation que ses chameaux. Il passait des heures à labourer ses dents noires avec un petit bâton pointu et, quand il parvenait à en excaver le moindre éclat de nourriture, il faisait un horrible bruit d'aspiration et remerciait le Prophète. À chaque question de Poncet, il répondait seulement qu'il verrait bien « si Dieu le voulait ». Il se refusa à livrer quelque renseignement que ce fût à propos du voyage, de l'Abyssinie et de l'Empereur. Jean-Baptiste eut vite la conviction que le chamelier, qui avait accepté ce voyage sous la pression du consul et en calculant son intérêt, ne lui faisait pas confiance comme médecin et attendait quelque mystérieuse occasion de le mettre à l'épreuve.

Avec le Père de Brèvedent, le commerce était un peu plus engageant. Devant Hadji Ali, Jean-Baptiste devait se contenter de lancer à son prétendu serviteur des ordres brefs, qu'il ne pouvait d'ailleurs proférer sans baisser les yeux. Mais il profita de leur oisiveté à Manfalout pour emmener le prêtre avec lui dans la campagne à la recherche de plantes. Leurs sorties les conduisaient tantôt du côté du Nil et de la plaine limoneuse, où ils découvraient des espèces inconnues de roseau et des algues d'eau douce dans les canaux, tantôt du côté du désert, où ils recueillaient des plantes grasses et observaient des combats de scorpions. Il apparut rapidement que le Père de Brèvedent possédait une solide culture dans les sciences. Jean-Baptiste avait fourré dans son paquetage un petit sextan de cuivre qu'un patient turc lui avait offert. Le jésuite lui en enseigna l'usage et presque en s'excusant accompagna cette démonstration de savants commentaires sur l'astronomie. Lorsqu'ils furent assez familiers, Brèvedent fit un aveu, sur le ton d'extrême modestie qu'il affectait toujours :

— À vrai dire, j'ai même, oh ! dans ma jeunesse, voyez-vous, c'est très loin, conçu une machine, ne riez pas, pour le mouvement perpétuel. La chose n'est pas sérieuse, mais il paraît qu'elle divertit les physiciens. J'ai été jusqu'à construire le modèle en bois et en métal...

Jean-Baptiste s'enthousiasmait, demandait des détails.

— Je ne me souviens pas bien, dit le prêtre. Cela est fort loin maintenant.

Puis il ajouta en rougissant :

— Le journal de l'Académie a bien voulu me faire l'honneur de publier mes plans.

On pouvait rêver mieux, comme compagnon de voyage, que ce jésuite mélancolique pour lequel l'astronomie confinait déjà à la frivolité. Mais enfin, il fallait s'y faire et Jean-Baptiste, qui ne pouvait vivre sans amitié, accorda d'abord la sienne de bon cœur au Père de Brèvedent. On les voyait, le soir, revenir côte à côte, en compères, la chemise collée de sueur, portant au bras des paniers de trouvailles naturelles, une outre en peau vide en bandoulière, à laquelle ils avaient bu ensemble tout au long du jour. En vue des portes de la ville, ils reprenaient leur austère comédie du maître et du valet.

Maintenant qu'il connaissait l'éminence de ses qualités, Jean-Baptiste était chaque jour plus meurtri de voir Brèvedent, ce gentilhomme cultivé, délicat et de santé fragile, trotter, haletant, sous le poids des seaux d'eau et plier l'échine devant Hadji Ali, qui le traitait en moins que rien. « Comment peut-il accepter une pareille humiliation ? pensait Jean-Baptiste. Elle doit être bien plus cruelle à un homme qui a appris d'abord à exercer librement son esprit. »

Il n'oubliait pas, pour autant, le but de leur voyage et se désolait car, pendant ce temps, la grande caravane n'arrivait toujours pas, et cela risquait d'avoir les plus fâcheuses conséquences.

Alix de Maillet avait d'abord été fort étonnée de la mission qui lui était inopinément confiée. Son père lui exposa l'affaire ; elle mit plusieurs instants à comprendre puis fut saisie d'une grande joie. Elle passa la matinée à chantonner dans sa chambre en faisant tourner sa serinette. Une mission ! C'était la première fois que quelqu'un au monde s'avisait de lui confier une responsabilité en propre. Tous ses vœux en étaient exaucés : elle allait pouvoir enfin sortir de cette maison qu'elle avait parcourue autant qu'un prisonnier sa cellule. Surcroît de plaisir, ce serait pour aller dans un lieu qu'elle posséderait pour elle seule, puisqu'il était inhabité. La description que lui en fit son père, ce dédale de plantes et d'objets, lui inspira une vive curiosité. Cette excitation était redoublée d'un peu de crainte : serait-elle capable de mener à bien sa mission ? N'allait-elle pas trouver devant elle des objets et surtout des êtres vivants, fussent-ils végétaux, hostiles, incompréhensibles, et qui se laisseraient mourir ? Le risque était assez grand pour l'impatienter mais, au fond elle avait confiance. D'ailleurs, tout cela n'allait pas se produire dans un endroit vraiment inconnu. La demeure était celle de Jean-Baptiste Poncet. Elle allait s'introduire dans le lieu où il avait vécu et, malgré la déception qu'elle avait ressentie de son départ et de son silence, elle s'attendait à retrouver dans cette maison le même sentiment qu'elle avait éprouvé pour son possesseur.

Le Père Gaboriau, enrôlé sans joie dans cette affaire, vint chercher Alix le lendemain du départ de la caravane : il ne fallait pas que les plantes restassent longtemps sans soin. Le consul prêta un cabriolet et ils partirent, à huit heures, pour un voyage de deux minutes. Dès ce premier matin, M. de Maillet commença de confier à tous les visiteurs que sa fille allait désormais herboriser avec le Père dans la maison des anciens droguistes. Il entendait que la chose fût publique, donc naturelle. Ainsi le jésuite fit-il garer la calèche devant la maison de Poncet et ne dissimula pas qu'il en avait la clef. Ils pénétrèrent dans la première pièce, qui avait été l'antre de maître Juremi. Avant de partir, le protestant y avait mis un peu d'ordre, c'est-à-dire qu'il avait fait disparaître sa couche et rangé la vaisselle éparse. Sur la table, au milieu de la pièce, ils virent une lettre, adressée au Père Gaboriau. Celui-ci la fit lire à la jeune fille car la lumière n'était pas suffisante pour ses mauvais yeux. On y disait que le jésuite, qui était âgé, pouvait se dispenser de monter à l'étage et qu'une chaise longue, qu'ils remarquèrent alors dans un coin, était préparée pour lui au rez-de-chaussée. Délicate attention, dans une grande bonbonne de verre munie à sa base d'un robinet, les apothicaires avaient composé à l'intention du prêtre un cordial propre à soulager les maux dont ils savaient qu'il souffrait. Un verre par jour suffirait. À l'étage, Mademoiselle trouverait, dans deux grands registres, toutes les indications pour soigner les plantes.

Le prêtre goûta son médicament et eut une grimace d'aise.

— Est-il amer ? demanda Alix.

— Mon enfant, c'est un remède, il faut le prendre tel qu'il est.

Si le breuvage n'avait pas été recommandé par des hommes de l'art, le Père Gaboriau aurait juré que c'était de l'eau-de-vie. Quand il eut terminé son verre, il s'allongea sur la chaise longue et recommanda à son élève d'aller faire diligence au premier étage.

Elle monta et découvrit, comme son père l'avait fait quelques jours avant, bien qu'avec de tout autres sentiments, l'extraordinaire foisonnement de cette maison-serre. Les plantes avaient exhalé leur souffle humide pendant la nuit. L'air confiné était tiède et moite avec une odeur de souche et de fleurs des bois. Les petits oiseaux regroupés près du faîte piaillaient.

Le jeune fille chemina lentement dans l'étroit sentier tracé à travers les pots. Elle effleura des rameaux du bout des doigts, vint jusqu'à la table et s'assit sur un tabouret. C'était vraiment un endroit extraordinaire, tout à l'image de celui qui l'avait créé et dont il lui semblait sentir encore la présence. Elle partit dans une rêverie douce dont la tira la vue de deux gros registres posés sur la table et qui lui rappelaient les exigences de sa charge. Elle ouvrit le premier tome. C'était un austère traité d'horticulture en latin, imprimé en Hollande vingt ans plus tôt. Son épaisseur la désespéra. Le temps qu'elle ait tout lu et tout traduit, les pauvres plantes seraient mortes depuis longtemps. Mais en feuilletant les premières pages elle découvrit, dépassant légèrement de la tranche comme un signet, un petit morceau de papier sur lequel était écrit à la plume : « Mettez un baquet d'eau par jour aux grandes, un verre aux petites et un demi par semaine aux succulentes. Ouvrez les fenêtres dans la journée et fermez-les en partant. Pour le reste, faites ce que vous sentez. Et surtout parlez-leur comme vous me parleriez... Jean-Baptiste. »

Alix partit d'un grand éclat de rire, puis mit la main devant la bouche, inquiète d'avoir attiré l'attention du vieux prêtre. Mais d'en bas ne venait qu'un souffle régulier de dormeur. Elle plia le papier, le dissimula entre deux livres, sur une étagère, et entreprit d'exécuter avec bonheur le programme si simple et si plaisant qui lui était proposé.

CHAPITRE 2

Deux jours après le départ de la mission, M. de Maillet reçut au consulat la visite d'un homme singulier, qui se présenta comme le Frère Pasquale.

Dès qu'il fut introduit dans son cabinet, le consul frémit. C'était un moine capucin, portant la robe de son ordre ainsi que la corde à nœuds et le grand capuchon rabattu sur le dos. Dans cet ample vêtement, on ne distinguait pas sa silhouette mais les larges épaules, la haute stature et les mains calleuses de cet homme lui donnaient l'air d'un bûcheron passé dans les ordres. Un grosse tête carrée, encadrée d'une barbe noire bouclée, de petits yeux fixes et brillants achevaient de rendre sa mine effrayante. Il avait un fort accent italien, roulait râpeusement les *r*, et découpait les mots du français avec la rudesse d'un boucher qui dégraisse une pièce de bœuf.

— Jé souis lé souperior dé nostra communauté, dit-il après avoir salué le consul.

— Si ce rustre est le supérieur, pensa M. de Maillet avec dégoût, que sont encore les autres...

Le moine expliqua sans détour qu'il souhaitait rencontrer l'homme que M. de Maillet avait chargé d'une ambassade auprès du Négus d'Éthiopie.

Le consul feignit l'étonnement et l'incompréhension. C'est alors que le capucin, sortant un papier de sous sa bure, lut le premier paragraphe de la lettre secrète que le consul avait confiée à Poncet et sur laquelle il avait apposé les sceaux du royaume de France. M. Macé, qui assistait à l'entretien, crut que M. de Maillet allait s'effondrer ; le consul devint livide en un instant. Puis il se reprit et trouva la force de demander au moine comment il avait pu se procurer ce document.

— Mais c'est vous mesmé, mossiou lé consoule, qué vous nous l'avez envoyé, dit le capucin en découvrant, derrière son large sourire, une denture affreusement dégarnie.

— Je ne vous ai rien envoyé de semblable !

— Vostré sécrétaire, loui qué jé vois ici, jé crois, est allé vérifier sa tradouzione avec une dé nos frèré, non ? Frèré François, vous lé connaissez ?

Le consul se tourna vers M. Macé et le foudroya du regard. S'il avait pu l'abattre sur-le-champ, il l'aurait fait sans hésiter. Sa faute était si grossière, si impardonnable qu'il doutait de trouver un châtiment qui la rachetât tout à fait. Le consul avait chargé M. Macé de faire certifier la traduction de sa lettre par un vieux moine maronite appelé Frère François, qui vivait en ville, derrière les abattoirs, et qui faisait autorité pour sa connaissance des langues. Voilà que cet incapable, ce butor, s'était trompé de moine et qu'au lieu de l'inoffensif Syriaque, il était allé consulter un capucin…

De son côté, M. Macé découvrait, mais de la pire façon, la clef de ce qui lui était d'abord apparu comme une énigme diplomatique. Que le consul fît connaître sa lettre au Négus à ces mêmes capucins qu'il venait laborieusement d'écarter du voyage, avait paru à l'enfant de langues, qui n'était, au fond, qu'un débutant, une ruse subtile propre à justifier la réputation de machiavélisme de ces chancelleries d'Orient. Voilà que se révélait maintenant l'atroce vérité…

Cependant, M. de Maillet reprenait ses esprits. Les comptes se régleraient après. Pour l'heure, il fallait voir ce que voulait ce rustre de moine qui disposait d'un tel atout.

Rassemblant ses souvenirs, le consul nota, avec satisfaction, que nulle part dans la lettre du Roi au Négus n'était fait mention des Jésuites.

— Cesté ambassada est ouna très buona idéa, continua le Frère Pasquale. Jé souis venou vous proposé dé vous aidé. Nous avons des frèrés en alta Égypta et mésmé en Nubia. Nous pouvons être très outiles à vous.

Le moine entreprit alors d'expliquer à M. de Maillet que son ordre était directement intéressé à tout ce qui concernait l'Éthiopie. Le Pape lui-même avait chargé les Capucins de la sainte mission de convertir ce pays. D'ailleurs, moins de quinze jours auparavant, le Saint Père avait officiellement nommé le supérieur de l'ordre de saint François légat pontifical *a latere* pour l'Abyssinie. Le consul reconnut bien là la duplicité proverbiale d'Innocent XII. En même temps qu'il bénissait la mission des Jésuites soutenue par le Roi de France, ce pape intrigant nommait légat pour l'Éthiopie le supérieur d'un ordre directement concurrent. C'est-à-dire qu'il lançait dans la même direction deux congrégations qui n'avaient déjà guère d'indulgence l'une pour l'autre. Et que le meilleur gagne !

Mais l'heure n'était pas aux atermoiements. Le consul sentit le danger et réagit avec une extrême promptitude. Vraiment, dans ces instants-là, il s'admirait lui-même. Ah ! si Pontchartrain avait pu le voir à cette minute, le visage recomposé, feignant la surprise et la déception !

— Grand Dieu, mon très cher frère, quel fâcheux contretemps ! J'ai en effet pris soin de vous faire prévenir par mon secrétaire de nos intentions. Mais comme le Frère François ne nous a fait aucun commentaire, nous avons pensé que vous preniez seulement note de cette ambassade. Rien ne nous permettait de supposer que vous vouliez y être associés. Voilà trois jours maintenant qu'ils sont partis et nous n'avons aucun moyen de les rattraper.

— Dommage, vraiment, dit le Frère Pasquale en secouant

la tête. En qualqué jours, voilà due occasioni dé perdou. Duo dé nos fréré devaient partire avec un marchand arabo qui venait chercher oun médico pour lé Négus. Et l'homme à disparou.

— Est-ce possible ! s'écria le consul en nage. Je comprends que vous soyez contrarié.

Il ajouta quelques autres phrases de condoléances. Mais le capucin n'était pas homme à parler pour ne rien dire. Comprenant qu'il n'en apprendrait pas plus, il salua brusquement le consul et sortit.

Qu'il y ait des coïncidences dans l'existence, Frère Pasquale le savait et il connaissait trop l'Orient pour chercher à démêler toutes les singularités de la vie. Mais le départ de cette mission lui parut tout de même bien précipité et ce consul trop agité pour être honnête. Il s'enfonça dans la ville arabe, pour continuer son enquête.

Dans le consulat, dès que le prêtre fut sorti, M. de Maillet ôta sa perruque à rouleaux sous laquelle il transpirait horriblement. Il se retourna vers M. Macé et, avant d'avoir eu le temps d'exprimer son courroux, il vit son secrétaire tomber à genoux sur le parquet avec un bruit de noix brisée. On n'implorait jamais en vain son pardon : M. de Maillet décida seulement de lui retenir sa solde pour deux mois.

*

La grande caravane arriva enfin à Manfalout. Elle surgit aux petites heures, comme la ville était encore endormie. La veille au soir, la grande place du Marché n'était qu'une aire déserte de sable gris où rôdaient quelques chiens efflanqués. Le matin, elle était entièrement couverte de chameaux agenouillés, de ballots ficelés, de toiles tendues sur des piquets de bois en guise d'abris. Une foule d'hommes en tunique bleue, la tête coiffée du turban ou le portant dénoué sur les épaules comme une écharpe, circulait en criant. De petites

125

théières en fer-blanc chauffaient sur des feux de fagots. Une lourde fumée, bleue de graisse, venue de brasiers où cuisaient des carcasses de mouton, circulait à hauteur d'homme.

Hadji Ali connaissait bien le chef de la caravane, un certain Hassan El Bilbessi et cette connaissance lui permit de faire immédiatement quelques affaires. Il échangea ses cinq mules contre deux chameaux, au motif qu'ils étaient moins chers qu'au Caire et que la traversée des déserts où ils allaient entrer en serait facilitée. Malheureusement, les deux animaux nouvellement acquis pouvaient à peine porter la charge des mules qu'ils remplaçaient. La conséquence, que Hadji Ali annonça avec un méchant sourire, était que Joseph n'aurait plus de monture et devrait, comme les esclaves nubiens mais avec la différence que ceux-ci y étaient accoutumés, marcher à pied dans le sable au côté des bêtes.

Le Père de Brèvedent reçut cette nouvelle humiliation sans broncher. Il dissuada même son compagnon de protester, arguant qu'il ne fallait éveiller aucun soupçon. Jean-Baptiste commençait à trouver que ce jésuite prenait un goût bien excessif à la soumission. Du reste, la sympathie qu'il s'était un peu contraint d'éprouver pour lui au début s'était beaucoup affaiblie. Il était trop évident que le religieux ne partageait qu'en surface et poliment ses enthousiasmes. Brèvedent restait constamment sur une prudente réserve. Malgré le plaisir qu'il feignait d'éprouver en se promenant avec Jean-Baptiste, il devint vite apparent qu'il préférait éviter ces sorties. Son seul désir était de pouvoir se cacher derrière une haie de nopal pour prier et pratiquer les exercices spirituels qui armaient sa foi. Un court dialogue leur permit d'ailleurs de mesurer toute la profondeur de leur dissemblance.

À Jean-Baptiste qui l'interrogeait sur sa vocation, le prétendu Joseph avait répondu avec une naïve assurance :

— C'est fort simple. Je suis né dans une famille aisée de bonne condition. Tout m'a été facile. Il m'a suffi d'apprendre ce que l'on m'enseignait. Le plan de la création m'était livré sans effort, à travers ce langage qu'on appelle la science. Dieu m'a comblé des grâces de Sa Providence. Il m'a tout donné ; j'ai voulu seulement tout lui rendre.

— Eh bien moi, dit Jean-Baptiste, c'est tout à fait le contraire. Je suis né sans famille et fort pauvre. On m'a placé à six ans au service d'un apothicaire. Sa fille, par caprice, m'a enseigné l'alphabet comme on dresse un chien à faire des cabrioles : pour en rire. Voilà toute l'éducation que j'ai reçue. Le reste, je l'ai appris tout seul, comme j'ai pu. Au fond, si je vous suis, je devrais dire : Dieu ne m'a rien donné et je suis quitte…

Le jésuite le regarda terrorisé avec l'expression de l'élève qui, découvrant une faute de son camarade de classe, craint d'être entraîné à subir le même châtiment. À l'évidence, il considérait le médecin sinon comme le diable en personne du moins comme un de ses adorateurs. Cette prévention devait exister en lui depuis le départ et être le fruit des pieuses mises en garde du Père Versau et du consul. Pour la première fois ce jour-là, Jean-Baptiste comprit qu'il était seul. L'amitié de maître Juremi, sa passion de la vérité, qui l'éloignait de toute hypocrisie, sa générosité et son humour si rare et si précieux lui firent d'un coup cruellement défaut.

La caravane repartit de Manfalout au bout de deux jours. Formée de près de cent cinquante bêtes, elles s'étirait en une longue et lente procession dont Hadji Ali, Poncet et Joseph occupaient à peu près le centre. Ils marchèrent deux lieues vers l'Orient et s'arrêtèrent au bourg d'Alcantara. Ils franchirent sur un pont de pierre un étroit cours d'eau qu'ils crurent être une branche du Nil. Le soir suivant, ils installèrent leur campement dans le désert, auprès de ruines monumentales. Elles représentaient les jambes et les pieds d'un pharaon assis, dont la tête et le buste avaient été dispersés par l'érosion.

Hadji Ali et Poncet, grâce à la bienveillance du chef de la

caravane, purent occuper deux des meilleures places, entre les orteils du colosse, là où les immenses blocs de pierre étaient creusés et formaient des sortes de grottes qui protégeaient du froid de la nuit.

Joseph prépara le dîner pour ses maîtres. Poncet vint lui tenir compagnie auprès du feu pendant qu'il tournait la soupe. Il lui trouva l'air plus inquiet encore qu'à l'ordinaire.

— Je me suis mêlé aux chameliers, tout à l'heure, dit le jésuite, et j'ai surpris leur conversation.

— Eh bien, que disaient-ils ?

— Qu'il y a un autre Franc dans la caravane.

— Quoi de plus normal, répondit Poncet sans s'émouvoir, des marchands vont régulièrement en Haute-Égypte et en Nubie...

Les manières du jésuite commençait vraiment à l'indisposer. Son air de faux témoin, sa perpétuelle inquiétude, son sérieux, il s'en fallait de peu qu'il se mît, lui aussi, à lui botter le train.

— Imaginez que vous soyez seul, au milieu d'une caravane de cette taille, gémit le Père de Brèvedent, et que vous sachiez — car tout le monde le sait — que trois autres chrétiens en font partie, n'iriez-vous pas les trouver le plus vite possible ?

— Parmi les aventuriers d'Orient, il y a des gens qui préfèrent ne pas se faire connaître de leurs semblables, dit Jean-Baptiste avec impatience.

— Alors, cherchons à voir cet homme. C'est le meilleur moyen de savoir s'il nous fuit et ce qu'il cache.

Jean-Baptiste finit par céder de guerre lasse et parce que l'inquiétude de ce diable de prêtre était contagieuse. Il accepta d'aller faire un tour dans le campement. Joseph confia la cuiller à un Nubien en lui recommandant de ne pas laisser brûler la soupe. Étant donné le peu de temps qui restait avant la nuit et la taille de la caravane, ils se divisèrent en deux. Le jésuite partit d'un côté du colosse de pierre et

Poncet de l'autre. Le jour déclinait rapidement. Tout près de l'horizon, le soleil s'aplatissait en rougeoyant sur le disque déjà noir du désert. La lumière rasante, diffractée par la poussière du camp, baignait les silhouettes dans une brume floue. Les deux hommes, chacun de son côté, inspectèrent avant la nuit autant de groupes qu'ils le purent mais ne découvrirent personne ayant l'apparence d'un Franc. Le jésuite ne fut pas rassuré pour autant. Le Père Versau avait bien recommandé de prendre garde aux intrigues des Capucins et Brèvedent voyait leur ombre derrière cette mystérieuse affaire de voyageur insaisissable.

Les jours suivants furent pénibles car ils traversèrent un long désert de pierraille sans rencontrer de point d'eau. Joseph faisait peine à voir. Écrasé de chaleur, il venait à chaque halte coller ses lèvres desséchées à l'outre en peau de chèvre que Poncet tenait accrochée à la selle, sur le côté de son chameau. Dès le deuxième jour, les chaussures à boucle du jésuite éclatèrent et il dut marcher pieds nus sur le sol cuit. En une journée, il eut la surface plantaire réduite à l'état de cloques sanglantes. Poncet ouvrit la caisse de cuir où étaient rangés ses remèdes, enduisit les pieds du malheureux d'un onguent qui fit sécher ses plaies et soulagea la douleur. Mais, le lendemain, quand il lui fallut se remettre debout, le jésuite pâlit et manqua de s'évanouir. Jean-Baptiste lui proposa sa monture pour la journée. Joseph ne voulut rien savoir et fit tout le trajet sans broncher.

— Cet homme, pensait Jean-Baptiste, a vraiment la passion de l'obéissance. Il ne doit rien craindre comme la liberté.

Fort heureusement, le ciel dans les heures suivantes se voila un peu de nuages ; il fit moins chaud et le sol, dans cette portion du désert, était couvert d'une poussière fine, plus douce aux pieds. Le soir, au bivouac, Hadji Ali vint leur annoncer qu'ils n'avaient plus qu'une journée de marche jusqu'à la grande oasis où ils s'arrêteraient quelques jours.

Puis il les quitta pour partager le dîner du chef de la caravane : Hassan El Bilbessi avait fait sacrifier un chameau blessé et sa viande fibreuse cuisait sur un grand feu.

Le lendemain fut de nouveau très chaud et Joseph souffrit encore beaucoup. Enfin, ils atteignirent à la nuit la grande palmeraie que les Anciens appelaient Oasis Parva et les Arabes El Vah. C'était le point le plus extrême sur leur route qui fût placé sous l'autorité du Pacha. Un petit archipel de palmeraies reliées entre elles par d'étroits corridors végétaux enjambait des golfes arides de pierraille. L'ensemble pouvait avoir la superficie d'une grande ville. Une multitude de sources imbibait la terre noire et nourrissait une herbe crue, haute et compacte. Plusieurs parcelles, entourées de murets de pierres plates, étaient cultivées. On y faisait venir du séné et des coloquintes. Sur les petits sentiers de la palmeraie passaient des groupes d'enfants au teint sombre, qui portaient en riant sur la tête les grosses calebasses difformes, avec leurs silhouettes de polichinelle. Hadji Ali avait ses habitudes dans une des palmeraies où une accueillante indigène le comptait parmi ses clients fidèles. Il obtint pour Poncet une cabane de palmes tressées garnie d'un lit. Les chameaux, abreuvés dans un bassin, furent entravés et laissés au pâturage. Jean-Baptiste céda son lit à Joseph et tendit un hamac entre deux palmiers.

CHAPITRE 3

Deux jours après leur arrivée dans la palmeraie, Hadji Ali vint s'asseoir auprès de Jean-Baptiste et offrit de préparer le thé en signe d'amitié. Après une bonne heure de palabres oiseuses, le chamelier demanda au médecin d'entrer un instant avec lui sous la paillote.

— Regarde un peu, dit le marchand dès qu'ils furent à couvert.

Il ôta une des manches de son ample tunique et découvrit un bras, une épaule et le haut du dos mangés d'une lèpre croûteuse de fort vilain aspect.

— Depuis quand es-tu malade ? demanda Poncet.

— Trois ans à peu près. La chose vient et s'en va à certains moments.

— Tu te grattes ?

— Sans cesse, la nuit, le jour. Il faut que le Prophète m'en garde. Mais dès qu'il détourne les yeux de moi, je m'écorche au sang.

Poncet lui dit de se rhabiller. Ils ressortirent et Hadji Ali reprit sa place près de la théière. Le médecin alla vers les bagages qu'ils avaient entassés près de l'entrée de la hutte et rapporta une fiole bouchée par un tampon de liège.

— Tu étendras cela sur ton mal chaque matin et chaque soir. Dans trois jours, nous en reparlerons.

Hadji Ali lui baisa les mains, prit la fiole avec précaution et partit, pour joindre l'utile à l'agréable, se faire enduire par son almée.

Brèvedent, qui avait assisté de loin à la scène vint s'asseoir près de Jean-Baptiste. Le prêtre était apparemment remis de ses souffrances des jours précédents mais il gardait la même attitude méfiante et craintive.

— Pourquoi a-t-il attendu si longtemps ? Il aurait pu montrer son mal avant le départ, demanda-t-il en regardant d'un œil mauvais le chamelier qui s'éloignait.

— Bien sûr que non. Imaginez que ma science se soit révélée inopérante avant notre départ du Caire : le voyage aurait été purement et simplement annulé. On en aurait déduit que je ne guérirais pas non plus le Négus. Maintenant, nous avons payé Hadji Ali, nous nous sommes confiés à lui. S'il faut se débarrasser de nous, il réglera l'affaire à son plus grand avantage.

Ils se turent et Jean-Baptiste devina que de sombres pensées assaillaient plus que jamais l'esprit du jésuite.

La vérité est que le Père de Brèvedent n'avait guère confiance dans les qualités médicales de Jean-Baptiste. Lors de leurs sorties botaniques, le prêtre avait eu l'occasion de constater la fragilité des connaissances de l'apothicaire. À plusieurs reprises, Brèvedent s'était même montré plus savant que lui. Jean-Baptiste n'en avait pas paru ému. « La botanique n'est pas la médecine, avait-il dit. L'essentiel est cette sorte d'enthousiasme, cette intuition qui permet de distinguer des sympathies entre les êtres et de déceler entre un homme qui souffre et la plante qui peut le soulager une impérieuse et nécessaire correspondance. »

Pour Brèvedent, ce galimatias était ni plus ni moins de la magie. Il avait les plus grands doutes sur l'effet que produiraient ces chimères sur Hadji Ali aujourd'hui et demain sur le Négus. Mais il était trop tard pour revenir en arrière et le sort du jésuite était lié, quoi qu'il arrivât, à ce drôle d'herboriste.

Pour changer de sujet et détendre l'atmosphère, Jean-Baptiste mit la conversation sur le nom de l'oasis, El Vah.

— Je crois que c'est une déformation de El Haweh : l'air. Ils auront choisi ce nom à cause de la fraîcheur qui règne ici et de ce petit vent qui fait sans cesse bruisser les palmes.

Brèvedent, lui, penchait plutôt pour Halaoué : la douceur. Ils résolurent de faire trancher cette querelle philologique par un indigène. Le premier qu'ils rencontrèrent était un vieil homme qui conduisait deux ânes chargés de dattes en les poussant avec une baguette.

Les Arabes aiment leur langue ; aucun ne refuserait une querelle sur un mot. Le vieil homme écouta les explications des deux voyageurs en riant. Il avait un visage tout ridé de momie. Quand ils eurent exposé sommairement leurs hypothèses, le vieillard piqua la poitrine Brèvedent avec sa baguette de bois comme s'il s'était agi d'un fleuret et il dit :

— Non !

Puis il fit de même avec Poncet.

— El Vah, dit-il, en prononçant à sa manière, et il les entraîna derrière lui.

Ils traversèrent une clairière, longèrent un petit champ de coloquintes, le vieil homme devant, suivi par Jean-Baptiste, Brèvedent et, à la traîne, les deux ânes. Enfin, ils arrivèrent dans un sous-bois recouvert de buissons opaques, d'un vert sombre. Désignant les arbustes avec sa canne, le vieux répéta trois fois :

— El Vah !

C'était une sorte de houx, aux feuilles vernissées, peu piquantes, vert sombre.

— La canne de Moïse, dit le vieil homme. El Vah !

Et il montra le buisson.

— Le bâton de Khaled Ibn El Waalid : El Vah !

— Qui est Khaled Ibn El Waalid ? demanda Brèvedent avec humilité.

Le vieux fronça le sourcil. La question lui paraissait le signe d'une grande ignorance.

— Grand général, dit-il, l'exterminateur des chrétiens !

— Vraiment ? dit le jésuite embarrassé.

— Avant, l'eau d'ici était amère. Khaled Ibn El Waalid a frappé les sources avec son bâton. L'eau est devenue pure. El Vah !

Ils remercièrent le vieillard et rentrèrent silencieusement.

— Alors, dit le Père de Brèvedent, qui voyait son compagnon perdu dans ses songes, quelles correspondances surnaturelles cette plante vous suggère-t-elle ?

Jean-Baptiste eut un geste vague. Arrivé au camp, il poursuivit seul sa promenade dans l'oasis.

Il avait reconnu dans ce buisson celui qui poussait, égaré et solitaire, dans le jardin du consulat et dont il s'apprêtait à cueillir un brin quand Alix lui était apparue. Ce souvenir le plongea dans la plus douce rêverie.

*

Depuis deux semaines, Alix venait chaque jour ; une plaisante habitude s'était établie. Le Père Gaboriau s'endormait après son breuvage, dans la chaise longue. Elle montait parler aux oiseaux et aux plantes. Comme l'avait pressenti Jean-Baptiste, elle avait découvert d'instinct ce qu'il fallait à chacune, encourageait les plus petites, limitait par quelques coups de sécateur l'ardeur conquérante des plus grosses. Elle eut aussi le temps de feuilleter les livres, d'effleurer craintivement le pommeau des épées qui étaient restées pendues à la branche. Elle eut même l'audace de s'allonger dans le hamac. Tout ce décor était plein d'absence. Tantôt, selon son humeur, Alix voyait Jean-Baptiste dans tous les lieux où il avait laissé sa trace. Tantôt, il manquait partout, comme une tête arrachée à un corps et qui l'a laissé sans vie.

Il fallut deux semaines pour que, familière de la maison, elle s'aventurât sur la terrasse qui donnait sur la cour intérieure. Bien que toutes les persiennes fussent closes, quelqu'un pouvait regarder derrière une des fenêtres. Elle craignait que des commérages n'arrivassent jusqu'à son père.

Les premières fois, elle ne sortit que quelques minutes. Derrière les fenêtres par où elle aurait pu être vue, rien ne semblait vivre. Elle s'enhardit, apporta une chaise et finit par passer à l'air la moitié de ses matinées.

Elle était là, au quinzième jour suivant le départ de la caravane, quand elle entendit un petit bruit derrière un volet. Elle tressaillit, se figea. Mieux valait ne pas paraître effrayée, ne pas se sauver comme s'il y eût dans son activité quelque chose de coupable. Le grattement reprit. C'était la fenêtre la plus proche de la terrasse, située à moins d'un mètre au-dessus d'elle. Tout à coup, d'un seul mouvement, les volets s'ouvrirent et la silhouette d'une femme apparut à la fenêtre. Elle faisait signe à Alix de se taire, un doigt sur la bouche, tant elle voyait que la surprise de la jeune fille risquait de la porter à hurler au secours. Alix se calma et les deux femmes se dévisagèrent en silence. La personne qui venait d'ouvrir la fenêtre avait l'apparence de la maturité : elle parut à la jeune fille avoir touché à ces rivages lointains de la vie que l'on se jure bien, à son âge, de ne jamais atteindre. C'est dire simplement qu'elle avait dépassé la quarantaine. Elle avait de beaux traits épais de paysanne dans un visage plein, illuminé par des yeux souriants, complices et qui regardaient bien droit pour témoigner aux amis la sincérité et aux autres le courage et une fierté de pauvre. Elle portait une robe simple de servante, en toile marron, d'où débordaient comme des fruits d'un cornet trop plein ses bras arrondis, de fortes épaules et une gorge ferme que divisait un profond sillon.

— Amie ! amie ! chuchotait-elle en agitant la main et en gardant l'autre sur la bouche.

Quand elle vit qu'Alix était apaisée, elle lui dit, toujours à voix basse :

— Allez voir si le prêtre dort.

La jeune fille s'exécuta.

— Comment sait-elle qu'il y a un prêtre ? pensait-elle en descendant prudemment l'escalier.

Le Père Gaboriau ronflait avec délices. Elle revint sur la terrasse et fit signe que oui.

— Je vais descendre, dit l'autre avec autorité.

La jeune fille n'osa pas la contredire. Elle vit alors cette robuste femme enjamber la fenêtre souplement et sauter sur la terrasse en silence, avec une grâce de chat. Malgré ses sandales plates, elle était plus grande qu'Alix. Elle déplissa sa robe de deux coups secs avec la paume de la main puis elle approcha de la jeune fille, lui saisit avec une amicale autorité les deux poignets et souleva légèrement ses bras.

— C'et bien vrai que vous êtes belle ! dit la femme.

Alix rougit violemment. « Grosse pivoine », pensa-t-elle.

— Plus belle encore qu'il avait dit, ajouta la femme.

Il y avait dans ce visage quelque chose de tendre, de consolant. Peut-être était-ce le voisinage de cette joie, de ce sourire, avec les rides qui se marquaient à l'œil et autour de la bouche, traces de larmes et d'épreuves qui ajoutaient à la simple gaieté la gravité des grands engagements.

— Qui, « il » ? demanda Alix.

— Juremi, bien sûr, dit la femme en riant.

Mlle de Maillet ne put réprimer une mimique de dépit.

— Puisque c'est lui qui m'en parle, ajouta la femme avec un regard énigmatique.

Elle prit Alix par la main, la conduisit devant la chaise et la fit asseoir. Elle-même s'adossa à la balustrade.

— Il y a quinze jours que je vous regarde. Je sais tout de vous, votre nom, qui vous aimez. C'est trop injuste. Je dois vous dire quelque chose à mon tour : je m'appelle Françoise, j'habite cette maison d'où je viens de sortir. Quand ces messieurs étaient encore ici, je venais chaque jour leur préparer la cuisine. Voilà, êtes-vous rassurée de savoir tout cela ?

— Oui… Non… Je ne sais pas, dit Alix troublée.

— Bien sûr, c'est un peu cruel, dit Françoise. J'aurais pu

vous parler depuis longtemps. Croyez-vous que cela me faisait plaisir de vous voir tourner ici toute seule à deux pas de moi ?

Une lourde mèche, tendue vers son chignon noir, tomba sur la tempe de Françoise ; elle la remit en place. Alix vit qu'elle avait des mains rougies par le travail, aux ongles brisés et ras, des mains de femme pourtant, par la qualité de leur peau qui rendait invisible le relief des veines et leur donnait la grâce d'un objet lisse.

— Mais, comprenez-moi, dit encore Françoise. J'avais des ordres. Et encore, les ordres... On peut toujours désobéir. Mais c'est surtout que j'avais promis.

— Promis ? Mais qu'aviez-vous promis et à qui ? dit Alix.

— À Juremi. Il m'a fait jurer que j'attendrais que vous soyez installée, que je prendrais garde à voir si le prêtre dort bien chaque jour... Au fait, reste-t-il encore du breuvage qu'ils lui ont mis ?

— La moitié de la bonbonne, à peu près.

— Faites-moi penser à en remettre, quand cela viendra à finir.

— Vous en avez de reste ? dit Alix que la perspective d'épuiser ce cordial avait tourmentée les jours précédents.

— Autant qu'on en veut. C'est la gnôle à vingt piastres que nous vend monsieur votre père !

Françoise rit doucement mais la bouche grande ouverte. Elle avait une denture parfaite, un émail de perle, toutes ses dents. Elle reprit avec sérieux :

— J'ai promis tout cela à Juremi. Et ensuite seulement de vous remettre la lettre.

— La lettre ! s'écria Alix à voix haute.

Elle ne comprenait pas : Juremi, une lettre. Elle commençait à s'effrayer.

Françoise la fit taire et tendit l'oreille pour guetter une réaction du dormeur. Voyant que rien ne se passait et que la jeune fille était sur le gril, elle fouilla sous sa robe et en sortit un pli.

— C'est bien cela : vous avez patienté quinze jours et deux minutes vous semblent de trop ! Tenez.

Alix saisit la lettre et lut sur l'enveloppe : « Pour Mademoiselle de Maillet. » C'était l'écriture du billet qu'elle lisait et relisait depuis le premier jour, l'écriture de Jean-Baptiste.

CHAPITRE 4

La grande caravane se reforma lentement au bout de trois jours. Les contrées qu'ils allaient traverser, situées de plus en plus au sud, étaient écrasées de fortes chaleurs. La lune montante éclairait le désert. Il fut donc décidé que l'on cheminerait pendant la nuit. Le départ se ferait chaque après-midi au déclin du soleil. Les puits allaient aussi se raréfier et le ravitaillement plus encore. Ils durent se munir de nourriture pour huit jours. Joseph reçut au dernier moment un sac à porter sur le dos car les montures étaient chargées à l'extrême.

Hadji Ali gardait l'air impénétrable. Il allait et venait, vérifiait le chargement de la caravane, criait des ordres, lançait des coups de fouet. Il passa devant Poncet plusieurs fois sans laisser rien deviner de l'effet de son traitement. Le médecin se garda de lui poser la moindre question avant que les trois jours ne fussent écoulés.

Ils partirent et marchèrent lentement dans la nuit douce. Une farine de lumière tombée de la lune moulait le relief des choses et sculptait les ombres. Le déhanchement des chameaux, le silence recueilli des hommes et le bruit assourdi de centaines de pas sur le sable produisaient sur les esprits un apaisement, une torpeur presque irrésistible. Il fallait lutter pour ne pas dormir.

A la pointe de l'aube, quand, à leur gauche, le ciel commença de se teinter d'une lueur mauve, ils atteignirent le premier point d'eau et y installèrent le camp. C'était moins qu'une oasis : quelques arbres et un puits chargé d'alun. L'eau avait une vilaine couleur et un goût affreux. Les hommes s'en servirent pour se rafraîchir les cheveux et le visage. Mais il fallait vouloir mourir d'autre chose que de soif pour en boire.

On était à la fin du troisième jour du traitement de Hadji Ali. Quand le camp fut dressé, il se dirigea vers Poncet, le visage grave, passa devant lui et alla se mêler aux chameliers qui étaient, à quelques mètres de là, attroupés autour du puits et s'arrosaient de son eau avant la prière. Ils s'étaient mis torse et tête nus. Hadji Ali, avec lenteur, fit de même. Il ne garda que son large sarouel de toile et ôta ses chaussures. Il s'aspergea d'eau, se frotta, cracha et, reprenant sa tunique et son turban dans une main, ses bottes dans l'autre, il approcha de Poncet. Celui-ci vit qu'il ne restait sur toute la surface de peau traitée qu'une imperceptible élevure qui allait promptement disparaître. Le mal était guéri. Hadji Ali fit un respectueux salut à Jean-Baptiste, remit sa tunique et continua son chemin, vers un endroit retiré où il déroula son tapis de prière.

Joseph, qui avait assisté à la scène, dissimula un signe de croix et dit :

— Mon Dieu, c'est un miracle !

La remarque était un peu vexante pour Jean-Baptiste, qui y voyait une manière de diminuer ses mérites.

— Vous savez ce qu'a écrit le kabbaliste ? dit-il. Celui qui croit aux miracles est un imbécile...

Le Père de Brèvedent baissa le nez.

— ... Et celui qui n'y croit pas est un athée. Vous méditerez cela ce soir, quand nous reprendrons la route.

Les jours et les nuits suivants furent semblables. Le vaisseau du désert avait pris son rythme pour une croisière à travers la haute solitude. Ils dormirent plusieurs fois au milieu

140

de l'immensité, sans autre ombre que les peaux tendues de leurs tentes. Il faisait là-dessous une chaleur d'étuve. Contrairement aux premiers jours, les heures de repos étaient plus pénibles que la marche, qui se faisait maintenant dans la fraîcheur de l'obscurité. Ils parvinrent à un autre puits, dont l'eau était saine, et purent remplir les outres.

Depuis qu'il avait vérifié par lui-même l'habileté du médecin, Hadji Ali était plus respectueux de Jean-Baptiste. Sans être devenu loquace, il acceptait de répondre à ses questions et parfois, de lui-même, faisait part de renseignements qu'il jugeait utiles. Ce jour-là, avant de repartir, Hadji Ali vint dire à Poncet :

— Jusqu'à El Vah, il y avait un autre Franc dans la caravane, le saviez-vous ?

— On nous l'avait dit mais nous ne l'avons jamais vu. Qui est-ce ?

— Je l'ignore. Il marche devant nous, à deux journées.

— Qui l'accompagne ?

— Il monte un chameau et un autre suit avec la charge. Mais l'homme est seul.

Dès que le chamelier se fut éloigné, Joseph vint quémander des nouvelles. Jean-Baptiste, moitié parce qu'il avait pitié du jésuite, moitié pour ne pas aggraver l'irritant spectacle de son désespoir, lui dit que tout allait pour le mieux.

Il y eut encore d'autres journées d'écrasant repos et d'autres nuits de marche sous l'aveuglante lumière blanche de la pleine lune. Enfin, ils montèrent sur un plateau désertique et, après l'avoir parcouru pendant toute une étape, découvrirent au petit matin à leurs pieds la vallée large du Nil nimbée de la brume qu'avaient exhalée les champs pendant la nuit. Dans la courbe de la rivière était construite une grande ville. De la masse plate des maisons en terre émergeaient les carrés de verdure des jardins et des minarets massifs comme des donjons, bien différents des flèches ottomanes de Basse-Égypte. Ils étaient à Dongola, la première ville du royaume de Senaar. La caravane s'arrêta sous ses murailles. Hadji Ali et Poncet, suivi, trois pas derrière, par son valet, entrèrent dans la cité à midi et allèrent présenter leurs lettres de recommandation et leurs cadeaux au prince qui gouvernait la ville au nom du Roi de Senaar.

C'était un petit homme chétif, perdu dans une espèce de trône couvert d'étoffes de couleurs vives. Il reçut les voyageurs avec beaucoup d'égards et demanda à Poncet de bien vouloir soigner sa dernière fille, une enfant de onze ans, qui était en train de devenir aveugle. On fit venir la petite princesse qui ne marchait plus qu'au bras d'une servante. Elle avait les yeux collés d'humeurs jaunâtres. Le gouverneur dit qu'il fallait parfois lui lier les mains derrière le dos, la nuit, car, à peine touchait-elle à ses paupières, le catarrhe redoublait. Jean-Baptiste fit chercher par Joseph la malle de remèdes. Il en tira une poudre rouge, qu'il recommanda de dissoudre dans une eau très pure. Avec la solution, il fallait laver les yeux de l'enfant trois fois par jour et attacher sur ses paupières, la nuit, un tampon de coton imbibé de la même substance.

Le lendemain matin, la petite fille avait les yeux secs. Trois jours après, elle les ouvrait normalement et recouvrait bientôt la vue sans séquelle. Le gouverneur, fou de joie, dit à Poncet qu'il pouvait lui demander ce qu'il voulait. Le médecin répondit qu'il ne désirait rien d'autre que sa protection. Pendant la semaine que dura leur séjour à Dongola, ils furent magnifiquement traités, dormirent au palais ; on leur servit du jarret d'antilope et du magret de tamanoir. Ils échappèrent à la joue d'hippopotame, au grand regret du gouverneur, car ce n'était pas la saison. Poncet eut à soigner encore quantité de patients parmi les grands seigneurs et leurs familles. Le gouverneur mit à sa disposition un cheval et un âne pour son serviteur. Ils purent se promener autour de la ville et admirer l'extraordinaire fertilité de cette partie de la vallée. La berge du fleuve à cet endroit surplombait les eaux de deux ou trois mètres. La terre n'était pas arrosée naturellement, par crues, comme en Égypte. C'était l'industrie des hommes qui opérait, par de savants mécanismes de roues à eau, de troncs creux, de petites écluses, au prix d'un immense et perpétuel travail, l'irrigation des cultures. Poncet, à son retour, fit compliment de ces efforts au gouverneur et dit son admiration pour la rigoureuse administration de cette région. Le petit homme lui répondit avec enthousiasme :

— Cette ville est la vôtre si vous le souhaitez. Restez comme médecin auprès de moi et je vous donne dès demain vingt arpents de cette vallée et trente familles pour les cultiver. Vous aurez une maison en ville, une écurie garnie de chameaux et de chevaux arabes. Croyez-moi, vous serez heureux.

Hadji Ali, pour une fois, fut utile. Il rappela poliment au gouverneur que le voyageur franc avait à se rendre auprès du Négus et que son offre, pour généreuse qu'elle fût, ne pourrait prendre effet qu'à leur retour. Pour tous les peuples du Nil, les Abyssins étaient les « maîtres des eaux », ceux qui, en disposant des sources du fleuve, pouvaient à leur gré en dévier ou en assécher le cours. Nul n'aurait pris le risque de provoquer le roi du pays des sources. Le gouverneur s'inclina.

Cependant, des malades traités par Poncet revenaient d'excellentes nouvelles. Chaque jour apportait le récit d'une guérison spectaculaire. Le Père de Brèvedent, sans s'en expliquer la raison, devait reconnaître l'évidence : ce garçon avait un véritable pouvoir. Il était en sympathie avec les êtres dans leurs souffrances, qu'il était habile à soulager, mais aussi dans les moments les plus simples de leur vie. Il lui suffisait de regarder un enfant pour que celui-ci lui sourît. Même les bêtes étaient calmées par sa présence. Des chiens pelés, indolents, craintifs, qui se méfiaient des humains, le suivaient d'instinct dans la rue, sans qu'il leur donnât rien. Cette intelligence avec toutes les créatures de Dieu était plus proche des niaiseries de saint François et de ses sectateurs que de l'austère rigueur de saint Ignace. On ne pouvait demander au jésuite d'admirer de tels enfantillages. En revanche, comme les langues, comme les croyances locales, bref comme tout ce qui ne servait à rien, les dons de Poncet pouvaient être subrepticement mis au service de la vraie foi. Il était un bon passeport pour l'Abyssinie et il fallait simplement en profiter.

Enfin, tout fut prêt pour le départ. Ils étaient invités au palais pour la dernière soirée. La caravane ne s'ébranlerait qu'au matin car il était décidé, compte tenu des dangers des prochaines contrées, de les parcourir de jour.

Poncet prenait un peu de repos dans sa chambre quand on gratta à sa porte : sans doute quelque messager venu implorer de soigner un malade dans la ville. Il alla ouvrir et trouva devant lui un petit Noir au crâne tondu, morveux, à demi nu, qui lui tendait un billet. Poncet le déplia. Il était écrit en français :

— Venez me rejoindre où l'enfant vous conduira.

Les lettres étaient tracées en majuscules comme pour rendre l'écriture anonyme et le message n'était pas signé.

Poncet se décida à réveiller le Père de Brèvedent, qui dormait dans une chambre du rez-de-chaussée et lui demanda de l'accompagner. Puis il rouvrit sa malle déjà prête, en sortit une épée, la prit au côté et confia au jésuite épouvanté un long poignard. L'enfant les mena à sa suite dans les ruelles où l'ombre du crépuscule commençait à s'épaissir. La ville, dans ses profondeurs, grouillait de monde. À l'heure où retombe la chaleur, où les chauves-souris commencent à tournoyer, les habitants sortent de leurs maisons aveugles, fraîches comme des caves et s'interpellent d'une porte à l'autre.

Jean-Baptiste essaya de retenir dans sa mémoire le chemin qu'ils empruntaient mais il en perdit rapidement le fil. Enfin, ils débouchèrent sur une étroite place formée par la confluence de trois ruelles. Sur l'un des angles, par deux fenêtres carrées fermées d'une grille forgée, s'ouvrait une de ces maisons de thé comme en compte tout l'Orient. Ils entrèrent. La salle était presque vide ; le sol et des banquettes maçonnées tout autour des murs étaient couverts de tapis râpés, rouge et bleu. De petites lampes à huile, posées sur des plateaux de cuivre ciselé, répandaient une lumière chaude. Un homme, assis dans la pénombre du fond, se leva quand ils entrèrent. Poncet mis la main sur le pommeau de son arme.

— Ami, dit l'homme.

Poncet se figea. Il regardait la haute silhouette qui se dressait dans l'obscurité.

— Cette voix...

L'inconnu, avançant un peu vers la lumière des tables, ôta son feutre et découvrit son visage.

— Maître Juremi ! s'écria le jésuite.

Jean-Baptiste, qui avait dès le premier mot reconnu son ami, se précipita sur lui pour une chaleureuse embrassade. Il y eut des cris de joie. Au bonheur de retrouver son compère se joignait pour Poncet la fin d'une solitude que le voisinage de Joseph ne peuplait guère. Maître Juremi commanda des cafés, vida les tasses par la fenêtre et versa dedans le liquide blanc d'une petite flasque qu'il tenait dans sa poche. Ils trinquèrent à leurs retrouvailles.

— Ainsi, le cavalier franc, c'était toi, dit Jean-Baptiste.

— Je ne pouvais pas apparaître tant que nous étions encore en Égypte. Crois-moi, ce n'est pourtant pas l'envie qui m'en a manqué.

Maintenant qu'ils étaient habitués à la faible lumière de la lampe, Poncet distinguait mieux l'altération des traits de son camarade, son visage amaigri, ses yeux creux.

— Et ici, j'ai préféré vous laisser faire vos affaires avec le gouverneur et ne me montrer qu'à la veille du départ. Qu'en penses-tu ? Sera-t-il difficile que je me joigne à vous ?

— J'en fais mon affaire, dit Poncet. Nous nous sommes retrouvés, ne nous quittons plus.

Ils reprirent leurs joyeuses effusions. Maître Juremi remplit de nouveau les verres. Ils les burent d'un trait et recommencèrent à rire et à plaisanter.

— Tu vas me raconter ton voyage, dit Jean-Baptiste. Quand as-tu donc décidé de nous rejoindre ? Comment as-tu fait pour passer inaperçu à Manfalout !

Maître Juremi, tout en buvant, agitait la main pour montrer qu'il allait répondre. Mais soudain retentit, haut perchée et fausse, la voix du jésuite, qui était resté à l'écart de ces démonstrations.

— Excusez, dit-il, mais il me semble que la présence de ce monsieur ne fait pas partie des accords que nous avions passés.

Il avait retrouvé soudain un ton de commandement. Ce n'était plus le valet obéissant qu'il feignait d'être. Maître Juremi sembla s'aviser seulement de sa présence.

— Que nous veut-il, celui là ? dit-il en regardant sans tendresse le Père de Brèvedent.

— Nous sommes ici, continua le prêtre, par un ordre du Roi et sur les instructions de Sa Sainteté le Pape. C'est à nous et à nous seuls qu'incombe cette mission. Le consul l'a dit avant le départ : il n'est pas question que se mêle à notre ambassade un… quelqu'un qui…

Le visage de maître Juremi avait pris une expression si effrayante que le jésuite n'eut pas l'énergie de terminer sa phrase.

— Qu'il se taise ou je l'assomme, tonna maître Juremi en frappant la table de cuivre. Un bruit de cymbale assourdit la pièce et fit accourir le cafetier.

Le jésuite détourna son assaut vers Jean-Baptiste, qui

146

paraissait plus calme et qui était, après tout, l'arbitre de la décision.

— Monsieur Poncet, vous avez pris des engagements. Aussi loin que nous allions, nous reviendrons, du moins je l'espère. Il faudra nous justifier. Du reste, si nous emmenons cet homme, personne ne voudra croire qu'il soit venu ici sans votre accord. On dira qu'il y a eu préméditation de votre part, complot.

Maître Juremi poussa un véritable rugissement et sortit son épée.

— Laisse-moi le fendre en deux, cria-t-il en se précipitant vers le jésuite.

Poncet s'interposa. Les cris continuèrent. Des curieux faisaient maintenant masse aux fenêtres et dans l'ouverture de la porte pour voir cette chose extraordinaire : une querelle de Francs. Jean-Baptiste parvint à désarmer son ami. Il le repoussa vers le fond de la pièce puis se retourna vers le Père de Brèvedent.

— Je n'ai pas pris l'engagement, dit-il, d'abandonner au milieu des déserts un ami qui aurait besoin de secours. Sachez que je ne suis pour rien dans son arrivée ici mais que je prends toute la responsabilité de le garder avec nous.

Puis, tirant maître Juremi par la manche et poussant Joseph devant lui, Jean-Baptiste ajouta :

— Allons tous dès à présent chez le gouverneur pour arranger les papiers.

Ils écartèrent l'attroupement et repartirent par des ruelles tout à fait obscures derrière le petit messager qui les avait guidés à l'aller.

Le gouverneur, ayant une dette envers Poncet pour la guérison de sa fille, ne put lui refuser la faveur que celui-ci demandait. Il fit une lettre pour recommander maître Juremi au Roi de Senaar et au Négus d'Éthiopie. Hadji Ali, déçu du renfort que recevaient les deux Francs, comprit néanmoins qu'il aurait tort de s'opposer à eux sur cette affaire. Quant au

Père de Brèvedent, il redevint Joseph et ne donna plus son avis. Sa lippe retomba et tout le bas de son visage reprit cet affaissement qui lui donnait d'ordinaire un air accablé. Il devint encore plus taciturne et Jean-Baptiste se demanda si, malgré le peu de sympathie que le jésuite avait montré jusque-là pour lui, il n'était pas simplement piqué de jalousie de voir les deux amis réunis.

Quoi qu'il en fût, le prétendu Joseph y gagna puisque le lendemain, grâce aux deux chameaux qu'apportait avec lui le protestant et compte tenu des présents qu'ils avaient laissés au gouverneur, une monture fut disponible pour le serviteur.

Rien n'aurait pu convaincre le prêtre que l'arrivée de maître Juremi n'avait pas été un coup de théâtre préparé de connivence avec Poncet. C'était pourtant tout à fait faux. Ils eurent le temps de s'en expliquer complètement pendant les longues heures de marche de la caravane. En vérité le protestant, pris de remords de laisser son ami affronter seul d'aussi grands risques, avait décidé très rapidement d'être du voyage. Mais pour ne pas créer de complications avec le consul, pour ne pas non plus contraindre Jean-Baptiste à commettre un mensonge, pratique que maître Juremi avait en horreur, il avait préféré ne rien dire et le rejoindre en secret hors de l'Égypte.

Jean-Baptiste avait eu tôt un pressentiment à propos du mystérieux Franc qui se cachait si près d'eux, mais jusqu'au bout il n'avait rien su.

Il parlèrent aussi du Caire, où maître Juremi était resté une nuit de plus que son ami. Il avait quitté la maison au moment même où la calèche qui amenait Alix et le Père Gaboriau tournait le coin de la rue.

— Es-tu bien sûr, demanda Jean-Baptiste avec émotion, que ma lettre lui ait été remise ?

CHAPITRE 5

Maintenant qu'elle connaissait la nature du breuvage qui lui avait été prescrit, Alix n'hésitait plus à recommander au Père Gaboriau d'en augmenter fortement la dose. Ce jour-là, à peine étaient-ils arrivés chez les apothicaires qu'elle lui fit absorber un grand verre d'un seul trait. Le prêtre mit moins de cinq minutes à s'endormir. Au premier ronflement, Alix sauta sur la terrasse et appela, en regardant la fenêtre aux volets clos :

— Françoise ! Vous pouvez venir.

Les persiennes s'ouvrirent aussitôt et Françoise descendit rejoindre la jeune fille sur la terrasse. Elles approchèrent deux chaises et s'assirent côte à côte dans un angle.

— Alors, demanda Françoise, êtes-vous heureuse de cette lettre que je vous ai apportée hier ?

Alix rougit. Elle avait beau la connaître encore à peine, la jeune fille avait une intuitive confiance dans cette femme qui la regardait avec tant de bonté. Pendant l'interminable début de cette matinée, Alix avait attendu avec la plus extrême impatience le moment où elle pourrait se confier à cette inconnue, dont elle se sentait comprise :

— Tenez, dit-elle, en tendant la lettre à son amie. Lisez vous-même.

Françoise prit les deux feuillets couverts de l'écriture serrée de Jean-Baptiste et elle lut :

149

« Chère Alix,

Je vous écris en grande hâte, assis sur une malle, dans le désordre de ce que j'emporte et l'esprit encore plus encombré par les tracas futiles de ces préparatifs. Ce n'est pas une posture très favorable à l'expression des sentiments. Pourtant les miens m'apparaissent aujourd'hui si nettement, tout comme les projets qu'ils m'ont conduit à former, que je n'ai pas à redouter d'être troublé pour les concevoir. Ma seule crainte est de vous les présenter trop abruptement et dans un moment où vous ne seriez pas prête à les entendre. Voilà pourquoi je prends la précaution de vous faire parvenir cette lettre avec un certain retard, que vous me pardonnerez, j'espère. Vous lisez ces lignes ; c'est donc que vous êtes venue chez moi, que vous y êtes accoutumée ; que mes chères plantes vous entourent, qui sont une part de moi-même ; c'est, enfin, que Françoise vous est apparue, et qu'elle a su gagner votre confiance dont elle est bien digne. Dans ces conditions, il est plus facile, Alix, de vous parler. Nous partageons un même lieu, même si nous n'y sommes pas ensemble ; nous avons quelques amis pour nous réunir. Jamais nous n'avons été si proches, maintenant que la distance nous délivre de ce qui nous séparait, quand nous étions l'un près de l'autre.

Sous la protection de cet éloignement, j'ai moins de mal à vous faire l'aveu très simple de ce que j'éprouve. Pendant ces derniers jours, je ne l'ai pas osé et l'aurais-je fait que tout aurait contrarié cette confidence. Pourtant, je n'ai vu que vous, je n'ai parlé qu'à vous, quand même je feignais de m'adresser aux autres et vous étiez dans toutes mes pensées.

Notre rencontre est trop neuve pour que nous n'en gardions pas les étapes en mémoire. Dès le premier moment que je vous ai aperçue, sur le pont du Kalish, j'ai été bouleversé par votre beauté, la grâce de tout votre être. Depuis que je vous approche, que je vous observe, que nous échan-

150

geons des regards, cette première émotion n'a fait que s'approfondir. Comme je ne suis pas accoutumé à des sentiments aussi puissants, je m'en suis d'abord inquiété, irrité même, avant de m'y abandonner avec bonheur. Je voudrais avoir assez de temps pour détailler tous les charmes que je trouve à votre personne ; ce paquet de feuilles n'y suffirait pas. Puisque le loisir ne m'est pas laissé d'être complet, je préfère ne rien dire qui, pris au hasard dans l'étendue de vos qualités, pourrait vous donner à croire que j'en ai ignoré certaines. Chère Alix, j'adore tout ce qui m'est apparu de vous et, au-delà, je puis dire que j'aime aussi passionnément cette force que vous dissimulez encore et qui ne va pas tarder à se révéler.

Pourquoi vous dire tout cela, quand je pars ? Si mes sentiments sont si profonds, ne devraient-ils pas être autant de raisons de ne pas vous quitter ? Et si je m'en vais quand même, à quoi bon les exprimer ? Voilà ce que j'ai pensé ces derniers jours, avec la grande irritation de quelqu'un qui refuse d'offrir une place dans sa vie à la moindre mélancolie. À force de retourner cette affaire dans ma tête, j'ai fini par l'éclairer sous un jour différent, qui rend mon départ heureux. Oui, Alix, vous me lisez bien et voici ce dont je veux vous convaincre : ce voyage est notre chance. Serais-je resté au Caire que rien n'eût été possible. Au contraire, il me sera permis de tout espérer lorsque j'aurai triomphé de l'épreuve qui m'est imposée. Ce succès me haussera jusqu'à vous et, si vous le voulez, nous serons égaux et donc libres. Depuis que j'ai fait le serment de remplir cette mission pour vous, et pour vous seule, il n'est pas de danger que je ne me sente la force d'affronter, dans ce dessein. Chaque pas qui m'éloigne de vous m'en rapproche. Je n'ai aucun doute sur le succès de mon entreprise : je reviendrai. Mon seul espoir est que vous aurez assez de patience pour attendre mon retour. Dans les contrées où je chemine à l'heure où vous me lisez, sachez, Alix, que si vous ne pouvez me rejoindre, vous ne pouvez pas non plus m'abandonner. C'est un constant plaisir pour moi de sentir que vous m'accompagnez. Et là, sur ces chemins de désert, délivré de tout, je trouve l'audace de vous embrasser. »

— Eh bien, fit Françoise en terminant sa lecture, voilà beaucoup d'embarras pour dire seulement qu'il vous aime.

— Mais, dit vivement la jeune fille avec des yeux égarés, il m'a à peine rencontrée. Nous ne nous sommes pas parlé...

— Et comment est-ce que l'on aime, selon vous ? En voyant chaque jour, aussi longtemps qu'il le faut, quelqu'un qui ne vous plaît pas ?

— Non, sans doute, mais comment croire... qu'il est sincère ?

Alix livrait avec une visible application le fruit de ses ruminations de la nuit précédente.

— Un homme qui part pour un tel voyage n'a guère de raison de mentir, dit Françoise.

— Ce peut être un défi, une nostalgie, une fanfaronnade. Après tout, il n'a rien à perdre en me demandant de l'attendre...

— Croyez-vous un instant ce que vous dites ? fit Françoise.

La jeune fille baissa les yeux, parut réfléchir un instant. Une larme roula sur sa joue.

— Bien sûr que non, avoua-t-elle enfin. Je cherche seulement à me convaincre du contraire parce que tout en moi me dit qu'il m'aime... comme je l'aime.

— Serait-ce si grave de l'accepter tout simplement ?

— Dans ce cas, continua la jeune fille, qui suivait ses pensées, je suis malheureuse quoi qu'il arrive.

— Et pourquoi cela ? demanda Françoise.

— Jugez-en, dit vivement Alix en posant sur son amie ses beaux yeux pleins de larmes. S'il ne revient pas de ce voyage, j'en serai meurtrie pour toujours. Et s'il revient...

— Tous sera possible, il vous l'a dit.

— Vous ne connaissez pas mon père !

« Quelle enfant ! » pensa Françoise avec attendrissement, avant d'ajouter, doucement :

— Vous regardez trop loin. Attendez seulement qu'il soit de retour. Pour le reste, faites-lui confiance. On n'a jamais vu tout de même qu'un homme qui aura forcé la porte de royaumes inconnus, persuadé des princes indigènes, exécuté les volontés du Roi de France et du Pape ne puisse fléchir le plus buté des pères.

Alix la dévisagea avec l'air de tendre défiance que l'on prend pour considérer ceux qui vous disent fidèlement les mots que l'on voulait entendre.

— Venez ici chaque matin. Nous parlerons ensemble. Le temps passera plus vite, dit Françoise.

Puis elle prit la jeune fille dans ses bras, caressa ses cheveux et la laissa pleurer encore un peu.

*

Tout alla bien jusqu'à Senaar. La grande caravane atteignit la ville au bout d'une dizaine de jours de marche à travers le désert de Bahiouda. À mesure qu'ils allaient plus vers le sud, la végétation reparaissait peu à peu. Ils entrèrent dans le pays que les Arabes avaient surnommé Rahemmet Ullah, la « miséricorde de Dieu ». Cette miséricorde consistait en ceci qu'il n'était plus nécessaire, comme à Dongola, de se donner la peine d'irriguer la terre : elle l'était naturellement par les pluies du Tropique qui atteignaient jusque-là. On voyait partout des pâturages verts, des arbustes de bonne taille et même quelques débuts de forêt. Grâce à ces faveurs du ciel, les paysans étaient en repos et se contentaient de promener leurs ânes en chantant.

Senaar, la capitale, était située au bord du Nil bleu, qui descend des montagnes de l'Abyssinie en charriant des boues de schiste. C'était une grande cité agricole et marchande dotée de riches bazars, de belles mosquées et d'un palais qui servait de demeure permanente au Roi et à sa cour. Tout cela était construit en pierres recouvertes d'un torchis rouge.

Le voyage, dans cette dernière partie du désert, s'était déroulé sans incident. Passé la première gaieté des retrouvailles, maître Juremi avait repris son habituel silence et sa mauvaise humeur. Entre le jésuite et lui, c'était une paix armée. Ils s'évitaient et n'adressaient jamais la parole qu'à Poncet, qui servait d'arbitre, assez désagréablement pour lui, entre les deux hommes. La position de Joseph était assurément moins confortable encore. Pendant que son ennemi marchait en maître, il s'humiliait en serviteur, chargeait et déchargeait les bêtes, préparait la soupe à chaque halte, remplissait les outres aux puits. Hadji Ali, de plus, lui donnait directement ses ordres. Poncet lui avait demandé de n'en rien faire. Mais maintenant qu'ils étaient en terre étrangère, le chamelier ne les craignait plus. Il fallait être prudent. Le prétendu respect qu'il marquait à Jean-Baptiste n'empêchait pas le caravanier de chercher toutes les occasions possibles d'exiger de lui le paiement des menus tributs, ce qui finissait par faire des sommes. En plein désert de Bahiouda, Hadji Ali profita d'une halte pour tenter un nouveau chantage. Il vint au bivouac des Francs accompagné de Hassan El Bilbessi, impénétrable, voilé dans un turban qui ne laissait voir que ses yeux, rougis par le sable.

— Dans deux jours, dit Hadji Ali, nous allons arriver à Guerri. C'est un poste de contrôle pour la petite vérole.

Il expliqua qu'aux frontières du royaume de Senaar le Roi, qui craignait beaucoup la maladie, avait fait établir des postes de quarantaine pour les voyageurs suspects.

— Hassan dit qu'il connaît bien le chef du poste, reprit Hadji Ali. Il laissera passer les Arabes. Mais il aura peur de vous. Nous serons obligés de vous laisser là-bas et de continuer seuls. À moins...

— À moins ?

— À moins que vous ne donniez de quoi convaincre ce fonctionnaire.

Hadji Ali annonça une somme exorbitante. Suivit une comédie avec Hassan El Bilbessi, auquel il parlait en dialecte ; celui-ci secouait la tête comme un paysan têtu qui ne veut rien savoir. Le prix finalement baissa mais ils durent payer. Deux jours après, en arrivant au poste de contrôle, ils trouvèrent les bâtiments abandonnés. Sans doute ne craignait-on plus l'épidémie et les mesures de quarantaine étaient levées. Mais ni Hadji Ali ni Hassan ne voulurent restituer l'argent, qu'ils s'étaient sans doute déjà partagé.

À Senaar, tout avait bien commencé. Ils s'étaient rendus au palais pour remettre au Roi leurs lettres et leurs présents. Comme à Dongola, le souverain, apprenant que Poncet était médecin, lui avait demandé de soigner un de ses proches. Mais dès ce moment les choses s'étaient mal engagées.

Dans une pièce attenante à la salle du trône, le Roi avait convoqué Poncet et maître Juremi puisque ce dernier, dans sa lettre de présentation, se prévalait aussi du titre d'apothicaire. Le souverain était un homme très maigre, à la peau d'un noir mat de charbon ; ses petits yeux reflétaient la cruauté inquiète de celui qui, ayant commandé beaucoup d'actes affreux, s'attendait à tout moment à subir lui-même des vengeances plus abominables encore. Hadji Ali n'avait pas été convié à l'examen. C'est le Roi en personne qui expliquerait l'affaire en arabe, langue que Poncet et maître Juremi comprenaient bien. Un garde fit entrer un garçon qui pouvait avoir quatorze ans et qui était déjà plus haut de taille que les deux Français. Le jeune patient ôta sur un ordre du Roi sa tunique noire brodée d'or et apparut dans toute sa maigreur. Sous sa peau fine, on voyait se découper chaque muscle, comme une mécanique dont les rouages eussent été laissés apparents. Il avait le ventre étalé et l'ombilic saillant, un cou de volaille. Le plus remarquable était que

155

l'adolescent avait l'air de bien se porter, excepté qu'il était si maigre.

— C'est le fils de ma troisième femme, dit le Roi. On ne sait pas ce qui lui arrive. Tout passe à travers. S'il mange du mil, il fait du mil ; s'il mange du sorgho, il fait du sorgho ; s'il mange de la viande, il fait de la viande.

Il se tourna vers les médecins pour recueillir leur avis.

— Qu'en penses-tu ? dit Poncet à son ami.

Maître Juremi, après une dispute avec Joseph, était ce matin-là de méchante humeur.

— C'est très simple, dit-il d'un ton rogue, qu'il mange de la merde !

Jean-Baptiste s'attendait si peu à cette réponse qu'il éclata de rire. Il se ressaisit immédiatement mais le mal était fait. Le Roi crut qu'on se moquait du patient ou, plus grave encore, de lui. Il demanda à Poncet de traduire ce qu'avait dit l'apothicaire. Jean-Baptiste dit que c'était inutile puis inventa quelque chose qui ne contenta guère le souverain.

Rien n'y fit. Poncet prodigua ses soins les plus attentifs au garçon, lui administra des drogues qui, dès le lendemain, lui permirent de retenir mieux ce qu'il mangeait. La confiance du Roi, comme un plat fissuré qui ne s'est pas encore brisé, était atteinte si profondément qu'on ne pouvait espérer la restaurer.

Un événement advint, en outre, qui n'aurait en temps ordinaire guère eu de conséquence. Mais, écartant cette faille secrète, il contribua à l'élargir jusqu'à la rupture. Le Père de Brèvedent fut l'instrument de cette catastrophe.

Depuis que l'identité du Franc qui cheminait en avant de la caravane leur avait été révélée, le jésuite, tout au malheur d'être accompagné d'un protestant, était au moins rassuré sur un point : il ne s'agissait pas d'un capucin. Il avait fini par se convaincre que ce danger-là était écarté et que ses concurrents avaient été pris de vitesse par leur départ précipité du Caire.

Brèvedent était si confiant qu'il eut l'idée de demander à Poncet d'aller visiter en sa compagnie, et toujours sous sa fausse identité de domestique, la maison des Capucins qui était construite à Senaar et qui abritait une petite communauté de moines. Peut-être pourraient-ils apprendre de la sorte quelques nouvelles de la région et savoir ce que tramaient ces religieux concernant l'Abyssinie. Poncet accepta. Ils laissèrent maître Juremi en ville, dans la maison qu'Hadji Ali avait louée pour eux et ils partirent à pied vers le couvent.

Il peut paraître curieux que le Roi de cet État musulman ait accepté l'installation dans sa capitale d'un hospice de catholiques. L'explication en était simple. Les Capucins s'étaient servis auprès de lui d'arguments exactement inverses de ceux qu'ils avaient employés auprès du Pape pour faire accepter leur mission. À Rome, ils avaient prétendu aller au secours des catholiques persécutés après l'expulsion des Jésuites et réfugiés à Senaar. Or, dans ce royaume, chacun savait, et le Roi tout le premier, que ces catholiques réfugiés n'existaient simplement pas. Les Jésuites n'avaient converti personne en Abyssinie, sauf le Négus et pendant peu de temps. Ils étaient repartis comme ils étaient venus : seuls. Les choses de l'autorité sont ainsi faites que, s'il y avait eu des catholiques à Senaar, le Roi n'aurait jamais permis à des prêtres romains de les rejoindre, de crainte qu'ils ne les soulevassent contre lui. Mais puisqu'il n'y en avait aucun, et puisque les religieux s'engageaient, sous peine d'encourir les châtiments les plus extrêmes, à ne pas tenter de convertir de musulman, il n'y avait pas d'inconvénient à laisser s'installer cette poignée d'étrangers pacifiques qui faisaient l'école aux enfants, soignaient quelques malades et rompaient l'isolement de Senaar en reliant son Roi à l'Europe, car ils avaient l'oreille du Pape.

Poncet, suivi de Joseph, franchit le portail de bois du couvent et entra dans une vaste cour. Sur le sol de poussière rouge étaient posés des orangers taillés, plantés dans de grosses potiches rondes. Le capucin qui reçut les visiteurs n'eut pas l'air surpris de leur présence. Il les introduisit dans une pièce sans fenêtre, qui donnait comme toutes les autres sur la cour. Il les fit asseoir sur des tabourets bas tendus de lanières de peau tressée. Quatre autres frères les rejoignirent. Leurs tenues, qui n'étaient ni plus ni moins celles de saint François, prenaient dans ce décor l'aspect des vêtements que portaient les Arabes. Tannés comme ils l'étaient, avec leur barbe noire, et leur silhouette carrée de paysans des Abruzzes, on aurait pu, n'était la petite croix qu'ils avaient autour du cou, les confondre avec le peuple de ce royaume de Nubie.

L'un des frères dit qu'il était le supérieur. Il se dénommait Raimondo. Il présenta ses compagnons, qui avaient aussi mauvaise mine que lui… Désignant deux autres moines qui étaient un peu en retrait et regardaient Poncet d'un air soupçonneux, il dit :

— Ces deux frères viennent nous visiter. Ils sont arrivés du Caire, hier matin.

— Hier matin ! s'écria Poncet. Par où donc êtes-vous passés ? Nous aurions dû vous voir à Dongola.

— Il y a plusieurs caravanes qui arrivent jusqu'ici, dit le Frère Raimondo. Eux sont descendus par la vallée du Nil jusqu'à la deuxième cataracte et ils ont ensuite traversé le désert de sable qui est au nord.

— C'est un chemin beaucoup plus long, dit Poncet.

— Cela dépend de la saison. Quand le Nil n'est pas en crue, on galope à cheval dans la vallée et l'on va vite.

Jean-Baptiste demanda la date de leur départ. Il calcula qu'ils avaient quitté le Caire dix jours après lui.

CHAPITRE 6

Le faux Joseph, quand ils rentrèrent du couvent par des ruelles obscures, était au comble de la terreur. Les plus sombres mises en garde du Père Versau, qui l'avait chapitré avant le départ à propos des redoutables manœuvres des Capucins, se voyaient justifiées et de la façon la plus inattendue. La nuit, dans sa tiédeur, paraissait grouiller de présences et de menaces. Le jésuite songeait aux jours et aux jours de voyage qui les avaient amenés dans cette contrée : c'était comme autant de dalles de granit qui reposaient sur eux et les séparaient de la lumière. Ils pouvaient crier, mourir ; personne ne viendrait les secourir. Ces sinistres pensées alimentaient les bruyants soufflements que le prêtre émettait à la manière d'une baleine. Jean-Baptiste, excédé, avait pressé le pas et devançait le prêtre d'une bonne longueur pour ne pas l'entendre. Assez injustement, il reportait sur ce malheureux, qui n'avait que le tort de les avoir jetés dans la gueule du loup, toute la colère qu'avait levée en lui le chantage des capucins. C'est dans cet équipage, l'un fulminant et l'autre désespéré, qu'ils firent leur entrée dans la maison où maître Juremi les attendait.

Celui-ci était assis tranquillement dans la cour sur des caisses d'osier et lisait à la lueur d'un petit fanal en laiton. Poncet et Joseph s'assirent chacun sur une malle, en face de lui.

— Les capucins savent tout, dit Jean-Baptiste.

Le Père de Brèvedent gardait la tête baissée, l'air lugubre.

— Tu veux dire…

Maître Juremi fit un signe du menton en direction du jésuite, sans détourner les yeux.

— Non. Cela, heureusement, je ne crois pas qu'ils le sachent.

— Alors quoi ?

— L'essentiel : que nous allons en ambassade pour la France.

— Il faut leur demander de se taire, dit maître Juremi en se soulevant, tout ankylosé, de son siège de fortune.

Les murs de torchis, autour de la cour, ne montaient qu'à hauteur d'homme. Derrière cette frêle barrière, on entendait les bruits du soir : des conversations lointaines et des cris d'enfants, des murmures tout proches, les aboiements des chiens, des bruits de sabots. Au-dessus d'eux, dans le ciel profond d'une nuit sans lune, écrasant, criblé d'étoiles, un grand vent soufflait en altitude.

— Mais que veulent-ils au juste ? dit maître Juremi, immobile.

— Que nous prenions deux d'entre eux avec nous. Ils sont allés voir le consul au Caire peu après notre départ, et ils n'ont pas admis d'avoir perdu l'aubaine qu'était la mission de Hadji Ali.

— Si nous refusons ?

— Ils vont tout dire au Roi de Senaar. Tu sais ce que cela signifie ? Ce prince est musulman. Il veut bien laisser passer un médecin pour le Négus ; il n'autorisera jamais l'ambassade d'un roi chrétien.

— Alors ?

— Alors, nous serons d'abord prisonniers, je suppose. Et comme ces messieurs les capucins nous l'ont laissé entendre, ils ne s'arrêteront pas là. La populace les respecte, surtout quand il s'agit de former une mauvaise opinion sur des étrangers. Ils diront que nous sommes des magiciens, ce que ma boîte à fioles suffira à prouver. On demandera notre tête au Roi. Il l'accordera bien volontiers...

— Que leur avez-vous répondu ? dit maître Juremi.

— Que nous devions nous organiser avec Hadji Ali, que nous ferions de notre mieux. Bref, qu'il nous fallait deux jours.

— Bravo, dit maître Juremi. Et que ferons-nous pendant ces deux jours ?

Poncet haussa les sourcils pour signifier qu'il n'avait pas la réponse. Ils se mirent à réfléchir en silence. Jean-Baptiste ne sentait aucune véritable angoisse bien que la situation fût fort critique. En cet instant où tout semblait définitivement compromis, il était irrité de voir surgir un contretemps mais il n'avait toujours aucun doute sur l'heureuse issue de leur voyage. À la source de cette confiance, il y avait peut-être la pensée d'Alix.

— Prenons un capucin avec nous, dit maître Juremi le plus sérieusement du monde, et coupons-le en morceau dès que nous serons loin d'ici.

Le Père de Brèvedent sursauta. Comme d'habitude, plutôt que de s'adresser au protestant, il fit sa remarque à Poncet :

— Associer les Franciscains réformés à notre entreprise serait absolument contraire à notre mission. Quant à tuer des prêtres, cela ne peut être que l'idée d'un esprit gravement irréligieux.

— Eh bien, qu'il en trouve une autre, dit méchamment Juremi.

Poncet se leva, fit quelques pas dans la petite cour, à la limite de l'obscurité, puis il revint vers ses compagnons et dit en se plantant devant eux :

— Il faut partir cette nuit.

— Partir ! s'écrièrent les deux autres, pour une fois à l'unisson.

— Oui, partir. Nous avons deux jours et deux nuits devant

161

nous. Nous devons organiser quelque chose pour tromper les espions des capucins et leur faire croire que nous sommes toujours dans la ville. Et pendant ce temps-là, nous prendrons le plus d'avance que nous pourrons.

— Nous ne connaissons pas la région, dit le Père de Brèvedent.

— La caravane ne repart que dans une semaine, ajouta maître Juremi.

— Nous n'attendrons pas la caravane. Hadji Ali nous servira de guide.

Poncet découvrait ses propres réponses à mesure qu'il les énonçait, comme ces candidats que l'émotion empêche de réfléchir et qui s'entendent presque malgré eux prononcer devant le jury les mots attendus.

— Restez ici, dit-il, préparez votre paquetage personnel, le minimum. Je vais chercher Hadji Ali.

Ils n'eurent pas le temps de se ressaisir qu'il avait déjà filé. On ne voyait presque rien au-dehors. Jean-Baptiste buta contre des ombres, trébucha sur les pierres qui pavaient la ruelle. Heureusement, une simple ligne droite menait à la grande esplanade de sable qu'occupaient les caravanes pendant leur escale dans la ville. Il se faufila entre les tentes et gagna celle de Hassan El Bilbessi. Comme il l'avait prévu, Hadji Ali était assis sur des tapis posés à même le sol. Il palabrait avec le chef de la caravane et plusieurs autres marchands. Après avoir salué tout le monde et bu aussi lentement qu'il le put malgré son impatience un verre de thé brûlant, Poncet demanda la permission de ravir un instant Hadji Ali pour une affaire urgente. Finalement, il parvint à arracher de mauvaise grâce le chamelier à sa compagnie et le ramena dans leur maison. Il le fit asseoir dans la cour, là où, quelques minutes plus tôt, ils avaient discuté tous les trois.

— Qu'y a-t-il pour vous agiter de la sorte ? demanda Hadji Ali de sombre humeur.

— Il y a que nous devons repartir cette nuit, dit Poncet.

Hadji Ali découvrit ses chicots dans ce qui pouvait être un sourire ironique.

— Cette nuit ? dit-il.

— Je ne plaisante pas.

— C'est bien dommage, dit Hadji Ali, toujours goguenard. Et vous partez tout seuls ?

— Non. Avec toi.

— Excellent ! Vraiment, le Prophète a bien fait d'interdire les boissons fermentées : cela vous donne de drôles d'idées.

— Je n'ai pas bu de boisson fermentée, cria Jean-Baptiste, et je te conseille d'écouter ce que j'ai à te dire, si tu ne veux pas être fouetté demain et jeté en prison.

— Fouetté ! Et par qui ?

— Par le Roi.

Hadji Ali reprit son sérieux.

— Voilà l'affaire. Tu te souviens qu'au Caire le consul de France n'a pas voulu que tu partes avec des capucins.

— Fort bien.

— Il a eu raison et ce qu'il t'en a dit était vrai. Mais ce sont des gens tenaces. Ils ont lancé deux des leurs à tes trousses pour se venger et ils t'ont retrouvé.

— Ici ?

— Oui, ici. Figure-toi que ces prêtres ont une maison dans cette ville et qu'ils sont fort bien vus du Roi de Senaar, qui les protège.

Hadji Ali commençait à prendre peur. On le voyait à l'affaissement de son corps et de ses traits qui lui composaient peu à peu une physionomie propre à engendrer la pitié et à implorer grâce.

— Mais comment peuvent-ils m'en vouloir ? dit-il.

— Ils en veulent à nous tous. Ils ont l'intention d'empêcher cette mission. Demain, ils iront dire au Roi que nous ne sommes pas des médecins mais des charlatans et le Roi les croira. Surtout, ils diront que nous sommes des envoyés de Louis XIV, et nous serons jetés en prison.

— Aïe ! gémit Hadji Ali, qui calculait intérieurement quelle part de ces malheurs pourrait lui revenir.

— Et toi qui as menti au souverain, toi qui nous as présentés comme des médecins francs, tu seras mis en prison et fouetté.

— Mais, protesta le chamelier, je dirai que je ne savais rien.

— Les capucins ont vu le consul au Caire et ils savent que tu sais.

Puis, en le regardant, il ajouta :

— Et s'ils ne le disent pas, c'est nous qui en témoignerons.

Bien qu'il eût prononcé cette phrase avec l'air le plus impitoyable qu'il pût composer, Jean-Baptiste n'avait pas été très convaincant. Hadji Ali connaissait les hommes : il savait d'instinct que Poncet ne ferait pas une chose pareille, même contre son pire ennemi. Si bien que cette phrase maladroite atteint son but par un étrange détour : en concentrant sur elle la suspicion du marchand, elle fit apparaître tout le reste comme authentique. Hadji Ali ne douta pas que les trois Francs ne fussent en réel danger et il mesura son propre intérêt. Il ne lui fallut pas longtemps pour évaluer qu'il ne tirerait aucun bénéfice de leur disparition. Encore, si la chose avait lieu en plein désert, pourrait-il se saisir de leur chargement. Mais le premier geste du Roi de Senaar, s'il les emprisonnait, serait de s'approprier leurs biens.

Non, l'intérêt bien compris de Hadji Ali était de les amener jusqu'au Négus et de recevoir de lui une gratification car le souverain abyssin serait sûrement satisfait des services de Poncet. Du même coup, Hadji Ali s'attacherait la reconnaissance des Francs du Caire. Oui, son intérêt était à l'évidence de sauver les voyageurs. De plus, s'ils partaient en catastrophe de Senaar, il leur faudrait abandonner une partie de leur chargement et Hadji Ali pouvait s'en faire l'usufruitier.

Sa décision était donc prise. Il devait cependant la présenter comme un sacrifice déchirant afin que Poncet acceptât de le rémunérer au meilleur prix.

Hadji Ali commença à geindre, épongea la sueur qui lui était venue au front quand on avait évoqué le fouet et la prison. Il parla d'argent. Un quart d'heure plus tard, l'accord était solennellement conclu. On partirait à quatre, les trois Francs et Hadji Ali, avec cinq chameaux et un minimum de caisses. Chaque voyageur aurait sur sa monture ses effets personnels et ses armes. Le chameau de bât porterait principalement les cadeaux destinés au Négus et la malle de remèdes. Tout le reste (ils avaient encore beaucoup d'instruments scientifiques, de présents pour les autorités de rencontre, de tenues de rechange) serait déposé cette nuit même dans la maison d'une veuve par laquelle le chamelier était accoutumé de se faire consoler lorsqu'il passait à Senaar. Elle dissimulerait tout cela jusqu'à son prochain passage. Enfin, Hadji Ali exigea que les chameaux, à compter de ce jour, devinssent sa propriété. Les Francs lui verseraient pour leur location une somme forfaitaire et qui n'avait jamais si bien porté ce nom.

Moyennant ces quelques avantages, Hadji Ali accepta qu'ils le sauvassent. Il poussa la bonté jusqu'à faire couvrir leur fuite par Hassan El Bilbessi. Dès le lendemain matin, celui-ci répondrait à quiconque l'interrogerait sur les Francs qu'ils étaient allés herboriser le long du fleuve et que Hadji Ali, pris d'une migraine, était enfermé au hammam. Après, on verrait bien.

Ils prirent un peu de repos, sans pouvoir dormir. À deux heures du matin, Hadji Ali, qui était allé parler à Hassan El Bilbessi, revint jusqu'à la maison avec un chameau, qu'ils chargèrent des deux malles à emporter. Puis ils se glissèrent tous les trois dans la ruelle et partirent à pied à la suite du chamelier, traînant leurs portemanteaux et leurs selles. Ils harnachèrent les chameaux qui étaient attachés à l'écart de la caravane et se mirent en route. La nuit était absolument noire. Heureusement Hadji Ali connaissait bien les lieux. Rien ne rassure comme la fuite. Ils n'avaient plus peur. Pendant plusieurs heures, ils avancèrent prudemment au pas. La ville était loin, on n'entendait plus les chiens. À leur gauche, l'obscurité exhalait un souffle humide qui devait venir du fleuve. Ils en déduisirent qu'ils remontaient le long du Nil bleu. À la première aube, ils découvrirent devant eux des cabanes de boue séchée qui émergeaient d'un tapis de roseaux. Des bœufs étonnés, debout au bord de la rivière, soufflaient comme pour éloigner plus vite les restes attardés de la nuit froide. Un pont de rondins enjambait le Nil : ils y engagèrent leurs bêtes et, quand ils l'eurent tous franchi, il partirent d'un galop vif vers la lumière mauve de l'Orient.

*

La sécurité d'Alix et de Françoise, qui avaient pris l'habitude de se rencontrer chaque matin sur la terrasse des droguistes, fut brutalement menacée par celui qu'elles croyaient le moins devoir craindre. Le Père Gaboriau, si paisible, si docile à son traitement et qui les incommodait si peu, eut une attaque. Un jour, Alix, à l'heure de le réveiller, découvrit le pauvre homme dans sa chaise longue une main pendante, un œil trop ouvert et la bouche de travers.

Le vieillard survécut, impotent et muet. Sa défection faillit être fatale aux deux amies. Le consul prit ce prétexte pour commander de mettre un terme à ces sorties qu'il n'avait autorisées que sous la plus odieuse contrainte. Sa fille fit valoir l'engagement moral à l'égard des « propriétaires de ce laboratoire ». Le diplomate haussa les épaules. Voilà de bien grands mots pour qualifier des brigands. Il y eut presque des cris car Alix montra une résistance tout à fait nouvelle. Finalement, elle obtint de reprendre ses fonctions, accompagnée désormais de Mme de Maillet. Françoise resta cachée.

Dès la première visite, Alix fit subir à sa mère de fastidieuses explications tirées d'une botanique de son invention — elle n'en connaissait pas d'autre — avec force mots latins créés pour la circonstance et d'interminables stations devant les plus modestes plantes grasses, élevées au rang de spécimens uniques au monde. La pauvre femme s'ennuya prodigieusement, rentra avec une migraine, mal aux jambes. Elle trouva l'énergie de revenir une seconde fois, mais ce fut tout. L'air de cette serre, déclara-t-elle, était délétère pour sa santé ; elle reconnut toutefois qu'il faisait le plus grand bien à sa fille. Mme de Maillet persuada son mari que ces affaires de plantes étaient chez Alix une passion inoffensive : il y avait plus à craindre de la contrarier que de la satisfaire. Le consul, qui n'avait entendu aucun écho défavorable dans la colonie à propos de ces visites et avait même reçu le compliment d'un marchand, dont le fils avait à son tour entrepris un herbier, se laissa fléchir. Alix avait craint de ne pouvoir renouveler ses visites ou d'être chaperonnée de plus près : son père l'autorisa tout bonnement à venir seule, et elle put voir Françoise sans surveillance.

Ce fut une période de grand bonheur. La jeune fille sentait s'opérer en elle une complète transformation. La fermeté qu'elle avait montrée face à son père pendant cette affaire en était le premier indice.

D'abord, il y eut beaucoup de futilité. Privée de l'amitié à l'âge où elle est le plus nécessaire, Alix avait besoin de prendre la mesure de sa beauté, de ce corps nouveau qu'elle considérait encore craintivement, comme un attelage de race, dont on redoute la puissance.

Ce fut l'époque des essayages de coiffures nouvelles, qu'il fallait défaire en toute hâte, à midi, avant de repartir. Souvent, Alix apportait du consulat, dissimulées dans un sac, des toilettes qu'elle dérobait à sa mère et dont elle jouait à se parer. Elle défilait devant son amie en riant, sur cette terrasse ombragée où poussaient des orangers. Françoise enseigna à la jeune fille, au-delà des notions bien générales et bien vagues de beauté, à discerner le prix de chaque détail et à le mettre en valeur. Alix s'épanouissait.

Avec le recul du temps, elle fut très reconnaissante à Françoise d'avoir montré tant de patience et de gaieté pendant cette longue période où elle s'était si naïvement découverte.

Insensiblement, cette première page avait été tournée. Alix connaissait ses qualités, n'en doutait plus, en voyait les limites. De ce moment data une aisance nouvelle, une assurance profonde, qu'elle eut l'habileté de dissimuler sans changer la modestie de ses manières et de ses propos. Sa mère, comme à l'accoutumée, ne vit rien. Alix se rendit compte du peu que la pauvre femme, qu'elle avait longtemps regretté de connaître à peine, avait à lui enseigner. Quelle différence avec Françoise, dont la vie était un véritable roman ! Elle était née près de Grenoble dans une famille aisée ; son père était marchand de grain. Françoise s'était vengée du peu de cas que ces braves gens faisaient de leur fille en les quittant pour suivre un homme, de trente ans son aîné. Il n'avait aucun métier mais les avait tous faits. Il dépensait beaucoup sans être riche, tout à rebours du père de Françoise. Ce bel amant parlait bien ; il connaissait l'Orient, l'Italie. Il l'emmena avec lui et ce fut le début d'interminables aventures, qu'elle contait par petites pièces, comme dans *Les Mille et Une Nuits*. Fuite, fortune, voyage, misère. Ils s'aimaient. Exil, mensonge, jeu, misère encore. Ils arrivèrent au Caire et ne s'entendaient déjà plus. La suite était de moins en moins heureuse et tout avait fini par la mort de cet homme, honteusement, loin d'elle, dans la ville arabe. De cette errance Françoise tirait des portraits, des anecdotes, quelques règles de conduite. Elle énonçait ces préceptes en feignant de ne plus avoir à les utiliser elle-même, comme si l'âge et l'indifférence l'eussent déjà par trop refroidie. Mais Alix découvrit, quand Françoise en vint à parler de son emploi chez les droguistes, qu'elle n'évoquait pas maître Juremi sans émotion.

— L'aimez-vous ? lui demanda finalement la jeune fille.

— Je ne peux avoir moins de franchise que je n'en ai exigé de vous, répondit Françoise. C'est un homme courageux, bon et, oui, je crois bien que je l'aime.

— Le lui avez-vous dit ?

— Ah, on voit que vous ne le connaissez pas ! Il est taciturne et bougon. Vingt fois, je suis venue dans l'idée de lui parler. J'avais pensé toute la nuit à ce qu'il faudrait lui dire. J'arrive, il me regarde avec son œil noir et je perds tout mon courage. Vous voyez : je pose à la dame d'expérience. Mais je suis encore moins avancée que vous...

Ce simple aveu ne donnait que plus de prix à tous ces autres récits : Françoise livrait aussi bien ses audaces que ses faiblesses, la passion à laquelle elle avait obéi jusqu'au bout et celle qu'elle n'avait pas encore osé révéler.

Alix l'admirait. Son père aurait été bien scandalisé d'un tel sentiment à propos d'une servante. Mais Alix la voyait tout autrement. C'était une femme libre, qui avait payé cette liberté du prix le plus fort et ne regrettait rien.

Alix n'avait jusqu'alors jamais pensé qu'on pût faire autre chose que se soumettre, lorsqu'on était une femme. Françoise lui montrait un autre exemple. Sous son influence grandissaient de nouveaux rêves, qui suivaient des chemins aventureux et chaotiques. Chaque fois qu'Alix s'imaginait libre, elle chevauchait au côté de Jean-Baptiste. Elle se dit d'abord que c'était faute d'avoir d'autres exemples autour d'elle. Françoise la détrompa :

— Un homme qui a pris à ce point possession de vos rêves n'en sortira pas si facilement, disait-elle en hochant la tête.

CHAPITRE 7

Ils marchèrent pendant vingt et un jours. Les premiers temps, ils avaient l'obsession d'être poursuivis par le Roi de Senaar et ses troupes. Partout, ils pressentaient la manifestation de sa force. Dans leur crainte, ils lui attribuaient une puissance bien supérieure à celle dont il disposait. Il leur fallut une semaine environ pour se convaincre qu'ils n'étaient pas suivis, encore moins précédés par les redoutables agents du Roi, auxquels, dans leur fièvre, ils avaient presque prêté des ailes. La vérité est qu'ils étaient simplement perdus, quelque part dans cet immense royaume de désert. Leur véritable ennemi n'était pas le monarque invisible ni les capucins retors mais les contrées sans eau, sans nourriture et sans repos où ils cheminaient.

Le pays était plat. Il alternait de vastes étendues arides, semées de pierres cuites et des sortes de vallées longeant des rivières de sable. L'eau n'y paraissait qu'une fois par an avec une grande violence, avant d'être absorbée par le sol sans avoir pu se joindre à d'autres eaux. Dans ces vallées, la végétation était dense, faite de bambous et de roseaux, de nopals qui fleurissaient à cette époque, d'aloès et d'acacias. D'épais tapis de kantuffas, buissons de chardons impénétrables, en rendaient peu confortable le séjour et souvent impossible la traversée.

De leurs bagages réduits au minimum, les fuyards ne pou-

170

vaient rien tirer qui les protégeât : ni tente, ni hamac, ni couverture. Ils couchaient sur le sol. Dans les régions désertiques, ils craignaient les araignées, les scorpions et le venin des aspics. Sous le couvert des vallées, quand on pouvait s'y frayer un chemin, ils étaient la proie des moustiques, des grands serpents constricteurs et de tous les insectes imaginés par le Créateur pour chasser l'homme de ces solitudes et le renvoyer vers ses semblables, quelque crainte qu'il en eût. Le Père de Brevèdent fut piqué à la cheville par une araignée géante, un des premiers jours de leur fuite. Poncet lui administra un remède qui soulagea la douleur. Mais l'inflammation gagna toute la jambe, il eut la fièvre. Le voyage lui devint extrêmement pénible. Puis le mal recula et le prêtre se rétablit, mais fort lentement et sa faiblesse en fut aggravée.

Tant qu'ils se crurent poursuivis, ils évitèrent les villages, qui n'étaient d'ailleurs que de simples regroupements de huttes où vivaient des pasteurs. Ils approchaient des puits à la nuit et faisaient le plein de leurs outres. Quand ils eurent épuisé le sac de fèves qu'ils avaient emporté avec eux depuis Senaar, ils capturèrent un veau égaré dans un pâturage. Hadji Ali le mit à mort dans les formes rituelles et commanda à Joseph de le dépecer. Tué par un musulman, découpé par un catholique et dévoré par un protestant, on ne pouvait imaginer veau plus œcuménique, sauf à en faire ronger les os par un rabbin. Ils chargèrent les quartiers restants sur leurs selles. Hélas ! alertée par le petit berger qui les avait vus, une troupe de Noirs armés de sagaies et de courtes épées de bronze se précipita sur eux. Poncet était d'avis de fuir, vu le nombre des assaillants, mais maître Juremi sauta sur son épée et cria :

— À moi, messieurs !

Jean-Baptiste saisit une arme à son tour et porta secours à son ami. Ils attaquèrent les deux premiers indigènes. Surpris par la vitesse des fleurets qui les rendait presque invisibles, les deux grands gaillards nus se laissèrent transpercer en ouvrant de grands yeux incrédules. Deux autres Noirs les remplacèrent ; ils s'amusaient visiblement de ces affrontements incompréhensibles et presque immatériels. Le choc des armes les excitait. Rangés en un grand cercle, la masse des autres indigènes assistait comme à une fête à ces combats singuliers. Les deux étrangers s'agitaient derrière leurs longs manches de fer qui voletaient dans l'air comme des ailes de libellule. Leurs adversaires paraient les coups avec de lourds javelots ; certains avaient un petit bouclier de peau. Quand ils étaient touchés, deux autres prenaient leur place. L'issue ne faisait aucun doute car les Noirs attroupés étaient maintenant plus de deux cents. Ils frappaient le sol avec leurs pieds et faisaient tinter les lourds bracelets qu'ils avaient aux chevilles. Le cercle était presque complet autour de Poncet et de son compère. La fatigue venant, les assaillants n'auraient plus bientôt qu'à les ramasser, hors d'haleine et désarmés. Soudain, en tournant au hasard du duel, Poncet aperçut Joseph, qui n'était pas encerclé par la foule mais restait près des chameaux, les bras ballants, incapable de prendre une résolution.

— Les pistolets ! lui cria Poncet.

Le jésuite était toujours sidéré.

— Dans ma selle, prenez les pistolets chargés et tirez.

Le cercle se refermait lentement. Poncet ne vit plus bientôt que la poussière du sol et les innombrables jambes nues et maigres qui piétinaient en rythme.

Soudain, deux coups de feu retentirent. Les Noirs s'immobilisèrent. Il y eut trente longues secondes de silence, puis ils détalèrent tous en abandonnant derrière eux leurs blessés et des armes.

Le Père de Brèvedent tenait encore en main les pistolets et il les regardait fumer avec une expression épouvantée.

— Eh bien, dit maître Juremi en approchant du faux Joseph, voilà qui s'appelle un triomphe. Avec deux pistolets, on se taille un royaume ici.

Et il ajouta :

— En insistant à peine, je suis sûr qu'ils se feraient même catholiques.

Le jésuite haussa les épaules.

Ils retrouvèrent Hadji Ali, qui avait préféré observer tout cela de loin et s'était précipité dans un buisson d'épineux. Il supplia Poncet de soigner ses multiples et profondes écorchures et subit les tamponnements en martyr. Ce fut, parmi les voyageurs, le seul blessé de cette brève et victorieuse campagne.

Jugeant qu'ils étaient désormais hors de portée des vengeances du Roi, Jean-Baptiste était d'avis qu'il valait mieux ne plus se cacher. En rôdant dans le parage des villages, ils se rendaient plus suspects aux indigènes que s'ils se fussent simplement comportés en voyageurs ordinaires. Leur vie s'améliora quelque peu dès qu'ils se décidèrent à paraître. Ils trouvèrent auprès des tribus une bienveillante curiosité. On venait voir de loin ces êtres blancs et l'on se résolvait à les toucher avec beaucoup de crainte. Cependant, quelle que fût leur perplexité, les indigènes se montraient toujours d'une grande hospitalité. Ceux qui les avaient attaqués étaient simplement mécontents qu'ils se fussent emparés de leur bien en cachette. Mais si on leur en faisait la demande amicalement, ils étaient disposés à offrir tout ce qu'ils avaient. Ils donnèrent aux voyageurs des huttes pour s'abriter, des galettes de mil, et de grands bols de lait mêlé à du sang de bœuf frais, plat que ces Noirs considéraient comme dépassant tout en raffinement. Avec beaucoup de simplicité, les indigènes mettaient même à leur disposition les plus belles jeunes filles de leur parenté. Poncet et maître Juremi, après des heures et des heures de cavalcade, dès qu'ils étaient couchés n'avaient guère d'autre volonté que celle de dormir. Ils laissaient s'étendre à côté d'eux la courtisane dont on les avait gratifiés pour la nuit et ronflaient avec ardeur. Mais avant de s'endormir, ils prenaient toujours soin de découvrir brièvement toute leur anatomie à leurs compagnes. On leur avait expliqué qu'une des missions principales qui était confiée à celles-ci consistait à éclairer la communauté, le lendemain, quant à la couleur des attributs les plus intimes des voyageurs. Les indigènes semblaient avoir du mal à admettre, faute d'un témoignage direct, que la même étrange couleur blanche put aussi recouvrir ces retraits de leurs personnes.

Le Père de Brèvedent, à qui ses compagnons avaient recommandé d'agir comme eux et surtout de ne pas paraître repousser l'honneur qui lui était fait, passait la nuit en actions de grâce, craignant d'avoir à subir à tout moment les assauts de la Créature. Mal remis de son inflammation, affaibli par les épreuves qu'il avait traversées, le jésuite acheva de compromettre sa santé par ces veillées fiévreuses. Maître Juremi lui fit remarquer ironiquement que pour défendre sa chasteté point n'était besoin d'appliquer au pied de la lettre la formule ignacienne « *Perinde ac cadaver* ». Rien n'y fit.

Quant à Hadji Ali, qui n'aurait pas eu ces coquetteries, il était encore tout couturé de morsures d'épines et le moindre attouchement lui arrachait des cris. Il en était réduit à ironiser sur les mœurs de ces sauvages et à regretter, hypocritement, que l'islam ne les eût point encore corrigées.

Ils marchèrent ainsi cinq jours, de village en village, et atteignirent enfin le gros bourg de Grefim, noyé dans l'ombre des palmiers, couvert de fleurs et de fruits, goyaves, grenades, avocats et oranges. Des perroquets et des oiseaux de couleurs vives séjournaient dans le couvert et succédaient agréablement aux affreux vautours qui avaient été, dans le ciel, pendant tous ces jours, la seule compagnie des voyageurs.

Ils eurent encore deux courtes étapes de désert puis abordèrent la longue vallée fertile de Semonée, qui menait à Serké. Entourée de collines blanches plantées de coton, la ville était un grand siège de commerce. Un marché animé en occupait le centre, gorgé des produits maraîchers apportés des alentours et coloré par les cotonnades tissées dans la ville et teintées de pigments crus, carmin, indigo, safran. Une odeur d'épices flottait sur le marché ; sur les étals étaient disposés à profusion les aromates venus d'Éthiopie. Car la ville bordait un étroit cours d'eau qu'enjambait un pont et de l'autre côté commençait l'Abyssinie, dont on voyait les hauts reliefs se perdre dans la brume de poussière.

*

Ils franchirent le pont à six heures du soir. Sans que rien eût changé autour d'eux, par une simple excitation de leur esprit, ils poussèrent des cris de joie dès qu'ils eurent posé le pied sur l'autre rive. Poncet ouvrit la malle de remèdes et en tira une fiole qu'il réservait pour ce grand jour. Ils s'assirent sous un fromager dont les monstrueuses racines, triangulaires comme des ailerons de squale, pouvaient servir de dossier et d'accoudoir. Jean-Baptiste déboucha la fiole et trinqua à leur arrivée en Abyssinie. Il but une grande lampée au goulot et passa la bouteille à maître Juremi, qui fit de même. C'était ce même remède qui avait apporté tant de sereines voluptés au Père Gaboriau dans sa chaise longue. Hadji Ali, que son entrée sur les terres chrétiennes du patriarche rendait déjà moins musulman, en prit une double dose. Joseph ne voulut pas boire. Ils l'encouragèrent. Dix minutes plus tard, il avait son premier vomissement de sang. Très inquiets pour le prêtre, Poncet demanda au chamelier s'il savait à quelle distance était le prochain bourg, sur la rive abyssine, où ils pussent s'arrêter assez longtemps, en sûreté, pour soigner le malade à l'ombre d'un flamboyant ou même dans une maison s'ils en rencontraient.

Hadji Ali dit qu'il n'y avait pas de village proche. Mieux valait poursuivre la route car on n'était pas très éloigné de la capitale. Il était facile de voir que le marchand voulait surtout arriver vite et que la vie d'un serviteur ne pouvait être comptée, à ses yeux, comme une raison suffisante de perdre du temps.

Le jésuite abonda dans le même sens. Il diminua la gravité de ses maux.

— Nous allons maintenant monter vers les hauts plateaux, dit-il. La fraîcheur de l'air, là-haut, me fera plus de bien qu'un surcroît de séjour dans ce désert où l'on étouffe.

Ils se remirent en selle aussitôt. En une heure, ils avaient gagné le piémont et s'engageaient dans une large vallée couverte de cannes et d'ébéniers. À mesure qu'ils montaient sur l'étroit sentier, la végétation s'épaississait. Ils firent halte le soir dans une clairière qui bordait le chemin. Au milieu de la nuit, ils furent réveillés par un rugissement effrayant et des cris aigus. La lune avait disparu, l'obscurité était épaisse. Ils jugèrent plus prudent de rester groupés et d'attendre le jour. À l'aube, ils virent que deux chameaux manquaient. Une énorme flaque de sang stagnait dans un creux du sol : une des bêtes avait été attaquée par un lion, qui l'avait dévorée. Ils retrouvèrent l'autre à deux cents mètres en contrebas, qui avait rompu sa longe sous l'effet de la terreur.

Ils reprirent leur chemin dans l'épaisse végétation que désormais ils savaient pleine d'une vie sauvage plus menaçante encore que celle du désert.

La perte d'une monture eut pour conséquence de remettre quelqu'un à pied. Le jésuite se proposa. Il était amaigri, fébrile, et ses jambes commençaient à enfler. Poncet s'opposa fermement à ce qu'il marchât.

— Laissez-moi, dit le Père de Brèvedent. Ne prenez pas trop d'égards. Je suis un simple serviteur, ne l'oubliez pas. Si vous me traitez autrement, vous allez faire naître le soupçon.

Mais cette fois il ne fut pas écouté. Maître Juremi, d'une façon presque méchante, le poussa vers sa selle et c'est lui qui marcha aux côtés de la caravane.

Ils firent encore plusieurs étapes dans le cours de cette vallée de plus en plus luxuriante où ils rencontraient parfois des sycomores de dix pieds de diamètre. La nuit, ils prirent un tour de garde, un pistolet à la main, autour du feu, à portée de main des chameaux entravés. Puis ils débouchèrent, tout en haut de la vallée, dans une autre, plus large, qui semblait contenir la première et la prolonger. L'altitude donnait à l'air du matin une agréable fraîcheur et les nuits étaient froides et humides. En franchissant le court ressaut qui séparait une vallée de l'autre, ils découvrirent derrière eux un somptueux panorama : le moutonnement vert qui couvrait la montagne se creusait d'une longue cicatrice sinueuse qui figurait le chemin qu'ils avaient suivi. Toute cette masse de rocs et d'arbres, comme une lame de mer qui vient mourir sur un rivage de sable, ondulait, roulait, dévalait en cascade jusqu'à l'étendue grise du désert que l'on voyait désormais d'en haut. Au loin, un désordre de palmiers et la tache blanche de quelques champs cultivés semblaient avoir été jetés comme une écume par la vague végétale au gré de son ressac.

Sur le flanc de la nouvelle vallée où ils étaient parvenus, la végétation était composée principalement de nabéas et d'oliviers sauvages. Ils entendirent chanter une alouette et virent dans les arbres quantité de geais et de pics-verts. Le sentier montait en lacet raide. Parfois, ils pouvaient le voir tourner et retourner deux ou trois fois au-dessus d'eux. Depuis qu'ils avaient pénétré en Abyssinie, ils n'avaient toujours pas rencontré une seule habitation ni croisé personne d'autre que quelques pauvres personnages à demi nus, affreusement hirsutes, qui ployaient sous d'énormes sacs de jute remplis de charbon de bois.

La nuit, ils continuèrent à faire un quart à tour de rôle, bien que la nature parût moins menaçante. Dans la journée, ils ne voyaient aucune bête, en dehors de troupes de grands singes noirs très maigres, aux bras aussi longs que les jambes et qui étaient également habiles des uns que des autres.

Enfin, ils quittèrent la forêt, et parvinrent à une prairie

ouverte dont le sol était tapissé de fleurs jaunes. Quelques arbres poussaient encore, clairsemés ; des conifères et des baobabs nains voisinaient curieusement. Vers le haut, on voyait, après un escarpement considérable, une muraille découper nettement les sommets : c'était le rebord du haut plateau. À mesure qu'ils en approchaient, ils virent se dresser au-dessus d'eux cette palissade noirâtre qui courait sur les crêtes à la façon d'un rempart. À ses pieds, de gros blocs de basalte, détachés par quelque gigantesque fracture, avaient roulé dans la pente et y demeuraient suspendus. Sous la prairie grasse apparaissaient par places, coulant de la roche brune qui affleurait, des sources fraîches. Dans cet amphithéâtre de verdure que dominait, toute proche, la bordure de basalte du haut plateau, ils s'abandonnèrent tous à un voluptueux relâchement. Couchés sur l'herbe molle, abreuvés d'eau claire, chauffés par le soleil mais rafraîchis par la douce brise, ils restèrent presque toute une journée silencieux, somnolents, le regard perdu. Eux qui n'avaient jusquelà pensé qu'à survivre, tout aux exigences de la terre, étaient d'un coup saisis par l'admiration du ciel.

Jean-Baptiste sentait qu'ils priaient tous. Pour Hadji Ali, la chose était visible : il s'était agenouillé vers La Mecque. Le Père de Brèvedent gardait les yeux mi-clos, comme quelqu'un qui écoute, venu de lointaines profondeurs, le chant des trompettes sacrées célébrant la puissance et la gloire du Très-Haut. Privé de son Église et de ses pompes, c'était sans doute celui qui avait le plus de mal à supporter ces solitudes.

Maître Juremi, qui se tenait à l'écart, assis sur un gros rocher, secouait la tête, remuait les lèvres et regardait de temps en temps vers le ciel avec un air sévère. Poncet connaissait bien son ami et savait que c'était là sa manière de prier. Il était sans cesse sous le regard de son Dieu. La prière n'était que le moment où Dieu et lui avaient quelque chose de particulier à se dire. Maître Juremi n'y allait pas par quatre chemins : il estimait que le Créateur a autant de devoirs envers sa créature que l'inverse et même peut-être plus, puisque, comme il le disait, « après tout, c'est lui qui a commencé ». Lorsqu'il était révolté par une injustice, le protestant n'hésitait pas à en faire directement grief à Dieu, à disputer ses avis et même à formuler à son endroit des exigences impérieuses.

Jean-Baptiste, lui, rendait grâce aux puissances invisibles du Ciel et de la Terre dont il s'avouait une fois pour toutes ne connaître ni le nom ni le visage. Un long moment il pensa à Alix avec le délicieux sentiment que ce chemin l'avait déjà rapproché d'elle.

CHAPITRE 8

Avant d'aborder le dernier ressaut qui menait sur le haut plateau, ils ôtèrent leurs habits européens (des culottes déchirées et maculées, et une chemise trempée cent fois dans des puits, des flaques d'eau, des torrents de montagne, durcie par la poussière qui y avait profondément pénétré). Ils revêtirent tous trois des costumes maures composés d'une longue tunique bleue et d'un turban. Hadji Ali comptait les présenter d'abord comme de simples chameliers et la foule abyssine, qui était accoutumée à ces caravanes, ne se montrerait pas hostile.

En deux heures, ils furent au pied de la muraille de basalte. Ils la longèrent jusqu'à trouver un point de faiblesse entre les tuyaux d'orgue marron, dressés comme des pieux de palissade. Au bout du sentier escarpé qui zigzaguait entre les blocs, ils découvrirent un village, perché à l'extrême bord du haut plateau.

La première chose qu'ils virent, dépassant des halliers, fut l'église octogonale au toit pointu surmonté de la croix. C'était l'heure d'un office quand ils passèrent ; l'air immobile et pur était traversé par l'écho lointain de voix aiguës et psalmodiantes.

La ville n'était qu'un gros bourg peuplé d'esclaves et de bergers. Ils marchaient tête nue, une peau de chèvre sur les épaules, un carré de cotonnade blanche autour des reins.

180

Ces hommes avaient le teint plus clair que tous les Noirs qu'ils avaient rencontrés jusque-là.

Aux temps lointains où Senaar était encore chrétien, un commerce actif se faisait par cette route et le village servait de douane. Telle était la destination des murailles en ruine qu'ils avaient dépassées à l'entrée du bourg. Hadji Ali les mena avec sûreté jusqu'à la maison d'un marchand de sa connaissance, qui les accueillit avec des murmures de conspirateur. À la lumière du crépuscule et sous leurs tuniques, personne ne parut étonné de les voir passer. Hadji Ali, qui était familier du lieu, avait pris soin de découvrir son visage et de se laisser reconnaître.

Le lendemain, le marchand qui les avait reçus racheta leurs chameaux et fournit des mules en échange car ils ne rencontreraient désormais plus de désert. Il fallut ajouter un peu de monnaie. Était-ce l'excellente nuit qu'il avait passée à la belle étoile, sur un lit de sisal tressé, dans la cour du marchand ? Fallait-il y voir l'effet réconfortant de la croix qu'il avait vue en haut de l'église ? En tout cas, le Père de Brèvedent parut mieux le matin. Hadji Ali alla acquitter l'awide, c'est-à-dire le péage que collectaient, dans la ville, deux fonctionnaires de l'Empereur, et ils repartirent au début de l'après-midi.

D'abord, ils cheminèrent dans une lande faiblement ondulée, couverte de bruyères en fleur, d'avoine sauvage et de joncs. Ils passèrent ensuite dans un bois de cèdres très aéré, une sorte de nef encadrée par les pilastres réguliers des troncs et couverte par la haute voûte de leurs branches. Les mules avançaient seules d'un petit trot régulier qui changeait agréablement de la molle ondulation des chameaux. Au soleil, l'air était chaud mais sa pureté, après la poussière tiède du désert, paraissait piquante et vive. La moindre présence d'une ombre, celle d'un arbre ou d'un petit nuage faisait bondir une fraîcheur inattendue qui rappelait étonnamment l'Europe. Cette vigueur des éléments n'eut pas sur les voyageurs un effet très favorable. Avec la fin des sévices qu'avaient infligés à leur corps la sécheresse et les miasmes du tropique, toutes les injures faites à leur santé remontaient à la surface et trouvaient le calme nécessaire pour s'exprimer. Le premier soir, comme ils s'arrêtaient dans un petit hameau formé de quelques huttes pour y dormir, maître Juremi attira Poncet et lui montra sa jambe. Au-dessus de la cheville, dans un cratère de chairs rougies, pointait, comme un petit lacet blanc, la tête d'un ver de pharaon. Jean-Baptiste se fit donner une plume de volaille. Il enroula doucement le premier segment du parasite sur la plume et le cala sous un pansement.

Jean-Baptiste lui-même était en piètre état. Il frissonnait ; ses jointures et son dos le faisaient souffrir. Il se coucha en grelottant. Au matin, ils virent que le jésuite avait encore décliné sous les coups du mal qui le tenait. Ses lèvres étaient sèches, il était secoué d'une toux quinteuse et une sueur glacée perlait à son front. Même Hadji Ali, pourtant accoutumé à ces voyages, réclama des remèdes à Poncet pour une indisposition digestive.

Mais il n'était plus temps de s'attarder dans ces hameaux. Le salut viendrait de la capitale, Gondar, qui n'était qu'à cinq jours de marche. Ils repartirent. C'est à demi inconscients, altérés par la fièvre, qu'ils parcoururent le chemin et cet abrutissement ne fit qu'accroître les effets du fabuleux spectacle que leur réservait cette dernière portion du voyage. Les lacunes de leurs souvenirs, le flou de leur perception, l'écho de leurs émotions que la maladie faisait résonner longuement dans leur corps, tout se mêla pour leur laisser de ces paysages une impression aussi forte que confuse.

Le haut plateau doucement vallonné sur lequel ils cheminaient leur paraissait figurer le socle naturel de la terre, comme un banal bassin de craie sur le rivage d'une mer. Aussi, lorsque le sentier qu'ils suivaient les amenait près de la bordure extrême du plateau, la profonde vallée qu'ils découvraient et d'où montait une brume de vapeur et de poussière leur paraissait non pas trahir leur propre élévation mais au contraire révéler quelques monstrueux abysses et découvrir jusqu'aux entrailles fumantes de la terre. L'instant suivant, pour peu que le chemin quittât le voisinage du précipice, ils pouvaient voir surgir de la surface du plateau une montagne sculptée, d'abord couverte de végétation puis, vers ses sommets, dénudée, froide et stérile. À certains endroits, ces pics prenaient l'aspect de gigantesques monuments de pierre grise, d'où se détachaient des blocs.

Il arrivait que les deux effets se joignissent et que le sentier, bordant d'un côté un profond abîme, fût dominé de l'autre par les solitudes altières d'une montagne de porphyre.

Exception faite de quelques hameaux de paysans, dans lesquels ils firent halte de soir en soir, ils ne rencontraient personne dans les intervalles. Un couple d'aigles plana toute la journée au-dessus d'eux. Ils virent des excréments d'éléphants mais jamais les bêtes elles-mêmes. Un jour, ils rencontrèrent une troupe d'agazars, ces chèvres sauvages que les Abyssins mangent avec plaisir. Hadji Ali excita Poncet à en tuer une au pistolet mais celui-ci était trop nauséeux pour avoir le goût de ces exercices.

Enfin, ils arrivèrent dans la ville de Bartcho, qui est à une demi-journée de Gondar. Hadji Ali y apprit que l'Empereur ne séjournait pas pour l'heure dans la capitale car il était allé mater quelque rébellion dans une province.

— Il est inutile de vous montrer trop tôt à Gondar, dit Hadji Ali. Mieux vaut que vous attendiez le retour du Roi ici. J'ai un ami qui vous cachera chez lui. Moi, j'irai en ville et je reviendrai vous chercher quand il sera temps.

Poncet n'avait plus guère confiance dans les dires du chamelier. Il ne lui pardonnait pas de leur avoir tout volé : il ne leur restait désormais que les cadeaux qu'ils destinaient au Roi des Rois. Tout le reste était passé dans les mains du marchand, qui osa même leur rappeler que les tuniques maures qu'ils portaient étaient son bien et qu'il comptait se les voir restituer dès que l'Empereur les aurait gratifiés du premier or. Jean-Baptiste laissa partir Hadji Ali à contrecœur, craignant qu'il ne les abandonnât tout à fait. Heureusement, leur santé s'améliorait. Maître Juremi faisait enrouler son ver de pharaon chaque jour un peu plus. Il serait bientôt guéri. Seul l'état du jésuite inspirait une inquiétude croissante. La maison où les avait placés Hadji Ali était faite de cadres de bois colmatés par un mélange de boue, de paille et d'excréments de vache. Le sol était en terre battue. Ce n'était pas le meilleur endroit pour soigner un malade. Sur son grabat, le pauvre Joseph paraissait rentrer lui-même peu à peu en terre. Le malheureux avait trop préjugé de ses forces. Son extrême dévouement à sa mission l'avait conduit à croire qu'il pouvait, lui, l'homme d'étude habitué au confort paisible des bibliothèques, se métamorphoser en un véritable forçat capable d'endurer des chemins épuisants. Mais l'affaiblissement le préparait à la maladie comme la sécheresse livre la pinède à l'incendie. Vraiment, le jésuite faisait pitié ; son grand corps décharné était tordu comme un sarment. Il respirait en gardant ouverte sa bouche aux lèvres brûlées par l'air et son haleine de fièvre. Jean-Baptiste et maître Juremi alternaient à son chevet. Pourtant, malgré la bonté que le protestant montra dans ces moments pour le patient, celui-ci exprima, tant qu'il fut conscient, tout le dégoût sacré que lui inspirait cette présence hérétique. Aussi longtemps qu'il crut pouvoir recouvrer la santé, Brèvedent s'accrocha à une idée fixe : l'accomplissement de sa mission. Pendant des heures, d'une voix morne et que l'on sentait parfois surgir des profondeurs du délire, il évoquait son grand dessein de conversion de l'Abyssinie.

— Ce qu'il faut, disait-il, c'est pénétrer d'abord les mœurs, les coutumes, les usages, le langage. Oui, le langage. D'abord. Dès que nous arriverons, j'étudierai cette langue. On m'en a donné des rudiments en France. Mais personne, au fond, ne la parle. C'est par la langue que toute persuasion est possible. Ensuite, les croyances... Les connaître parfaitement... Le grand secret est là. En Europe, l'Église a substitué les cérémonies de la vraie foi aux cultes païens... Mais en gardant les mêmes lieux, les mêmes dates, les mêmes images. Parfois, il s'agrippait à celui qui le veillait et il finit même par interpeller maître Juremi en le prenant pour Poncet.

— Nous ne renouvellerons pas les erreurs de nos prédécesseurs, n'est-ce pas ? Il ne faudra pas convertir le Roi avant d'avoir commencé à travailler le clergé et le peuple...

En découvrant le fond de son âme pendant cette agonie, le jésuite révélait à quel point sa modestie, son humiliation consentie n'étaient que le revers d'un orgueil démesuré. Il pratiquait une stricte obéissance à son ordre et renonçait à ses désirs personnels mais c'était au service d'immenses desseins et d'une ambition de puissance exercée collectivement. Il avait accepté de porter des seaux mais c'était pour mieux se rendre maître d'un roi et de son empire. Malgré les encouragements et les soins de Jean-Baptiste, la maladie ne cessa de progresser et le jésuite se jugea rapidement perdu. Sitôt gagné par cette idée, il donna une nouvelle carrière à sa passion pour l'obéissance : cessant de se soumettre aux exigences de sa mission, il épousa celles de la Providence, c'est-à-dire qu'il s'abandonna à la maladie qu'elle lui envoyait. Il n'y eut plus rien à tenter. Il expira en deux jours, docile à l'appel de la mort comme il l'avait été aux ordres de Hadji Ali.

Poncet et maître Juremi voulurent l'enterrer dans la cour, sous l'acacia qui lui donnait de l'ombre. Le marchand, leur hôte, refusa en disant que son aïeul, qui avait construit la maison, avait été enseveli là après sa mort violente. Il était inconcevable de profaner cette sépulture en lui donnant pour l'éternité ce mauvais compagnon.

À la nuit, ils sortirent donc par les rues, allèrent jusqu'à un champ planté de haricots et là, à la limite de la lande, creusèrent une fosse profonde pour y mettre le jésuite. Il reposa dans sa tunique mauresque — Hadji Ali pourrait toujours la lui réclamer. Un bref office fut dit par maître Juremi à l'aide de sa Bible et le seul catholique présent, Poncet, ignorant le rite et embarrassé de ses mains, jeta de la terre sur le corps sans attendre la fin d'un psaume, ému de voir disparaître dans ce trou cet homme dont il avait partagé la vie pendant de longues semaines, cet homme auquel il avait donné son amitié sans être tout à fait sûr qu'il l'eût vraiment rejetée.

— Personne n'a jamais fui aussi loin par peur de la liberté, dit maître Juremi après avoir refermé sa Bible.

Ce fut l'épitaphe du pauvre prêtre.

En rentrant vers la maison, les deux amis firent en pensée un silencieux voyage vers le continent mystérieux des enfances révolues, des espoirs assassinés, et du passé englouti. Quand ils reprirent la parole ce fut pour affirmer l'un et l'autre que la vie du jésuite avait été plus triste encore que sa mort, et que s'ils l'avaient pleuré sincèrement, ils ne le regrettaient point.

Dès le lendemain, l'atmosphère s'allégea. Il y eut même entre eux une gaieté nouvelle, qu'ils furent bien décidés à ne plus quitter. Hadji Ali revint les voir au bout de trois jours d'absence. Il était méconnaissable, vêtu à l'abyssine d'une tunique de cotonnade blanche brodée d'une bande de couleur. Ses cheveux étaient coiffés en arrière et il s'était parfumé. La nouvelle de la mort de Joseph lui fit à peu près autant d'effet que la perte d'un mulet. Il n'émit aucun commentaire et alla au fait :

— Le Roi des Rois rentre aujourd'hui à Gondar, commença-t-il. Nous allons pouvoir solliciter une audience.

— À quelle heure ? demanda Poncet tout heureux de sortir de la maison où ils tournaient en rond.

— Ce n'est pas une question d'heures mais de jours.

— De jours ! Ce Roi n'est-il donc pas pressé d'être soigné ?

— Il l'est, certainement. Mais avant de révéler à la cour qu'il a fait venir des médecins francs, il doit préparer les esprits et rendre manifeste l'échec de ceux qui ont prétendu le traiter jusqu'ici.

— Il me semble que pendant tout le temps qu'a duré notre voyage, ils ont eu dix fois le loisir de le guérir ou de le tuer, dit Jean-Baptiste.

— Certes, répondit Hadji Ali, qui avait adopté un ton posé en harmonie avec son nouveau costume. Pourtant, comme ils m'ont vu revenir et qu'ils soupçonnent la mission dont j'étais chargé, tout ceux qui, autour de la Reine, sont les ennemis des Francs, ont décidé de faire une dernière tentative. Il faut vous dire que les prêtres et les devins qui forment ce parti veulent prendre une revanche car ils ont été humiliés par le Roi. Au moment où allait s'engager la dernière campagne militaire, on a vu dans le ciel une comète d'une particulière clarté et pourvue d'une très longue traîne. Les devins ont prophétisé que le Roi perdrait la bataille et qu'il ne reviendrait pas. Or, il a gagné et le voici. Il faut qu'ils trouvent à rentrer en grâce.

— Et quel moyen comptent-ils employer cette fois-ci ?

— Ils ont fait venir la semaine dernière un grand saint, en procession depuis Lalibella. C'est un moine qui n'a rien mangé ni rien bu depuis plus de vingt ans.

— Vingt ans ! s'écrièrent Jean-Baptiste et maître Juremi d'un air goguenard.

— Ne vous moquez pas. C'est un phénomène authentique. Le saint est visible de tous. Il est étendu sous un dais. Quatre moines portent sa civière. Une dizaine devant, groupés autour du Patriarche, chantent en tenant à la main une grande croix d'or. Derrière marchent trente jeunes guerriers pieds nus.

— Et une dizaine de mules avec des tonneaux d'hydromel ? dit maître Juremi en ricanant.

— Le moine est en prière depuis son arrivée, continua Hadji Ali sans entrer dans une polémique. Ce matin, il a vu le Négus, a levé sur lui une grande icône de la Vierge.

Demain, il va revenir pour lui donner à boire la parole divine.

— À boire ! Mais sous quelle forme ? demanda Jean-Baptiste sérieusement.

— L'affaire est très mystérieuse. Il prononce beaucoup de paroles qu'on n'entend pas ; le secret est là sans doute. Car, pour ses gestes, ils sont connus et fort simples. Deux officiers qui surveillent ce qu'absorbe le Roi ont tout observé et m'ont raconté la chose. Voilà : le saint homme trace un mot — lequel ? mystère — sur une amulette d'étain. Il plonge ensuite la petite plaque dans l'eau bénite et l'encre du mot s'y dissout. On fait boire cette eau au souverain.

— Combien de fois vont-ils renouveler l'opération ? dit Jean-Baptiste avec un certain abattement.

— Deux fois seulement.

— Et combien de jours se donnent-ils pour juger de l'effet ?

— Le Roi m'a fait savoir que si dans une semaine il n'allait pas mieux, il recourrait à vos services.

— Et si, par extraordinaire, il guérissait ? dit Poncet.

— Par extraordinaire ! s'écria maître Juremi, mais c'est au contraire tout ce qu'il y a de plus probable. Si le traitement n'est pas d'abord efficace, il suffit d'augmenter les doses et de faire tremper une Bible entière dans un demi-litre d'eau-de-vie.

— S'il guérissait, dit Hadji Ali, nous repartirions.

— Sans le voir ?

— Comprenez bien qu'en vous recevant, alors même qu'on sait qu'il a pris l'initiative de vous faire venir, le Roi prend un gros risque. Depuis que les Jésuites ont tenté de convertir le pays du temps de son grand-père, le Négus n'est plus libre. Les religieux et tous ceux qui sont opposés aux catholiques le surveillent de près. Au moindre faux pas, ils reprendront leurs intrigues et chercheront à se libérer de la poigne de fer avec laquelle il les tient. Tout le monde sait que les prêtres francs n'ont pas renoncé à s'introduire ici par tous les moyens et on se méfie. Si le Roi n'a plus, pour vous voir, le prétexte de se faire soigner, il préférera vous renvoyer et rester en paix chez lui.

Sur ces inquiétantes nouvelles, Hadji Ali les quitta pour retourner au palais. Ils restèrent seuls. Leur confiance n'était pas ébranlée ; ils étaient seulement agacés de tourner en rond dans cette cour.

Un des fils du négociant qui les logeait leur rapporta du marché aux épices un échantillon de toutes les plantes qui s'y vendaient. Ils herborisèrent avec passion car il y avait dans ce pays plus d'espèces aromatiques, plus de résines odorantes, de teintures, d'épices qu'en nul autre endroit du monde. Avec son mortier, ses filtres, une cornue de fortune, maître Juremi, sur les conseils de Poncet, pila, distilla, fit des intraits, des émulsions. Ils recomposèrent quelque peu la caisse aux remèdes que le voyage avait sérieusement entamée. Au moins, s'ils devaient repartir sans voir le Roi, ils rapporteraient ces trouvailles botaniques et s'en consoleraient.

Trois jours après la dernière apparition de Hadji Ali, le marchand chez qui ils logeaient les avertit qu'ils devaient changer de domicile le soir suivant. À la tombée de la nuit, dissimulés sous leurs tuniques, ils firent à pied la dernière distance qui les séparait de la capitale, suivis des mules qui portaient leurs maigres bagages. Un autre musulman les accueillit dans sa maison du quartier maure de Gondar. Ils y occupèrent deux chambres modestement meublées qui ouvraient par des fenêtres grillagées sur une ruelle étroite. L'homme venait leur apporter lui-même les repas en leur recommandant la patience.

C'est de cette retraite austère que Hadji Ali les tira une semaine plus tard. La veille, il leur avait fait porter des costumes abyssins, c'est-à-dire de courtes tuniques en voile blanc, et, jetée sur les épaules, une toge de coton léger. Enfin, le matin du jour suivant, Hadji Ali apparut monté sur un petit cheval bai tout harnaché de brides à pompons et à plumes. Des esclaves tenaient en longe derrière lui deux autres montures. Poncet et maître Juremi, vêtus cette fois à la mode abyssine, comme Hadji Ali leur avait recommandé de le faire, montèrent à cheval et la petite troupe, en trottinant menu et de travers, prit le chemin du palais de Koscam.

CHAPITRE 9

— Poursuivez ! dit avec impatience M. de Maillet. N'oubliez pas que cette lettre doit être terminée aujourd'hui si nous voulons qu'elle parte par le prochain courrier d'Alexandrie. Où en étions-nous ?

M. Macé, assis devant le secrétaire à rouleau, une plume à la main, avait les yeux encore tout embrumés de la mauvaise nuit qu'il avait passée. Les moustiques qui avaient pris possession de la ville au début de la saison sèche étaient apparemment friands de ses humeurs en excès. Ce qui écartait de lui les êtres humains en rapprochait les insectes ; cette douloureuse évidence ne le conduisait hélas pas à revoir les principes qui gouvernaient son hygiène.

— Donc, donc, dit-il en cherchant à reprendre le fil de sa lecture, nous y sommes : « et ce même père capucin qui m'avait demandé d'adjoindre des moines de son ordre à notre ambassade est revenu me voir hier. Je dois confesser à Votre Excellence... »

— Non ! Trop peu diplomatique. Un consul ne se confesse point à un ministre.

— Si nous mettions : « Votre Excellence doit savoir » ?

— À la rigueur. Continuez.

— « Votre Excellence doit savoir que cet entretien n'eut rien de courtois. Je me suis efforcé de le mener jusqu'au bout bien qu'en de nombreuses reprises le Père Pasquale,

qui paraissait hors de lui, eut franchi les bornes de la bienséance et même de la dignité. »

— C'est assez bien, dit M. de Maillet debout, une jambe
tendue, satisfait de cette lecture et admirant en même temps
son bas de soie vert pomme, tout fraîchement arrivé par la
galère de France.

— « À la suite de notre dernier entretien, il a fait poursuivre la caravane de nos envoyés. Les capucins ont rejoint
notre mission à Senaar et ont réitéré leur demande. Profitant
de la nuit sans lune, nos envoyés se sont, paraît-il, enfuis et,
malgré les recherches, on n'a pas retrouvé leur trace. »

— L'avez-vous mis au singulier ?

— Quoi donc, Excellence ?

— Eh bien, « traces ».

— Il me semble.

— Écrivez au pluriel. Je les vois mal s'enfuir à cloche-pied,
les uns derrière les autres, pour ne faire qu'une seule trace.

— « On n'a pas retrouvé leurs traces. » Au pluriel.

— Fort bien.

— « Alertés par cette fuite, les capucins ont mené leur
enquête et ont finalement découvert l'identité du prétendu
Joseph. L'affaire remontera jusqu'au Pape, c'est du moins ce
que prétend le Père Pasquale. »

— Ne nommons pas trop souvent ce reître. Dites seulement : « ce que prétendent les capucins ».

M. Macé prit note.

— « Je propose à Son Excellence de tirer de cette
fâcheuse affaire deux conclusions provisoires : la première
est que nos envoyés étaient toujours vivants et en bonne
santé il y a à peu près un mois, à Senaar, là où d'ailleurs nous
avions compté qu'ils se trouveraient à pareille date. »

M. de Maillet s'était approché de la fenêtre et regardait
dans le jardin.

— « La deuxième, plus éloignée j'en conviens, tient aux
complications que ces affaires religieuses introduisent dans

cette mission. La rivalité de ces congrégations, la franche hostilité des Abyssins à l'égard du clergé catholique rendent fort aléatoire une mission qui, par elle-même, devait poser moins de problèmes. En d'autres termes, et pour parler peut-être trop crûment, je crains que les Jésuites, après avoir favorisé ce projet, ne le compromettent. Je conçois bien que Sa Majesté a souhaité, en ordonnant cette mission, agir dans l'intérêt de la chrétienté tout entière. »

C'était la quatrième fois, depuis la veille au soir, qu'ils relisaient cette lettre. Le consul ne se lassait pas d'entendre cette partie politique qui lui paraissait si hardie et si clairvoyante. Sa fille parut en cet instant sur le perron et sa vue vint distraire quelque peu son attention. Comme il aurait aimé lui faire partager ces beautés diplomatiques et lui permettre de conserver une image nette du génie de son père lorsqu'il aurait un jour, hélas ! disparu.

— « Il convient donc d'observer, continuait M. Macé, jusqu'à quel moment, dans cette affaire, les intérêts propres du Roi de France se confondent avec ceux de la foi catholique. Dès que l'ambassade attendue sera revenue, je consulterai Votre Excellence pour savoir la conduite que je devrai tenir. Faudra-t-il toujours mêler les relations d'État aux affaires religieuses ou devra-t-on, dans le cas où des liens diplomatiques et surtout commerciaux seraient envisageables, agir pour le seul compte de Sa Majesté et dans l'intérêt premier de son État ? »

— Je crois que tout est parfait, dit pieusement M. de Maillet. Nous la relirons encore une fois tout à l'heure après que vous y aurez porté les corrections et nous pourrons l'envoyer.

M. Macé se leva et regagna le réduit étouffant qui lui servait de bureau.

Le consul, à sa fenêtre, un peu en arrière de la tenture, observa tendrement sa fille qui partait « faire son herbier », comme la maison était accoutumée de dire. Il admira sa silhouette gracieuse, son pas léger, son air plus grave et moins enfant.

— Il faut, se dit-il, que nous songions maintenant à son mariage.

*

— Cette bête va finir par me jeter par terre !

Maître Juremi dominait de sa masse le petit cheval qui se débattait avec des yeux fous. Hadji Ali héla un esclave, qui vint saisir l'animal par le harnais.

— Ce n'est pas le moment de nous étaler, dit Jean-Baptiste, qui agrippait ses rênes à deux mains et maintenait péniblement sa monture au pas.

Ils venaient de quitter le quartier maure et franchissaient le ruisseau qui les séparait de la ville elle-même. Ils n'étaient plus dissimulés sous leurs capuches de musulmans et nul ne pouvait ignorer qu'ils étaient blancs. Pourtant, la foule qui s'écoulait dans les ruelles de la ville était impassible et ne laissait pas paraître à leur endroit la moindre curiosité. Il y avait à cela plusieurs raisons : tout d'abord, avec leur peau brunie par le soleil du désert, les deux Francs avaient presque le même teint que les Abyssins chrétiens qui ne sont guère foncés. Ensuite, la présence à Gondar de plusieurs dizaines d'étrangers avait accoutumé les habitants à leur physionomie. La plupart étaient des Grecs, des Arméniens et même quelques Slaves du Sud auxquels l'Empereur accordait sa protection car ils avaient fui le joug ottoman. Enfin, mais cela les deux voyageurs ne devaient l'apprendre que peu à peu, les Abyssins répugnent à faire paraître leurs sentiments et tout ce qui révélerait leur pensée. Quoi qu'il en fût, ignorant tout cela, les deux amis avançaient dans les rues avec la délicieuse impression d'être des familiers de ce pays fabuleux dont ils avaient tant rêvé. Maître Juremi avec sa barbe drue, grisonnante, qui lui donnait un masque de sage, et Jean-

Baptiste, que ses cheveux bouclés et très noirs, son teint hâlé, son port élégant faisaient paraître un jeune seigneur, caracolaient côte à côte, vaguement inquiets mais envahis par le bonheur.

Pendant qu'ils montaient au pas de leurs chevaux vers le palais, les silhouettes blanches de la foule s'écartaient pour les laisser passer. Les hommes comme les femmes étaient vêtus de cotonnades drapées simplement autour de leur mince silhouette. Avec leurs traits fins, leurs grands yeux noirs en amande, leur maintien raide, ils avaient pour la plupart un air hautain et noble. Par contraste, on distinguait au premier coup d'œil les esclaves, originaires des pays asservis, plus noirs, courbés, naturellement ou sous le faix, et qui piaillaient entre eux.

La ville était encore pleine de soldats en armes, qui déambulaient avec des lances et des boucliers de cuir, et de prisonniers ramenés de la dernière campagne. En passant devant une aire déserte, couverte d'herbe, qui était sans doute un champ de manœuvre ou un lieu de réunion, maître Juremi cria, en se retournant vers Jean-Baptiste :

— Voilà l'explication de ce que nous avons entendu avant-hier.

Un groupe d'une vingtaine de guerriers shangallas, dont le Négus venait d'être victorieux, gémissait sur la place. Certains étaient assis sur des blocs de pierre, d'autres debout et tendaient les bras devant eux. Cinq ou six étaient à terre, la tête couverte de leurs mains. Tous avaient, dans leur visage noir, deux taches sanglantes à la place des yeux.

— Le châtiment des traîtres, dit Hadji Ali.

Ramenés par l'armée victorieuse, les chefs mutins avaient eu les yeux crevés en vertu d'une sentence de justice. Elle avait été exécutée deux jours plus tôt. Les hurlements de douleur s'étaient entendus dans toute la ville et jusque dans la maison où attendaient les voyageurs.

Ils continuèrent vers le palais. Jean-Baptiste, qui se

retourna plusieurs fois vers cet horrible spectacle, vit que la foule feignait de ne pas prêter la moindre attention aux suppliciés. Si l'un d'eux, dans l'obscurité où il était plongé, avançait à tâtons vers un Abyssin et se plaçait sur son chemin, celui-ci faisait un discret écart pour l'éviter ; sans paraître plus troublé que s'il eût sauté une flaque ou laissé passer une bête errante.

Le palais était presque invisible au milieu des constructions hâtives et des tentes qui l'entouraient et prenaient appui sur ses murailles. C'était une forte bâtisse de pierres taillées, flanquée de tours carrées surmontées de coupoles ovales. La présence de Hadji Ali leur permit de franchir la grande porte voûtée sans avoir rien à dire aux sentinelles. Ils descendirent de cheval, confièrent leurs montures à un garde et suivirent un couloir sombre. Après une courte attente dans une antichambre glaciale qui sentait la pierre froide, ils furent introduits dans une salle d'audience, ouverte sur la cour par deux hautes fenêtres. Une dizaine de personnages debout, alignés contre les murs, les attendait. Hadji Ali fit un profond salut que ses compagnons imitèrent en tous points.

Un des personnages se détachait du groupe : il était au milieu des autres mais légèrement en avant, vêtu d'une cape noire brodée de fils d'or et il portait un collier du même métal. Il avait un visage rond, des cheveux ras et bouclés, plantés très en arrière, et une courte barbe. Moins grand de taille que maître Juremi, il devait avoir à peu près le même âge. Il leur parla d'une voix forte.

— Il demande, traduisit Hadji Ali, si vous êtes des Francs.

— Et lui, qui est-il ? chuchota Jean-Baptiste à l'interprète avant de répondre.

— Le ras Yohannes, l'intendant général du royaume, l'homme le plus puissant après l'Empereur.

— Si vous entendez par « Francs » des catholiques, non, Excellence, nous n'en sommes pas. Nous sommes les sujets du grand Roi Louis XIV mais point du grand Prêtre de l'Église de Rome.

Pendant leurs journées d'attente, Jean-Baptiste et maître Juremi avaient longuement mûri les réponses qu'ils feraient aux questions bien prévisibles qui leur seraient posées. Puisque le Père de Brèvedent n'était plus là pour s'en offusquer, ils s'étaient résolus à prendre une grande liberté avec la religion catholique, et même à s'en faire valoir comme ennemis pour mieux marquer leur différence avec les Jésuites. C'était un jeu risqué mais ni plus ni moins que tous les autres.

— Où se trouve le pays d'où vous venez ? demanda le ras après un temps de réflexion car la première réponse des étrangers, traduite par Hadji Ali, semblait l'avoir quelque peu désarçonné.

— Au-delà de Senaar et de l'Égypte, Excellence, de l'autre côté de la grande mer.

Jean-Baptiste savait que pour les Abyssins la géographie des terres connues se bornait à ces deux pays. Ils connaissaient l'existence d'autres peuples, avaient entendu parler des Portugais et des Italiens mais ils ne savaient pas les situer dans l'espace.

— Y a-t-il, dans ces régions, des terres dont celui qui se prétend le chef des chrétiens n'est pas le roi ?

Jean-Baptiste reconnaissait bien là la propagande des Jésuites qui, cinquante ans plus tôt, avaient fait valoir la toute-puissance du Pape sur l'Occident.

— Votre Excellence doit savoir qu'il y en a heureusement beaucoup. Le Pape prétend gouverner les âmes. Il ne gouverne point les pays. Les rois comme le nôtre protègent heureusement sur leurs terres toutes sortes de sujets, y compris ceux, comme nous, qui ne reconnaissent pas l'autorité du Pape.

Était-ce le spectacle récent des suppliciés qu'ils avaient croisés en arrivant ? En tout cas, maître Juremi, qui mesurait les extrêmes périls de cette conversation, avait à tout instant envie de se frotter les yeux.

— Ainsi, vous ne croyez pas en Christ ? dit soudain un autre personnage, un grand vieillard qui portait une toque rouge sur la tête et se tenait à la gauche du ras.

— Nous croyons en lui et nous adorons sa parole, dit Jean-Baptiste. Mais nous le faisons à notre manière, qui n'est point celle du Pape. Si bien qu'il considère notre doctrine aussi sévèrement que la vôtre et nous a lourdement condamnés.

Un trouble parcourut l'assistance. Sans perdre leur contenance majestueuse, les dignitaires se consultaient du regard. Il y eut même quelques chuchotements.

— Êtes-vous des prêtres ? demanda le même vieillard.

— Nullement.

— Pourtant, il paraît que vous prétendez guérir.

— Nous prétendons seulement nous rendre utiles à nos semblables en utilisant au mieux les propriétés des plantes et des animaux que Dieu a répandus sur la Terre au jour de la création.

— Pensez-vous donc que l'on puisse guérir sans prières ?

— Les prières appellent des miracles et nous n'en faisons pas.

— Ne croyez-vous pas aux miracles ?

Jean-Baptiste eut envie de répéter la réponse qu'il avait faite au jésuite mais il jugea la prudence préférable.

— Nous croyons aux miracles qui sont rapportés dans les Écritures et que le Fils de Dieu a accompli. Nous n'en connaissons pas d'autres.

— De grands saints en ont pourtant accompli, dit le ras.

— Peut-être, répondit Jean-Baptiste, est-ce là une limite de notre foi. Nous sommes convaincus de tout ce qu'a dit le Christ et qui a été consigné dans les Évangiles. Mais nous ne pouvons nous résoudre à la même soumission lorsqu'il s'agit de la parole de simples mortels. Nous ne croyons pas, par exemple, qu'un saint ait converti un jour le diable lui-même, ni qu'un moine malade et affamé ait pu, en priant, faire tomber des cailles toutes rôties dans son assiette.

C'étaient là deux exemples que Jean-Baptiste tenait du Père de Brèvedent, qui en avait lui-même été instruit par le récit des jésuites expulsés du royaume abyssin. L'histoire de ce saint vainqueur de Lucifer et de ce moine pourvoyeur de cailles constituait, semblait-il, des points controversés au sein même du clergé copte. Cette fois, l'assistance montra une perceptible agitation. Il semblait que Jean-Baptiste avait réveillé entre les assistants de vives et profondes querelles. Le ras imposa silence. Tous se ressaisirent. Alors un petit homme s'avança hors du groupe des dignitaires. Il était vêtu d'une robe safran de moine. Ses yeux globuleux devaient fort mal voir et il paraissait regarder dans un brouillard :

— Combien y a-t-il de natures dans le Christ ? dit-il d'une voix aiguë.

C'était la question centrale, celle sur laquelle les Jésuites avaient longuement bataillé, le point sur lequel les Églises s'étaient séparées douze siècles plus tôt, une affaire théologique d'une complexité presque inextricable. Curieusement, en préparant mentalement cet interrogatoire, les deux voyageurs n'avaient pas envisagé cette question, comme si elle eût été trop évidente ou trop délicate, comme si personne n'eût osé la poser dans toute cette rude simplicité. Maître Juremi regarda Jean-Baptiste sur le visage duquel se peignait une profonde surprise.

CHAPITRE 10

— Combien y a-t-il de natures dans le Christ ? répéta le moine.

Il y eut un lourd silence dans la pièce. Tous les yeux étaient fixés sur Jean-Baptiste, qui restait coi. Puis, tout à coup, comme saisi d'une inspiration, il se redressa :

— Combien y a-t-il de natures dans le Christ ? Mais c'est moi, Monseigneur, qui devrais vous poser cette question !

Il laissa à Hadji Ali le temps de traduire puis reprit :

— Chacun doit parler seulement de ce qui est de son ressort. Moi, je suis médecin, mon ami sait préparer les remèdes. La seule autre chose que nous connaissions, c'est le maniement de ces piques de fer que nous portons au côté, chez nous, et qui s'appellent des épées. Demandez-nous ce que vous voudrez, Monseigneur, qui concerne les plantes ou les armes. Nous tâcherons d'y répondre. Mais la question que vous nous posez regarde le théologien que vous êtes certainement. Nous nous déclarons prêts à écouter vos enseignements.

Jean-Baptiste termina cette réponse par une digne révérence. Dans sa toge blanche, une main sur le cœur, il regardait le ras et sa compagnie avec une désarmante franchise.

Intérieurement, il était au supplice, comme s'il eût cheminé sur un étroit sentier de crête bordé de précipices. Son cœur battait fort ; une sueur glacée coulait dans son dos. Mais il se contraignait violemment à ne rien laisser paraître.

Un long silence suivit ces explications. On entendait seulement, venu de la cour, comme un chœur de gémissements, des plaintes d'hommes et de femmes.

— Préparez-vous à voir le Roi des Rois, dit enfin le ras Yohannes sur un ton solennel. Puisque vous prétendez le guérir et puisque Sa Majesté a la bonté de bien vouloir se soumettre à vos prescriptions, vous allez être admis en sa présence. Je vous informe cependant que notre Empereur ne saurait entrer en relation directement avec quiconque et encore moins avec des étrangers. Vous ne pourrez ni le toucher, ni l'approcher mais seulement l'apercevoir et entendre l'homme par la bouche duquel il s'exprime.

— Mais, c'est impossible, s'écria Jean-Baptiste. Comment voulez-vous...

Le ras leva la main pour le faire taire.

— C'est ainsi. Avez-vous, oui ou non, le pouvoir de guérir ?

Jean-Baptiste était désespéré des conditions qui leur étaient faites, moins pour ce qui concernait le traitement du monarque — puisqu'il savait à peu près par Hadji Ali de quel mal il souffrait — que pour sa mission d'ambassade : comment pourraient-ils lui remettre le moindre message ?

Le ton du ras ne souffrait pas de contradiction. Poncet accepta tout. Les dignitaires quittèrent la pièce et ils restèrent tous les trois à attendre l'audience royale.

— Tu ne nous avais pas donné ces détails, dit Jean-Baptiste à Hadji Ali avec humeur. Nous ne pourrons pas parler au Roi ?

— En public, il est inaccessible, dit le chamelier. C'est la loi : il n'a même pas le droit de fouler le sol. Il monte jusqu'à son trône sur une mule et ne pose le pied par terre qu'une fois arrivé sur le tapis qui est étendu sous son siège. Comme la mule monte aussi sur le tapis, vous verrez, elle dépose souvent du crottin au beau milieu des motifs persans. Mais c'est égal, tout le monde y est habitué. Encore, vous avez de la chance : les choses ont un peu changé. Avant, on ne voyait pas le souverain du tout. Le grand-père de celui-ci apparaissait deux ou trois fois l'an. Il suivait son conseil derrière une tenture.

— Pourquoi ne parle-t-il pas ?

— C'est ainsi. Il dispose d'un officier pour dédoubler chacun de ses organes. Il y a l'œil du Roi, qui lui rapporte tout ce qu'il voit à la cour. L'oreille du Roi écoute pour lui. Il y a le chef de sa main droite et celui de sa main gauche, pour les armées. Et vous allez entendre le *Serach massery*, celui qui répète à voix haute ses paroles.

— Fait-il au moins ses enfants lui-même ? bougonna maître Juremi.

— Soyons sérieux, nous avons peu de temps, dit Poncet. Qu'en est-il du saint qui n'a pas dîné depuis cinquante ans ? Sommes-nous en concurrence avec lui ou a-t-il été congédié ?

— Il n'y a que vingt ans qu'il ne mange pas, dit doctement Hadji Ali. Vingt ans ! Ah, ce n'est pas le Prophète qui permettrait des choses pareilles...

Il embrassa sa main et regarda en l'air.

— Non, continua-t-il, l'Empereur ne lui accorde plus sa confiance.

— Tu en es bien sûr ? dit maître Juremi. Nous ne voudrions pas lui ôter le pain de la bouche.

Poncet regarda son ami d'un air furieux.

— Excuse-moi, dit le protestant, c'est l'attente qui me rend nerveux.

— Garde tes plaisanteries pour l'heure où l'on nous crèvera les yeux, dit méchamment Jean-Baptiste, qui n'était guère plus calme.

À ce moment, deux gardes vinrent se saisir d'eux. Ils les suivirent dans une enfilade de petites salles obscures, vides et glaciales. Après une courte station dans la dernière, ils pénétrèrent dans la salle d'audience. C'était une vaste pièce dont la triple voûte était renvoyée sur six grosses colonnes rondes disposées en quinconce au milieu et sur les côtés. La foule des courtisans se tenait debout, tout au fond. À mesure qu'on considérait les rangs des plus proches du Roi, le nombre de personnages assis augmentait : c'était simplement que, situés sur les côtés, ils ne pouvaient être vus du Négus. Il fallait que tous ceux sur lesquels il pouvait poser le regard fussent debout, même si l'audience se prolongeait des heures.

Le souverain se tenait au fond, dans une sorte d'alcôve, assis sur un trône lui-même posé sur le tapis où l'avait, proprement cette fois-ci, déposé la mule. Un espace de quelques mètres séparait le Roi de la première rangée des courtisans. Les étrangers y furent conduits dans un grand silence. C'est alors qu'ils entendirent, par les fenêtres qui donnaient sur la cour, monter le rugissement des lions captifs qui faisaient la célébrité du Roi des Rois. Et toujours, venant du côté opposé, bourdonnait le même chœur de gémissements et de lamentations humains que les voyageurs avaient entendu pendant l'audience avec le ras.

Comme ils en étaient convenus auparavant, Poncet et son compère imitèrent Hadji Ali dans tous ses gestes. Arrivés devant le souverain, ils virent le chamelier se mettre à genoux puis s'allonger à plat ventre, les mains en avant, de toute sa longueur sur les dalles de pierre. Ils firent de même. Malheureusement, maître Juremi, manquant de pratique, s'agenouilla un peu trop en avant si bien que lorsqu'il fut étendu ses mains touchèrent le tapis royal. Deux officiers le firent reculer sans ménagement. Ils restèrent prosternés jusqu'à ce que la « bouche du Roi » fît savoir que le monarque les autorisait à paraître en pieds devant lui. Ils purent alors le contempler.

Yesu Ier, Roi des Rois d'Abyssinie, leur apparaissait du haut de son trône en bois doré recouvert d'étoffes indiennes. Ils ne distinguaient bien ni son corps, enveloppé dans un large manteau écarlate, ni son visage car il portait des cheveux longs ceints d'un diadème de mousseline noué sur la nuque et retombant de chaque côté des joues. On voyait seulement son nez fin, ses grands yeux brillants et fixes. Sa bouche était dissimulée dans les plis d'une écharpe de soie jaune qui lui entourait lâchement le cou.

Quand il parlait, on entendait à peine le son de sa voix avant que l'officier chargé de la porter n'eût proclamé haut et fort la royale sentence. Jean-Baptiste nota que Hadji Ali, pendant l'audience, ne traduisait plus : un drogman abyssin, placé à la droite de la « bouche du Roi » avait la charge de mettre en arabe les phrases officielles. L'audience fut d'une extrême brièveté. Le Négus confirma sa volonté de recevoir le conseil de ces étrangers pour soulager le mal dont il souffrait et sur lequel ne fut révélé aucun détail. Poncet remit à la « main droite » du souverain le message qu'il tenait pour lui du Pacha d'Égypte. Le Roi des Rois dit qu'il se félicitait des bonnes dispositions de ce prince avec lequel il entretenait commerce et qui l'autorisait à recevoir du Patriarche d'Alexandrie l'abuna dont dépendait l'Église d'Abyssinie.

Dans la lettre du Pacha, très brève mais très élogieuse, que lut le drogman, il était fait mention de la qualité de médecin de Poncet. Celui-ci se porta garant pour maître Juremi, qui n'était pas mentionné. Le protestant remit à un autre officier le cadeau qu'ils destinaient au Roi. Étant donné leur qualité de simples particuliers, les apothicaires n'étaient pas tenus de faire un présent trop magnifique. Sur les conseils de Hadji Ali, ils avaient choisi une boîte contenant un jeu de rasoirs à manche d'ivoire incrusté et une tapisserie des Gobelins, de un mètre sur un et demi environ, qui représentait une scène de chasse au cerf. Ces présents disparurent en un instant derrière l'alcôve.

Le Négus, sans les remercier, leur donna simplement congé. Il dit qu'il attendait pour le lendemain leurs prescriptions. Le ras Yohannes, s'étant avancé près du trône, ajouta d'un air menaçant que les remèdes seraient d'abord essayés sur trois esclaves, puis sur deux officiers et enfin sur le Négus. Toute anomalie à l'une de ces étapes aurait pour les étrangers les plus graves conséquences. Enfin, il leur déclara qu'ils étaient libres de se mouvoir dans la ville et dans le pays. Ils pouvaient parler à qui bon leur semblerait mais si un seul mot leur échappait qui pût ressembler à une tentative de propager la foi catholique, le châtiment correspondant leur serait immédiatement appliqué. Ils se prosternèrent de nouveau et quittèrent la salle suants et tremblants comme des suppliciés.

Ils rentrèrent chez le musulman ami de Hadji Ali mais d'abord qu'ils y arrivaient, un messager vêtu très simplement et courant à pied, vint dire aux deux étrangers de faire leurs malles, de les charger sur leurs montures et de les suivre. Les malles étaient vites faites, puisque Hadji Ali leur avait tout volé. Ils jetèrent dans un bissac le peu qu'ils avaient conservé, leurs haillons européens, les livres que le Maure ne lisait pas, la valise de remèdes, et bien sûr leurs chères épées enroulées dans des toiles. L'homme les emmena dans une maison de pierre qui s'adossait à l'enceinte du palais, du côté opposé à celui par lequel ils étaient tout à l'heure entrés. Ce devait être à l'origine un poste de garde. On y pénétrait par un étroit corridor qui se terminait par des marches. Ils les gravirent derrière le messager, qui ouvrit une porte épaisse en manœuvrant une grosse serrure. Il les installa dans une chambre de dimension modeste, éclairée par une grande fenêtre qui recevait le soleil dès le matin. L'ameublement consistait en deux lits faits de lanières de cuir tressées, de deux tabourets sculptés dans des billots de bois, d'une table et d'un éclat de verre pour tout miroir.

La question qui préoccupait Poncet et son compagnon était la destination de la grosse clef qui fermait la porte. Allait-on la leur remettre, auquel cas ils se sentiraient chez eux ? Allait-on la confier à quelqu'un d'autre, ce qui signifierait qu'ils étaient prisonniers ? Le messager la laissa sur la porte. Comme il ne parlait pas l'arabe, ils n'en surent pas plus.

Quand ils furent seuls, ils se laissèrent tomber chacun sur leur lit et restèrent un long moment immobiles et silencieux.

— Tu n'as pas l'impression d'être comme Jonas, dit enfin maître Juremi, tout au fond de la baleine et sans guère de chance d'en ressortir ?

— Chaque chose en son temps, dit Jean-Baptiste en s'allongeant. Nous avons franchi quelques obstacles, attendons les autres. Ce soir, nous préparerons les onguents du souverain, puisque Hadji Ali nous garantit qu'il souffre du même mal que lui. Et puis, nous verrons bien.

Cela dit, il s'endormit profondément et maître Juremi le suivit volontiers dans le sommeil.

De petits coups frappés à la porte les réveillèrent. Il faisait moins clair, une ombre bleue venait de la rue. L'après-midi était déjà bien avancée. L'homme qui entra dans leur chambre était un jeune garçon d'une vingtaine d'années, de petite taille et très mince. Son visage était déformé par des cicatrices de petite vérole ; la maladie avait épaissi sa peau et ses traits étaient empâtés, en particulier le nez, qu'il avait court mais arrondi comme une boule. Avec cela, des yeux noirs frémissant d'intelligence et d'humour, une bouche souriante, des gestes gracieux. À ces qualités et à ses cheveux noirs légèrement bouclés, on eût dit le frère malheureux de Jean-Baptiste.

— Je m'appelle Demetrios, dit-il dans la langue arabe.

Il était fort évident qu'il la parlait comme un étranger. Il leur dit qu'il connaissait aussi le grec, qui était sa langue maternelle, mais eux l'ignoraient, et l'italien, que les deux Francs avaient appris l'un et l'autre à Venise. C'est donc dans cette langue qu'ils poursuivirent la conversation.

Demetrios se présenta comme un serviteur personnel de l'Empereur. Hadji Ali, qui avait beaucoup à faire, ne pourrait plus rester continuellement avec eux, tandis que lui serait à leurs côtés aussi souvent qu'ils le voudraient. De quiconque, ces paroles eussent signifié qu'il était leur nouveau geôlier. Mais le jeune homme avait un air si rieur, si aimable qu'ils accueillirent cette déclaration sans défiance et même avec un certain plaisir.

— Voulez-vous visiter la ville ? Je peux vous emmener souper ou faire servir votre repas ici.

Il était encore tôt, et ils n'avaient presque rien vu de la capitale. Ils acceptèrent volontiers de suivre leur guide dehors.

Ils allèrent à pied. La silhouette mauresque de Hadji Ali n'était plus à leur côté. Ils étaient tous trois vêtus des mêmes cotonnades. Cela leur donnait la joyeuse illusion de ne plus être des étrangers mais de se mouvoir librement au milieu d'un peuple qui leur ressemblait. Demetrios, toujours souriant, les tira par mégarde de cette béatitude.

— Tant que je suis avec vous, vous n'avez rien à craindre, dit-il. Les prêtres n'oseront pas vous assassiner.

Sur ces mots, les deux étrangers se mirent à regarder chaque passant avec suspicion. En apparence, tous ces Abyssins affectaient la même indifférence. Quand ils croisaient les étrangers, ils ne détournaient pas les yeux mais ne les dévisageaient pas non plus. On aurait juré qu'ils ne les remarquaient pas.

De temps en temps, les ruelles où ils cheminaient s'élargissaient ou croisaient une artère importante. L'une d'entre elles était occupée par une longue procession qu'ils durent laisser passer. Le cortège était mené par des prêtres, une toge écarlate autour du corps et coiffés d'un haut bonnet brodé d'or. Ils tenaient à la main de gros bâtons surmontés de croix ajourées et travaillées qui reproduisaient à l'infini de petits entrelacs de croix, eux-mêmes mêlés à d'autres croix. On aurait dit que le métal avait cristallisé comme du givre autour de la forme élémentaire. Derrière eux marchaient des guerriers portant lance, bouclier noir et coutelas au côté. Certains arboraient, noués autour du bras, d'étroits rubans de tissu incarnat. Demetrios leur expliqua que c'était là une marque de gloire et que chacun de ces flots symbolisait la mort d'un ennemi. Au milieu de ces soldats silencieux et graves passa ensuite l'objet auquel était apparemment dédiée la procession. Un vigoureux Abyssin, plus haut que les autres d'une tête, portait, comme la hampe d'un étendard, un long pieu dressé, au bout duquel était fixé un morceau de bois transversal. Sur ce portemanteau était brandie, faite d'une étoffe sombre et soyeuse, une manière de jaquette à deux manches et deux pans déchiquetés, irréguliers comme on en voit sur les habits d'apparat maculés et usés que portent parfois des mendiants. De cette étrange relique dégouttait un jus rose.

— Ah, j'imagine que vous allez vous indigner, dit Demetrios avec son chaleureux regard.

— On dirait…, fit maître Juremi en ouvrant de grands yeux horrifiés, … une peau.

— Il faut bien saisir les lois de ce pays dans toutes leurs nuances, dit Demetrios. Il y a ici différentes sortes de châtiment. Celui que vous voyez est assurément fort rare, parce qu'il sanctionne un crime qui l'est heureusement aussi. La loi veut que les traîtres, s'ils sont ennemis, aient les yeux crevés.

— Nous avons vu.

— Oui. Et c'est seulement s'il s'agit d'amis, d'hommes de notre propre camp, de notre propre famille en somme… que la sanction consiste à les écorcher vifs.

À ces mots, Jean-Baptiste et son compagnon reportèrent les yeux sur l'ignoble dépouille qui se balançait au vent puis ils les détournèrent avec un haut-le-cœur. La procession s'acheva sur un groupe de femmes et d'enfants souriants qui battaient des mains en silence.

Les trois hommes reprirent leur chemin. Demetrios sentait que les deux étrangers étaient affectés par ce qu'ils venaient de voir.

— Tranquillisez-vous, leur dit-il. Vous arrivez dans le moment où se termine une campagne victorieuse. Les prisonniers sont châtiés, on démasque les traîtres, on récompense la bravoure. Mais la vie n'est pas aussi animée tous les jours.

— Nous sommes bien aises de l'entendre, dit maître Juremi. Ainsi quand ce seront nos peaux que l'on promènera, nous aurons la consolation de savoir que nous offrons au peuple une distraction rare.

— On ne promènera jamais vos peaux ! dit Demetrios en éclatant d'un rire joyeux. C'est tout à fait impossible.

— Et si notre médication échoue ? dit Poncet.

— Rien de tout cela ne vous arrivera. Vous êtes les hôtes de l'Empereur.

— Les jésuites ne l'étaient-ils pas aussi ? dit maître Juremi.

— Ah, mais pardon, fit Demetrios le doigt levé. Les jésuites n'ont pas été écorchés vifs, que je sache. La loi leur a été strictement appliquée.

— C'est-à-dire ?

— C'est-à-dire qu'on les a lapidés. Vous verrez, en redescendant. Il y a deux tas de pierres au milieu d'une place. Les derniers jésuites qui ont été exécutés sont encore dessous. Il est interdit d'y toucher.

— Donc, nous risquons la lapidation, dit Poncet, qui se laissait aller à converser familièrement avec ce garçon si franc d'allure.

— Allons, allons, vous ne risquez rien, dit Demetrios en les prenant chacun par le bras et en les faisant marcher à ses côtés. L'Empereur vous protège et je suis son serviteur. Ah, ça ! il faut que nous quittions ce sujet. Vous verrez que ce pays réserve bien d'autres plaisirs.

CHAPITRE 11

Ils dînèrent dans une immense pièce à demi souterraine, dans laquelle on pénétrait par une porte basse. Une femme d'âge mur, grande et vêtue d'une longue robe de coton blanc où était brodée une croix multicolore les y avait accueillis. Elle avait cette beauté grave qu'ils commençaient à reconnaître comme le trait commun à cette race impériale. Elle les avait installés dans un étroit cabinet séparé du reste de la salle par des rideaux de mousseline. Derrière ces voiles, on voyait circuler des ombres. La coutume des Abyssins était de ne jamais manger en public, par crainte des mauvais esprits que des inconnus, en les regardant, pourraient introduire dans leurs corps par le vecteur de la nourriture. Pendant que se prenaient les repas, cette sorte d'auberge se transformait donc en une juxtaposition d'alvéoles aux parois de coton dans lesquelles les dîneurs, par petits groupes choisis, se dissimulaient les uns aux autres. La réfection terminée, les voiles étaient repliés, la salle apparaissait dans son ensemble avec tous les groupes assis sur des tabourets ou des tapis, autour de tables en sparterie de couleur. Ils avaient dîné d'une galette large d'une coudée, faite de tef, céréale fermentée au goût piquant, qui pousse sur le haut plateau ; on avait déposé dessus quantité de sauces fortement épicées. Dans des poteries rondes à long col, ils avaient bu une sorte d'hydromel onctueux, anodin d'aspect, mais qui troublait agréablement la conscience. À mesure que les voiles étaient ôtés et découvraient les dîneurs, Poncet et son compagnon s'étonnaient de la régulière beauté des hommes et des femmes qu'ils avaient autour d'eux. Ils se mirent naturellement à les observer et leur regard révéla sans détour leur préférence féminine.

— Attention, leur dit Demetrios. Les mœurs ici sont d'une grande simplicité. Ce peuple ne connaît point l'adultère comme un péché mais s'il est une chose sur laquelle il est intransigeant, c'est sa dignité. Témoignez toujours aux femmes un respect hautain et même dédaigneux. Évitez de les observer. Vous n'en serez point ignoré pour autant. Nul ne vous regarde et cependant tout le monde vous voit. Retenez bien ceci, si vous ne voulez pas me rendre la tâche impossible : le regard d'un inconnu, ici, est le plus grand danger. Dès que vous serez seul à seule avec n'importe laquelle de ces femmes, fût-elle mariée et princesse, vous pouvez obtenir d'elle ce que vous voudrez. Mais auparavant ne la regardez pas.

Le spectacle de la dépouille écorchée était encore si vivace dans leur esprit que les deux étrangers cessèrent immédiatement de promener les yeux autour d'eux. Ils prirent Demetrios, et de la manière la plus ostensible, comme unique interlocuteur.

Le jeune homme s'exprimait librement en italien. Il leur avait dit qu'il était presque le seul dans cette ville à parler cette langue, qu'il tenait de sa mère, une Grecque de mère sicilienne. Comme d'autres commerçants, sa famille s'était introduite dans le pays par la mer Rouge et y était restée bon gré mal gré. Sa mère avait eu cinq enfants, dont deux d'un Abyssin. Demetrios était l'un de ces métis.

— J'ai été longtemps le plus bel enfant de cette ville, dit-il en les regardant du fond de ses orbites grêlées de cicatrices. Puis il y a eu l'épidémie. Beaucoup de gens sont morts. Moi, j'ai eu la vie sauve et le reste m'est bien égal. Après la mort de mes parents, le roi m'a pris à son service et ses bontés ne se sont jamais interrompues. Savez-vous, ajouta-t-il en les regardant avec une expression naïve, que c'est un roi d'une très grande humanité ?

— Il me semble, dit Jean-Baptiste, que nous en avons eu quelques convaincantes démonstrations...

— Quoi ! fit le jeune homme. Vous en êtes encore à ressasser ces incidents. Ce n'est pas bien. Il ne faut pas juger les souverains sur des détails. Yesu, je l'affirme, est un roi bon, le meilleur peut-être que notre histoire ait depuis longtemps connu. En voulez-vous un exemple ? Il y a ici une coutume ancienne qui veut qu'au moment où le Négus monte sur le trône, tous ses frères et sœurs susceptibles de régner soient enfermés sur un de ces hauts plateaux inaccessibles comme il y en a tant dans ce pays. Ils sont gardés dans cette prison leur vie entière. S'ils s'échappent, on les capture et on les mutile car il est dit qu'un être qui n'est pas complet ne peut être notre roi. Eh bien, Yesu, lorsqu'il a été acclamé comme empereur, a fait immédiatement ceci : il a formé un cortège et s'est rendu au pied de l'Amba Wachiné, là où les princes étaient enfermés. Il a donné l'ordre qu'on les libère et il les a attendus. Vous ne pouvez pas imaginer ce spectacle ! On a vu descendre de la montagne toute une troupe pitoyable. Il y avait des vieillards maigres comme Job, en haillons, couverts de poux. C'étaient des princes du sang qui appartenaient à la troisième génération d'avant Yesu. Il y avait des enfants ; à l'un d'eux on avait coupé une oreille parce qu'il avait attendri une esclave, qui l'avait caché sous sa toge pour le faire échapper. Voilà bien de quoi susciter la pitié car enfin ce n'étaient point des traîtres, ni des renégats mais de simples princes. Cette coutume n'était pas seulement injuste, elle était dangereuse et Yesu l'a bien compris. Car on peut se douter que les plus vaillants de ces captifs n'avaient que haine au cœur contre le souverain et qu'ils chercheraient par tous les moyens à le renverser. Si quelque parti hostile avait réussi à s'emparer de cette prison, il aurait aussitôt eu à sa disposition quantité de prétendants légitimes prêts à tout pour se venger. Le fait s'était déjà produit. Eh bien, Yesu a libéré tous ces prisonniers sans hésiter. Il a ordonné qu'on les vêtît et qu'on les nourrît. Pendant deux jours, ce furent des larmes de joie et de reconnaissance.

L'hydromel faisait parler volontiers le causeur et écouter aussi tranquillement les assistants. Confortablement installés sur de moelleux tapis, bercés par la musique d'un krar dont jouait un vieillard, les deux voyageurs écoutaient Demetrios et s'amusaient de ses joyeuses mimiques.

— Ces princes n'ont-ils pas vite oublié leurs larmes ? demanda Poncet. L'ambition et la jalousie se sont-elles vraiment évanouies ?

— Eh bien oui ! Notre roi n'a plus jamais eu affaire à sa famille autrement que pour en recevoir les hommages. Un seul de ses cousins s'est rebellé.

— Et il a été écorché vif, dit maître Juremi.

— Vous connaissez donc son histoire ? dit Demetrios un peu surpris.

— La fin, seulement.

Le jeune homme rit très fort.

— Il n'y a pas que la famille, reprit-il sérieusement. Les Balabat, c'est-à-dire notre noblesse et nos princes, les gouverneurs, les tribus, tout le monde, dans ce grand pays, menace sans cesse, le Roi. Et c'est encore compter sans les Gallas. Ceux qui nous causent le moins d'embarras sont encore les pays musulmans voisins. Ils nous étranglent mais, en ce moment, ne nous combattent plus. Non, vraiment, notre Roi n'est jamais en paix. C'est la tâche de tous les rois. Mais celui-ci a montré une ardeur qui fait de lui le plus grand que nous ayons eu depuis très longtemps. Il a amadoué les princes, calmé les tribus, repoussé les Gallas, tenu en respect les musulmans. Son œuvre est immense.

— Pardon si je lui manque de respect, dit Poncet à qui la

tête tournait un peu, mais je ne vois pas comment la statue vivante que nous avons vue tout à l'heure a pu accomplir tout cela. N'est-il pas complètement sous l'emprise de son lieutenant général et de tous ses prêtres ?

— Lui ? dit Demetrios. Vous voulez rire ! Ils le craignent. Ils le détestent parce qu'il leur a ôté leur pouvoir. Jamais le haut clergé n'a été aussi fermement contrôlé. Le Roi n'entend pas grand-chose à la doctrine religieuse mais il tient à son autorité. Et il sait qu'elle repose sur l'unité de son Église. Il a fait taire les divisions des religieux et des Balabat. Il les maintient à ses pieds. Et s'il reste pendant ces audiences comme une statue vivante, c'est pour mieux les forcer, prêtres, princes et nobles, à se tenir debout devant lui comme vous l'avez vu, jusqu'à en tomber de fatigue.

— N'y a-t-il pas tout de même parmi eux quelqu'un qui ait plus d'influence, et qui puisse, par exemple, lui faire tenir des messages directs ? demanda Jean-Baptiste, qui songeait toujours à la mission que lui avait confiée le consul.

— Parmi ceux que vous avez vus ? Personne. Mais il y a d'autres voies.

— Vous, par exemple ? dit Jean-Baptiste en regardant Demetrios.

— Vous me faites déjà trop d'honneur en le pensant.

Ils rentrèrent dans l'obscurité de la nuit, assez peu assurés de leurs pas. Demetrios les laissa à leur porte. Avant de se coucher, Jean-Baptiste fouilla dans la malle de remèdes et en sortit un carnet qui lui servait à noter les recettes et les proportions de ses mélanges. Il mit une petite mine de graphite dans une de ses poches et le carnet dans une autre.

— Demain, je commencerai à noter, dit-il en s'allongeant tout habillé.

— Pour quoi faire ? dit maître Juremi qui bâillait à se décrocher la mâchoire.

— D'abord parce que c'est intéressant. Ensuite parce que

c'est ainsi que nous trouverons le moyen de ressortir de ce pays.

*

Il faisait encore nuit noire quand Jean-Baptiste entendit remuer la clef dans la serrure. Il chercha à tâtons son épée qu'il avait dissimulée sous son lit. La porte s'ouvrit doucement et une silhouette se découpa sur la lueur d'un bougeoir de terre cuite où brûlait une courte chandelle. Jean-Baptiste attendait, prêt à agir, quand soudain il vit briller une lame et bondir sans le moindre bruit la grosse ombre de maître Juremi. Le protestant était déjà sur l'intrus et lui pointait le fleuret sur le cœur. L'inconnu leva les mains en l'air et, avec elles, la bougie, qui éclaira son visage : c'était Demetrios.

— Que voulez-vous, à cette heure ? dit maître Juremi d'une voix forte.

— Chut ! Je vous en supplie, dit Demetrios dans un souffle. Ne faites pas de bruit et ôtez cette épée de moi.

Maître Juremi s'écarta. Demetrios entra dans la chambre.

— Habillez-vous, dit-il doucement.

— Nous le sommes.

— Alors, suivez-moi, vous n'avez rien à craindre.

Les deux amis se consultèrent du regard, rangèrent leurs armes et marchèrent à la suite du jeune homme. Au lieu de sortir de la maison, celui-ci ouvrit une porte qu'ils avaient vue dans la journée et qu'ils croyaient desservir un grenier. Elle donnait sur un étroit corridor. Ils franchirent deux autres portes et, à la taille des pierres qui formaient les murs, ils comprirent qu'ils étaient entrés dans le palais. Demetrios, qui marchait devant, leur fit gravir un étroit escalier tournant, ouvert à l'extérieur par des meurtrières qui laissaient passer un vent froid. Ils débouchèrent sur le chemin de ronde crénelé qui donnait sur les remparts. Le ciel était pur, sans aucun nuage et il ne venait de la ville que la très pâle lueur des postes de guet et des feux de troupe. La voûte céleste était si dense, si uniformément criblée qu'on aurait dit une étoffe soyeuse, brillant de tous les points de sa double trame de néant et d'étoiles. Depuis que les voyageurs séjournaient sur le haut plateau, la terre, parfois, leur faisait oublier qu'ils étaient loin ; c'est le ciel, toujours, qui le leur rappelait. Entre deux créneaux, ils virent la croix du Sud.

Demetrios leur fit parcourir toute une façade de murailles et ils pénétrèrent à sa suite sous une des petites coupoles qui s'élevaient à chacun des coins du château. Cette coupole formait le toit d'une salle carrée, de petites dimensions. Elle était meublée d'une table de bois et de quatre tabourets. Sur l'un deux était assis un homme vêtu d'une simple tunique blanche retenue à la taille par une ceinture brodée. Un coude sur la table, il se tenait penché vers un chandelier. Il se redressa à leur entrée. Ce fut par ses yeux et par la forme de son nez qu'ils reconnurent dans le personnage qui les recevait de la manière la plus dépouillée la statue vivante, le dieu impassible devant lequel ils s'étaient prosternés le matin même : c'était l'Empereur. Poncet eut un instant d'hésitation. Fallait-il encore, dans cet étroit cabinet, s'allonger de tout son long, ce qui ne manquerait pas d'être incommode ? Pour garder la propriété de sa peau, Jean-Baptiste n'aurait cependant pas hésité à pratiquer les pires contorsions. Mais le souverain désigna à ses visiteurs les tabourets qui étaient autour de lui et même, très naturellement, en dégagea un, qui était posé de guingois, à cheval sur deux tapis.

Ils se contentèrent d'un salut bref et prirent place près du monarque. Sans apparat, seul, le Roi des Rois ne dégageait pas plus de majesté que n'importe lequel de ses sujets, ce qui encore n'était pas peu. Au port altier et grave, trait commun à tous les Abyssins, s'ajoutait, en propre chez le souverain, une expression de tristesse et même d'amertume qui était perceptible chaque fois que son visage revenait au repos. Il avait formé en recevant les deux étrangers un sourire forcé qui était aussitôt retombé et la mélancolie avait réapparu. Au physique, c'était un être de petite taille pour sa race, d'une grande maigreur. Il pouvait avoir une quarantaine d'années, se tenait un peu voûté. Il n'y avait même pas dans son œil ce reflet vif qui laisse présager, endormi, un cœur sauvage. Non, c'était simplement un homme las, affaibli et que l'on aurait pris volontiers en pitié si l'on n'avait su qu'il avait ordonné la veille encore l'exécution d'abominables supplices.

— Je suis bien heureux de vous voir, dit-il d'une voix douce.

Demetrios traduisit ces paroles en italien.

— C'est un grand honneur pour nous, Majesté... commença Jean-Baptiste.

Le Roi interrompit la traduction de Demetrios.

— C'est inutile, dit-il, laissons cela. Ils ne sont plus là.

Poncet resta court.

— Vous avez bien répondu à ces prêtres, reprit le Roi sans quitter son expression indifférente.

Ils notèrent qu'il était pris d'incessantes démangeaisons sur les bras et le ventre.

— Oui, on m'a rapporté vos paroles. Elles sont habiles. Moi non plus, je ne crois pas à leurs miracles. On ne les a jamais vus guérir la moindre fièvre. Toutes leurs cérémonies divinatoires sont des momeries. Vous savez sans doute qu'ils m'ont promis la défaite au moment de la comète. C'est toujours la même chose : ils souhaitent ma ruine et ils convoquent les astres pour se donner du courage. Mais, au fait, quelle est donc cette religion dans laquelle vous croyez et qui n'est ni la catholique ni la nôtre ?

— On l'appelle la Réforme, Majesté, dit Poncet.

— Les jésuites n'en ont jamais parlé quand ils étaient ici.

— Et pour cause : ce sont nos pires ennemis.

— Je vous crois, dit l'Empereur.

Puis, en tournant vers maître Juremi son regard las, il ajouta tranquillement :

— J'aurais pourtant juré que celui-ci en était un.

— Un jésuite ! s'écria Poncet.

Maître Juremi était livide.

— Oui, ou un prêtre d'une autre sorte. C'est bien leurs méthodes, dit le Roi en regardant de nouveau Jean-Baptiste. Vous, je comprends que vous êtes médecin mais lui s'est joint à votre caravane. Comme un voleur ou comme un prêtre.

Maître Juremi était prêt à se lever. Poncet lui saisit fermement le bras.

— Heureusement, continua le Roi, Hadji Ali m'a tout raconté. J'ai compris que cet homme est votre associé et que ce sont les Francs qui ont refusé de le laisser partir. Ne vous inquiétez pas. J'ai confiance en vous. Il paraît que vous êtes habiles dans votre art et c'est bien la seule chose qui m'intéresse. Nous avons peu de temps, je dois vous montrer mon mal.

La flamme de la bougie projetait leurs ombres sur la coupole de pierre. Le plafond haut et galbé donnait à la pièce l'atmosphère d'une grotte. Mais l'aube commençait à poindre et, suspendu dans l'obscurité, on pouvait distinguer le rectangle bleuté d'une étroite ouverture vers l'Orient.

L'Empereur se mit debout, défit très naturellement sa ceinture et ôta sa tunique. Poncet vint auprès de lui et l'examina en silence.

— Vous pouvez toucher, dit le Roi, qui voyait l'embarras du médecin.

Poncet demanda à maître Juremi d'élever la chandelle et il commença à palper la région malade. « Heureusement, pensa-t-il, que je peux l'examiner. Cette lésion n'a rien à voir avec celle de Hadji Ali. »

Le Roi présentait, sur le thorax et le haut de l'abdomen, un large placard suintant et à certains endroits suppurant et fissuré. Le médecin chercha d'autres localisations du mal et n'en trouva point. Il tourna et retourna plusieurs fois le patient. C'était, pour quiconque se fût placé un peu à l'écart de ce groupe, un spectacle étonnant que ce Roi des Rois, nu, voûté, étalant humblement sa maigreur et les sanies qui couvraient son corps et, autour de lui, la silhouette de lourd guerrier de maître Juremi tenant paisiblement la lampe et Jean-Baptiste, occupé à comprendre, touchant le malade avec douceur, moins appliqué à obéir à un souverain qu'attaché à remplir, auprès d'un homme parmi d'autres, les devoirs de la fraternité.

— Est-ce douloureux ? demanda Poncet.

— Assez, dit l'Empereur. Mais la douleur n'est rien. Le pire, c'est la démangeaison.

Sur un signe du médecin, il se rhabilla.

— Imaginez-vous ces audiences de plusieurs heures, continua le Roi. Je n'ai qu'une envie, c'est de me dévorer avec les ongles. Mais je ne dois pas bouger. Ces chiens ont su que j'étais malade par une indiscrétion. C'est assez comme cela. Je ne veux pas qu'en plus ils me voient souffrir ou céder à quelque geste qui pourrait m'être dicté par le mal. Ma volonté doit leur apparaître intacte. Sans quoi, ils me déchireront.

Ils se rassirent autour de la table.

— Avez-vous déjà pratiqué des traitements ? demanda Jean-Baptiste.

— Quelques-uns. Des bains, des emplâtres de terre, une poudre que m'a apportée la vieille femme qui a accouché ma mère et qui prétend avoir quelques lumières en médecine.

— Le résultat ?

— Toujours pire.

— Et... Poncet hésita, le grand saint qui n'a pas mangé depuis vingt ans ?

— Comment, vous ne savez pas ? Je l'ai fait surveiller nuit et jour. On l'a trouvé le lendemain de son arrivée, peu avant l'aube, à quatre pattes dans les cuisines en train de se goinfrer d'olives. J'ai ordonné qu'il reparte immédiatement poursuivre sa digestion dans son monastère.

Ils rirent tous les quatre.

— Majesté, dit Poncet, nous allons préparer un onguent pour votre maladie. Doit-on le faire éprouver d'abord par les esclaves ?

— Non. Donnez n'importe quel remède — inoffensif — aux prêtres pour qu'ils l'essaient et faites-moi passer directement votre prescription par Demetrios en lui expliquant la manière d'en user.

— Il faut vous abstenir de tout autre traitement pendant que nous entreprendrons le nôtre.

— Soyez sans crainte.

— Et nous devons absolument vous revoir dans deux jours pour juger de l'effet.

— Ces entretiens sont dangereux. Nul ne doit les connaître. Il ne faut pas les multiplier. J'essaierai d'en tenir un dans deux jours mais ne vous impatientez pas. Et gardez sur tout cela le silence le plus absolu.

Le jour était tout à fait là et la salle emplie d'une lumière bleue dans laquelle leurs silhouettes paraissaient ternes et grises. L'Empereur les quitta en se retirant par une petite porte. Ils sortirent de l'autre côté, refirent le chemin des remparts et se retrouvèrent dans leur maison.

— Sais-tu ce qu'il a ? demanda maître Juremi lorsque Demetrios les eut laissés seuls.

— Je le crains et c'est fort sérieux.

*

Après l'époque joyeuse et grave des premières confidences, puis celle de l'intimité, la routine s'installa pour Alix et Françoise, au chevet monotone des plantes de Jean-Baptiste. Leurs tête-à-tête commençaient d'être usés par l'habitude et envahis par le pessimisme. Elles se voyaient toujours en ce même lieu qui, après avoir d'abord manifesté autour d'elles la présence de ceux qu'elles attendaient, avait fini par devenir le douloureux décor d'une absence qu'elles supportaient l'une et l'autre de plus en plus mal. Elles eurent, pour des riens, deux ou trois querelles, aussitôt calmées, mais qui les alertaient du danger qu'il y aurait à ne rien changer au déroulement de leurs entrevues. C'est alors qu'Alix eut une idée.

— Que diriez-vous, demanda-t-elle à Françoise, si je persuadais ma mère de vous prendre à son service ? Vous pourriez venir travailler chez nous et nous nous verrions là-bas. Je marquerais peu à peu de l'amitié pour vous et votre compagnie me serait accordée. Nous pourrions sortir nous promener, venir ici mais ne plus être contraintes d'y demeurer pour nous voir.

Françoise applaudit. Il restait à trouver les moyens de convaincre Mme de Maillet. Ce seul projet, avant même d'aboutir, remit une animation dans leurs vies.

Alix commença par raconter à sa mère qu'elle avait pris en pitié une Française égarée dans la ville. La pauvre femme, qui habitait un galetas voisin de l'« herbier » l'aidait à arroser les plantes et à manier les seaux. La jeune fille demanda d'abord à sa mère quelques piastres pour dédommager ces menus services. Puis, au fil d'autres conversations, elle exposa le malheur de cette personne, qui n'était pas de mauvaise condition et que la vie avait abandonnée, sans ressource, dans cette ville hostile. Elles se lamentèrent ensemble sur la misère de ce monde et Mme de Maillet rendit grâce aux bontés de la Providence qui les avait toujours préservées de ces rudesses. La mère et la fille avaient peu de choses à se dire : Françoise devint leur sujet favori de conversation. Comme Mme de Maillet demandait un jour à Alix des nouvelles de leur protégée, sa fille, qui avait décidé de porter le dernier coup, dit d'un ton égal :

— Oh ! elle est apaisée. Elle a pris sa décision.

221

— Et laquelle ?

— Je ne sais plus si je vous l'ai dit. Un négociant turc assez riche lui a proposé de l'épouser. Elle se mettrait ainsi à l'abri du besoin. Évidemment, elle a beaucoup balancé. Il est, à ce qu'il paraît, vieux et de vilain aspect. Mais après tout elle ne serait que sa quatrième épouse et partagerait avec trois autres le désagrément d'avoir à supporter sa présence.

— Quelle horreur ! s'écria Mme de Maillet. Et cela suppose-t-il aussi qu'elle abjure la foi chrétienne ?

— Voilà justement le point qui la fait le plus hésiter. Elle est très pieuse et ce reniement lui ferait beaucoup de peine.

— Eh bien, dit la mère d'Alix, qu'a-t-elle enfin décidé ?

— Le Turc l'a persuadée que la religion musulmane n'est point une contrainte trop lourde. Il suffit de déclarer que Dieu est Allah et Mahomet son prophète. On n'en demande pas plus. Le Christ y est reconnu comme une sorte de saint précurseur, et rien n'interdit de continuer à prier pour lui. Bref, le Maure a su convaincre cette misérable qu'elle ne perdrait que peu au regard de la foi et qu'elle serait assurée, en outre, de manger chaque jour à sa faim.

— Ma fille, dit Mme de Maillet, dont le regard était traversé de la plus affreuse angoisse, cette femme va se perdre. Il ne faut rien croire de ce que disent ces Infidèles. Ils ont conquis les lieux saints, détruit nos églises par milliers, fait périr quantité de chrétiens. Nous devons à tout prix empêcher qu'elle se fasse turque. Elle en mourrait non seulement dans cette vie car ces hommes sont d'une extrême grossièreté, à ce que l'on dit, avec leurs épouses, mais, de surcroît, elle se précipiterait pour l'éternité dans l'enfer.

Les deux femmes cherchèrent une solution pour éviter ce naufrage. Alix évoqua enfin la possibilité de prendre Françoise à leur service. Sa mère examina cette hypothèse.

— Oui, dit-elle, j'y pense : depuis le retour en France de notre lingère, j'ai souvent demandé à M. de Maillet de la remplacer. Il a toujours prétendu qu'il n'y avait personne dans la colonie franque qui pût remplir cet office. Je crois que c'est plutôt par économie qu'il a préféré ne pas renouveler cet emploi. Votre père est si modéré dans la dépense des deniers de l'État.

— Je crains pourtant qu'il n'y ait pas là d'économie, dit vivement Alix, qui avait saisi cette idée avec enthousiasme. Les deux esclaves nubiennes qui font ici la lessive ont déjà gâté la couleur de plusieurs robes quand elles ne brûlent pas le linge avec trop de soude.

— Sans parler des repassages, qui sont de véritables massacres ! Mais, hélas ! votre père n'y prête pas attention. La seule fois où je l'ai entendu se plaindre, ce fut quand il retrouva ses beaux bas de soie vert pomme, il y a quelques mois, rouge brique la semaine suivante parce qu'ils avaient été mis à tremper avec une de mes mantes.

— Vous voyez bien, insista Alix. Je suis sûre qu'on pourrait lui représenter l'avantage, c'est-à-dire l'économie, que serait l'emploi d'une lingère. Mon père dira qu'il n'a pas le temps de découvrir une candidate ; tout sera pour le mieux puisque nous la lui apporterons.

Alix fit tant et si bien que sa mère accepta de tenter la proposition. Ce qu'elle n'aurait peut-être pas consenti pour sauver une vie humaine, qui est entre les mains de Dieu, cette femme pieuse l'entreprenait volontiers pour sauver une âme au moment où elle allait se détourner de la vraie foi.

— Comment présenterez-vous l'affaire à mon père ? demanda Alix.

— Je le connais bien. Avec lui, il ne sert à rien de dissimuler. Je lui dirai l'exacte vérité telle que vous venez de me la présenter.

Alix parvint à conserver sa gravité mais quand elle rapporta cette dernière réplique à son amie, elles rirent un bon moment.

M. de Maillet se laissa fléchir et concéda à sa femme l'emploi d'une lingère pour une durée d'essai de quinze jours. Françoise se présenta au consulat, fut brièvement montrée au consul, qui ne s'abaissait pas aux affaires de domestiques, et sut conquérir le cœur de Mme de Maillet. La nouvelle lingère travailla dur dès son arrivée. En quinze jours, le consul, qui remarquait pourtant si peu de choses, dut convenir que la maison était transformée. Ses habits avaient repris leur éclat. Françoise avait même réussi, en utilisant des produits extraits des plantes de chez Poncet, à redonner aux bas du diplomate leur couleur d'origine. Les dames portaient désormais des dentelles blanches et non plus jaunasses comme avant. Enfin, suprême exploit, Françoise était parvenue avec douceur mais fermeté à se saisir successivement des deux habits que possédait M. Macé et qui rivalisaient de saleté. Un matin, tandis que son secrétaire lui apportait quelques papiers, le consul eut la perception d'un manque. Il regarda de tous côtés dans la pièce, sans découvrir rien d'anormal. Puis soudain, levant le nez vers M. Macé, qui se tenait debout devant lui, le consul comprit, avec cet étonnement et cette lenteur que l'on met à déceler les choses qui ont disparu, que son secrétaire ne sentait plus mauvais. Françoise fut engagée.

Comme prévu, Alix et elle poursuivirent leur amitié dans le consulat. La jeune fille, chaque matin, allait s'occuper des plantes ; elle le faisait seule et y restait moins longtemps qu'avant. Ensuite, elle rentrait et déambulait dans sa maison. L'espace qu'occupaient dans le consulat M. de Maillet et ses employés était limité à l'aile d'apparat, c'est-à-dire à la pièce où était le portrait du Roi, à quelques cabinets de travail attenants et, au premier étage, à l'appartement, souvent vide, des invités de marque. Mme de Maillet, elle, ne sortait guère de sa chambre. Tout le reste de la grande maison, les vestibules, les corridors, la chambre d'Alix, les boudoirs, les cuisines, les offices, la buanderie, était propice aux rencontres des deux amies. La variété de ces décors donna à leur complicité le charme de la nouveauté, le piquant d'une nécessaire discrétion et une nourriture renouvelée, formée des mille conversations que deux femmes alertes pouvaient surprendre dans une aussi vaste maison.

CHAPITRE 12

Dès le lendemain de la consultation à laquelle l'Empereur les avait autorisés sur sa personne, Jean-Baptiste et maître Juremi passèrent la matinée à préparer les deux traitements : celui qu'ils remettraient au Roi et celui qui servirait aux expériences des prêtres.

L'après-midi, Demetrios les emmena hors de la ville dans une grande église où se déroulait une fête votive qui attirait chaque année des milliers de fidèles. Un beau soleil brillait. Il n'était plus question de supplices. On ne voyait qu'une foule de femmes et d'enfants vêtus de blanc et portant des ombrelles noires qui trottaient gaiement sur de petits ânes. Des vieillards marchaient en s'appuyant sur leurs longues cannes de pasteur. Un grand nombre de prêtres et de moines, aux toges de couleurs vives, avançaient en tenant des croix de procession. Les plus hauts dignitaires s'abritaient du soleil sous de larges parasols rouge et noir, ornés de grelots d'argent, que brandissaient de petits esclaves. Tout le monde convergeait vers un bois de cèdres. Les branches torses de ces arbres rampaient jusqu'au ras du sol et servaient de balançoire aux enfants. L'église elle-même se distinguait à peine. Elle était octogonale et son toit de chaume arrondi reposait sur les troncs étêtés des grands cèdres plantés en couronne à huit pieds des murs. Cette colonnade naturelle avait été transformée en une galerie circulaire par adjonction, entre les troncs et l'église, d'un plancher de rondins. Demetrios parvint à faire entrer les voyageurs, déchaussés, dans la première enceinte de l'église. Ils y virent des icônes de plusieurs époques. Certaines étaient de pure influence byzantine mais la plupart portaient la trace d'un style particulier à l'Abyssinie. Les yeux semblaient avoir pris une vie propre, indépendante des visages et qui les gouvernaient tout entiers. La chair des saints restait claire, signe de divinité et marque mystérieuse du sacré comme peut l'être l'usage d'une langue morte pour la prière. Mais les traits étaient empruntés aux modèles vivants du pays en sorte que c'étaient des femmes et des enfants ordinaires que les icônes, avec leurs gestes figés et leur ordre rigide, semblaient exalter à la dignité de Christ et de mère du Christ.

Au retour, Demetrios leur fit visiter le palais. Il leur montra la cour, devant l'entrée de laquelle ils étaient passés pour se rendre à l'audience du Roi. Sur un signe du jeune homme, les gardes les laissèrent approcher de la cage où dormaient les quatre lions du Négus, un mâle et trois femelles, dont une était encore très jeune. La cage était fermée par de larges barreaux de fer. Poncet craignit un instant que Demetrios ne leur racontât encore à propos des animaux quelque exemple de supplice mais il leur dit au contraire que les bêtes étaient à l'Empereur et à lui seul, qu'il les nourrissait chaque matin de quartiers de viande qu'un esclave leur jetait en sa présence et que rien ne devait troubler leur repos. Ils en furent soulagés.

Enfin, dans l'après-midi, Demetrios leur transmit plusieurs invitations flatteuses dans de nobles maisons de la ville. Ils se rendirent le soir même dans une de ces demeures. Les hôtes avaient disposé tout ce qui était possible pour les honorer : des plats fins, de l'hydromel à profusion et un petit groupe de musiciens et de chanteurs. Poncet, qui avait pris quantité de notes l'après-midi, put poursuivre ses observations. Il constata notamment que l'usage voulait — les Abyssins ignorent la cuiller et la fourchette — que les hommes fissent peu d'effort pour saisir la nourriture. La plupart du temps, leurs voisines préparent des bouchées pour eux et les en nourrissent. Poncet était assis à côté d'une femme imposante, d'âge mûr, impassible, dont l'ample robe de coton brodé laissait deviner les formes vigoureuses. C'est avec une véritable terreur qu'il la vit, à peine l'esclave avait-elle déposé sur la table la galette et les sauces, pétrir une boulette de ses longs doigts chargés de bagues en or, l'imbiber de liquides rouges où le feu des piments était presque visible à l'œil nu et enfourner tout cela, d'un geste déterminé et qui ne souffrait pas de dénégation, dans sa bouche à lui, Jean-Baptiste, qu'il sentit bientôt s'enflammer tout entière. Il lui fallut accepter la seconde bouchée les larmes aux yeux. Maître Juremi subissait le même traitement de la main gracieuse d'une jeune fille qui était à sa droite. Les autres hommes ne paraissaient nullement choqués de ces faveurs. Mais ils montraient de la réprobation, et la plus vive, à chaque tentative de Poncet et de son ami pour interrompre ce gavage, au motif, bien pauvre, qu'ils n'avaient plus faim.

Ce calvaire se termina quand leurs cruelles tortionnaires jugèrent qu'ils étaient satisfaits, ou peut-être simplement au moment où, instruites par l'expérience, elles purent craindre qu'ils succombassent. Elles jetèrent alors des flots d'hydromel sur ce feu intérieur, achevant de les échauffer. L'assistance s'égailla ensuite dans la maison. Plusieurs allèrent s'asseoir sur la terrasse et burent le café au clair de lune. Mais la sévère compagne de Poncet lui fit signe de la suivre et maître Juremi partit d'un autre bord à la remorque de la sienne.

Ils croyaient l'un et l'autre être conduits vers une pièce de bains où ils pourraient asperger leur visage encore collé de larmes et leurs lèvres enflammées d'épices. Au lieu de cela, ils se retrouvèrent dans de sombres appartements tapissés de tentures et semés de coussins. Sans un mot, leurs hôtesses se déshabillèrent, puis, tout comme elles avaient décidé de leur alimentation, prirent la direction de leurs autres désirs. Une brève tentative de résistance les convainquit de la clairvoyance de Machiavel : ce qu'on ne peut empêcher, il faut le vouloir, a écrit le Florentin. Au nom de cette évidence pratique, ils apportèrent leur concours à l'entreprise. Après les longues journées de désert, les deux voyageurs retrouvèrent des voluptés dont ils avaient quelque peu oublié le goût et qu'ils furent surpris mais non déçus de recevoir sous ces formes inattendues. Un peu plus tard, ils rejoignirent les salons où les autres convives étaient épars. Demetrios s'offrit à raccompagner les deux Francs. Ils saluèrent les hommes qui semblaient ravis et parmi lesquels, peut-être, étaient les maris de leurs hôtesses, et les femmes, qui, toujours graves, acceptèrent avec dignité leur respectueuse révérence.

Ils se couchèrent plus perplexes que jamais. Loin d'ôter à Jean-Baptiste la pensée d'Alix, ces exercices charnels lui en faisaient plus que jamais regretter l'absence. Il rêva d'elle et, mêlant les sensations qu'il venait d'éprouver au souvenir de la jeune fille, passa une nuit de délices.

Le lendemain, ils se levèrent tard, allèrent visiter le marché aux épices, où ils purent voir sur des étals et en vrac toutes les espèces rares que leur hôte musulman leur avait apportées en échantillon. Ils discutèrent avec les marchands et rencontrèrent deux hommes de la campagne dont le métier était d'aller cueillir dans les zones les plus reculées et souvent les plus inaccessibles les plantes aromatiques et médicinales. En les questionnant sur l'usage qu'on pouvait faire de ces diverses graines et feuilles, Poncet et maître Juremi furent effrayés de noter que la pharmacopée la mieux étudiée et la plus utilisée dans ce pays était celle des poisons. Ils reconnurent là une tendance qu'ils ne connaissaient que trop bien en Europe même et qui avait fait très tôt de la science des philtres de mort, science exacte et vérifiable, la parente riche et prospère de la médecine, science approximative, contestable et, diront certains, beaucoup moins utile.

Le soir, ils allèrent dîner dans une autre maison. Instruits par l'expérience de la veille, ils burent peu mais insistèrent pour se gaver eux-mêmes de nourriture. Devant cette ardeur, les femmes de l'assistance jugèrent superflu d'intervenir et ils purent s'arrêter quand ils voulurent. Surtout, après le repas, ils prirent place près de la servante qui préparait le café et posèrent sans interruption à leurs voisins des questions prouvant leur curiosité pour la littérature abyssine. Ce qui n'était, au départ, qu'une ruse pour couper court à tout nouvel abordage féminin fut pour eux l'occasion de découvrir combien les Abyssins sont friands d'art poétique.

Demetrios eut beaucoup de peine à traduire en italien les morceaux qui leur furent récités. Il leur expliqua que la beauté de ces vers résidait dans le contraste que les Éthiopiens désignent comme celui de la cire et de l'or. La cire est le matériau du moule dans lequel est coulé le bijou d'or. Ce moule est de forme banale et de matière vile, mais qu'on le brise et l'on découvre dedans un joyau caché. Les phrases poétiques, sous l'apparence trompeuse et terne de leur premier sens, sont susceptibles, par un subtil jeu sur les mots, d'en révéler un autre, plein de profondeur, de brillant et de sagesse. La traduction manquait toujours à rendre cette transmutation. Mais Jean-Baptiste et son ami écoutaient les convives citer de belles strophes, d'abord sous leur forme de cire, et leur mimique était celle de l'abattement et de l'ennui ; puis, avec d'imperceptibles variations de ton et de sens, les Abyssins énonçaient les phrases d'or et leur visage prenait l'expression de l'admiration et de la volupté.

Tout le monde se quitta enchanté. Jean-Baptiste et son compagnon se félicitèrent en rentrant d'avoir été raisonnables et d'avoir préféré les exercices poétiques à toute autre forme de plaisir. Ils purent de la sorte se coucher tôt et garder l'esprit clair. Avant de s'endormir, ils eurent une ultime conversation pour arrêter leur conduite à l'égard du souverain. Jean-Baptiste proposa de nouveau à son ami d'en rester à la surface des choses et de ne parler au Roi que de ses symptômes. Mais maître Juremi, qui était animé d'une vive passion de la vérité, lui recommanda une plus grande sincérité : qu'au moins il lui fasse apercevoir la possibilité que sa maladie soit plus sérieuse. La cire ou l'or, on en revenait toujours là. Ils s'endormirent sans avoir rien décidé.

À l'approche de l'aube, comme prévu, Demetrios les réveilla et ils retournèrent voir l'Empereur dans sa tourelle.

Ils le trouvèrent en grande agitation. Sitôt qu'ils furent entrés, Yesu leur dit avec un large sourire :

— Vous m'avez guéri.

Jean-Baptiste et maître Juremi restèrent impassibles.

— Je ne me gratte plus. Je n'ai plus d'élancements. Les croûtes les plus grosses sont tombées et les endroits suintants s'assèchent. Vraiment si j'oubliais mes convictions — et les vôtres — je vous dirais que c'est un miracle. Regardez.

Il commença à retirer sa tunique comme une chemise c'est-à-dire qu'il conserva sa ceinture nouée et qu'il ôta successivement les deux manches.

Poncet vint inspecter la lésion.

— C'est en effet beaucoup mieux, dit-il sobrement.

— Vous n'avez pas l'air très enthousiaste, dit le Roi. Je comprends. Vous êtes prudent. Vous voulez être certain que le résultat se confirme. Vous avez raison mais laissez-moi vous dire que, quand même ce soulagement n'aurait été que provisoire, je vous en serais très reconnaissant. Vous m'avez donné des heures de paix après des mois de supplice.

— Majesté, dit enfin Poncet, ce que nous voyons est en effet encourageant. Il y a tout lieu de penser, puisque votre mal est sensible à ce traitement, que d'autres progrès se manifesteront dans les prochains jours. Mais…

Il regarda maître Juremi comme un soldat qui va partir pour une charge douloureuse.

— ... il faut que vous sachiez certaines choses, continua-t-il.

— Je vous écoute.

— La maladie dont vous souffrez peut être soulagée. Elle peut l'être complètement et longtemps, mais elle ne peut être guérie. Le mal reviendra. Il vous faudra apprendre à vivre avec lui et sans doute...

Il laissa passer un instant. Le Roi le regardait fixement sans ciller. Jean-Baptiste s'entendit prononcer la fin de sa phrase et parut étonné lui-même :

— ... à en mourir.

Demetrios, après avoir traduit ces paroles, fixa le Roi pour attendre sa réponse. Elle ne vint pas tout de suite. Le Négus se leva, marcha vers un des angles de la pièce, disparut presque dans l'ombre puis revint et parla :

— Je n'aime pas ce que vous me dites mais j'aime votre langage. Ce n'est pas celui de flatteurs ou de charlatans. Vous avez raison de croire que je peux l'entendre.

Il marqua un temps, le regard vers la flamme de la chandelle puis de nouveau dans les yeux de Jean-Baptiste.

— En combien de temps ce mal m'emportera-t-il ?

— Je l'ignore, dit Poncet.

— C'est faux, s'écria vivement le Roi sur un ton d'autorité et de colère. Combien de temps ?

Jean-Baptiste se troubla.

— Eh bien, il me semble... Il n'y a pas d'exemple, je crois, qu'on ait vu quelqu'un atteint de ce mal vivre... plus de deux autres années.

Le Roi reçut cette sentence dans une immobilité parfaite. Il se redressa légèrement, fit durer le silence.

— La mort, dit-il enfin, importe bien peu pour moi-même. Je peux mourir demain. J'y suis prêt.

Il se rassit comme pour donner à ses paroles moins de solennité.

— Mais, reprit-il, il y a la charge qui m'incombe.

Son ton était désormais celui de la confidence. Il paraissait tout à fait calmé et seulement désireux de livrer ses pensées.

— Mon fils aîné, continua-t-il, n'a que quinze ans. Il est encore faible et influençable. Je n'aime guère l'éducation que lui ont donnée les prêtres et la cour pendant mes longues absences. Je ne peux partir de cette vie qu'en l'ayant bien assuré sur ce trône. Sinon ce que trois générations de rois viennent d'accomplir sera ruiné.

Il regardait toujours fixement la bougie le long de laquelle coulait lentement une goutte de suif.

— Deux ans ! dit-il.

Il se leva, marcha jusqu'à une autre chaise, près de la porte par laquelle il était entré. Une étole blanche pliée en rectangle y était posée. Il la jeta sur ses épaules et s'en entoura.

— Quand mon grand-père a hérité la couronne, reprit-il, ce pays était dans la plus grande anarchie. Nos ennemis l'avaient dévasté, nos vassaux avaient repris leur liberté, les prêtres imposaient leur volonté au souverain. Dans les campagnes, le peuple mourait de faim...

Il se retourna et marcha vers eux.

— On a vu des paysans dévorer leurs morts...

Poncet baissa les yeux. Maître Juremi regardait l'ombre.

— Voilà comment était ce pays. Il a fallu tout faire : restaurer l'autorité royale, repousser les ennemis, soumettre les princes, tenir les prêtres. Fasilides, mon aïeul, a commencé, glorieusement, il a fondé cette ville, Gondar, une nouvelle capitale, à l'écart de la corruption qui avait gagné Axum, le siège de la cour depuis des siècles. Ensuite est venu son fils, mon père, aussi intègre, aussi glorieux, aussi déterminé. Moi qui lui ai succédé, j'ai eu la chance de régner longtemps, de recueillir l'héritage et de le faire fructifier. J'ai allégé les charges qui pèsent sur le peuple, j'ai aboli les droits de péage qui coupaient le pays en morceaux autant que l'auraient fait les brigands. Surtout, j'ai appliqué la loi. Elle est dure, sans doute, mais c'est celle de nos pères et chacun la connaît, chacun est égal devant elle.

L'aube arrivait lentement. Un nuage violet coupait la fenêtre en deux : en haut, la nuit ; en bas, un liquide pâle.

— Tout cela nous l'avons accompli seuls, comprenez-vous. Seuls. Il y a longtemps que nous n'attendons plus de secours de nos voisins. Ce sont des mahométans ; ils nous haïssent. Mais il nous a fallu, en plus, nous garder de ceux que nous avions longtemps pris sans les connaître pour nos amis, nos frères, nos parents catholiques d'au-delà des mers. Quand les Turcs ont attaqué ce pays, il y a un siècle, les rois de l'époque ont cru pouvoir faire appel aux Portugais. Ils sont venus. Christophe de Gama, fils du grand Vasco, a même donné sa vie pour nous. Mais ils ne nous ont sauvés que pour nous envoyer, ensuite, leurs jésuites. Quand ils sont arrivés, personne ici ne savait qui étaient ces prêtres. Nos ancêtres les ont bien accueillis. N'étaient-ils pas nos frères dans le Christ ? Quand ils ont parlé de nous faire obéir au Pape et rejoindre la communauté catholique, il n'y a eu de notre part aucune objection. Pensez donc ! Nous avions tant souffert d'être coupés du monde... C'est avec joie que nous nous apprêtions à y revenir. Nous leur avons seulement demandé, et c'était bien la moindre des choses, de nous exposer les arguments théologiques qui prouvaient la supériorité de leur interprétation des Évangiles sur la nôtre. Nos prêtres se sont offerts à la controverse sans arrière-pensées mais avec leurs grandes connaissances et ces jésuites, si sûrs d'eux-mêmes, ont dû convenir qu'ils n'avaient pas les réponses à nos questions. Ils sont rentrés à Rome un peu dépités. Le Pape en renvoya d'autres, plus savants mais surtout disposés à employer tous les moyens. Nous les prenions pour des frères et ils agissaient en véritables ennemis. Notre point faible, à l'époque, était le Roi. Le pauvre homme était influençable : il tomba sous la coupe des jésuites, qui lui firent prendre les pires décisions. Il déclara finalement qu'il ordonnait de sa seule autorité la conversion immédiate du pays, et nous avons compris, mais trop tard, qu'au mal venu du dehors et auquel nous étions accoutumés s'ajouterait désormais un autre mal : celui que nous voulaient nos prétendus amis. Je vous fais grâce des péripéties, et il y en eut d'innombrables, au cours desquelles ces religieux francs nous donnèrent mille preuves de leur influence pernicieuse, de leur volonté d'asservir nos consciences, de nous imposer une foi nouvelle, de nous conquérir par la perfidie et la division. De là datent les plus épouvantables guerres civiles que nous ayons connues ; l'autorité des rois qui, aux pires moments, avait toujours été préservée, s'effondra dès lors que l'un d'entre eux, par faiblesse, prétendit embrasser la foi de ces étrangers. Le peuple se réfugia alors derrière les prêtres, qui furent pourtant incapables de le défendre. Nos ennemis profitèrent de notre abaissement. Il en résulte ce chaos que trois générations, je vous l'ai dit, ont à peine effacé.

Il se calma et reprit plus doucement :

— Voilà où nous en sommes et voilà pourquoi il me faut du temps.

Il faisait presque jour. Le Roi s'avança vers Poncet et mit la main sur son épaule. C'était une main sèche et légère, qui pesait à peine.

— Quand je vois des hommes comme vous, je me dis qu'il est bien dommage que nous devions tout refuser de l'Occident. Voyez-vous, avant que les musulmans sortent de leur désert, nous ne formions qu'une civilisation avec la vôtre. On parlait grec à la cour de mes ancêtres. Mais nous sommes encore trop fragiles pour prendre le risque de nous ouvrir à ceux qui se prétendent nos frères et continuent, à ce que nous savons, de vouloir nous convertir sans comprendre qu'ils nous perdent.

Il retira sa main et commença d'aller vers la porte.

— Grâce à vous, dit-il presque joyeusement, il y a maintenant de l'espoir dans ma vie. Je savais ce qui me restait à accomplir. Je sais maintenant de combien de temps je dispose pour le faire.

Le Roi sortit et les visiteurs restèrent silencieux, comme accablés. Puis Demetrios, affolé par le grand jour qui entrait dans la pièce, les raccompagna à leur maison. Ils demandèrent à rester seuls pour se changer et convinrent avec le jeune homme qu'il repasserait deux heures plus tard.

Sitôt la porte refermée, maître Juremi se précipita vers Jean-Baptiste.

— Es-tu devenu fou ? Que t'a-t-il pris ? Nous étions d'accord : tu devais rabattre son optimisme, le préparer à une longue maladie. Mais pourquoi cet aveu ? Ce pronostic ?

— Je sais, dit Jean-Baptiste, la tête dans les mains. En regardant cet homme... je n'ai pas pu lui mentir.

— Lui mentir, d'accord. Mais pourquoi toute la vérité ?

— Il y a quelque chose en lui qui m'a commandé de tout lui dire.

— Ce n'est pas en lui, dit maître Juremi. C'est en toi. Dire le destin à un roi ! Quel vertige ! Tu t'es pris pour un dieu, mon ami. Ton affaire est bien simple : c'est de l'orgueil, une bouffée d'orgueil et voilà tout.

— Je ne crois pas, dit Poncet d'une voix sourde. Je crois tout le contraire. Quand je lui parle, il n'est pas roi. Je lui parle comme à... un frère.

— Un frère que tu viens de poignarder.

Il achevait à peine sa phrase que trois coups étaient frappés à la porte. Le protestant ouvrit : deux officiers de la garde venaient les arrêter.

CHAPITRE 13

Les gardes, l'air farouche et incapables de s'expliquer dans une autre langue que la leur, amenèrent les deux Francs au palais, non plus par la voie dérobée que ces derniers empruntaient la nuit, mais en faisant le tour complet des murailles et en entrant par le portail d'apparat.

Ils traversèrent une étroite antichambre et se retrouvèrent dans la salle où ils avaient d'abord été interrogés par le ras et les prêtres. Les mêmes dignitaires les y attendaient mais, cette fois, ils étaient disposés en deux groupes entre lesquels, allongés sur les dalles et couverts d'un drap, étaient étendus trois corps. Le drogman qui avait traduit en arabe l'audience officielle avec l'Empereur s'avança et dit, interprétant les paroles que venait de prononcer à haute voix l'un des religieux :

— Vous nous avez remis des remèdes de votre fabrication qui étaient destinés au souverain. Ces esclaves les ont goûtés : ils sont tous morts.

Jean-Baptiste était extrêmement soulagé. Il avait craint bien autre chose. Pour ce qui était des remèdes « officiels », c'étaient des mélanges d'eau, de farine et de colorant de betterave qu'il avait concoctés sous les yeux mêmes de Demetrios.

— Dites à ces messieurs, fit Jean-Baptiste en souriant, que notre recette est simple et qu'avant de faire l'envoi des échantillons nous en avons laissé une part égale au sieur Demetrios, qui, je crois, est à l'Empereur.

Au nom de Demetrios et avant que l'interprète ait traduit, l'assistance se troubla. Les deux médecins comprirent ensuite qu'on envoyait quérir le jeune Grec. Il arriva bientôt, en nage, une petite boîte en bois à la main, où était déposé un échantillon de la substance qu'ils avaient remise aux prêtres.

Le jeune homme fit une longue déclaration que les Francs ne comprirent pas mais dont ils perçurent le ton très libre. Joignant le geste à la parole, Demetrios ouvrit la boîte, saisit une bouchée de la préparation, la mangea avec ostentation et en proposa tout autour de lui. Les prêtres prirent des mines dégoûtées et l'assistance, après une courte discussion, quitta la pièce. On entendit, une fois qu'ils eurent refermé la porte, les éclats d'une conversation tumultueuse.

Demetrios expliqua en riant que l'incident était clos.

— J'espère qu'ils vont au moins être condamnés par le Roi pour avoir empoisonné eux-mêmes ces trois malheureux, dit Jean-Baptiste.

Des soldats étaient entrés discrètement dans la pièce et emportaient en les tirant par les pieds les cadavres des esclaves.

— On ne peut être condamné que pour avoir tué des hommes et les esclaves n'en sont point, dit gravement Demetrios.

Sur ces mots, les deux médecins et leur guide quittèrent la pièce à leur tour. Comme il est aisé de s'accoutumer au malheur des autres, dès lors que toute une société le justifie, ils oublièrent les victimes de cette ridicule machination et ne pensèrent plus qu'à en rire.

Cette affaire leur servit à mieux comprendre comment le Roi exerçait son pouvoir au milieu de tous ces périls. Les seuls auxquels il avait donné sa confiance étaient ces hommes, à l'image de Demetrios ou de Hadji Ali, qui appartenaient à des nations étrangères. Certains avaient été enlevés pendant leur enfance, à l'occasion de campagnes militaires et de razzias. Tout comme les Turcs étaient protégés par des enfants chrétiens qu'ils avaient volés et dont ils faisaient des janissaires, le Roi des Rois avait à son service de jeunes musulmans élevés en chrétiens et qui lui étaient entièrement dévoués. Ils étaient utiles dans la capitale et partout dans le pays. Au-dehors, pour les missions de confiance, il avait recours à des musulmans qui lui devaient tout, comme Hadji Ali, ou à des Arméniens et autres chrétiens d'Orient, sujets du Grand Turc.

Poncet et son ami, pendant leur séjour à Gondar, apprirent à percevoir cette présence protectrice qui ne les quittait point. Outre Demetrios, à leur côté il y avait toujours dans les rues où ils marchaient, dans les maisons où ils dînaient, dans les campagnes où ils herborisaient, des témoins discrets, presque invisibles qui, sous des apparences débonnaires de paysans, de vagabonds ou de marchands, étendaient sur eux la puissance du Roi.

Pendant les semaines qu'ils passèrent dans la capitale, ils eurent l'occasion d'être témoins de bien des scènes, d'observer la curiosité des mœurs et de faire encore, quoique avec une modération qui leur donna presque mauvaise réputation, quelques voluptueuses rencontres. Ils visitèrent aussi de nombreuses églises, apprirent à connaître la peinture et à apprécier la musique du pays qui leur avait d'abord paru si rébarbative. Ils en comprirent mieux les beautés quand ils l'appréhendèrent dans le même mouvement que la danse, à laquelle elle servait de support et de décor.

Ils surent bientôt distinguer la provenance des nombreux objets de bois, de cuivre martelé ou de sparterie dont la production si variée reflète les cultures de cet empire bigarré. Poncet noircit tout un carnet de notes. Il s'en procura un autre, grâce à l'habileté de Demetrios, car les Abyssins ignoraient l'usage du papier et n'écrivaient que sur du parchemin.

Ils virent encore le Roi, bien que moins souvent pour ne pas éveiller les soupçons. Ils purent constater le recul régulier de ses symptômes sinon de son mal. Il ne les interrogea plus jamais sur le pronostic. En revanche, il leur fit beaucoup de questions sur les mœurs, les sciences et la politique des nations d'Occident.

Un jour, enfin, Demetrios leur annonça que le Roi de Senaar, prenant fait et cause dans une minuscule affaire frontalière, venait de déclarer la guerre : le Négus allait repartir en campagne. Selon le jeune Grec, il y avait beaucoup moins de danger à suivre le Roi qu'à rester en ville. La cour pourrait saisir l'occasion de cette relative liberté pour reprendre ses projets de vengeance contre ces étrangers que la rumeur commençait à présenter comme de dangereux favoris. Feignant d'avoir été traité par les remèdes que la cour lui avait officiellement transmis de la part des médecins francs, le Roi avait fait savoir qu'il allait mieux, puis qu'il était guéri. Il gratifia les deux étrangers de plusieurs présents d'un très grand prix. À cela s'ajoutait tout ce qu'ils gagnaient auprès des autres patients de la ville. Au fil du temps, Jean-Baptiste et son associé avaient été amenés à soigner beaucoup de gens de toutes conditions. On leur avait même très officiellement demandé de traiter une indisposition de la Reine, ce qu'ils firent avec succès. Les prêtres étaient au comble de la fureur.

Quand il fut question d'accompagner le Roi dans ses campagnes militaires, Jean-Baptiste jugea que le moment de vérité était arrivé. Quelque intérêt qu'il prît à son séjour en Abyssinie, il n'oubliait pas la véritable raison de son voyage et l'engagement qu'il s'était fixé lui-même : il fallait rentrer avec une ambassade.

Rien de tel n'était acquis. Ils connaissaient désormais les raisons de la méfiance du Négus à l'égard des Jésuites et de l'Occident. Le souverain ne leur avait-il pas avoué lui-même qu'il était trop tôt pour que son pays s'ouvre à l'étranger ? À cet obstacle politique, qui se dressait contre l'éventualité d'une ambassade, s'en ajoutait un autre, plus personnel, et qui était en quelque sorte l'inconvénient de la méthode employée par les voyageurs pour se faire admettre du souverain, méthode dont ils n'avaient connu jusque-là que les avantages. En effet, tous leurs efforts destinés à gagner la confiance et l'amitié du Roi pour assurer leur sécurité et leur confort avaient réussi au-delà de leurs premières espérances. Le souverain les aimait. Il leur était attaché par des liens de confiance et d'affection dont il prodiguait chaque jour, directement ou non, les marques incontestables. Le jeu qu'ils avaient joué était dangereux. L'amitié de l'Empereur pouvait, certes, le conduire à satisfaire leur demande d'ambassade ; à moins qu'au contraire, et cette éventualité n'était pas moins probable, elle ne l'engage à les garder auprès de lui leur vie durant, comme tant d'autres voyageurs avant eux. Jean-Baptiste décida qu'il parlerait à l'Empereur dès leur prochaine entrevue. Toute la journée, il pensa au Caire, à sa maison, à Mlle de Maillet, et son envie, aiguisée par les songes, fut si vive de revoir tout cela qu'il se sentit l'énergie de convaincre le plus rude des contradicteurs.

Le Roi ne les recevait pas toujours dans la pièce couverte du dôme qui dominait les murailles du palais. Souvent Demetrios les faisait sortir de la ville et ils rejoignaient le souverain sous sa tente de chasse, aux abords de la forêt où il poursuivait dans la journée le léopard et le lion.

Ils se parlaient maintenant de façon presque familière quoique le Roi n'abolît jamais, et c'était la marque de sa naturelle majesté, sa distance et sa dignité. Ce soir-là, il leur avait fait l'honneur de dîner en leur compagnie. Tous trois, car Demetrios, lui, restait soumis à la réserve que tout sujet devait à son roi, plongeaient leurs mains dans la même galette d'*injera* garnie de sauces. Ils évoquèrent la campagne à venir, le départ du Roi. Le repas se termina. Un soldat apporta une aiguière et ils se rincèrent les doigts.

— Majesté, commença Jean-Baptiste quand ils furent seuls, puisque nous avons parlé de votre départ, autorisez-moi à vous dire quelque chose du nôtre.

La phrase était ambiguë. Au regard que lui lança le souverain, Poncet comprit qu'il avait bien saisi qu'ils ne parlaient pas de la même destination.

— Votre Majesté nous a appelés auprès d'elle. Nous avons fait ce qui était en notre pouvoir. Nous avions toujours prévenu Hadji Ali de nos intentions. Il nous faut maintenant retourner d'où nous venons.

Une servante apporta le café dans de petites tasses. Le Roi prit le temps de servir lui-même ses hôtes, détacha deux feuilles minuscules de cette plante aromatique que les Abyssins appellent la « santé d'Adam » et les jeta dans son café.

— Comme c'est étrange ! dit-il. J'allais justement vous parler ce soir de votre établissement ici. La règle que nous avons appliquée pendant des siècles est stricte : tout étranger est le bienvenu mais il doit rester parmi nous. Chaque fois que nous avons dérogé à ce principe, vous savez les ennuis et même les drames que cela nous a valus. Je compte donc le rétablir.

Poncet regarda son compagnon et lut dans les yeux du protestant une certaine incrédulité ; il attendait la suite.

— Je ne veux pas pour autant vous contraindre, poursuivit le Négus, ni vous faire demeurer dans cette clandestinité qui, je le comprends, peut vous être pénible. Aussi, mon intention est de vous proposer une charge officielle — que je ferai accepter à la cour — et une rétribution à la hauteur de la grande estime que j'ai pour vous.

— Majesté, dit Poncet aimablement mais sur un ton résolu, je regrette. Nous ne pouvons accepter. Nous vous l'avons signifié dès notre arrivée : nous devons retourner au Caire.

— En effet, dit le monarque, vous me l'avez dit. Ou plutôt, le Pacha du Caire me l'a écrit dans la lettre qui vous présentait à moi. Eh bien, cela vaut quelque chose. C'est peut-être même la seule circonstance dans laquelle le principe que je vous ai exposé tout à l'heure souffre une exception. Le Pacha du Caire est un mahométan. En cela, je le considère comme un ennemi. Mais c'est un ennemi avec lequel nous avons des affaires. Il me craint, à cause de mon pouvoir sur le Nil. J'ai besoin de lui car il doit laisser venir ici, à chaque fois que l'abuna meurt, un nouveau patriarche. C'est la tradition et il nous est plus utile que jamais d'avoir pour chef de notre Église un moine qui ne parle pas notre langue et n'est sorti de son monastère égyptien que pour venir trembler devant moi. Donc, pour la parole que je dois au Pacha du Caire, je peux vous laisser sortir.

— Nous en sommes très reconnaissants à Votre Majesté.

— Laissez-moi cependant vous poser une question, dit le Roi.

Poncet inclina la tête. Il était clair que le souverain n'avait pas choisi la brutalité mais qu'il n'avait pas renoncé à convaincre.

— Pourquoi préférez-vous le service de cet infidèle, de ce chien de Turc, qui ne doit en outre guère se montrer reconnaissant, plutôt que celui d'un prince chrétien qui ne saurait vous refuser aucune faveur ?

— Majesté, dit Poncet, nous ne rentrons pas pour le Pacha du Caire.

— Et pourquoi donc, alors ?

Le jeune médecin pensa : « Nous y sommes. » Il but une gorgée de café et poursuivit :

— Comme vous le savez, nous sommes associés, maître Juremi et moi. Il me suit mais, en réalité, c'est moi qui veux rentrer.

— Eh bien, dit le Roi, c'est donc à vous, Jean-Baptiste, que je pose la question.

— Voilà, Majesté, dit Poncet, j'aime une jeune fille.

Le Roi se mit à rire. C'était une des premières fois qu'ils le voyaient faire cette mimique. Il riait silencieusement, la tête rejetée en arrière. Demetrios attendait respectueusement pour traduire la suite de la conversation.

— Fort bien, dit enfin le souverain. Je suppose qu'elle sera très fière de vivre à ma cour, couverte d'or. À ce qu'on m'a dit, Le Caire est une ville très chaude et les femmes préfèrent nos climats. Faites donc venir votre épouse.

— Ce n'est pas mon épouse, dit Jean-Baptiste.

— Vous l'épouserez ici.

— À vrai dire, Majesté... Nous n'en sommes pas là.

Le Roi reprit son rire singulier.

— Et où en êtes-vous donc ?

— Il faut vous dire, Majesté, que c'est une jeune fille d'une condition bien supérieure à la mienne. Son père occupe une charge importante dans notre État. Nous nous aimons...

Jean-Baptiste sentit une sorte de pincement à l'énoncé de cette phrase comme s'il venait de provoquer le sort. Avec cette superstition des amoureux, il craignait le destin sur ce sujet et sur celui-là seul.

— ... mais il me reste à convaincre sa famille, ce qui ne sera pas facile.

— Dites-lui qu'elle vivra ici auprès d'un grand Roi et que vous serez l'un de ses grands officiers.

— Ah ! Majesté. Ne connaissez-vous pas les hommes ? Ils sont sans imagination et ce qu'ils n'ont pas sous les yeux n'existe pas pour eux. Je le sais bien, moi, qu'une charge auprès de vous vaut en dignité bien des états dont s'enorgueillissent chez nous les fils des plus grandes familles. Mais cela ne sera pas suffisant pour convaincre le père de celle que j'aime.

Il s'arrêta un instant, laissa Demetrios finir sa traduction et, secouant la tête comme quelqu'un qui pense à voix haute et juge une à une les idées qui se pressent à la conscience, Jean-Baptiste dit :

— Je vois bien, Majesté, que vous cherchez à faire tout ce qui pourrait m'aider et je vous en suis très reconnaissant. À vrai dire, il y aurait bien quelque chose...

— Quoi ? Parlez.

— Je n'ose pas vous l'avouer car je sais que mon idée heurte vos convictions les plus fermes.

— Dites toujours. Si je dois refuser, au moins n'aurons-nous pas l'un et l'autre le regret de ne pas avoir tout envisagé.

— Eh bien voilà, dit enfin Jean-Baptiste de façon précipitée, comme un homme qui jette son fardeau à terre d'un coup d'épaule. Le père de ma bien-aimée est diplomate. S'il m'était possible de me hausser jusqu'à la même position, il me reconnaîtrait sinon comme un égal du moins comme quelqu'un du même monde. Un moyen d'y parvenir serait que Votre Majesté recommande à notre roi Louis XIV de me nommer son ambassadeur permanent en Abyssinie. De la sorte, je pourrais revenir ici et faire en même temps valoir, auprès de la jeune fille que j'aime, l'éclat d'une charge, certes bien inférieure à celles que, j'en suis sûr, Votre Majesté pourrait m'offrir à sa cour mais qui aurait au moins le grand mérite d'être comprise de son père.

— Une ambassade ! dit le Roi.

Une lame de courant d'air, passant sous le pan de la tente royale, souleva sur le sol un peu de sable en tourbillon et détourna un instant la conversation.

— Vous savez, reprit le souverain, que nous ne connaissons pas ces usages. Si nous avons quelque chose à dire à un de nos voisins, nous employons des messagers, le plus discrets possible, des marchands, des pèlerins, et même parfois des mendiants. Lorsqu'on nous a envoyé des représentants officiels, comme jadis les Portugais, nous avons été bien mal disposés par leur morgue et nous ne les avons pas laissé repartir.

— Je le sais, dit Poncet.

Le Roi, debout, déambulait autour de la table ; il effleurait au passage la grosse toile rêche de la tente, d'un geste machinal qui trahissait sa perplexité.

— Vous savez aussi que tous ces prêtres, ceux que vous appelez Jésuites et les autres, vêtus comme des Arabes, rôdent autour de nous, et cherchent à se saisir du moindre prétexte pour entrer. Quand j'étais enfant, mon père avait demandé un médecin au Caire comme je l'ai fait avec vous. Deux moines sont arrivés. Il les a reçus aimablement bien qu'avec méfiance et a demandé lequel était médecin. Ils lui ont tranquillement répondu que le médecin n'avait pas pu partir tout de suite et qu'ils l'avaient simplement précédé...

— Que sont-ils devenus ? demanda Jean-Baptiste.

— Dès qu'elle a su que des religieux francs étaient revenus, la foule a commencé à se rassembler ; nos prêtres et nos princes ont mis le Roi en quarantaine, de crainte qu'il ne se convertisse comme c'était arrivé une fois, pour notre malheur. La guerre civile, en un instant, pouvait reprendre. Le Roi, mon père, n'a pas hésité : il a livré les deux étrangers à la foule qui les a lapidés devant le palais. Cela pour dire qu'une ambassade risque de traîner avec elle ces enragés qui cherchent tous les moyens pour entrer et que nous ne voulons pas revoir.

— Justement ! dit Jean-Baptiste, toujours pensif et semblant énoncer à haute voix ses plus immédiates pensées. Confiez une ambassade non à un inconnu mais à une personne qui vous est familière dont vous savez qu'elle n'a pas plus de sympathie que vous pour les prêtres et qu'elle s'engage à ne jamais en amener avec elle ; voilà qui placerait les choses sur un nouveau terrain. Il me paraît, Majesté, que vous avez en réalité fort peu à craindre. Au contraire, la présence d'un envoyé de notre Roi, témoin de la situation de votre

Empire et connaissant les manœuvres des Jésuites, permettrait d'informer sans délai notre souverain de tout nouvel agissement des prêtres. Louis XIV a de l'influence sur le Pape, et pourrait lui demander de modérer l'ardeur de ses congrégations. Beaucoup de choses, voyez-vous, viennent de ce qu'on ne vous connaît pas assez, dans notre pays. La propagande prend facilement racine sur ce terreau d'ignorance. Pardonnez-moi cette franchise, j'ai honte moi-même de ce que je dois dire, mais les Jésuites sont parvenus, par leurs récits, à décrire ce royaume comme une terre de sauvages, ignorante et brutale. Ils ont ensuite beau jeu de prétendre y apporter les lumières de la foi. Si je pouvais témoigner à notre Roi de ce qui est, il comprendrait. Je vous aiderais, l'un et l'autre, à établir des relations d'estime, entre grands souverains chrétiens, l'un d'Occident, l'autre d'Orient. Il me semble que, de cette façon, vous pourriez tarir à sa source le flot de ceux qui veulent troubler l'ordre de votre royaume et se saisir tout à la fois du pouvoir et des âmes.

Au terme de cette tirade, qu'il avait prononcée crescendo, comme porté par une inspiration soudaine et une passion inattendue, Jean-Baptiste garda les yeux fixés sur le Roi. Le souverain, immobile, réfléchit un long instant. Puis il appela la garde. Un jeune homme très maigre et de haute taille parut, une lance à la main, un coutelas ciselé à la ceinture.

— Qu'on aille en ville, dit-il, chercher Murad immédiatement.

CHAPITRE 14

Un homme qui a beaucoup menti, beaucoup volé, renié, trahi, ne peut atteindre le grand âge et finir sa vie en paix que s'il a constamment préservé, au milieu de ces félonies, une fidélité peut-être unique mais constante, indéfectible et protectrice. Tel était Murad. Cet Arménien avait atteint ce nombre improbable d'années dont on n'a l'exemple que parmi les peuples du Caucase qui savent par ailleurs si bien compter et que pourtant l'âge de ces grands vieillards finit par confondre et égarer. Murad n'avait connu que deux époques dans sa longue vie : son enfance, dans un village proche du lac Van, jusqu'à son arrivée, avec son commerçant de père, en Éthiopie. Puis, à partir de sa quinzième année, une immuable constance au service de quatre rois abyssins. Il avait assisté à tout : les missions des Jésuites, leur expulsion, l'anarchie, la reprise en main par Basilides puis l'œuvre de son fils et de son petit-fils, Yesu Ier. Sa connaissance des langues, son habileté diplomatique, sa promptitude à juger les hommes en avaient fait l'émissaire privilégié des négus, en particulier vers l'Inde et les Hollandais de Bali. Il avait eu la gloire de revenir de cette mission en apportant une énorme cloche de bronze que lui avaient offerte en hommage les Bataves.

Jean-Baptiste avait rencontré Murad à plusieurs reprises, depuis qu'ils étaient à Gondar. Il avait eu d'abord l'occasion de lui prescrire un traitement pour une maladie dont son grand âge aurait dû le préserver mais que sa vigueur sexuelle intacte lui avait fait contracter selon ses dires « pour la vingt-quatrième fois ». L'effet des remèdes de Poncet avait été favorable et le vieillard s'apprêtait à se diriger vers sa vingt-cinquième avarie lorsqu'une nuit, tandis qu'il était dans la compagnie d'une jeune houri, une attaque lui avait ôté l'usage de la moitié du corps. Grâce aux soins de Jean-Baptiste, la vie était peu à peu revenue vers le côté meurtri mais Murad gardait une main maladroite et la lèvre tombante. Son esprit était intact et Poncet fut soulagé de savoir que le Roi allait s'en remettre au jugement d'un homme qui avait toujours montré à l'endroit de son jeune médecin les meilleures dispositions.

Le vieillard parut au bout d'une heure. Il avait l'air fort mécontent de celui qu'on a réveillé dans son premier sommeil. Jean-Baptiste savait que Murad dormait peu et fort mal ; il eut l'intuition que cette mimique de mécontentement n'était qu'une feinte. Elle cachait la satisfaction que le vieil homme avait d'être encore consulté, tout en lui permettant, en marchand avisé, de fixer très haut le prix apparent de son effort et donc la rétribution attendue de ce sacrifice.

Le Roi lui exposa toute l'affaire de l'ambassade de Jean-Baptiste sans toutefois faire mention de sa part amoureuse. Il interrogea Murad sur l'opportunité d'une telle entreprise et sur les moyens de la réaliser.

Le vieillard écouta, assis sur une sorte de chaise curule incrustée de nacre, qui faisait partie du mobilier de chasse du souverain. Il s'y tenait de biais, appuyé sur un coude, les yeux mi-clos. Jean-Baptiste sentait que, derrière ses paupières fermées, l'œil du vieil homme blanchi par une taie mais resté perçant, allait de l'un à l'autre et l'observait tout particulièrement. Le jeune homme prit une expression ardente, sans chercher à dissimuler le désir qu'il avait de ce qu'exposait le Négus. Après avoir laissé infuser pendant un temps convenable les paroles royales, Murad dit, d'une voix que la maladie avait un peu cassée :

— Majesté, voilà une excellente idée. Mais, comme le disait Hérodote, la lyre peut être, selon l'usage que l'on en fait, un instrument de musique ou un arc, c'est-à-dire une arme. De même votre démarche peut-elle aboutir à des résultats bien différents selon la manière dont elle est menée.

C'est ainsi que Murad parlait toujours. Il ne donnait jamais un avis sans s'abriter derrière la sentence véridique ou inventée d'un philosophe grec, comme un guerrier se dissimule derrière son bouclier pour approcher au plus près celui qu'il veut frapper. Le Roi attendait la suite.

— D'abord, dit Murad avec une expression de profond abattement, il ne vous faut rien écrire, Majesté. La route est trop longue d'ici jusqu'aux capitales d'Occident pour qu'il n'y ait pas un grand risque que votre lettre tombe entre les mains de gens qui en feraient mauvais usage. Ce peut être ici : imaginez le parti que tireraient les prêtres de la découverte d'une demande d'ambassade. Ce peut être en route : les Turcs seraient alertés de vos intentions et le sieur Poncet démasqué comme votre créature. Ce peut être enfin là-bas. Vous connaissez les Jésuites, leur habileté juridique, leur esprit retors et perfide. Un mot, qui vous paraîtra anodin, les autorisera à croire que vous appelez leur venue, que vous faites allégeance à Rome, que sais-je encore ? Donc : ne rien écrire.

— Comment faire, alors ? dit le Roi qui avait écouté ces paroles debout, les mains derrière le dos.

— Comme eut fait votre père et votre grand-père. Comme vous l'avez souvent fait vous-même.

— En plaçant un messager auprès du sieur Poncet, dit le souverain. Oui, j'y ai bien pensé, mais qui ? Vous, Murad ?

— La question de Votre Majesté est de pure forme mais elle me flatte et je l'en remercie. Non, vous savez que la mort m'a récemment frappé à demi. Je suis si résigné à me soumettre à elle que j'ai baissé la tête et qu'elle m'a manqué. Mais je m'attends à recevoir d'ici peu un nouveau coup. J'espère que ce sera le dernier.

— Alors qui ? reprit le Roi. Hadji Ali n'a de vertu qu'avec les mahométans. Il serait incapable d'une telle mission.

Poncet fut soulagé d'apprendre qu'ils ne repartiraient pas avec leur tortionnaire. Il regarda maître Juremi. Celui-ci, du fond de la tente où il se tenait silencieux, l'appela d'un signe.

— Maillet voulait de jeunes nobles abyssins, te rappelles-tu ? dit le protestant à voix basse.

— Il n'y a pas la moindre chance. Je vais demander quand même.

Jean-Baptiste revint vers le souverain et prit la parole :

— Que diriez-vous, Majesté, de quelques fils de vos bonnes familles ? Ils pourraient en même temps tirer un grand profit du voyage, poursuivre des études en France, apprendre notre langue et enseigner la vôtre…

— Êtes-vous devenu fou ? dit Yesu. Aucun Abyssin chrétien ne peut sortir d'ici sans être massacré par nos voisins musulmans. Et n'oubliez pas que cette affaire doit rester secrète.

Poncet se rangea volontiers à ces raisons : au moins pourrait-il dire loyalement qu'il avait essayé…

La réflexion silencieuse reprit.

— Demetrios ? dit tout à coup le Roi en regardant le traducteur.

— Non, non, il vous est trop utile ici, coupa Murad.

À la très légère précipitation qu'il avait mise dans cette réponse alors qu'il affectait toujours un air détaché et las, Poncet comprit que le vieillard avait un candidat et qu'il dirigeait lentement l'Empereur vers son nom.

Murad le laissa évoquer deux ou trois autres personnages, qui furent éliminés. Enfin, au bout d'un silence étudié, l'Arménien dit avec une feinte hésitation :

— Il y aurait bien notre neveu…

251

— De quel neveu s'agit-il ? Je sais que votre sœur a plusieurs enfants mais je ne lui connais que des filles.

— Elle a aussi un fils. Il s'appelle comme moi : Murad. Oui, je sais, ce n'est pas très commode. Appelons-le Murad le Jeune, si vous voulez, bien qu'il ait maintenant presque quarante ans. Il a été élevé à Alep. Vous savez peut-être, Majesté, que mon beau-frère a longtemps fait le commerce dans cette région. Sa femme, ma sœur, est revenue ici il y a quinze ans. Je crois qu'elle ne s'entendait guère avec son mari. Quoi qu'il en soit, le père a gardé le fils, comme il est d'usage chez nous. Hélas ! ce n'était pas pour en faire grand-chose, malgré les excellentes qualités de ce garçon. Figurez-vous, Majesté, qu'il est devenu... cuisinier.

— Et c'est cet homme, Murad, que vous voulez envoyer voir un grand Roi ?

— Votre Majesté sait bien que les meilleurs émissaires sont les plus modestes car ils passent inaperçus. Seule compte, en vérité, leur agilité d'esprit et sachez, à ce propos, que mon neveu en a de reste. Ce n'était pas, d'ailleurs, un cuisinier ordinaire : il travaillait au service d'un gros négociant chrétien. Il a appris des langues, dont, je crois, des rudiments de français. Quand il est revenu ici l'an dernier, j'ai moi-même été surpris de le voir si bien débrouillé. Je ne vous en dis pas plus, Majesté, vous le verrez vous-même. Il y a deux jours qu'il est parti pêcher au lac Tsana. Que voulez-vous, c'est sa passion et il cuisine si bien le poisson... Je vais l'envoyer chercher et je vous l'amènerai demain.

— Soit, dit Yesu sans enthousiasme, je le recevrai.

Il voyait bien que son vieux messager essayait de placer pour cette mission qu'il jugeait fructueuse un membre de sa famille. C'était la règle : ses conseillers, le Roi le savait, ne faisaient rien pour lui qui ne leur profitât à eux-mêmes. Mais, d'autre part, ils étaient trop bien traités pour léser si peu que ce fût les intérêts du Roi en s'employant à servir les leurs. Chaque affaire était en quelque sorte une barque lestée des deux côtés par les profits bien compris du commanditaire et de l'exécutant et qui, ainsi équilibrée, était insubmersible.

— L'envoyé est un problème, reprit Murad. Nous sommes en passe de l'avoir réglé. Mais Votre Majesté a-t-elle arrêté les termes du message dont elle veut le charger ?

— Certainement, dit le Roi, qui retrouvait son assurance car il n'avait besoin, en cette matière, que de l'approbation du vieillard mais pas de ses conseils. Il transmettra au Roi de France mon salut non point comme un sujet ou un vassal mais comme un roi peut en bénir un autre, d'égal à égal. D'après ce que je sais de ce Louis, il est puissant : je lui souhaite de conserver son pouvoir et d'étendre son empire sur les hommes. Je lui souhaite aussi la santé car il est déjà vieux, semble-t-il. Je lui souhaite enfin de fastes amours. À l'énoncé de tous ces souhaits, le messager fera bien ressortir la parité de nos conditions. Il dira qu'il est l'envoyé du descendant de Salomon par son fils Menelik né de la Reine de Saba, Roi des Rois d'Abyssinie, Empereur de Haute-Éthiopie et de grands royaumes, seigneuries et pays, roi du Choa, de Cafate, de Fatiguar, d'Angote, etc., tous titres et honneurs dont je m'assurerai moi-même que l'émissaire connaît la liste complète avant de le laisser partir. Ensuite, il lui dira que nous ne voulons plus qu'aucun religieux envoyé par Rome ne vienne troubler notre paix. Il lui fera comprendre que nous n'y étions pas hostiles par principe, que nous avons même fort bien reçu les premiers d'entre eux, mais qu'ils ont abusé de notre hospitalité et de notre confiance. Qu'il nous envoie, s'il le veut, des artisans et des ouvriers qui sont chez lui très habiles et qui embelliront notre capitale comme jadis le peintre Brancaleone a embelli nos églises, pour la plus grande gloire des négus d'alors. Enfin, il lui dira que je juge agréable que son loyal sujet, le sieur Jean-Baptiste, fils de Poncet, soit placé auprès de moi comme son ambassadeur afin qu'il puisse l'informer de ce qui se passe dans mon pays, tout comme il me tiendra informé des événements qui affectent le sien. Voilà mon message. Ce n'est pas celui d'un solliciteur mais d'un souverain qui vient saluer son frère et son égal. Il n'y sera point question de religion car il est entendu que nous croyons tous deux en Christ mais que cette foi doit nous unir et non nous diviser. Je n'entends d'ailleurs rien aux querelles de doctrine en cette matière et je tiens pour assuré que ce n'est pas là l'affaire des rois.

— Et qu'offrirez-vous comme cadeaux ? dit Murad.

— Des cadeaux ? Est-ce utile dans une telle circonstance ?

— Majesté, vous dites vous-même que vous voulez parler en égal. Que fait un prince quand il en salue un autre sur ses terres ? Il lui offre des présents qui sont le meilleur moyen de montrer sa magnificence et de prouver qu'il n'attend rien.

— Tu as raison, Murad, dit le Roi. Prépare donc des offrandes conformes à ce qui se ferait pour des princes de notre monde. Quant à cet Occident que nous ne connaissons pas, c'est à vous, Poncet, de nous dire ce qui y serait apprécié.

Ils se séparèrent sur ces mots. Murad regagna son lit en gémissant pour cacher la satisfaction qu'il ressentait d'avoir conclu une bonne affaire.

Le surlendemain parut Murad le Jeune. Il eut un entretien secret avec le Roi en la seule présence de son oncle. Il vint ensuite se présenter à Poncet et à maître Juremi. C'était un gros garçon pansu, excessivement rouge sur les joues comme s'il avait gardé la trace de violents soufflets. Il était vêtu d'une façon qui rappelait les Kurdes et les Persans : sa tunique longue couvrait un pantalon bouffant dont on ne voyait que les chevilles, étroites. Une large ceinture de tissu était enroulée haut autour de sa taille. Un turban jaune, en soie, couvrait son crâne rasé. Toutes ces étoffes étaient maculées de taches de graisse. Le personnage n'était point malpropre mais sa goinfrerie et la précipitation avec laquelle il saisissait la nourriture sans pouvoir éviter d'en répandre sur tout son vêtement renouvelaient les souillures aussi vite qu'il changeait d'habit. Murad le Jeune était incapable de faire survivre les soins qu'il donnait à sa personne à l'épreuve formidable qu'était pour lui un repas. Il ne souffrait aucun délai pour satisfaire sa faim, pas même celui de mettre une serviette. Ce défaut d'apparence disposait mal envers lui. Pourtant, il avait un visage avenant et la lointaine harmonie de ses traits d'enfant s'était conservée presque intacte dans sa gangue adipeuse. La plénitude de ses chairs n'avait pas laissé de place aux rides et, sur ces rondeurs potelées, la barbe elle-même, qu'il prétendait pourtant laisser longue, n'avait poussé que sous la forme de deux touffes débiles de chaque côté de la fossette du menton. Les Francs lui reconnurent d'entrée un grand mérite : avec un tel physique, Murad le Jeune passerait inaperçu partout. Il parlait sinon le français du moins l'inimitable *lingua franca* des marchands du Levant. On pouvait certainement rêver mieux comme ambassadeur mais ce serait à tout le moins un honnête compagnon de route, discret et bon cuisinier.

De toute façon, Jean-Baptiste n'avait qu'une idée en tête : partir au plus vite. Ils avaient surmonté les plus grands obstacles. Les difficultés du retour ne le préoccupaient guère. Il était déjà au Caire et la pensée d'Alix ne le quittait plus. Son souvenir, dans un retrait étanche de son esprit, était resté intact. Il s'était gardé d'y penser trop souvent pendant son voyage tant il craignait de se désespérer en évoquant cette absence. Désormais, au contraire, l'image était là, bien visible, aussi proche que le moment où il allait la revoir, où il lui annoncerait la grande nouvelle de son ambassade. Jean-Baptiste rêvait à tout cela, pendant qu'il préparait son retour. Ces difficultés, ces incertitudes, ces milliers de choses à faire, de gestes à accomplir, avaient un grand mérite : pas un instant il ne douta qu'elle l'attendait avec la même impatience. Ce premier temps de l'amour est ainsi fait que tout ce qui le retarde l'alimente ; tout ce qui le contrarie le réconforte. On ne pouvait concevoir de circonstances plus contraires que cette séparation au lendemain même de la rencontre et donc, par paradoxe, rien n'était plus propice à fortifier le sentiment et à éloigner l'incertitude.

Stimulés par cette idée du retour, Jean-Baptiste et maître Juremi firent si bien qu'au moment où l'Empereur fut sur le point de partir en campagne, ils avaient achevé leurs préparatifs et réuni les éléments de leur caravane. Outre eux-mêmes et Murad le Jeune, pourvu par le Roi de nombreuses tenues de rechange, dont plusieurs d'apparat, qui occupaient deux malles, on comptait dix esclaves abyssins, capturés dans les provinces du Sud, six hommes et quatre femmes, tous très noirs de peau, à demi nus, la chevelure tressée autour de coquillages et de perles de bois. Murad le Jeune avait été muni par son oncle d'une lettre très succincte, signée de l'Empereur et portant ses sceaux mais qui n'était destinée à personne en particulier et qui témoignait seulement que l'Arménien était un envoyé officiel du Négus sans préciser ni sa destination ni sa mission. Il avait consciencieusement appris par cœur le message qu'il devait transmettre au Roi de France. Les esclaves avaient pour emploi de servir les voyageurs avant d'être finalement remis en cadeau à Louis, fils de XIV, comme Murad s'obstinait à dire. Il s'y ajoutait d'autres présents : cinq chevaux et deux jeunes éléphants, qui marchaient entravés et reliés l'un à l'autre par une lourde chaîne. Trois malles contenaient de la civette, du tabac et de la poudre d'or.

Il fallut deux chevaux pour emporter tout ce que les médecins français avaient accumulé pendant leur séjour, or, bijoux, peaux, défenses d'éléphant et autres présents que leurs patients — au premier rang desquels l'Empereur — les avaient priés d'accepter. Ils y ajoutèrent, sur un petit âne, un double sac de cuir aussi volumineux que léger, rempli de plantes séchées, de racines et de semences qu'ils avaient collectées pendant leur séjour.

Ils laissèrent à Demetrios des fioles de produits et les indications pour soigner le Roi, qui était à ce moment tout à fait guéri, dans le cas, hélas probable ! où la maladie viendrait à réapparaître.

Trois jours complets furent nécessaires pour prendre congé de ceux qu'ils connaissaient désormais dans la ville. Jean-Baptiste, maintenant tout occupé de sa bien-aimée, découragea le plus courtoisement qu'il put les offres charnelles qui abondaient pendant ces dernières soirées. Maître Juremi s'employa pour deux.

Le dernier jour arriva enfin. On était au terme de la saison chaude et les nuits se chargeaient de lourds nuages. Les voyageurs eurent avec le Roi une ultime conversation, en haut du palais, dans la pièce même où il les avait d'abord reçus. Le souverain était ému aux larmes et les embrassa l'un après l'autre comme des frères. Il dit qu'il demanderait chaque jour à Dieu de les protéger et de les ramener vite auprès de lui.

— Tenez, dit-il en leur présentant une chaîne en or à laquelle était suspendu un médaillon du même métal, large comme la moitié d'une main et frappé à l'effigie du lion de Juda. Je sais que vous n'y croyez guère, mais il y a là-dedans un peu plus que de la matière.

Le Roi mit lui-même cette chaîne autour du cou de Jean-Baptiste, lui donna l'accolade, fit de même auprès de maître Juremi, puis disparut promptement.

Le même jour, ils le virent de nouveau, mais de loin, en audience officielle, car, à l'égard des prêtres et des princes, ils n'étaient pas supposés, bien que sans doute tout le monde le sût, avoir eu des entretiens privés avec le Roi.

On les amena dans la cour du palais, où avait été installé le trône. Les quatre lions, à quelques pas du souverain, grognaient dans leur cage. L'Empereur était, comme toujours, immobile, et ne parlait que par le truchement de sa « bouche » officielle. Poncet et maître Juremi se prosternèrent de tout leur long. Les dalles rugueuses sur lesquelles reposaient leurs visages avaient un goût presque familier, bien différent de la froideur austère qu'ils avaient sentie en arrivant. Cette terre, ou plutôt cette pierre, ce qui, dans ce pays de basalte à fleur de ciel, revenait au même, était quelque peu la leur désormais. Comme l'audience durait et que les prêtres jugeaient bon de les tenir longtemps prosternés, ils virent chacun, en se relevant, que l'autre avait, à peine mais perceptiblement, mouillé le sol de ses larmes.

Un détachement de trente guerriers à cheval les accompagna pour sortir de la ville et resta avec eux jusqu'à Axum, à cinq journées de marche. Ils rejoignirent là Murad le Jeune avec le reste de la caravane, notamment les éléphants. Jusqu'aux confins de l'Empire, ils gardèrent une simple escorte de sept hommes. Puis ils piquèrent vers la côte.

III

LA LETTRE DE CRÉANCE

CHAPITRE 1

La diplomatie est un art qui requiert une si constante dignité, tant de majesté dans le maintien, tant de calme, qu'elle est fort peu compatible avec la précipitation, l'effort, bref avec le travail. M. de Maillet, en diplomate avisé, ne remplissait jamais si bien son rôle que dans ces moments où, n'ayant positivement rien à faire, il pouvait s'y consacrer tout entier. Ce rien, il parvenait alors à l'élever à la dignité d'une grâce d'État, nimbée comme il se doit de secret et parfumée de mépris à l'endroit de tous ceux qui auraient eu l'audace de lui demander des comptes sur l'emploi de son temps. Depuis le départ de la mission d'Abyssinie et après les fâcheux désagréments que lui avaient causés les intrigues ecclésiastiques, le consul avait enfin repris le cours ordinaire du service de l'État : il lisait les gazettes, qui lui parvenaient avec retard, tenait un compte précis des avancements et mutations dans la carrière et cherchait à définir la direction dans laquelle il pourrait orienter sa légitime ambition. Enfin il rendait, selon un ordre prévu de longue date, des visites à un nombre considérable de personnages turcs et arabes à qui il n'avait rien à dire, dont il ne consentait à rien entendre et auprès desquels la conversation atteignait souvent la finesse, le ciselé des bas-reliefs orientaux chargés de mille chantournements, qui attirent l'œil et le charment sans lui laisser cependant distinguer aucune forme particulière, aucun signe, rien.

Cette harmonie fut brutalement rompue aux premiers jours de mai, en cette année 1700, soit huit mois après le départ de Poncet et de Hadji Ali. Tout se passa en deux courtes semaines. D'abord arriva le courrier d'Alexandrie qui contenait une lettre du comte de Pontchartrain. Le consul s'enferma pour la lire. Après des formules de salutation et quelques notations de peu d'intérêt, le ministre en venait à l'Éthiopie. M. de Maillet eut la surprise de déchiffrer les lignes suivantes :

« Quant à l'affaire de vos émissaires en Abyssinie, je crains que messieurs les Jésuites, qui vous ont rapporté les intentions du Roi, ne les aient quelque peu mêlées des leurs, qui ne sont pas tout à fait les mêmes. Sa Majesté a, certes, exprimé devant moi son plaisir de voir l'Abyssinie rentrer dans le giron de notre Sainte Mère l'Église, par l'effort méritoire des serviteurs de la Compagnie de Jésus. Il n'a pas pour autant souhaité de voir arriver à Versailles une représentation du Roi des Abyssins. Pour m'en être entretenu aujourd'hui encore avec Sa Majesté, je puis vous affirmer qu'elle ne verrait aucun agrément à recevoir de tels envoyés, attendu qu'une ambassade abyssine ne pourrait qu'irriter gravement le Grand Seigneur des Turcs, avec lequel il est plus que jamais nécessaire, au vu des affaires de l'Europe, de préserver la meilleure intelligence. Vous ne paraissez guère confiant, dans vos lettres, dans la chance de votre mission de revenir saine et sauve. Si pourtant elle rentrait au Caire et s'il advenait qu'elle fût accompagnée d'envoyés du Roi d'Éthiopie, je vous fais la recommandation la plus expresse de ne pas faire poursuivre le voyage de ces plénipotentiaires jusqu'à Versailles, de les garder d'abord par-devers vous, de recevoir leur hommage, enfin de les renvoyer à leur maître avec force louanges, et rien d'autre. »

Ces instructions nouvelles laissaient présager de grands embarras. M. de Maillet prit une mine sombre au repas et ne cessa, les jours suivants, de tenir des conciliabules avec M. Macé, qu'il avait, pour la circonstance, sorti du réduit où il végétait. La semaine suivante apporta un nouveau coup de théâtre. Un cavalier arabe arriva dans la colonie au grand galop, sa cape rouge au vent. Il sauta à terre devant le consulat et déclara qu'il avait une missive pour le représentant de France. Celui-ci la prit des mains mêmes du messager, comme il avait été stipulé sur l'enveloppe. En interrogeant l'homme, le consul apprit que le courrier était venu en trois étapes de Djedda, dans l'Arabie Heureuse. Le paiement devait se faire à réception. M. de Maillet laissa son secrétaire marchander la course.

Cette nouvelle lettre précipita le diplomate dans une agitation plus grande encore que la première. Toute la vie de la maison en fut bouleversée. La belle mécanique qu'était l'esprit du consul, si habile à moudre finement l'oisiveté, grinçait sous l'effet des grains de perturbation qu'on venait d'y jeter à poignées. Mme de Maillet s'en émut, craignant que son mari ne risquât de nouveau sa santé.

Mais la plus inquiète était certainement Alix, altérée de nouvelles et que ces longs mois avaient transportée dans toutes les contrées de l'émotion : l'espoir, l'inquiétude, le pessimisme et les noirs pressentiments. Elle touchait maintenant aux rivages de la résignation.

L'arrivée des deux courriers la mit au comble de l'impatience et de la curiosité. Mais M. de Maillet avait cette fois pris la résolution de ne pas publier auprès de sa famille les motifs de sa préoccupation. Il gardait un souvenir tenace et désagréable du désordre domestique auquel avait abouti sa trop grande confiance au moment du départ de la mission pour l'Abyssinie. Le consul se contenta donc de grogner qu'il y avait des complications et se referma comme une huître à la première question de son entourage.

Malgré leurs efforts, ni Alix ni Françoise ne purent en savoir plus, même en écoutant aux portes. Elles étaient réduites aux hypothèses. Celle que formait naturellement l'esprit amoureux et inquiet d'Alix était que quelque chose de grave était arrivé à la mission de Jean-Baptiste. Elle désespérait de rien apprendre quand Françoise eut finalement une idée.

— Puisque le consul ne se confie pas, la seule solution, suggéra-t-elle, est d'opérer nous-mêmes une perquisition.

— Entrer dans son bureau, dit Alix, mais c'est impossible !

Si hardie qu'elle fût devenue sous l'influence de Françoise, la jeune fille restait effrayée à l'idée d'une telle transgression.

— Ce n'est pas si difficile ! répondit Françoise. La nuit, il laisse tous ses papiers étalés sur son secrétaire et la porte reste ouverte. Le petit Nubien qui ferme les volets me l'a dit.

— Vous oubliez que le garde dort dans le vestibule et qu'on ne peut pénétrer que par là.

— Savez-vous, dit finement Françoise, que maître Juremi craignait que le breuvage administré au Père Gaboriau, les premiers temps que vous veniez chez eux, ne suffise pas à l'assoupir tout à fait ?

— Eh bien ?

— Il m'avait laissé une autre fiole, dont quelques gouttes, ajoutées à n'importe quel liquide, devaient plonger le brave homme dans un sommeil si irrésistible et si profond qu'il n'aurait plus été nécessaire de parler même à voix basse près de lui. Le bon prêtre n'a pas eu besoin de cela. Mais j'ai toujours la fiole.

Le lendemain matin, il fallut réveiller le factionnaire en lui versant un broc d'eau froide dans le col. M. de Maillet maudit l'ivrognerie de ce personnel d'Orient. Mais il ne s'aperçut de rien d'autre.

Pourtant à onze heures, la veille au soir, s'étant assurée du sommeil du garde, Alix pénétrait dans le bureau de son père tandis que Françoise en surveillait la porte. La jeune fille, effrayée de ce qu'elle allait faire, n'en montra pas moins un sang-froid remarquable dès lors qu'elle eut franchi le seuil du cabinet. Sur le cuir rouge du secrétaire, elle reconnut d'abord la lettre du comte de Pontchartrain. Les sceaux de cire, les armoiries du ministre profondément gravés dans l'épais papier à filigrane la désignaient entre toutes. Alix s'en saisit avec précaution, tâchant d'inscrire dans sa mémoire la position qu'occupait la feuille avant qu'elle la retirât. Elle la mit de côté et se dispensa de la déchiffrer car il lui semblait que l'essentiel devait être ailleurs. En effet, au-dessous, elle en découvrit une autre, plus petite.

Si la première lettre se distinguait du reste de la correspondance par sa majesté, l'autre tranchait par son aspect misérable, son papier froissé, maculé par les pluies et souillé par la manipulation de doigts malpropres. Alix la retira précautionneusement. Elle était envoyée de Djedda. C'était l'écriture de Jean-Baptiste. Alix la porta d'abord sur son cœur. Elle resta un moment ainsi, sans oser la lire. La longue attente avait rendu la jeune fille si sensible qu'elle éprouva, en serrant ce morceau de papier que Jean-Baptiste avait tenu, la même émotion que si elle avait posé sa main sur la sienne. Elle entreprit enfin la lecture. C'était un court billet, écrit sans confort et avec une pointe de bambou qui épatait les lettres. Les lignes remontaient vers la droite.

« Excellence,
Je suis de retour vers Le Caire. La mission en Abyssinie est un plein succès avec le regret cependant que le Père de Brèvedent soit mort avant notre arrivée à la capitale de l'Éthiopie. J'amène avec moi un ambassadeur du Négus. Il traverse en ce moment la mer Rouge car il a été retenu plus longtemps à Massaouah. Le Roi des Rois nous a chargés de

présents pour notre souverain. Nous apportons dix esclaves abyssins, des chevaux, deux jeunes éléphants et bien d'autres choses encore. Il nous reste à remonter vers Port-Saïd dès que nous serons rassemblés et que nous trouverons un navire pour nous y conduire. Si tout est favorable, nous arriverons au Caire dans un mois. Je prie Son Excellence... »

— Dans un mois ! s'écria Alix.

Elle regarda la date, griffonnée en haut de la lettre et calcula rapidement : elle avait été écrite exactement vingt-neuf jours plus tôt.

Elle replaça la lettre de Jean-Baptiste et, par-dessus, celle du ministre, qu'elle n'avait plus besoin de lire puisqu'elle avait appris ce qu'elle voulait savoir.

CHAPITRE 2

Du tertre où Jean-Baptiste et ses compagnons avaient établi leur campement, ils pouvaient voir toute la ville de Suez. Ce n'était guère qu'un bourg de maisons arabes dominé par quelques bâtiments ottomans et la masse ocre de la douane avec son toit de tuiles romaines. De longs palmiers à deux troncs hissaient leurs étendards verts et effrangés qui vibraient au vent du golfe. Les voiles triangulaires des navires de commerce écorchaient comme d'un coup d'ongle le doigt bleu de la mer qui s'enfonçait dans les replis du désert. Les voyageurs s'étaient engagés sur la côte plate de l'Égypte, laissant derrière eux les escarpements du Sinaï.

Suez est le lieu mélancolique où finit le rêve des eaux. L'élan pathétique et visible de l'océan Indien se brise là, tout au bout du bras tendu de la mer Rouge car la Méditerranée, raide et immobile, ne fait pas un mouvement pour répondre à son appel. D'innombrables caravanes, dont on voit partout la silhouette ou les traces, tendent leurs fils à travers la langue de sable qui sépare ces masses d'eau comme pour les arrimer malgré tout l'une à l'autre.

La fin de la saison des pluies rassemblait sans hâte les derniers grains noirs qui jetaient sur la terre une ombre épaisse et fraîche. La petite troupe contemplait ce spectacle assise autour du feu de branches sèches que les esclaves avaient préparé en glanant des fagots très loin à la ronde. Le jour baissait rapidement, rendant encore plus somptueux le mariage des couleurs et le jeu des ombres qui creusaient les reliefs et accentuaient les contrastes. Les voyageurs étaient loin de pouvoir se comparer à cette magnificence. À vrai dire, ils osaient à peine se regarder. Le seul à ne pas paraître souffrir de se voir dans cet état était Murad, dont l'exclusive préoccupation, à cette heure-là, était la qualité de la soupe. Il ne cessait de soulever le couvercle de la marmite qui cuisait sur le feu pour juger de la couleur du ragoût.

Car du fier cortège du départ il ne restait pas grand-chose. Les chevaux de Murad avaient crevé, dès leur descente du plateau, piqués par des insectes auxquels ils n'étaient pas accoutumés. L'Arménien avait dû trouver d'autres montures en renvoyant un messager à l'Empereur. Cinq nouveaux chevaux lui étaient parvenus, qui étaient morts aussitôt, ce qui était fort suspect aux yeux des deux Francs, dont les montures, elles, n'avaient jamais souffert de rien. Poncet, irrité par ce retard, avait pris de l'avance, en compagnie de maître Juremi, mettant tout de suite le cap vers Djedda pour prévenir le consul. Finalement, après avoir sacrifié beaucoup de ce qui encombrait les caisses — Poncet le soupçonnait d'ailleurs d'avoir vendu tout cela à bon prix à Massaouah —, Murad avait chargé le reste sur les ânes et les deux mules. C'est dans ce fier équipage qu'il était encore. Les éléphants n'avaient pas survécu plus longtemps. L'un d'eux était mort de chaleur sur la côte. L'autre, qui paraissait plus solide, avait été chargé sur un petit boutre marchand, qu'il occupait à lui tout seul. Dix hommes l'avaient tiré sur l'embarcation avec des chaînes. Murad était fier de voir la bête flotter ainsi au-dessus de l'eau. Il s'embarqua avec le reste du convoi dans un autre bateau qui devait faire voile de conserve avec le pachyderme. Que se passa-t-il alors dans la tête de l'animal ? Nul ne le sait. Mais à peine les bateaux démarrés, se voyant entouré d'eau, le jeune éléphant fut saisi de panique, agita les oreilles, barrit horriblement. L'équipage ne put l'empêcher de rompre deux de ses entraves et de piétiner si fort qu'il fit chavirer la barque. La mer engloutit le mastodonte et le bateau, auquel il était encore attaché par deux chaînes. Cinq marins disparurent dans ce naufrage.

Murad arriva donc sans éléphant. Il transportait seulement, dans une caisse en bois bien clouée, les oreilles de celui qui était mort à terre et qu'il avait eu l'idée de faire couper. C'étaient de fort belles et grandes oreilles comme en arborent les éléphants d'Afrique. Jean-Baptiste loua la présence d'esprit de l'Arménien qui, par ce moyen, avait gardé une trace, que l'on pourrait montrer aux incrédules, des magnifiques cadeaux de l'Empereur. Murad accepta ces compliments avec d'autant plus de modestie que, dans son esprit, le transport des oreilles procédait d'une tout autre idée. Il avait entendu dire que cette partie de l'éléphant, une fois séchée, est une viande sans égale quand on l'assaisonne convenablement.

Le sort des esclaves n'avait guère été plus favorable. Le Nayb de Massaouah, prince indigène régnant sur son bout d'île en vertu d'un firman du Grand Turc, voulait bien faire plaisir au Négus, qui lui enjoignait de ne pas inquiéter les voyageurs. Il dépendait trop de ce puissant voisin pour le mécontenter. Mais rien dans le message du Roi des Rois ne faisait allusion aux esclaves. Le Nayb garda donc pour son usage les quatre femmes, qu'il jugeait à son goût. Un des hommes qui restaient à Murad périt sur la barque de l'éléphant. Quatre parvinrent à Djedda. Le chérif de La Mecque, dont l'Arménien avait vendu les cadeaux à Massaouah, sous prétexte d'alléger ses montures, s'estima trop peu honoré de la civette et des deux sacs de poudre d'or que lui remirent les voyageurs. Il considéra avec appétit les deux esclaves abyssins les mieux bâtis et déclara en faire sa propriété. Poncet batailla et obtint que le chérif n'en gardât qu'un. C'est donc en compagnie de trois rescapés, un adulte affecté d'un pied-

269

bot et deux enfants de quatorze et onze ans environ, qu'ils dînaient, ce soir-là, sur les hauteurs de Suez.

Quant aux Francs, ils n'embellissaient guère ce tableau. Certes, ils avaient gardé leurs chevaux et la plupart de leurs bagages mais Poncet avait été sérieusement malade en Arabie et pendant toute la remontée de la mer Rouge. Précédemment, à Massaouah, c'est maître Juremi qui avait été indisposé. Ils sortaient de cette année de voyage hâves, amaigris, anémiés par les fièvres et souffrant de plaies aux jambes qu'ils avaient contractées sur le bateau, que le sel de la mer avait gonflées et que le sable, maintenant, achevait d'irriter. Le seul atout susceptible de donner à leur retour une dignité qui faisait pour l'instant défaut était les culottes neuves, les chemises de coton à col de dentelle et les jaquettes rouges qu'ils avaient réussi à se procurer à Djedda. Des corsaires, qui en avaient fait leur butin lors d'un récent abordage, avaient consenti à les leur échanger contre une excessive quantité d'or. Ces atours étaient soigneusement pliés dans un sac de cuir. Il fallait maintenant convenir de leur emploi et plus généralement d'une mise en scène pour l'arrivée.

— Nous sommes à trois journées du Caire, dit Jean-Baptiste. Nous en passerons deux ensemble. Au dernier campement, Juremi, tu laisses ton cheval, tu prends une mule et tu nous quittes. Tu piques ensuite vers le nord. En deux étapes, tu rejoins le Nil à Benha et, le lendemain, tu entres dans Le Caire par la route d'Alexandrie, d'où tu es censé revenir.

C'était un retour sans gloire pour celui qui avait partagé toutes les peines du voyage. Mais Poncet savait que maître Juremi, en le rejoignant, avait accepté d'avance ce rôle humble auquel l'ancien soldat était accoutumé.

— Nous, nous restons ensemble ? demanda Murad à Jean-Baptiste avec une certaine inquiétude.

— Pendant deux jours seulement. Ensuite, à l'endroit où Juremi nous quitte, tu attendras. Moi, je partirai devant.

— Comment ? s'écria Murad. Rester seul ! En plein désert.

— Tu ne seras pas seul, il y a les esclaves, bougonna maître Juremi.

— Belle consolation. Les as-tu vus ?

— Nous nous arrêterons dans un endroit sûr, près d'une étape de caravane, dit Poncet avec humeur. Et je paierai quelqu'un pour te protéger.

— Donc, tu vas le premier... dit Murad sans conviction.

— Je vais prévenir de ton arrivée. Le lendemain, au milieu de l'après-midi, tu parais, le plus noblement que tu peux. Un des esclaves, le plus vieux — tiens, il faudra lui envelopper les pieds avec deux bandes de feutre pour qu'on ne voie pas trop qu'il est bancal — te suivra sur l'autre mule. Les deux enfants viendront derrière avec les ânes.

Murad acquiesça de la tête.

— Combien de tenues propres reste-t-il dans tes malles ? dit Poncet.

— Une.

— Alors, garde-la. Tu te changeras après ton arrivée, pour les audiences officielles. Quand tu rencontreras ceux qui viendront t'accueillir à l'entrée de la ville, tu leur diras simplement que tu les pries d'excuser l'équipage d'un homme qui a fait un voyage long, difficile et dangereux.

Ils fixèrent encore quelques détails puis la nuit tomba ; ils se couchèrent autour du feu dans des peaux. Jean-Baptiste ressentait une exaltation inédite. Son corps lui envoyait mille signaux de fatigue et de douleur. Il y avait aussi le regard de toutes ces étoiles en compagnie desquelles il avait vécu cette année et qu'il allait bientôt quitter. Il était envahi par l'idée, presque la sensation, du Caire si proche. On ne s'impatiente pas au départ, quand tout devrait vous décourager. On tient bon au cœur du voyage. Mais lorsqu'on est si près du retour ?

271

À quoi bon ces délais, pourquoi l'écoulement lent des minutes ? Elles sont si peu qui nous séparent de la paix, qui nous empêchent de savoir. Jean-Baptiste avait nourri l'idée de ce retour pendant de longs mois. Il imaginait Alix, son amour, leur rencontre enfin. Et, tout à coup, il sentait combien cette construction sur laquelle il s'était hissé, l'élevant lui-même pierre après pierre pour ne pas perdre de vue, aussi loin qu'il fût, celle qu'il aimait, combien cette tour hétéroclite d'espoirs fragiles, de souvenirs raccommodés, de morceaux d'images, de sons, arrachés aux décombres de quelques lointaines journées, combien tout cela reposait sur un sable mouvant, sur le pari fou que quelqu'un pût l'attendre sans le connaître, l'aimer sans l'avoir presque vu. Cet être qu'il avait promené avec lui si loin et si longtemps, était-il autre chose que son propre désir ? Pendant cette nuit, mal couché sur les cailloux tranchants du désert, Jean-Baptiste ne se demandait plus seulement si Alix l'aimait mais si, vraiment, elle avait jamais existé.

Finalement, il décida de quitter le dernier campement en pleine nuit. Tout s'était déroulé la veille comme prévu : maître Juremi, en grommelant, avait pris la direction d'Alexandrie. Murad était rassuré car ils avaient choisi comme site une étape de caravane très animée, où, de surcroît, deux janissaires avaient résolu de dormir cette nuit-là. On s'était couché de bonne heure. Murad avait bientôt fait entendre des ronflements sonores. Jean-Baptiste savait, lui, qu'il était inutile de chercher le sommeil. Il sella doucement son cheval, abandonna son âne et tout son bât avec le reste du convoi qui rallierait la ville le lendemain, enfila sa chemise propre, ses culottes et son habit, et partit seul. Une grosse lune blanche s'était levée au ponant et elle éclairait la piste aussi bien que l'aurait fait un soleil d'hiver. La journée avait été brûlante. L'air gardait des poches de chaleur que le cavalier au trot enfilait et retirait comme autant de manteaux soyeux. Les battements de sabots du cheval résonnaient comme les bruits d'un cœur immense qui aurait affleuré la surface frémissante du désert.

Tout était encore plongé dans la nuit lorsqu'il passa sous les ruines d'un temple de Ptolémée. Il n'avait pas le cœur à méditer, entre les colonnes abattues, sur la brièveté des siècles, car il était tout envahi de l'évidence contraire, celle de l'éternité des secondes et de l'interminable écoulement des derniers instants d'absence. Il arriva au Caire avec l'aube. Les sentinelles dormaient encore et la porte était fermée. Voyant un Franc bien vêtu et sans arme, les gardes le laissèrent entrer sans rien lui demander. Toute la ville était encore plongée dans le sommeil, à l'exception des mendiants, qui déambulaient toujours à ces heures comme des ombres grises. Une brise fraîche s'était levée avec le soleil et des hirondelles s'y plongeaient en piaillant.

Le vieux garde de la colonie franque, en le voyant arriver, faillit d'abord tirer un coup de mousquet puis, dès qu'il l'eut reconnu, poussa des cris de joie que Jean-Baptiste fit taire énergiquement.

Enfin, il pénétra dans la grande rue et vit, au milieu, le consulat, où flottait l'étendard blanc à fleur de lys. Son cheval, tout en nage de la course, avançait seul car il ne le piquait plus et tenait les rênes posées sur le pommeau. Jean-Baptiste regarda la fenêtre d'Alix : elle était ouverte mais les rideaux en étaient tirés. Il n'y avait plus entre elle et lui que ce mince obstacle de coton imprimé où l'on voyait le revers des motifs bleus. Voilà : aucun désert, aucune montagne, aucune bête féroce ne les séparait plus. Il n'y avait de nouveau entre eux que le frêle et puissant écran dressé par les hommes les uns devant les autres quand il s'agit d'aimer, de secourir ou de partager. Le cheval s'était arrêté sans que Jean-Baptiste s'en aperçût.

Un cliquetis, dans le jardin, un veilleur sans doute qui venait voir ce que voulait l'intrus, tira le jeune homme de sa rêverie. Il remit son cheval au pas, tourna à l'angle de la première rue et fit, avec une familiarité remontée du fond de l'oubli, le trajet jusqu'à sa maison. Il descendit de cheval, attacha la monture à un anneau scellé sur une arcade et alla jusqu'à sa porte. La clef, comme d'habitude, était dissimulée dans un trou du mur et cachée par un éclat de plâtre. Il entra. Le rez-de-chaussée était encore dans la nuit mais il faisait grand jour chez lui, à l'étage. Rien n'avait changé. Il avait traversé des mondes, perdu sa propre trace, parlé à des êtres presque fabuleux tant ils étaient inaccessibles, il avait failli mourir assassiné, noyé, affamé. Et pendant cette longue absence, qui semblait aussi étrangère au monde qu'un rêve, le fuchsia avait continué de faire éclore ses gouttes mauves, un agave avait brandi la fleur de sa vie au bout d'une longue hampe squameuse, l'araucaria avait rougi, les orangers fructifié. La lente fidélité des plantes avait creusé un tunnel sous l'agitation de sa vie et le passé, grâce à ce souterrain, débouchait intact dans le moment présent.

Jean-Baptiste vit aussi combien ce mouvement naturel avait été contrôlé, guidé, maîtrisé par des mains humaines et aimantes. Rien n'était bouleversé. Les objets étaient à la place où il se souvenait les avoir laissés, mis à part quelques chaises, éparses sur la terrasse. Mais pour que la furieuse mêlée vivante eût gardé cette vigueur et cet ordre, cette fécondité et cette modération, il savait quels efforts constants il avait fallu déployer. Cette paix et cette douceur n'étaient que l'équilibre entre les deux violences opposées du végétal et de l'intelligence qui le cultive. Ainsi comprit-il au premier coup d'œil qu'il n'était pas abandonné.

Cet apaisement ouvrit la brèche à une immense fatigue. Il alla jusqu'au hamac et s'étendit, habillé comme il l'était, ses éperons encore aux bottes. La tension du voyage, la permanente alerte, toute cette vigilance d'une année se relâchait d'un coup. La barrière qu'il avait dressée contre l'épuisement et qui, battue par cet océan de fatigue, ne tenait plus que par quelques fibres, s'effondra. Il ferma les yeux et s'endormit.

Dans son rêve, il revit le petit John Appleseeder, dont sa grand-mère lui racontait l'histoire. C'était la première fois que ce souvenir lui revenait. D'où cette pauvre femme tenait-elle cette légende ? Elle avait été servante chez les Stuart pendant leur exil : quel valet écossais, pour la séduire, la lui avait-il racontée, ou quel enfant royal rencontré au lavoir ? John était un garnement qui semait partout des pépins de pomme. Qu'on le punisse en l'enfermant dans un cagibi, il glissait un pépin entre deux lattes du parquet. Jouait-il avec un camarade, il en fourrait un autre dans la tignasse de son compère. Chez les grands, chez les petits, chez les riches et chez les pauvres, à la ville et à la campagne, chez lui et en voyage, John Appleseeder égrenait ses petites semences de pomme. Au bout d'un certain temps, partout où il avait passé poussaient des pommiers qui plongeaient leurs racines profond, dans les lattes du parquet, dans les cheveux d'un gamin, chez les petits et chez les grands. Les murs éclataient sous la pression des branches et les riches pleuraient devant les lézardes béantes. Mais ils donnaient de belles pommes et les pauvres qui les mangeaient remerciaient John. La joie les faisait crier...

Jean-Baptiste se réveilla. Françoise, une main sur la bouche, debout au milieu des plantes, le regardait avec effroi. Elle le reconnut et changea de visage.

— Oh ! Pardon d'avoir crié, Monsieur Jean-Baptiste. Monsieur Jean-Baptiste ! Vous ! Comment pouvais-je savoir ? Mon Dieu ! Que vous avez changé !

Elle approcha du hamac, saisit la main du jeune homme et l'embrassa.

— Mon Dieu ! Vous êtes si maigre. Et cette barbe qui vous creuse encore les joues ! Ces cheveux longs !

Elle ne cessait de le regarder avec des larmes dans les yeux et lui ne savait quoi dire d'émotion.

275

— Quels beaux vêtements ! dit-elle en touchant l'étoffe damassée de son habit rouge.

Les corsaires avaient dû mettre la main sur un navire de grande valeur et Jean-Baptiste, qui n'y avait pas prêté attention à Djedda, se rendit compte qu'il était vêtu comme un gentilhomme.

— Avez-vous faim ? dit Françoise en se reprenant. Soif ? Attendez, je vais chez moi...

— Non, dit Jean-Baptiste, c'est inutile. Plus tard. Plus tard. Dis-moi seulement : où est-elle ?

— Ah ! Monsieur Jean-Baptiste, quel bonheur que vous posiez cette question. C'est que vous ne l'avez pas oubliée. J'avais peur, voyez-vous, avec ce voyage. Je lui disais sans cesse d'attendre et d'espérer. Mais il peut arriver tant de choses en chemin et le cœur peut changer.

Jean-Baptiste se redressa tout à fait et laissa pendre ses jambes hors du berceau de toile.

— Changer ? dit-il. Pas le mien, en tout cas. Mais dis-moi, où est-elle ? Que... Que pense-t-elle ?

— Mais elle pense à vous aimer et n'a pas eu d'autre idée depuis votre départ.

— Ah ! Françoise ! s'écria Jean-Baptiste en prenant la servante dans ses bras ou plutôt en se jetant dans les siens comme dans ceux d'une mère.

Puis il s'écarta, garda les grosses mains de Françoise dans les siennes et lui dit :

— Vient-elle ici ?

— Chaque jour.

— Quand ?

— Mais..., dit Françoise en regardant par la fenêtre où était à peu près le soleil... maintenant.

Jean-Baptiste sauta à terre et prit une expression d'inquiétude extrême.

— Il ne faut pas..., dit-il. Va à sa rencontre. Arrête-la. Dis-lui que je suis rentré. Mais... elle ne peut pas me voir comme cela. Manuel est-il toujours là ?

C'était un vieux domestique à qui son maître, reparti en France, avait fait une petite pension et qui vivait dans la même cour. Poncet et son compère l'employaient à l'occasion. Manuel était resté très vigoureux mais il avait le défaut d'être complètement sourd.

— Il est chez lui, dit Françoise.

— Appelle-le. Qu'il me prépare un baquet d'eau, du savon. Je veux aussi qu'il me coupe la barbe et les cheveux. Et toi, Françoise, tu me soigneras.

— Vous êtes blessé ?

— Grâce au Ciel, le dedans est solide mais l'enveloppe a quelques accrocs.

Françoise s'affairait déjà. Jean-Baptiste eut un scrupule :

— Je dois aller au consulat tout à l'heure, dit-il. Dès qu'on saura que je suis revenu, elle n'aura plus le moyen de venir ici. Comment nous voir ?

— N'ayez pas d'inquiétude. Il s'est passé beaucoup de choses en votre absence. Je travaille pour Mme de Maillet. J'entre et je sors du consulat comme je veux car j'ai toujours ma chambre ici. Nous organiserons ce qu'il faudra.

— Françoise ! s'écria Jean-Baptiste en lui baisant les mains.

Elle fit mine de partir en courant. Arrivée à la première marche de l'escalier, elle se retourna et dit du ton le plus naturel qu'elle put, comme si elle s'enquérait d'un détail de pure forme :

— Votre associé, maître Juremi, n'est-il pas avec vous ?

— Non, dit Jean-Baptiste sans voir autre chose dans la question. Tu sais qu'il est parti pour Alexandrie.

— Allez, vous n'avez pas besoin de prendre ces précautions avec moi. Je le sais bien qu'il vous a rejoint.

En lui donnant ses consignes, avant de partir du Caire, maître Juremi avait laissé à Françoise ce secret et la pauvre y avait vu bien plus qu'une confidence. Elle l'avait gardé précieusement, même d'Alix, comme une chose, la seule, qu'elle ait jamais partagée avec cet homme.

— Eh bien, continue de penser ce que tout le monde pense. Il est allé à Alexandrie. Mais, ajouta Poncet en souriant, quelque chose me dit qu'il devrait être ici dans deux jours.

CHAPITRE 3

Jean-Baptiste avait tort de croire qu'en son absence rien n'avait changé : il devait le constater en entrant chez le consul. Après de longues réflexions, celui-ci s'était en effet résolu à faire déplacer son bureau d'un bout à l'autre de la grande salle de réception. Le meuble était désormais sous le portrait du Roi, c'est-à-dire au fond de la pièce et non plus près de la fenêtre comme auparavant. Le consul y gagnait en majesté ce qu'il perdait en fraîcheur. Coiffé d'une haute perruque brune, vêtu d'un justaucorps bleu marine à boutonnières dorées ouvert sur un gilet de soie à ramages, plus suant que jamais mais supportant avec son habituel courage ce tourment, il reçut Poncet vers les quatre heures de l'après-midi.

Assis derrière le grand plateau de cuir sur lequel était seulement posé un encrier de bronze de beau style, M. de Maillet écouta les explications de son visiteur sans le convier à s'asseoir. Jean-Baptiste, propre, rasé, les cheveux coupés mais toujours aussi fatigué, resta debout, planté comme une pièce d'échecs sur le carreau en damier noir et blanc qui formait le sol de la pièce. C'était un des moyens que le diplomate jugeait habile d'employer pour hâter le terme d'une conversation. L'autre moyen était la mauvaise humeur qu'il affectait.

Le consul tenait à marquer que la mission de l'apothicaire

279

était terminée et qu'il ne devait pas avoir la prétention d'espérer autre chose que le bref commentaire de félicitations par quoi il avait d'abord été accueilli. Sa missive postée de Djedda, arrivée une semaine plus tôt, avait eu le temps d'épuiser l'effet de surprise qu'aurait pu produire son retour. La grande affaire, la seule désormais, pour le consul, était l'accueil du plénipotentiaire du Négus. Le pharmacien devait comprendre que, s'il avait pu un moment avoir son utilité pour délivrer le message qu'on avait bien voulu lui confier, les choses allaient désormais se passer entre diplomates, dans un monde à la hauteur duquel un simple marchand d'orviétans ne saurait prétendre s'élever sans ridicule. M. de Maillet posa les questions nécessaires pour préparer comme il convenait la réception de l'ambassade. Il demanda le nom de l'envoyé, le nombre de personnes qui composaient sa maison, sa provenance et l'heure probable de son arrivée. Quant à faire raconter par le jeune homme les péripéties de son voyage, il s'en garda bien et lui fit entendre, à la première ouverture que l'autre tenta dans cette direction, qu'il s'agissait là de détails dans lesquels un homme chargé de ses responsabilités ne saurait s'égarer. Il n'était pas question que le consul accordât quelque importance, par une trop complaisante attention, à des péripéties qui constitueraient tous les titres de gloire que cet individu posséderait jamais et qu'il chercherait naturellement à transformer en avantages.

Jean-Baptiste était extrêmement las. Le surcroît d'émotion que lui avait valu son entrée dans cette maison et l'espoir, d'ailleurs contrarié, qu'il y apercevrait peut-être Alix, lui avait ôté toute l'énergie dont il aurait pu nourrir son insolence. Cet accueil était bien conforme à ce qu'il savait devoir attendre du consul. Pourtant, tout au fond de lui, il avait espéré que peut-être... Il se sentit gagné par un profond abattement.

— Monsieur le consul me permet-il de me retirer ? dit Jean-Baptiste en faisant déjà un pas vers la porte.

— Merci, dit M. de Maillet, qui savait rétribuer les mérites. Au revoir, monsieur Poncet.

Le jeune homme sortit. Macé, qui avait assisté à l'entretien dans un angle obscur de la salle, approcha du bureau et, penché en avant, d'une voix basse et précipitée, dit au consul :

— Excellence, peut-être serait-il tout de même opportun que cet homme accompagne demain la délégation qui attendra l'ambassade.

— Lui ? dit M. de Maillet. Et à quel titre ?

— Il me semble... que l'envoyé du Négus et cet apothicaire se connaissent. À tout le moins le premier contact en sera facilité. L'ambassadeur lui-même pourrait s'enquérir de la présence de son ancien compagnon de voyage...

— Vous avez raison, dit le consul. Il peut encore être utile à cela. Allez voir s'il est dans la rue et signifiez-lui cet engagement.

M. Macé trottina jusqu'à la porte en répandant autour de lui la fraîche odeur de jasmin que la lingère était parvenue à incruster dans ses vêtements aux lieu et place de ses sécrétions naturelles.

Il traversa le vestibule, sortit sur le perron et là, de façon inattendue, se heurta à Poncet qu'il croyait déjà beaucoup plus loin. Il lui sembla que Françoise, un panier d'osier sous le bras, se tenait en conversation avec lui. Mais dès qu'elle vit arriver le secrétaire, elle s'engouffra dans la maison, comme si elle poursuivait la marche qui la ramenait du jardin et qu'elle feignait ne pas avoir interrompue. M. Macé, qui n'oubliait rien et surtout pas ce qu'il ne pouvait s'expliquer, rangea cette observation dans le tiroir à « soupçons » qui occupait un coin retiré mais bien délimité de son esprit. Il s'adressa à Jean-Baptiste comme si rien n'avait été.

— Tenez-vous prêt demain matin, lui dit-il, pour accompagner la délégation qui accueillera l'ambassadeur. Nous n'avons pas encore fixé l'heure de son rassemblement mais nous vous enverrons un message par le garde.

M. Macé parut hésiter, il continua à voix plus basse comme pour administrer un conseil tout à fait personnel :

— Et tâchez d'être dans une tenue convenable. Il s'agit d'accueillir le plénipotentiaire d'un roi.

Jean-Baptiste le regarda, stupide. Une voix intérieure lui disait d'éclater de rire, une autre de saisir ce drôle par le jabot et de lui fendre la tête au coin du mur. Mais il n'écoutait pas car il était envahi par un sentiment d'inutilité et de tristesse qui ne pourrait se résoudre que dans le sommeil. Il tourna les talons et rentra chez lui sans rencontrer personne.

Françoise avait eu le temps de lui glisser quelques mots sur le perron :

— Elle ne vous verra pas aujourd'hui.

Jean-Baptiste rumina ces paroles et s'abandonna, en arrivant, à un de ces profonds désespoirs qui n'ont pas pour cause un événement dramatique mais seulement la découverte bouleversante que tout ce qui est autour de vous n'est supportable que par la présence ou l'attente d'un seul être et que, s'il venait à manquer, là où se dresse pour l'instant un monde encore vivable, ne subsisteraient plus que d'intolérables ruines peuplées de traîtres venimeux et de bouffons.

*

Alix, dans sa chambre, n'était pas plus apaisée. Le retour de Jean-Baptiste, comme toutes les choses que l'on espère longtemps et que l'on s'est mille fois représentées, lui apparut comme un événement inattendu et qui la prenait tout à fait au dépourvu. Elle fut bien soulagée que Françoise l'ait atteinte alors qu'elle s'apprêtait à sortir du consulat pour aller « herboriser ». Elle avait évité une rencontre inopinée dont elle concevait à rebours toutes les difficultés.

Elle allait donc voir Jean-Baptiste un peu plus tard. Ses

idées étaient trop brouillées pour qu'elle pût élaborer un plan. Françoise se chargea de tout, Alix n'avait qu'à se préparer. « Oui, oui, se dit la jeune fille, voilà : je n'ai qu'à me préparer. » Françoise quitta sa chambre. Elle s'assit devant sa coiffeuse. Et ses forces, soudain, l'abandonnèrent.

Toute la fière certitude de sa beauté qu'elle avait acquise pendant cette année l'avait quittée. Elle se trouva bouffie, le teint navet, prit en horreur la couleur de ses cheveux. Le regard de Jean-Baptiste avait eu l'effet de lui révéler ses qualités et voici que ces qualités disparaissaient au moment d'affronter de nouveau ce regard. Elle s'était installée dans la douce certitude du rêve qui lui donnait à croire qu'elle aimait et qu'elle était aimée. Dans une passion ordinaire, ces liens imaginaires s'entrelacent avec des liens réels ; ils se renforcent mutuellement et l'on peut se reposer sur un canevas fait en parts égales de songes et de réalité, de fantômes et de gestes, de désir et de souvenirs. Au lieu que cette étrange séparation n'avait laissé l'amour tisser que sa part immatérielle, fine et colorée mais qui risquait de tomber en poussière, comme une aile de papillon, dès qu'on allait y porter la main.

Françoise remonta dans la chambre d'Alix, pensant la trouver prête.

— Eh bien, qu'avez-vous ? lui dit-elle. Pressez-vous de vous disposer.

— Je ne veux pas.

— Allons, allons, qu'y a-t-il ?

— Ici, regardez, sur l'aile du nez.

Françoise approcha en plissant les yeux.

— Ma foi, je ne vois rien.

— Merci, Françoise, mais il est inutile de me mentir. J'ai ce gros bouton, je le sens, il se voit.

Puis, sur un ton décidé :

— Je ne veux pas me montrer comme cela.

— Jean-Baptiste va être ici dans un instant. Il me semble

qu'il suffit de l'apercevoir. Il vient pour vous. Il a une envie si grande de voir que vous êtes toujours ici, que vous l'attendez... Il me semble que ce n'est pas là une affaire qui requiert une longue préparation. Montrez-vous à lui. Voyez-le. Vous serez l'un et l'autre rassurés sur vos sentiments et vous vous rencontrerez plus longuement les jours prochains.

— Non, Françoise, ce bouton me défigure. Je ne veux pas qu'il me voie ainsi.

En femme d'expérience, Françoise sentit qu'il était inutile d'insister. Alix n'était point si coquette que ce bouton la préoccupât vraiment. Il y avait là seulement la manifestation de ces entraves particulières aux amoureux, qui peuvent, à d'autres moments, courir si librement et si vite dans l'espace ou dans le rêve pour se retrouver ou se fuir, mais à qui les petits mouvements, les plus infimes déplacements de la main ou du bras, dès lors qu'ils en sont encore aux commencements, peuvent coûter des efforts plus insurmontables que s'ils devaient briser des chaînes de galériens. Il fallait seulement attendre. Françoise alla prévenir le jeune homme, qu'elle croisa dans le vestibule, et laissa Alix dans sa chambre à se mordre les mains.

*

La colonie franque du Caire regroupait dans un même espace toutes les nations d'Europe, les natifs de France, d'Italie, d'Angleterre, et d'autres. L'ensemble représentait quelques centaines de personnes, des marchands pour la plupart. De toutes ces nations, seules deux disposaient d'un consulat : l'Angleterre et la France. Mais la délégation anglaise, d'ordinaire réduite, n'avait pas à l'époque de titulaire, et la France occupait la principale position.

Le consulat de France exerçait directement son pouvoir sur les Français qu'il administrait, et indirectement sur d'autres nationaux, soit que la France les protégeât parce qu'ils étaient chrétiens, appartenant à de petites communautés sans défense tels les maronites, soit que, faute d'une légation de leur propre pays, la France eût accepté de représenter leur gouvernement auprès de ces Francs non français. Cette autorité consulaire n'était pas bien acceptée pour autant. Les marchands qui peuplaient les échelles du Levant s'y soumettaient de mauvaise grâce. Ils n'avaient pas le choix : c'est au prix de cette soumission qu'ils étaient admis par les Turcs à vivre et à commercer en terre d'islam. Pour faire contrepoids au pouvoir du consul et accroître leurs chances de se faire entendre, les marchands procédaient à l'élection d'un « député de la nation », que les autorités consulaires avaient l'obligation d'entendre pour toutes les affaires concernant des Français. Certains consuls, dans le passé, avaient choisi l'épreuve de force avec ces députés : ils s'en étaient fort mal trouvés. Lors de son arrivée en fonction, M. de Maillet avait été froidement accueilli par la nation à laquelle il avait été imposé de Versailles, tandis que les consuls précédents étaient en général originaires de la colonie. Dès le début de son mandat, il concentra donc tous ses efforts sur le député afin de s'en attirer les bonnes grâces personnelles. C'était à l'époque un gros homme nommé Brelot qui faisait au Caire le commerce des soieries car il était originaire de Lyon. Riche et fort économe pour tout ce qui touchait l'essentiel — on disait que ses enfants portaient chez eux des habits troués dont les mendiants n'auraient pas voulu —, il était d'une extrême prodigalité pour ce qui regardait le superflu. Il ne reculait devant aucune dépense de prestige si elle lui permettait d'espérer se hausser dans le voisinage du seul gentilhomme qui fût au Caire à l'époque, à savoir le consul.

C'est donc tout naturellement à ce Brelot que M. de Maillet confia l'honneur de constituer le détachement qui accueillerait le lendemain l'ambassadeur d'Éthiopie. Parmi les instruments de sa gloire en construction, Brelot disposait d'un élégant cabriolet anglais qu'il avait acheté à un banquier de Damiette. Le pauvre Britannique avait fait faillite et il avait dû céder son attelage les larmes aux yeux pour le prix de son passage jusqu'à Marseille sur une galère.

Brelot fut appelé en consultation au consulat plusieurs fois dans l'après-midi. Le soir, la liste du détachement était faite. Le bruit d'une importante arrivée s'était vite répandu dans la colonie. Certains rapportèrent que Poncet était rentré. Plusieurs marchands vinrent rôder au consulat sous des prétextes futiles. M. Macé eut l'ordre de leur répondre que M. de Maillet attendait pour le lendemain l'arrivée d'un considérable personnage, qu'ils étaient priés de rester chez eux et de ne pas faire régner d'animation dans les rues, qu'enfin un détachement attendrait le plénipotentiaire et que seuls ceux qui étaient sur la liste remise au député seraient admis à s'y joindre.

Le lendemain matin, Jean-Baptiste, revigoré par une nuit de profond sommeil, se leva de fort belle humeur. Il examina les événements de la veille, jugea qu'il avait été sans doute préférable de ne pas voir Alix trop précipitamment, qu'en revanche les nouvelles apportées par Françoise étaient excellentes. Quant à l'accueil du consul, il s'y attendait et le plan qu'il avait arrêté en tenait compte. Il lui restait à aller très humblement recevoir l'ambassadeur Murad et, ensuite, à le guider sur les voies qu'il lui avait tracées d'avance. Il endossa son bel habit rouge par-dessus une chemise de dentelle fine, épousseta un feutre qu'il avait laissé dans une armoire, fixa son épée au côté et alla seller son cheval.

Lorsqu'il arriva au consulat, le détachement était prêt. En tête venait M. Fléhaut, le chancelier du consulat, un homme que Jean-Baptiste avait toujours vu occupé à faire humblement des comptes et à expédier le courrier mais qui était, bien que fort en dessous de M. de Maillet, membre de la même caste diplomatique. Il avait revêtu un habit brodé, portait un grand chapeau à plume. Jamais il n'avait eu si grande allure. À sa droite venait M. Frisetti, le premier drogman du consulat. Il exerçait ses talents en ville et vivait de traductions commerciales. Le consul lui confiait à l'occasion des interprétations délicates et l'avait accrédité pour traduire tous les documents officiels échangés avec les Turcs. À la gauche de M. Fléhaut, sur un cheval harnaché comme celui d'un prince, paradait Brelot. On l'y avait hissé à grand-peine car il était raidi par la goutte, mais il faisait belle figure sous une grande perruque châtain et dans un habit de sa plus riche soie. Derrière marchait l'attelage du cabriolet où n'était assis qu'un cocher. Brelot avait obtenu l'honneur d'y prendre place au retour en compagnie de l'ambassadeur. Enfin derrière, en deux lignes, montés sur des chevaux de moindre qualité, venaient quatre marchands, choisis au terme de longues négociations. Deux d'entre eux étaient vénitiens et avaient conquis le privilège de figurer dans le convoi en s'engageant à prêter leur hôtel pour y loger le ministre abyssin. Dans toutes ces discussions protocolaires, un seul point avait été rapidement réglé : Poncet devait se contenter de marcher derrière. Il prit cette place bien volontiers. Le détachement s'ébranla à dix heures. Il était convenu que, sitôt opérée la jonction avec la caravane de l'émissaire, le cortège ramènerait celui-ci à la colonie, ferait un passage sous le balcon du consulat, d'où M. de Maillet les saluerait — il ne pouvait faire plus tant que le diplomate n'était pas installé et que les instruments d'accréditation n'avaient pas été officiellement échangés. Ensuite, ils conduiraient l'ambassadeur dans la Contrée de Venise, comme on appelait cette partie du quartier franc où résidaient les Italiens.

Le cortège traversa le Vieux Caire en longeant les remparts de façon à ne pas trop attirer l'attention des Turcs, toujours méfiants de ces démonstrations quand ils n'en connaissaient point l'origine. Puis ils sortirent dans les faubourgs par la porte du Chat et cheminèrent bientôt dans le désert. Ils s'arrêtèrent à un quart de lieue des murs de la ville, sur le site de ce temple où Poncet avait chevauché la veille au clair de lune. La journée était chaude et un vent du désert levait une nuée de sable qui piquait les yeux. Sans se disperser, la troupe qui composait le détachement se desserra en sorte que chacun pût jouir d'un peu d'ombre. C'était un spectacle assez singulier. D'énormes colonnes grecques usées par les vents émergeaient du désert gris. Derrière elles étaient éparpillés, raides sur leurs chevaux, des cavaliers immobiles à l'allure de gentilshommes, suant sous leurs riches habits et leurs perruques. Certains scrutaient l'horizon. D'autres, pour se désennuyer, comptaient par terre les petites crottes noires et brillantes que laissaient quelques brebis gardées par un vieux pâtre enturbanné.

Poncet, qui redoutait d'embarrassantes questions à mesure que l'attente se prolongeait, proposa de partir en éclaireur. Il piqua son cheval, galopa une heure, revint au petit trot sans avoir rien vu.

L'après-midi était bien entamé. Il retrouva les dignitaires pied à terre, en chemise, terrassés par la soif, prêts à passer leur rage sur lui.

— Je ne comprends pas, leur dit-il. Il a dû arriver quelque chose de grave.

Il voyait bien que les autres doutaient maintenant de l'existence même de l'ambassadeur. S'ils s'inquiétaient parce qu'ils ne le connaissaient pas, Poncet, qui, lui, le connaissait trop bien, avait d'autres raisons d'être préoccupé du sort de Murad.

— Il va être quatre heures, dit Jean-Baptiste. Je vous propose de rentrer. Nous renverrons deux janissaires pour tenir la garde et donner l'alerte s'il devait arriver à la nuit.

Sans attendre des réponses qui ne pouvaient pas être aimables, il éperonna son cheval et fila vers Le Caire.

CHAPITRE 4

Les deux sentinelles arabes qui gardaient ce jour-là la porte du Chat étaient d'heureux vieillards couturés de glorieuses cicatrices. L'Aga des janissaires avait marqué sa reconnaissance pour leur vaillance militaire en les nommant à cette paisible fonction où ils finiraient leur vie. Le Caire, à cette époque, était plus menacé par des émeutes que par des invasions. Les préposés aux portes se contentaient de les fermer la nuit pour empêcher l'entrée des hyènes et autres bêtes du désert. Dans la journée, à l'ombre de la grande voûte de la porte, assis en tailleur sur un tapis, les deux vieillards jouaient aux dames en buvant du thé qu'une gamine leur apportait, pieds nus, du bazar voisin. Vers neuf heures du matin, au milieu de la foule qui entrait dans la ville, ils remarquèrent un homme vêtu d'un pantalon bouffant à haute ceinture de flanelle comme en ont les Kurdes. Il était bien en chair et pesait sur le dos d'une pauvre mule. L'animal s'était immobilisé au milieu de la rampe qui menait à la porte et refusait d'avancer. L'homme s'épuisait à la frapper avec une branche ramollie et cassée en plusieurs endroits, qui ne devait guère impressionner la bête. Trois esclaves noirs — on aurait dit des Nubiens, mais ils n'en avaient pas les traits — poussaient la croupe de la mule mais elle était obstinément arc-boutée en arrière et ils parvenaient seulement à l'empêcher de s'asseoir tout à fait. Un peu plus loin, sagement immobiles et attachés les uns aux autres, trois ânes bâtés et une autre mule broutaient les minuscules brins d'herbe qui poussaient entre les dalles du parapet.

L'homme finit par descendre de sa récalcitrante monture, vint jusqu'aux sentinelles et s'arrêta devant eux tout essoufflé de ces dix pas.

— Ah ! mes chers amis, mes frères ! dit-il en soufflant. Pouvez-vous m'aider à faire avancer cette mule jusqu'ici. C'est une saleté d'animal qui n'a jamais franchi de sa vie la porte d'une ville. Elle a pris peur et elle ne veut plus rien savoir.

L'homme parlait l'arabe avec un accent syrien.

— D'où es-tu, toi ? dit l'une des sentinelles. Il n'y a pas de porte dans tes villes, sans doute ?

— Je viens de Van, dans l'Anatolie et, ma foi, les portes ne nous manquent pas. Mais ma mule et moi, cela fait deux. Je l'ai achetée à des paysans, dans l'Arabie Heureuse.

— Alors, c'est une mule qui ne sait pas lire ! dit le vieillard et il se mit à rire.

Le second vieillard, bien que n'ayant pas saisi ce que ce propos pouvait avoir de drôle, fut simplement gagné par l'hilarité de son compagnon. Le voyageur, les voyant rire, crut bon de rire aussi et se secoua de si bon cœur qu'il faillit en perdre son turban de soie.

— Et où vas-tu donc avec cette bête qui ne sait pas lire ? dit le premier vieillard assez fort pour que le petit attroupement qui s'était fait autour d'eux pût bénéficier de cette bonne plaisanterie.

— Chez le consul des Francs, dit le voyageur.

— Ah ! Tu veux savoir si ta mule lit le latin, dit l'autre vieux, déclenchant une explosion de nouveaux rires auxquels l'homme à la mule se joignit de bon cœur sans aucune difficulté.

Il y eut encore deux ou trois variantes sur ce thème puis le calme revint. Les sentinelles essuyaient les larmes autour de leurs yeux fripés. Ils avaient pris en sympathie cet étranger bonhomme qui leur avait donné l'occasion de s'amuser un peu et n'en avait pas paru fâché.

— Comment t'appelles-tu, frère ? dit un des gardes.

— Murad, mon ami.

— À la bonne heure. Eh bien, Murad, nous n'allons pas tirer ta mule. Je connais ces animaux. Cela ne servirait à rien. Nous allons faire beaucoup mieux. Nous allons te donner un conseil, un bon conseil, tu m'entends ?

— Je t'écoute, dit Murad, un peu déçu.

— Si tu continuais par ici, il te faudrait traverser toute la ville. Il y a beaucoup de petites voûtes au-dessus des ruelles et ta mule qui ne sait pas lire prendrait cela pour des portes... Donc, le mieux est que tu fasses demi-tour. En bas de la rampe, il y a un gros figuier de Barbarie, le vois-tu ?

— Je le vois.

— Tourne à droite juste après, et suis le petit chemin qui contourne la ville. De loin, tu verras d'autres portes. Tu en compteras six. À la septième, tu t'approcheras. Ce n'est pas une porte comme celle-ci : c'est une grande grille, qui ne fera pas peur à ta mule. Tu entreras et à cent mètres sur la gauche tu trouveras le quartier des Francs.

Murad remercia chaleureusement, quitta les deux vieillards et exécuta ce qu'ils lui avaient recommandé, en plein accord, cette fois, avec la mule.

L'attroupement se dispersa lentement sous la porte du Chat. Une heure plus tard, tandis que les sentinelles en étaient encore à rire, ils virent passer d'un trot rapide un équipage de Francs tels qu'ils en avaient rarement rencontrés. Ces messieurs étaient en jaquette colorée et en perruque ; ils transportaient, au milieu de leurs chevaux harnachés, un cabriolet noir vernis. Ils dévalèrent la rampe et s'éloignèrent rapidement de la ville.

Il était exceptionnel que le jardinier du consulat entrât dans le bâtiment. C'était un vieux copte cairote d'un grand dévouement. À la tombée de la nuit et jusque fort tard à la saison chaude, on l'entendait glisser silencieusement dans les allées, un arrosoir de laiton à la main, sans provoquer d'autre bruit que le petit murmure de l'eau tombant en pluie sur les feuilles desséchées. Mais ce jour-là le jardinier n'avait pas le choix. Le consulat était vide : le cocher de M. de Maillet, les gardes de jour et de nuit, deux valets avaient suivi la délégation qui était partie attendre l'ambassade. Il ne restait que lui, Gabriel, le vieux jardinier, et puisqu'il ne trouvait personne à qui passer son message, il franchit une à une toutes les portes et parvint, de plus en plus hésitant, jusqu'au bureau du consul lui-même. M. de Maillet avait déposé sur un cintre en bois sa perruque et sa jaquette damassée. Il déambulait en chemise de dentelle et en culottes de soie, un mouchoir à la main pour s'éponger. M. Macé, tassé sur une chaise, attendait un ordre ou une parole. Ce fut lui qui remarqua l'entrée hésitante du jardinier.

— Et que veut-il, celui-là ? dit le consul quand il l'eut aperçu à son tour.

M. Macé interrogea le vieillard en arabe car il ne parlait pas d'autre langue.

— Il dit qu'un homme demande à vous voir, Excellence.

— Un homme ! dit le consul avec un sourire mauvais. Comme c'est étrange ! Pourquoi pas un potiron ou une chauve-souris ? Dites à ce simple qu'il s'occupe de nos plates-bandes à l'exception de toute autre chose. Et que je ne le revoie plus ici. Si un homme me demande, qu'il lui dise seulement que je suis occupé.

Après avoir entendu la traduction de la réponse, le vieillard prit un air offensé.

— Il dit qu'il va aller leur dire. Mais qu'il doute qu'ils s'en aillent de ses fenêtres.

— Leur dire, fit le consul. Et combien sont-ils donc ?

— Quatre, dit le vieillard, avec des ânes et des mules bâtées.

— Et à quoi ressemblent-ils ? Est-ce une caravane ? dit M. de Maillet.

— Oui, si l'on veut, répondit le jardinier. C'est une caravane mais qui ne ressemble à rien de ce que j'ai vu par ici.

— Pourquoi le garde de la colonie les a-t-il laissés entrer ?

— Sans doute parce que l'homme lui a dit la même chose qu'à moi.

— Et quoi donc ?

— Tout simplement, fit le vieillard avec une moue de respect qui marquait sa revanche sur l'accueil du consul, qu'il est l'ambassadeur du Négus d'Abyssinie.

M. Macé pâlit et traduisit ces paroles.

— Mon Dieu ! s'écria M. de Maillet.

Les diplomates restèrent un moment interdits puis s'approchèrent avec mille précautions de la croisée. L'un après l'autre, ils jetèrent un regard au-dehors et reculèrent vivement.

— Est-ce possible ! dirent-ils ensemble.

Ils regardèrent de nouveau. En contrebas, sous les platanes de la rue centrale, un équipage misérable était arrêté : trois ânes dont le poil manquait par touffes, le garrot à vif, picoré par de petits oiseaux ; deux mules dont le dernier porteur d'eau du Caire n'aurait pas voulu. Ces malheureux animaux étaient chargés de volumineux paquets, liés à même leur cuir par des cordes de sisal entourées de chiffons aux endroits le plus attaqués. Trois Noirs hébétés, vêtus de tuniques de coton qui avaient pris la couleur du désert, attendaient debout. Assis à terre, adossé à un arbre, Murad avait ôté une de ses chaussures et se grattait férocement la plante du pied.

— Macé, dit enfin le consul qui, né pour le commandement, se devait de ne pas céder à la surprise, descendez, présentez-lui les hommages du consulat. Expliquez-lui la situation et conduisez-le dans la Contrée de Venise à la demeure qui l'attend.

Le secrétaire quitta la pièce, précédé du jardinier, qui avait déjà disparu. M. de Maillet resta seul, jeta un regard vers le Roi et fut soudain envahi d'un immense respect pour son génie et pour celui du ministre Pontchartrain, dont il se remémorait la dernière lettre avec des larmes de reconnaissance.

M. Macé était cependant arrivé près de Murad, qui continuait à se gratter le pied, et il toussa pour attirer son attention.

— Ah ! voilà du monde, dit l'Arménien en chaussant sa botte et en se mettant debout.

Il tendit à M. Macé la même main qu'il venait d'appliquer vigoureusement entre ses orteils.

— Je suis Murad, l'ambassadeur d'Éthiopie.

— Excellence, bienvenue, dit le secrétaire en se brisant les reins, pour saluer le plus bas qu'il pouvait et, du même coup, échapper à la poignée de main.

— Allons, allons, relevez-vous, dit Murad empressé, vous allez vous faire mal. Dites-moi plutôt : êtes-vous bien le consul ?

— Non, Excellence, répondit M. Macé, le chapeau sur le cœur, une jambe tendue, légèrement rejetée en arrière, la tête inclinée. Monsieur le consul me prie d'accueillir Votre Excellence et de le saluer respectueusement. Monsieur le consul présente également ses excuses à Votre Excellence. Une délégation protocolaire est partie à la rencontre de votre convoi et ne vous a donc pas trouvé…

— C'est à cause de cette peste de mule, dit Murad, et il envoya un coup de pied à la bête, ce qui ne la fit même pas ciller. Elle n'a rien voulu savoir. Il a fallu faire le tour et passer par une grille… Bon ! Enfin, nous y sommes. Le chemin a été long, croyez-moi. Où est Poncet ?

— Il est avec la délégation.

— Avec la délégation ! Mais comment vais-je faire, moi ? Je ne connais pas cette ville. Personne ne va vouloir me loger.

— Vous loger ? Mais, Excellence, tout est prêt. Il vous suffit de me suivre.

— Ah ! la bonne nouvelle. Et vous nous donnerez aussi à manger ?

— À manger, à boire, tout ce que votre Excellence voudra, dit M. Macé de plus en plus étonné.

— À la bonne heure. Eh bien, je vous suis. Venez ici, vous autres. Ce sont des Abyssins : un peuple travailleur d'ordinaire mais on dirait qu'ils m'ont donné les trois plus paresseux. Allons, allons.

Ils firent marcher les mules et les ânes et traversèrent toute la colonie. M. Macé se félicitait des dispositions prises par le consul, qui avait interdit la circulation ce jour-là. Moins il y aurait de témoins de cette arrivée, moins « l'enfant de langues » pourrait craindre de voir sortir un jour un fantôme de son passé qui s'écrierait pour briser sa carrière : « Ah ! je l'ai vu, celui-là, conduire les deux ânes de l'ambassadeur d'Ethiopie. »

Murad s'arrêta en chemin pour se soulager contre un platane avec des bruits de gorge qui marquaient la jouissance qu'il en avait.

Ils arrivèrent enfin à la maison des Vénitiens. Le rez-de-chaussée était destiné à l'ambassade. C'était une maison en bois dont l'étage faisait saillie, soutenu par une triangulation assez élégante de poutres. Un jardin la séparait de la rue ; il était de petite taille mais entretenu avec un grand soin. Une bordure de buis ras était taillée aux armes de la République des Doges et faisait comme un écu en relief vert sur vert, au milieu de la pelouse. Murad insista pour faire entrer toutes les bêtes dans ce jardin et recommanda aux Abyssins de les y laisser en liberté après les avoir débâtées.

L'Arménien se déchaussa pour entrer dans la maison et se jeta sur le premier sofa en jurant qu'il n'en bougerait plus.

M. Macé s'éclipsa pour, dit-il, s'occuper de faire venir des rafraîchissements.

— Et la soupe ! lui cria Murad avant qu'il disparût.

Le secrétaire rendit compte au consul dès son retour de ce singulier comportement. M. de Maillet lui dit qu'un diplomate qui se laisse étonner en terre étrangère est comme un chevalier qui lève son heaume au milieu du combat.

— Et puis, dit noblement le consul, soyons indulgents. Pensons d'où il vient.

Une seconde liste avait été rédigée, où figuraient des marchands qui n'avaient pas eu l'heur de faire partie de la délégation et qu'on avait proposés pour d'autres honneurs, notamment celui de porter des rafraîchissements.

— Faut-il quand même… ? demanda M. Macé.

— Mais naturellement, dit le consul. Dites au premier de ces messieurs de remplir son office.

Tout l'après-midi se succédèrent dans la maison des Vénitiens de dignes marchands, des théories de valets portant corbeilles de fruits, coupes de gâteaux, plateaux d'entremets. Tous payaient de ce prix l'honneur d'approcher l'ambassadeur d'Éthiopie. Tous se pressèrent ensuite au consulat pour dire à M. de Maillet qu'on ne les y reprendrait plus et que nul ne pouvait croire que le grossier personnage qui les avait reçus était le ministre d'un roi. Se gardant de toute attaque contre le consul, ils accusaient nommément Poncet d'imposture. La délégation conduite par Brelot revint au moment où avaient lieu ces scènes déplorables. Tous ses membres étaient aussi furieux contre Poncet. Quand ils apprirent la vérité, ils cessèrent d'accuser l'apothicaire de les avoir fait attendre un envoyé qui n'existait pas mais épousèrent sur-le-champ les critiques que lui adressaient les porteurs de rafraîchissements. Profitant de la confusion qui régnait dans le consulat, Jean-Baptiste s'échappa.

— Silence, messieurs, dit le consul d'une voix forte qui

finit par couvrir le tumulte. Je vous demande maintenant de vous retirer et je vous remercie pour votre aide.

Les protestations reprirent. Le consul les arrêta d'un geste.

— Cet homme est l'envoyé d'un grand roi mais qui a été tenu depuis des siècles à l'écart de toute civilisation. Voilà pourquoi il faut être indulgent et voilà pourquoi son arrivée reste, malgré ces incidents, un grand événement. De toute façon, l'envoyé compte moins que le message. Dès demain, nous saurons ce que le Roi d'Abyssinie a à nous dire.

En sortant de chez le consul, Poncet était allé tout droit dans la Contrée de Venise, pour voir Murad. Il trouva le salon des Vénitiens entièrement débarrassé de ses meubles, que les esclaves avaient entassés dehors, le long des murs, sur ordre de l'Arménien. Il ne restait plus dans ce qui avait été la pièce de réception des marchands que les tapis et les coussins, retirés des fauteuils et posés à terre. Murad était assis là en tailleur, sous le grand lustre en perles de verre, entouré d'un nombre considérable de plats d'argent, de coupes de cristal et de cruches précieuses.

Jean-Baptiste se fit expliquer l'affaire de la mule et la raison de son arrivée par un chemin inattendu. Il écouta la version de Murad de l'accueil dans la colonie. L'Arménien jugeait tous ces marchands fort impudents car, après lui avoir affirmé qu'il était chez lui et que tous ces présents lui étaient destinés, ils avaient prétendu restreindre l'usage qu'il eût pu faire de tous ses biens. Rien ne leur convenait : ni la présence des mules dans le jardin, ni le départ des meubles, ni le café que les Abyssins, dont c'était le seul plaisir, avaient préparé sur un petit feu, allumé fort proprement sur le carrelage du vestibule.

Après avoir beaucoup ri de ce récit, ce qui acheva d'indigner Murad, Jean-Baptiste lui dit de ne rien changer à sa conduite. Il ajouta ensuite de très précises recommandations quant à ce qu'il faudrait faire et dire le lendemain au moment où l'on viendrait lui demander ses lettres de créance.

Ensuite, Jean-Baptiste fila chez lui. Il attendait, d'une façon ou d'une autre, des nouvelles d'Alix et s'était impatienté toute la journée, car il n'avait que cela en tête, de ne pas l'avoir vue la veille.

Il monta son escalier à tâtons, alluma une chandelle et découvrit, comme il s'y attendait, un billet plié en quatre et placé sous le bougeoir. C'était un mot de Françoise qui lui commandait d'être dans le jardin, au fond de la rue de la colonie, dès que la cloche de la chapelle aurait sonné les deux coups du matin.

CHAPITRE 5

Alix, debout dans sa chambre, attendait l'heure dans l'obscurité. Il n'y avait qu'un copeau de lune, souvent obscurci par le passage de nuages lourds ; c'est pourquoi Françoise avait jugé possible ce long trajet dans les rues, qui les mettrait à l'écart du consulat et de ses espions. Au début de la nuit, lorsqu'il lui restait encore beaucoup de temps pour délibérer, la jeune fille avait commencé par se dire qu'elle n'irait pas à ce rendez-vous, que c'était une folie, qu'elle risquait son honneur. Puis, à mesure que les heures passaient, elle repoussait ces idées comme on serre contre la muraille un brigand qui vous a d'abord attaqué. Elle se dit : « N'est-il pas vrai que je l'aime de toute mon âme ? »

Dès cet instant, elle fut aussi sûre d'y aller qu'elle l'avait été auparavant de résister. Dans son esprit apparaissaient soudain, non plus les vieux arguments tirés de son éducation, mais les certitudes nouvelles qu'elle avait acquises elle-même au cours de cette année. Sa conversation avec Françoise, pendant ces mois, lui avait révélé la dignité des amours véritables, qui ne sont point faites d'intérêts mais de passion. Quant à l'honneur, elle avait regardé sa mère qui avait si bien préservé le sien : qu'était-elle devenue sinon l'esclave d'un homme qui se l'était appropriée ? Alix faisait en elle-même ces dangereuses réflexions, tout en s'habillant. On aurait tort de croire, d'ailleurs, qu'elle était sous l'empire de Françoise

299

en agissant ainsi. Lorsqu'elles sortirent de la maison par la porte de service et glissèrent leurs ombres dans l'ombre de la rue, Alix se sentait frémir de bonheur, non seulement à la pensée de ce qu'elle faisait, mais par l'évidence intime et presque sauvage que l'action, l'action présente, le danger, une forme peut-être de sacrifice, satisfaisait la part d'elle-même la plus authentique, la moins gauchie de civilisation, ce qu'on pourrait simplement appeler son véritable caractère.

Jean-Baptiste, en attendant le rendez-vous, songeait qu'il n'avait jamais eu que des amours faciles et éphémères dans lesquelles le premier moment, qui est aussi souvent le dernier, prend la forme d'un combat ; où chacun, lucide et froid, cherche à conquérir ou à résister et où tout le pauvre jeu se résume finalement à dissimuler le plus longtemps possible ce que l'on pense. Cette fois, chacun savait d'avance et jusqu'à l'âme ce que l'autre ressentait. Il n'était point question de conquête ou d'abandon. Il fallait seulement faire naître au monde, c'est-à-dire dans l'air où retentiraient les paroles, où se déploieraient les gestes, cet amour déjà conçu et qui vivait en eux depuis si longtemps. Il sentait que cette responsabilité le rendait maladroit.

Quand les deux coups assourdis de la cloche sonnèrent dans l'obscurité, chacun était sur son chemin ; Alix et Françoise venaient par la gauche de la grille tandis que Jean-Baptiste, qui s'était dissimulé au fond du jardin, se rapprochait de l'entrée. Chacun avait la sensation de vivre un moment fugace, irréparable, précieux non pas en raison de l'engagement qu'il contenait et qui était depuis longtemps déjà pris, mais simplement parce qu'il ne reviendrait jamais. Ils étaient l'un et l'autre décidés à faire durer cet instant autant qu'ils le pourraient, à le fixer comme on saisit dans sa mémoire les traits de quelqu'un qu'on ne reverra plus. Bref, ils étaient résolus à ne rien précipiter. Pourtant, dès qu'ils virent leurs ombres se rapprocher, dès qu'ils furent seuls l'un avec l'autre, cette résolution les abandonna : les absences passées, l'inquiétude de ce lieu désert et obscur, et surtout le désir qui était en eux firent qu'ils s'embrassèrent immédiatement et se couvrirent en silence de baisers.

— Quel bonheur ! disaient-ils à tour de rôle.

Et ils continuaient de goûter leurs bouches, de se toucher avec des mains inquiètes qui paraissaient s'assurer méticuleusement de la présence de l'autre, de sa réalité, en même temps qu'elles en éprouvaient la douceur.

Tant qu'ils furent à ce degré de l'amour où tout a disparu, ils ne prononcèrent presque aucune parole. Il leur suffisait d'être l'un près de l'autre. Mais Françoise, qui faisait le guet près de la grille, vint leur souffler qu'il ne fallait pas s'attarder. Avec ces mots, le monde revint à eux et tous les obstacles qui se dressaient sur leur route.

— Comment convaincras-tu mon père ? dit Alix en regardant son amant dont elle voyait seulement la silhouette mince dans l'obscurité. Il parle de plus en plus de me marier…

— Pour l'instant, dit Jean-Baptiste, il ne faut rien lui dire, rien lui laisser deviner. Voyons-nous car je ne peux plus vivre sans te tenir dans mes bras, maintenant que nous sommes enfin réunis. Mais surtout que personne ne sache rien jusqu'à l'exécution de mon plan. Je vais aller à Versailles.

— Comment ! s'écria Alix en se serrant contre lui. Tu es à peine ici ! Tu veux déjà repartir ?

— Songe bien que c'est la seule solution. Le Roi a voulu une ambassade : je la lui apporte. Lui seul peut me donner la récompense qu'il me faut. Je reviendrai gentilhomme et ton père ne pourra plus rien me refuser.

Alix était prête à croire tout ce que lui disait celui qu'elle aimait. Ce plan lui déplaisait car il allait encore les séparer quelque temps. Elle convint pourtant qu'il était le meilleur possible et elle jura à Jean-Baptiste de l'aider de tous ses moyens.

— La seule aide que tu puisses m'apporter, c'est de ne pas m'oublier.

Elle poussa un cri indigné qui s'étouffa dans un long baiser.

Enfin, Françoise revint, et supplia qu'ils se séparassent car ce serait bientôt l'heure de la ronde des janissaires. Ils s'éloignèrent, revinrent l'un vers l'autre en courant, s'étreignirent encore et finalement repartirent chacun de son côté dans la nuit chaude, où l'on entendait le craquement des palmiers secoués par le vent.

*

Murad avait confiance en Jean-Baptiste. Le Négus lui-même n'avait-il pas témoigné son affection à cet étranger ? Il accepta donc de faire tout ce que le médecin lui recommandait. Cela lui était d'autant plus facile que les autres habitants de cette colonie franque ne lui plaisaient pas. Ces marchands trop riches et trop aimables lui rappelaient son ancien maître d'Alep, ses grimaces de bonté et sa grande hypocrisie. Bien des fois il avait eu envie de lui envoyer les plats à la figure. Cette fois, il en avait les moyens. Tant pis si ceux qui les recevraient ne lui avaient encore rien fait.

— Comment, mes lettres de créance ? répondit-il avec hauteur quand M. Macé vint les lui réclamer. Pour qui me prenez-vous ? Je suis l'envoyé du Roi. Le Roi des Rois, de surcroît.

Et il ajouta, en regardant sa petite main potelée où était incrustée, à l'auriculaire, un anneau de cuivre :

— Sa Majesté m'a bien recommandé de ne confier ses lettres qu'au Roi de France en personne. Il me faut donc aller à Versailles pour les lui remettre.

M. Macé insista mais l'Arménien fut intraitable et finit par le congédier rudement. Le secrétaire rentra au consulat épouvanté et fit le récit de cette entrevue à M. de Maillet avec une tête de condoléances.

— Ah, c'est ainsi ! s'écria le diplomate, il ne veut pas donner ses lettres ! Mais, parbleu, quels usages a-t-il ? Passe encore qu'il s'assoie par terre, qu'il insulte toute la colonie. Il faudrait qu'au moins, au moins, il accepte de se présenter dans les formes.

— Peut-être qu'à vous…, suggéra Macé.

Le consul s'immobilisa devant le pauvre enfant de langues et le foudroya du regard.

— Vous imaginez sans doute que, moi, le représentant du Roi de France, je peux adresser la parole à quelqu'un qui ne daigne pas faire état de son accréditation ?

— Non, évidemment, capitula Macé.

— Bon, dit le consul. Nous allons renvoyer une délégation auprès de lui.

— Aucun marchand ne veut y retourner.

— Alors, vous irez vous-même, cria M. de Maillet. Et vous lui direz que s'il ne donne pas ses lettres d'ici à demain, il sera chassé de la colonie et qu'il se logera lui-même comme il pourra dans le Vieux Caire.

Macé alla faire la commission et revint après avoir été jeté dehors. Murad avait poussé l'audace jusqu'à lui envoyer à la tête un morceau de baklava bien gras, dans lequel il avait mordu.

— Cette comédie a assez duré, dit M. de Maillet avec sang-froid et résolution. Je connais bien le moyen de tirer au clair cette affaire de lettre. Et croyez-moi, s'il s'avère qu'il n'en a pas, sa conduite m'autorisera à ne m'embarrasser d'aucun scrupule pour le mettre à la rue, lui, ses animaux, ses esclaves et ses guenilles.

Sur ces paroles, le consul demanda qu'on avance son carrosse et se fit annoncer chez le Pacha.

Il rentra de cette audience fort satisfait et passa une excellente nuit. Hélas ! le lendemain matin, au moment où il entrait dans son cabinet de travail, on annonça la visite du Père Plantain.

Ce jésuite était arrivé au Caire peu de temps après le départ du Père de Brèvedent. L'attaque qui avait terrassé le Père Gaboriau avait permis au nouveau venu d'apparaître officiellement : le Père Plantain était devenu en quelques semaines le représentant officiel de la Compagnie de Jésus dans cette échelle du Levant.

C'était un homme d'une quarantaine d'années, qui tenait sa forte carrure d'une famille dédiée depuis des siècles au commerce des bœufs, dans la région de Charolles. Il avait de longues mains fines qu'il croisait et décroisait lentement, en les regardant avec tendresse, peut-être parce qu'elles seules démentaient ses origines maquignonnes. Son visage semblait écrasé sous le galet énorme et déjà gris de son crâne arrondi et saillant au-devant des yeux. Ce haut front, signe ordinaire d'intelligence, lui donnait au contraire l'air un peu borné tant la masse en semblait peser sur son visage et même sur toute sa personne. Avec un tel physique, il fallait qu'il devînt équarrisseur ou musicien. Il pencha heureusement du côté de l'étude et entra au noviciat. Depuis son arrivée au Caire, il avait donné au consul maintes preuves de son caractère soupçonneux et de sa disposition à mener des intrigues secrètes. Comme au premier abord M. de Maillet avait cru ce père direct et simple, la découverte chez lui d'un peu de duplicité fit concevoir au consul qu'il avait été trompé : il ne mit désormais plus de borne à la fourberie qu'il supposait au prêtre.

— Quel bonheur de vous voir, mon Père ! dit le consul en apercevant l'homme en noir sur le seuil de son bureau.

Dans le même temps, le diplomate s'arma de la prudence qu'on emploie pour saisir un animal venimeux au bout d'un bâton.

Le Père Plantain n'était pas obséquieux : c'est sous une rudesse presque militaire qu'il dissimulait sa sinuosité. Il fit claquer d'une voix forte une sorte d'aboiement, « Excellence ! », suivie d'un garde-à-vous. M. de Maillet le saisit par le bras et l'installa dans un fauteuil.

— J'ai reçu votre billet, Excellence, dit le jésuite. Je vous en remercie. Voilà une fameuse nouvelle ! Depuis une semaine, nous savions déjà grâce à vous que, hélas ! le Père de Brèvedent n'avait pu terminer le voyage. Mais à part ce malheur, tout est heureux : un ambassadeur nous arrive !

Le consul avait prévenu le représentant de la Compagnie de Jésus du retour de la mission mais il ne l'avait pas convié à se joindre à la délégation qui devait l'attendre. En lui refusant cet honneur, on pouvait croire rétrospectivement qu'il l'avait favorisé.

— Il paraît, continua le prêtre, mais vous allez me le confirmer, qu'ils sont revenus avec trois indigènes d'Abyssinie ?

— C'est ce que l'on m'a rapporté aussi, dit le consul.

— Comment, vous ne les avez pas vus ?

— Aperçus, seulement.

M. de Maillet ne tenait pas à s'ouvrir de la question des lettres de créance avec ce semeur de troubles.

— Ils viennent d'arriver, ne l'oubliez pas, ajouta-t-il à toutes fins utiles.

L'homme en noir secoua plusieurs fois la tête, ce qui, compte tenu du poids qu'on pouvait lui supposer, ne laissait pas de faire souffrir son interlocuteur pour lui.

— Trois Abyssins dans les places réservées aux élèves d'Orient au collège Louis-le-Grand, voilà qui va frapper un grand coup, dit le jésuite, les yeux brillants.

Le consul fit un sourire contraint.

— Êtes-vous informé, Excellence, continua le prêtre, en se penchant en avant, que les Capucins en ont, paraît-il, capturé sept pendant la guerre que l'Éthiopie a faite au Roi de Senaar. Sept ! Vous rendez-vous compte ? Et qui vont aller tout droit à Rome...

Il se pencha et prit une voix encore plus basse :

— ... Si les Turcs les laissent embarquer.

Il accompagna cette conclusion d'un sourire qui en disait long sur l'intention qu'il avait de ne pas laisser les choses suivre leur cours sans intervenir.

— Nous aurions les mêmes difficultés, hasarda le consul, qui le regretta tout aussitôt, à faire sortir du pays les trois Abyssins qui nous sont arrivés...

— Ah ! Excellence, dit le jésuite en se redressant majestueusement, ce que veut ici le Roi de France a du poids, tout de même. Le Turc nous écoute, ce me semble. Notez que je m'avance : c'est vous le diplomate, après tout. Vous devez savoir ces choses mieux que moi.

M. de Maillet admirait la perfidie de ce supposé roc, qui sifflait ses insinuations comme une vieille repasseuse. Il résolut de reprendre un peu le dessus.

— Les affaires diplomatiques sont en effet bien complexes, mon Père, et si j'ose le dire aussi directement, elles le sont peut-être encore plus que vous ne le supposez. L'essentiel, voyez-vous, est que les choses soient faites dans l'ordre et la régularité. Vous qui êtes au service de la foi, vous êtes accoutumé aux mouvements dans l'éther, qui peuvent avoir la fulgurance de l'Esprit-Saint quand il descend visiter une âme. Nous, nous sommes au ras du sol : la politique est le mouvement des hommes. Il ne doit point être précipité...

Le prêtre ne comprit rien à ce discours. Il regarda seulement le consul du fond de son orbite noire et eut la conviction, comme jadis son père devant une bête avenante et grasse mais qu'il supposait vicieuse, que le diplomate lui cachait quelque chose d'essentiel.

La conversation dura encore dix minutes et ne lui apprit rien d'autre.

En sortant, le jésuite hésita un instant dans la rue, puis il se dirigea vers la maison de Poncet. Il frappa à la porte mais Jean-Baptiste n'était pas là. Il alla ensuite chez les Vénitiens.

Un vieux Turc, couché derrière la porte du jardin, répondit au Père Plantain que son Excellence l'ambassadeur d'Éthiopie ne recevait personne.

Le jésuite rentra fort perplexe.

*

À la tombée de la nuit, maître Juremi fit un retour discret, sans quitter l'ombre déjà épaisse des arbres devant le consulat. Chez lui, il retrouva Poncet, qui lui fit autant de fête que s'ils s'étaient quittés deux mois plus tôt.

— Et moi qui te croyais traité comme un héros, racontant tes exploits au milieu d'une cour d'admiratrices ! dit le protestant quand Jean-Baptiste lui eut rapporté les événements des jours précédents.

— Tu ne connais donc pas la colonie. Ils ont peur, ils se surveillent. Je suis malvenu partout. Les seuls qui voudraient me voir, je les évite, comme ce jésuite qui est passé cet après-midi et qui a prévenu les voisins qu'il voulait me parler. Non, crois-moi, le voyage continue et je me sens plus seul ici depuis deux jours que quand nous traversions le désert.

— Et Murad ?

— J'en viens. Il est accommodé comme un prince. Mais le consul n'a pas encore voulu le recevoir. Il veut voir ses lettres. J'ai fait promettre à Murad de ne pas céder et de répéter qu'il a pour mission d'aller à Versailles.

— Et... ta belle ?

— Je ne sais pas quand je pourrai la revoir. Mais hier soir... As-tu dîné ?

— Pas encore.

— Alors, suis-moi, allons chez Youssouf, en face de la mosquée de Hassan. Nous pourrons parler tranquilles.

Ils partirent joyeusement à pied vers Le Vieux Caire.

Poncet et son associé rentrèrent vers minuit. Au moment où ils arrivaient chez eux, une ombre jaillit de l'obscurité des arcades. Maître Juremi tira son épée.

— Pitié, dit l'ombre, c'est moi.

— Murad ! Que fais-tu ici à cette heure ?

Ils le firent entrer dans la maison. Poncet alluma une bougie. L'Arménien était en nage et respirait fort.

— À peine me suis-je couché, dit-il en haletant, tout à l'heure, que vingt hommes sont entrés dans ma maison.

— Vingt hommes ? Mais qui, des soldats, des marchands ?

— Des soldats. Turcs. De vrais fous. Ils se sont jetés sur moi, m'ont menacé en me mettant un grand sabre sur le cou : là.

Il montrait la chair dodue qui pendait sous son menton.

— Et ensuite ?

— Ensuite, ils ont tout fouillé, tout remué, tout ouvert. Et quand la maison a été bien retournée, ils m'ont dit de me présenter demain matin chez le Pacha.

— Mais que voulaient-ils ? dit Poncet.

— Oui, que t'ont-ils pris ? ajouta maître Juremi.

— Rien.

— Comment, rien ?

— Rien, ni or, ni cadeaux, ni vêtements.

— Ils n'ont rien emporté ?

— Seulement la lettre du Négus, dit Murad en baissant les yeux.

CHAPITRE 6

Pendant la longue absence de Poncet, Hussein, le Pacha du Caire, son patient fidèle, avait fait une mauvaise chute de cheval et s'était brisé la jambe. Les charlatans consultés avaient, par leurs soins approximatifs, écorché la peau et ouvert la fracture. Ce que ni les émeutes, ni les poisons, ni la débauche n'avaient réussi à faire, un faux pas sur une borne y parvint : Hussein mourut dans d'affreuses souffrances.

La Porte envoya pour le remplacer un homme bien différent : Mehmet-Bey était un pur guerrier. Il avait servi en Hongrie, à la pointe de la vague turque, et en retirait une grande haine des chrétiens. Il connaissait cependant d'assez près les Francs pour distinguer leurs différentes nations, ce dont peu de Turcs à l'époque se donnaient la peine. Sa préférence, si l'on ose dire, car il s'agissait en vérité d'un simple degré en moins dans la haine, allait aux Français, contre lesquels il ne s'était pas directement battu et qui avaient fait avec la Sublime Porte quelques alliances secrètes contre les Habsbourg. Sur l'âge, Mehmet-Bey était devenu la proie des imams et des muftis. Ces saints hommes se faisaient avec habileté les directeurs de ce musulman scrupuleux mais ignorant, dont ils espéraient qu'il serait moins conciliant que son prédécesseur avec les ennemis de l'islam.

Quand Murad parut devant le Pacha, qui l'avait convoqué, Mehmet-Bey entra d'abord dans une violente colère.

L'Arménien, que cette entrevue terrifiait à l'avance, avait voulu se rassurer en venant au sérail monté sur une mule. Or nul autre que les ambassadeurs chrétiens, en vertu des capitulations qui liaient leurs nations à la Porte, n'avait le privilège d'entrer à la citadelle sur une monture. Les gardes firent descendre Murad de sa mule avec rudesse, et le traînèrent auprès du Pacha.

— Pour qui te prends-tu donc ? dit Mehmet-Bey, debout, dans l'uniforme rouge des Turcs, un turban à franges dorées autour de la tête. Et d'abord, prosterne-toi, veux-tu ? Aurais-tu l'intention de ne pas honorer le Sultan ?

— Je… Je l'honore et lui rends le plus respectueux hommage, dit Murad en tremblant, à genoux, le nez contre les dalles.

— D'ailleurs, continua Mehmet-Bey en faisant le tour de l'homme qu'il voyait prosterné devant lui, n'es-tu pas turc ? Tu parles notre langue et tu m'as tout l'air d'avoir nos usages, à l'exception du respect, qui te fait gravement défaut. Serais-tu par hasard un renégat ?

— Non, non, protesta Murad qui, gardant le nez sur le sol, exécuta avec son postérieur le mouvement de dénégation que, debout, il aurait fait avec la tête. Je suis arménien. Mon père m'a donné sa religion et le Grand Seigneur, dans sa bienveillance, m'a autorisé à la conserver.

Mehmet-Bey ne détestait rien comme les chrétiens d'Orient.

— Le Sultan montre bien de la bonté avec vous autres, qui nous poignardez dans le dos quand nous combattons contre ces chiens de Francs ! Mais les choses sont ainsi…

Il retourna pensivement jusqu'à l'estrade couverte de tapis et de coussins où il tenait ordinairement audience et s'assit.

— Relève-toi, montre ton œil de traître.

Murad se redressa et resta sur les genoux. Sa grosse tête ronde était rouge et bouffie d'être restée si longtemps baissée. Le Pacha fit un signe à un de ses gardes, qui avança vers lui un plateau d'argent : il prit la lettre du Négus.

— Non seulement, dit le Turc, tu vis sur la terre du Prophète sans en reconnaître la parole mais en plus, à ce que je comprends, tu complotes avec les Abyssins, qui sont acharnés dans leur volonté de résister à l'islam et même de le combattre.

Murad, une fois le sang revenu au ventre, tenta de rassembler ses esprits et de se souvenir de ce que Poncet lui avait recommandé de répondre.

— Je suis un commerçant, Excellence, gémit-il. Je gagne ma vie où je le peux. Le hasard a voulu m'emmener sur la mer Rouge. J'ai été un moment au service du Nayb de Massaouah. C'est un bon musulman. Il n'a jamais eu à se plaindre de moi, demandez-le-lui. Un jour, il m'a confié un message pour le Roi d'Éthiopie…

— Qu'a-t-il besoin de faire porter des messages à ce chacal ?

— C'est que, Excellence, les Abyssins lui ont déjà coupé l'eau et les vivres, dans le passé. Le Nayb est bien obligé de tenir compte de ces voisins qui le dominent dans les montagnes.

Mehmet-Bey plissa les yeux, signe qu'un mot avait traversé en lui une couche profonde de son esprit, situé un peu au-dessous de l'épais socle des certitudes, une couche où frémissait parfois, le plus rarement possible à son goût, cette chose irritante que l'on nomme une idée.

— Alors, selon toi, dit-il, il est vrai que ce Négus peut retenir les eaux de nos pays ? Pourquoi ne l'a-t-il jamais fait, lui qui nous déteste tant, paraît-il ?

— Il l'a fait, avec Massaouah qui est une presqu'île. Il l'a un moment privée de tout.

— Mais avec nous, ici, en Égypte, qui vivons du Nil ?

— Excellence, à ce que je sais, le Négus ne manque ni des moyens ni de l'intention de priver les musulmans des eaux qui les font vivre. Mais songez que s'il dérive le premier cours du Nil, disons s'il le fait couler non plus du levant au couchant mais dans l'autre sens, il fera la ruine de l'Égypte, mais...

— Mais ? dit le Pacha.

— ... mais du même coup la prospérité des Somalis, qui sont aussi musulmans que vous l'êtes.

Le Pacha enregistra ces paroles, elles parcoururent les ténébreux espaces de son entendement et enfin, il éclata d'un énorme rire que reprit le chœur servile de la garde, disséminée partout dans la grande salle.

— L'eau que Dieu envoie sur la Terre, dit le Pacha, est destinée à nourrir ceux qui croient en lui et qui suivent son Prophète. Si ton maître s'imagine qu'il a quelque pouvoir parce que la pluie tombe d'abord sur ses misérables montagnes, il se trompe. Et c'est pour me dire cela qu'il a fait de toi son messager ?

— Non, Excellence.

— Je m'en doute, car tu serais au moins venu me voir. Depuis que tu es arrivé ici, toi, sujet du Sultan, tu n'as pas jugé bon de te présenter à lui, c'est-à-dire à moi.

— J'en avais l'intention, Excellence, mais le temps...

— Ne mens pas. Je connais la vérité. Le Négus t'envoie pour faire alliance avec les Francs et ce ne peut être que contre nous. J'imagine qu'il faut encore voir là l'œuvre de tous ces prêtres catholiques qui violent notre hospitalité.

Le petit groupe de muftis, avec leurs robes noires et leurs turbans blancs, assis dans un coin de la salle d'audience, fit entendre des chuchotements et de petites exclamations de satisfaction. Ils aimaient la fermeté du Pacha.

— Excellence, le Négus m'envoie pour des achats...

— Quoi ? cria Mehmet-Bey d'une voix tonnante, des mensonges encore ! Prends garde que je ne te donne quelques coups de fouet qui te feront passer ces manières de fourbe, traitement que l'on aurait dû t'appliquer plus tôt, à toi et à tous tes semblables.

Murad replongea dans sa première prosternation.

— Pitié, Excellence !

— Une fois pour toutes, sache que je n'ignore rien. Tu as dit partout que tu étais l'envoyé du Négus auprès du Roi Louis XIV. D'ailleurs, la lettre que voici et que mes soldats ont trouvée chez toi atteste officiellement que l'Abyssin t'a investi d'une mission. Laquelle ?

— Il est vrai que Sa Majesté le Roi d'Abyssinie a souhaité que je me rende en France.

— Sans doute pour contracter quelque accord perfide et nous attaquer à revers tandis que nous nous battons en Europe ?

— Non, Excellence, s'écria Murad en se redressant car il étouffait.

— Pourquoi alors ?

— Simplement pour remercier Sa Majesté le Roi de France de lui avoir sauvé la vie.

— Sauvé la vie !

— Oui, Excellence, voilà simplement la chose : le Négus s'est trouvé fort malade et, n'ayant aucun secours sur place, il a demandé de l'aide à la France. Le consul de cette nation, après avoir informé le conseil de son Roi, a envoyé au Négus un médecin franc qui l'a guéri. En remerciement, l'Empereur d'Abyssinie m'a chargé de remettre à ce Roi Louis, quelques présents et de lui témoigner sa reconnaissance.

— Où est ce médecin franc ? Est-il resté là-bas ?

— Non, Excellence, il est retourné avec moi. À l'heure qu'il est, il vit au Caire.

Mehmet-Bey ignorait cette affaire. Mais il avait entendu parler de ce médecin, dans l'entourage de son prédécesseur. Or, l'obéissance du Pacha aux docteurs de l'islam n'avait qu'une borne : c'était le crédit qu'il accordait à la religion en matière de thérapeutique. Mehmet-Bey avait plusieurs fois eu l'occasion, sur le champ de bataille, de reconnaître la supériorité des chrétiens sur les Maures dans le domaine médical. D'ailleurs, la plupart de ces hommes de l'art étaient d'une complète impiété, ce qui ne les empêchait pas de remplir leur office avec succès. Il en avait conclu qu'en cette matière une certaine modération dans les principes religieux s'imposait. Comme il ressentait depuis deux ans les douleurs de plus en plus gênantes de la podagre, l'affaire du médecin franc l'intéressa fort. Il posa à Murad plusieurs questions sur la maladie du Négus, à quoi l'autre ne voulut pas répondre directement, puis sur Poncet et les méthodes qu'il employait. Tout en continuant à traiter Murad avec sévérité, le Pacha parut quelque peu adouci par la raison qu'il lui avait donnée de son voyage. Finalement, il le congédia en disant :

— N'oublie pas, Monsieur l'envoyé, que tu es ici sous mon autorité. À tout moment, je peux te rappeler et te donner mes ordres. Le message que tu portes ne te confère aucun droit et surtout pas celui d'être insolent. Maintenant retourne chez les Francs. Mais que je n'apprenne jamais que tu as comploté avec leurs prêtres. Entendu ?

— Excellence, dit Murad après une dernière génuflexion, j'ai tout compris. Vous n'aurez pas de serviteur plus dévoué que moi.

— J'espère bien que si, dit le Pacha.

L'Arménien salua, et commença à quitter la salle courbé et à reculons. Il fit trois pas, s'arrêta et s'écria :

— Excellence ! Ma lettre.

— Tu la récupéreras chez le consul de France, puisque tu te prétends diplomate et que ton Négus t'a chargé d'une mission auprès de cette nation.

Murad vit dans cette réponse une complication à venir mais il était tellement heureux de sortir avec la tête encore sur les épaules qu'il partit presque en courant et oublia sa mule.

*

314

L'après-midi même, l'envoyé du Roi des Rois fit son entrée au consulat de France, M. de Maillet lui ayant fait savoir qu'il était maintenant disposé à le recevoir.

Murad avait été fortement ébranlé par l'audience chez le Pacha. Il ne se sentait plus aussi insouciant qu'à son arrivée au Caire. Malgré la recommandation de Poncet de rester ferme, l'Arménien quitta le ton familier qu'il avait pris d'abord avec les Francs. Mettant le consul au comble de la surprise, dès qu'il fut introduit dans son cabinet, Murad se prosterna à genoux comme il l'avait fait devant le Pacha. M. Macé le releva. Le consul prit l'air de ne s'être aperçu de rien, comme il l'aurait fait devant une duchesse de laquelle le vent aurait un instant soulevé les jupes.

— Cher Monsieur, dit le consul lorsqu'ils furent l'un et l'autre assis, le Pacha des Turcs, alarmé par les bruits qui n'ont pas manqué de courir depuis votre arrivée, a cru bon d'intervenir pour s'assurer de votre identité. Croyez que je ne suis pour rien dans cette démarche et que je réprouve tout à fait les méthodes violentes qui vous ont été appliquées. Mais enfin, les choses sont ainsi : nous sommes sur une terre étrangère et les Turcs ont les droits qu'ils se sont donnés. Cette affaire a une conséquence : le Pacha ayant jugé bon de me remettre la lettre qu'il a fait saisir chez vous, je suis désormais en possession de ce que je vous demandais en vain depuis votre arrivée. En sorte que ce qui aurait pu être fâcheux pour vous a d'heureuses conséquences : je sais maintenant que vous êtes, sans l'ombre d'un doute possible, l'envoyé accrédité du Négus, comme le prouve ce document, traduit et authentifié par le sceau de ce souverain. J'ai donc l'honneur de vous présenter mes hommages et de vous tenir auprès de moi comme le messager de l'Empereur d'Abyssinie.

Murad baissa la tête avec courtoisie puis jeta un coup d'œil

315

autour de lui, comme s'il guettait, après cette bonne nouvelle, quelque avanie inattendue.

— Cette lettre de créance, continua M. de Maillet, si elle vous légitime tout à fait, ne fait en revanche aucune mention de l'intention du Négus de vous voir vous rendre à la cour de Versailles. Nous allons donc, si vous le voulez bien, convenir de ceci : pendant votre séjour au Caire, nous pourvoirons à votre logement ainsi qu'à celui de votre maison, qui se compose, je crois, de trois personnes... ?

Murad fit oui de la tête.

— Je mettrai à votre disposition pour vos frais la somme de cinq sequins aboukels par mois, que je prélèverai sur les fonds du consulat. Lorsque vous jugerez votre mission terminée, nous ferons tout ce qui est nécessaire pour que vous puissiez retourner dans l'Abyssinie.

— Mais, dit timidement Murad, qui se souvenait des conseils de Poncet, à part ma lettre de créance, je suis aussi porteur d'un message personnel pour votre Roi.

— Je vous l'ai dit, fit le consul avec douceur comme on raisonne un malade qui refuse de prendre un sirop, votre lettre ne précise pas que vous deviez porter ce message vous-même.

— Pourtant..., dit faiblement Murad.

— Cher Monsieur, dit le consul avec humeur, tout est simple dans cette affaire. N'y introduisons pas nous-mêmes la complication. Vous avez un message pour le Roi : donnez-le-moi. S'il est écrit, je le transmettrai, mais rien de tel n'a été découvert par le Pacha pendant sa perquisition, que je sache. Si c'est un message oral, je m'en ferai le fidèle écho dans une dépêche. S'il s'accompagne de présents, nous les ferons passer en France sur des navires de notre flotte et ils arriveront en sûreté.

— Mais le Roi m'a bien dit d'y aller moi-même.

— Écoutez, dit le consul, ne me répondez pas tout de suite. Réfléchissez. Je comprends qu'il vous faut vous habituer à cette ville, à cette mission.

M. de Maillet pensait surtout qu'un délai de réflexion permettrait à Murad de se rendre compte de la précarité de sa position et l'aiderait à discerner où était son intérêt. Pour achever de le convaincre, il ajouta :

— Le Négus ne peut pas vous en vouloir de ne pas faire votre message vous-même. Car, à la vérité, le cas est fort simple : les Turcs s'opposent formellement à ce que vous quittiez ce pays pour l'Europe. Grâce aux bonnes relations que nous avons avec eux, ils acceptent votre présence auprès de cette légation mais ils ne vous laisseront jamais embarquer. Suis-je bien clair ?

Murad convint qu'on ne pouvait l'être plus. Il accueillit cette nouvelle avec un soulagement qui l'étonna lui-même. Au fond, il ne tenait guère à aller, contre vents et marées, visiter ce Roi Louis XIV, dont le portrait, au-dessus du consul, lui laissait imaginer qu'il était plus redoutable encore que le Pacha. Il termina allégrement la conversation avec M. de Maillet et rentra, tout suant sous le plein soleil de trois heures de l'après-midi, rapporter ces surprenantes nouvelles à Poncet.

*

Par on ne sait quelle particularité du climat, les plumes des oies élevées en Égypte ne valent rien. Au lieu d'être fermes et d'attaquer le papier comme font celles d'Europe, elles sont souples à l'excès et ramollissent encore quand on les plonge dans l'encre. M. de Maillet faisait donc venir les siennes de France. Il laissait les employés du consulat se débattre avec les fournitures locales et se réservait l'usage des bonnes plumes pour sa propre correspondance, dans les cas rares où il l'écrivait lui-même. Ce soir-là, pour s'adresser à M. de Pontchartrain, il avait résolu, bien qu'il y répugnât en raison d'une douleur récurrente du poignet, de fixer lui-même par écrit les idées qu'il comptait transmettre au ministre. Sa longue écriture penchée brillait sous la lueur du flambeau :

« J'ai représenté au messager du Négus que les Turcs étaient opposés à son voyage, ce qui, en toute rigueur, n'est pas exactement la vérité. Le Pacha du Caire n'a pas l'autorité pour interdire une telle mission, si nous la voulions vraiment. Pourtant, il est exact qu'une ambassade d'Abyssinie dans les conditions actuelles ne manquerait pas de mécontenter gravement la Porte, ce qui pourrait avoir de fâcheuses conséquences pour nos bonnes relations. En sorte que c'est de manière indirecte que ma proposition se vérifie et ce sont en effet les Turcs qui rendent ce voyage impossible. Je me tiendrai fermement à cette ligne de conduite et j'ai de bonnes raisons de croire que le personnage qui représente ici le Roi des Rois ne s'en plaindra pas.

Permettez-moi cependant d'aller un peu au-delà dans mon commentaire. Il serait dommage, me semble-t-il, que cette question d'Abyssinie, bien engagée comme elle l'est, ne trouve pas un développement ultérieur conforme à nos intérêts. Je propose donc que nous reprenions l'affaire des mains des Jésuites et que nous la poursuivions par nos propres moyens. Quel était, en cette matière, l'intérêt des Jésuites ? Convertir le pays. Ils n'y sont pas parvenus puisque le Père de Brèvedent n'a pas atteint le terme de son voyage. Pourtant, ils considéreraient cette mission comme un succès s'ils pouvaient ramener en France les trois Abyssins qui ont voyagé jusqu'ici avec le sieur Murad. Convenablement formés dans les écoles des Pères à Paris, ces indigènes pourraient, par la suite, être renvoyés dans leur pays avec plus de chance de le convertir que des étrangers. Voilà sur quoi compte la Compagnie de Jésus. Je suis d'avis de la contenter sur ce point. Forts de ce succès et tout à la préparation de leurs nouveaux protégés abyssins et futurs envoyés, ces Pères ne seront plus intéressés, au moins pour un temps, par l'idée d'une ambassade vers le Négus. Nous les aurons satisfaits et nous disposerons de nouveau d'une marge de conduite indépendante d'eux. Je propose que nous l'utilisions pour renvoyer le plus vite possible au Négus, avec la protection du sieur Murad dont, du même coup, nous nous débarrasserions, une ambassade digne de ce nom dans l'Abyssinie.

La mission du sieur Poncet a eu pour principal mérite de nous prouver que ce voyage était possible et moins dangereux qu'on pouvait le craindre. En envoyant une véritable ambassade, nous ne dépendrions plus, cette fois, des fantaisies d'un apothicaire et nous ne risquerions plus de tout voir compromettre par la découverte, au sein de notre mission, d'ecclésiastiques plus ou moins habilement dissimulés. Une telle ambassade, conduite par un véritable diplomate, pourrait établir solidement avec le Roi d'Éthiopie les bases d'un accord politique. D'autre part, elle serait à même de nouer des liens commerciaux prometteurs, au nom de la Compagnie des Indes, avec ce pays où l'or est abondant, où bien des richesses naturelles peuvent être exploitées et qui constitue une étape libre de toute concurrence vers les extrémités de l'Orient.

À qui, me direz-vous, attribuer la direction d'une si haute mission ? Il me semble, bien que je ne le connaisse pas encore, que le chevalier Le Noir du Roule, dont vous m'annoncez l'arrivée dans votre dernière dépêche et qui occupera sous mes ordres les fonctions de vice-consul à Damiette, a d'abondance les qualités requises pour une telle entreprise.

Je sais avec quels desseins, pour répondre à mes obligations familiales, vous m'avez fait l'honneur de le choisir. J'espère vous montrer par cette proposition que je ne fais pas passer mes intérêts de père avant ceux du Roi. J'ose d'ailleurs espérer qu'ils se réuniront et que M. Le Noir du Roule, couvert de la gloire et de la fortune que je me propose de lui faire acquérir, n'en sera que mieux à même d'honorer ma famille en s'unissant par la suite à ma fille. »

CHAPITRE 7

En recevant les nouvelles que lui apporta Murad, Jean-Baptiste comprit que la partie était perdue. L'alliance du consul et du Pacha — qu'elle fût une simple convergence d'intérêts ou une véritable entente — brisait toute chance de mener l'ambassade jusqu'à Versailles. Si Murad acceptait de transmettre son message au consul, celui-ci le ferait parvenir au Roi en le déformant à sa guise et il ne fallait pas compter sur le diplomate pour favoriser si peu que ce fût les intérêts de ce Poncet qu'il méprisait.

Tant d'efforts, ces journées de voyage, ces épreuves n'avaient donc servi à rien. Jean-Baptiste allait sombrer dans le désespoir quand deux bonnes nouvelles lui furent apportées coup sur coup, qui, sans modifier en rien les perspectives d'avenir, projetèrent son esprit vers un bonheur immédiat.

Au moment où il discutait avec maître Juremi, sur le frais de leur terrasse, et où, retournant l'affaire en tous sens, il voyait le voyage à Versailles définitivement compromis, un garde du consulat était venu apporter un billet de M. de Maillet. Celui-ci invitait « le sieur Poncet » à dîner le lendemain, pour honorer l'arrivée de « Son Excellence le Représentant de sa Majesté le Roi d'Abyssinie ». Une liste des convives était jointe. La seule chose qui intéressât Jean-

320

Baptiste fut d'y lire : « Monsieur le consul de France, Madame de Maillet et *leur fille* ».

Un peu plus tard, Françoise parut à la fenêtre de sa maison, sauta sur la terrasse et fit part à Jean-Baptiste d'un plan qu'il devait suivre scrupuleusement s'il voulait avoir avec Alix un entretien seul à seule, après le dîner d'apparat. Cette commission faite, Françoise tourna et retourna dans la maison des deux hommes afin, disait-elle, de voir s'ils ne manquaient de rien. Elle osa s'aventurer au rez-de-chaussée, où maître Juremi s'était remis à concocter ses mélanges. Il la salua par un grognement et la pauvre femme remonta en hâte, passa tout émue devant Poncet et disparut par le même chemin qu'elle était venue.

Pendant la journée suivante, Poncet, qui regardait douloureusement passer les heures en attendant le dîner, se cacha dans sa maison. Vers midi, il rendit visite à Murad et fixa avec lui les détails du comportement qu'il devrait observer le soir, au consulat. Jean-Baptiste redoutait que cette première épreuve mondaine ne donnât d'autres arguments au consul pour s'opposer à ce que l'Arménien parût jamais à la cour. Puis il rentra et fit recevoir les visites par maître Juremi, plus rogue que jamais. La curiosité s'était en effet répandue chez les marchands et chacun voulait maintenant se divertir en entendant le récit de voyage de l'apothicaire, d'autant plus qu'il ne l'avait encore fait à personne et que, jour après jour, son silence lui donnait du prix. Le Père Plantain était aussi venu trois fois. Maître Juremi ne lui laissait pas franchir la porte et le jésuite se dandinait pour jeter des coups d'œil par-dessus l'épaule du protestant afin d'apercevoir quelque chose du mystère de cette maison. Le Père Plantain se plaignit amèrement que Murad ne voulût non plus recevoir personne et dit qu'il aurait pourtant bien aimé entendre le récit de la mort du Père de Brèvedent. Maître Juremi s'était contenu pour ne pas jeter dehors le jésuite et il avait écouté ses jérémiades assez poliment mais sans bouger d'un pouce.

Enfin vint l'heure du souper. Jean-Baptiste s'habilla : les vêtements achetés aux corsaires, s'ils étaient en temps ordinaire un peu au-dessus de l'élégance requise, convenaient très bien à ce genre de circonstances. Maître Juremi lui dit qu'il était magnifique. Poncet lut dans l'œil de son compagnon un peu de tristesse, non pas sans doute de rester à l'écart de réjouissances qu'il goûtait peu, mais peut-être de se voir réduit à une sorte de clandestinité comme si tous les efforts, tous les dangers, tous les succès aussi de ces mois de voyage eussent été des choses inavouables et coupables qu'il devait dissimuler comme il avait dû dissimuler cette foi si simple et si innocente à laquelle il était fidèle.

Poncet, en marchant jusqu'au consulat, pensa qu'il devait s'employer à réhabiliter son ami et il parvint à la conclusion que c'est en France qu'il trouverait les meilleurs appuis pour le faire. C'était une raison de plus d'obtenir cette ambassade à Versailles. Hélas ! il en voyait s'éloigner de plus en plus l'occasion.

M. de Maillet, pour accueillir l'envoyé du Négus et le dédommager de ne pas lui donner ce qu'il espérait, avait fait préparer un souper de grande tenue. Sur les degrés du perron, les gardes, en costume de janissaire, brandissaient avec majesté leur sabre courbe et faisaient une haie d'honneur aux convives. Une débauche de chandelles, disposées sur les lustres, illuminait le vestibule et les salles de réception, faisait briller l'or des cadres, le poli des parquets, les sols de scagliola et jusqu'aux boutons de cuivre des laquais. Les femmes plongeaient avec volupté dans cette lumière artificielle dont elles savaient qu'elle les flatterait en donnant de l'éclat à leurs bijoux et à leurs yeux, tout en nimbant leurs traits d'un flou éblouissant. Ces dames de la colonie, dignes épouses de marchands pour la plupart, avaient souvent accompli de chaotiques carrières mondaines, dont la première période, la plus longue en général, avait débuté à la caisse d'une boutique et parfois même sur la scène de cabarets ambulants.

Quand leurs aventuriers de maris avaient rencontré la fortune au Caire, elles avaient pu apaiser soudain leur insondable faim de respectabilité. Elles achetaient leurs bijoux à des Juifs qui en faisaient la contrebande et donnaient à copier les dernières robes de Paris à des couturières arabes de douze ans qu'elles ne payaient point. Ces joyaux et ces parures arrivaient bien tard sur des corps auxquels le travail et la cupidité avaient ôté leur fraîcheur. Mais l'effet du luxe, qui le rend si désirable, est d'assimiler quelque peu aux êtres la qualité des objets dont ils sont propriétaires, en sorte que le goutteux qui parade dans un beau cabriolet prend l'aisance même de ses chevaux et qu'une femme dont la jeunesse est évanouie devient, pour un soir, aussi neuve, aussi brillante, aussi souple à l'œil que l'organdi qui la couvre et dont elle frôle impudiquement la jambe des hommes.

Arrivé parmi les derniers convives, Jean-Baptiste fit ses hommages au consul, qui accueillait ses hôtes dans le vestibule, puis il plongea dans cette marée de taffetas, de perles et de pierreries pour y retrouver la seule qui eût à ses yeux un prix. Pour cette grande occasion, toutes les pièces du rez-de-chaussée étaient ouvertes : l'habituelle salle de réception, où le portrait du Roi figurait toujours en majesté et d'où le bureau du consul avait été retiré, se prolongeait par une autre salle, ordinairement fermée par mesure d'économie, où l'on avait ce soir dressé les tables. Alix ne s'y trouvait pas. Jean-Baptiste la découvrit finalement dans une pièce dont il ne soupçonnait pas l'existence. C'était un petit salon de musique où les dames se tenaient volontiers le soir. Près de la fenêtre qui ouvrait sur l'arrière du jardin, une épinette verte peinte d'une scène champêtre s'adossait au mur. Alix se tenait devant une petite cheminée surmontée d'une glace à trumeau si bien qu'en entrant Jean-Baptiste, d'un coup, la découvrit à la fois de face et de dos. La salle était petite et ils eurent l'impression de se trouver brusquement nez à nez, ce qui les troubla l'un et l'autre. Mais il y avait trop d'animation autour d'eux, trop de rires, d'exclamations, de salutations bruyantes pour qu'un détail aussi minime fût aperçu par quelqu'un d'autre. Un observateur attentif aurait pourtant noté qu'Alix, qui tenait jusque-là ses grâces en réserve, bien qu'elle eût mis le plus grand soin à sa coiffure et à sa toilette, les fit resplendir d'un coup en s'illuminant. On eût dit le déploiement d'un éventail, la roue d'un paon, l'aile ouverte d'un papillon. Tendue par cette bourrasque qu'elle attendait, elle prit comme une grande inspiration de beauté qui la porta comme une voile. Jean-Baptiste, aussi ému, eut un instant d'arrêt puis il fit deux pas en avant. Aussitôt, comme un soldat qui se découvre est la cible de toutes les balles, il fut environné de cinq ou six femmes qui avaient entendu parler des exploits du jeune voyageur et priaient chaque jour leur mari de l'inviter chez elles. En le voyant entrer, si simplement beau dans sa veste rouge avec ses aiguillettes d'argent, ses cheveux flottants, sans cravate, elles confondirent aussitôt l'intérêt qu'elles avaient pour son histoire avec l'émoi physique que sa seule vue suscitait en elles, à l'heure où l'armement de leur parure les nourrissait intérieurement de l'illusion qu'elles étaient encore irrésistibles. Jean-Baptiste allait sombrer dans ce flot quand un mouvement général entraîna tout le monde à l'extérieur du petit salon et ramena les convives dans la salle d'apparat : on annonçait l'arrivée de l'ambassadeur. C'était en réalité une fausse alerte. Le consul avait envoyé sa voiture chercher Murad mais celui-ci n'était pas prêt et il avait jugé, absurdement, qu'il valait mieux faire retourner la voiture à l'heure car elle pouvait manquer au consul. L'Arménien y avait donc placé ses trois esclaves en leur disant de prévenir qu'il viendrait à pied. Quand le carrosse s'immobilisa devant le perron, le consul lui-même se précipita sur la portière et, devant les yeux impitoyables des convives, il eut le désagrément d'en voir sortir trois indigènes, les jambes nues, drapés dans une simple cotonnade et roulant des yeux terrorisés. Murad arriva en trottinant dix minutes plus tard et fut d'abord arrêté sans ménagement par un des gardes qui ne l'avait pas reconnu dans l'obscurité. Tous ces contretemps retardèrent un peu le dîner et prolongèrent le plaisir des invités qui, pour la plupart, n'avaient jamais eu l'honneur d'être aussi officiellement traités. Enfin, les convives se placèrent autour des deux longues tables qui avaient été dressées. L'ambassadeur Murad était, sur la première, assis vis-à-vis le consul. La seconde était présidée par le sieur Brelot, député de la nation, à l'égard duquel M. de Maillet espérait ainsi réparer le préjudice causé par la ridicule délégation qui avait manqué l'arrivée de Murad. En face avait pris place Frisetti, premier drogman du consulat. Poncet était à cette seconde table, entre deux dames dont la vue l'affligea immédiatement. Le secrétaire Macé était son premier voisin masculin de droite.

Jean-Baptiste scruta la salle pour voir où allait être située Alix. Il eut un moment de dépit car elle avait d'abord confondu sa place. Finalement, elle s'assit à la droite de Frisetti, c'est-à-dire presque en face de son amant. C'était la première fois, depuis si longtemps, qu'ils étaient proches en public, sous une éclatante lumière, presque dans l'illusion d'être maître et maîtresse d'une maison.

Jean-Baptiste évita de trop regarder dans la direction d'Alix, tant son émotion était forte et tant il craignait qu'elle apparût lisiblement sur son visage. Le brouhaha s'apaisa quelque peu quand tout le monde fut placé. On se tourna de part et d'autre pour de courtoises présentations et tout de suite la conversation démarra.

— Maintenant, cher Monsieur Poncet, vous allez bien nous conter un peu vos aventures jusqu'en Abyssinie ?

La question avait été lancée par M. Macé lui-même, et avait déchaîné l'enthousiasme de la table.

— Il faut me poser des questions, dit Jean-Baptiste. Ce pays est fort loin et il nous est arrivé, je crois bien chaque jour, des péripéties qui feraient chacune le chapitre d'un livre.

— Commencez donc par le voyage. Est-il si périlleux d'arriver jusque là-bas ? dit Macé.

À regarder le secrétaire, on aurait volontiers cru que ses paroles provenaient d'une sincère curiosité. La vérité est qu'il était, comme toujours, en service commandé. Le consul, tout à l'idée d'envoyer une nouvelle ambassade, officielle cette fois, s'était avisé qu'il fallait mesurer les dangers qu'elle courrait. Murad était de peu de secours pour l'éclairer. Le mieux était donc d'obtenir que Poncet racontât son voyage. Le consul n'était pas pour autant disposé à l'en prier et moins encore à donner à cet apothicaire conscience de son importance en paraissant s'intéresser à lui.

L'occasion de ce dîner donna à M. de Maillet l'idée de flatter Poncet et de commencer à le confesser en public, c'est-à-dire sans paraître lui marquer un intérêt particulier. M. Macé avait reçu mission de le faire parler le plus possible, d'inscrire ce récit dans sa prodigieuse mémoire et d'en orienter le cours par des questions sagaces. Sous le regard d'Alix, Jean-Baptiste s'enflamma. Il se moquait bien des absurdes bourgeois qui l'entouraient. C'était à celle qu'il aimait et à elle seule qu'il acceptait de faire le récit passionné des dangers qu'il avait courus, des souffrances et des joies qu'il voulait qu'elle connût pour les partager, fût-ce après coup.

Macé avait le plus grand mal à canaliser le récit du voyageur sur des questions pratiques. Poncet digressait vers des détails qui paraissaient superflus au secrétaire. Il se lança par exemple dans la description interminable de la cérémonie du café en Abyssinie. Mais les dames adoraient ces sujets et boudaient le triste Macé quand il essayait de revenir au Roi de Senaar ou à l'état de la piste jusqu'au lac Tsana. Il fut bientôt débordé et laissa Poncet répondre en riant aux questions les plus futiles.

Vers le dessert, la ronde épouse d'un marchand, très rouge et animée par les boissons, s'enhardit pour prendre part à la conversation et cria à Jean-Baptiste avec une voix qui revenait de son passé de harengère :

— Monsieur, on dit que les Abyssines sont fort belles. N'avez-vous point ramené une femme ?

Tout le monde regarda Poncet.

— Une femme ? dit-il en baissant les yeux.

Il y eut un instant d'hésitation générale. Jean-Baptiste releva la tête et fixa Alix un court moment ; tout le feu de leur amour se transporta dans ce regard.

— À la vérité, Madame, dit-il sans porter la moindre attention à celle qui avait posé la question, c'est en effet pour chercher une femme que j'ai entrepris ce voyage. Et je crois bien l'avoir trouvée.

Il avait prononcé ces paroles avec tant de sérieux que le malaise de l'assistance se prolongea quelques secondes encore.

— Il plaisante ! dit enfin une voix d'homme.

Il y eut une soudaine détente, quelques rires.

— Vous plaisantez, n'est-ce pas ? s'écria la voisine de Jean-Baptiste en se penchant vers lui.

— Naturellement.

Il y eut un « Ah ! » général et la conversation reprit toute son animation. Mais M. Macé, qui ne pouvait voir Mlle de Maillet sans être captivé par sa beauté, bien qu'il s'en défendît, avait perçu le regard qu'elle avait échangé avec Jean-Baptiste et il ne s'y était pas trompé. Il les dévisagea par la suite plus attentivement et inscrivit ces observations dans l'endroit approprié de son esprit.

Le souper prit fin ; les convives se mêlèrent pour aller prendre le café dans le salon de réception, sous le portrait du Roi. Ceux qui avait dîné à la table de Poncet étaient gais et riches d'anecdotes plaisantes à colporter. Ceux de la première table avaient des mines sombres et indignées. À voix basse, ils se répandirent en commentaires scandalisés sur la conduite du plénipotentiaire de l'Empereur d'Abyssinie. Non content de manger malproprement et avec les mains, il n'avait cessé de faire les questions les plus étonnantes sur le prix des volailles, la manière de les préparer, le poids de beurre à mettre dans les sauces, de sorte qu'on aurait pu croire plutôt être en présence d'un cuisinier. Échauffé par le vin, il avait ensuite poussé l'étourderie jusqu'à se saisir de la robe de sa voisine pour s'y essuyer les doigts. Toute ambiguïté sur sa conduite avait enfin cessé lorsque après avoir englouti un sorbet, il prétendit déposer un baiser glacé dans le cou de l'épouse du plus gros banquier de la colonie. L'affaire aurait mal tourné si M. de Maillet, sur lequel chacun réglait sa conduite comme s'il eut été — et il l'était en vérité — le métronome du bon goût, n'avait engagé tout le monde dans une autre direction en faisant mine de s'étrangler.

Pendant que circulaient ces anecdotes et que les témoins de ces scènes fâcheuses en échangeaient l'affligeant récit contre les piquantes histoires de l'autre table, Alix était allée voir sa mère et lui avait déclaré qu'une migraine la terrassait. Mme de Maillet savait quel effort avait fait sa fille pour assister à ce dîner auquel elle avait d'abord fermement refusé de prendre part. Elle l'embrassa sur le front et lui souhaita bonne nuit. Jean-Baptiste eut plus de mal à s'échapper. Il était poursuivi par vingt dames. Il promit à dix-neuf d'entre elles de venir dîner, ce qui à la fois les ravit et dévalua quelque peu ses faveurs. Si bien que la vingtième jugea plus original de ne rien lui demander, ce dont les autres la jalousèrent immédiatement.

Jean-Baptiste alla saluer le consul, qui le félicita pour sa verve, dont tous les convives de sa table étaient venus témoigner. Le médecin demanda la permission de ramener Murad, qui, dit-il, avait l'habitude de se coucher tôt. Le consul accepta de bonne grâce d'être débarrassé de cet objet permanent de scandale. Il proposa sa voiture sans insister : l'Arménien, effondré dans un fauteuil, seul dans un coin du salon, la tunique maculée de taches et les mains grasses de tout ce qu'elles avaient saisi, était capable d'endommager gravement les capitons de satin bleu du carrosse. Poncet dit qu'il serait plus sain pour eux de rentrer à pied et il remorqua l'ambassadeur, qui salua tout le monde avec des grognements. Ils furent rejoints en bas du perron par les trois Abyssins que l'on avait nourris aux cuisines.

— Des flambeaux pour raccompagner Monsieur l'ambassadeur ! s'écria M. de Maillet.

Mais Jean-Baptiste l'arrêta :

— Il vaut mieux ne pas trop éclairer la scène, dit-il.

Le consul en convint et les laissa partir, comme une petite tribu en déroute, dans l'obscurité.

Une fois dans la rue, ils firent deux cents mètres, puis Poncet confia le bras de Murad au plus vigoureux des Abyssins, qui parlait arabe, en lui disant de le reconduire chez les Vénitiens. Jean-Baptiste, lui, prit à gauche, contourna le vaste terrain du consulat et passa par une ruelle bordée de deux murs aveugles. L'un d'eux clôturait l'arrière-cour de la légation. Il était percé d'un portail par où se faisait la livraison des cuisines. Françoise l'y attendait.

CHAPITRE 8

Poncet monta, derrière Françoise, un étroit escalier de service qui sentait la moisissure ; il pénétra ensuite seul dans une garde-robe obscure et enfin dans une chambre dont les fenêtres étaient grandes ouvertes sur la nuit chargée d'étoiles. Un léger vent du nord rabattait vers la ville l'odeur limoneuse du delta. On entendait monter du rez-de-chaussée le brouhaha des convives qui s'attardaient en nombre et riaient fort. La chandelle mourante, sur la table de nuit, jetait sur Alix, qui attendait debout, une lueur jaune. Jean-Baptiste avança doucement et la prit dans ses bras. Elle n'avait pas changé de tenue. Jean-Baptiste sentait sous ses doigts et sous ses lèvres les formes de la coiffure, les bijoux, les tissus, le visage auxquels sa mémoire toute récente redonnait la couleur, l'harmonie et l'éclat qu'ils avaient sous les grands lustres des salons. Bref, les deux amants étaient là tout entiers et connaissaient enfin l'immense plaisir de pouvoir saisir ce qu'on désire dans l'instant même où on le désire. Trop de contretemps les avaient jusque-là séparés pour qu'ils missent le moindre obstacle à cette volupté. Ils s'abîmèrent dans de longs baisers tandis que d'en bas, comme de l'obscurité d'un théâtre, montaient des acclamations toutes semblables à celles qui saluent, à la fin d'un opéra, un beau couple réuni sur la scène.

Il y avait près d'eux un lit ; l'intimité était complète. Mais ce serait mal les comprendre de croire qu'ils eussent pu céder, dans cette période de leur amour, à la complète envie qu'ils avaient l'un de l'autre. Ils nourrissaient encore sagement l'espoir, même si leurs gestes étaient pleins d'assurance, d'obtenir un jour le droit de s'aimer et attendaient ce moment pour ne mettre plus de limite à leurs transports.

— Mon amour, mon amour, murmurait Alix en continuant à semer ses baisers sur le visage de Jean-Baptiste. Comme je suis heureuse. Je t'aime et je voudrais rester toujours ainsi.

Peut-être fut-ce l'évocation de cette impossible durée qui la fit tressaillir et s'écarter un peu de Jean-Baptiste. Elle fixa sur lui ses yeux profonds, vernis de larmes et demanda gravement :

— Dis-moi : quand pars-tu pour Versailles ? Et surtout quand reviens-tu pour m'emmener avec toi ?

— Hélas ! dit Jean-Baptiste en détournant un peu la tête.

— Qu'y a-t-il ?

— Tout est bien compliqué. Ton père refuse l'idée d'un voyage en France et prétend que ce sont les Turcs qui s'y opposent. Il faut reconnaître que nous n'y mettons pas du nôtre : tu as vu Murad…

— Tu veux dire… que tout est compromis ?

— Non, s'écria Jean-Baptiste en lui pressant les mains. La chose sera seulement plus difficile et plus longue que je l'espérais d'abord.

Jean-Baptiste ne voulait pas avouer tout à fait que la cause était perdue. Il ne savait vraiment pas d'où pourrait surgir encore un espoir et pourtant, en ce moment, devant Alix, l'idée de renoncer lui paraissait encore plus odieuse et improbable que l'échec.

Du perron montait le bruit tout proche des couples de dîneurs qui commençaient à quitter en masse le consulat et faisaient des adieux bruyants et des remerciements interminables.

— Écoute-moi, dit Alix. Nous avons peu de temps. Dès que le dernier carrosse s'avancera pour charger ses passagers, tu devras partir.

À ces mots, elle l'embrassa de nouveau, puis se reprit :

— Il faut que tu saches que tout est très urgent...

— Que veux-tu dire ?

— Mon père... Ah ! je ne voulais pas que tu le saches, il est inutile de tout compliquer.

— Parle, je t'en prie.

— Mon père, depuis trois jours, évoque sans cesse la prochaine arrivée d'un homme qui lui est envoyé de France. C'est un diplomate qui doit prendre un poste consulaire à Rosette ou à Damiette, je ne sais plus.

— Eh bien ?

— Eh bien, plusieurs fois mon père a fait des commentaires sur cet homme, en détaillant sa haute extraction, sa carrière, son avenir et en me regardant avec insistance. Il ne m'a encore rien dit de plus mais ma mère m'a confirmé qu'il est depuis longtemps dans l'intention de mon père de me fiancer. Il a demandé à notre parent le ministre de lui envoyer quelqu'un qui soit un parti comme il le souhaite, un gentilhomme...

— Et..., dit Poncet, toi... que penses-tu ?

— Je pense, mon amour, que c'est toi et toi seul que je veux et j'ai déjà en horreur cet inconnu.

— Quand doit-il arriver ?

— J'ai compris qu'il est en route à cette heure.

Jean-Baptiste s'assombrit.

— Écoute, dit-il en se ressaisissant, il se peut que notre affaire tarde un peu. Il se peut aussi que cet homme arrive ici avant que j'aie obtenu ce qui me permettrait de solliciter ton père. D'ici là, n'accepte rien, ne t'engage à rien. Résiste, trouve mille prétextes, feint la maladie. Si cela est nécessaire, je t'enverrai par Françoise des potions qui te feront tousser, vomir, pâlir et qui même te rendront tout à fait malade s'il le faut. Mais surtout ne prends aucun engagement.

— Le seul que j'aie jamais pris, au fond de mon cœur, est d'être toujours à toi. Sois sans crainte, je ferai ce que tu me commandes. De plus, je connais mon père : il peut me refuser quelque chose que je veux, mais il ne me forcera pas à accepter sa volonté. Si nous nous butons l'un et l'autre, il y aura impasse et elle durera.

Ils s'embrassèrent de nouveau car on entendait en bas les voix, moins nombreuses, et les derniers carrosses. Tout ce qu'ils avaient à se dire encore pourrait passer par Françoise. Le seul message dont ils ne pouvaient la charger était ce contentement des sens, ce dialogue des mains et des bouches, cette conversation des corps qui se quêtent et se répondent dans les chuchotements du velours et de la soie.

De l'obscurité de la garde-robe, Françoise dit à voix basse qu'il était l'heure et qu'on pouvait monter à tout instant. Ils se quittèrent en versant des larmes. Alix attendit que se soient éteints les derniers bruits de pas dans l'escalier de service puis elle rouvrit le verrou de sa chambre et s'étendit lentement sur son lit, toute parée.

*

Chez lui, Poncet trouva maître Juremi assis sur la terrasse, une lanterne posée à ses pieds. Il buvait dans un petit verre un alcool de mandarine qu'il avait distillé, bien longtemps avant, aux heures perdues de son alambic :

— Tiens, dit le protestant, voilà notre amoureux.

Jean-Baptiste s'assit en face de son ami sans dire un mot.

— Oh ! Oh ! Il semble que nous ayons de mauvaises nouvelles. Bois donc ci, pour te réchauffer le ventre.

Maître Juremi tendit à Poncet un petit verre, que l'autre posa sur le rebord de la balustrade sans y toucher.

— Tu te laisses aller, mon cher, dit maître Juremi en se levant.

Il avait l'air gaillard, malgré l'heure. On sentait qu'il avait passé une soirée fort calme et qu'il attendait le retour de son ami pour s'animer. Il marchait à grands pas sur la terrasse.

— Qu'y a-t-il donc ? Elle ne veux pas de toi ?

— Si, dit assez stupidement Poncet, qui avait la tête ailleurs.

Maître Juremi saisit ce petit os et commença de le ronger bruyamment. Il expliqua à Jean-Baptiste que c'était là l'essentiel, qu'il avait beaucoup de chance, que tous les obstacles se briseraient, dès lors que son sentiment était partagé.

— Bats-toi ! Voilà tout. Regarde un peu dans quel état tu es.

— Nous n'irons pas à Versailles, dit Jean-Baptiste d'un ton lugubre. Le Roi ne me fera pas noble et je ne l'épouserai pas.

— Et la nuit ne finira jamais, l'eau ne coulera plus aux fontaines et les hyènes finiront par nous dévorer. Allons, allons ! Du nerf, Monsieur le pessimiste.

Maître Juremi traversa la terrasse de son pas lourd, entra chez Poncet, décrocha deux épées et les pourpoints et revint vers son ami.

— Tiens, en garde, comme au bon vieux temps. Tu vas voir si dans cinq minutes tu n'auras pas repris tes esprits.

Jean-Baptiste n'avait aucune envie de quitter sa chaise. L'air immobile autour de lui recueillait goutte à goutte les derniers parfums qu'Alix avait accrochés à sa peau et à ses vêtements. Pourtant, dans une lointaine région de son cœur, il s'en voulait d'avoir abandonné son ami ce soir-là et il désirait, si peu que ce fût, le contenter. Il se leva donc, enfila le pourpoint de cuir et se mit en garde. En quelques secondes, maître Juremi toucha. Ils se remirent en garde. Poncet n'avait toujours pas sa tête, il fit quelques molles parades de quinte et de septime ; maître Juremi se fendit, toucha de nouveau.

— Allons, allons ! Faut-il que je te perce d'outre en outre pour qu'une bonne saignée te soulage de tes mauvaises humeurs ?

Le bruit des fleurets agace l'homme en un endroit profond où sommeille chez quiconque l'ardeur guerrière ; il n'y a pas d'exemple que les premiers chatouillements des épées ne mettent le branle, dans l'esprit le plus autrement occupé, à une ardeur combative qui tend les muscles et fait luire l'œil. Dès le troisième engagement, Poncet était là presque entier. Maître Juremi toucha encore mais moins nettement. Ils eurent ensuite une longue passe de force égale, pleine de mouvements, d'imprévus, de cris sourds et de retournements. Enfin, Jean-Baptiste toucha et tout en même temps poussa un terrible cri :

— Les Jésuites !

Maître Juremi, interdit, abaissa son épée et regarda autour de lui tout étonné.

— Quoi, les Jésuites ? Où cela ?

Jean-Baptiste s'écarta, alla s'asseoir sur la rambarde et, rythmant sa pensée avec la main qui tenait son arme, il se mit à tracer dans l'air avec sa lame comme les lettres d'une proclamation.

— Les Jé-su-i-tes. Les Jésuites ! Bien sûr, dit-il. Eux seuls peuvent régler notre affaire.

— Mais, au diable, de quoi parles-tu ?

— Du voyage à Versailles. Les seuls, te dis-je. Ah ! comment n'y ai-je pas pensé plus tôt. Eh oui : les seuls qui puissent fléchir le consul et obtenir que nous allions jusqu'au Roi, ce sont bien sûr ceux qui ont transmis ses ordres. Ce n'est pas parce que nous avons appris à nous défier de ces prêtres qu'il faut oublier leur puissance.

— Mais, dit maître Juremi avec une expression grave, tu oublies qu'en Abyssinie nous avons pris l'engagement solennel que les Jésuites ne reviendraient plus. Si nous voulons aller à Versailles, c'est pour faire entendre au Roi un récit exactement opposé à celui dont ces bons pères l'ont nourri. Ce n'est donc pas à eux qu'il faut demander de nous accompagner.

— Tu as raison. Mais le résultat de cette intransigeance est que nous n'irons pas à Versailles du tout et que les Jésuites continueront seuls de faire valoir leur opinion à la cour.

— Il vaut mieux qu'ils la fassent valoir seuls qu'avec le secours de notre témoignage.

— Mais non ! dit Poncet. Réfléchis : si nous nous joignons à eux pour aller à Versailles, ce ne sera pas pour les soutenir mais au contraire pour les contredire solennellement quand nous serons devant le Roi. Il s'agit de les utiliser. Rien d'autre.

— Tu n'as pas encore adopté leurs opinions mais tu es déjà imprégné de leurs méthodes, à ce que je vois.

— Et comment te bats-tu, toi, sinon avec les mêmes armes que celui que tu affrontes ? Si je t'attaque à l'épée, te défendras-tu avec une cuiller ?

— Prendre les défauts de celui que l'on combat, c'est déjà lui donner une victoire.

— Alors, il faut rester pur et mourir.

— Oui, il vaut mieux mourir que se trahir mais, ajouta maître Juremi du haut de sa masse, on peut être pur et vaincre.

— Nous nous éloignons, dit Jean-Baptiste avec humeur. Il s'agit simplement de savoir comment le message du Négus pourra passer à Versailles. Voilà la question, la vraie question. Et je te dis, moi, que seuls les Jésuites peuvent accomplir ce miracle.

Maître Juremi se retourna, fit trois pas vers le mur et pivota de nouveau vers son ami.

— Jean-Baptiste, tu es en train de tout mélanger. C'est pour toi seul que tu tiens à ce voyage. Te voilà prêt à trahir la parole donnée pour obtenir satisfaction de tes désirs les plus égoïstes.

— Je t'interdis, cria Poncet, et il frappa le fer de la balustrade avec le pommeau de son épée.

— Ai-je tort ? dit maître Juremi, toujours à la limite de l'ombre.

— Tu as raison et tu as tort. Oui, je veux aller plaider ma cause à Versailles. Non, je ne trahirai pas le Roi des Abyssins. Je mettrai la même énergie dans les deux missions et je les réussirai toutes les deux.

Maître Juremi fit un pas en arrière pour rester dans l'obscurité. Poncet savait à quel compromis cet effacement préludait.

— Laisse-moi faire, dit Jean-Baptiste d'une voix calmée. Je te demande seulement de rester neutre et de m'accorder ta confiance. C'est moi seul qui parlerai aux Jésuites, moi seul qui prendrai le risque de les mettre dans notre jeu et moi seul qui porterai la responsabilité de les désavouer finalement devant le Roi.

— Dans ma religion, dit la voix de maître Juremi qui sortait de la nuit, on ne prêche que par l'exemple. Je ne chercherai pas à te convertir par la force, ni même par la persuasion. Je n'irai pas, moi, voir les Jésuites et je m'en défie trop pour croire qu'on puisse les tromper. Mais je ne t'empêcherai pas de suivre ta voie… Et j'espère que tu réussiras.

Jean-Baptiste, tout heureux de son idée, et satisfait que son ami ne s'y opposât point, s'avança vers maître Juremi, qui fit un pas aussi. Ils saisirent leurs verres et trinquèrent à leur cordial désaccord sous le regard de Vega et les approbations bruyantes des chiens du Caire.

*

Murad avait gardé du souper au consulat un mal de tête violent qu'il attribuait à la nourriture mais qui avait plutôt son origine dans la boisson, car il avait goûté de tout et en quantité. Il s'était même livré à des mélanges qui avaient scandalisé ses voisins : champagne, vin de Bourgogne et absinthe dans un même verre...

Pour ne rien arranger, le lendemain matin l'esclave éthiopien qui lui rasait le crâne chaque jour avec un tesson de bouteille — Murad montrait une grande répugnance pour le métal des rasoirs — l'avait écorché ; on voyait une goutte de sang séchée sous son turban. Il reçut Poncet vers neuf heures et celui-ci lui annonça qu'il avait fait chercher le représentant des Jésuites et que ce père n'allait pas tarder à paraître. Murad, qui avait retenu les leçons de l'Empereur, commença par s'indigner puis, quand Poncet lui eut exposé son plan, il se rassura et reprit ses plaintes d'estomac.

Le Père Plantain arriva un peu avant l'heure dite. Il se plaça en face de Murad et de Poncet et, sur un signe de l'ambassadeur, il s'assit à même un tapis posé sur le sol avec la grâce d'un taureau qui cède sous le premier coup du merlin. Murad offrit fort civilement du café et des gâteaux que le jésuite accepta et qu'apportèrent en procession les trois esclaves éthiopiens.

Dès qu'il les vit, le Père Plantain se redressa et, à genoux, s'écria :

— Mon Dieu ! Comme ils sont beaux !

Devant marchait le plus âgé, qui traînait son pied-bot. Derrière lui, l'aîné des enfants louchait affreusement et l'autre avait les cheveux emportés par une teigne qui lui découvrait jusqu'aux méninges.

— Vous trouvez ? dit Murad en regardant le pauvre cortège.

— Je vois les âmes, dit l'ecclésiastique les yeux humides.

En effet, il considérait ces trois personnages avec le respect mêlé de béatitude que des bergers témoignent au fond d'une grotte quand la Vierge leur fait l'amitié d'y paraître.

— Eh bien, dit Poncet, voyez quelle heureuse attention de la part du Négus : ces trois serviteurs sont une partie des cadeaux qu'il destine au Roi Louis XIV.

Le Père Plantain ne quitta pas des yeux les Abyssins tant qu'ils ne furent pas retournés, en clopinant, jusqu'aux cuisines.

— Vous me dites, reprit-il quand les esclaves furent sortis, que ce sont là *quelques-uns* des cadeaux que l'Empereur destine au Roi. Y en aurait-il d'autres ?

— Ah ! mon Père, certainement, répondit Jean-Baptiste, et de plus considérables.

Le prêtre voyait mal quel présent pouvait dépasser celui qu'il venait de voir. Poncet, laissant monter sa curiosité, mit lentement la main à sa poche et en sortit une lettre.

— Ce message, heureusement, a échappé à la police du Pacha, dit-il.

— Un message ! Un message de l'Empereur ?

— Écrit par son scribe sous sa dictée et authentifié de son sceau.

Murad suivait l'échange entre les deux hommes. En entendant Poncet parler d'une lettre du Négus, il avait tourné la tête vivement de son côté, ce qui avait réveillé sa migraine. Il eut juste le temps d'apercevoir le clin d'œil complice de l'apothicaire puis il s'allongea dans les coussins en demandant au Père Plantain de l'excuser. Le prêtre tendait déjà la main vers Poncet pour saisir la lettre.

— Hélas ! dit celui-ci en remettant la missive dans sa poche, le Roi a bien recommandé de ne délivrer ce message qu'à Louis XIV en personne. Passe encore que l'autre pli ait été ouvert. Ce n'était qu'une accréditation. Celui-ci ne le sera point. Je l'ai juré.

— Et... que contient-il ? dit le jésuite au comble de la curiosité.

— Mon Père, le message ou la lettre, c'est tout un et ils sont pour le Roi.

— Oui, mais, hormis le détail, l'esprit ?

— Des plus favorables. Voilà ce que je puis vous dire. Le

Négus fait hommage au Roi de France et montre les meilleures dispositions sur toutes les choses de la religion.

— Fort bien, fort bien, dit le jésuite,... Va-t-il jusqu'à admettre les deux natures du Christ ?

Poncet haussa les sourcils avec l'air de celui qui en sait beaucoup, n'a pas de raison d'être inquiet mais ne peut rien dire. Le Père Plantain marqua par une mimique de satisfaction qu'il avait entendu.

— Et... les autres cadeaux ? dit-il.

— Ils sont ici : de l'or, de la civette, des épices, des ceintures de soie et le contenu d'une caisse que nous ne sommes autorisés à ouvrir que devant le Roi.

— Excellent... Excellent ! Votre mission est un plein succès.

— Le Père de Brèvedent, hélas ! n'en a pas connu le terme. Mais croyez-moi, nous avons été fidèles à sa mémoire et nous n'aurions pas réussi plus complètement s'il eût encore été parmi nous.

— Je le vois ! Les ordres transmis par le Père de La Chaise sont on ne peut mieux exécutés. Il faut absolument que vous rendiez compte au Roi de ces magnifiques résultats.

— Il me semble aussi, dit Poncet en s'inclinant. Hélas ! vous savez que c'est impossible.

— Oui, les Turcs...

— Les Turcs, mon Père, ont le dos large.

— Que voulez-vous dire ?

Poncet rappela les esclaves en frappant dans ses mains et ils revinrent pour remplir les tasses. Il avait surtout souhaité les faire défiler une fois de plus devant le jésuite pour achever de l'échauffer. Dès qu'ils furent repartis, le Père Plantain reprit ses questions.

— Vous me parliez des Turcs, dit-il, un peu égaré.

— Non, mon Père, c'est vous qui me parliez d'eux. Moi, je faisais part de mes doutes.

— Quoi, vous ne croyez pas que le Pacha vous interdise le voyage en France ?

— Je ne connais pas Mehmet-Bey, dit Poncet. Mais j'ai soigné longtemps son prédécesseur. Si fanatiques qu'ils puissent être — il paraît que celui-là l'est beaucoup —, ces Ottomans ne dépassent pas certaines limites avec nous.

— Que voulez-vous dire ?

— Je veux dire qu'un Turc ne s'aventurera jamais à faire perquisitionner une maison dans la colonie sans que le consul n'ait donné son accord.

— Vous pensez…

— Que le Turc et M. de Maillet ont fait une étrange alliance contre nous, dans cette affaire.

Le jésuite parut d'abord stupéfait. Puis, le fumet d'un complot ayant éveillé ses narines, il prit une expression encore plus butée, les yeux en arrêt au fond de leur caverne de sourcil et d'os, la bouche pincée :

— L'accusation que vous portez est d'une extrême gravité, Monsieur Poncet. Il faudrait croire qu'on ait voulu contrarier la volonté du Roi…

— Vous semblez penser, mon Père, que le Roi n'a qu'une volonté. On peut craindre pourtant qu'autour de lui il ne s'en exprime plusieurs : une pour ceux qui veulent faire son salut ; une autre pour ceux qui mènent sa politique.

Le Père Plantain plongea dans la méditation.

— Comprenez-moi, dit Poncet. Nous avons obéi aux ordres transmis par le Père Versau et nous avons scrupuleusement exécuté ce que le Roi attendait de nous. Il est de la plus haute importance, pour ne pas briser les liens que nous avons établis, que nous lui en rendions compte et que l'ambassadeur du Négus puisse affirmer que son message a été transmis à Louis XIV et qu'il s'en retourne avec une réponse. Mais cela contrarie certainement les intérêts de ceux qui préfèrent une alliance avec les Turcs à l'accomplissement, par la France, de sa grande destinée chrétienne.

Le jésuite se releva laborieusement.

— J'en aurai vite le cœur net, dit-il.

Il prit congé de Poncet, lui recommanda de ne pas réveiller Murad, qui ronflait depuis quelques minutes, et partit d'un pas précipité, avec la mine ravie d'un homme qui s'apprête à plonger dans le péché, pour le combattre.

CHAPITRE 9

Poncet n'entendit plus parler de rien pendant trois jours. Trois longues journées pendant lesquelles il ne désira pas sortir car, partout, ceux qui s'arrachaient ses dîners avaient disposé des factionnaires. On était à la période des chaleurs. Un vent du Nil charriait les miasmes de son embouchure. Poncet fit savoir qu'il était malade et bientôt le fut. Il sentait une fièvre lui parcourir le corps et des douleurs lui serrer de temps à autre les genoux et les coudes. Se joignait à cela une langueur qui le tenait toute la journée dans son hamac, perdu dans des rêves dont il ne suivait pas le fil et dont il se souvenait seulement qu'ils étaient tristes. Françoise, qui venait le visiter chaque jour, lui dit en riant qu'il était malade d'amour. Il était bien prêt de la croire et n'en guérissait pas pour autant. Le deuxième jour, elle lui apporta un billet d'Alix, qu'il lut et relut cent fois. Ce n'était rien : des mots de tendresse et encore, assez peu compromettants au cas où ils seraient surpris. Mais elle les avait écrits. Il regardait les lignes ; elles devenaient floues et, dans ces arabesques privées de sens, il retrouvait le geste, la main qui les avaient accompli et finalement tout le corps de celle qui l'avait guidé. Le troisième jour, il y eut encore un billet. Il contenait d'autres mots tendres. Vers la fin, Alix avait ajouté une petite digression qui avait dû lui coûter un effort car il sortait du cadre exclusif de l'amour qui les occupait.

« Je ne sais si tu l'as remarqué, mais notre chère Françoise est tout habitée d'une passion qu'elle ne sait comment déclarer. Elle est amoureuse de ton ami Juremi. Je dois dire qu'il est de si redoutable apparence que je comprends son hésitation. Mais toi, qui le connais bien, peut-être peux-tu le sonder un peu... »

Maître Juremi, dont tout le monde ignorait qu'il avait été du voyage d'Abyssinie, allait et venait librement dans la colonie et dans la ville. Il avait repris quelques consultations, bien qu'il ne soignât pas lui-même. Mais les clients de Poncet le suppliaient de renouveler d'anciens traitements. Le protestant allait porter la pâte de jujube aux enrhumés et le calomel aux torturés de la tripe. Il passait aussi surveiller Murad qui, pour l'heure, semblait heureusement décidé à se tenir calme.

Quand maître Juremi rentra, ce troisième soir, Jean-Baptiste le garda auprès de lui. Avec un cœur si farouche, il fallait partir de loin. Mais la maladie donne des droits apparents à la mélancolie et c'est sur le ton de la nostalgie que Poncet entama avec son ami un dialogue sur le passé. Malgré leurs longues années d'amitié, leurs voyages, Jean-Baptiste ignorait encore beaucoup de la vie de maître Juremi.

— Tu m'as dit un jour que tu avais été marié ? dit Jean-Baptiste au détour d'un souvenir.

— Oui, dit sombrement le maître d'armes.

— L'es-tu toujours ?

— Peut-être bien.

— Comment ? Tu l'ignores ?

Le protestant n'aimait guère les confidences. Jean-Baptiste insista.

— C'est une chose extraordinaire, tout de même, que d'être marié sans le savoir.

— Oh ! je l'admets. Mais la vie...

— Allons, raconte-moi, veux-tu ? Cela me distraira et j'en ai bien besoin.

— La chose est fort simple, mais j'ai peur qu'elle ne te donne pas la gaieté que tu recherches. Mon père était forgeron près d'Uzès, je te l'ai dit. Notre famille était venue d'Italie. Un jour, au siècle d'avant, elle s'était convertie à la Réforme. Moi, je ne me suis occupé de rien jusqu'à dix-huit ans. Des protestants, il n'y avait que cela autour de nous. J'ai appris le métier de mon père et il comptait me prendre avec lui. À vingt-cinq ans, je me suis marié avec une fille du pays. Elle s'appelait Marine. Tu ne peux pas savoir ce qu'était ce temps-là. Il y a vingt-cinq ans, maintenant ! Les gens, chez nous, s'aimaient, s'aidaient et, à la moindre occasion, on faisait de belles fêtes, même si nous ne possédions pas grand-chose. Il faut dire que les protestants aiment se rassembler, peut-être parce qu'ils ne sont pas nombreux : ça les rassure, de se voir en foule. Et il y en avait une belle, à la sortie du temple, le matin où nous nous sommes mariés. Du vin, des violons ! Mais voilà ! huit jours plus tard, tu m'entends bien, huit jours, le Roi révoquait l'édit de tolérance. On sentait qu'il se préparait quelque chose de terrible. Louvois avait envoyé ses dragons, qui attendaient en garnison. Il y eut une assemblée des nôtres dans la montagne : il en est venu plus encore qu'au mariage la semaine d'avant. Tous les chefs de famille, avec des peaux de mouton sur le dos, de grands chapeaux noirs et la Bible dans les mains. Il a été décidé que les garçons de plus de vingt ans et de moins de trente-cinq partiraient pour l'étranger si les choses tournaient mal.

— Tu es parti huit jours après ton mariage ?

— Neuf, exactement. Note bien que cela n'a pas été décidé par pitié. La communauté ne voulait pas protéger les faibles mais, au contraire, soustraire notre force à l'ennemi : on a laissé sur place les femmes, les enfants, les vieux, et seuls les jeunes hommes, ceux qui pouvaient se battre, ont été préservés. Alors voilà : j'ai traversé les Causses en me cachant,

345

puis l'Aquitaine, où j'ai servi sur des bateaux de pêche ; après je suis monté jusqu'aux Provinces Unies, chez le Stadhouter Guillaume. J'ai combattu dans ses armées en Angleterre ; ensuite je suis revenu chez l'Empereur, et tu m'as connu comme maître d'armes à Venise.

— Ta femme ?

— J'ignore tout d'elle, dit le protestant en baissant les yeux.

— Tu l'aimais ?

— C'est ma femme.

— Tout de même, dit Poncet, neuf jours !

— Mais un serment devant Dieu est pour l'éternité...

— Si elle est morte ?

— Je suis libre.

— N'as-tu jamais été tenté...

— Bien sûr que j'ai été tenté, dit maître Juremi en secouant la tête. La chair, bien sûr que j'y ai cédé souvent, et tu le sais. Mais c'est autre chose, une femme. Nous n'avons pas ces commodités, nous autres, de la confession catholique. Et là-dessus, non, je n'ai jamais cédé.

— Comment s'appelait ton village, dans le Gard ?

— Soubeyran.

Ils n'en parlèrent plus. Le soir, Poncet prépara un billet pour Alix, où il lui confiait que maître Juremi n'était peut-être pas libre mais qu'il s'emploierait, s'il allait en France, à le vérifier. Il lui recommandait de ne rien dire à Françoise.

*

Le quatrième jour, son enquête faite, le Père Plantain se fit annoncer chez le consul.

— Excellence, dit le jésuite sur un ton plus militaire que jamais, j'ai reçu ce matin des nouvelles urgentes de Constantinople.

M. de Maillet prit un air attentif.

— Vous connaissez, poursuivit le prêtre, je crois, le Père Versau ?

— Il est passé ici l'an dernier.

— Après bien des malheurs, un naufrage, etc.

— Je m'en souviens fort bien.

— Donc, vous vous souvenez aussi que c'est lui qu'on a chargé de vous transmettre les volontés du Roi quant à la mission d'Abyssinie ?

— Certainement.

— Je lui ai donc rendu compte du retour de cette ambassade.

— Vous avez utilisé le mot juste, tout à l'heure : mieux vaut parler de mission.

— Si vous voulez mais cela ne change rien. Ma lettre est partie par un exprès peu de temps après que le Pacha eut fait perquisitionner chez l'envoyé du Négus. Je lui ai bien entendu rendu compte de cet incident, de même que de l'interdiction faite par ce Turc au voyage de l'ambassadeur à Versailles.

— Eh bien ? dit M. de Maillet, qui commençait à pâlir.

— Le Père Versau vient de me répondre pour me faire part de son indignation. J'ai eu beau lui présenter d'abord la chose sous le jour le plus anodin, il a pris le mors aux dents. Il m'a écrit que le Pacha n'avait aucun droit d'intervenir comme il l'a fait et qu'il en a moins encore pour s'opposer au voyage en France de Son Excellence Murad et du sieur Poncet. Cette mission a été envoyée en Abyssinie par la volonté du Roi et cette même volonté commande de faire porter la réponse du Négus jusqu'à Louis XIV.

Le consul triturait nerveusement une frisure qui lui pendait dans la nuque.

— Donc, dit le jésuite sur le ton d'une sentence, le Père Versau exige de moi tous les détails de cette affaire de façon à pouvoir rédiger un mémoire de protestation à l'adresse de M. de Ferriol, qui est, je crois...

347

— Oui, oui… l'ambassadeur de France auprès du Grand Turc !

M. de Ferriol était le supérieur direct de M. de Maillet puisqu'il avait autorité sur tous les consulats des échelles du Levant.

— Mais à quelles fins, ce mémoire ? dit le consul.

— Pour que l'ambassadeur, sur lequel le Père Versau a, je crois, une grande influence, saisisse le Sultan de cette affaire. En pareil cas, c'est-à-dire lorsqu'un de ces pachas s'autorise à outrepasser ses droits, le Grand Seigneur désigne un kiaya, qui se rend sur place, fait une enquête et prend des sanctions. Ces gouverneurs turcs n'ont pas à se comporter comme des satrapes. S'ils abusent de leur pouvoir, ils sont punis.

M. de Maillet, qui avait tant de clairvoyance, distingua l'énorme orage que ces paroles pouvaient faire craindre, dans un horizon tout proche.

— Non, non, s'écria-t-il, il ne faut pas que le Père Versau se dérange…

— Comment ? Vous voudriez laisser ces Turcs piétiner les engagements qui les lient à nous depuis plus d'un siècle ! Si nous continuons, les capitulations seront bientôt sans valeur et les chrétiens de ce pays livrés à la plus sanglante persécution.

— Vous avez raison, mon Père, mais il s'agit d'une affaire locale et la solution doit être trouvée sur place. Ne mêlons point Constantinople à tout cela.

— Hélas ! c'est déjà fait, dit le Père Plantain avec hauteur, et je dirai que c'est tant mieux car ce Pacha ne me paraît guère comprendre que l'autorité.

— Vous le connaissez mal.

— Et j'en suis heureux.

— Bien sûr, c'est un Turc, un soldat de surcroît. Il est un peu violent. Il s'emporte. Mais il sait entendre raison.

— Tant mieux, il entendra les raisons du Sultan.

— Écoutez, dit M. de Maillet en se levant, laissez-moi tenter un arrangement. N'écrivez pas tout de suite au Père Versau. Je vais remettre moi-même une protestation au Pacha.

— Nous irons donc ensemble.

— Ensemble !

— Oui, car je représente en quelque sorte le plaignant. Cette mission a été confiée à notre ordre et ce Turc nous empêche de l'accomplir.

— Mais vous savez qu'il est très musulman. Il ne montrera pas la même bienveillance selon que je serai seul ou en votre compagnie.

— En ce cas, traitons avec le Sultan, qui ne nous est pas défavorable. Ma lettre est prête d'ailleurs. Il ne me manque que des détails, que vous allez me donner. Elle partira dès demain.

M. de Maillet était en nage. Il ne voyait absolument aucune issue et, comme un homme qui a à choisir entre deux supplices, il se décida pour celui qu'il imagina le moins pénible.

— Eh bien, soit, dit-il, allons chez le Pacha.

— En ce cas, il faut nous y rendre sur l'heure car le courrier pour Constantinople ne saurait attendre.

Le consul accepta cette dernière exigence et se fit annoncer à la citadelle. Le garde revint au bout d'une demi-heure en disant que l'audience était possible sur-le-champ. M. de Maillet, le Père Plantain et M. Macé à titre d'interprète partirent dans le carrosse du consul. Le jésuite était au comble de l'excitation, bien qu'il n'en laissât rien paraître. Le consul regardait par la portière en mordant sa manchette.

Dès l'entrée de cette délégation, Mehmet-Bey sentit que l'affaire était sérieuse. Il écourta les salamalecs et pria le consul de lui exposer les motifs de sa visite.

— Voilà, dit M. de Maillet, fort embarrassé, en prenant une voix qu'il voulait à la fois conciliante et ferme et qui fut plutôt hésitante et fausse, je suis venu apporter devant Votre Grandeur une protestation.

Mehmet-Bey ne broncha pas. Il regarda le jésuite puis le consul et pressentit quelque fâcheux retournement d'une alliance dont il se repentait déjà. M. Macé traduisit. Le consul continua :

— Par les traités que nos puissances ont signés, la protection de tous les chrétiens est du ressort du Roi de France.

Le Pacha fermait et rouvrait les paupières lentement, comme une panthère.

— Vous ne pouvez donc violer le domicile de l'un d'entre eux sans vous être auparavant concerté avec le consul de France et vous ne pouvez pas non plus limiter dans ses mouvements quelqu'un qui, y ayant droit, souhaite se rendre auprès du Roi de France, son protecteur.

Ayant dit, M. de Maillet ferma les yeux, comme pour ne pas voir brûler jusqu'à la poudre la mèche qu'il venait d'allumer.

— De qui me parlez-vous ? dit enfin le Pacha avec humeur.

— De cet Arménien qui est arrivé d'Abyssinie avec un médecin franc de la colonie.

— Et qu'ont-ils à voir avec cet homme qui est là, dit le Pacha en désignant le Père Plantain.

Le consul suait à grosses gouttes. Il lui semblait même qu'il allait défaillir. Debout, au milieu de cette grande salle, il voyait les murs tourner dangereusement autour de lui.

— Rien, dit-il. Le Père Plantain doit partir bientôt pour Constantinople. Il rendra compte de cette audience à notre ambassadeur, si le résultat devait en être défavorable.

Mehmet-Bey posa les mains sur les coussins qui étaient autour de lui comme pour prendre une meilleure assise.

— Je ne comprends rien à vos affaires de Francs, dit-il. Que voulez-vous savoir que vous ne sachiez déjà ? Vous protestez ? Et de quoi ? Je n'ai pris ces lettres que parce que vous me l'avez demandé et je vous les ai remises. Quant à cet Arménien, il est libre. Emmenez-le où vous voudrez, c'est un chrétien et son sort ne m'importe pas. Mais, à mon tour, je vais vous mettre en garde : si vous avez quelque chose à faire savoir à Constantinople, il se peut que moi aussi j'y ajoute mon mot. Je trouve que vos religieux sont bien nombreux et bien actifs dans une ville où ils ont si peu de catholiques à servir. Nous savons qu'ils passent leur temps à ourdir des complots et le Sultan sera sûrement intéressé d'en connaître le détail. Êtes-vous satisfaits de mes explications ?

— Votre Grandeur nous a entièrement convaincus, dit M. de Maillet qui, sans prendre le risque de se pencher en avant, fléchit la tête le plus poliment qu'il put.

Ils se retirèrent.

Dans le carrosse, au retour, il régnait un lourd silence qui faisait contraste avec l'animation des rues. Le consul n'avait tenté cette démarche qu'avec le fol espoir que sa complicité avec le Pacha conduirait celui-ci à jouer la comédie jusqu'au bout et à prendre toute l'affaire sur lui. Le jeu était risqué et il l'avait perdu. Le Père Plantain, quant à lui, venait de recevoir la preuve que les conclusions de son enquête étaient justes : c'est bien le diplomate qui avait tout manigancé. Le prêtre faisait un grand effort pour garder l'air furieux mais intérieurement il débordait de joie : M. de Maillet ne pouvait plus lui refuser grand-chose. Bien sûr, l'ecclésiastique avait payé cet avantage d'un léger coup de semonce du Pacha mais il ne s'en inquiétait guère. Quand ils arrivèrent au consulat, M. de Maillet referma son bureau derrière eux, s'assit, ôta sa perruque sans prier le prêtre de l'en excuser et dit :

— Je vous accorde que je vous dois des explications. Ce n'est en effet pas le Pacha qui s'oppose au voyage du sieur Murad, c'est notre ministre lui-même, M. de Pontchartrain. J'en ai ici la preuve formelle.

Il frappa du doigt sur son bureau.

— Des raisons politiques, donc ? fit le jésuite.

— Mais non ! s'écria le consul avec la voix perchée du précepteur qui corrige toujours la même faute chez son élève. Non ! Il ne s'agit pas de politique mais de bon sens, mon Père ; je dirais même de bienséance. L'avez-vous regardé seulement, ce Murad ? Il se tient comme le dernier des portefaix, il insulte la pudeur des dames, se saoule à table, s'essuie les mains aux tentures. Allons, dites-moi franchement : le voyez-vous un instant à Versailles ? L'imaginez-vous devant le Roi ?

Il désigna le portrait, qui le dominait.

— Le Roi de la cour la plus raffinée de la terre. Non, il faut être raisonnable et le ministre a été fort clair : jugez à qui vous avez affaire et voyez si la chose est possible. Eh bien, je vous le dis, moi : elle ne l'est pas.

— C'est donc une question de personne. Vous n'avez rien contre le principe ?

— Rien.

— Poncet et moi irons donc à Versailles.

Le consul réfléchit un instant en regardant le Père Plantain. Il voyait avec déplaisir les Jésuites revenir dans cette affaire et compromettre, peut-être, sa propre initiative en influençant le Roi. Mais c'était là un moindre inconvénient, par rapport au scandale qu'il évitait s'ils ameutaient Constantinople. De plus, le consul avait l'espoir d'engager sa propre entreprise avant même que le jésuite et Poncet ne retournent de France.

— C'est une excellente idée, dit enfin M. de Maillet. Fléhaut, mon chancelier, vous accompagnera.

— Et vous userez de votre influence auprès du Pacha pour laisser embarquer les trois Abyssins ?

— Je m'y engage.

— Allons, dit le jésuite, rédigeons tout cela maintenant, voulez-vous, que Versailles soit prévenu de notre arrivée. Le même courrier qui part demain pour Constantinople déposera la dépêche à Alexandrie, elle sera à Marseille par la galère royale du 30 et à Paris au début du prochain mois.

— J'accepte mais, bien entendu, vous écrivez en même temps au Père Versau pour lui annoncer qu'il ne doit rien entreprendre car tout est réglé ici.

— Excellence, je le fais sur l'heure.

Cela ressemblait à un traité. C'était de la diplomatie. Le consul eut l'impression de retourner simplement à son métier, après ces heures de marchandage qui sentaient si fort le négoce. Malgré sa défaite, il respira.

CHAPITRE 10

Il n'est pas étonnant que les hommes aient pris le ciel pour guide supposé de leurs destinées. Il y a dans le basculement des astres une soudaineté, une régularité qui le fait ressembler de fort près au cours des actions humaines. Le consul démasqué, tout changea complètement, comme en ce moment de la nuit où Pégase sombre d'un côté tandis que de l'autre s'élève Orion, les pléiades et leur suite.

Jean-Baptiste guérit dans l'instant de la maladie qu'il n'avait pas. Il s'affaira pour préparer le voyage, dont le départ était fixé à quatre jours de là. Tout fut promptement arrangé : Murad resterait seul dans la maison des Vénitiens et le consulat continuerait de pourvoir à ses menus frais jusqu'au retour des envoyés. Ensuite, il lui serait suggéré de repartir pour l'Éthiopie, muni, peut-être, de la réponse du Roi de France.

On fit le compte des cadeaux à emporter à Versailles. Lorsqu'ils avaient quitté Gondar, les voyageurs s'étaient sentis fort chargés et riches. Hélas, les frais du voyage, la rapacité des douanes turques et la corruption de certaines denrées avaient bien réduit cette fortune. Poncet et son associé, outre les bijoux que leur avait donnés l'Empereur, possédaient chacun en propre un sac de poudre d'or. Jean-Baptiste, qui tenait au succès du voyage en France, était disposé, en cas de besoin, à inclure son sac dans les présents qu'ils remettraient au Roi, si le reste ne suffisait pas. Le chargement de Murad était en effet bien maigre. Certes, il y avait les trois Abyssins ; Poncet n'était guère enthousiaste à l'idée de les emmener, il connaissait trop la vigilance des musulmans. Mais le jésuite y tenait beaucoup et il fallait bien reconnaître que les autres cadeaux étaient fort pauvres et ne pouvaient offrir une digne compensation. Ils se réduisaient à deux kilos de civette, qui est fort malodorante et qu'on leur conseilla d'échanger contre du tabac, ce qu'ils firent en y perdant. Il y avait également une ceinture de soie brodée de fils d'or. À Gondar, sur les toges de mousseline blanche, elle aurait soulevé l'admiration. Au Caire et plus encore à Versailles, il était à craindre que les goûts européens la fissent plutôt considérer comme une guenille. Enfin, toutes les bêtes, cavales et éléphants, étaient, on le sait, mortes en route. Seule restait la caisse contenant les oreilles du pachyderme. Poncet s'assura auprès de Murad qu'elles avaient été bien emballées. Celui-ci le garantit la main sur le cœur. Connaissant l'usage premier qu'il voulait faire de ces oreilles, l'équarrisseur qui s'était chargé de leur préparation les avait pratiquement confites. Elles ressortiraient de leur caisse avec la souplesse même du vivant.

Après un orageux entretien en tête à tête avec le Pacha, au cours duquel il apporta des explications embarrassées et dut renouveler les plus humiliantes excuses, le consul annonça au Père Plantain qu'il avait obtenu les autorisations nécessaires à l'embarquement des Abyssins. Il fallait seulement procéder avec prudence afin que les muftis d'Alexandrie n'en fussent pas avertis, ce qui pourrait tout compromettre car ces fanatiques s'opposaient à tout départ d'Africains vers les terres chrétiennes.

On arriva aux adieux. M. de Maillet, beau joueur, reçut à dîner au consulat les trois voyageurs, c'est-à-dire Poncet, le jésuite et le chancelier. Jean-Baptiste paraissait tout à fait réhabilité ; le consul était soucieux de le ménager puisqu'il pouvait lui nuire en haut lieu. C'était un dîner de travail. Les femmes n'y étaient pas conviées. Elles parurent seulement au café, qui fut pris dans le petit salon de musique que Jean-Baptiste avait découvert au dîner d'apparat. Ni M. de Maillet ni son épouse ne pouvaient se douter du plaisir et du trouble qu'ils mettaient dans le cœur des deux amants, réunis dans un espace si réduit qu'ils se frôlèrent dix fois avec toutes les apparences du naturel. Sur l'insistance de son père, Mlle de Maillet se mit à l'épinette et joua quelques morceaux. Le son des cordes pincées exige, pour faire son effet, certaines dispositions de l'âme, dont la plupart, ce soir-là, étaient dépourvus mais que les jeunes gens bientôt séparés avaient de surcroît. Comme l'acide versé sur une plaque de cuivre la creuse à certains endroits et en laisse d'autres intacts par l'effet de la cire qui la recouvre, les notes de l'épinette ne troublaient aucunement la conversation du jésuite et de M. de Maillet, l'obséquieuse attention de M. Macé ni la timide vanité de Fléhaut mais elle griffait jusqu'au vif les cœurs attendris d'Alix et de Jean-Baptiste, auxquels le bourreau n'aurait pu appliquer de plus invisible ni plus délicieux supplice.

Ils parvinrent assez bien à contenir leur émoi mais ils en sortirent si altérés l'un de l'autre qu'ils en furent poussés à commettre une grave imprudence.

À peine rentré chez lui, Poncet vit arriver Françoise en nage. Elle lui annonçait que, peu après minuit, Alix l'attendrait au jardin, comme la première fois. C'était une nuit de lune : on y verrait. Le danger était beaucoup plus grand. Il l'objecta. Françoise dit qu'on le savait. Où était le courage ? pensa Jean-Baptiste : renoncer pour deux, au nom de la sécurité ? ou choisir l'audace et le plaisir ? Dans un amour aussi contrarié que le leur, un propos raisonnable ne pouvait être interprété autrement que comme une marque d'indifférence ou de tiédeur, ce que Jean-Baptiste ne voulait surtout pas. Il répondit qu'il y serait.

À l'heure dite, déjà dissimulé dans le square, il vit trottiner de loin, bien trop éclairées par la lune, les silhouettes des deux femmes. Comme elles parvenaient à la grille, Jean-Baptiste distingua soudain une autre ombre qui venait, semblait-il, de passer d'un tronc de platane à un autre. Alix arriva près de son amant, l'embrassa. Il la tint contre sa poitrine mais en lui recommandant le silence. Il ne quittait pas des yeux l'endroit de l'obscurité où il avait vu s'enfoncer la forme mobile. Elle reparut et fit un nouveau saut entre deux arbres dans la direction du jardin.

— Vous êtes suivies, chuchota Jean-Baptiste à Alix.

Ce mot la glaça. Françoise, qui attendait à la grille, avait elle aussi vu l'ombre et s'était approchée du couple. Elle avait entendu les paroles de Jean-Baptiste.

Peut-être en raison d'un pressentiment, mais qu'il n'avait pas autrement formulé, il était sorti avec un poignard au côté. Il le saisit et forma rapidement un plan qu'il communiqua aux deux femmes.

— Je vais jusqu'à votre poursuivant et je le démasque, dit-il. Vous, fuyez vers le consulat mais toujours dissimulées et sans courir. Avez-vous la clef de la porte de derrière ?

— Oui, dit Françoise.

— Alors faites le détour par là et surtout, dès votre retour, feignez d'être profondément endormies. Il se peut...

— Allez ! dit Françoise. Ne vous occupez pas du reste.

Jean-Baptiste embrassa Alix en toute hâte non sans fixer par un grand effort d'attention ce goût, cette douceur, ce regard, dans sa mémoire la plus longue car ils seraient dès le lendemain son viatique pour de longs mois. Puis il s'arracha d'elle et se jeta du côté du jardin où était l'ombre la plus épaisse. Il contourna les grilles et sortit par une poterne de bois. À pas lents, il se glissa jusqu'à la limite de la grande rue, s'abrita lui aussi derrière le tronc d'un platane. Il vit distinctement sous la lune la silhouette argentée des deux femmes s'éloigner en hâte dans la ruelle qui contournait le consulat. L'ombre de leur poursuivant traversa la rue et se fondit de nouveau derrière un tronc d'arbre. Pendant ce passage, Poncet avait eu le temps de distinguer la forme d'un homme, habillé à la façon des Francs, de taille moyenne et qui ne semblait pas armé. Pour le surprendre, il calcula qu'il devait, de toute façon, se porter à découvert. Autant que ce soit dans le dos de celui qu'il suivait et qui, sans doute, portait ses regards vers les deux femmes en fuite. Poncet remonta rapidement deux intervalles entre les arbres jusqu'à se trouver dissimulé derrière celui près duquel l'homme se tenait avant de traverser. Jean-Baptiste devait donc à ce moment être exactement situé du côté opposé au regard de celui qu'il allait surprendre.

Poncet attendit un instant puis bondit à travers la rue, saisit la silhouette qu'il voyait bouger dans l'obscurité, devant lui, la ceintura, lui mit le poignard sous la gorge. Il n'y eut pas, à vraiment parler, de combat. Projetés corps à corps sans le secours des yeux, les deux lutteurs tombèrent à terre, roulèrent l'un sur l'autre et Jean-Baptiste eut facilement le dessus. Son adversaire n'avait ni force ni technique de combat : il se laissa traîner à la lumière, la dague toujours pointée sur son cou.

— À moi ! À moi ! Gardes, gardes, on me tue.

L'homme que Poncet tenait à sa merci se mit à hurler.

— Macé ! s'écria Jean-Baptiste.

L'autre redoublait de cris. Le consulat n'était pas loin ; on entendait des cliquetis près du perron, sans doute la garde qui saisissait ses armes. Des lumières apparurent aux fenêtres. Trois hommes sortirent dans la rue. Macé criait toujours et Poncet comprit que si, au début, la peur avait arraché au secrétaire ses premiers hurlements, les derniers n'avaient pour but que de se faire apercevoir et de faire capturer son adversaire. En même temps qu'il criait, Macé regardait Jean-Baptiste et, malgré la position incommode où il était, malgré la lame qu'il avait sur le col, il souriait avec une expression d'ironie et de mépris.

— Crois-tu vraiment, avait-il l'air de dire, que ce soit toi qui me tiennes ?

La garde arrivait en courant. Jean-Baptiste lâcha son prisonnier et s'enfuit. Les trois sentinelles lancèrent des exclamations de surprise dès qu'elles eurent découvert Macé, assis sur son séant, qui se frottait la gorge. Il leur donna l'ordre de ne pas poursuivre son agresseur.

*

Le reste de la nuit fut d'un calme habituel. Mais trois personnages ne dormirent pas. Jean-Baptiste se demandait si Alix avait pu rentrer à temps. Il ignorait qu'elle n'avait rencontré aucune embûche, qu'elle s'était immédiatement couchée et que personne n'avait même songé à vérifier sa présence. Elle, de son côté, avait entendu les premiers bruits de l'échauffourée, les cris d'un homme. Elle craignait tout pour Jean-Baptiste. Enfin, M. Macé, allongé tout habillé sur son étroit lit de fer, se demandait quelle conduite il devrait tenir le lendemain. Le consul saurait qu'il avait été attaqué. Il devrait dire par qui. L'idée de dénoncer Poncet lui plaisait énormément. C'était même afin de le confondre, à partir de ses précédentes observations, qu'il avait surveillé Alix et sa servante et qu'il les avait suivies. Mais quel motif donner à cet attentat ? Pourquoi Poncet l'avait-il agressé ? Il faudrait bien qu'il parle du rendez-vous. Tout était là, d'ailleurs, et le consul ne serait personnellement affecté qu'au moment où on lui représenterait sa fille courant au déshonneur. Oui, mais comment porter sans preuve une accusation aussi grave ? Ce diable de Poncet était capable de retourner l'affaire pour se défendre et de l'accuser, lui, Macé, ou même de le compromettre. Il était d'autre part trop tard pour chercher de nouveau à surprendre les amants : Poncet partait le lendemain pour Versailles. Finalement, vers cinq heures du matin, Macé arrêta une position et s'endormit, soulagé.

Jean-Baptiste, qui n'avait guère dormi non plus, sortit du lit à l'aube, vérifia une dernière fois ses bagages, notamment le contenu de la malle de remèdes avec laquelle il voyageait toujours, et alla chercher le jésuite. Celui-ci terminait de dire sa messe. Jean-Baptiste attendit en faisant les cent pas devant l'oratoire. Puis ils allèrent au consulat au motif d'y faire leurs adieux. Poncet voulait surtout devancer une convocation du consul et ne pas s'y rendre seul.

M. de Maillet les reçut au bout d'une demi-heure, en robe d'intérieur et sans perruque. Il leur souhaita bonne chance pour leur mission d'un air pincé, pria le jésuite de saluer de sa part le comte de Pontchartrain s'il avait l'honneur de lui être présenté. Il leur recommanda de prendre soin du chancelier Fléhaut, qui n'avait guère l'expérience des voyages. Enfin, il demanda au Père Plantain de bien vouloir lui permettre d'avoir une conversation en aparté avec le sieur Poncet.

Le consul se leva et entraîna l'apothicaire à sa suite jusqu'à l'autre bout de la grande salle, dans un angle. La lumière encore basse du soleil matinal barrait l'obscurité poussiéreuse de rayons obliques et enveloppait les deux hommes dans des voiles blafards, sur le fond amarante des tentures.

— On m'apprend, dit le consul en chuchotant presque, que vous avez attaqué mon secrétaire cette nuit !

— Il m'avait suivi. Je ne l'ai pas reconnu.

— Il vous a suivi pour vous confondre. Il paraît que vous étiez en train de déshonorer une jeune fille.

— A-t-il pour mission de protéger les vertus de cette colonie ?

— En tout cas, vous ne l'avez pas non plus de les compromettre.

Le consul avait répliqué assez haut. Il regarda dans la direction du jésuite, qui n'avait pas bougé et qui, à dix pas d'eux, continuait de contempler amoureusement ses mains.

— Croyez bien que si je suis saisi de la plainte d'une

famille, même en votre absence, je prendrai des sanctions et les transmettrai en France pour qu'on les exécute.

Bon, pensa Jean-Baptiste avec soulagement, il ne sait pas l'essentiel. Il s'inclina respectueusement.

— On me dit également, reprit le consul en marquant une certaine gêne, que vous auriez perdu à ce point toute mesure que vous seriez allé jusqu'à... jusqu'à chercher un entretien, un commerce avec... ma propre fille.

— Oh ! Monsieur le consul, avec votre fille, c'est tout autre chose.

— Et quoi donc je vous prie ?

Jean-Baptiste, décidément, à chaque départ, était porté sans préméditation, par défi, par jeu, par dépit sans doute aussi, à accomplir en face du consul un geste d'insolence et d'audace, qu'il dédiait à sa bien-aimée. La première fois, avant de quitter Le Caire pour l'Éthiopie, il avait obtenu qu'elle garde sa maison. Cette fois, il fut presque épouvanté de s'entendre prononcer de la même voix chuchotée qui était celle de cette conversation :

— Eh bien, avec elle, c'est tout simplement de l'amour.

Le consul se redressa comme s'il avait reçu dans les reins la lame d'un sicaire.

— Je l'aime, persista Jean-Baptiste sans baisser les yeux. Et j'ai la faiblesse de croire qu'elle aussi...

— Taisez-vous ! Et quittez sur-le-champ ces idées, dit sévèrement le consul.

— Ce ne sont pas des idées...

— Il suffit ! dis-je. Il y a longtemps que je sais que vous avez de telles intentions. J'espérais que vous renonceriez à nourrir vos rêves absurdes.

— Je les nourris et ils me nourrissent.

— Eh bien, bon appétit. Mais n'allez pas plus loin. J'ai d'autres vues pour ma fille.

— Avant de les lui proposer, sachez ceci : j'ai l'intention de vous demander sa main.

M. de Maillet eut deux ou trois secousses d'un rire bruyant qui résonna dans la grande pièce puis il reprit son chuchotement :

— En vérité, voilà une déclaration en règle : dans l'embrasure d'une fenêtre, dix minutes avant un départ en voyage, de la bouche d'un potard.

Il souriait toujours avec l'air de mépris attendri que l'on a pour la contorsion d'un pitre.

— Ce n'est pas une déclaration, dit fermement Jean-Baptiste, c'est un avertissement. Je reviendrai ici avec la faveur du Roi et ce qu'il faut de noblesse pour vous valoir. Alors seulement, je vous ferai une déclaration en règle. Mais il ne s'agit pas que d'ici là d'autres engagements aient été pris.

Ces paroles étaient pour Jean-Baptiste un soulagement, un plaisir comme en donnent toujours l'insolence et les gestes de revanche mais, en même temps, il sentait bien qu'il se rendait coupable d'une immense maladresse. C'était une manière impardonnable de se découvrir face à un adversaire qu'il n'avait pas encore vaincu et auquel il faisait le cadeau de se montrer dans tout le relâchement du triomphe alors que l'autre pouvait encore le frapper. La maturité confère le privilège de repérer instantanément ces fautes et, comme cette clairvoyance se paie de la nostalgie de ne plus les commettre, elle redouble encore l'énergie avec laquelle on leur applique un châtiment.

— Je tiendrai le plus grand compte, croyez-moi, de cet avertissement, dit M. de Maillet avec un mauvais sourire. Puis il engagea son interlocuteur à rejoindre le jésuite.

*

Ils partirent l'après-midi, tous les trois dans un carrosse tiré par quatre chevaux, loué aux frais du consulat. Derrière, dans une calèche dont on avait entièrement tiré la capote bleue pour les dissimuler, les Abyssins étaient alignés sur une banquette, dans le dos d'un vieux cocher arabe. Le cortège s'assembla devant chez Murad, où l'on chargea les paquets. L'Arménien fit des adieux larmoyants à Poncet bien qu'il fût en réalité très heureux de ne pas faire ce dangereux voyage. Il s'était fort bien accoutumé à sa sinécure du Caire et il était ravi de la prolonger.

Maître Juremi et Jean-Baptiste, comme d'habitude, se quittèrent sans autre effusion qu'une fraternelle accolade. Cette fois, Jean-Baptiste était bien certain que le protestant ne bougerait pas du Caire. Il était moins dangereux pour lui d'aller explorer l'Abyssinie que de venir, lui l'émigré, rôder à Versailles dans le parage du Roi et des Jésuites. Maître Juremi promit de veiller sur Murad et de faire, s'il le pouvait, passer des nouvelles d'Alix. Au moment de monter dans le carrosse, Jean-Baptiste attira son ami à part. Un voyage vous remet, qu'on le veuille ou non, dans les mains imprévisibles du destin. Il ne se serait pas pardonné, pour avoir voulu trop bien faire, d'avoir séparé deux êtres. Il dit à son ami :

— Ménage Françoise. Je crois savoir qu'elle t'aime.

Ils n'étaient guère portés à se faire l'un à l'autre ces confidences. Le géant regarda gauchement Jean-Baptiste, baissa les yeux et aurait eu le plus grand mal à cacher sa confusion si le mouvement du départ ne les avait repris.

— Poncet, que faites-vous ? Nous sommes en retard, criait le jésuite.

Maître Juremi courut d'un bord à l'autre pour fermer les portières et les regarda s'éloigner.

Les voitures passèrent devant le consulat, où ne parut personne d'autre que Mme Fléhaut, maigre silhouette en robe de drap gris qui salua son mari puis mit ses mains sur sa bouche pour contenir un cri. Pour la deuxième fois, Jean-Baptiste s'éloignait pour se rapprocher de celle qu'il aimait, et il gardait confiance.

IV

L'OREILLE DU ROI

CHAPITRE 1

Jusqu'à Alexandrie, tout se passa sans rien qui mérite d'être rapporté. Le jésuite veillait sur les trois Abyssins ; il devançait leurs moindres désirs. Les malheureux ne disaient pas un mot mais paraissaient se demander pourquoi, tout à coup, cet homme était devenu leur esclave sans qu'eux fussent pour autant devenus ses maîtres. Quant au chancelier Fléhaut, il n'ouvrait pas la bouche de toute une étape et souffrait mille morts lorsque que les nécessités du voyage lui faisaient manquer l'heure habituelle de ses repas.

Alexandrie fut le théâtre du premier incident grave. Les deux voitures étaient arrivées dans le port à la tombée de la nuit ; elles s'étaient dirigées du côté d'un ancien lazaret qu'un Français appelé Rigot avait transformé en hôtel. L'homme était à M. de Maillet : il renseignait le consul en échange de sa protection. Il accueillit les voyageurs, les fit dîner et les logea dans deux pavillons discrets où il les servit lui-même. Hélas ! le cocher de la calèche qui avait transporté les Abyssins, un vieil Arabe d'Alexandrie, préféra passer la nuit chez lui, et rencontra en chemin un de ses cousins qui était l'un des muftis les plus virulents de ce quartier populaire. Il lui parla des Abyssins, de leur escorte de Francs et le cousin emporta cette intéressante nouvelle sous son burnous.

Le lendemain était le jour de l'embarquement sur la galère royale. Le port était extrêmement animé ; la foule des porteurs, leur charge sur la tête, montait et descendait les passerelles du bateau. On s'interpellait entre les ponts et le quai ; du sombre étage des rameurs sortaient des éclats de voix. Le soleil, à la verticale, faisait vibrer de lumière le crépi blanc des façades du port, les cageots de fruits et jusqu'à la grossière toile des sacs que hissait une grue de bois. Le carrosse de Jean-Baptiste, du Père Plantain et de Fléhaut se fraya lentement un passage dans cette presse. Des enfants jouaient à s'agripper aux grandes roues de bois de la voiture. À certains arrêts, l'un ou l'autre avait la tête en bas et riait. Derrière venait le cabriolet des Abyssins, dont la capote prenait au soleil une teinte bleu outremer. Il arrivait que la foule mît quelque distance entre les deux voitures ; le jésuite, collé à la lunette du premier carrosse, poussait des exclamations de contrariété et d'inquiétude. Le convoi était encore à cinquante pas du navire quand se produisit un événement d'une violence et d'une rapidité qui confondirent tout le monde. Un gros Égyptien, amplement vêtu d'une tunique beige et coiffé d'une calotte en dentelle, approcha du cabriolet, qui était presque arrêté, et abaissa d'un geste brusque la capote bleue. Les trois Abyssins, blottis les uns contre les autres, apparurent au plein soleil, épouvantés. Au même instant, un autre individu, côté montoir, vint se placer debout près du cocher et lui ordonna d'arrêter, ce que le vieil Arabe fit d'autant plus volontiers qu'il avait reconnu son cousin dans l'homme qui venait de se hisser près de lui. Le cousin se mit à pousser de puissantes exclamations de muezzin et tout ce que le port comptait de musulmans se dressa pour l'écouter. Il commença une véhémente harangue, en désignant les trois Abyssins, qui s'étaient enroulés dans leurs voiles de mousseline. De temps en temps, l'imprécateur levait le poing vers le premier carrosse.

— J'y vais, dit le Père Plantain en saisissant la poignée de la portière.

Jean-Baptiste s'interposa.

— Sortez et vous êtes mort, dit-il.

Puis, passant la tête par l'ouverture du cocher, il lui ordonna de mettre ses chevaux en avant coûte que coûte. Le cocher, qui était un Allemand de la colonie, ne mit pas longtemps pour comprendre. Il fouetta son attelage et les quatre chevaux piaffants dégagèrent eux-mêmes leur route dans la foule hurlante. La voiture se rangea bientôt près du navire. Poncet courut à bord en poussant Fléhaut qui tremblait et en tirant d'une main ferme le jésuite qui voulait secourir les Abyssins. À la coupée, ils tombèrent sur le capitaine, qui les attendait avec le cadi. Ce vieux dignitaire musulman était disposé à exécuter les ordres du Pacha, comme ils s'en étaient assurés la veille, si l'on ajoutait une rétribution sonnante pour donner plus de vigueur à son obéissance. Mais le cadi avait tenu à les avertir à l'avance que, même autorisé par le représentant du Grand Turc, l'embarquement de chrétiens africains restait interdit. L'opération pourrait être délicate, car tout musulman, quelque position qu'il occupât, pouvait légitimement s'y opposer. Maintenant que l'irréparable s'était produit, le notable levait les bras au ciel et protestait qu'il ne pouvait rien faire.

On ne voyait plus le cabriolet. Il était assailli par une grappe humaine qui vociférait. Le Père Plantain se retournait les mains avec l'expression de la plus extrême douleur.

Jean-Baptiste, qui n'avait pas perdu de temps, achevait, avec deux marins, d'embarquer les bagages. Au moment où ils hissaient à bord les dernières malles, on vit la foule quitter le cabriolet et s'éloigner en poussant au milieu d'elle les trois Abyssins, dont on ne distinguait plus par instants qu'un pan de cotonnade blanche. Le mufti qui avait mené l'assaut dirigea alors son prêche contre le carrosse des Francs et une partie de la populace s'en approcha. Poncet fit signe à l'Allemand qu'il pouvait partir : le postillon claqua son fouet, mit son attelage au galop et disparut dans une confusion de cris, de pastèques éclatées et de poussière de farine.

Cependant la foule, furieuse de ce départ, commençait à désigner le navire. Quelques Maures au torse nu sautèrent sur les amarres et tentèrent de remonter vers la coque.

Les trois Francs furent entraînés par le second du bâtiment jusque dans une pièce obscure sur le gaillard d'arrière, où il les barricada. Pendant ce temps, le capitaine, aidé du reste de l'équipage, tenait la foule en respect. Du quai, des milliers de voix hurlaient pour exiger qu'on livrât à la vengeance du prophète les voleurs d'Africains.

Finalement, l'attroupement se dispersa, la galère put démarrer. Sitôt en mer, le capitaine vint libérer lui-même les voyageurs et leur présenter ses respects.

— Qu'est-il arrivé aux Abyssins ? demanda le Père Plantain, plus altéré de nouvelles que s'il eût perdu ses propres enfants.

— À l'heure qu'il est, dit poliment le capitaine, probablement qu'ils sont turcs. Mahomet compte trois fidèles de plus. C'est bien triste pour eux, peut-être, mais réjouissons-nous car le Roi de France a bien failli avoir, lui, trois sujets de moins.

Cela dit en souriant, il saisit familièrement Poncet et le jésuite par le bras et les entraîna ainsi que Fléhaut vers son carré. Toute la bonne humeur de ce marin originaire des Flandres, mais né à Dieppe, qui se nommait de Hooch, ne put pourtant empêcher que cet incident installât entre ses trois passagers et pour toute la traversée une persistante mélancolie.

On était en octobre. Ils eurent sur la mer des vents frais portants, qui mirent la chiourme au repos dès la sortie de la rade. Mis à part les rameurs, que l'on ne voyait pas, l'équipage était formé de militaires, qui parlaient peu. La plus longue étape fut jusqu'à Agrigente. Fléhaut, dès que la côte égyptienne disparut, s'enferma dans sa cabine et se défia si bien de tout aliment qu'il en tomba au bord de l'inanition. Poncet lui fit servir des remèdes dans des soupes ; en vérité, il n'y mettait rien. Le chancelier remercia le médecin de ces bons soins, sans se douter qu'il devait plutôt son salut au cuisinier.

Le jésuite n'était pas meilleur compagnon. Il priait pendant des heures, sur l'avant, et le mousse qui brossait le pont faisait un cercle à deux pas de lui, pour ne pas le déranger. Jean-Baptiste crut qu'il demandait le pardon de Dieu pour l'affaire des esclaves abyssins. Il mit deux jours à comprendre que le prêtre avait surtout peur et que, s'il invoquait le Ciel, c'était plus à propos de l'avenir que du passé. Il souhaitait seulement ne pas sombrer.

Le seul avec qui Jean-Baptiste eut de libres et plaisantes conversations était ce capitaine de Hooch, fils de marin et fier soldat. Cet homme avait combattu vaillamment pendant la guerre de Hollande. Il avait été second d'un vaisseau qui avait pris part, sous le feu, à la victoire de Beachy Head, aux ordres de Tourville. De Hooch vouait au Roi Louis XIV une authentique affection. Il ne l'avait vu qu'une seule fois et de fort loin. Mais il savait beaucoup d'histoires sur lui, les histoires de son enfance, pendant la Fronde, qui avaient ému tout le pays ; les histoires de sa gloire, de ses batailles, de son mariage et de ses alliances ; les histoires galantes, le portrait bien populaire de ses maîtresses et des bâtards. Depuis cinq ans qu'il naviguait en Orient, de Hooch avait manqué les épisodes les plus récents : il n'était bavard que sur les débuts du règne — qui étaient passés dans la légende — et sur la seule guerre qu'il eût faite en propre. Si Poncet était resté en Europe les années précédentes, il aurait compris que de Hooch ne savait du Roi rien de plus que la part connue de tout Français. Mais là, sur ce paysage de houle vert et mauve, sous ces trouées de nuées illuminées de traits obliques, la vie de Louis XIV, racontée avec l'accent du marin, prenait l'allure d'un chant grec. Jean-Baptiste, grâce aux mille événements intimes ou glorieux de la vie du Roi dont le capitaine savait le détail, croyait pénétrer dans la familiarité du demi-dieu, comme un berger d'Ovide imagine pendant la sieste qu'il tutoie Zeus. Cette fascination que ses compatriotes avaient peu à peu ressentie pour le « Roi-Soleil », Jean-Baptiste y était plongé d'un coup comme ces adultes que l'on baptise devant leurs enfants. Bref, il était en train de redevenir français.

Ils firent escale cinq jours à Agrigente. Un soir, le capitaine, le Père Plantain et Poncet allèrent souper dans une auberge située sur la hauteur ; il faisait encore assez tiède pour qu'on se tienne sur la terrasse mais la treille vibrait déjà de courtes bourrasques d'automne. En rentrant à bord, ils eurent le désagrément de découvrir que le tabac qu'ils destinaient au Roi avait été volé. Fléhaut, qui dormait dans la cabine voisine, n'avait rien entendu, à moins que son épouse lui eût recommandé de n'accuser personne. Le capitaine interrogea les hommes de quart : ils affirmèrent avoir vu des ombres d'enfants glisser le long des amarres. Il y eut des sanctions mais le tabac de Louis XIV n'en fut pas moins fumé, sans doute quelque part dans les montagnes vert et gris qui dominaient le port.

Ils repartirent un matin à cinq heures. Cette fois, les vents étaient contraires, le navire heurtait des lames nerveuses qui crachaient une écume jaune. Il pleuvait. On ne put hisser les voiles et les rameurs durent poursuivre leur effort pendant des heures. Poncet ne savait ce qui valait mieux : demander à voir les galériens, pour avoir une juste idée de leur détresse immense mais qui somme toute devait être supportable, ou se contenter d'imaginer ces corps mécanisés qui, deux planchers au-dessous de lui, enchaînés, rendaient chacun de ses repos coupable. Le supplice des galériens, après deux courtes escales, prit fin, pour cette fois du moins, à Marseille. Jean-Baptiste, fort impatient, regardait de la dunette approcher les quais du Vieux Port. Dès qu'ils accostèrent, il fit ses adieux au capitaine et sauta à terre.

Il avait pu douter, pendant la traversée, que la mainmise

des Jésuites sur lui fût bien gênante car leur présence se réduisait au discret Père Plantain, étouffé par la crainte du large. Sur le port de Marseille, aucun doute ne fut plus permis : cinq de ces messieurs en noir, plantés devant trois carrosses de la même couleur, les attendaient sur le quai. Fléhaut seul, décharné par les veilles et l'anorexie, tiré de sa cabine de poupe sur un brancard, aurait pu justifier la présence de ce cortège funèbre. Mais le Père Plantain, repris de vie dès qu'il eut mis pied à terre, congratulé par ses semblables, y prit place aussi et Poncet, qui avait enfilé son habit de velours rouge et qui se sentait heureux et libre, dut pourtant s'enfermer comme les autres dans un de ces corbillards entre les faces de carême de ses nouveaux anges gardiens. Ils prirent la direction du Pharo, où les Jésuites avaient une maison. À côté d'une église à fronton plat construite sur le célèbre modèle du Gèsu de Rome, la propriété de la Compagnie consistait en une énorme bâtisse de pierres blanches couverte d'un toit plat à tuiles romaines. Jean-Baptiste reçut une étroite cellule au deuxième étage, qui ouvrait sur la Provence. D'un côté, il apercevait les premières maisons de Marseille, de l'autre s'étendait une belle campagne labourée et piquée de cyprès, coupée de bois de pins et de châtaigniers. Très loin, à la limite de l'horizon, une ligne blanche sinueuse, la crête enneigée des premières Alpes, séparait la terre brune et calme d'avec le ciel plombé de nuages et griffé par des torsades de pluie. Cette fois, ce fut Poncet qui s'enferma dans sa cabine, laissant aux autres le soin de la conversation avec les Pères. Les voyageurs repartirent deux jours plus tard, dans un carrosse noir semblable à ceux qui les avaient attendus sur le port. Il était mal suspendu et conduit par un cocher sans doute fort peu payé, qui faisait subir aux passagers les désagréments qu'il n'osait pas signifier à ses maîtres. Ce rustre semblait faire exprès de prendre tous les cahots à pleine vitesse et c'est plus d'une fois qu'ils se retrouvèrent avec embarras sur les genoux les uns des autres. Moulus, mécontents de n'avoir rien vu pendant le trajet, tout occupés qu'ils étaient à s'agripper où ils pouvaient, les trois émissaires arrivèrent en pleine nuit au château de Simiane, où les Pères avaient obtenu pour eux l'hospitalité.

Le marquis de Simiane, un gros gentilhomme charmant qui parlait avec l'accent pittoresque des Provençaux, ne les attendait que deux jours plus tard. Tout confus de ce malentendu, il les accueillit en costume de chasse, avec une touchante simplicité. Il leur présenta son épouse et ses deux fils, qui ressemblaient étonnamment à leur mère : long nez pointu, cheveux noirs, visage ovale. C'était bien attendrissant de voir cette femme marquée et souffrante, soutenue par ces deux vigoureux gaillards qui semblaient vouloir lui restituer, par de constantes attentions, le don qu'elle leur avait fait de sa beauté et de sa jeunesse. Ils dînèrent de gibier dans des porcelaines bleu et jaune de Moustiers :

— Voyez, disait joyeusement l'hôte, c'est pour ne point vous dépayser !

Et il montrait, au fond des lourds plats ronds de grand feu, un décor de turquerie : on y voyait des Maures chasser l'autruche, lire le Coran près d'une fontaine, défiler à cheval.

— Vous êtes bien heureux, dit le Père Plantain sans paraître plaisanter, de ne les avoir ici qu'au fond de votre assiette…

Le lendemain, Poncet demanda au marquis la faveur de pouvoir l'accompagner à la chasse. Ils y allèrent à quatre, avec ses fils. Les forêts étaient traversées de brumes tièdes qui dégouttaient sur l'or des feuilles. Le pas des chevaux pesait doucement sur l'humus épais couvert de bogues de châtaignes. Un vent glacé, qui descendait des Alpes, rendait piquant aux narines l'air humide et parfumé où se combattaient l'influence de la pinède et celle des halliers de genièvre.

Ils rentrèrent à la nuit, honteux d'avoir eu assez peu de charité pour laisser Mme de Simiane dîner seule avec deux convives aussi fâcheux que Fléhaut et le Père Plantain. Mais ils étaient heureux de leur chasse, bien fourbus et liés par une amitié comme il en naît entre ceux qui ont pris ensemble de grands plaisirs, sans se dire trois mots.

Les chasseurs allèrent se changer et soupèrent après les autres, qui, du reste, étaient allés se coucher. Poncet, épouvanté rien qu'à l'idée de reprendre le lendemain la route dans sa cage noire avec ces corbeaux, demanda à M. de Simiane s'il aurait la bonté de lui vendre un cheval et de quoi le seller afin de faire le chemin près du carrosse mais au grand air.

— Comme je vous comprends ! dit le marquis. Vous retrouvez la France ; il faut la sentir, marcher au vent. Moi-même, je n'ai jamais pu vivre enfermé et c'est pourquoi vous ne me voyez pas à la cour. Cher ami, il vous faut un cheval : vous en aurez un demain matin. Gardez votre or. En revenant par ici, si Dieu le veut, vous me rapporterez cette monture ou une autre ou aucune. Vous serez toujours le bienvenu.

Ils s'assirent ensuite tous les quatre dans de grands fauteuils, autour d'une cheminée, et M. de Simiane demanda à Jean-Baptiste de leur conter quelque chose de l'Abyssinie. Poncet choisit de leur figurer comment les Abyssins chassent l'éléphant.

Ce récit eut un grand succès et M. de Simiane pria vivement Jean-Baptiste d'en faire un autre. Finalement, la relation de son voyage en Abyssinie les tint éveillés une longue partie de la nuit et, s'il n'avait pas insisté lui-même pour aller finalement se coucher, ils auraient écouté ces souvenirs jusqu'à l'aube.

Le médecin vit un bon présage dans le succès de ses histoires. C'était la première fois qu'il racontait quelque chose de son voyage : il fut encouragé et bien optimiste de voir l'intérêt qu'il suscitait. « Si le Roi est dans le même état d'esprit, se dit-il, je n'aurai pas de mal à le captiver. »

Le lendemain matin, Jean-Baptiste quittait le château,

monté sur un alezan plein de fougue. Sur la route de
Valence, il chevaucha au petit trot près du carrosse qu'il était
maintenant bien aise de voir cahoter. Le ciel avait les couleurs bleu verni et gris d'un plat de Moustiers. « Sauf, pensait
Jean-Baptiste, que l'on n'y voit point de Turc. »

CHAPITRE 2

Alix, depuis sa dernière entrevue de nuit avec Jean-Baptiste, avait d'abord tremblé pour lui. Françoise, le matin même, l'avait rassurée. Dans l'après-midi, par la rumeur qui courait dans la maison, la jeune fille apprit l'attentat dont avait été victime « ce pauvre M. Macé », comme disait sa mère. Elle comprit tout et entra dans une rage violente. L'objet n'en était pas « ce pauvre M. Macé », à l'endroit duquel son mépris ne pouvait augmenter. Il fallait qu'elle eût été bien en manque de société pour avoir accepté, autrefois, de prêter attention à un tel homme. Maintenant qu'elle le jugeait, croyait-elle, avec plus de clairvoyance, c'est-à-dire en vérité depuis qu'elle lui faisait l'écrasante injustice de le comparer à Jean-Baptiste, elle voyait le secrétaire dans toute son obséquiosité, sa veulerie, et ne pouvait vraiment lui tenir rancune de sa constitutive abjection. Non, c'est à son père qu'elle en voulait soudain et beaucoup. Elle ne doutait pas que M. Macé eut agi sur ordre et qu'il la surveillait pour le compte du consul.

Comme Alix n'était pas d'un caractère modéré, ce dont elle-même commençait tout juste à se rendre compte, elle chargea le ressentiment qu'elle avait pour son père de toutes ses autres mauvaises humeurs. Et d'abord, elle lui fit intérieurement grief d'être la cause de cette nouvelle séparation. Jean-Baptiste, la première fois, était engagé à ce voyage en

Abyssinie avant qu'elle le connût. Personne n'en était coupable. Mais, cette fois, il repartait par la faute de son père qui, par intransigeance, principes arrêtés, indifférence à la vie des autres et en particulier de sa fille, mettait des conditions à son mariage. Elle lui reprochait aussi d'avoir gâché ses derniers moments avec Jean-Baptiste en la faisant poursuivre. Elle ne cessait de se remémorer cette image, qui, chaque fois, renouvelait son humiliation : elle et Françoise courant sur leurs escarpins trop étroits, trébuchant, le cœur emballé, pour échapper à l'ignoble espion. C'était une scène de chasse. Voilà : son père la traitait comme un gibier que l'on guette et que l'on vise. Et le rapport des forces était bien tel : Jean-Baptiste et elle étaient aussi démunis que des lièvres dans un champ de maïs, réduits à se cacher, à s'enfuir, à ruser contre les chiens lancés à leurs trousses.

À partir de cette scène, qui lui avait ouvert le cœur comme une noix, Alix examina toute son enfance et ce qui lui avait tenu lieu d'éducation. Il y avait là, sans rien de moins ni rien de plus, l'exemple de ce que l'on consentait à cette époque aux filles. Enfant, elle avait reçu les soins discrets d'une gouvernante dont le seul souci était de la faire tenir tranquille les rares fois de la semaine où elle était présentée à sa mère. Ensuite, elle était partie pour le couvent, et celui dans lequel elle avait grandi n'était pas, comme d'autres, ouvert sur le monde par l'originalité de ses pensionnaires : un trou de campagne, voilà où on l'avait dissimulée. Le seul espoir donné à ces enfants recluses était d'entrer au plus vite dans une autre dépendance, celle d'un mari qu'elles n'auraient pas choisi. Et comme pour les préparer à ce destin tout entier contraint par la société, on leur enseignait à endurer le port de robes d'apparat bourrées de paniers de crin et cerclées de fer. Privée, dans la solitude de sa maison du Caire, de toute société à laquelle se comparer, pour juger normaux ces usages, Alix ne les respectait que par habitude et cette habitude s'était brisée, comme ses talons, par une belle nuit de chasse où le naturel lui apparut, et avec lui, par contraste, la contrainte qu'était sa condition.

Pendant le premier voyage de son amant, elle avait dissimulé, menti en quelque sorte à son père puisqu'elle avait soigneusement caché sa passion. Mais elle l'avait fait à regret et le respect qu'elle devait à ses parents n'était entamé en rien. Cette fois, tout avait changé. La certitude où elle était que son père avait employé à son endroit des moyens déloyaux libéra en elle la corde fortement tendue de la révolte. Elle ne mit plus de bonne morale à son combat : elle userait pour se défendre de toutes les pauvres armes qu'elle avait, et elle chercherait même à en acquérir de nouvelles et de plus puissantes.

Elle attendit la convocation de son père.

Il l'appela dans son cabinet deux jours après le départ de Poncet. Le consul n'avait aucun soupçon naturel sur sa fille. Son égoïsme le conduisait trop à se désintéresser de ses proches pour qu'il pût leur prêter des sentiments hostiles ou même seulement indépendants. On sait que M. de Maillet n'était pour rien dans l'embuscade de son secrétaire. Ce furent finalement les insinuations de celui-ci et surtout les insolences de Poncet qui conduisirent le consul à rencontrer sa fille pour la mettre en garde.

— Avez-vous remarqué, lui dit-il sans aucune animosité car il parlait toujours à sa fille avec douceur, ce qui le persuadait lui-même qu'il l'aimait, cet apothicaire, ce sieur Poncet ?

— C'est vous-même, mon père, qui me l'avez présenté, dit Alix sans se troubler.

S'il croit que la perdrix va s'envoler au premier pas du chasseur, pensait-elle, il se trompe.

— Il est parti et j'espère bien que nous ne le reverrons plus. Mais, répondez-moi, je vous prie, car j'aimerais prendre quelques dispositions au cas où il tenterait de revenir par ici : vous a-t-il quelquefois importunée ?

Alix prit dans ses mains un pli de sa robe bleu et noir et

elle le fit passer par-dessus son genou, comme pour se libérer d'une gêne. « Où il tenterait ! pensa-t-elle. Il voudra l'empêcher de revenir... Tant pis, si le Roi le récompense, il pourra cela aussi... »

— Vous hésitez ? dit le consul.

— Je cherche dans mes souvenirs. Mais, mon père, je ne découvre absolument rien. J'ai fort peu vu cet homme et il ne s'est jamais conduit que de la façon la plus convenable.

« Il ne me croit pas, se dit-elle. Il sait. Nier, nier, nier toujours. »

— Vous êtes bien sûre de n'avoir jamais rien laissé paraître d'équivoque, qui pût tromper un cœur vulgaire et l'inciter à troubler votre pudeur ?

— Moi, mon père ? dit-elle en ouvrant ses yeux bleus.

Elle se connaissait assez pour savoir que ses prunelles pouvaient être une eau de roche, un lac, dans le grand fond duquel on croyait voir palpiter les galets de son cœur.

« S'il ne sait pas, se dit-elle, il verra dans l'éclat de mes yeux la pureté d'une ingénue. S'il sait, une lame. »

M. de Maillet se détendit, approcha d'Alix, prit sa main dans la sienne et la caressa comme on fait d'un petit animal.

— Bien sûr, dit-il. Mes questions sont trop rudes. Mais, voyez-vous, je cherche à vous protéger et cet individu a eu quelques mots dont je craignais que vous n'ayez entendu l'écho.

— Quels mots, mon père ? dit-elle en retirant sa main.

— Rien. Des propos d'ivrogne. Cet homme est un misérable, comme la plupart, hélas ! des aventuriers qui viennent échouer dans cette colonie. Voilà pourquoi je vous garde autant que je peux de toute fréquentation.

— Je vous remercie, mon père, dit Alix, rassurée sur ce premier assaut et qui jugeait arrivée l'heure de la contre-attaque. Grâce à vous, ma vertu n'a jamais été inquiétée. Mais l'inconvénient...

— Eh bien ?

— ... c'est que je m'ennuie profondément ici.

— Je le sais, dit M. de Maillet.

Il s'éloigna puis fit volte-face et revint vers sa fille.

— Je ne comptais pas vous l'annoncer si tôt mais tant pis, ajouta-t-il, voilà, j'ai fait en sorte que dans peu de temps, oui, dans très peu de temps, vous ne vous ennuyiez plus.

— Et comment ?

— Vous vous marierez.

Les amoureux n'ont pas de raison : elle crut un instant que son père allait lui annoncer que Jean-Baptiste...

— La nouvelle vous trouble, je le comprends, dit le consul. Songez pourtant qu'il est bien temps.

Alix fit une sage révérence pour montrer qu'elle était soumise à la volonté de son père.

— Et puis-je savoir à qui vous me destinez ? dit-elle d'une voix humble.

— À quelqu'un que vous allez voir paraître très bientôt. Je ne dis pas qu'il vient de France dans ce seul but mais enfin presque. C'est un homme d'une excellente naissance et dont notre parent Pontchartrain me garantit personnellement les mérites, ce qui n'est pas peu.

Alix fit une autre révérence et ne demanda rien d'autre, ce dont le consul parut à la fois soulagé et surpris. Il n'avait pas craint un refus, car il était sûr de son autorité. Mais il pouvait redouter des gémissements, des questions, tout un étalage d'émotions qui sans être un obstacle eût été une fâcheuse complication. « On imagine toujours le cœur des jeunes filles plus compliqué qu'il n'est, pensa-t-il. Mais voilà : quand on les a bien éduquées, tout est simple. » M. de Maillet s'attendrit un instant, en regardant Alix, sur cet irréprochable produit de l'ordre et de la famille.

— Mon père, dit-elle, j'attendrai de voir celui que vous m'annoncez et je ne doute pas de lui reconnaître les qualités qui vous ont été si fort recommandées.

M. de Maillet sourit affectueusement.

— Toutefois, reprit la jeune fille, je suppose que mon mariage n'est pas pour demain et d'ici là, j'aimerais que vous m'accordiez une faveur.

— Dites, fit le consul.

— Voilà, le climat du Caire m'assomme, je dépéris. Voyez comme je suis pâle. Il me semble que même pour attirer les égards d'un fiancé…

— Que dites-vous ? Je vous trouve resplendissante.

— C'est que j'ai mis du fard. Et ce n'est pas tous les jours que l'on apprend son mariage. Voilà peut-être ce qui me donne des couleurs dans le moment. Mais croyez-moi, mon père, je m'anémie.

— Nous sommes au Caire pour plusieurs années encore, il faut vous y faire, dit M. de Maillet sur un ton péremptoire. Si vous épousez l'homme que l'on vous promet, peut-être le suivrez-vous ailleurs. Mais je vous préviens : il est diplomate d'Orient et il se peut que vous soyez un jour encore plus mal accommodée. Vous imaginez-vous recluse dans une légation à Damas ou à Bagdad ? Vous ne connaissez pas ces villes ! Au moins, ici, il y a l'air du Nil…

— Justement, mon père. Voilà tout ce que je désire. La société du Caire ne me manque pas. J'ai seulement besoin d'un peu de nature, d'air. Vous avez cette résidence de campagne à une lieue de Gizeh. Permettez-moi d'y passer quelques jours avec ma mère et des domestiques.

— Cette maison n'est pas salubre, dit vivement le consul. Il y a de très mauvais moustiques dans le fleuve et vous prendrez des fièvres.

— L'été. Mais l'hiver elle est saine. Il paraît que votre prédécesseur y allait deux mois chaque année.

« Au fond, se dit le consul, l'essentiel est son consentement sans murmure pour le mariage. Il faut bien lui faire quelque récompense. Ne fomentons pas la révolte là où ne se rencontrent, pour le moment, que les meilleures dispositions. »

— Je ne veux pas que votre mère s'absente du Caire. Ce consulat ne peut rester longtemps sans elle.

C'était un étrange mais authentique hommage. M. de Maillet, en disant « le consulat », parlait évidemment du consul.

— Alors, j'irai seulement avec des domestiques, dit Alix.

— Qui ? cette lingère qui ne vous quitte guère et dont on ne me dit pas de bien.

« Le fiel de M. Macé s'est épandu là », pensa Alix.

— Que lui reprochez-vous, mon père ? dit-elle en usant de nouveau de ses grands yeux, qu'elle tint à demi ouverts et bien fixes sur le visage du consul.

— En tout cas, dit-il en détournant le regard, deux femmes ne peuvent rester seules là-bas. Il vous faut deux gardes, que nous prendrons d'ici, et je demanderai à l'Aga quelques janissaires à placer au bout du parc.

— Oh ! Vous acceptez donc !

— Pour votre teint, dit-il d'un air bourru. Et à la condition que vous reviendrez dans le moment que je vous le commanderai, car celui que je vous ai annoncé ne tardera plus.

Alix accepta tout et disparut, heureuse de s'être bien battue.

M. de Maillet donna les ordres promis et, satisfait aussi de cet entretien, passa le reste de la matinée à écrire lui-même trois lettres à des personnes de sa connaissance, dont le chancelier Pontchartrain, pour les mettre en garde contre Poncet. Il décrivit l'homme pour ce qu'il était : un ivrogne, un faiseur de contes dont il ne fallait rien croire, perdu de débauche et d'ambition. Le consul émettait de grands doutes quant à la réalité de son récit de voyage en Abyssinie et suggérait même que ce mythomane n'avait sans doute pas dépassé les frontières de Senaar. Les arguments que M. de Maillet développa sur ce dernier point étaient assez minces mais la Providence voulut qu'il en recueillît d'autres les jours suivants.

Comme après le départ de la mission du Père de Brèvedent, le supérieur des capucins, ce géant hirsute qui avait pour nom don Pasquale, vint de nouveau faire part au consul de ses doléances. Il avait appris le voyage à Versailles du Père Plantain et des Abyssins et il protestait contre ce qu'il appelait le « parti pris de la France en faveur d'une congrégation particulière ». M. de Maillet lui répondit fort aimablement qu'il ne favorisait personne et qu'il était à sa disposition pour soutenir les efforts de son ordre, s'il le pouvait, en toute autre circonstance.

— Céla tombé à point, dit le prêtre italien. Nous allons faire partiré bientôt ouna missione pour l'Abyssinia.

— Encore ! s'écria le consul.

— Pour lé momento, nous restons à Senaar et personna n'a entré plous loin.

Et il ajouta avec perfidie :

— Même vostro protégé, d'ailleurs.

— Mon protégé ?

— Si. Il signior Poncet !

Le consul parut vivement intéressé. Il fit répéter ses paroles au Père Pasquale. Celui-ci confirma que, selon les renseignements dignes de foi de ses frères de Senaar, Poncet, après sa fuite de cette ville, n'était allé qu'à dix lieues environ de la frontière, dans un village abyssin qui servait de douane, qu'on ne l'avait pas laissé pénétrer plus loin, qu'il avait attendu là plusieurs mois, qu'il s'était même marié à la mode du pays avec une indigène, ce qui n'était guère difficile, et qu'il était revenu en racontant des fables sur un empereur qu'il n'avait jamais vu.

M. de Maillet, mis en joie par ce récit, demanda au capucin pourquoi il n'était pas venu lui raconter cela plus tôt. L'autre répondit avec insolence que s'il plaisait aux Français de se ridiculiser en traitant comme un ambassadeur un ancien cuisinier arménien, il ne voulait pas les priver de cet agrément. Mais il ajouta qu'il avait rendu compte à Rome et que tous les capucins connaissaient la vérité, y compris jusqu'à Paris.

— Ce que vous me dites là est de la plus haute importance, opina gravement le consul. Auriez-vous la disponibilité du témoignage des Pères qui sont à Senaar : ont-ils écrit ?

— J'ai au monasterio una longa lettera dou souperior de Senaar.

— Je vous en conjure, reprit vivement M. de Maillet, donnez-moi copie de cette lettre. Je peux encore arrêter toute l'affaire.

Le capucin ne disait rien, attendait quelque chose. Le consul, l'hameçon en bouche, remontait la ligne :

— C'est entendu, dit-il, vous avez ma parole, je m'engage à mettre tous les moyens que je pourrai obtenir pour favoriser votre propre mission.

— Vostra parola ?

— Vous l'avez.

— Bene. Vous aurez la lettera cé soiré, dit le Père Pasquale, qui tenait enfin ce qu'il était venu chercher. Jé reviendrai dans qualqué giorni pour vous spliquer nostro piano et nostri bisougni.

Sur ces mots, l'Italien quitta le consul aussi grossièrement qu'il était entré. Mais M. de Maillet commençait à goûter cette franche rudesse qui contrastait tant avec la fourbe politesse des ignaciens.

*

Il fallut une courte semaine pour que la troupe des domestiques préparât le pavillon de Gizeh. Ils ouvrirent toutes les fenêtres et firent entrer un nouvel air jusqu'au fond des moindres cabinets. Ensuite, ils procédèrent à des fumigations, pour éloigner les fièvres. Enfin ils meublèrent tout de vaisselle et de draps propres qu'ils avaient apportés sur deux charrettes.

Alix arriva dès le lendemain du terme de ces préparatifs, accompagnée de Françoise — sa mère, comme prévu, avait préféré rester au Caire. Les trois serviteurs qui les accompagnaient étaient d'un dévouement total aux deux femmes, qui n'avaient eu que l'embarras du choix pour les désigner car toute la maison du consul était contre lui, indisposée par son avarice et le mépris qu'il témoignait aux inférieurs. Quant à la petite garnison de Turcs que l'Aga des janissaires avait fournie, elle se tenait fort éloignée de la maison et n'avait droit de regard que sur les extérieurs du domaine.

Mlle de Maillet, vêtue d'un juste bleu sans dentelle et d'une robe de velours noir, un seul ruban dans ses frisures, arriva en calèche à trois heures de l'après-midi. On lui avait parlé de cette maison mais elle ne la connaissait pas. Elle la découvrit, au bout d'une longue chaussée surélevée, que l'eau à la saison des crues baignait de chaque côté. La construction était un palais mauresque entouré d'arcades de bois qui dessinaient des arcs brisés. Les fenêtres étaient protégées par des claires-voies de cèdre ouvragées comme des moucharabiehs. La maison était coiffée d'une tour octogonale dont le toit avait la forme d'un casque ottoman. Il ne manquait que le croissant mahométan, en haut de sa silhouette en accolade. Cet emblème avait d'abord existé mais le Pacha, qui avait offert cette résidence à un consul de France, près de cinquante ans plus tôt, avait eu le goût délicat de le faire ôter.

Cette construction était posée sur un tertre qui donnait sur la rive du fleuve et la situait hors de portée de ses régulières inondations. Sur trois côtés, elle était entourée d'alluvions qui, quoique fertiles, étaient laissées à l'abandon par le consul. Une herbe grasse y poussait et faisait autour du pavillon comme un large espace de gazon clair. Le dernier côté, en pente vers le fleuve, était planté de gros arbres qui couvraient la terre de leur ombre et empêchaient qu'il y poussât quoi que ce soit d'autre. C'était donc un tapis de feuilles sèches qui se déroulait, sous ce couvert, jusqu'aux roseaux de la rive. Les voiles blanches des felouques pas-

saient à bonne distance du domaine en vertu d'une interdiction que rien ne marquait mais que tous les bateliers
devaient se répéter de bouche à oreille. Un ponton de bois,
où était amarrée une vieille barque hors d'usage, s'avançait
d'une vingtaine de mètres au-dessus des eaux.

Alix fit le tour de la maison, respira largement la brise sure
du fleuve, depuis la terrasse de bois du salon. Mais elle ne
s'attarda pas à cette volupté.

— Allons, dit-elle à Françoise, mettons en route sans délai
notre programme.

Novembre était froid. Jean-Baptiste, qui se réchauffait les mains sur l'encolure de son cheval, arrivait aux étapes transi. Il obtint de ses compagnons de pouvoir galoper à son rythme et leur donna rendez-vous à la barrière de chaque grande ville. Il voyagea enfin avec l'illusion d'être seul et libre ; il entrait dans les villages, parlait aux paysans, écoutait les vieux sur les places. À Lyon, il acheta une cape de postillon et un feutre à plume rouge. Il apprit en même temps la mort du Roi d'Espagne.

Après trois autres journées de voyage, le carrosse et le cavalier se regroupèrent à Fontainebleau. Ils arrivèrent en pleine nuit à la maison des jésuites. Des bourrasques éteignaient sans cesse les lanternes de cuivre. Il s'était mis à pleuvoir. Les arbres noirs qui encadraient la route avaient de grands emportements sous l'orage. Jean-Baptiste riait, ouvrait la bouche pour mordre la pluie froide qui, dans ces années de tropique, lui avait tant manqué sans qu'il le sût. Le lendemain, ils étaient à Paris, passaient la roulotte de la ferme à la barrière d'Italie et plongeaient vers la Bièvre, au milieu des silhouettes noires qui se faufilaient avant le retour de la pluie. On les logea dans une dépendance du collège Louis-le-Grand. Fléhaut, qui avait sa famille au village d'Auteuil, les quitta dès le premier jour.

— Il va faire son rapport à Pontchartrain, dit le Père

Plantain d'un air mauvais dès que le diplomate les eut quittés en chaise.

La grande nouvelle du jour était l'acceptation par Louis XIV du testament du Roi d'Espagne, qui, sans enfant, léguait sa couronne au duc d'Anjou. Le Roi de France, par l'avènement de son petit-fils à Madrid, réunissait les deux royaumes. Il devenait l'homme le plus puissant de l'Europe, donc du monde. Le retour de la guerre était inévitable. Les jésuites commentaient avec satisfaction ces grandes nouvelles. Le Père Plantain jugea que le grand roi chrétien pouvait moins que jamais abandonner son rôle de protecteur des missions, en particulier en Orient et donc en Abyssinie. Il n'y avait pas un événement que ce Père ne ramenât à ce qui était désormais la grande affaire de sa vie : le retour dans le sein de l'Église d'un pays qu'il ne connaissait pas et qui ne lui demandait rien.

Jean-Baptiste n'avait jamais vu Paris. Le premier soir, il descendit jusqu'à la Seine et laissa boire son cheval sur la berge, au milieu des barques à rames et des lavoirs. Le lendemain, il fit un tour à pied. Il resta d'abord dans les grands espaces découverts où grouillaient les nouveaux chantiers. Il passa les Invalides, remonta le long des berges jusqu'au Pont-Neuf et fit un grand tour par les boulevards du nord jusqu'à la Bastille. Il vit que la mode vestimentaire avait bien changé depuis qu'il avait quitté le pays. Les Français du Caire étaient fort en retard sous ce rapport. Son plus bel habit avait triste allure comparé à ce qui se portait à la capitale. Le jour suivant, il acheta rue Saint-Jacques une veste de velours vert à passementerie d'argent, un gilet de soie, des culottes noires et des bas. Ainsi vêtu, il osa entrer dans la ville proprement dite, c'est-à-dire passer dans ces étroites rues du centre, où l'on pouvait si facilement entendre les commentaires insolents des passants ou des boutiquiers. Il avait bonne mine, son épée, l'œil vif. Personne ne murmura.

Jean-Baptiste était bien décidé à se loger à ses frais en ville.

Les jésuites l'avaient amené, ils s'occupaient de l'audience royale, c'était bien assez. Il ne voulait pas dépendre d'eux au-delà. Cependant, il n'était pas riche et les prix de la capitale étaient élevés.

— Mon sac de poudre d'or, pensa Jean-Baptiste, sera plus judicieusement employé à m'acquérir cette indépendance qu'à composer un présent pour le Roi. Sa Majesté pourrait même se juger insultée de recevoir une aussi modeste somme.

Il alla chez un changeur et convertit cet or qui venait de si loin mais ne valait pas plus cher pour autant. Le banquier le regarda même avec soupçon et lui donna au bout d'un long moment une bourse d'écus qui lui parut bien légère. « C'est mieux que rien, se dit-il, et suffisant, en tout cas, pour se bien loger. »

Il partit à la recherche d'un logis. D'abord, il flâna dans l'île de la Cité, puis passa près de l'hôtel de ville et finit par découvrir, à côté de l'église Saint-Eustache, l'endroit qu'il lui fallait. C'était un cabaret dont l'enseigne lui avait attiré l'œil et qu'il jugea fort adaptée à sa situation. On y voyait, découpé dans une tôle peinte, un grand Africain vêtu d'un pagne et tenant une lance à la main. L'établissement s'appelait *Le Beau Noir*. Jean-Baptiste entra. L'aubergiste, un homme de haute taille aux joues très creuses et au teint gris, paraissait heureusement traiter ses clients mieux que lui-même : on entendait des rires et des voix animées venir de la grande salle, sur la rue.

— J'ai acheté la boutique à un teinturier, expliqua l'homme avec un franc sourire. Il avait choisi cette drôle d'enseigne. Je l'ai gardée.

Jean-Baptiste demanda s'il y avait une chambre libre et à quel prix. Celle qui restait était plutôt un réduit et fort cher, mais elle avait une cheminée en propre et l'aubergiste assura qu'il monterait à Jean-Baptiste autant de bois qu'il lui plairait d'y brûler. Le jeune homme, qui avait froid du soir au matin et goûtait de moins en moins le charme nostalgique de cette sensation, accepta et paya quatre jours d'avance. Il retourna chercher son portemanteau et la malle de remèdes chez les jésuites, leur annonça son déménagement et leur demanda seulement de prendre soin de son cheval. Le Père Plantain essaya en vain de le retenir. Poncet promit de passer au collège chaque matin pour avoir des nouvelles et se mettre à leur disposition pour l'audience royale quand elle serait fixée. Il retourna au *Beau Noir*, y dîna de bon appétit et but sans retenue un vin de Bourgogne qui le réchauffa un peu. L'aubergiste, qui était curieux, vint lui faire la conversation. Il lui apprit qu'il venait du Caire et qu'il savait soigner par le secours des plantes.

— Un médecin, alors ! dit le cabaretier en faisant un respectueux salut.

— Plus ou moins, dit Poncet, qui se méfiait toujours des docteurs en titre.

— Oh ! Plus, Monsieur, certainement plus. Je connais ces coquins de la Faculté : ils nous assassinent et nous volent par-dessus le marché. Je croirais certainement plus à ces secrets de plantes, tout particulièrement quand ils viennent de l'Orient.

Jean-Baptiste se garda d'ajouter quoi que ce soit et surtout d'interdire à l'homme de parler. Pendant qu'il montait dans sa chambre, il entendit l'aubergiste qui passait de table en table pour répandre la nouvelle de sa profession et le médecin sentit sur lui des regards pleins de considération.

— Espérons que les clients vont venir, se dit-il. Car au train où l'on dépense dans cette ville, toute ma poudre d'or sera bientôt évanouie. Et qui sait combien de temps nous allons rester ?

Cependant, les jésuites ne restaient pas inactifs. Les événements d'Espagne avaient bouleversé la cour et grandement occupé le Roi. Mais les Pères surent attendre un peu et, pendant ce temps, il firent monter, dans leur parti, l'affaire d'Éthiopie. On comptait dans les rangs de leur Compagnie la plupart des directeurs de conscience des grands, à commencer par celui du Roi lui-même. Par ce moyen, ils répandirent dans cent maisons d'importance le bruit de cette fabuleuse mission et annoncèrent la présence dans la capitale du protagoniste de cette exploration. Il y eut quelques dîners de dévots, auxquels Jean-Baptiste refusa toujours de participer, au motif qu'il réservait la primauté de son récit au Roi lui-même. Le Père Plantain lui en fit mollement le reproche. En vérité, le prêtre était fort honoré de se transporter seul dans ces prestigieuses maisons et d'être écouté par des hommes riches et titrés, de jolies femmes, bref, toute une société que ses maquignons d'ancêtres auraient été bien fiers de lui voir côtoyer. S'il est une chose à quoi les prêtres sont généralement habiles, c'est à faire fructifier le mystère. Du peu qu'il savait du voyage de Poncet et du malheureux Brèvedent, le Père Plantain fit un récit édifiant, passionnant par ses lacunes mêmes, triomphant par sa conclusion puisqu'il y était ni plus ni moins question du retour à la vraie foi de tout un noble peuple. Poncet, invisible, prenait, dans la rumeur aristocratique, l'ampleur d'un mythe.

Pendant ce temps, les pieds calés contre la cheminée de la salle, Jean-Baptiste jouait aux cartes avec les convives du *Beau Noir*, allait se promener aux heures ensoleillées dans les jardins des Tuileries et, en rentrant, arrosait les graines d'hibiscus qu'il avait plantées dans une jardinière. Dès le lendemain de son arrivée, il vit son premier malade, le fils d'une servante que M. Raoul, le tenancier, amena lui-même dans sa chambre. Le gamin avait une forte angine. Jean-Baptiste lui donna des remèdes sans se faire payer. En deux jours, le malade était guéri, résultat que la nature aurait obtenue par elle-même mais que le médecin eut l'habileté de porter à son crédit. Sa réputation s'accrut très vite et il commença à en recevoir le bénéfice.

Voilà comment, pendant sa première semaine à Paris,

Jean-Baptiste cultiva en même temps deux renommées bien différentes : celle d'ambassadeur, chez les princes qui ne le connaissaient pas, et celle de guérisseur dans le pauvre quartier où il passait ses journées. En vérité, il en acquit même une troisième, qu'il ignorait et qui ne l'aurait guère flatté. À cause des délais de l'audience royale, la correspondance de M. de Maillet et des capucins du Caire avait rattrapé les voyageurs et commencé son œuvre de sape. Le comte de Pontchartrain était désormais prévenu solidement contre eux et tout un petit clergé, plus lié à Rome qu'aux Jésuites, murmurait que cette affaire d'ambassade était une invention, un conte et Poncet un imposteur.

Le Père Plantain jugea qu'il fallait désamorcer cette odieuse campagne, si modeste fût-elle encore. Il était imprudent d'attendre l'audience du Roi qui pouvait encore tarder car Sa Majesté préparait le départ de son petit-fils pour l'Espagne et devait lui donner à marche forcée quelques notions de gouvernement. Le jésuite appela donc Poncet à Louis-le-Grand. Celui-ci parut un matin, entre deux visites de malades, les joues rosies par le froid.

— Cher ami, dit le Père Plantain avec onction, certains esprits jaloux — nous les connaissons bien et notre ordre est accoutumé à leurs critiques pleines de haine — ont le front de mettre en doute la réalité de votre voyage en Abyssinie. Nous devons leur administrer un démenti formel et rapide. Voulez-vous, s'il vous plaît, puisque nous sommes arrivés, me remettre la lettre dont vous a chargé le Négus. Je la ferai immédiatement traduire, authentifier et nous la publierons dans les gazettes qui, pour une fois, serviront la vérité et notre cause.

L'air de Paris avait diverti Jean-Baptiste au point qu'en marchant jusqu'à la rue Saint-Jacques, tout occupé à regarder passer les rapides cabriolets, les escouades de mousquetaires gris, les calèches où l'on apercevait de fraîches dames, il avait oublié tout à fait ses affaires avec les Jésuites et en particulier l'invention qu'il avait faite de cette prétendue lettre. C'était en vérité un bout de papier qu'il avait griffonné lui-même et dont le cachet n'était que la marque laissée dans la cire par un vieux tisonnier.

— La lettre du Négus ? répéta-t-il les yeux dans le vague. Puis, se ressouvenant :

— Ah ! J'y suis. Pardonnez-moi, le froid m'engourdit. Eh bien, mon Père, c'est impossible.

— Et pourquoi ?

— Je l'ai perdue.

La foudre serait tombée dans la pièce en fendant le plafond que le Père Plantain n'aurait pas été plus abasourdi.

— Vous me dites cela... avec ce naturel ! Perdue. Mais vous rendez-vous bien compte ?

Puis, se reprenant, l'homme en noir ajouta d'une voix forte :

— Allons, retrouvez-la ! Cela ne se peut pas. Remuez tout. Retournez à Marseille s'il le faut, en regardant sur le sol.

— Non, dit Poncet qui voulait conclure sa fable maintenant qu'il l'avait récitée, je vous l'assure, cela ne servirait à rien. Je l'ai perdue sur le bateau.

— Envoyons un coursier à Marseille. La galère y est peut-être encore, sinon un croiseur peut la rattraper.

Jean-Baptiste secoua la tête.

— Inutile, vous dis-je.

Il prit une chaise, s'assit de côté, un coude sur le dossier avec l'air naturel du causeur de cabaret. Et il commença son récit :

— Nous avions doublé la Sardaigne. Je me souviens bien que vous étiez sur le gaillard d'avant, comme à votre habitude, mon Père. Vous priiez, je crois, non, vous lisiez un missel, voilà. Il y avait à la surface de la mer la trace blanche de poissons gros de trois pieds. On aurait dit qu'ils nous suivaient. Je suis allé aux cuisines et j'ai rapporté de petits croûtons que je leur ai lancés, pour voir s'ils dévieraient leur course.

— Et alors ? dit le jésuite, gagné par l'accablement.

— Alors, oui ! Ils déviaient ! Ils allaient attraper le pain et puis...

— Au diable vos poissons ! cria le Père Plantain. La lettre ?

— Elle est tombée de ma poche.

— Sur le pont ?

— Non, dans l'eau.

L'ecclésiastique mit une main sur la table en chêne pour se soutenir.

— Et, me croirez-vous ? continua Poncet avec animation, j'ai vu trois de ces monstres bondir sur le papier et se l'arracher.

Le jésuite porta la main à son cœur. Il respirait à peine.

— Que vous arrive-t-il ? dit Jean-Baptiste. Vous êtes mal ?

Il le fit asseoir sur la chaise à sa place, appela, demanda qu'on apportât un verre de rhum.

Le Père Plantain se remit vite de son malaise car il était solide. Mais un autre prêtre, qui était venu à son secours, fit comprendre à Poncet qu'il valait mieux qu'il les laissât car sa seule vue arrachait des cris de fureur au malheureux.

Jean-Baptiste repartit avec gravité. Mais sitôt tourné à l'angle de l'hôtel de Conti, il éclata de rire dans la rue.

*

Jusque-là, il avait recruté ses clients parmi les malandrins qui fréquentaient *Le Beau Noir*. Les quelques chambres étaient peuplées de négociants modestes et d'étrangers dont on ignorait les affaires. La taverne attirait des cochers, des soldats et tout un petit monde venu des halles voisines que M. Raoul traitait familièrement. Le soir où Jean-Baptiste revint de Louis-le-Grand, l'aubergiste l'attendait pour le conduire chez un mystérieux malade dont il lui parla cette fois avec la voix brisée de respect.

L'homme habitait dans la rue même, presque en face du

cabaret. Mais la haute façade de pierre de sa demeure contrastait avec les colombages de guingois du *Beau Noir* et des bicoques voisines.

— Il y a un demi-siècle d'ici, dit l'aubergiste, quand le Roi n'avait pas encore interdit les duels, la maison où nous allons était le plus grand rendez-vous d'escrime de Paris.

— Oh ! Oh ! fit Poncet, j'aurais dû prendre une épée.

— Vous ne craignez plus rien, heureusement, dit M. Raoul en s'arrêtant avant d'avoir atteint la porte de l'hôtel pour donner à Poncet quelques lumières avant d'entrer. La maison a été vendue à un très honorable bourgeois qui a été longtemps magistrat au Parlement. Sa femme est morte, il y a vingt ans, dans une épidémie. On dit que la chose l'a rendu athée mais je ne m'en soucie guère. Ce qui est sûr, c'est qu'il a élevé fort bien ses deux enfants, qui sont grands maintenant et qui viennent rarement. La fille est mariée à un étranger et vit dans son pays ; quant au fils, il sert dans un régiment des Indes. Il vit seul et c'est un homme plutôt gai, qui aime sortir et recevoir. Mais depuis six mois, il est souvent malade. Il lui vient des crises de douleur qui le font hurler. On l'entendait parfois jusque chez moi et il dort maintenant de l'autre côté pour ne pas alarmer les passants quand il souffre. Les médecins ont impudemment saigné sa bourse et lui-même. Ils sont sur la voie de le tuer et de le ruiner. On peut être tranquille qu'ils feront les choses dans l'ordre et qu'ils le ruineront d'abord. Il n'a qu'une servante pour prendre soin de lui. Par bonheur, c'est une sainte femme et qui veut son bien. Je lui ai parlé de vous. Il a fait la nuit dernière une nouvelle crise. Ce matin, elle a couru m'appeler et me dire qu'il était disposé à s'en remettre à vos soins.

Sur ces mots, M. Raoul avança jusqu'au portail et tira une chaîne d'acier. Une sonnette, très loin, retentit dans des corridors vides. Un moment après, la servante apparut. C'était une femme toute ridée mais aux bons yeux brillant de jeunesse. Elle portait un tablier noué à la taille et une simple coiffe de batiste.

— Pour ton maître, Françoise, dit l'aubergiste.

À ce nom, Jean-Baptiste eut un moment d'arrêt et la pensée d'Alix le traversa comme un coup de dague. Il se ressaisit aussi vite. La servante les conduisit dans de longs couloirs meublés de coffres de chêne, sombres et abandonnés mais où l'on pouvait imaginer autrefois la vie d'une famille, des cris d'enfant. Ils montèrent un escalier grinçant, et entrèrent dans une chambre tendue de velours carmin à motifs de damas.

Couché dans des draps de lin, un homme de grande taille, au visage rond, aux cheveux gris et ras, les attendait ; il ébaucha à grand-peine un pâle sourire sur son masque de douleur.

Poncet demanda à l'aubergiste et à la servante d'attendre au-dehors. Il examina le malade qui lui indiqua le lieu de ses élancements en les pointant de l'index tant les efforts qu'il faisait pour ne pas crier étaient intenses et lui scellaient les lèvres. Jean-Baptiste l'interrogea en détail en lui disant de répondre oui ou non de la tête. Enfin, quand il eut son idée sur la nature de son mal, il le quitta en prévenant qu'il reviendrait le lendemain matin.

Il passa une grande partie de la nuit à préparer une potion et l'administra le jour suivant. Les douleurs ne cédèrent pas. Il travailla de nouveau l'après-midi, apporta un nouveau produit, qui ne fit pas plus d'effet. La nuit suivante, il chercha dans une autre direction, se lamenta que maître Juremi ne fût pas là pour le seconder car il était souverain dans ces sortes de préparations. Enfin, au matin du second jour, il apporta au malade un troisième spécifique à base de résine de ciste, qui fit effet en moins d'une heure. Le relâchement des douleurs se marqua sur le visage du patient et presque à vue d'œil. Ce soulagement le fit dormir. Le soir, il rappela

Jean-Baptiste. En arrivant, celui-ci trouva le malade assis et habillé.

— Prenez place, dit l'homme aimablement. Et permettez-moi de me présenter. Mon nom, qui ne vous dira rien sans doute, est Robert du Sangray.

CHAPITRE 4

Michel, un vieux copte de Louqsor, attaché au consulat depuis plus de vingt ans comme palefrenier et maître d'équitation pour les familles des diplomates, faisait partie du détachement de domestiques qui accompagnaient Alix à Gizeh. Il avait pour la jeune fille l'admiration craintive que les Égyptiens témoignent souvent à leur maître quand ce maître est une femme et de surcroît pleine de charmes. Ainsi ne comprit-il pas tout de suite ce qu'elle voulait. Quand elle lui demanda des leçons d'équitation, il crut suffisant de la poser en amazone sur une selle et de la faire tourner en longe au pas en contrebas du pavillon, dans un carré d'herbe qui convenait pour faire une carrière. Il s'apprêtait à recommencer le deuxième jour, mais Alix lui dit qu'elle souhaitait faire des progrès plus rapides. D'un coup de chambrière, il mit la bête au petit trot. Avant la troisième séance, quand elle le vit remettre la longe, Alix alla jusqu'au vieux palefrenier, se planta bien en face de lui et dit avec une fermeté un peu effrayante pour une jeune fille de cet âge :

— Michel, nous avons peu de temps. D'un jour à l'autre, mon père peut me rappeler au Caire. En attendant, je veux apprendre à monter. Est-ce clair ? Laissons l'amazone et la longe. Donne-moi une selle d'homme et des éperons. J'ai mis des culottes de velours qui ne craignent rien. Et apprends-moi toutes les allures, le saut, ce qu'il faut savoir pour aller vite et partout.

Le vieillard exécuta ces ordres avec étonnement et inquiétude. On n'apprend pas l'équitation sans tomber. Que dirait-on si elle se brisait les os par sa faute ? Il n'aimait pas le consul mais le craignait. Alix leva cette dernière prévention en disant qu'en cas d'accident elle répondrait de tout et prétendrait avoir dérobé le cheval.

Michel, rassuré, se prit au jeu. En une semaine, sa crainte avait fait place à une grande fierté. La jeune élève avait acquis des réflexes, un début d'assiette et sa grâce naturelle, jointe à une intrépidité qu'on ne pouvait d'abord soupçonner, lui faisait diriger sa monture en harmonie, en souplesse mais avec une ferme autorité.

Bientôt, elle partit en promenade. Elle ne pouvait le faire que seule car il n'y avait de bride et de selle que pour un cheval. D'ailleurs, le vieillard, s'il conseillait les cavaliers, ne montait plus lui-même car il souffrait de rhumatismes et en était presque perclus. On prévint seulement les janissaires qui campaient à l'entrée du domaine. Ils s'habituèrent à voir chaque matin passer un cavalier qui coupait à travers les champs, traversait les canaux sur les diguettes de terre rouge qu'avaient construites les paysans. Ils crurent toujours que c'était un homme car Alix dissimulait ses cheveux sous un chapeau à bord et son ample chemise cachait ses formes.

Ces exercices équestres auraient dû suffire à la briser ; pourtant la jeune fille ne s'y limitait pas. À sa demande, le lendemain de leur arrivée, maître Juremi était venu les rejoindre en barque. Il avait accosté le ponton au début de la nuit et hissé lui-même jusqu'à la résidence un long coffre de bois qui rendait un bruit métallique lorsqu'il heurtait le sol. Il en avait sorti des épées mouchetées, deux pourpoints de cuir et des masques.

Le soir même, Alix prit sa première leçon d'escrime sur la

terrasse de bois qui donnait sur le Nil. À maître Juremi, elle n'eut pas besoin de préciser ce qu'elle voulait : il avait compris et la traita avec la même rigueur qu'il aurait eue pour un homme.

Ensuite, elle lui demanda de faire travailler aussi Françoise, en sorte que s'il arrivait qu'il dût partir, elles pourraient poursuivre leur entraînement entre elles. Alix s'amusa d'observer le trouble dans lequel se déroula cette seconde leçon. Françoise exagérait sa maladresse de débutante et pourtant maître Juremi, qui n'avait pas cette excuse, se laissa toucher deux fois par étourderie.

Quand tout fut fini, Alix, une lanterne à la main, accompagna elle-même le maître d'armes jusqu'à la chambre qui lui était réservée à l'étage. Bien que Françoise eût certainement envie de se confier à son amie, la jeune fille, ivre de fatigue, se jeta sur son lit et s'endormit.

Les journées passèrent au rythme soutenu de ces exercices physiques. Une fois même, après avoir fait prévenir les Turcs que les domestiques allaient tenter d'abattre un chien rôdeur, ils passèrent la soirée à tirer au pistolet. Alix apprit à le charger et elle lâcha une dizaine de coups sans trembler.

Les soirées étaient plus pesantes. Ils dînaient tous les trois sur la terrasse et la conversation reposait presque tout entière sur Alix tant les deux autres étaient embarrassés de se trouver face à face. Les grenouilles qui coassaient par milliers dans les roseaux de la berge peuplaient les longs silences de leur société.

La jeune fille s'amusait de voir cet homme et cette femme pleins d'expérience et l'un et l'autre, plutôt gais d'ordinaire, réduits à si peu par les tourments de l'amour. Elle en fit de longues réflexions pour elle-même.

Cependant, le climat de ces soirées commença vite à peser. Alix souhaitait que quelque chose se passât. Elle n'osait trop s'en ouvrir à Françoise. Un soir, en rentrant d'une promenade où elle s'était étourdie au grand galop, la jeune fille eut enfin la perception que la situation avait changé. Après le dîner, qui fut très silencieux, maître Juremi dit de sa voix grave qui emplissait l'obscurité :

— Mademoiselle, je vous demande pardon. Mais j'ai laissé le soin de nos plantes à un petit voisin. Il me semble que vous savez mieux que quiconque combien nous y tenons. Je voudrais vous demander la permission de rentrer au Caire demain matin.

— Mais, nos leçons..., dit Alix, qui se reprocha tout de suite cet égoïsme.

— Il ne faut pas aller trop vite. Vous avez acquis les bases. Désormais, c'est la pratique qui vous apportera des progrès. Je vous laisse les épées et les pourpoints. Vous pourrez vous exercer avec Françoise. Franchement, je ne vous suis plus indispensable.

Françoise fixait maître Juremi avec un air éperdu et la lèvre secouée de tremblements. Elle se leva, se donna la contenance de rapporter le plateau de café aux cuisines et disparut. Le maître d'armes quitta la table à son tour, salua respectueusement Alix et s'éloigna, sa lanterne à la main, dans l'autre direction. Elle entendit son pas sur les ais sonores de l'escalier.

Maître Juremi partit à l'aube le lendemain. Les deux femmes l'accompagnèrent jusqu'au ponton. Sitôt démarrée, sa barque dériva sur le fleuve. Le soleil, déformé par la brume du désert, se levait, carré, au milieu des palmiers de l'autre berge. Une felouque chargée de bois, sans voile, faisait glisser son mât sur l'eau, tenant sa fine baume de travers comme une perche de funambule. Deux grands échassiers roses, immobiles, pointaient leur bec vers le soleil et l'on aurait dit, de loin, qu'ils en saisissaient le disque et le sortaient lentement des eaux. Françoise pleurait.

— Que s'est-il passé ? demanda Alix en la prenant par le bras.

Françoise s'essuya les yeux, renifla et, regardant Alix, haussa les épaules.

— Pardonnez-moi. Il faut que je me ressaisisse. Voilà. Ça y est. Je me contiens. Sommes-nous bêtes ! À nos âges !

— Vous lui avez parlé ? dit Alix en s'asseyant sur la jetée et en installant son amie près d'elle.

— Bien sûr ! Je vais vous le dire, mais vous avez déjà tout deviné. Vous savez qu'il passait ses journées ici sur ce ponton, à faire semblant de pêcher, pour ne pas me voir. Hier après-midi, je suis allée trouver Michel ; il a toujours une flasque du marc de votre père, pour ses rhumatismes. J'en ai avalé deux gobelets et je suis venue ici. Juremi ne faisait rien mais quand il m'a entendue, il a fait mine de se jeter sur une ligne et de tirer l'hameçon. Je me suis assise à côté de lui. Il a bougonné. J'avais peur, croyez-moi. Moi qui ne sais pas nager, j'aurais eu plus de courage pour me jeter à l'eau. Mais c'est lui qui a parlé. Avec sa voix, vous la connaissez. Vous pouvez penser si j'étais à l'aise… J'allais ouvrir la bouche et voilà que résonnait ce gros tambour à mes oreilles.

— Que vous a-t-il dit ?

Le soleil était déjà bien haut. Il rendait la berge plus claire et le fleuve plus noir ; les échassiers s'étaient envolés.

— « Françoise, m'a-t-il dit d'abord, et en entendant prononcer mon nom, j'ai eu un émoi que je ne saurais vous décrire. Françoise, je sais ce que vous venez me dire. Il est inutile de parler. Voyez-vous, dans ma famille, nous avons tout enduré parce que l'on voulait nous faire renier notre foi. Jamais aucun d'entre nous ne l'a fait. Ce n'est pas une question de religion. La vérité, c'est que nous n'avons jamais pu trahir notre parole. Eh bien, voilà, il faut que vous sachiez que j'ai donné la mienne. » Il s'est arrêté un moment, il a posé son fil de côté et il a mis sa main sur la mienne. Puis il a continué : « Si la vie m'a délivré de mon serment, ce que je saurai peut-être un jour, je serai libre. Alors, c'est à vous que je donnerai ma parole, si vous l'acceptez. Et ce sera pour le reste de ma vie. »

Alix reçut dans ses bras Françoise, qui pleura encore un long moment puis elles rentrèrent au pavillon.

« C'est heureux pour elle, pensait Alix. Mais diable, comme les amoureux sont tristes ! »

En silence, elle se mit à songer aux courts moments qu'elle avait passés avec Jean-Baptiste et il lui sembla qu'elle aussi avait dû donner d'elle-même une image bien faible et bien ennuyeuse.

« À Versailles, se dit-elle, au milieu de toutes ces jolies femmes, comment va-t-il se souvenir de moi ? » Cette pensée, qui en d'autres temps l'aurait abattue, ne lui donna que plus d'ardeur au galop.

*

Le conseiller Pomot du Sangray était bien tel que l'avait brièvement décrit l'aubergiste : d'un naturel fort gai, il aimait le monde et ces heureuses qualités lui revenaient dès que cédaient ses douleurs. Grâce à Jean-Baptiste, il disposait pour la première fois d'une arme pour les combattre. Sa reconnaissance, déjà, aurait été grande pour quelques heures de rémission. Comme le traitement lui amena un calme prolongé, qui se confirma sur plusieurs jours, elle n'eut plus de borne. Il donna à l'apothicaire une bourse de trente écus d'or et l'assura qu'il couvrirait tous ses frais pendant son séjour à Paris, qu'il espérait très long.

Une grande bonté annule quelquefois les dettes : l'amitié du vieillard parut à Jean-Baptiste un riche et suffisant salaire. Il aurait eu scrupule à en demander un autre ; il prit donc la bourse et dit qu'il n'accepterait rien de plus.

Chaque après-midi, il venait visiter son patient, qui, désormais libre de ses mouvements, courait par la ville et rentrait lui-même à l'heure où étaient convenues ces visites. Si bien qu'on ne savait plus au juste qui allait voir qui. Il arrivait au médecin et à son patient de se heurter à la porte d'entrée, chacun venant d'un côté de la rue. La conversation avait quitté entre eux le seul champ de la maladie pour devenir l'échange sans ordre et sans contrainte de deux amis.

— Et pourquoi ne viendriez-vous pas plutôt vous installer dans cette maison ? lui dit le conseiller au bout d'une courte semaine. Le Beau Noir est un bonne taverne mais un exécrable hôtel, à ce qu'il paraît.

— Ce ne serait pas aimable pour l'aubergiste, à qui nous devons de nous être rencontrés.

— Je m'en arrangerai avec lui. Il continuera d'apporter vos repas. Et comme les bouillons maigres de Françoise ne me sont plus nécessaires, je ferai venir une part pour moi. Nous resterons bons clients et à cette saison, avec les foires, il louera votre chambre dès le lendemain.

Jean-Baptiste accepta. Le conseiller fit préparer pour son hôte un appartement clair, joliment meublé, dont les deux grandes fenêtres de devant donnaient sur l'animation de la rue et permettaient d'observer l'entrée et la sortie des fidèles sous le porche de Saint-Eustache. On rouvrit une grande cheminée de marbre italien, où Jean-Baptiste entretint, pour se réchauffer enfin, de grands feux d'enfer. Sur l'arrière, il disposait d'une chambre, de deux cabinets et d'une garde-robe, où il fit porter d'en face son léger bagage, sa malle de remèdes et la caisse où étaient les oreilles de l'éléphant.

— Quand j'ai acheté cet hôtel, lui dit Sangray en venant inspecter son installation, il était fermé depuis dix ans et faisait l'objet d'une véritable détestation de la part de ses propriétaires.

— On s'y battait, je crois ?

— C'était, au début du siècle, le repère de ceux qui se faisaient appeler les raffinés d'honneur. Qu'ils aient eu de l'honneur, nul n'en doute. Mais leur raffinement consistait à mettre des règles strictes — que d'ailleurs ils fixaient eux-mêmes — à des pratiques d'équarrisseurs. Figurez-vous que le comte de Montmorency-Boutteville, qui était le locataire en titre, avait eu vingt-deux duels à l'âge de vingt-sept ans ! Le dernier se déroula sous les fenêtres de l'hôtel de Richelieu, ce qui lui valut d'être décapité la veille de la Saint-Jean d'été.

— Glorieux souvenirs, dit Poncet avec émotion.

— Vous trouvez ?

— Oui, il me semble que ces hommes-là vivaient.

— Ils mouraient plus encore, dit Sangray. Et ils faisaient mourir les autres. J'ai trop connu l'horreur de la Fronde, pendant laquelle j'avais déjà ma conscience d'enfant, pour regretter ce règne désordonné de la force. Non, mon cher docteur, je suis un homme de droit, d'équilibre. Je me sens plus le geôlier de ces fantômes que leur conservateur.

Jean-Baptiste acquit tout de suite une grande confiance en cet homme patient et doux qui examinait toute chose avec l'esprit le plus libre. Il lui raconta en détail son voyage en Abyssinie et ce récit fit l'objet de plusieurs soirées animées, chacun assis dans un grand fauteuil à pattes torses, les jambes tendues jusqu'aux chenets de bronze.

Ces échanges firent naître des résolutions de travaux littéraires. Sangray se promit de reprendre l'ouvrage qu'il avait entrepris sur la comparaison des lois humaines et Jean-Baptiste, avec son conseil, décida de s'essayer à faire par écrit la relation de son voyage. Ils se mirent à la tâche dès le lendemain.

Mais le conseiller n'était pas seulement un homme d'étude. Avec le recul de ses maux, il retrouvait toute la vie et il n'y avait pas de joie dont il n'eût envie de profiter. Dès qu'il y eut bal au Palais-Royal, lui qui était attitré chez le duc de Chartres se fit un plaisir de s'y rendre et demanda à Jean-Baptiste de l'accompagner.

Ils étaient de même taille, bien que de corpulence différente. Le conseiller prêta à son hôte un habit d'apparat

galonné d'or et un flot de dentelle fine. M. Raoul, l'aubergiste, qui louait aussi des cabriolets, leur prépara un cocher
et une voiture. Ils partirent à temps pour le souper.

Le Palais-Royal restait alors à Paris le seul vestige d'une vie de cour qui s'était tout entière transportée à Versailles autour du Roi. Il y avait au Palais-Royal du luxe et du faste mais sans l'écrasante présence d'un maître car le fils de Monsieur témoignait à tous une sorte de complice affection qui incitait à la liberté. Dans ce climat de douce chaleur, les plus belles plantes s'épanouissaient avec moins de contraintes qu'à Versailles : la beauté, la jeunesse, l'esprit, qu'il est déjà remarquable de rencontrer séparément, s'unissaient dans un nombre étonnamment élevé de personnages, tout particulièrement de femmes. Sangray présenta son compagnon à la seule duchesse de Chartres car son mari, maître des lieux, était appelé de bonne heure à Versailles ce soir-là et il était parti quand ils arrivèrent.

Pendant le souper et après, lorsque la petite foule s'égailla dans les salons, Poncet perdit quelque peu de sa prudence. Un groupe, dans un angle, s'était formé autour de lui ; plusieurs jolies femmes, dont il ignorait le nom, sauf une fort avancée en âge que les autres avaient désignée comme la marquise de ***. La belle allure de Jean-Baptiste, l'originalité de sa provenance et surtout le don qu'ont les femmes d'apercevoir le mystère là où l'on veut le dissimuler et de porter dans cette brèche le levier de leur curiosité, tout concourait à rassembler autour de lui les plus avides de nouveauté. Il tomba dans ce piège avec d'autant plus de facilité que parler était pour lui le meilleur moyen de ne pas laisser éclater l'émotion et la timidité que cette cour brillante faisait naître en lui. Il se laissa aller à évoquer l'Abyssinie et ce sujet déclencha mille questions passionnées. Dans le désordre de cette conversation mondaine, Jean-Baptiste commit l'erreur de pousser un peu trop loin le pittoresque. Il raconta avec force détails comment les Abyssins avaient coutume de se repaître, au cours de leurs banquets les plus luxueux, de bœufs vivants auxquels ils arrachaient la chair toute palpitante en glissant les doigts dans les entailles qu'ils pratiquaient le long de l'échine des malheureux animaux.

Il termina son histoire dans un silence glacial. La vieille marquise lui jeta un regard outré, battit fébrilement de l'éventail et prit son envol vers la véranda. Toute la troupe des jeunes filles la suivit, dans un voluptueux froissement de taffetas aux couleurs d'oiseau.

Le jeune homme, seul sur son canapé, respira un long moment les restes d'odeurs qu'avaient répandues autour de lui ces chairs enrobées de dentelles, ces gorges exhalant le musc, le poivre et le jasmin, ces visages couverts de blanc de candi, rougis au bois de Pernambouc. Il n'avait jamais rien vu d'aussi gracieux que ces femmes ; chacune d'entre elles, les plus jeunes comme les plus âgées, était désirable jusqu'à la folie. Elles avaient quintessencié le féminin au point d'en faire une matière presque pure, comme on distille les plantes pour en tirer quelques gouttes, qui guérissent ou tuent.

Pourtant quelque chose le gênait. Peut-être était-ce le caractère strictement artificiel de ces grâces. « Car, enfin, se dit-il, tout cela convient dans ces palais, sous ces bougies allumées par centaines, et pendant les quelques heures où ces parures sont apprêtées et point encore fanées. Plongées une seconde dans l'autre monde, c'est-à-dire dans le vrai, que deviendraient-elles ? Des momies ? Décidément, elles ne peuvent respirer que cet air saturé de poudre de riz. Et les hommes, pour plaire ici, doivent se contraindre à vivre aux mêmes heures, dans les mêmes décors et avec les mêmes manières. D'ailleurs, il suffit de les regarder. »

Jean-Baptiste, le moins insolemment qu'il le pouvait, observait ces petits maîtres de camp de vingt ans, ces évêques galants, ces gentilshommes qu'aurait effrayés la vue d'une épée dégainée. « Le cœur, la foi, la gloire des armes, tout est apprivoisé, se disait-il, et ces délices ne sont qu'une captivité. » Pourtant, il continuait d'être ému lorsque deux beautés passaient près de lui et le regardaient.

Sangray le retrouva perdu dans ces pensées et vint s'asseoir à son côté.

— Eh bien, mon ami, toutes mes félicitations ! J'ai eu de très favorables échos sur votre personne. On m'a complimenté de vous avoir amené.

— Vous vous moquez de moi. J'ai au contraire été fort maladroit.

Jean-Baptiste conta la funeste anecdote du bœuf et la désertion outrée de son auditoire.

— Aucune importance. Vous avez seulement fourni à ces dames un prétexte commode pour se jeter galamment vers les tartelettes qu'on venait tout juste de servir. Croyez-moi : elles ont déjà tout oublié, sinon qu'elles vous ont trouvé charmant.

Comme pour confirmer ces dires, un petit groupe où figuraient quelques-unes des jeunes compagnes de la marquise de ***, passant devant eux, leur adressa des sourires gracieux.

— Au fait, reprit le conseiller, j'ai du nouveau pour votre affaire. Le Roi d'Espagne quittera Versailles dès demain. Notre souverain aura terminé sa tâche de précepteur. Il va pouvoir reprendre ses audiences et la vôtre ne devrait plus tarder.

Un peu partout dans les salles, des joueurs s'étaient assemblés autour de tables de pharaon ou de trictrac. Jean-Baptiste et Sangray profitèrent de cette coagulation pour s'éclipser après avoir salué discrètement la duchesse. Ils rentrèrent en calèche. Françoise avait poussé de grands feux dans les chambres. Jean-Baptiste s'endormit en tenant contre son visage son poignet droit, que la duchesse avait familièrement serré et qui continuait d'exhaler son parfum musqué.

Le lendemain, M. Raoul vint porter un message pour Jean-Baptiste. C'était une lettre du Père Plantain, qui continuait de lui adresser son courrier au *Beau Noir*. Le médecin n'avait pas jugé prudent de faire savoir au jésuite qu'il habitait chez le conseiller. La missive disait :

« Tenez-vous prêt. Nous allons partir pour Versailles après-demain. Notre audience aura lieu mercredi à quatre heures de l'après-midi.

Père G. Plantain SJ. »

Jean-Baptiste, après son déjeuner, alla jusqu'à Louis-le-Grand pour fixer les détails de l'audience.

En rentrant, il fit un détour, à pied, par le Louvre où, disait la rumeur, la cavalerie du Roi Philippe V formait l'ébauche du glorieux cortège qui s'ébranlerait le lendemain. Sur le quai, il croisa, superbement emplumés et costumés, le premier et le second écuyer du Roi. Ils menaient, derrière eux, vingt-quatre pages en pourpoints et chausses de satin galonnés d'argent et festonnés de dentelle, montés sur des coursiers tout couverts de galands. Douze chevaux d'Espagne conduits à la main montraient ensuite leur crins enrubannés, leurs mors, bossettes et étriers dorés, leurs housses de velours rouge à broderies d'or et d'argent. Jean-Baptiste ne put en voir davantage car une troupe de mousquetaires gris éloignait les curieux des parages du Palais.

En arrivant chez le conseiller, il le trouva dans le salon, assis près du feu, et lui-même alla y tendre les mains pour se réchauffer. Il était trois heures. Françoise leur servit un dîner devant la cheminée. Ils parlèrent du cortège royal puis de l'audience.

— Comment comptez-vous vous y prendre ? demanda Sangray.

— Eh bien, je vais dire la vérité, annonça simplement Jean-Baptiste.

— Oh ! Oh ! Vous commencez mal. Ignorez-vous que la vérité, pour les rois, c'est seulement ce qu'il leur plaît d'entendre ?

— Je ne sais pas ce qu'il plaira au Roi d'entendre, mais je sais ce que certains veulent lui dire et qui est faux.

— De qui parlez-vous ?

— Des Jésuites.

— N'est-ce pas eux qui vous obtiennent cette audience ?

— Si fait. Mais ce n'est pas pour autant que nous sommes du même avis sur ce qu'il faut dire au Roi.

Le conseiller posa le morceau de dinde qu'il mangeait avec les doigts, but une gorgée de vin rutilant et regarda Jean-Baptiste d'un air étonné.

— Vous m'annoncez que vous allez contredire les Jésuites devant le Roi ? Mon ami, je suis heureux de dîner avec vous parce que je crains bien que ce soit la dernière fois. Mais dites-moi, quel but exactement poursuivez-vous ?

— À vrai dire, j'en poursuis deux.

— Mauvais principe.

— Mais ces deux, pour moi, n'en font qu'un, ajouta vivement Poncet. Voilà : d'abord je veux que le Roi me renvoie en Abyssinie comme son ambassadeur de plein titre, et ensuite qu'il m'attribue tous les privilèges de cette charge, y compris la noblesse.

— Ainsi que vous le formulez, c'est ambitieux mais point impossible.

— Vous voyez.

— Mais pourquoi tenez-vous tant à retourner là-bas ?

— Ce n'est pas que j'y tienne. Mais la faveur du Roi me

permettrait d'honorer d'un même coup deux serments que j'ai faits.

— Diable ! Et à qui ?

— Le premier à une jeune fille. Elle m'est supérieure par la naissance. Je me suis engagé à l'épouser. Je ne peux l'espérer que si le Roi me fait gentilhomme.

— Je comprends. Ce sont des choses que l'on fait à votre âge. L'autre serment ?

— À l'Empereur d'Abyssinie. Je lui ai juré que les Jésuites ne reviendraient pas et que, s'il demandait une ambassade à la France, c'est moi qui la tiendrais.

— Donc, vous devez en même temps demander d'être envoyé et faire savoir au Roi qu'on ne veut pas des Jésuites. Quand ce sont les Jésuites eux-mêmes qui vous ont amené jusques ici !

— Je n'avais pas le choix. Sans eux, je n'aurais pas pu quitter Le Caire.

— Voilà bien ce que je vous dis.

— Mais ils ignorent mes intentions, dit Jean-Baptiste.

— Je l'imagine volontiers. Il vous faut donc les contredire au dernier instant, en présence du Roi. Vous rendez-vous compte de ce que vous allez faire ? Et vous riez !

— Je ris parce que, contre toute évidence, je me sens plein de confiance.

— Votre jeunesse vous rend téméraire. Faites attention. La cour est un lieu d'intrigues où l'on se moque du courage parce que c'est la chose au monde dont il est le plus facile de triompher. Il suffit qu'ils se mettent à quelques-uns, tapis dans l'ombre, et qu'ils frappent dans le dos.

— Non, Monsieur le conseiller, dit Jean-Baptiste avec douceur, vraiment je ne crois pas être fou. Ma confiance n'est pas venue par aveuglement. Je l'ai découverte au contraire en ouvrant les yeux. Voulez-vous que je vous dise quand ? En venant ici à cheval, oui, en traversant ce royaume, en parlant au peuple dans les campagnes et dans les villes. Savez-vous que je me suis dit : « L'homme qui règne sur tout cela est un grand roi. »

— Belle découverte !

— Non, attendez. C'est un grand roi parce que j'ai le souvenir, quand je vivais dans ce pays, d'avoir entendu les anciens me parler de la Fronde, des guerres de Religion, des grandes pestes et des grandes disettes. Eh bien ce roi, à la suite de son père et de son grand-père, a mis fin à tout cela. Il a muselé les grands, il a soumis la noblesse, j'ai pu voir dans les campagnes les châteaux désertés par la cour et l'humble soumission de ceux qui restent. Et voyez l'Église : moyennant l'aide que le Roi lui a apportée pour lutter contre les protestants, elle est acquise à son autorité. Il a construit une puissance militaire, repoussé les ennemis du dehors, conquis une puissance inégalée.

— Vous n'ignorez pas de quoi tout cela s'est payé, je suppose ? L'Europe liguée contre nous, le peuple écrasé d'impôts, les protestants, les jansénistes traqués comme des bêtes : aucun avis en politique, sauf celui du Roi, j'en sais quelque chose, moi qui ai passé trente ans au Parlement.

— La question n'est pas là, dit Jean-Baptiste en secouant la main pour reprendre le dé de la conversation. Je ne juge pas pour l'Histoire. Je décris l'œuvre d'un personnage qui a voulu être un grand roi et l'a été. Eh bien, je dis : tel est aussi le Roi d'Abyssinie.

— Vous comparez...

— Oui. La même volonté, la même rage de tout soumettre à son autorité, la même puissance inégalée. Yesu Ier a accompli la même œuvre. Si deux hommes peuvent se comprendre, c'est bien ceux-là.

— Et vous allez parler ainsi au Roi de France !

— Je suis sûr qu'il peut m'entendre. Les Jésuites lui disent : « Les Abyssins veulent revenir dans la foi de Rome. » Je lui dirai : « Majesté, acceptez l'amitié d'un grand roi de l'Orient. Envoyez-lui une ambassade, commercez, achetez-lui son or, vendez-lui l'ouvrage de vos manufactures. Mais ne cherchez point à troubler la construction de sa nation en voulant la convertir car vous n'auriez pas toléré non plus qu'on troublât la vôtre. »

— Jean-Baptiste, vous êtes fou ! s'écria Sangray en se levant. Je vous porte trop d'amitié pour vous laisser tomber dans un tel piège, que vous aurez tendu de vos propres mains.

Il fit deux pas dans la pièce, revint vers la cheminée et, toujours debout, dit :

— Qu'est-ce que l'Abyssinie, Poncet ?

— Un pays.

— Non. Ce n'est rien. Un coin d'Afrique peuplé de sauvages. Rien, m'entendez-vous. Et qu'est-ce que la France ? Tout.

— C'est vous, Monsieur le conseiller, qui me dites cela ! Vous qui avez entendu mes récits sur l'Abyssinie ; vous qui rapprochez les mœurs et les coutumes et prétendez qu'il ne faut pas les juger sans les comprendre ; vous qui m'avez dit d'écrire...

— D'écrire, oui. Pas de parler. Encore moins de parler au Roi. Ce que je pense, fort peu le sentent et le comprennent. Voilà pourquoi je jette mes pensées dans ce grand fleuve des choses écrites où ma bouteille, peut-être, sera ouverte pour un autre affamé, quelque part, qui m'entendra. Mais pour l'heure il y a ce que tout le monde pense et tout le monde pense ce que pense le Roi. S'il a cherché la puissance, ce n'est pas, lui, pour se comparer. Encore moins avec des hommes auxquels il juge que la civilisation n'est jamais parvenue. Je vous mets en garde, Poncet, avec toute mon amitié, l'affection que j'ai pour vous et qui est celle que l'on a pour un fils. Devant le Roi, toute comparaison de sa puissance avec celle d'un indigène, fût-il chrétien, sera retenue contre vous comme une insulte et vous perdrez d'un coup, non seulement toute chance d'obtenir ce que vous voulez mais même celle de sortir librement de ce pays.

Jean-Baptiste était ébranlé par un avertissement aussi violent et aussi sincère.

— Que faut-il faire alors ? dit-il, abattu.

— Vos idées, écrivez-les. Je le maintiens. On verra plus tard comment les publier et à quels esprits préparés on peut les faire lire. Mais pour l'heure, devant le Roi, ne faites pas obstacle aux Jésuites. Exagérez, si vous le voulez, les difficultés du voyage, ses dangers, pour qu'ils hésitent à l'entreprendre — encore que rien ne les arrêtera. Mais s'ils affirment que ce Négus veut se convertir, ne les contredisez pas. Soumettez-vous. Vous ne pouvez espérer obtenir une faveur du Roi si vous n'entrez pas dans ses vues. Vous voulez être gentilhomme ? C'est une chose bien possible et je peux vous y aider. Mais d'abord, plaisez. Faites valoir au Roi votre dévouement. Dites-lui que vous avez propagé jusqu'aux limites de la Terre le bruit de sa grandeur et que les rois orientaux, éblouis, vous ont commandé de lui faire leurs plus humbles hommages. Dites que grâce à lui la foi progresse, que vous avez amené avec vous un jésuite, hélas disparu au cours du voyage, mais que vous comptez bien en reconduire là-bas beaucoup d'autres.

— En reconduire d'autres ! s'écria Jean-Baptiste, quand j'ai promis à l'Empereur de les empêcher de revenir.

— Contenez votre orgueil, mon ami. Vous ne ferez pas seul rempart contre la volonté d'un ordre qui tient le plus grand roi chrétien dans son confessionnal. Tant pis pour votre serment. Nous ne sommes plus au temps des raffinés d'honneur. On peut le regretter — ce n'est pas mon cas. Mais il faut le reconnaître. Avez-vous vu, en bas, les râteliers nus et les tonneaux vides ? Je vous en conjure : ne vous trompez pas d'époque.

Jean-Baptiste pivota vers le feu et croisa les bras.

— Nous verrons, dit-il entre ses dents.

CHAPITRE 6

Cependant, au Caire, M. Le Noir du Roule se faisait attendre. Le consul craignait encore quelque terrible affaire de naufrage. Il voyait son futur gendre en rêve, échoué sur une plage, comme ce pauvre Père Versau, tenant un tronc d'arbre dans les bras. La vérité était moins tragique. Le diplomate arrivait simplement sans se presser. Il s'était fait débarquer à Civitavecchia, avait roulé jusqu'à Rome en coche, pris le temps de visiter la ville à son aise et même d'y nouer quelques intrigues avec des courtisanes. Il était ensuite descendu à Bari, fait la traversée vers Corinthe. Enfin, on le signala à Alexandrie et il arriva au Caire.

M. de Maillet avait décidé de loger du Roule au consulat bien que ce lui fût un subordonné. Il tenait toutefois à honorer sa qualité de gentilhomme et surtout à lui faire éprouver qu'il était déjà de la famille. Apaisé quant au consentement de sa fille, le consul était maintenant fort inquiet sur les intentions du fiancé. Alix serait-elle à son goût ? Le consul n'était pas de ces pères qu'aveugle l'amour de leurs enfants. Il ne jugeait pas sa fille sur l'apparence mais sur les convenances et il y voyait beaucoup à redire. N'était-elle pas revenue de Gizeh, sur son ordre, la semaine précédente, le teint bruni par le soleil, accoutumée à se promener en cheveux, réduite à l'aspect d'une sauvageonne ? Un homme délicat, habitué aux salons de la capitale, risquait de ne pas vouloir se compromettre avec une telle femme.

Le jour de l'arrivée de du Roule, Alix parut au vestibule quand le carrosse du voyageur entrait dans la cour et qu'il était trop tard pour la renvoyer se préparer. M. de Maillet vit avec effarement qu'elle n'avait rien mis de blanc aux joues, qu'elle était coiffée comme la dernière des servantes, les cheveux tirés autour d'une raie. Elle portait une robe de sa mère, trop large, qui était non seulement ridicule mais usée et d'une couleur lie-de-vin que, même au Caire, on ne voyait plus depuis quinze ans. Tout le personnel du consulat était aligné sur le perron, derrière la famille Maillet. Il était difficile de faire un éclat devant tant de témoins. D'ailleurs, le nouveau venu ouvrait déjà la portière du carrosse et un valet arabe lui mettait le marchepied. Le consul avait eu d'abord l'intention de rester en haut du perron. Il avait discuté la veille ce point de protocole avec M. Macé et était arrivé à cette conclusion. Pourtant, l'émotion le fit céder à son impulsion : il descendit d'un pas pressé vers le voyageur et le salua au pied de la voiture.

M. Le Noir du Roule était un homme de haute stature, fort agréablement bâti, la taille bien prise, la cheville fine et l'on pouvait voir au premier instant qu'il disposait de ces grâces sans en ignorer l'effet. Il ne remuait pas un bras sans concevoir auparavant dans quelle position avantageuse il le placerait. C'est naturellement qu'il prenait garde à conserver le menton haut, les pieds légèrement en équerre, le dos cambré. Plus souple, on eût dit une silhouette de danseur, mais il y avait trop de force contenue derrière ces manières pour qu'il n'ait pas plutôt l'air d'un félin, d'un carnassier, dont la suprême élégance enveloppe une suprême cruauté.

Alix frémit quand il approcha et qu'elle aperçut son visage. Il était aigu comme une lame. Le nez long et étroit prolongeait un front plié comme la couverture ouverte d'un livre ; avec cela des joues creuses, peu de lèvres et un saillant de menton pointu. Tout en répondant aux politesses du consul, Le Noir du Roule promena les yeux sur l'assistance : il tenait un sourcil plus haut que l'autre, brisé en accent circonflexe et, au-dessous, sa paupière, immobile comme une tôle, protégeait un œil noir. Entre tous, il remarqua la jeune fille, jeta sur elle un regard si intense et si ferme qu'elle comprit dans l'instant que ses négligences ne servaient à rien pour dissimuler ses charmes à un tel homme. Le nouveau venu salua les dames, à la manière de la cour, qui parut étrange mais que chacun admit comme étant la plus récente forme des usages. Puis il entra avec le consul et M. Macé. Ils eurent un conciliabule ; ensuite le voyageur monta dans sa chambre et redescendit au dîner, encore plus élégant qu'à l'arrivée. Il portait un habit de velours fin bleu ciel avec des revers outremer, des broderies d'or et un gilet rose clair assorti à ses culottes. Seul de son espèce à la salle à manger, il était pourtant, du fait qu'il arrivait de Versailles, celui qui paraissait normal tandis que les autres, tout à coup, et d'abord le consul, donnaient l'impression d'avoir ressorti des hardes. Alix, placée à la gauche de son père, avait revêtu une robe seyante. Son précédent déguisement n'avait pas eu d'autre effet que d'indisposer son père. De toute façon, elle sentait bien que rien n'éloignerait d'elle l'œil de cet homme qui avait décelé sa beauté comme le guépard repère la silhouette d'une antilope dans le couvert du maquis. Tout, dans l'attitude de ce Le Noir du Roule, disait qu'il se sentait des droits sur elle mais ce n'était pas comme elle l'avait imaginé. Sans doute, son père et Pontchartrain lui avaient-ils signifié leurs projets de mariage. Elle s'y attendait. Ce qu'elle n'avait pas prévu, c'était cette assurance tranquille et presque sauvage, cet air de libertin sûr de lui, de ses charmes et de ses ruses et qui l'aurait forcée quoi qu'il arrivât, même si elle ne lui avait pas été presque livrée d'avance et peut-être d'ailleurs, dans ce cas, avec plus de plaisir encore.

M. Le Noir du Roule anima la table de sa brillante conver-

419

sation. Il aimait les arts, décrivait les monuments de l'Égypte, qu'il n'avait pas encore vus, avec une science de lecteur averti. Pendant qu'il parlait, son visage changeait d'expression par crans, comme un automate. On ne pouvait percevoir aucune transition entre ses différentes mimiques, qui se succédaient parfois très rapidement à la manière de la main droite qui, sur la guitare, saute invisiblement d'un accord à l'autre. Seule sa paupière ne bougeait pas. Au fruit, il regarda directement Alix.

— Et vous, Mademoiselle, dit-il, avez-vous déjà vu le Sphinx ?

— Non, répondit-elle vivement.

Comme son père allait protester, dire qu'elle rentrait justement de Gizeh, il entendit une exclamation. Alix s'était levée et, au bout d'un pas, était tombée évanouie sur le sol.

Françoise et la cuisinière, appelées par Mme de Maillet, montèrent la jeune fille dans sa chambre ; ses parents suivaient, en grand émoi.

— Vous voyez, disait le consul à sa femme dans l'escalier, j'étais sûr qu'elle allait prendre des fièvres à ce séjour.

— Elle n'a pas chaud, répondit Mme de Maillet.

— N'importe, rester assise toute la journée à s'animer l'esprit avec des romans. Il était inévitable que cela finisse en vapeurs.

Pendant ce temps, dans la grande salle, M. Macé essayait de distraire le nouveau diplomate, tout en le priant d'excuser l'incident.

— Ce n'est pas contagieux, au moins ? demanda Le Noir du Roule, le nez dans un mouchoir de dentelles.

*

Versailles, en décembre et après tout cet échauffement de fêtes liées au départ du nouveau roi, paraissait comme un grand corps abattu, désespéré et languissant. Les jardins, jonchés de feuilles jaunies, traversés de brumes, étaient comme un éventail de saignées percées dans les bois noirs. On n'y voyait que des ombres transies : quelques jardiniers affairés autour d'une souche ou balayant les parterres avec des silhouettes de laboureurs. Le Palais, sous les toits d'ardoise grise, livrait aux vents humides ses façades lugubres où l'on voyait luire, derrière les croisées, la faible lumière de flambeaux qui restaient allumés tout le jour. Pas un carrosse ne traversait la cour d'honneur sans que l'horrible gémissement des essieux sur les pavés de grès ne fît croire au passage d'une charrette de condamnés. Et partout, derrière des palissades de bois, résonnaient, lointains mais multipliés par l'écho, les coups de maillet d'invisibles ouvriers perdus dans les hauteurs d'échafaudages de perches.

Jean-Baptiste, le Père Plantain et le Père Fleuriau arrivèrent le soir précédant l'audience et se logèrent dans un hôtel que la Compagnie avait fait construire en ville, sur le Cours la Reine. Fléhaut ne les avait finalement pas rejoints à Paris et leur avait fait savoir qu'il les retrouverait directement à l'audience.

— Cela veut dire qu'il a des ordres et que Pontchartrain veut l'avoir de son côté, fit remarquer le Père Plantain.

Le souper trancha désagréablement sur les poulardes rôties et les pâtés en croûte auxquels Jean-Baptiste s'était habitué au *Beau Noir*. Il dut se contenter d'un bouillon maigre, de choux râpé et d'un bout de fromage. Fleuriau, décharné et vert de teint, fit subir à ces riens d'interminables mastications. Il livra ensuite des exclamations de satiété comme un homme qui vient de s'adonner à un festin. Un feu de poitrinaire était maintenu entre la vie et la mort dans la cheminée. Poncet avait dîné couvert de sa cape de feutre et, malgré cela, grelottait. Il demanda la permission d'aller s'enfouir dans son lit, après avoir pris la précaution de le faire bassiner. Tout occupé à frissonner, il n'eut de pensée que pour les atomes de chaleur qu'il pouvait épargner dans telle ou telle position. Le sommeil l'engourdit, comme il eût fait d'une bête tombée dans l'eau glacée.

Un valet, à huit heures du matin, vint tirer le rideau, allumer un feu et lui indiquer que les Pères l'attendaient pour déjeuner. Le repas fut aussi désespérant que la veille. Poncet, qui n'aimait pas le bouillon de poule à cette heure, apprit sans plaisir que la maison n'achetait ni thé ni café ni chocolat. Il demanda un grand verre de malvoisie et le but d'un trait.

Le Père Plantain lui annonça avec un air lugubre que le Père Fleuriau ne se sentait pas bien, qu'il devait garder le lit et ne pourrait les accompagner. Sans doute n'avait-il pas supporté les excès du copieux repas de la veille au soir...

À dix heures, un carrosse de la Compagnie, envoyé par le Père de La Chaise, vint les prendre devant l'hôtel. La journée était encore plus bouchée que les précédentes. Un gros nuage plombé aux reflets jaunes annonçait la neige et confisquait la lumière. Les gardes suisses, à la grille du château, étaient emmitouflés dans de triples manteaux. Les visiteurs ne croisèrent personne dans les cours. Toutes les cheminées du Palais fumaient.

Ces conditions de climat réconfortaient Jean-Baptiste. Par beau temps, l'éclat des dorures et des parures, l'harmonie des jardins, l'élégance des bâtiments auraient imposé leur prétentieux triomphe. Il y avait au contraire quelque chose de bien humble encore dans la tannière fumante de ce roi qui, pour grand qu'il se prétendît, restait soumis à la force des saisons et devait se protéger, lui et sa nichée de familiers, des rudesses capricieuses du froid et de la pluie. Versailles, sous ces frimas, n'était plus un empyrée de luxe et de puissance mais le simple abri de pierres et d'ardoises où une tribu grelottait autour de feux tièdes et attendait, l'échine courbée, la fin du bon plaisir de l'hiver.

Ils entrèrent dans le grand escalier de marbre, où couraient des laquais en livrée légère, les mains bleuies par le froid. L'immense volée de marches était baignée d'une humidité glaciale, qui sentait la cire et le sarcophage. Des échos de voix assourdis venaient de l'étage. Les visiteurs montèrent de front et serrés les uns contre les autres, sans qu'aucun d'eux n'osât tenir la rampe de fer à rosaces dorées. Sur le palier, ils tombèrent dans une agitation chuchotante de valets. Elle n'avait pas pour objet leur arrivée, que personne, d'ailleurs, ne semblait avoir remarquée. La dernière marche gravie, ils regardèrent machinalement en l'air, cherchant la suite de l'escalier : il était surprenant d'être déjà arrivé alors qu'il y avait tant de hauteur de reste sous les plafonds. C'est alors que, sorti d'une tenture qu'ils n'avaient pas même aperçue, le Père de La Chaise les rejoignit. L'homme, en soutane stricte, une calotte de taffetas noire sur le crâne, souriait sans cesse et cette mimique figée, qui rassurait d'abord, les inquiéta vite. À sa démarche, à la manière qu'il avait de susurrer ses paroles, on voyait qu'il était familier des minuscules aspects de la grandeur. Dans ces décors herculéens, il promenait sa frêle silhouette, témoin de son indéracinable fragilité. Il regarda Poncet du coin de l'œil avec un air d'inquiétude. Comme le Père Plantain lui signalait qu'il fallait prendre livraison d'une caisse qui restait encore en bas dans le carrosse, le Père de La Chaise requit deux laquais. Il leur fit un signe de la main avec une impérieuse fermeté qui indiquait assez quels grands fonds glacés recouvrait la surface calme de son caractère. Il prit le Père Plantain à part et, tourné vers une énorme moulure dorée, lui dit quelques mots à voix basse.

Ils entrèrent à la suite du confesseur dans la première salle, qui était celle des gardes. Le Père de La Chaise avisa le factionnaire qui déambulait, son mousquet sur l'épaule, qu'une caisse portée par deux hommes allait les suivre et, de fait, elle parut au même moment.

Ils pénétrèrent dans la première antichambre, vaste pièce où le Roi était accoutumé de souper. Des appliques de bronze restaient allumées pour qu'on y vît. La croisée ne reflétait dans les glaces qu'un ciel orange de plus en plus obscur. Nyert, le premier valet de chambre du Roi, un petit homme à perruque courte, attendait les visiteurs à la porte. Ils traversèrent à sa suite une autre salle, qui n'était pas éclairée et qu'enveloppait une pénombre grise.

À l'autre extrémité, une porte à deux battants entrouverte laissait passer la forte lumière de la pièce suivante, où brillait un lustre de trente bougies. Le chambellan regroupa les visiteurs puis ouvrit la porte largement et les présenta au Roi.

CHAPITRE 7

Le salon du Roi était une pièce sans caractère, de là venait sans doute le désir de Louis XIV de la transformer. Trop petite pour être une salle d'apparat, surtout en comparaison de la galerie des Glaces, dans laquelle elle ouvrait par trois portes, elle était un peu vaste pour n'être qu'un cabinet particulier. Sous le rapport de la grandeur, elle était modeste et sous celui de la modestie, elle pouvait sembler prétentieuse. Le résultat était un défaut criant de majesté. Le Roi, placé à distance moyenne, n'était ni exalté par de vastes perspectives, ni écrasant comme peut l'être un personnage illustre dans un espace étroit qu'il dévore de sa présence. Il était simplement là, pas plus impressionnant qu'un bourgeois au milieu d'un petit attroupement. Il se distinguait en ceci qu'il gardait la tête couverte d'un grand chapeau à trois bords garni de plumes blanches, quand les autres n'avaient que leur perruque.

La chaise sur laquelle était assis le souverain achevait de le rendre familier. C'était une espèce de fauteuil couvert de cuir noir à clous dorés, monté sur une plate-forme à trois roues. Les plus grandes, à l'arrière, servaient à le propulser sous la poussée de deux suisses ; une roulette, à l'avant, lui permettait de se diriger à l'aide d'un long gouvernail de fer terminé par une poignée. Rien ne trahissait plus les servitudes du corps que cet instrument qui en était le pénible auxiliaire. Quiconque aurait voulu s'abîmer dans l'illusion qu'il était en présence d'un demi-dieu, d'une entité que la puissance avait rendue surnaturelle, recevait, dans l'instant, ce démenti à trois roues qui heurtait l'œil.

L'entêtement du Roi, malgré toutes ces simplicités, à paraître grave, impassible et majestueux, lui donnait seulement l'air grognon, mécontent et outré. Ce fut, du moins, l'impression que reçut d'abord Jean-Baptiste quand il entra, au milieu de sa petite bousculade de prêtres. Le Roi ne ressemblait que vaguement à ses portraits officiels, en particulier à celui qui ornait le consulat du Caire. En les rapprochant par la mémoire, Jean-Baptiste eut l'impression que le peintre avait fixé non l'image du souverain mais son reflet dans le monde sublime des Idées, en oubliant au passage les cicatrices de la petite vérole, la rougeur du nez et les bouffissures du cou. En somme, M. de Maillet avait eu grand tort de faire restaurer la toile car la nature, en la maculant, l'avait faite plus ressemblante que le peintre. Dans le groupe qui entourait le Roi, Jean-Baptiste remarqua, éloigné, Fléhaut et, à côté de lui, plus près du souverain, un homme à la haute perruque frisée, au nez long et pointu qui devait être le chancelier de Pontchartrain. Tout ce monde et jusqu'au dernier suisse pousseur de chaise prenaient, à l'instar du monarque, une expression d'importance, c'est-à-dire, car les deux choses sont fort voisines pour l'apparence, un air offensé et comme indigné par l'outrecuidance de ces indésirables intrus.

Les jésuites firent un humble mais discret salut, en gens auxquels on devait accorder le privilège de ne se soumettre tout à fait que devant Dieu. Jean-Baptiste, qui eut un instant la réminiscence de s'allonger de tout son long sur le parquet, se creusa d'une profonde révérence qui n'était certainement pas à la mode. Mais elle était sincère et montrait qu'il n'avait pas de réticence à s'annuler devant la souveraineté.

Il y eut un instant d'hésitation générale, ces saluts faits. La seconde perception de Jean-Baptiste fut la présence dans toute la pièce, particulièrement sur cette frontière d'un peu plus de un mètre qui séparait les deux groupes, d'une tension, d'une crispation qui bourdonnait presque audiblement dans l'air, comme, en été, lorsque approche la masse électrique d'un orage.

— Sire, dit le Père de La Chaise, seul à oser s'avancer sous la menace indistincte de cette foudre, vous connaissez le Père Fleuriau, qui a la charge de nos missions d'Orient. À son grand regret, il est souffrant aujourd'hui et n'a pu paraître devant vous, mais j'ai le grand honneur de vous présenter le Père Plantain, qui a la charge difficile de nous représenter sur une terre du Turc, en Égypte tout précisément.

Le Père Plantain abaissa de nouveau son grand front et garda la main posée sur le cœur.

— C'est de là, continua le confesseur du Roi, qu'est partie la mission pour l'Abyssinie que Votre Majesté a eu la grande vertu de concevoir et d'aider et qui a tenté de reprendre pied dans ce malheureux pays chrétien égaré dans l'hérésie, où plusieurs de nos frères, hélas ! ont été massacrés au début de ce siècle. Vous savez, Sire, combien notre ordre déploie d'efforts pour arracher à l'erreur ou à l'ignorance tant de peuples que leur innocence condamne pour l'éternité. Le Père Plantain, si vous l'acceptez, vous rendra compte de la mission que vous avez voulue.

Le Roi toussa un peu dans le creux de sa main en relevant la manche de son pourpoint vert. Jean-Baptiste nota, bien que le geste eût été rapide, presque imperceptible, que le souverain avait profité de ce mouvement d'apparence naturelle pour essuyer sur la dentelle de sa manchette la goutte de salive qui coulait au coin droit, plus abaissé que l'autre et mal occlus, de sa bouche.

— Parlez, mon Père, dit le Roi. Nous nous intéressons vivement à cette affaire.

— Sire, dit le Père Plantain, qui avait rougi jusqu'au sommet du crâne, hélas je dois d'abord annoncer à Votre Majesté que le missionnaire plein de courage qui a porté l'espérance de notre ordre dans ces contrées n'est plus de ce monde. Il a été rappelé à Dieu dans le courant de son dur voyage. Toutefois, son sacrifice n'a pas été vain. L'Empereur des Abyssins a fait le meilleur accueil au reste de la mission. Il a affirmé ses heureuses dispositions à l'endroit de la foi catholique, dans laquelle il espère sincèrement rentrer. De plus, il a exprimé son humble soumission à l'égard de Votre Majesté, qu'il reconnaît comme le plus grand souverain chrétien du monde. Il a dépêché au Caire, dans l'intention de présenter ses hommages, un envoyé que l'on peut qualifier d'ambassadeur bien que ces peuples ne soient point encore familiers de cet usage.

— Pourquoi cet homme n'est-il pas ici ? dit Louis XIV.

— Sire, nous l'avons ardemment souhaité. Toutefois, Votre Majesté sait combien les Turcs mettent d'obstacles à la circulation vers l'Europe de tous ceux qui n'en sont pas originaires. Heureusement, cet ambassadeur n'est pas venu seul. Il était accompagné du sieur Poncet, que voici.

Le Père Plantain se tourna vers Jean-Baptiste. La tension de l'atmosphère, qui s'était un peu dissipée pendant ce dialogue, reprit toute son intensité. Jean-Baptiste comprit du coup qu'il en était à lui seul la cause.

— Le sieur Poncet exerce le métier d'apothicaire dans les Échelles du Levant. Il a présentement son domicile au Caire. Notre missionnaire, feu le Père de Brèvedent, dont j'ai déjà parlé à Votre Majesté, a fait vers l'Abyssinie le voyage avec lui. L'Empereur était malade. Il avait requis les soins d'un Européen. C'est par l'entremise du sieur Poncet que la mission a pu atteindre le Négus, comme l'on appelle ce souverain. C'est avec lui aussi qu'est revenu son envoyé.

Sur ces mots, le Père Plantain s'effaça et se tourna vers Jean-Baptiste. Louis XIV fixa à son tour le regard sur le

428

médecin et tout l'entourage du Roi fit de même. Le moment était venu.

Jean-Baptiste s'avança un peu, exécuta de nouveau un bref salut, et commença :

— Sire, en l'absence de l'ambassadeur qu'a mandé l'Empereur des Abyssins auprès de Votre Majesté, il me revient de transmettre le message que ce souverain a souhaité de faire entendre dans cette cour. J'ajoute que l'Empereur a vivement espéré que Votre Majesté voudrait bien lui faire tenir une réponse, et je suis à votre entière disposition pour la rapporter, fût-ce de nouveau au péril de ma vie.

— Quel est donc ce message dont on vous charge ? dit le Roi.

— Sire, je vous réponds dans l'instant mais que Votre Majesté veuille pourtant entendre ceci, pour commencer : le Roi des Abyssins ne m'a pas envoyé les mains vides. Son royaume est riche : le sol y est plein de métaux et de gemmes, les forêts sont peuplées d'animaux que l'imagination la plus fertile ne saurait concevoir. Le Négus a tenu à ce que le Roi de France reçoive en témoignage de son amitié...

Un murmure parcourut les assistants. L'œil du Roi n'exprima rien.

— ... et de son admiration, ajouta vivement Jean-Baptiste, les plus beaux spécimens de ces richesses.

— Eh bien, dit Louis XIV, où sont ces présents ?

Ce disant, il portait le regard sur la caisse, posée au pied des deux valets.

— Ah ! Sire. L'Empereur nous a remis des sacs d'or en poudre qui ont chargé cinq mulets. Ensuite venaient de la civette et de l'encens pour quatre autres mules. Puis de l'ambre gris et dix sacs du meilleur café qui se puisse trouver au monde. Voilà pour le premier chargement. Derrière suivaient cinq cavales de pure race, des bêtes d'une grâce propre à ravir Votre Majesté, des chevaux résistant à tous les

429

terrains. L'Empereur avait voulu qu'ils soient sellés et bridés avec les meilleurs cuirs. Huit soldats abyssins marchaient à leur côté. Ils avaient été choisis parmi les plus vigoureux de la garde du Négus, habitués aux climats rudes du haut plateau.

Les jésuites s'étaient imperceptiblement écartés de Jean-Baptiste pour le regarder parler. Il se tenait bien droit, les yeux tantôt sur le souverain, tantôt autour de lui, qui enveloppaient l'assistance. Il parlait d'une voix assurée et pendant quelques instants la rumeur cessa. Les mulets chargés d'or, les cavales richement sellées et la procession des jeunes Abyssins semblaient passer dans la pièce, défilant d'un pas lent d'un bout à l'autre du salon pour disparaître dans la galerie des Glaces.

— Derrière, continua Jean-Baptiste, pour fermer la marche et nous servir d'arrière-garde, marchaient, entravés par des chaînes ornées de grelots d'argent, deux de ces bêtes gigantesques que l'on appelle des éléphants. Dans chacune de leurs défenses, on aurait pu tailler une statue d'homme en ivoire grandeur nature...

Pontchartrain se pencha vers le souverain, lui dit un mot à l'oreille et ce seul mouvement, brisant la fascination des assistants, rompit le charme.

— Bref, interrompit le Roi, est-ce tout cela que vous tenez dans cette boîte ?

Un murmure ironique monta des courtisans et des sourires méchants s'affichèrent sur les visages.

— Hélas, Sire, en quelque sorte.

La rumeur éclata, comme un liquide sur le feu, en quelques bulles de rire assourdi.

— Oui, reprit Jean-Baptiste en levant vers Louis XIV ses grands yeux sincères, le voyage a eu raison de beaucoup de choses. Le climat a tué les cavales. Les Turcs ont confisqué les Abyssins. On nous a volé l'or, l'ambre et l'encens.

Il fit un pas vers la caisse.

— Vous pourriez douter, Sire. Mais ceci va vous prouver la vérité de mon récit et vous donner une idée de la magnificence avec laquelle le souverain d'Abyssinie comptait vous honorer.

Les valets avaient été munis par ses soins de pieds-de-biche. Jean-Baptiste leur donna l'ordre, d'un geste, d'ouvrir la caisse. Le Roi fit signe aux suisses d'avancer sa chaise de quelques pas et, en s'aidant du gouvernail, il se mit de travers pour avoir directement la vue, du côté gauche, sur ce qui allait apparaître. Un silence attentif entoura l'ouvrage des deux valets. On n'entendait plus dans le salon que le ronronnement de l'énorme bûche qui brûlait dans la cheminée et, de temps en temps, le grincement des clous que les outils arrachaient au bois de la caisse. Enfin, le couvercle céda. Jean-Baptiste écarta les valets, déposa le couvercle sur le côté. On ne voyait qu'une toile de lin humide, de couleur brune qui recouvrait un contenu rebondi. Jean-Baptiste l'écarta et tout alla très vite.

Il eut un instant d'arrêt puis saisit quelque chose à deux mains, qui avait la largeur de la caisse. Il se redressa : la chose, épaisse, se déroula sous l'effet de la pesanteur. Elle était verdâtre, pelucheuse, nauséabonde. L'oreille d'éléphant, méconnaissable, était figée en bloc par la moisissure. Elle dégagea, en se déployant, une fine poussière livide comme une mauvaise farine, qui forma un nuage lourd et pestilentiel. Des insectes du plus répugnant aspect, troublés par cette soudaine effraction, sautaient de toutes parts avec ce qu'ils avaient de pattes, d'ailes, d'antennes et leurs effrayantes colonies s'enfuyaient sur le sol.

Jean-Baptiste était si stupéfié par la corruption de cette matière qu'il en resta saisi et, tout en regardant autour de lui d'un air désespéré, il continua d'agiter stupidement le souple et lichéneux tablier qui ensemençait l'atmosphère de son ordure.

Au bout d'un court moment de sidération, une agitation violente saisit l'assistance.

— Au Roi ! Au Roi ! cria une voix qui était sans doute celle de Pontchartrain. Qu'il ne respire rien !

Les suisses firent pivoter le fauteuil et l'éloignèrent par une porte promptement ouverte sur la galerie.

— Garde, garde, appelez la garde, hurlait une autre voix.

— Un médecin !

L'assistance, écartée de Jean-Baptiste qui restait seul sous le lustre, au centre du salon, s'était regroupée en quatre petites masses tassées dans les coins.

Quelqu'un prononça rapidement le mot « poison », de si funeste mémoire dans cette cour que tout le monde plongea le nez dans des mouchoirs ou dans ses manchettes de dentelle. Les gardes, appelés au secours, firent irruption par la porte de la chambre. Une demi-douzaine de gaillards se jetèrent sur Jean-Baptiste, lui frappèrent les mains à coups de crosse de mousquet pour qu'il lâchât le puant instrument de son attentat, arrachèrent une tenture pour entourer la caisse et, une fois couverte, la jetèrent dans le feu. Puis ceux qui s'étaient assurés de Jean-Baptiste le conduisirent sans ménagement au-dehors et le déposèrent dans un coin de la salle des gardes. Cependant, on avait aéré en grand le salon et, prudemment, l'assistance avait rejoint la galerie des Glaces, où les jésuites ne furent autorisés à pénétrer qu'au bout d'un assez long moment.

Le Père de La Chaise, qui voulait à toute force voir le Roi, fut finalement conduit dans la salle du conseil, où l'on avait mis Sa Majesté en sûreté. Fagon, qui l'avait examiné, n'avait décelé aucun stigmate d'empoisonnement par des substances volatiles. Il recommanda, par précaution, un bol de lait d'ânesse chaud. Pontchartrain n'était plus avec le Roi quand le jésuite fit son entrée. Celui-ci se jeta aux pieds du souverain en lui demandant son pardon.

— Allons, dit Louis XIV, relevez-vous, mon Père, ce n'aura

rien été. Mes suisses ont pris plus de peur que moi. Mais comme, sur cette chaise, je suis leur prisonnier...

— Sire, croyez que je regrette infiniment.

— Assurez-vous avant des présents que vous me transmettez, dit le Roi d'un ton doux et chargé seulement d'un peu d'ironie.

— Nous aurions dû...

— Ne prolongeons pas l'incident, coupa le Roi. Sachez que j'avais moi-même un pressentiment. Cet homme ne me paraît guère digne de confiance. Il m'est revenu de toute part de forts soupçons et, pour tout dire, beaucoup semblaient craindre qu'il s'agît d'un imposteur. Je vous ai écouté et j'ai accepté pourtant de le recevoir...

— Sire, sa conduite est blâmable, j'en conviens. Mais nous n'avons jamais eu le moindre doute sur l'exactitude de ses dires.

— Vous êtes un saint homme, mon Père. Mais je crains que vous soyez plus habile à démasquer le démon dans les âmes que la fourberie en chair et en os devant vous.

Au coup d'œil qu'il lui jeta en prononçant ces paroles, le Père de La Chaise comprit que cette évocation du diable dans les âmes avait tout à coup fait ressouvenir au souverain qu'il parlait à son confesseur et une imperceptible ombre de crainte voila le regard du monarque.

— Vous me peinez énormément, dit le jésuite avec une expression d'humilité.

— Il n'y a pas lieu de l'être. Ma confiance continue de vous accompagner. Sachez que j'admire l'œuvre de votre Compagnie et que je la seconde plus que jamais. Ainsi pour la Chine : je viens de donner l'ordre d'apporter un plein soutien à votre mission de Pékin.

— C'est une bonne action, dit le jésuite en s'inclinant.

— Et pour l'Abyssinie, vous m'avez demandé mon aide pour y renvoyer six des vôtres, est-ce bien cela ?

— Oui, Sire.

— Je vous l'accorde. Mais n'en faites pas état trop publiquement.

— Merci, Majesté.

— Quant à ce prétendu voyageur, ajouta le Roi, j'ai commandé ce que nous aurions dû faire d'abord : des hommes de science vont s'assurer qu'il dit bien la vérité. S'il est reconnu qu'il ne s'agit pas d'un imposteur, alors nous écouterons ce qu'il prétend avoir à nous dire.

— C'est une mesure raisonnable, Sire. Mais je suis bien assuré qu'il fera reconnaître l'authenticité de son voyage.

— Nous verrons, dit le Roi.

— Nos Pères peuvent donc partir sans délai pour l'Abyssinie ?

— Dès demain, si vous le voulez, répondit le Roi en saisissant un dossier de cuir sur le bureau, signe qui suffit à indiquer au jésuite qu'il pouvait se retirer.

Le Père de La Chaise rentra par la galerie. Les lustres de cristal de roche prenaient des reflets noirs sous un revif de lumière car le vent, à l'approche de la fin de l'après-midi, avait un instant dégagé les nuages pour le coucher du soleil.

« Au fond, pensait l'homme en noir en trottinant, Pontchartrain s'est cru habile en sabotant cette audience. Il a prévenu le Roi contre nous, alarmé tout le monde en face d'un incident sans gravité. Et, finalement, le voilà qui se retrouve perdant. Pour se faire pardonner de nous avoir déçus, Sa Majesté nous accorde tout ce que nous lui avions demandé. » En approchant de la porte de la salle des gardes, il méditait : « Ce Poncet nous aura bien servi, tout de même qu'il s'est conduit comme un imbécile. Il nous faudra le défendre car il est une part de notre réputation. Mais au moins nous n'en dépendons plus. »

CHAPITRE 8

Les carrosses s'arrêtèrent devant Saint-Eustache peu après le dernier coup de onze heures. L'obscurité était complète dans la rue, sauf devant *Le Beau Noir*, où la lumière des chandelles filtrait, pâle, à travers les vitres sales.

Jean-Baptiste descendit, referma la portière et, au lieu de se diriger vers le cabaret, il contourna la chaise et frappa à la porte du conseiller.

— Comment ? chuchota le Père Plantain en ouvrant à demi la portière du carrosse. Vous ne logez plus à l'auberge ?

— Vous le voyez, dit Jean-Baptiste, qui frappa deux nouveaux coups avec le heurtoir.

Enfin la porte s'ouvrit. Le conseiller lui-même apparut, tenant un flambeau. Le Père Plantain, horrifié à cette vue, se dissimula dans l'obscurité de son carrosse et fit fouetter l'attelage. De la seconde voiture descendirent deux gardes enveloppés de capes de feutre, un mousquet à la main.

— Entrez vite, chuchota Sangray, qui n'avait pas remarqué cette escorte.

— Je ne suis pas seul, annonça Jean-Baptiste, et il désigna les deux soldats qui approchaient.

— Ordre du Roi, dit l'un d'eux au conseiller. Nous ne devons pas quitter ce monsieur. A-t-il son domicile chez vous ?

— Je le crois, dit Sangray.

435

— En ce cas, il vous faudra faire une petite place pour nous.

Le conseiller laissa passer Jean-Baptiste, suivi des gardes, puis referma la porte à verrou. Les corridors étaient glacés mais Sangray, sans égard pour les militaires, les invita à y installer leur camp pour la nuit. Il entra ensuite dans le salon, où l'attendait Jean-Baptiste, auprès de la grande cheminée ; deux grosses bûches y brûlaient gaiement.

— J'avais calculé que vous deviez rentrer vers sept heures, dit le conseiller à voix basse. À vrai dire, je commençais à désespérer de vous revoir. À l'instant même, je pensais qu'il me faudrait aller demain au Palais-Royal ou à Saint-Cloud pour tenter d'avoir des nouvelles.

Jean-Baptiste s'était effondré dans un fauteuil, les pieds et les mains tendus vers le feu, le regard perdu. Il avait la mine la plus sombre que Sangray lui avait jamais vue. Sans quitter son air absent, et sur les prières de son ami, le jeune homme fit le récit de l'audience du Roi jusqu'à l'incident final. Il poursuivit par la description de sa garde à vue. Les mousquetaires le croyaient un empoisonneur, d'autant qu'il s'était présenté d'abord comme apothicaire. Peu s'en était fallu qu'ils se missent à le frapper pour le faire avouer. « Faites examiner le présent que j'ai apporté au Roi, leur avait dit Jean-Baptiste, vous verrez que ce n'est rien de ce que vous imaginez. »

À ces mots, le capitaine des gardes s'était avisé qu'en jetant la caisse au feu, on avait en effet détruit la preuve du délit ; il avait ordonné d'extraire promptement les restes qui achevaient de brûler dans la cheminée. Le bois du coffret s'était consumé mais ils arrivèrent à retrouver des morceaux d'oreille presque intacts sous la cendre. On amena un dogue pour lui en faire goûter. Le chien absorba goulûment cette viande cuite. Il parut même en redemander, attestant qu'il s'agissait d'un mets anodin pour la santé mais remarquable au goût, quand il est bien accommodé, ce qu'avait toujours prétendu Murad.

Enfin, les jésuites étaient revenus, accompagnés d'un secrétaire. Ils avaient signifié aux mousquetaires que l'on pouvait relâcher le suspect mais qu'ils devaient s'assurer de lui jusqu'à ce qu'il soit jugé par un jury d'hommes de science. Il y avait encore eu bien des formalités. On avait dû attendre que les sentinelles désignées fussent prêtes. Enfin, les deux carrosses avaient fait la route depuis Versailles dans la nuit noire et froide.

— Ah, dit Sangray en riant quand il eut entendu ce récit. Ce n'est que cela !

Jean-Baptiste haussa les épaules.

— Il me semble que c'est suffisant.

— Oui, vous le dites, suffisant. Mais le préjudice n'est pas si grand. Racontez-moi cela encore, vous, debout, avec une oreille d'éléphant moisie à la main...

Il se mit à rire tout seul. C'était un rire prudent d'abord, contrarié par le désir de ne pas heurter son ami. Puis, l'inquiétude des dernières heures relâcha en lui son ressort. Il perdit toute modération et partit d'un rire si fort, si sonore, ondulant comme une houle qui le secouait tout entier que les gardes passèrent la tête par l'entrebâillement de la porte et que Jean-Baptiste lui-même fut gagné par la gaieté puis par une franche hilarité. Ils ne reprirent leur calme qu'au bout d'un long moment et après de nombreuses rechutes, en s'essuyant les yeux.

— Tout de même, fit Jean-Baptiste redevenu grave, j'ai tout perdu.

— Je ne crois pas, dit Sangray, qui dégrafait son gilet pour respirer, c'est même le contraire. Cette oreille d'éléphant vous a sauvé la vie. Je vous voyais parti pour la lettre de cachet et peut-être les galères.

— Mais, dit Jean-Baptiste, que le conseiller sentait glisser de nouveau dans la mélancolie, j'ai échoué dans tout ce que je m'étais engagé à faire.

— Ah ! cher ami, demain est un autre jour. Je ne suis pas en état d'entendre vos plaintes, que je crois d'ailleurs très exagérées. Si j'ai un conseil à vous donner, après ces émotions, c'est d'en rester pour ce soir à ce franc fou rire qui vient de nous réjouir tant. Allez vous coucher et pensez seulement que vous êtes en vie, ce qui devrait être pour nous tous, à la fin de chaque journée, mais plus particulièrement des plus pénibles d'entre elles, un motif d'étonnement et de satisfaction.

Ce disant, il embrassa Jean-Baptiste comme un père, saisit un chandelier et mena le cortège jusqu'aux chambres en souhaitant la bonne nuit à son hôte.

Les jours suivants apportèrent en troupe les mauvaises nouvelles. D'abord, l'incident de l'audience s'était répandu dans toute la cour et les gazettes de la ville l'avaient complaisamment raconté. Comme nul ne savait de quelle exacte nature était l'objet puant que Poncet avait eu l'audace de brandir devant le Roi, l'anecdote ne paraissait pas ridicule mais scandaleuse et il semblait qu'on avait vraiment voulu commettre un attentat. Les plus vilains échos étaient colportés sur Jean-Baptiste. Des accusations d'imposture étaient maintenant exprimées sans vergogne. L'affaire était nourrie, souterrainement, par les ennemis des jésuites. La personne même du jeune voyageur était moins en cause que la réputation de ceux qui apparaissaient comme ses alliés. Faute de pouvoir toucher à ceux-ci, c'était celui-là que l'on traînait dans la boue.

Ensuite, la date du procès, que Jean-Baptiste avait espéré proche, fut repoussée de plusieurs semaines. Il fallait réunir un jury compétent, lui faire étudier les pièces du dossier. Vraisemblablement, les premiers interrogatoires n'auraient lieu qu'après l'Épiphanie.

Enfin, et cette dernière nouvelle tirait toute sa gravité de la précédente, les jésuites firent savoir à Jean-Baptiste que le Roi avait accédé à leur demande. Une mission composée de six Pères, dont un médecin, un botaniste, un astronome et un architecte, allait partir dès la semaine suivante. Trois de ces missionnaires venaient des maisons de Provence, deux autres de la Palestine, un dernier des Asturies. La Compagnie les mettrait en route de là où ils étaient, directement pour Alexandrie. Ils ne passeraient donc pas par Paris, ce qui était dommage, aux yeux des Pères, car ils ne pourraient pas recevoir les précieux conseils de Poncet. Le préjudice, pensaient-ils, n'était cependant pas trop grave puisque, arrivés au Caire, ils y rencontreraient Murad, qui les conduirait jusqu'en Abyssinie.

Jean-Baptiste voulut protester, dire qu'ils ne pouvaient disposer de l'Arménien sans son consentement. Il comprit vite qu'il n'avait aucun moyen de s'y opposer.

Décembre avançait. On était à la Saint-Jean d'hiver, en ces jours si brefs et si sombres qu'ils séparent à peine les nuits ; les bougies brûlaient sans interruption ; les Parisiens vivaient enchaînés à leur cheminée. Jean-Baptiste était terrassé par ce qui lui arrivait. Sa situation lui apparaissait sous les couleurs les plus noires. Il avait voulu honorer la parole donnée au Négus, et voilà qu'il était l'artisan du plus massif retour des Jésuites vers l'Abyssinie depuis un demi-siècle. Il avait mis l'amour et l'espoir dans le cœur d'Alix et il n'avait plus aucune chance de sortir de sa condition. Il allait donc la décevoir et la faire souffrir. On pouvait même dire qu'il était tombé encore un peu plus bas qu'avant puisqu'il avait acquis désormais auprès de tous la détestable réputation d'un imposteur et d'un pitoyable magicien.

Sangray essaya de l'égayer en lui racontant que le duc de Chartres, qu'il avait rencontré au Palais-Royal, avait pris avec véhémence sa défense. La conversation avait roulé sur le sujet du prétendu attentat dont Jean-Baptiste se serait rendu coupable en brandissant devant le Roi un objet inconnu répandant des vapeurs méphitiques. « Mon oncle aura pris peur pour rien, comme d'habitude, avait dit le duc en riant. Que s'attendait-il donc à recevoir de l'Abyssinie ? Un chronomètre suisse, sans doute. » Après cette sortie, le conseiller avait pris le prince à part pour lui indiquer que Poncet était chez lui. Il avait paru fort intéressé à le rencontrer. Il était trop tôt pour dire à quoi pourrait servir dans l'avenir un tel allié mais enfin, c'était une lumière d'espoir.

Jean-Baptiste ne parut guère en être consolé. Il continuait de se morfondre devant sa cheminée.

— Écrivez donc ! lui dit finalement Sangray avec un peu d'impatience. Oui, écrivez comme on marche de long en large, sans aller nulle part peut-être, mais pour ne pas mourir de froid. De surcroît, en rassemblant vos souvenirs, en faisant le récit de ce que vous avez vu et accompli, vous affermirez vos réponses en face de ceux qui vont vous juger.

Jean-Baptiste suivit ce conseil, sans enthousiasme d'abord, puis il s'absorba dans la rédaction de ses Mémoires. Au lieu de baigner dans la rêverie noire de l'hiver citadin, il ne quitta plus la pensée des claires journées du haut plateau d'Abyssinie, les chevauchées à la poursuite des antilopes, la garde du Négus en marche avec ses boucliers d'or et ses étoles de léopard. Il était à Gondar, dans le marché aux épices et il sentait le cinnamome et le piment rouge. Dans la douceur du soir, il entendait monter le hurlement des hyènes. Des femmes passaient en lui jetant un long regard austère de leurs yeux si blancs et si noirs.

Il écrivait du matin au soir près du feu, dans son appartement. Les gardes se relevaient à sa porte, parfois sans le voir de toute la journée. Il avait sorti de son maigre bagage un costume de coton blanc comme en portent les Abyssins, pantalon étroit et voile de mousseline brodé d'une étroite bordure de couleur, jeté en toge autour des épaules. Il avait rapporté ce vêtement d'Éthiopie sans bien savoir pourquoi et pensait d'abord en faire présent à quelqu'un. Dans sa chambre, il prit plaisir à s'en vêtir lui-même. Il noua autour de sa taille la ceinture destinée au Roi de France et que les jésuites avaient conseillé de ne pas lui donner. Habillé en Abyssin, Jean-Baptiste se sentait plus encore dans son sujet. Pour compléter cette parure, il ajouta la chaîne d'or et son pendentif que lui avait donnés le Négus Yesu au moment du départ. C'était bien émouvant de tenir entre les mains cet objet qu'avait touché ce lointain et improbable monarque, et qui témoignait de son amitié et même seulement de son existence, quand tout conspirait à la mettre en doute. La rêverie de Jean-Baptiste, qu'il transcrivait dans son libre récit, faisait corps avec lui sous cette apparence de coton blanc. Sangray s'habitua à voir son hôte dans cette tenue lorsqu'ils prenaient leur repas ensemble.

Un jour, M. Raoul appela Poncet d'urgence pour un apoplectique qui venait d'avoir une attaque dans son auberge. L'arrêté du chancelier n'interdisait pas au médecin de sortir pourvu qu'il fût suivi de sa garde et n'approchât point la famille royale. Dans la salle du cabaret, devant les dîneurs qui, à cette vue, se levèrent tous ensemble, parut le jeune homme vêtu de blanc et ceinturé d'or tandis que derrière lui s'encadraient deux mousquetaires. L'assistance médusée crut à l'apparition de quelque prince arrivé incontinent de l'Orient, peut-être même par l'artifice d'un tapis volant et que le Roi honorait d'une vigilante escorte. Les négociants qui soupaient dans l'auberge furent encore plus étonnés de voir ce brillant équipage s'engager dans le vétuste escalier et aller rendre visite à l'un des leurs. Jean-Baptiste, d'ailleurs, ne put rien faire : quand il entra dans la chambre du marchand, celui-ci poussait ses derniers râles. Le médecin repartit et l'on descendit peu après le cadavre. À voix basse, les spectateurs avancèrent leurs hypothèses. La plupart se rangeaient à l'avis d'un vieux vigneron de Chablis : celui-ci affirmait que leur confrère marchand avait dû se convertir pendant ses voyages à une religion inconnue et lointaine, dont une sorte de prêtre tout de blanc vêtu venait de lui apporter le dernier sacrement.

Après cette première sortie, Jean-Baptiste ne vit plus d'inconvénient à en faire d'autres, vêtu de même. M. Raoul voyait toujours affluer les demandes de consultation et se réjouissait de pouvoir de nouveau les honorer. Jean-Baptiste n'acceptait d'aller que chez les humbles et ne se faisait pas payer. Le quartier, peu à peu, apprit la vérité sur son compte et l'on ne s'étonna plus de le voir passer, toujours au début de l'après-midi, c'est-à-dire quand il s'extrayait de sa rédaction, sa longue silhouette enroulée dans une toge blanche, escorté de deux soldats du Roi, et cherchant dans les venelles l'adresse des plus sordides galetas où souffraient des enfants.

Les Parisiens, dans le large périmètre où il était appelé pour ces visites, le surnommèrent simplement l'Abyssin et prirent l'habitude de le saluer amicalement dans les rues.

CHAPITRE 9

— Selon vous, à quoi cela ressemble-t-il, des huiles saintes ?

M. de Maillet, assis sur un grand fauteuil, les jambes entrecroisées avec celles de M. Macé, qui se tenait en face de lui, parlait à voix presque basse.

— Excellence, il me semble... enfin, je ne sais, j'imagine... que c'est de l'huile.

— Fort bien, dit le consul avec une légère impatience, mais de quelle nature, en quelle quantité, dans quelle sorte de flacon ?

— Oh ! il ne doit pas en falloir beaucoup. Un peu sur le front... les mains aussi.

— Bref, Macé, vous êtes comme moi, dit M. de Maillet en se redressant, vous n'en avez aucune idée.

— Je me renseignerai, s'écria le secrétaire, piqué.

— De toute façon, cela ne change rien. Les capucins aviseront. Et, répétez-moi : qui doit les leur fournir ?

— C'est un moine syriaque, un certain Frère Ibrahim, qui connaît le patriarche copte et affirme pouvoir recevoir de lui les huiles du couronnement.

— Quand ?

— Dès que les capucins seront prêts.

M. de Maillet se leva et enfila une cape de toile. Décembre au Caire peut être froid. Le désert n'est pas loin. Et dans ces

443

diables de maisons, rien n'est fait pour affronter autre chose que la canicule. Le consul ne quittait plus sa perruque, dont il lissait frileusement les longs pans sur sa poitrine.

— Voilà donc le plan des capucins : apporter à l'Empereur d'Abyssinie les huiles saintes pour son couronnement qui a pourtant eu lieu il y a plus de quinze ans, si je ne m'abuse ?

— Le Père Pasquale dit que cela n'a pas d'importance. Les Abyssins, qui sont coupés du monde, ont l'habitude de se débrouiller seuls. Mais ils le font à regret. Si quelqu'un leur apportait les huiles, ils lui seraient très reconnaissants, même au bout de quinze ans, et ils feraient avec enthousiasme une nouvelle cérémonie de couronnement.

M. Macé, après cette péroraison, toussa bruyamment.

— Admettons, dit le consul. Qu'avez-vous dit au Père Pasquale pour justifier que je ne le reçoive pas ?

— J'ai prétendu, comme Monsieur le consul me l'avait recommandé, que Votre Excellence était souffrante.

— Vous a-t-il cru ?

— J'en doute. En tout cas, il reviendra demain et, si Votre Excellence me permet ce pronostic, il ne nous lâchera plus car il dit que vous lui avez promis votre concours financier.

— C'est bien fâcheux, dit le consul avec humeur. Il faut que j'écrive à Versailles. Je n'ai pas de fonds pour les voyages de ces capucins et leurs livraisons d'huile sacrée !

Il haussa les épaules.

— Vraiment, tout cela me contrarie. Ces congrégations devraient se tenir tranquilles. Elles risquent de porter ombrage à notre propre ambassade, celle de Le Noir du Roule qui est, à mon avis, la seule qui vaille.

— Peut-être pourrait-on les regrouper et joindre leur expédition à la nôtre ? hasarda M. Macé.

— Ah ! ça, vous n'avez pas votre raison ! s'écria le consul.

Il allait poursuivre sur la lancée de son indignation quand on frappa discrètement à la porte du bureau. Le secrétaire trottina jusqu'à la poignée, entrouvrit, saisit un petit paquet et dit au consul :

— Le courrier d'Alexandrie, Excellence.

M. de Maillet accourut, prit les lettres des mains de M. Macé, trancha nerveusement la ficelle scellée qui les enveloppait et passa le contenu en revue : rien de Pontchartrain, mais une petite missive de Fléhaut. Le consul la décacheta impatiemment et la lut en émettant de fréquentes exclamations. Fléhaut racontait l'audience de Poncet et ses conséquences, mentionnait son jugement prochain et annonçait, sous le sceau du secret, l'arrivée de six jésuites.

— Malheur ! s'écria le consul. Est-ce bien possible ? Nous nous en croyions débarrassés. En voilà six autres !

Mais il lut la suite de la lettre avec une telle volupté qu'il ne résista pas de la reprendre à voix haute pour M. Macé.

— Écoutez ceci : « ... Mais le ministre a obtenu que la mission de ces jésuites soit tout à fait indépendante du consulat. De surcroît, M. de Pontchartrain, qui ne tarit pas d'éloges sur la personne de Votre Excellence, est parvenu à persuader le Roi qu'il est utile d'envoyer séparément notre propre ambassade à des fins politiques et commerciales... » Le grand homme ! Le cher cousin ! « ... M. Le Noir du Roule paraît convenir au ministre pour cette mission qui peut donc partir sans délai. La prochaine caisse consulaire apportera les fonds nécessaires à la mise en route de cette expédition. Signé : Fléhaut. »

Enveloppé dans sa cape, la perruque de travers, le consul s'effondra sur une chaise.

— Macé, voilà enfin l'affaire engagée selon mes vues. Une ambassade... Allez me chercher Le Noir du Roule.

— Je ne crois pas qu'il soit là, dit M. Macé.

— Trouvez-le.

Ce n'était guère difficile. Tous les après-midi, le diplomate, qui était perdu de jeu, tenait une banque de pharaon dans la maison d'un négociant veuf et qui était prospère avant de le connaître. M. Macé arracha du Roule à cette occupation avec difficulté et le ramena au consul.

— Cher ami, dit gaiement M. de Maillet, j'ai une excellente nouvelle pour vous.

« Vraiment, pensait du Roule, il faut qu'elle soit bonne pour que je lui pardonne de m'avoir tiré d'un jeu où j'allais gagner mille livres. » Il fit une révérence polie.

— Asseyez-vous car c'est vraiment une très grande nouvelle. Voilà : le ministre vous nomme notre ambassadeur en Abyssinie.

Le visage du jeune diplomate passa par quatre ou cinq mimiques successives, toujours mues par des ressorts intérieurs, si bien qu'il était, comme d'habitude, impossible de savoir ce qu'il pouvait penser.

— En vérité, dit-il avec animation, voilà une surprise qui me terrasse.

Mais rien ne paraissait moins terrassé que cet élégant aux bas irréprochables, qui venait pourtant de traverser une rue crottée.

— Quand partirai-je ? demanda-t-il.

— Ah ! Voilà ! Quelle fougue, quelle impatience ! s'écria le consul aveuglé. Un instant, je vous prie. L'argent arrive par la prochaine caisse. Il faut tout préparer avec soin.

— Quelques jours ?

— Plus. Quelques semaines. Si tout va pour le mieux, disons six semaines. Peut-être huit.

— Parfait ! dit du Roule.

— Il ne s'agit pas de vous faire aller au hasard. Nous tenons à vous, mon cher. L'improvisation seyait aux aventuriers qui ont ouvert la voie. Pour une véritable ambassade, il faudra des moyens plus considérables, de riches présents, une garde...

Ils détaillèrent un peu cette expédition. On était presque à l'heure du souper, qui se prenait tôt au consulat. M. de Maillet pria le secrétaire de les laisser un instant.

— N'y a-t-il aucune disposition personnelle, dit le consul quand il fut seul avec du Roule, que vous voudriez prendre avant votre départ ?

Il attendait qu'en une pareille circonstance le diplomate lui déclarât ses intentions à l'égard de sa fille. Chaque fois qu'il l'avait pu, le consul y avait fait déjà de multiples et pesantes allusions. Mais, soit que l'homme fût excessivement contraint par son éducation, soit que la jeune fille, comme son père le craignait, lui eût déplu à force de négliger le moindre effort pour se rendre aimable, rien ne venait.

— Non, Excellence, je ne vois pas, dit calmement du Roule, en prenant l'air étonné.

*

Le chevalier Hector Le Noir du Roule était le troisième enfant d'une famille qui pratiquait d'autant plus scrupuleusement le droit d'aînesse qu'il n'y avait chez elle, depuis bien longtemps, plus rien à se partager. Il avait été élevé sans soin, dans le château familial, près de Senlis. Tout y parlait des ancêtres, étalés sur les murs et qui regardaient méchamment les vivants. Les armes, les arts, la noblesse, tout ce qui était célébré dans ce château se présentait à l'enfant avec son démenti puisque ces qualités, longtemps et soigneusement cultivées, n'avaient mené qu'à la ruine. Dans chaque beauté, chaque ornement, que ce fût une toile de maître, une applique de bronze, une tapisserie ou une épée de chevalerie, le jeune du Roule prit l'habitude de ne voir qu'une commodité qui, placée contre un mur ou sur un meuble, cachait une lézarde, un trou de rongeur ou une tache de moisi. Le chevalier — c'était ainsi que l'appelaient les paysans car la famille n'avait pas assez de titres pour en doter d'autres enfants que l'aîné — fut laissé libre de courir les garennes avec les petits paysans. Le jeune noble découvrit rapidement que ces marauds mangeaient souvent plus que lui. Rapidement, il se rendit habile dans les deux mondes : au-dehors, il devint rusé, brutal, et fit de sa méchanceté une arme et presque un gagne-pain. Au château, il rivalisait d'élégance et de politesse pour recueillir des femmes de la famille un peu plus que son droit en matière de nourriture, de vêtements mais aussi de caresses car il ressentit très tôt un besoin sensuel de rondeurs et de parfums.

En copiant les leçons de son frère aîné, le seul qui eût un précepteur, il apprit assez pour devenir secrétaire chez le duc de Vendôme, auquel le recommanda un cousin de son père. Il entra dans le monde par cette petite porte et continua de démentir au-dehors, par le jeu et toutes sortes d'orgies, la grâce qui, en société, le faisait promptement remarquer. Par quelle chaîne de séduction et de bassesse, d'application au travail et de persévérance dans le vice fut-il nommé par Torcy dans ses bureaux des Affaires étrangères ? Mieux vaut l'ignorer. Depuis longtemps, du Roule ambitionnait la diplomatie. Il y voyait une carrière où son raffinement lui serait favorablement compté et où l'éloignement lui permettrait de donner pleine ampleur à sa passion violente pour le lucre. On lui proposa le consulat de Rosette. De toutes les échelles du Levant, c'était la plus médiocrement rétribuée. Mais Rosette était un port, donc on y trafiquait. Il se dit qu'il compléterait facilement son revenu. Il partit. Et voilà qu'à peine arrivé, sur la foi de son impeccable réputation, on lui proposait une femme et une ambassade. Deux aubaines en apparence. Mais il fallait réfléchir et ne pas se laisser aveugler. Mlle de Maillet était un parti convenable ; de plus il pourrait certainement négocier la dot. Pourtant, du Roule ne se sentait pas pressé de se lier. L'Abyssinie l'intéressait plus. Il n'en savait pas grand-chose, sinon qu'on parlait d'or, de gemmes, d'épices. M. de Maillet lui avait exposé de fumeux projets d'extension de la Compagnie des Indes. Ce pauvre consul imaginait sans doute que du Roule allait travailler pour les autres... Le chevalier en riait bien, lui qui ne cherchait comme il se doit que sa propre fortune et se disposait à l'acquérir sans être retenu par aucun scrupule. Il reconnaissait lui-même son cynisme et en était fier. Pourtant, à sa manière — et il aurait été bien étonné qu'on le lui dise —, ce réaliste était un rêveur. La fortune qu'il visait n'avait rien de vraisemblable. C'était un royaume qu'il se proposait d'acquérir, comme s'en étaient taillé les premiers Espagnols en Amérique ou le Français Pronis aux Mascareignes. Il se voyait devenir roi quelque part, à la tête d'une fortune considérable. Aussi craignait-il que, dans cette éventualité, Mlle de Maillet ne lui suffise plus. Il rêvait de princesses, de reines. Son choix fut donc rapidement fait : d'abord le voyage ; ensuite seulement, s'il convenait encore, le mariage.

C'était compter sans la force de ses sens, qu'Alix de Maillet avait violemment excités. Au bout d'une semaine, il pensait : « Vraiment, je me soucie peu du mariage mais je donnerais n'importe quoi pour soumettre à mon plaisir cette farouche enfant. » Hélas ! il n'était plus à la campagne, dans les garennes, et la fille du consul n'était pas une petite paysanne que l'on culbute. Il fallait d'abord qu'il l'épouse et il ne le voulait pas. Tout en tergiversant, pour éluder les offres muettes du père, du Roule ne renonça pas à découvrir un moyen de passer quelques voluptueux moments avec la fille avant de partir et sans rien promettre. Il l'observa et se fit peu à peu son idée. Quand M. de Maillet lui confirma l'ambassade, du Roule avait acquis la certitude qu'il y avait dans cette demoiselle une passion cachée qui rendait le mariage aussi peu désirable pour elle que pour lui. Le libertin en fut rassuré et se dit que cet amour qui allait à un autre — M. Macé, dont il s'était fait un allié, lui apprit bientôt à qui — pouvait la pousser à céder à des désirs qu'il sentait violents et qu'il était, en homme d'expérience, habile à diriger vers lui.

Après les quelques jours où elle se tint recluse à la suite de son évanouissement, Alix reparut. Du Roule se contenta de la traquer en permanence du regard. M. de Maillet, ravi de cet intérêt, faisait mine de ne rien voir et ne cessait au contraire de gourmander sa fille pour son manque de soin et sa froideur pour le nouveau venu. Alix était-elle dupe de ces reproches ou savait-elle à quel point le naturel de sa beauté, ses cheveux ondulés, à peine tenus, la simplicité de sa mise, un air de santé qui éclatait de son corps malgré toutes ses prétentions de maladie excitaient les sens du galant homme ? Savait-elle combien sa réserve et sa crainte trahissaient une émotion que du Roule brûlait de ramener à sa source, c'est-à-dire de convertir en désir et en volupté ?

En sortant du cabinet du consul, le chevalier, fraîchement investi de son ambassade, vit Alix descendre l'escalier et la suivit dans le salon de musique. Elle fit mine de saisir en hâte une partition sur l'épinette.

Du Roule ne prit même pas la peine de considérer cette occupation ; il rejoignit la jeune fille et se planta devant elle :

— J'ai une bonne nouvelle pour vous, lui dit-il en approchant si près de sa bouche qu'elle sentit son souffle sur le front. Je vais partir.

— Mais… c'est fâcheux.

Jamais ils ne s'étaient dit deux mots en tête à tête.

— Vraiment, vous le regrettez ?

Alix ne répondit pas, et pendant cet instant de silence elle sentit se produire en elle une rapide et profonde transformation. Cet homme près d'elle, dans ce salon dont la porte était si loin, la faiblesse de sa respiration, sa rougeur… Elle se revit d'un coup traquée, dans la nuit, poursuivie, le talon brisé, au milieu des aboiements de chiens. Puis aussi soudainement, elle revint à ses heures de liberté, à Gizeh : elle éprouva l'aisance du fleuret, la puissance du cheval et le bruit des pistolets. Alors, elle se redressa et fit face.

— Que voulez-vous ? dit-elle en le fixant de ses yeux bleus.

— On veut pour moi, dit du Roule. Et moi, je ne veux pas. Pas plus que vous. Nous ne nous marierons pas.

— Vous paraissez bien aise d'en décider.

Il approcha encore. Elle ne recula pas et le trouble que suscitait en elle cette présence si proche n'était plus de la crainte.

— Je ne décide pas, dit-il, je sais.

— Quoi donc ?

— Que je désire rester libre et que vous ne l'êtes pas.

— Alors ?

— Alors, oublions le mariage. Continuez d'aimer et gardons...

Elle ne baissait pas les yeux.

— ... le plaisir, dit-il en saisissant sa bouche, qu'elle ne retira pas aussi promptement qu'elle aurait pu.

On vint dans le vestibule. Alix, très maîtresse d'elle-même, prit place au clavier avec beaucoup de naturel. Du Roule s'assit à l'autre bout du petit salon. Mme de Maillet entra, ravie de rencontrer ensemble les deux promis, car la brave femme était tout à fait dans les vues de son mari. Elle les pria de l'accompagner à table pour le souper.

Pendant le repas, la conversation fut animée par le seul consul, qui résuma les gazettes.

— Quant à Poncet, dit-il en s'adressant à sa femme, vous vous en souvenez, naturellement, l'apothicaire...

MM. Macé et du Roule regardèrent Alix par-dessus leurs cuillers.

— ... ce prétentieux a voulu voir le Roi. Eh bien, il l'a vu. Sa Majesté était trop clairvoyante pour se laisser abuser. L'insolent a été arrêté et il attend son jugement.

Il n'y eut aucun mouvement, pas un soupir, aucun mot qui trahisse. Alix était au bord du fleuve, à Gizeh, et se mettait en garde en bordure des roseaux. La force qu'elle avait acquise, en ce peu de jours, était bien dissimulée. Les choses, depuis son retour, s'étaient passées exactement comme si elle n'eût pas vécu ces heures de liberté. Elle avait fui du Roule, s'était humiliée dans ce rôle de jeune fille d'abord souffrante puis

451

effarouchée. Tout cela, parce qu'elle attendait Jean-Baptiste et qu'elle lui avait juré de ne rien compromettre. Et voilà qu'on annonçait qu'il était prisonnier. C'était à elle d'agir et d'abord de transformer sa liberté en transgression, sa volonté en puissance, pour ne rien craindre, ni elle-même, ni les autres, et briser tous les obstacles.

Il était un petit peu plus de minuit lorsqu'elle se glissa dans la chambre du chevalier du Roule, qui l'attendait.

CHAPITRE 10

Le jury de savants qui devait juger Jean-Baptiste fut formé peu avant le jour de l'An, plus tôt que Sangray l'avait prévu. C'est que la présence prolongée de cet étranger prisonnier, sur le compte duquel commençaient à courir les histoires les plus fantaisistes, était considérée à Versailles comme fâcheuse. L'affaire avait été abordée au Conseil. Le Roi lui-même avait recommandé qu'on allât vite. Si Poncet était un imposteur, autant prendre des sanctions rapidement ; s'il était bien l'envoyé du Négus, mieux valait limiter la durée de ce qui serait compté comme une vexation.

Les jurés étaient quatre : deux étaient issus de l'Université et les deux autres du clergé. Tous quatre étaient reconnus comme des érudits, dans des matières archéologiques et philologiques si arides que nul n'était à même de mettre en doute leur savoir. On en était en quelque sorte réduit à les croire sur parole. Il convenait donc que cette parole fût rare, grave et qu'elle jetât des gouttes de fiel sur toutes les opinions non autorisées, c'est-à-dire différentes des leurs.

En disant que ce jury était hostile à Poncet, on serait au-dessous de la vérité. La question, d'ailleurs, n'était pas là : le jury était soucieux de plaire au Roi et Poncet lui avait déplu. De surcroît, la propagande diffusée contre le prétendu voyageur avait mal disposé ces esprits qui, pour être distingués, n'en étaient pas moins influençables.

Jean-Baptiste se rendit à la première séance avec inquiétude. Sangray lui avait recommandé de quitter son costume de coton blanc, qui serait noté comme une provocation. Il y alla donc vêtu d'un habit de drap ordinaire, sans rien qui le distinguât. La confrontation avait lieu dans une grande salle de la Sorbonne, toute boisée et dorée. Le jury était sur une estrade, les professeurs en toge et les prêtres en soutane. Le suspect était assis en contrebas, sur le devant. Ses gardes le surveillaient de chaque côté. Derrière, à deux rangs, était dispersé un maigre public, où Jean-Baptiste reconnut Fléhaut, qui ne le salua pas, le Père Plantain accompagné de trois autres jésuites, et quelques inconnus. Comme on était en hiver, la salle était froide et l'assistance marquait sa présence en toussant.

Le malaise de tout le monde venait de ce que l'affaire avait les apparences d'un procès, sans en être un. Il s'agissait d'une expertise de science. La question n'était pas de savoir si Jean-Baptiste avait commis un crime mais s'il avait bien accompli le voyage dont il prétendait revenir. En même temps, ce qui aurait pu n'être qu'une recherche passionnée et gratuite de la vérité prenait un autre tour : chacun savait qu'au cas où il serait déclaré menteur, Jean-Baptiste deviendrait un accusé et serait immédiatement confié à la Justice véritable, qui a d'autres méthodes pour faire avouer les coupables.

Tout débuta donc sous le signe de cette ambiguïté. Les jurés prièrent le « sujet » de déclarer son nom, sa filiation et sa qualité, « s'il le voulait bien ». Mais le ton du Président marquait clairement qu'il était inconcevable qu'il ne le voulût pas.

— Je m'appelle Jean-Baptiste Poncet. Mes parents me sont inconnus. Je suis né à Grenoble, le 17 juin 1672. Depuis plus de trois ans, je suis établi au Caire, où je pratique le métier d'herboriste.

Le Président regardait les feuilles de papier devant lui. Un greffier faisait crisser sa plume sur un coin de l'estrade.

— Ainsi, vous prétendez être allé jusqu'en Abyssinie ?

— Je ne le prétends pas, Monsieur le Président. Je l'affirme.

— Vous savez que fort peu de chrétiens peuvent aujourd'hui se vanter d'être revenus d'un tel voyage.

— Je le sais, dit Jean-Baptiste. Et je ne m'en vante pas.

— Vous êtes pourtant allé jusqu'à le soutenir devant le Roi, dit l'autre professeur, très âgé, le teint jaune et qui parlait avec la voix éraillée d'une vieille maritorne.

— C'est l'Empereur d'Éthiopie lui-même qui m'a chargé de cette mission.

— Nous savons, nous savons, coupa le Président sur le ton que l'on emploie pour confirmer un délirant dans sa folie, mais n'en restons pas à ces intentions générales. Répondez, je vous prie, aux questions précises que nous allons vous faire. Le Père Juillet veut commencer, je crois.

— Monsieur, dit l'ecclésiastique, un homme assez jeune, au visage osseux qui avait de chaque côté de la bouche deux plis profonds, comment se nomme la ville où réside l'Empereur d'Éthiopie ?

— Gondar, mon Père.

— Comment écrivez-vous cela ?

Poncet épela le nom. À la demande du prêtre, il fit une description assez longue de la ville, que les quatre hommes écoutèrent en se regardant de temps en temps et en prenant devant le suspect un air narquois.

— Connaissez-vous don Alvarez ?

— Non, dit Jean-Baptiste après avoir réfléchi. Où aurais-je dû le rencontrer ?

— Don Alvarez est mort, dit le président avec un sourire de mépris. C'était un illustre jésuite, un grand et authentique savant. Il nous a laissé une relation de la vie des Abyssins, au retour d'un séjour de dix années.

— Je serais fort aise de la lire, dit Poncet.

— Vous feriez bien, en effet, dit l'universitaire au teint jaune. Vous y apprendriez que la capitale de l'Éthiopie se nomme Axum et non pas... comme vous avez dit... Gondar.

— Et vous sauriez aussi, ajouta le jeune ecclésiastique, qu'il n'y a pas d'autre ville dans ce pays, où tout le monde habite la campagne et cultive la terre et où le souverain lui-même se déplace d'un camp à l'autre.

— Ah ! mais pardon, s'écria Poncet, ce récit doit dater. Le pays est plein de bourgs et même de villes. Gondar a été créée après le départ des jésuites car l'Empereur voulait avoir une cour stable et il se défiait des gens d'Axum. Il n'a rien fait d'autre au fond que suivre la même pente que nos rois de France. Ainsi, du temps de François Ier, la cour changeait sans cesse de résidence, ensuite, elle a fini par se fixer à Paris, puis finalement à Versailles. Un messager, revenu de France il y a dix ans, ne nous aurait jamais parlé de cette dernière ville.

— Vos explications sont intéressantes, dit l'universitaire. On comprend mieux comment, en brodant sur l'histoire de notre pays, vous avez construit l'image idéale de celui où vous prétendez être allé.

Jean-Baptiste voulut protester. Le Président interrompit la querelle et relança une autre question. On voit assez à ce bref échange le ton et l'esprit de l'entretien. Il est inutile d'en rapporter le détail, d'autant que l'interrogatoire dura plus de deux heures.

Le suspect rentra à la nuit tombante entre ses deux gardes. Sangray l'attendait impatiemment. Une poularde venue du *Beau Noir* fumait sur la table.

— Alors ? dit le conseiller.

— Ils ne croient pas un mot de ce que je leur dis. Toute leur science est celle des jésuites qui ont quitté ce pays il y a soixante ans. Sous prétexte que ceux-ci ont écrit que rien n'a changé en Éthiopie depuis la Reine de Saba, ces benêts comptent qu'un demi-siècle n'est rien et toute notion qui n'est pas dans leurs livres leur paraît une fable.

Jean-Baptiste fit à son ami le récit succinct de la séance.

— Ils m'ont aussi demandé si je connaissais la religion des Abyssins. J'ai dit que je n'y entendais rien. L'un d'eux m'a fait cette question : « Selon les prêtres de ce peuple, combien y a-t-il de natures dans le Christ ? » Je leur ai dit que l'on m'avait interrogé là-bas exactement dans les mêmes termes. « Si la chose est exacte et si vous avez répondu conformément à notre religion, m'a objecté le Président, ils auraient dû vous mettre à mort. » « Non, lui ai-je répliqué, je n'ai rien répondu de précis pour une excellente raison : c'est que je ne connais pas la réponse. J'ai avoué ma faiblesse en théologie, et j'ai demandé à en être excusé. Mon ignorance, là-bas, m'a sauvé. Il serait bien étrange qu'ici elle me condamne. »

— Fort bien, excellent ! Vous vous êtes battu comme un lion, disait Sangray.

— Comme un lion au fond d'une fosse et qui reçoit des piques empoisonnées de toutes parts. Savez-vous qu'ils contestent aussi la sincérité de Murad... au motif qu'il n'a pas un nom abyssin mais turc. Bien sûr ! Il est arménien. « Ainsi, il serait arménien et le Négus l'emploierait comme diplomate, m'a objecté ce grand niais de curé. Depuis quand choisit-on ses ambassadeurs dans les nations ennemies ? » J'ai essayé de lui expliquer. Il n'a voulu entendre aucun de mes arguments.

— Vous ne devez pas vous désespérer, dit Sangray. Tenez bon avec ceux-là. Obtenez un jugement modéré, même s'il est défavorable. Derrière, nous travaillons pour vous. Car j'ai quand même une grande nouvelle : le duc de Chartres a bien voulu lire le manuscrit de vos souvenirs que vous m'aviez confié il y a trois jours. J'en aurai des nouvelles au début de la semaine prochaine. Il a peu d'influence sur le Roi mais c'est un homme qui a le génie d'allumer pour une cause de grands incendies.

— Il me semble que le bûcher brûle déjà avec une belle ardeur, dit Jean-Baptiste, plein d'amertume.

Le lendemain était un dimanche. L'interrogatoire devait reprendre le mercredi. Sangray vint voir Jean-Baptiste à dix heures.

— Vous savez à quel point j'ai peu de goût pour diriger les consciences, dit-il à voix basse. Mais vos deux anges gardiens font sûrement un rapport sur vous, qui sera compté. Votre présence chez moi est un mauvais point. Si, de surcroît, vous n'allez pas à la messe…

Jean-Baptiste entendit le conseil et emmena son escouade à l'office de onze heures à Saint-Eustache. Il connaissait trop mal la messe pour y entendre autre chose qu'un doux bruit, rehaussé par les cantiques et la beauté des voûtes mauves baignées par la faible lumière de décembre. Cette atmosphère l'entraîna dans une rêverie qui le ramenait à l'enfance. Il pensa à sa mère, qu'il prétendait n'avoir pas connue mais qui était en vérité une servante pauvre à qui ses maîtres n'avaient pas permis d'élever auprès d'elle ce bâtard. Bâtard de qui, d'ailleurs ? Il ne l'avait jamais su. Mais l'enfant qui ignore sa filiation tourne toujours ses regards vers le château. Il se voit descendre d'un roi ou d'un duc, plutôt que d'un misérable. Ou encore, si c'est un misérable, faut-il qu'il soit le plus terrible d'entre eux, le prince des coupe-jarrets, le plus généreux, le plus intrépide, le plus invincible des bandits d'honneur. Notre Père qui êtes aux cieux ? Jean-Baptiste ne savait vraiment pas quoi voir derrière ces mots. On lui proposait un Être unique quand lui avait imaginé tant de personnages et les avait si souvent changés, au gré de son inspiration. Pour les enfants sans père, les cieux sont vides, ou trop pleins, ce qui revient au même.

Il avait reçu, petit et jusqu'à l'âge de douze ans, les soins de sa douce grand-mère, qui vivait à la campagne et gagnait son pain en tressant des paniers de joncs. Toutes les figures féminines de l'Église irradiaient à partir de cette source commune. Si on lui avait proposé d'adorer une déesse au lieu d'un dieu, il aurait eu l'énergie de devenir pape. « Est-ce que quiconque y aurait gagné ? » pensait-il en souriant pour lui-même.

Au gré de la cérémonie qui se déroulait autour de lui, Jean-Baptiste s'asseyait, se levait ou s'agenouillait. Le pied des chaises criait sur les dalles froides à chaque changement de position. Au moment de la communion, un jeune garçon qui servait le prêtre fit sonner la clochette. Le son aigu retentit dans l'air froid comme un glas. Jean-Baptiste, à genoux, voyait la buée sortir de sa bouche. Il pencha la tête et fut soudain frappé d'une des ces évidences que l'on éprouve avant de les formuler et qui nous font devenir autre en un éclair.

« Je suis à genoux, pensait-il avec les yeux écarquillés de celui qui contemple une grande découverte. Oui ! Depuis que j'ai entrepris cette mission d'Éthiopie, je suis à genoux. Ou peut-être est-ce depuis que j'ai vu Alix pour la première fois. De toute façon, cela revient au même. J'étais un homme libre. Je n'avais jamais laissé aucune autorité me soumettre. La première fois que j'ai vu le consul, il est venu jusqu'à moi, j'étais perché dans mon arbre et c'est moi qui lui faisais la faveur de l'écouter. Et maintenant, je suis à genoux... »

Entre-temps, l'assistance s'était relevée, sur un signe du prêtre. Jean-Baptiste entendit derrière lui le bruit de ferraille des mousquetaires qui se remettaient debout. Il le fit également.

« Et maintenant je suis debout mais c'est parce qu'on me l'a ordonné. Voilà : assis, debout, je suis toujours à genoux, c'est-à-dire soumis. J'attends que le consul veuille bien me donner sa fille ; j'attends que le Roi me fasse gentilhomme ; j'attends que ces professeurs me jugent. Et comme ils vont me condamner, comme le Roi ne fera rien de bon pour moi, comme le consul me refusera sa fille, je suis à genoux non pas devant des gens qui m'aiment mais devant l'autorité la plus malveillante. Le pire est que je n'y crois même pas. Je ne crois pas que ce soit un honneur d'être nommé gentilhomme par un roi qui dispose de cette faveur pour vous soumettre. Je ne crois pas que cette religion vaille ni plus ni moins qu'une autre et, si je reconnais à tout un chacun le droit d'y croire, s'il le veut bien, je dénie à l'Église toute autorité pour forcer les consciences et d'abord la mienne. Et pourtant, je suis à genoux. »

Le prêtre avait béni les fidèles, qui se dispersaient d'un pas pressé, les mains enfouies dans les plis de leurs manteaux. Ils regardaient en passant ce grand jeune homme égaré que paraissaient attendre deux mousquetaires.

« Et tout cela, continuait Jean-Baptiste dans sa tête, vient de ce que, d'abord, je me suis mis à genoux devant le consul. Tout vient de là, c'est clair, limpide : voilà ma première chute. Voilà le moment précis où j'ai abjuré ma liberté. Je me suis conduit comme s'il était légitime qu'un père possède la volonté de sa fille. J'ai prétendu aimer quelqu'un et au même moment j'ai nié son existence, j'ai bafoué sa liberté. J'ai remis la vie d'Alix et la mienne entre les mains de ce méprisable père. JE SUIS À GENOUX ! »

— Non, dit timidement l'un des mousquetaires.

Jean-Baptiste s'aperçut qu'il avait prononcé cette dernière phrase à voix haute et il rougit.

— Allons, Messieurs, dit-il en se reprenant, il faut toujours s'incliner devant la volonté de Dieu.

Puis il les entraîna dehors à sa suite.

Si anodin que puisse paraître cet épisode, il eut sur Jean-Baptiste un effet profond. De ce germe allait naître en quelques heures toute l'organisation de sa conduite future.

— La liberté ne se demande pas, elle se prend, dit-il le soir à Sangray.

Dès le lendemain, il entreprit de mettre en pratique cette affirmation.

Un événement qui s'était produit trois jours plus tôt prit,

sous ce nouveau jour, une valeur inestimable. On sait que Jean-Baptiste poursuivait ses consultations. Même l'approche du procès ne les avait pas interrompues ; c'était là ses seules promenades. Les gardes montaient avec lui jusqu'au seuil des chambres où il donnait ses soins aux malades mais n'y entraient point. M. Raoul lui tenait lieu en quelque sorte de secrétaire : c'était à l'aubergiste qu'on signalait les cas et il en évaluait l'urgence et la gravité. Ce jour-là, le troisième avant l'audience, M. Raoul avait donné une adresse à Jean-Baptiste en lui recommandant la plus extrême prudence. Il avait eu un air bizarre pour parler de cette affaire.

Dans le galetas sordide et noir où le médecin s'était présenté vivaient quatre personnes : une femme sans âge, vêtue misérablement, deux enfants hirsutes, tapis dans un coin, et le malade. L'homme, qui s'appelait Mortier, avait d'abord prétendu qu'il avait heurté une charrette. Jean-Baptiste n'eut aucun mal à lui faire avouer que la plaie à deux orifices qui déformait son mollet avait été causée par une flèche. Il entrait par la barrière de Meaux avec des grains quand les archers du guet l'avaient surpris. Jean-Baptiste rassura le contrebandier en lui promettant le plus complet silence. Puis il appliqua des teintures fortes sur la plaie, confectionna un pansement et administra au patient de bonnes doses d'ypecacuana. L'os n'était pas touché, il fallait seulement vaincre l'échauffement. Le lendemain, le malade sua beaucoup et, le deuxième jour, il put de nouveau manger.

CHAPITRE 11

La seconde confrontation de Jean-Baptiste avec son jury s'ouvrit dans des dispositions d'esprit radicalement différentes de la première. Les hommes de science, bien qu'unanimes pour estimer que le prétendu voyageur avait mal répondu, sentaient la force de son argumentation et la faiblesse des preuves sur quoi pouvait être fondée une récusation. Ils avaient mis à profit ces journées d'interruption pour se plonger dans leurs études et mettre au point un questionnaire plus serré. Jean-Baptiste au contraire, tout à la joie que lui donnait sa nouvelle résolution, arriva à l'audience très souriant. La petite marche l'avait égayé ; il l'avait faite en compagnie de ses gendarmes, deux bons garçons natifs de Picardie, plus ou moins cousins entre eux et qui, par faveur de leur chef, obtenaient d'être toujours de service ensemble.

L'interrogatoire commença par une question du prêtre qui n'avait pas ouvert la bouche la fois précédente. C'était un gros homme fort myope, qui tint sa feuille contre son nez pour lire le texte qu'il avait préparé puis leva vers la salle de gros yeux pleins de brouillard. Il voulait faire préciser la nourriture des Abyssins : mis à part la complication de la phrase, sa question était assez simple et même sotte. Jean-Baptiste y répondit avec une courtoise désinvolture. Suivirent diverses interrogations de détail qui montraient avec quels soins les érudits s'étaient pénétrés des maigres relations disponibles concernant l'Abyssinie. La séance ronronnait. Elle s'anima avec une question sur les lois organiques du royaume.

— La règle, comme ici, dit Jean-Baptiste, est la primogéniture. Les frères, cousins et neveux du Roi, qui pourraient être l'instrument d'une rébellion, sont neutralisés. Alors qu'ailleurs on préfère les faire sombrer dans la débauche, là-bas on les emprisonne en haut d'une montagne.

— Et où donc, s'il vous plaît, fait-on sombrer les frères du Roi dans la débauche ? dit le Président.

L'allusion à ce pauvre duc d'Orléans était trop claire pour avoir besoin d'être précisée. Jean-Baptiste sourit.

— Mais... je ne sais pas. Chez les Aztèques, je suppose.

Les jurés se regardèrent d'un air perplexe. De si grossières provocations étaient révoltantes et pourtant quelle aubaine ! Si elles devaient se renouveler, elles permettraient de quitter le terrain inconsistant de la science et de la philologie, pour rejoindre celui de l'outrage et donc, bientôt, de la simple police. Il fallait insister...

— Parlez-nous donc encore du Roi des Abyssins, je vous prie, demanda l'un des professeurs avec un fin sourire.

— Je vous en ai déjà dit beaucoup. Vraiment, ma mémoire me fait défaut.

— Cherchez bien. Comment vit-il ? Qu'y a-t-il de remarquable autour de lui ?

— Je vous ai décrit tout cela, il me semble. Le trône, le palais... Ah ! si, peut-être, une anecdote. Elle me revient à l'instant. Voilà : les fenêtres du Roi, dans le Palais, donnent sur deux cours. Dans l'une sont les lions.

— Vous nous l'avez dit.

— Oui. Mais ce que vous ignorez encore, c'est que de la seconde de ces cours on entend monter de permanentes lamentations. C'est un murmure qui n'arrête jamais, parfois il redouble et l'on distingue des sanglots, des cris. Un jour, j'ai demandé si de tels bruits venaient des condamnés, des prisonniers de guerre. On m'a répondu qu'au contraire ceux qui se lamentaient de la sorte étaient des serviteurs fort aimés du Roi et bien rétribués. Leur travail consiste seulement à produire ce que les Abyssins considèrent comme la musique la plus nécessaire à un souverain et qu'il ne doit pas cesser d'avoir aux oreilles : le bruit du peuple souffrant qui l'appelle au secours.

— Eh bien ? dit le Président. Qu'en concluez-vous ?

— Concluez vous-même, dit Jean-Baptiste. Ce n'est pas à moi de savoir si certains rois seraient ou non bien inspirés de laisser monter jusqu'à eux la plainte de leurs sujets.

— Hé ! hé ! fit le Président en jetant un coup d'œil émoustillé sur ses collègues. Le greffier a-t-il bien noté ? Parfait !

Rien ne réjouit le cœur des courtisans comme le spectacle d'un homme qui brave par orgueil ce à quoi ils se soumettent. Ils ont ainsi l'occasion de voir la puissance devenir impitoyable et peuvent espérer justifier leur propre lâcheté par l'excuse d'une bataille perdue d'avance.

— Ah ! tenez, dit Jean-Baptiste, qui s'était mis à l'unisson de cette alacrité, j'en ai une autre, puisque la vie du Négus vous intéresse. Figurez-vous que la nuit, un noble personnage dort au seuil de sa chambre. C'est lui qui, le matin, réveille le Roi en frappant le sol à coups de fouet. Pourquoi à coups de fouet ? Cela vient du temps où les négus transportaient leur campement dans la brousse et changeaient presque quotidiennement de séjour. Il arrivait que, dans l'obscurité de la nuit, des bêtes sauvages, des carnassiers, souvent des hyènes, vinssent se glisser parmi les tentes et parfois jusqu'à l'entrée de celle du souverain. Les coups de fouet avaient pour but, avant le lever du monarque, de chasser les bêtes féroces qui auraient voulu l'approcher. Lorsque les rois ont construit des palais et pris l'habitude d'y dormir, ils ont gardé cette coutume, comme s'ils étaient toujours dans la jungle, entourés d'une faune dangereuse et sauvage. Franchement, Messieurs, ne trouvez-vous pas que cela forme un bien bel exemple et que l'on pourrait s'en inspirer ailleurs ?

— Pourchasser les hyènes dans le palais, hein ! Fouetter les courtisans, par exemple ! Au lever du roi, c'est bien cela ? s'écria le Président. Bien sûr. Notez, greffier. Ah ! vraiment, vos histoires sont excellentes. Que ne nous avez-vous régalés plus tôt de ces perles ?

Tout le jury était détendu, souriait largement. Un lourd silence montait du public.

— D'autres détails encore, peut-être ? fit le Président d'un air gourmand.

— Un dernier, dit Poncet en souriant. J'ai assisté, là-bas, à nombre d'exécutions. Il y a un châtiment que je voudrais vous décrire. Voilà : on saisit le condamné, on l'enroule tout entier dans une sorte de drap fait d'une mousseline blanche. Ensuite, on verse sur lui de la cire tiède et liquide. Elle imprègne le tissu, coagule et transforme l'homme en une grande bougie vivante. Il n'y a plus qu'à l'allumer. Il brûle en torche. On l'entend à peine hurler tant le souffle du feu est bruyant.

Les jurés, interdits, regardaient Jean-Baptiste avec un air terrifié. Le greffier gardait la plume en l'air.

— Quand tout est fini, il reste la forme noire du corps calciné. C'est là qu'il convient d'être attentif. Il faut bien regarder, tourner le cadavre de plusieurs côtés : avec un peu de chance, on découvre alors, intacts, sous une croûte de linge toujours blanc, les deux yeux du condamné, qu'ont protégés ses larmes.

Jean-Baptiste se leva.

— Vous en savez assez, dit-il. Cette fois, je ne vois vraiment plus rien à vous raconter. Jugez-moi comme vous l'entendez. Je n'ai qu'un souhait : j'aimerais que vous préconisiez pour moi une exécution de cette nature, qui anéantisse mon corps mais qui me laisse mes deux yeux, dont j'ai fait jusqu'ici un si bon usage. Au revoir, Messieurs, et merci d'avoir bien voulu écouter le récit de mes voyages.

Dans l'air silencieux et glacé retentit alors le bruit des bottes de Jean-Baptiste suivi de ses deux Picards. Ils traversèrent toute la salle, montèrent les marches de bois jusqu'à la grande porte et sortirent avec majesté.

*

— Mon ami, vous avez eu tort, dit le conseiller du Sangray. On allait peut-être tout arranger. Figurez-vous que le duc de Chartres est conquis par vos souvenirs. Pour vous montrer quel prix il accorde à cette lecture, il veut absolument vous rencontrer. Il vous fait tenir les dix milles livres que voici et vous demande la faveur de publier votre récit. Vous avez donc eu bien tort de provoquer vos juges.

Le conseiller était debout en face de Jean-Baptiste. Comme à l'ordinaire, le vieil homme n'avait pas de perruque, sa grande tête était encadrée d'une courte broussaille grise. Il serra le médecin dans ses bras tendus.

— Ah ! vous avez eu tort et vous avez eu raison. Je vous comprends tellement. Si vous saviez ! D'ailleurs, tenez, à l'or du duc je vous prie d'ajouter celui-ci, qui vient de moi.

Il mit une grosse bourse de velours dans la main de Jean-Baptiste.

— Maintenant, ne perdez pas de temps. Vous avez voulu faire un éclat. Je ne vous l'aurais pas conseillé car tout va vite, ici. La Reynie n'est plus là mais sa police est plus forte que jamais. Avant même que votre jury fasse son rapport, le Roi va tout savoir.

— J'ai l'intention d'agir dès cette nuit.

— Eh bien, dites-moi seulement ce que je peux faire pour vous aider.

Jean-Baptiste lui expliqua.

— Hélas ! dit le conseiller. Le duc de Chartres sera inconsolable de ne pas vous connaître. Il avait tant de questions à vous poser.

Puis Sangray embrassa son jeune ami avec des larmes dans les yeux.

— Et moi, dit-il, je perds un fils.

— Vous ne le perdez pas, vous le sauvez.

— Cela me console mais avouez que, si vous échappez à vos juges, la sentence pour moi est bien rude.

Le jeune homme était fort ému de ces adieux. M. Raoul, qui parut avec un faisan, alla chercher une bouteille de bourgogne et laissa les deux hommes communier pour la dernière fois sous ces deux espèces.

À neuf heures, Jean-Baptiste entrait dans ses appartements. Les deux gendarmes picards le saluèrent avec respect. Une demi-heure plus tard, toute la maison dormait.

*

L'arrière de l'hôtel de Royaumont, qu'habitait le conseiller du Sangray, donnait sur une petite cour pavée. Un puits à margelle et deux écuries en occupaient le fond, que délimitait un mur haut de deux mètres. La chambre de Jean-Baptiste donnait sur cet arrière par une fenêtre à meneaux. La chance voulait que le toit des écuries se raccordât au bâtiment principal par une large noue située immédiatement en contrebas de cette fenêtre. Au dixième coup sonné à Saint-Eustache, Jean-Baptiste, vêtu de son habit le plus chaud, et enveloppé dans un grand manteau, enjamba la traverse de sa fenêtre et se laissa glisser sur le toit de l'écurie. Il portait un sac sur l'épaule. Prudemment, il longea le rebord d'ardoise, sauta sur le mur puis se laissa glisser dans la cour voisine, où il tomba, les deux pieds dans un petit massif de terre meuble, ce qui évita tout bruit.

Il faisait sombre et très froid. Les étoiles brillaient dans un ciel de glace noire.

467

Jean-Baptiste fit prudemment deux pas quand une main le saisit.

— Mortier ? fit-il en sursautant.

— Chut ! Suivez-moi.

Le contrebandier n'était pas tout à fait guéri. Mais il n'avait plus de fièvre, sa plaie était saine et se refermait à l'abri d'un bon pansement. Il boitait encore mais il en avait vu d'autres et aurait de toute façon repris ses équipées. Personne ne connaissait Paris mieux que lui. Secret pour secret, Poncet lui avait révélé le sien et l'homme était trop content de pouvoir rendre service à celui qui l'avait sauvé.

Ils se faufilèrent dans un dédale de ruelles et de cours. Le vent d'hiver avait soufflé la plupart des lanternes. Mortier savait où étaient les chiens, quelles portes de jardin restaient ouvertes et pouvaient servir de passage. Il connaissait le trajet du guet et sauf la malchance d'une dénonciation — à laquelle il croyait fermement devoir expliquer son accident — il ne craignait rien. Il regardait les rues comme un navigateur juge les dangers de la houle et des courants. En une demi-heure, ils arrivèrent au boulevard du Temple, éclairé par de grosses lanternes de cuivre accrochées à des mâts.

— Attention, chuchota Mortier. Il y a un poste de guet à cinquante pas. Faufilez-vous à la limite de l'ombre et, si vous entendez crier, courez.

Mortier traversa d'abord le large espace éclairé du boulevard en clopinant. Quand il eut disparu dans l'obscurité d'en face, Jean-Baptiste, en quelques bonds, le rejoignit sans être inquiété. De l'autre côté s'étendaient des jardins plantés de grands arbres, où étaient construites quelques maisons. Il fallait prendre garde aux molosses embusqués parfois derrière les haies. Bientôt, ils laissèrent ces enclos et pénétrèrent vers la montée de Charonne, dans la campagne toute déserte et toute pure. Ils longèrent des chemins creux, traversèrent de petits bois par des layons, et sautèrent des ruisseaux maigres dont les berges étaient couvertes de feuilles mortes.

Le ciel n'apportait aucune lueur car il n'y avait pas encore de lune. Ils rejoignirent un large chemin et, de temps à autre, en approchant d'une barrière, ils entendaient dans l'ombre le sursaut lourd d'un bœuf surpris dans son repos. Peu avant le village de Charonne, ils coupèrent vers la droite. À l'humidité et au bruissement des feuilles, Jean-Baptiste perçut qu'ils étaient dans un bois. Dans une clairière, ils entendirent souffler un cheval. Mortier fit un bruit convenu, auquel répondit un sifflement.

— C'est toi, maraud.

— Moi-même, chenapan.

Une voix d'homme un peu chevrotante, voix de vieillard sans doute, sortait de la nuit, tout près d'eux.

— As-tu la bête ?

— Bête toi-même, n'as-tu pas d'oreille ? Et ta main, là, touche. C'est une perdrix, peut-être ?

— Vieux malin. Passe-moi la bride. Tenez, docteur, voici votre cheval tout sellé.

Jean-Baptiste, à tâtons, régla ses étrivières et se mit en selle. Mortier lui rappela à quelle poste il devait échanger sa monture. Il ne voulut pas recevoir d'argent. Sans insister, Jean-Baptiste glissa une bourse à son insu dans le manteau du passeur.

Ils se serrèrent la main en silence et chacun remercia l'autre bien sincèrement. Poncet piqua le cheval et rejoignit la route. Au premier carrefour, il tourna vers le sud et n'en dévia plus. Au début, l'obscurité l'obligeait à rester au trot. Puis un quartier de lune monta, suffisant pour indiquer le relief. Le cheval avait un bon galop, régulier, souple. Jamais Jean-Baptiste n'avait été aussi près de connaître la plus extrême contrainte : on allait le chercher, le poursuivre car il désobéissait au plus grand des rois. Pourtant jamais, en cette nuit glacée, fouetté par les branches, les yeux ruisselant de larmes, il ne s'était senti aussi libre et aussi confiant.

V

LE BUISSON ARDENT

CHAPITRE 1

Alix tenait par-dessus tout à sa pureté morale, à l'intégrité généreuse de ses sentiments, à sa capacité d'aimer totalement et fidèlement. Elle avait assez d'orgueil pour croire que la conservation de ces vertus ne dépendait que de sa volonté et que l'usage de son corps ne les affectait pas. C'est seulement dans son cœur intact et farouche que vivait sa vraie grandeur de vierge.

Point n'était besoin, pour la préserver, de se rendre esclave de cette virginité matérielle imposée par une société qui avait tant à craindre de la liberté des jeunes êtres. Au contraire, pensait-elle avec indignation, c'était pour protéger ce dérisoire sanctuaire qu'elle avait dû jusque-là s'entraver dans des robes à traîne, se corseter de fer, baisser les yeux devant les étrangers et, finalement, courir dans la nuit comme un gibier.

Maintenant qu'elle avait acquis à Gizeh l'aisance, la force et l'adresse, il lui restait à sortir d'elle-même et à couper cette dernière amarre. Elle aurait infiniment désiré que Jean-Baptiste lui fît franchir ce seuil. Mais puisque c'était impossible, puisqu'il lui fallait au contraire disposer sans tarder de toute son énergie pour le rejoindre et le secourir, c'est de n'importe quel homme qu'elle userait. Le chevalier du Roule croyait l'avoir conquise et la posséder. Il servait pitoyablement d'instrument à ce qu'elle seule avait voulu. Le libertin, malgré son expérience ou plutôt à cause d'elle, s'effraya, pendant cette nuit passée avec Alix, de sa froideur et de sa décision. Il garda assez de lucidité pour mesurer les terribles conséquences de cet événement.

Tout d'abord, il tomba dans l'adoration la plus éperdue de cette jeune fille si belle, si impudique et qui accomplissait tout avec un mélange ineffablement séduisant de naturel et de noblesse, d'ardeur et de détachement. Ensuite, quand il avait cru que cette victoire lui donnerait des droits, et d'abord celui de renouveler ces ébats à sa guise, il découvrit qu'au contraire il était à la merci de sa prétendue conquête : dès le second soir, elle l'éconduisit et il en fut mortifié. C'est alors qu'il commença d'avoir peur. Le motif des actes de cette audacieuse lui échappait. Il se méprit et la crut seulement impulsive, sensuelle, capable de toutes les folies, y compris de révéler publiquement leur commerce. Du Roule se rendait compte que son goût du plaisir l'avait entraîné un peu loin. Si forte était pourtant l'impression qu'Alix avait faite sur lui que, s'il redoutait tout, il ne regrettait rien. Ce fut lui, les nuits suivantes, qui vint quémander des faveurs qu'on lui refusa froidement. Il se retrouvait seul, sur les paliers, implorant, fou de désir et ne devant jamais plus goûter ce dont Alix lui avait donné en une seule et unique fois l'éphémère connaissance et l'éternelle nostalgie.

Elle avait tout avoué à Françoise qui, en sa qualité de lingère, avait fait disparaître les traces de l'épisode. Son amie l'aurait sans doute retenue d'agir, si elle l'avait consultée avant. Il était trop tard pour se lamenter. Alix lui exposa ses projets. Françoise éleva mille objections car les embûches étaient innombrables sur le chemin où la jeune fille prétendait s'engager. Mais, après de longues discussions, la servante ne put qu'admirer la force et la fougue de cette enfant qui prenait le beau parti de la liberté. Elle céda et promit de l'aider en tout.

La quatrième nuit qu'il venait, avec grand peur du scandale, gratter à la porte de Mlle de Maillet aussi pitoyablement qu'un animal domestique, du Roule eut l'émotion de constater que cette fois la porte de la chambre n'était pas fermée au verrou. Il entra. Alix était debout. Elle portait sa chemise de batiste, des hauts-de-chausse de velours et des bottes, la tenue qu'elle mettait à Gizeh pour galoper à cheval. Son air était si farouche que le chevalier n'osa pas l'embrasser, ce qu'il mourait pourtant d'envie de faire.

— Fermez la porte à clef, voulez-vous ? lui dit-elle.

Il s'exécuta. Elle lui désigna une petite chaise, devant l'étroit bureau de noyer où elle avait tant rêvé. Il s'assit prudemment car les montants du siège paraissaient minces et fragiles.

— Monsieur, commença-t-elle, il n'est pas dans votre intérêt de venir ainsi chaque nuit jusqu'à ma porte. Je ne vous ouvrirai plus et vous risquez d'être découvert.

— Mais qu'ai-je fait ? dit-il assez platement. En quoi vous ai-je déplu ?

— Il n'est pas question de vous. J'atteste que vous vous êtes acquitté honnêtement de la tâche qui vous était confiée.

— Honnêtement ! La tâche ! Ah ! vous vous moquez de moi, dit du Roule, sincèrement attristé.

— Pas du tout. Il faut voir les choses telles qu'elles sont ou plutôt telles qu'elles ont été. Vous avez tenu un emploi et vous l'avez fait avec adresse. Je vous en remercie.

— Mademoiselle, vous m'humiliez.

C'était bien la première fois, dans une existence pourtant riche en débauches de toutes sortes, que du Roule se sentait à ce point soumis à une femme qu'il n'avait eu d'abord pour intention que de posséder. Il aurait pu se jeter à ses pieds, la supplier, s'il avait pensé que c'était utile. Il tâcha plutôt de ne pas s'avilir davantage tant elle indiquait, par son attitude altière, qu'elle n'exigeait de lui que de la dignité.

— Avant toute chose, reprit-elle, songez, Monsieur, que

nos intérêts divergent absolument. Vous voulez éviter le scandale ; je le recherche.

Du Roule prit un air épouvanté, convaincu qu'elle allait l'avertir d'une dénonciation.

— Ne craignez rien : je suis aussi décidée à préserver votre si précieuse réputation qu'à flétrir la mienne.

Il ne comprenait rien. Seule paraissait à son esprit cette évidence : toute son énergie d'homme l'avait quitté et cette femme s'en était nourrie.

— Parlez plus clairement, dit-il faiblement.

— Voilà. Nous allons nous entendre et je suis sûre que vous allez exécuter ce que j'attends de vous avec autant de zèle que précédemment. Vous allez demander dès demain à mon père de m'épouser.

Du Roule bondit de sa chaise et poussa un rugissement, vite étouffé.

— Ah ! Mademoiselle, je n'ai pas de plus cher désir.

C'était vrai. Comptablement, il avait d'abord estimé que ce mariage n'était pas dans ses intérêts. Mais depuis cette nuit fatale tout était bouleversé. Il aurait été prêt à payer pour obtenir cette union et renouveler ses plaisirs. En vérité, il s'aveuglait et c'est au contraire la liberté d'Alix qui nourrissait sa passion. Cependant, à cette minute, il était totalement la dupe de lui-même.

— Ne vous méprenez pas, dit-elle sévèrement. Nous n'avons ni l'un ni l'autre la moindre intention que ce mariage se fasse.

— Et pourquoi pas ? gémit-il.

— Vous me l'avez dit vous-même, du temps que je vous étais livrée par mon père. S'il vous paraît avoir changé d'avis, c'est parce que vos sens réclament le renouvellement de ce qu'ils ont goûté. Mon refus vous irrite mais vous avez trop d'expérience pour confondre vos passions avec vos appétits.

— Non, non ! croyez-moi, s'écria du Roule au bord des larmes.

— Ne perdons pas de temps sur ce point. Je vous fais crédit de vos sentiments, qui m'indiffèrent. Du moins, pour moi, n'est-il pas sérieusement question de mariage. Je veux seulement que vous en fassiez la demande. Si vous vous entêtez à refuser, je révélerai tout.

Du Roule se rassit pesamment sur la chaise, abasourdi par ce coup.

— Alors pourquoi voulez-vous que je présente une telle requête à votre père ? Je ne comprends pas.

Alix alla vers la porte et tira doucement le verrou.

— Ce ne sera pas la première fois, cher Monsieur, que vous ferez quelque chose sans en saisir le motif. Nous sommes donc bien d'accord ? Dès demain, j'attends que vous vous déclariez. Faute de quoi, ce serait à moi de le faire, avec de bien plus fâcheuses conséquences.

— Vraiment, implora du Roule, vous me chassez ?

Devant cette femme, à la vue de ses beautés et au souvenir des plaisirs qu'elle lui avait donnés, il était au comble de l'émoi.

Elle ouvrit la porte d'un seul coup et en grand.

Du Roule jeta un regard terrifié vers le palier obscur. Il se leva doucement, sortit, se retourna sur le seuil pour cueillir un regard, un baiser peut-être, quelque ultime geste de repentir et d'abandon qu'ont parfois les femmes au tout dernier degré de leur cruauté. Mais Alix lui referma simplement la porte au nez.

L'après-midi suivant, elle alla se promener au jardin public, qui fermait un des bouts de la rue du consulat. Depuis peu de temps, elle y était autorisée ; encore devait-elle porter une mantille et ne saluer personne. Françoise l'accompagna. En les voyant aller l'une au bras de l'autre, plus d'un marchand enviait le consul, comme père, et du Roule, qui était partout favori, comme futur gendre.

L'hiver n'avait pas été froid. Mais il venait parfois des vents d'est, comme cet après-midi, qui faisaient descendre une fraîcheur des monts de l'Arabie Pétrée et la corsait d'une humidité un peu salée puisée dans les creux de Suez.

— As-tu vu maître Juremi ? dit Alix par-dessous sa voilette.

— Oui, mais j'ai dû revenir deux fois, répondit Françoise. Il est sans cesse en consultation. Tant bien que mal, il s'emploie à remplacer son associé.

— Est-il d'accord pour ce que nous lui demandons ?

Alix, maîtresse d'elle-même, agrémentait cette conversation de conspirateurs en faisant les gestes naturels à la promenade : elle montrait de loin une fleur ou un oiseau.

— Il vous servira en tout ce que vous commanderez, dit Françoise. Et l'idée de revoir Jean-Baptiste...

— Tu ne lui as rien caché ? Les dangers...

— Rien et il comprend vite ce genre de choses. Mais cet homme-là est aimanté par le risque.

— T'a-t-il parlé... à toi ? dit Alix.

Françoise regarda en l'air et eut un rire silencieux qui montrait ses belles dents.

— Que voulez-vous qu'il me dise ? Au contraire, nous étions trop heureux d'avoir une conversation imposée par les événements et qui nous permette de nous parler sans nous compromettre. Vous savez, tout est dit... À nos âges, heureusement, on souffre moins du temps. Nous nous attendons, voilà tout.

— Je vous comprends, dit Alix, mais je vous blâme un peu. Quand on a la chance de ne pas être séparés...

Ce dialogue avait mis dans leurs âmes un peu trop de mélancolie. Elles firent quelques pas en silence. Puis Alix revint aux sujets pratiques et elles fixèrent ensemble le détail de tout.

À peine étaient-elles arrivées au consulat qu'un garde venait annoncer à Mlle de Maillet que Son Excellence le consul souhaitait la voir incessamment. Elle entra dans la grande pièce de réception du rez-de-chaussée. Son père l'attendait dans un habit écarlate à revers noirs, sa plus grande perruque sur la tête, des rubans à ses bas. Il ressemblait, pensa-t-elle, à une grosse poupée parfumée. Il vint vers elle avec la démarche de canard que lui donnaient ses chaussures à talon carré. « Pour sûr, songea-t-elle, il va me saisir les mains. Voilà. Nous y sommes. »

— Ma fille... commença le consul avec un tremblement dans la voix.

Et, sans courage pour finir sa phrase, il l'embrassa. Il saisit un mouchoir dans sa poche, se tamponna et reprit :

— J'ai à vous annoncer une grande nouvelle. La plus grande, ce me semble, que reçoive jamais une femme dans sa vie.

— Je vous écoute, mon père, dit Alix.

— Eh bien ! voilà : le gentilhomme que voici vient de me demander votre main.

Du Roule était dans la pièce mais posté en retrait et devant une tenture de même couleur que son justaucorps, comme un caméléon. Alix ne l'avait pas encore vu. Elle tourna la tête vers lui. On aurait dit le malheureux saint Denis, marchant encore après sa décollation : il avait la tête livide du supplicié, les yeux clos de celui qui préfère entendre les clameurs du désastre plutôt que de le voir fondre sur lui. Elle eut une grande pitié de lui.

— Mon père, dit-elle sans se troubler, je souhaite vous parler seul à seule.

Peu d'ordres furent aussi vite exécutés : du Roule, qui n'attendait qu'un signal, disparut. Quand il fut avec sa fille, sans témoin, M. de Maillet, qui craignait une dernière et capricieuse exigence, lui dit :

— Vous êtes émue. Moi aussi. Tâchons de garder à toute chose sa simplicité et à ces mystères leur beauté. Que vouliez-vous donc me dire que votre futur époux ne puisse entendre ?

— Mon père, vous me demandez d'être simple. Voici : cet homme ne sera jamais mon mari.

— Diantre ! s'écria M. de Maillet, soulevé par un haut-le-corps, et pourquoi ?

— Parce que je ne me marierai pas.

— Tiens donc ! dit le consul avec humeur. Quel caprice est-ce encore ?

— Ce n'est pas un caprice mais une impossibilité.

— Et me direz-vous laquelle ?

— Si vous y tenez, mon père.

— Comment, si j'y tiens ! Il me semble que j'ai le droit de savoir ce qui vous arrête.

Alix reprit sa respiration, comme un athlète qui s'élance.

— Je ne me marierai jamais parce que je suis déshonorée.

— Déshonorée ? dit le consul avec impatience. Que voulez-vous dire ?

— Ce qui est. Je ne suis plus dans l'état où la nature m'a créée et où il convient de se présenter à un mari.

M. de Maillet aurait reçu un des madriers du plafond sur la tête que son équilibre n'aurait pas été plus visiblement compromis. Il fit un pas en arrière et posa la main sur une table.

— Vous plaisantez, ma fille…

Et Alix, impitoyable, qui n'avait pas baissé les yeux :

— Je me tiens à votre disposition pour qu'un prêtre, une sage-femme, qui vous voudrez, s'en assure et vous en rende un compte officiel.

Seul le regard qu'elle braquait sans faiblir sur lui faisait contrepoids à l'envie qu'avait M. de Maillet de la gifler. Il se contint et entama une large volte dans la pièce, frappant lourdement le sol à chaque pas. Il baissa les yeux en passant devant le portrait du Roi. Puis, saisi d'une idée, il revint vers elle :

— Ne me dites pas tout de même… ? hasarda-t-il en la regardant méchamment. Cet apothicaire, ce charlatan… Poncet !

— Non, mon père, ce n'est pas lui.

480

— Qui, alors ? dit-il en frappant sur la table de chêne avec le plat de la main.

— Personne que vous connaissiez, dit-elle avec modestie.

— Comment est-ce possible ? Vous ne sortez pas d'ici. Chaque visite au consulat m'est connue. Non, non, vous le protégez mais ce ne peut être que Poncet.

— Je vous donne ma parole.

— Ou ce qu'il en reste, grinça le consul. Qui donc alors ?

— Un Turc.

— Dieu ! s'exclama le diplomate frappé de cette dernière flèche.

— Qu'est-ce que cela change ? argumenta Alix avec sobriété. Le fait seul compte, n'est-ce pas ? Peu importe le responsable.

— Tout de même ! Un Turc !

Le consul arracha nerveusement sa perruque et se mit à déambuler avec elle, comme un chasseur qui traîne au bout du bras le cadavre désarticulé d'un vieux lièvre.

— Et où l'avez-vous connu, ce maudit ?

— À Gizeh.

— J'en étais sûr ! Je ne voulais pas que vous y alliez. Et cette servante était votre complice, peut-être même l'entremetteuse ?

— Françoise n'a rien su. Elle était partie au bourg chercher des œufs avec Michel, le palefrenier. Cet homme est venu par la rivière. C'était un pêcheur. Il m'a prise sur la terrasse...

— Sans votre consentement ? Une violence ? Ah ! Mais je vais demander réparation au Pacha, on fera des battues, on le retrouvera.

— Non, mon père. J'étais soumise. Peut-être était-ce le soleil, le calme de ce lieu qui ne manque pas de volupté. Quand ce garçon a paru, j'ai soudain eu envie...

— Assez ! coupa M. de Maillet. Je ne veux pas en entendre

481

plus. Horreur ! Enfer ! Ma seule fille, mon seul espoir, mon héritière.

Le consul était sincèrement ému, moins à l'évocation de son enfant perdue qu'au souvenir des interminables ruminations pleines de bonheur et de prospérité qui, pendant des années, l'avaient prise pour objet.

— Pontchartrain... Un noble parti... Presque ambassadeur...

Il parlait pour lui-même, assis de travers sur une chaise, la joue appuyée contre le haut dossier.

— Et pourquoi ne pas me l'avoir dit plus tôt, pour éviter toutes ces démarches ? s'écria-t-il.

— Les démarches étaient faites, dit Alix. Et puis, mon père, il est vrai que j'ai reculé le moment de l'aveu. J'ai souhaité passer le plus longtemps possible auprès de vous et de ma mère. Dès que vous connaîtriez mon état...

— Votre état ! Vous n'êtes pas grosse, au moins ?

— Fort heureusement, j'ai la preuve formelle que non.

— Un tracas de moins.

— Je disais : quand vous connaîtriez, mettons, ma situation, tout changerait et je n'aurais plus qu'à me soumettre à vos ordres et à m'enterrer pour le reste de mes jours dans quelque couvent obscur d'une province française.

— Exactement ! Il n'y a, hélas, aucune alternative.

— Je le sais bien, mon père, dit Alix en laissant couler quelques larmes et en s'en barbouillant la figure, autant que cela soit le plus vite possible. Je ne supporterai pas longtemps la honte de me présenter devant vous. J'en mourrai.

— Et moi, je mourrai de vous apercevoir, dit le consul avec impatience.

Il suivait déjà une autre idée : il fallait prévenir le chevalier du Roule.

— Coiffez-vous, remettez votre rouge. Je l'appelle.

Alix reprit vivement une contenance. Du Roule entra, la

tête dans les épaules, jetant de tous côtés les coups d'œil d'un chevreuil traqué.

— Hélas, Monsieur le chevalier, prononça le consul avec emphase, j'ai consulté ma fille. Vous êtes, dans ce monde, le parti qu'elle aurait accepté avec le plus de joie. Il n'y a qu'un rival contre lequel vous ne puissiez lutter et elle a fait le vœu, que j'ignorais encore à l'instant, de lui dédier sa vie. Il s'agit de Dieu lui-même. Ma fille Alix atteste une vocation religieuse que je ne saurais contrarier.

— Ah, fit du Roule avec un étonnement craintif.

Il jeta vers la jeune fille un regard affolé où entraient, en surimpression, les souvenirs charnels de cette beauté fougueuse et la vision improbable de la dévote qu'on venait de lui annoncer.

— Eh oui ! dit mélancoliquement le consul. Dieu dispose et appelle parfois les meilleurs. C'est ainsi. Pendant que vous achèverez de préparer votre ambassade, ma fille prendra la route d'Alexandrie pour rejoindre la France et son couvent par le premier navire royal.

CHAPITRE 2

Il y a des campagnes que tout destinait à rester misérables, couvertes de brandes, de maquis et où, pourtant, l'activité humaine a réussi, à force de persévérance, le miracle de faire venir l'harmonie et même la prospérité. Cette campagne-là était à l'opposé : la nature lui avait donné un sol aéré, bien noir, où tout poussait de soi. Elle l'avait couverte d'un ciel clément que le soleil et la pluie se partageaient avec une courtoisie bien douce ; elle l'avait semée de monts, d'où coulaient des ruisseaux clairs mais dont l'escarpement ne gênait pas les cultures et même les favorisait. Or il semblait que les hommes n'avaient eu de cesse qu'ils ne ruinassent ces dons, s'entre-tuant et déchaînant par leur inconduite la guerre fratricide et la famine qui décime les faibles. Cette campagne était envahie de mauvaises ronces qui débordaient sur les chemins et le cavalier qui s'y avançait devait prendre garde à ne pas perdre sa direction tant les plus grandes routes, laissées à l'abandon, finissaient par se réduire à des sentes presque invisibles dans les halliers. Sur deux maisons qu'on apercevait, l'une au moins était en ruine. Il fallait prendre garde, dans les bois, aux chiens redevenus sauvages qui semblaient attaquer les hommes moins par instinct que par rancune.

Le cavalier monta jusqu'à un village, que l'on voyait se

découper sur le ciel, à la crête d'une colline. De loin, il paraissait assez vaste ; on pouvait l'espérer prospère.

En approchant, on n'y découvrait que des granges défoncées, des toitures de chaume brûlées, des carcasses de maisons. Quelques vieilles femmes vêtues de gris, aussi décharnées que des morts, poussaient parmi les ruines des spectres de chèvres. Le cavalier s'arrêta sur la place du village, où les pierres de plusieurs murs avaient roulé et qui était couverte d'herbe.

— Holà, cria-t-il pour appeler un jeune pâtre, viens un peu par ici.

Le gamin leva vers l'homme un museau de charbonnier et détala, pieds nus, sur les pierres vives. Le voyageur avisa alors un vieillard, assis un peu en retrait, près d'un puits dont la margelle avait perdu son rebord taillé. Ayant mis pied à terre, le cavalier jeta ses rênes autour du tronc d'un noisetier qui poussait sur une ruine. Son manteau était couvert de la poussière de la route. Il avait les yeux creux, une barbe de huit jours et la démarche hésitante du marin qui a perdu depuis quelque temps la notion de la terre ferme. Il approcha du vieillard et celui-ci leva les yeux.

— Est-ce ici le village qu'on appelle Soubeyran, l'ami ? demanda le cavalier fourbu, qui n'était autre que Jean-Baptiste.

Il avait perdu son chapeau, quelque part, au galop ; son front et ses cheveux étaient tout collés de sueur et de sable.

— Il n'y a plus grand monde pour donner un nom à cet endroit, dit le vieillard.

Il avait une voix claire et douce, un peu voilée, comme celle d'un adolescent.

— Mais oui, ajouta-t-il, c'est bien ce qui reste de Soubeyran.

— Où sont donc partis tous ceux qui vivaient ici ? dit Jean-Baptiste en regardant autour de lui.

Une bise de nord-est avait soufflé pendant les derniers jours, froide comme une lame. Elle avait pelé tout le ciel de ses nuages : restait son bleu à vif, sur les plaies calcinées du village.

— Si vous connaissez la réponse et que vous essayez de me confondre, dit le vieil homme, il vaut mieux m'emmener tout de suite, ou me tuer ici car je suis sans doute un de ceux que vous cherchez. Mais si vraiment vous êtes ignorant au point que vous dites, c'est que vous venez de loin.

— Je viens de loin.

— Et si vous avez fait le chemin jusques ici, c'est que vous y avez quelque intérêt, peut-être quelque connaissance. En ce cas, vous devez craindre que je ne vous donne que de mauvaises nouvelles.

— Je cherche une femme.

— Si vous cherchiez un homme, je vous aurais arrêté tout de suite : il n'y en a plus ici que deux, si vous me comptez encore parmi les vivants. Mais des femmes, oui, il en reste quelques-unes. Comment se nomme-t-elle ?

— Marine.

Le vieillard se redressa.

— Connaissez-vous son nom de femme ? dit-il.

— Elle n'a été mariée qu'un peu plus de huit jours. Son époux s'est enfui. Il se nomme Juremi.

— Ah ! Juremi. Bien sûr. Un gaillard. Il était le deuxième enfant de mon plus proche voisin, là-bas, derrière les granges. Est-il vivant ?

— C'est mon associé et mon ami. Il vit au Caire.

— Au Caire. Dans l'Égypte, la terre de la Bible. Mon Dieu ! Comme c'est heureux ! Vous ne pouvez pas savoir ce que peut être une bonne nouvelle, à mon âge. Je vais y penser sans cesse, quand vous serez parti. Vraiment, comme je suis heureux que celui-là soit vivant !

— Et sa femme ? insista Jean-Baptiste.

— Oh ! Ne le tourmentez pas avec cela. Le passé est le passé. Qu'il vive, et qu'il soit heureux.

— Mais vous ne comprenez pas, dit Jean-Baptiste en

posant un genou à terre et en approchant son visage du vieillard. C'est lui-même qui m'envoie. Il lui est resté fidèle tout ce temps et si vous voulez qu'il soit heureux, il faut qu'il sache.

— Oui, dit l'homme pensivement. C'est lui. C'est tout lui. Les autres de cette famille étaient pareils. Peut-être bien que tout le village était comme cela d'ailleurs. C'est pour cela qu'ils ne nous ont pas épargnés.

Il releva les yeux : ils étaient marqués d'un voile blanchâtre.

— Elle est morte le lendemain même de son départ.

Le moindre silence, dans cette campagne muette, prenait un poids de granit. Même le vent gesticulait sans bruit au-dessus des pierres.

— Comment est-ce arrivé ? dit Jean-Baptiste.

— Mon ami, dit doucement le vieillard en regardant dans le vague, nous ne sommes pas assez nombreux à avoir survécu pour que notre mémoire soit utile. Ce petit coin de terre était sans doute élu pour que s'y abattent tant d'horreurs, tant de lâchetés. Pourquoi en transmettre le récit ? Pour ouvrir la postérité à l'infamie ? Non, nous avons enterré le souvenir des bourreaux dans les mêmes fosses que nos morts. C'est à l'amour, à la paix, à la joie seuls qu'il faut élever des monuments car ils ne survivraient pas sans nous.

— Mais cette femme, cette toute jeune femme que Juremi venait d'épouser...

— Eh bien, elle l'a aimé. Ni le temps, ni les hommes n'ont pu corrompre sa passion. Elle est morte en criant son nom.

Le vieillard saisit un long bâton, tout verni par le frottement de ses doigts et se mit péniblement debout. Il referma sur son corps maigre les plis d'une houppelande pleine de trous.

— Resterez-vous un peu ici ? demanda-t-il.

— Non, je pars à l'instant. À vrai dire...

487

Jean-Baptiste donna le bras au vieillard qui voulait l'accompagner.

— … si quelqu'un vous interroge, vous ne m'avez pas vu.

— Seriez-vous des nôtres ?

— Non, mais nous avons les même ennemis.

— Prenez garde ! dit le vieillard en regardant ce beau jeune homme, si plein de vie, et l'on voyait qu'il songeait à tous ceux qui avaient été fauchés dans la même fraîcheur de l'âge. D'où venez-vous ? Votre cheval a l'air éreinté.

— Celui-là arrive de Tournon, sur le Rhône. Je crains qu'il n'aille guère plus loin. J'en ai épuisé six autres depuis Paris.

— Paris ! dit le vieillard avec étonnement, et jusqu'où voulez-vous aller ?

— À Sète, ce soir.

— Tous les relais de poste aux environs sont surveillés par les dragons, dit le vieil homme.

Puis il se tourna de tous côtés et appela d'une voix forte qui résonna dans les ruines :

— Daniel !

L'enfant barbouillé de suie que Jean-Baptiste avait vu d'abord montra sa tignasse par-dessus un petit muret.

— Viens ici, lui dit l'homme.

Puis s'adressant au voyageur :

— Prenez ce gamin en croupe. Il vous guidera par le maquis jusqu'à un petit campement des nôtres, s'ils sont là. Je le crois. Les montagnes bougent en ce moment et je prédirais sans me tromper que de grandes choses se préparent. Quand vous les aurez trouvés, vous leur direz que vous venez de Soubeyran et que Jean vous envoie. C'est moi.

Jean-Baptiste monta à cheval et saisit l'enfant, qu'il plaça derrière lui.

— Vous allez perdre un peu de temps, peut-être, dit le vieux, mais ne le regrettez pas. Ils vous donneront un cheval frais et vous serez demain matin à Sète.

— Merci, dit Jean-Baptiste.

Il avait mis la main dans une des fontes de sa selle où il tenait une bourse.

— Puis-je vous proposer un secours ? dit-il timidement.

Le vieillard vit son geste et l'arrêta.

— Vous en aurez plus besoin que moi, dit-il. Sous chacune des maisons, il y a des écus enfouis que les dragons n'ont pas trouvés. S'ils nous voyaient avec de l'argent, ils reviendraient...

— Eh bien, Jean, adieu, j'apporterai votre salut à Juremi, dit Jean-Baptiste, très ému.

Il éperonna son cheval mais la bête n'avait guère envie de s'arracher du bouquet d'aristoloche dans lequel elle s'était fourrée jusqu'à l'encolure. Finalement, elle s'ébranla et avança d'un pas prudent parmi ces ruines qui montaient, immobiles, la garde des morts.

— Regardez bien, en contrebas, cria Jean pendant que Jean-Baptiste et l'enfant s'éloignaient. Vous avez vu le monument qu'ils ont dressé ? Une croix ! En souvenir de leur victoire... N'est-ce pas le pire ?

Mais déjà le cavalier ne l'entendait plus.

*

En continuant la route au-delà de Soubeyran, ils entrèrent dans une gorge humide et ombreuse. Une sente escarpée, parfois effacée par les feuilles et les mousses, longeait le ruisseau. L'après-midi avançait ; une première obscurité épaississait le couvert et annonçait la nuit. Ils continuaient de monter et n'entendaient que le craquement des branches mortes sous le pas du cheval. Un dernier ressaut de roches, verdies de lichens, se dressa devant eux. L'enfant fit signe qu'il fallait le contourner par la droite. Il ne s'exprimait que par gestes. Lorsqu'il cria, Jean-Baptiste eut un sursaut : il n'avait pas encore entendu sa voix. Elle semblait appartenir à un animal, d'autant qu'il n'avait pas prononcé une parole distincte mais un cri double, répété trois fois, imité du chat-huant. Ils avancèrent encore et passèrent sous le tronc énorme et fendu d'un vieux châtaignier. C'est là, en un instant, dans un doux froissement de feuilles que cinq hommes apparurent, sortis des rochers ou des arbres, noirs, bossus, grimaçants comme des diables et pointant sur le cavalier leurs arquebuses et leurs piques.

— C'est Jean, de Soubeyran, qui m'envoie, dit Jean-Baptiste sans se troubler.

Il ne savait pas auquel de ces visages, dissimulés par des chapeaux et des barbes, il devait s'adresser.

— C'est vrai ! dit l'enfant.

— Pied à terre ! ordonna doucement l'un des assaillants.

Jean-Baptiste quitta sa selle et, une fois à bas du cheval, il leva les mains. L'homme qui avait parlé approcha de la monture et regarda le portemanteau.

— J'ai un pistolet dans la fonte de gauche, un poignard dans ma sacoche et mon épée, que vous voyez. Mais je suis un ami et je n'ai l'intention de me servir de rien.

L'homme poussa un grognement, fit signe à un autre de prendre le cheval par la bride et approcha de Jean-Baptiste. Il sortit de sa poche un bâillon de toile qu'il lui noua autour des yeux. Ils se remirent en route, le gamin toujours sur la selle, agrippé fermement au pommeau, Jean-Baptiste aveugle, une main sur l'épaule d'un des brigands. Ils avaient fait à peine une heure de marche dans cet équipage quand on lui enleva son bandeau. Il découvrit alors un décor obscur de grottes et de rochers. La nuit était tombée. Le campement où on l'avait conduit était éclairé par de petits feux, au nombre de sept ou huit. Des ombres s'affairaient autour de marmites noires suspendues à des trépieds de branches. Un homme, assis de l'autre côté du petit foyer que côtoyait Jean-Baptiste, l'invita à prendre place en face de lui.

— Ainsi, dit l'homme, vous venez de Soubeyran ? Êtes-vous des nôtres ?

Tout en parlant, il rompait de petites brindilles de châtaignier et les jetait une à une dans le feu qui crépitait. Il avait un long visage osseux, les yeux brillants. La faim, la fatigue, l'habitude de la terreur que l'on éprouve et que l'on fait subir en retour donnaient un même relief à toutes les physionomies de ce pays, comme si la rudesse de leur condition permettait à peine à ces hommes de se conserver comme espèce mais ne leur laissait pas le loisir d'être encore des individus.

Jean-Baptiste expliqua ce qui l'amenait et, bien que son histoire fût fort longue, il n'en confia que la plus brève partie, celle qui concernait Juremi et son retour au Caire.

— Mon nom est Catinat, dit l'homme. C'est du moins celui qu'on me donne ici. Je ne connais pas ce Juremi car il est plus âgé que moi. Mais il me semble en avoir entendu parler jadis. C'est bien heureux qu'il soit vivant, et nos pères, pour le rester, n'avaient pas d'autre issue que de partir au loin. Nous, nous avons décidé de nous battre ici. Les temps changent. Le Roi est vieux, le pays se défait et grogne. Le moment n'est plus de s'allier à ceux du dehors mais de lutter pour notre liberté ici même.

Un des rebelles, sombre comme la nuit, approcha et leur remit à chacun une écuelle de bois remplie d'une soupe de gruau.

Tout en soufflant sur leur pitance, ils parlèrent du Caire, de Versailles. Catinat dit qu'il vivait dans les bois depuis deux ans. Il était assoiffé des nouvelles du monde qu'il combattait et l'on voyait à cela que son but n'était pas de le détruire mais d'y donner sa place à tous. Cette vie de bête était au service d'un idéal d'homme.

— Je dois être à Sète demain matin, dit Jean-Baptiste, qui n'oubliait pas sa position et s'inquiétait de ce long détour.

— Pensez-vous embarquer de là ?

— Oui, dit Jean-Baptiste, je prendrai une barcasse de pêcheurs pour me rendre à Gênes.

— Les courriers du Roi n'auront-ils pas prévenu les autorités contre vous ? Ils doivent vous rechercher.

— Je doute que les courriers aient pu aller plus vite que moi. Et ma fuite n'a sans doute pas été découverte tout de suite. J'ai encore vingt-quatre heures.

— Humm ! C'est bien risqué. Il n'y a pas de bateau disponible tous les jours. Supposez que les ordres arrivent pendant que vous êtes sur place, en train de soudoyer tous les marins. On vous dénoncera sur l'heure.

— Je le sais bien, dit gravement Jean-Baptiste. Depuis mon départ, j'ai eu tout loisir d'y penser. Mais je n'ai pas le choix.

Catinat finit de boire son brouet et en racla le fond avec ses doigts.

— Je vous conseille de prendre quelques heures de repos. Regardez-vous : le sommeil vous manque et l'on ne fait rien de bon dans cet état. Allez dans une de ces grottes, enroulez-vous dans une peau de mouton et dormez. Nous levons le camp à quatre heures. D'ici là, j'aurai peut-être arrangé quelque chose pour vous.

La soupe chaude, le repos près du feu avaient fait monter dans le corps de Jean-Baptiste un immense engourdissement. Depuis son départ, il n'avait pris que quelques heures de repos, jamais complet, car il se tenait sur un qui-vive permanent. Il accepta le conseil de Catinat. Sitôt allongé et malgré l'odeur affolante de la fourrure crue, il tomba dans un sommeil profond.

Catinat vint le secouer comme il l'avait dit, à quatre heures. Il déposa des vêtements et lui dit de se changer. Engourdi, sans conscience, Jean-Baptiste ôta ses vieux habits et enfila un pourpoint de satin à manchettes brodées qui lui était ajusté et des bottes fines à peine trop longues. Il y ajouta une ample cape de feutrine et un chapeau relevé en tricorne. Dans cette brillante tenue, Jean-Baptiste rejoignit le groupe d'hommes qui faisait cercle autour du feu le plus proche et parmi lesquels il reconnut Catinat. Le chapeau à la main, ils firent une prière courte mais on sentait qu'ils y communiaient de toute leur âme. Puis on distribua une bolée de la même soupe que la veille, plus claire. Catinat fit asseoir Poncet près de lui.

— Il y a trois jours, les nôtres ont abattu sur la route d'Uzès un jeune noble qui avait eu l'imprudence de monter là-bas sans escorte. Ils ont fait l'affaire proprement et votre habit n'a pas une trace de sang. Voici ses papiers.

Il tendit à Jean-Baptiste une petite sacoche rouge, sur laquelle, en lettres d'or, étaient inscrites les deux initiales H. V.

— C'était un de ces jeunes aventuriers qui viennent se mettre au service des armées pour mener la répression contre nous. Il n'y a pas pire. Sous couvert de foi, ils ne veulent que piller et donner une fortune à leur nom, qui ne les en a point doté. Vous avez eu bien de la chance, en venant, que nul ne vous ait pris pour l'un d'entre eux. Il est vrai que vous arriviez crotté et qu'en général ceux-là soignent leur tenue. Ils s'habillent pour nous assassiner et c'est bien de l'honneur qu'ils nous font.

Jean-Baptiste avait ouvert l'enveloppe de cuir. Elle contenait les papiers du mort. Il se nommait Hugues de Vaudesorgues. Il avait appartenu à la maison du prince de Conti, qui le recommandait au gouverneur général de Nîmes. À deux mois près, il avait l'âge de Poncet.

— Vous pouvez gardez votre cheval, dit Catinat. Nous n'avons que des bêtes de trait qui ne conviendraient pas à votre nouvelle qualité. Mais avec ces documents personne ne vous inquiétera. Allez jusqu'au premier relais à l'est d'Uzès et changez de monture aussi naturellement que si vous arriviez d'une petite étape. Votre double n'est pas passé par là et ils n'auront aucun soupçon. Ensuite, continuez sur Marseille. Le port est grand. Vous trouverez des bateaux à coup sûr et personne ne vous remarquera. C'est souvent, d'ailleurs, que ces petits héros, à la première balle que nous leur tirons aux oreilles, tournent bride et partent tenter leur chance dans les échelles du Levant.

L'aube montait déjà, toute pâle, et glissait le long des branches nues. Les hommes piétinaient les feux, chargeaient des havresacs sur leurs épaules et se rassemblaient, armes en main. Jean-Baptiste marcha à côté d'eux, en tenant son cheval par les rênes jusqu'à une sorte de terrasse naturelle, un promontoire de roche plate, d'où l'on voyait le dos voûté des grands bois noirs et, tout au fond, la ligne pastel de la vallée. Ils se séparèrent là, après une longue embrassade entre Poncet et Catinat. Jean-Baptiste monta sur son cheval et regarda une dernière fois dans le jour bleu cette troupe hirsute, misérable, grelottante et qui était l'image même de la dignité. Il remarqua que sur leurs pauvres vêtements la plupart de ces partisans avaient enfilé une large chemise de toile, qui leur permettait sans doute de se reconnaître. Ils levèrent leurs piques ou leurs épées pour saluer le départ de Jean-Baptiste. Tandis qu'il descendait, ils suivirent longtemps du regard cette même silhouette qu'hier ils avaient abattue et qu'aujourd'hui ils venaient de ressusciter.

CHAPITRE 3

Le Frère Pasquale et un jeune novice fraîchement arrivé d'Italie, Bartolomeo, attendaient dans la cour. Il n'aurait pas été convenable qu'ils allassent au-delà. Le capucin barbu faisait les cent pas autour du dattier qui sortait, tout seul et un peu ridicule à son goût, au beau milieu de cette cour dallée, entourée de hauts murs crénelés. Vraiment, pensait-il, on se serait cru en prison ; d'autant que du côté qui donnait sur l'église copte les fenêtres étaient munies de grilles de fer forgé. Lorsqu'il passait devant le portail entrouvert, le capucin pouvait entendre les psaumes chantés par des voix graves et de familières odeurs d'encens couraient jusqu'à son gros nez.

À l'intérieur de la basilique, l'atmosphère était tout autre. Grâce à des volets de bois tirés devant chaque fenêtre et à un système compliqué de tentures, de paravents et de cloisons, l'obscurité la plus complète régnait dans le Saint des Saints. Seules les lueurs écarlates de lampes sombres traversaient la paix des choses et des êtres, choisissaient parcimonieusement ce qu'elles voulaient en retenir et montraient une habileté de larron pour débusquer dans la pénombre l'or, l'ivoire et les gemmes. Ibrahim, le moine syriaque, assistait le patriarche et quelques élus dans la longue tâche de bénir les huiles du couronnement. Après de nombreux préambules et d'interminables oraisons, le patriarche sortit d'un tabernacle une amphore d'albâtre. À ce moment commença la bénédiction elle-même. Enfin vint le transvasement dans une burette de terre munie d'une petite anse et fermée par un tampon de liège. L'affaire se termina quand le jour tombait à l'extérieur. En procession, le patriarche portant la burette gagna alors le vestibule, laissa ouvrir le portail par un vieux prêtre copte qui branlait sans arrêt du chef. Le Frère Pasquale, malgré sa rage d'avoir tant attendu, fit bonne figure à l'évêque des coptes et prit dans ses mains, avec l'expression de la plus humble soumission, le précieux récipient ainsi qu'un parchemin roulé et scellé qui en authentifiait l'origine. Il fit une génuflexion adroite et dit en arabe :

— Dans trois jours d'ici, Monseigneur, ces Saintes Onctions seront en route pour l'Abyssinie.

Le Patriarche fit un dernier signe de croix sur l'urne. Ibrahim eut un regard d'intelligence avec le capucin. Le Frère Pasquale, suivi de Bartolomeo, salua, traversa lentement la cour et sortit enfin dans le tumulte de la ville.

Le sanctuaire copte donnait dans une rue étroite bordée de hautes maisons. Au pied de chacune d'elles ou presque, un petit négoce avançait son étal, éclairé par un quinquet. Il y avait encore beaucoup de monde et les marcheurs qui progressaient dans l'ombre se heurtaient parfois rudement.

— Prends cette burette, dit le Frère Pasquale au novice. Tu y vois mieux que moi.

Le jeune Frère saisit la précieuse bouteille avec un air terrifié. C'était un gros gamin joufflu qui arrivait de l'Istrie. Sa vocation n'était guère assurée. Mais son père, dont il avait peur, voulait consacrer un de ses enfants à Dieu, et avait choisi celui-là parce qu'il était, entre tous, le plus gourmand et le plus coûteux à nourrir. Depuis lors, Bartolomeo servait le Seigneur avec la loyauté du soldat qui se bat bien parce que l'ordinaire est copieux.

— As-tu vu, gamin, ce gredin de Patriarche, comme il pose avec sa grande toge brodée d'or ! grommelait le capucin, qui marchait devant et se donnait la joie, puisqu'il avait les mains libres, de se jeter dans la foule en distribuant au hasard des coups d'épaule. Pourtant, le misérable, si je n'avais pas commencé par lui donner la moitié des sequins du consul...

Bartolomeo courait derrière sans lâcher son aîné d'une semelle.

— Écoute-moi bien, continuait le Frère Pasquale. Tu es jeune, Bartolomeo. Il te faut savoir que ces coptes ne valent rien. Rien du tout. Si tu les juges sur leurs vêtements, sur leurs encensoirs de vermeil, tu peux croire qu'ils sont quelque chose. C'est un tort. Le Pacha est propriétaire de tout. Il leur en laisse l'usage mais eux-mêmes sont plus pauvres que des mendiants.

— Ne sommes-nous pas pauvres, nous aussi ? demanda en haletant le jeune capucin, qui avait été fortement marqué d'apprendre, lorsqu'on l'avait affecté parmi ces moines, qu'ils avaient fait vœu de mendier leur nourriture.

— Nous, nous avons le Pape, comprends-tu ? dit Pasquale. Bien sûr que nous sommes pauvres mais c'est notre arme, notre place à nous. Admettons que nous soyons les éclaireurs. Sur nos arrières, il y a la cavalerie, les canons, toute une puissance. Tandis que ces coptes n'ont derrière eux que le sabre des musulmans, prêts à leur couper tête. Et malgré cela, ils prennent des airs d'importance et nous font attendre quatre heures de rang que se termine leurs salmigondis de bénédictions.

Ils avaient tourné dans une ruelle plus étroite encore, où l'obscurité était totale mais où ne déambulait personne. Ce raccourci permettait d'éviter la citadelle et de rejoindre au plus vite le couvent.

— Attendez-moi, mon Père, dit Bartolomeo. Je n'y vois plus rien.

— Mets un pied devant l'autre, espèce de bougre. Que t'ont-ils appris au séminaire ?

Le Frère Bartolomeo fit de son mieux mais soudain il s'arrêta, poussa un cri étouffé puis entra dans une litanie de terreur.

— Oh ! Ciel ! Mon Dieu ! Qu'ai-je fait ? Je suis perdu ! Ayez pitié de moi. Que le Seigneur m'épargne son châtiment. Ah ! mon Dieu, mon Dieu...

Le Frère Pasquale revint sur ses pas dans l'obscurité.

— Eh bien, qu'as-tu encore ?

— Pitié, pitié, criait le novice à genoux sur la terre rugueuse. J'ai laissé échapper la burette.

— Cassée ?

— Hélas, oui ! Je suis perdu.

Le Frère Pasquale lança quelques jurons dans son patois, qui n'était pas le même que celui du jeune Frère, lequel n'en conçut que plus de terreur.

— Peut-on être maladroit comme toi ? conclut-il avec plus d'humeur que de colère.

Le gamin pleurait toujours à genoux.

— Et tu perds encore du temps à te lamenter ! Allons, viens, ce n'est pas si grave et je suis assez bête pour te pardonner. Cependant, je te préviens : ma colère sera terrible si, par surcroît, tu nous fais manquer le repas.

— Mais, dit Bartolomeo en séchant ses larmes, revigoré par l'évocation de la soupe, comment ferez-vous pour la sainte burette ?

— Eh bien, c'est tout simple : demain matin, tu iras chez l'épicier arabe en face du monastère et tu lui achèteras pour deux sequins d'huile d'agave.

— Et nous l'emporterons à bénir chez le Patriarche.

— Bénir ! s'écria le Frère Pasquale en saisissant l'oreille du séminariste et en commençant de la tordre. Peut-on être aussi stupide ! Bénir ! Tu es devenu idolâtre, sans doute ?

— Non ! Non ! piaillait Bartolomeo.

— Alors ? Que valent les bénédictions des disciples d'Eutychès, je te le demande ? Nous ne frayons avec eux que pour pénétrer dans ce pays d'Abyssinie. Mais c'est eux que nous devons convertir. Pas le contraire. Comprends-tu ? Nous avons le parchemin qui authentifie les huiles, et, en conséquence, celles de l'épicier feront tout aussi bien l'affaire.

Ayant dit, le Frère Pasquale donna quelques coups de sandale par terre pour disperser les tessons de la burette. Puis il reprit son chemin sans plus se préoccuper de Bartolomeo, qui suivait en gémissant, une main sur l'oreille.

*

Tout autre que Murad serait mort d'ennui après le départ de Jean-Baptiste. Reclus dans sa maison, au bout de la colonie franque, entretenu chichement par le consulat, privé de ses esclaves abyssins, tenu en lisière par les Égyptiens comme par les marchands européens, le pauvre Arménien recevait pour toute visite celle de maître Juremi. Par son entremise, il avait recruté une servante arabe. Cette Khadija était une très vieille femme presque aveugle, veuve et sans enfant, que la pauvreté obligeait à travailler pour survivre. Dès le deuxième jour de son service chez Murad, Khadija sentit une main ronde glisser sous son ample robe de lin. Passé quelques instants d'étonnement devant une aussi improbable effraction, elle retourna à l'intrus une paire de claques sonores, assortie d'un crachat et d'une bordée de malédictions. Tout rentra dans l'ordre ; elle continua son travail sans plus être inquiétée. Murad garda de l'épisode une sainte terreur de cette matrone. Quant à Khadija, elle dut retenir de l'outrage une secrète reconnaissance pour celui qui avait vu en elle un objet de désir car elle mit par la suite un dévouement touchant à servir Murad et ne l'abandonna jamais.

Voilà toute la société de l'Arménien pendant ces longues semaines. On le vit traîner un peu dans les ruelles du Caire à la recherche, la plupart du temps déçue, de plaisirs à la portée de ses faibles moyens. L'hiver, il resta enfermé, le nez à la fenêtre, triturant un chapelet de bois. Maître Juremi lui apportait quelquefois des dattes. Il les suçait pendant des heures au point d'en ramollir le noyau, qu'il finissait d'ailleurs par avaler, avec un soupir de regret.

Il faisait partie du petit groupe épars de ceux qui, au Caire, attendaient des nouvelles de Poncet.

Un jour, tout éberlué, il vit revenir les trois Abyssins. Il avait appris leur mésaventure sur le port d'Alexandrie, et pensait ne jamais les revoir. Or, les malheureux, une fois consacrés à Mahomet, avaient été abandonnés à leur sort par la même foule qui s'était si véhémentement inquiétée de leurs âmes. Au terme de quelques journées d'errance et de mendicité, le plus vieux des esclaves avait convaincu les deux autres de descendre au Caire pour retrouver Murad, qui comprenait leur langue et les traitait honnêtement. Ils s'étaient mis en route, en une procession digne et silencieuse que personne ne s'avisa jamais d'inquiéter car ils faisaient ostensiblement les cinq prières. À pied, par petites étapes, ils avaient rejoint Le Caire. Quand maître Juremi les vit chez Murad, où ils avaient repris leur place dans la maison — la servante insista toutefois pour y rester aussi —, il fut tout étonné.

— J'ai pourtant entendu dire qu'ils avaient été faits turcs, dit-il à Murad.

— C'est le cas.

— Les pauvres doivent être bien désolés.

— Non pas. En vérité, ils sont mahométans pour la seconde fois.

— Comment est-ce possible ? s'écria le protestant.

— N'oubliez pas que c'étaient des prisonniers du Négus. Il les avait capturés dans le Sud, là où les tribus sont païennes. Ces gens-là adorent les vaches, les arbres, les montagnes. Quand des armées viennent du dehors, ils sont convertis à la religion du plus fort. Ceux-ci ont été d'abord sujets de Senaar. Le Roi de cet État les a convaincus de prier

Allah. Puis notre Empereur les a pris et ils ont suivi Jésus. Les voilà de nouveau dans leur premier état. Mais je suis bien sûr qu'au fond d'eux ils continuent d'adorer leurs montagnes ou je ne sais quoi que nous ignorons.

Maître Juremi regarda les trois Abyssins. Ils étaient heureux de leur retour. Ils se tenaient accroupis, près de la porte, immobiles, graves, impénétrables. Ils donnaient la preuve vivante que la plus parfaite soumission est bien la forme la plus imparable de rébellion.

Quelques jours plus tard M. de Maillet reçut avis de la disgrâce et du jugement imminent de Poncet. Il fit savoir à Murad qu'il cesserait, dès la fin du mois, de lui verser quelque subside que ce fût. M. Macé vint notifier cette décision à l'Arménien et il y ajouta quelques propos insolents destinés à lui faire comprendre que son intérêt était de rentrer au plus vite chez lui — si toutefois, avait-il ajouté, cette expression pouvait avoir un sens pour un tel personnage.

Murad fila chez maître Juremi, sanglota, dit qu'il était perdu. Il eut d'abord l'idée de se faire engager comme cuisinier chez un des marchands de la colonie. Il l'avait été à Alep, pourquoi ne le redeviendrait-il pas au Caire ?

Maître Juremi lui dit que ce serait bien mal honorer la mission que lui avait confiée l'Empereur. En outre, s'il y avait une chance de sauver Jean-Baptiste, c'était en gardant le plus de vraisemblance possible à son récit : il prétendait avoir ramené un ambassadeur, on ne devait pas le retrouver en train de gâter des sauces.

À vrai dire, maître Juremi était bien empêché de donner à Murad des conseils avisés : il avait lui-même peu de certitudes sur ce qui était advenu à Versailles. Françoise l'avait averti d'un autre événement inquiétant : la mise en route de la grande ambassade officielle de du Roule. Le pauvre Juremi ne savait plus quel parti prendre. Il défendait Poncet mais avec la conviction que celui-ci avait déjà perdu la partie. Il encourageait Murad à rester le digne messager du Négus et, pourtant, il constatait que le consulat ne tenait déjà plus aucun compte de l'Arménien et lançait sa propre mission. Bref, il était dans la plus grande indécision et en souffrait.

Malgré tout, il maintenait son activité d'apothicaire et avait entretenu les prescriptions de Jean-Baptiste. Il était même devenu, quoique secrètement, le droguiste du nouveau Pacha, le terrible Mehmet-Bey, qui le recevait à l'insu des muftis.

Ajoutez à tout cela la proximité de Françoise, qui servait de courrier entre lui et le consulat et pour laquelle il ressentait de plus en plus de tendresse sans savoir toujours s'il pouvait honnêtement la lui exprimer.

Quand, finalement, Françoise lui eut annoncé l'intention d'Alix de partir pour la France, au motif prétendu d'y entrer au couvent, et quand elle lui eut demandé son aide pour délivrer la jeune fille en chemin et l'accompagner à la recherche, et au secours, de Poncet, ce fut pour maître Juremi, malgré les prévisibles dangers de l'entreprise, comme le lever d'un grand soleil.

Enfin, il allait pouvoir se battre, bouger, savoir. Rien n'était moins fait pour un gaillard comme lui que cette vie sédentaire et dissimulée. Il cira ses bottes, nettoya amoureusement son épée et ses pistolets, et chanta de joie.

Le seul qui, dans cette nouvelle perspective, n'avait plus de place, c'était Murad. Le protestant, après lui avoir prêché la patience, changea brusquement d'avis et lui recommanda lui aussi de rentrer en Abyssinie. Il se proposa même de lui en donner les moyens, c'est-à-dire de lui procurer des montures et un peu d'argent.

On en était là et Murad ne se résolvait pas à prendre un parti quand deux inconnus vinrent un matin se présenter à sa porte.

C'étaient deux Francs que nul n'avait jamais vus dans la colonie. Ils déclarèrent être arrivés la veille.

— Êtes-vous bien Son Excellence le sieur Murad, ambassadeur d'Éthiopie ? dit le plus grand des deux visiteurs, un homme d'une quarantaine d'années, maigre, le visage extraordinairement grave et immobile, même quand il parlait.

— C'est tout à fait moi, répondit Murad en se redressant, et vraiment il y avait longtemps qu'on ne lui avait pas adressé la parole avec un aussi plaisant respect. En quoi puis-je vous servir ?

— Nous arrivons de la Palestine, de Jérusalem exactement, reprit le petit homme impassible. Je me nomme Hubert de Monehaut et mon collègue Grégoire Riffault. Nous sommes hommes de science. Il est géographe et moi architecte.

L'autre visiteur, plus jeune, acquiesçait à tout ce que disait le premier. Il n'avait de remarquable que ses yeux extraordinairement pâles, presque blancs, qu'il tenait écarquillés et fixés sur Murad comme deux soucoupes de porcelaine.

— Nous avons entendu parler d'un plénipotentiaire de la cour d'Abyssinie qui aurait pris résidence au Caire et nous sommes venus dans l'espoir d'obtenir une faveur de Votre Excellence.

— Je ferai tout ce qui est en mon pouvoir, dit Murad, dont la vanité était flattée, et qui, pour l'exprimer, prenait la même pose un peu raide, le cou tordu, qu'il avait observée chez M. de Maillet pendant les audiences.

— Merci d'avance, Excellence, merci, dit le premier visiteur, et il fit une profonde révérence qu'imita avec un léger décalage l'homme aux yeux de faïence.

— Voilà, reprit le porte-parole, nous sommes membres d'une expédition réunie sous les auspices de l'Académie royale des sciences d'Espagne. Quatre autres savants nous rejoindront dès la fin de cette semaine. Ils arrivent d'Europe et on nous a déjà annoncé leur présence à Alexandrie. Tous les six, nous comptons nous rendre dans le pays que vous représentez ici, l'Abyssinie. Nous voulions demander à Votre Excellence la faveur de nous introduire auprès de son souverain.

Murad serra dans la main gauche les perles de bois de son petit chapelet. « Mon Dieu, pensa-t-il, vous me sauvez. »

— Messieurs, ce sera bien volontiers, prononça-t-il avec gravité, que je vous aiderai dans votre mission. À condition, toutefois, d'en connaître le but. Vous ignorez peut-être que le Négus, mon maître, émet de strictes réserves à l'entrée des étrangers dans son royaume.

— Nous le savons, Excellence. Mais nos intentions sont celles d'hommes simplement avides de connaissance. Pour le géographe, l'intérêt se portera par exemple sur le tracé des cours d'eau ; pour le médecin, car il y en a un parmi nous, sur la description des principales affections. Bref, chacun entend satisfaire la curiosité naturelle que suscite dans des esprits comme les nôtres une terre nouvelle.

— Vous ne venez pas chercher de l'or, au moins ? dit Murad d'un ton sévère.

— Pour tout vous dire, Excellence, ce voyage nous coûtera plus qu'il ne nous rapportera, en tout cas en valeur sonnante. Non, voyez-vous, de l'or, nous en avons.

« Cette déclaration me plaît », pensa l'Arménien.

— Eh bien, Messieurs, je ferai mieux que vous annoncer auprès du Négus.

— Mieux, Excellence !

— Oui, je vous accompagnerai jusqu'à lui.

— Est-ce possible ? se récria Monehaut.

— Il se trouve que vous m'abordez heureusement à la veille même de mon départ. Oui, c'est ainsi : demain, je dois rentrer auprès de mon maître.

— Demain ! Mais nous ne serons jamais prêts.

— Hélas ! dit Murad avec majesté, je ne puis attendre.

— Il nous faut une semaine pour retrouver nos collègues et acquérir le matériel de l'expédition.

— Messieurs, je serais tout disposé à repousser mon départ. Mais croyez-moi, cela m'est impossible.

— Oserais-je vous en demander la raison ? Il se pourrait que nous puissions...

— Oh ! Messieurs, la raison en est fort simple. Pour accomplir ma mission, l'Empereur m'a doté d'une certaine somme, qui est à cette heure épuisée. Il ne saurait être question que j'accepte quoi que ce soit d'une puissance étrangère. Le consul de France m'a proposé un secours, que j'ai refusé avec toute l'énergie que commande mon honneur de diplomate. Aussi dois-je partir.

— Nous comprenons, dit le visiteur impassible. Mais dans le cas où Votre Excellence nous ferait la valeur d'attendre un peu, ce serait, à nous, cause de la prolongation de votre séjour, d'en supporter les frais. En quelque sorte, il s'agirait seulement d'accepter que nous remboursions la dette que nous contractons envers vous.

— Dans ce cas, dit Murad, en effet, il n'y aurait pas d'inconvénient.

Le petit homme, avec une rapidité, une discrétion, un tact remarquables, sortit alors de son habit une bourse de cuir et la déposa aux pieds de l'ambassadeur.

Il fut convenu que cet acompte serait suivi d'autres versements au cas où des retards surviendraient mais les savants s'engagèrent à ne pas excéder huit jours.

— Une dernière chose, Excellence, dit M. de Monehaut. Nous souhaiterions que le consul soit tenu à l'écart de nos préparatifs et même ignore notre projet. L'Espagne et la France en ce moment sont accordées, mais demain...

— Soyez sans crainte, dit Murad.

Les deux hommes le saluèrent en faisant encore mille remerciements. Dès qu'ils furent sortis, Murad se précipita

sur la bourse, compta douze écus abouquels et sauta de
joie.

Le soir même, il en dépensait six en menant grand train
dans un caravansérail.

CHAPITRE 4

Le chevalier Le Noir du Roule avait été profondément affecté par les événements survenus dans le consulat. La peur d'être emporté par le scandale l'avait d'abord paralysé. Puis, voyant qu'il était indemne, cette terreur reflua comme une marée. Il découvrit alors avec étonnement que son désir d'Alix était toujours aussi vif. Il eut même la hardiesse, l'imprudence extrême, de recommencer à gratter, la nuit, à la porte de la future religieuse et d'implorer ses faveurs. Il ne sortait plus ; son esprit à toute heure en était occupé ; il essayait de se placer sur son trajet — sans succès d'ailleurs car elle restait cloîtrée chez elle. Bref, connaissant pour les avoir raillés souvent autour de lui les symptômes de la passion, il s'avoua amoureux. Cette faiblesse l'accabla. Il lui semblait que tous les relâchements étaient pardonnables à l'exception de celui-là, qui vous place dans la dépendance stupide d'un être qui la plupart du temps ne vous vaut pas, et dont la conquête, bien souvent, ne servirait même pas vos intérêts.

Le consul s'avisa de la langueur du malheureux éconduit. M. de Maillet se sentait fortement coupable de cette déception et se mit à prodiguer au chevalier les marques d'une amitié sans mesure. Le pauvre semblait avoir perdu jusqu'au goût de partir en ambassade. Le consul n'évoqua plus ce projet mais continua de rassembler les éléments de la caravane, de faire acheter des cadeaux pour les princes des territoires qu'il faudrait traverser. Bref, il préparait tout pour le jour où du Roule sortirait de sa mélancolie. En attendant, il le recevait matin et soir dans son cabinet et lui tenait des propos consolateurs.

Rien ne vous confirme dans les plaintes comme de les partager. Entendant le consul parler sans cesse des grandes épreuves que la Providence envoie aux cœurs sensibles pour les éprouver, du Roule redoubla d'apitoiement sur lui-même. Mais la rhétorique pesante de M. de Maillet était d'un autre âge. Son gendre manqué finit par s'impatienter d'entendre le consul évoquer les grandes et pieuses références de l'amour chevaleresque — lequel, d'après lui, devait seul échoir aux gentilshommes. Du Roule eut envie, pour le faire taire, de lui dire qu'il ne souhaitait que deux choses, concernant sa fille : la posséder de nouveau toute une nuit et la quitter lui-même.

Il se retint d'exprimer ces intentions mais en les formulant intérieurement, il prit conscience que son état n'était peut-être pas autant qu'il le croyait celui d'un amoureux. Il était plutôt touché dans ses appétits et dans son amour-propre. Comme un blessé, passé la première douleur, fait le constat lucide de ses lésions, en conclut qu'il survivra et reprend courage, du Roule se considéra lui-même avec plus d'estime dès lors qu'il eut admis ne pas avoir succombé à l'amour. Il décida courageusement de se reprendre. Dès le lendemain, il tint une banque de pharaon chez un marchand et perdit gros. Il mangea, but en grand excès et termina la nuit entre deux almées chez une sous-maîtresse turque bien fournie en jeunes beautés. Bref, il cessa de se laisser aller.

Alix lui apparut alors de nouveau telle qu'un jugement sain aurait dû toujours la faire considérer : comme une demi-folle, bien à sa place dans un couvent et qui aurait tout loisir d'y ruminer, sa vie durant, le souvenir des brèves délices qu'il avait eu la bonté de lui faire partager.

Par prudence, du Roule se garda bien de marquer tout de suite ce changement à M. de Maillet. Il feignit de revenir à la santé par petites étapes et le consul s'efforça de les consolider en manifestant plus que jamais sa sollicitude. Des dépêches favorables étaient arrivées de France, qui confirmaient l'intérêt du ministre pour cette ambassade d'Abyssinie. M. de Maillet se crut autorisé à faire de larges avances sur la caisse du consulat afin que les voyageurs ne manquassent de rien. Aux yeux de tout le monde et, d'abord des Éthiopiens, cette mission devait révéler, au premier coup d'œil, son caractère officiel. Tout la distinguerait donc de l'équipage dépenaillé qui, jadis, avait emmené Poncet et son prétendu valet Joseph.

La caravane de l'ambassade du Roule se composerait de vingt-trois chameaux de la meilleure race, richement sellés ou bâtés. Elle devait être conduite par un Maure, commissionnaire du roi de Senaar, appelé Belac. Le consul acceptait à regret de se défaire, pour accompagner l'équipage, de Frisetti, le premier drogman. Dès qu'il fut complètement rétabli, du Roule fit la demande que le reste des voyageurs fût laissé librement à son choix. Sans en informer le consul, il prit comme bras droit un jeune Français arrivé au Caire l'année précédente et qui s'y était distingué par le nombre et la profondeur de ses vices. Du Roule avait connu ce Rumilhac (c'était son nom) au jeu, où il excellait à gruger la compagnie assez bonasse des bourgeois du Caire. Le diplomate, à qui nul ne pouvait prétendre enseigner ce qu'était un tricheur, démasqua aisément celui-là. Au lieu de le dénoncer, il se mit de moitié avec lui. Leurs deux réputations, déjà flatteuses, enflèrent jusqu'à faire considérer leur paire comme invincible. Rumilhac était assez jeune pour avoir encore la taille gracieuse et bien prise malgré son énorme appétit pour la boisson. Mais sur ses pommettes un petit réseau de veinules mauves comme une lie constituait le premier dépôt de la débauche.

509

Du Roule sélectionna deux autres individus du même acabit quoique moins rutilants de défauts : un ancien gendarme qui avait fui son service pour d'obscures raisons et végétait au Caire, ainsi qu'un bijoutier d'Arles, sans doute receleur et faussaire, qui avait préféré s'éloigner. Bien que précédés par une trouble renommée, ces personnages avaient en commun leur insolence et l'excessive dignité de leurs manières. M. de Maillet, à qui on ne les avait jamais présentés auparavant, n'était pas enchanté de ce choix. Il dut néanmoins convenir que le groupe avait belle allure sinon bonne référence. Comme lui dit du Roule pour le convaincre et achever de se distinguer lui-même :

— Il est exceptionnellement rare de trouver de véritables gentilshommes pour braver tant de périls.

À ce groupe identifié, où chacun avait un nom sinon un état, se joignirent une dizaine de faquins recrutés parmi les égarés de la colonie : déserteurs, valets en fuite, mercenaires de toutes sortes, dont du Roule comptait faire son corps de bataille.

La première tâche des deux chefs de cette troupe fut de dépenser les subsides du consulat pour acheter le chargement de la caravane.

La politique de du Roule était simple et ses associés l'avaient rapidement comprise : l'ambassade était le prétexte mais le commerce leur seule affaire. Il s'agissait de limiter au plus juste les présents et de se munir plutôt de marchandises vendables ou échangeables. Ils feraient ainsi fructifier leur mise en cours de route, amasseraient une fortune qu'ils échangeraient en Abyssinie contre une fortune plus grande encore. À moins que, là-bas, les conditions ne leur paraissent favorables pour en faire un usage plus ambitieux, acheter une armée, des alliances et, pourquoi pas ?, le pouvoir lui-même. Une saine amitié s'installa d'emblée entre les futurs voyageurs : du Roule était l'objet commun de leurs admirations. Aucun ne doutait, eu égard à l'énormité de son intempérance et à l'intrépidité de son cynisme, qu'il était un prince et qu'ils l'accompagnaient vers son royaume. S'agissant des dangers que comportait l'entreprise, ils s'en faisaient une idée assez précise. Chacun d'eux était bien convaincu, par son passé d'aventures, d'avoir traversé des périls auxquels rien ne se comparait. Pour la faim et la soif, il suffirait de bien s'équiper. Quant aux indigènes, ces habitués du Levant avaient à leur sujet une opinion directe, forgée au contact des nombreux serviteurs nubiens, soudanais, et autres cafres, qui pullulaient dans la colonie. Il n'était aucun tracas, avec eux, que ne faisait disparaître une bonne bastonnade. Ils se dotèrent en abondance de sabres, de pistolets et d'arquebuses non tant pour se protéger que plutôt pour en vendre aux sauvages, qu'ils savaient habités par l'innocente manie de s'exterminer entre eux.

Du reste, dans les relations avec ces indigènes, il fallait surtout compter avec leurs femmes, plus hardies que les hommes et qui les mènent. À leur intention, ils achetèrent à vil prix des toiles colorées, des crécelles et même, récemment apportés par un marchand vénitien, des miroirs déformants, comme on en montre en Europe dans les foires.

Pendant qu'avaient lieu ces préparatifs, Alix poursuivait les siens, qui étaient plus modestes mais non moins minutieux. Elle avait demandé à son père la faveur de ne pas sortir de sa chambre. Il la lui avait accordée avec soulagement. Gavé des pensées les plus réconfortantes d'Épictète, qu'il avait dévoré ces derniers jours, M. de Maillet pensait avoir acquis le détachement du stoïcien qui ignore superbement la douleur et la honte. Ces dispositions étaient encore fragiles : qu'il se cognât dans une porte et il lui donnait machinalement de violents coups de canne. Mais c'étaient là des séquelles et sa fille, pour lui, n'existait déjà plus. Mme de Maillet n'avait pas cette volonté et son mari lui en faisait le reproche. Il l'avait pourtant laissée dans l'ignorance de l'horrible forfait dont Alix lui avait fait l'aveu. Sa mère ne pleurait donc que sa vocation. Qu'aurait-ce été si elle avait eu à se lamenter de son déshonneur ? Alix recevait la pauvre femme une fois par jour, en fin d'après-midi, et la laissait inonder de larmes le petit cabriolet recouvert de soie rose où, autrefois, elle s'asseyait pour lire. Dans le reste de la journée, elle n'ouvrait sa porte qu'à Françoise. Furieux contre elle, nullement convaincu de son innocence, M. de Maillet avait interdit que la confidente-lingère accompagnât sa fille en France. Mais elle était autorisée à lui tenir compagnie jusqu'à son départ.

Ensemble, elles préparèrent un étrange trousseau de novice. Il fut convenu que le jour de son départ Alix serait vêtue, extérieurement, d'une robe-tunique en toile beige foncé, austère comme le couvent et qui dissuaderait toute suspicion. Mais en dessous, elle aurait enfilé des culottes de velours, une chemise ample et une ceinture de cuir où passer des pistolets. Dans sa malle, sous une couche visible de linge triste, conforme aux exigences d'une vie de prière, Alix avait dissimulé une paire de bottes de cuir souple que Françoise était allée faire faire, dans la ville arabe, à la mesure de son propre pied — qui valait exactement celui de la jeune fille. S'y ajoutaient des éperons à molette, une dague à manche d'ivoire. Enfin Françoise, toujours elle, avait apporté sous ses jupes un fleuret que maître Juremi avait affûté pour cette occasion. Restaient les pistolets, la poudre, les balles de plomb, qui arrivèrent peu après dans une panière de linge blanc.

Ces préparatifs avaient pris une dizaine de jours, car la plus grande prudence s'imposait. Enfin, Alix était prête. En prenant ses repas, que la cuisinière lui montait sur un plateau, elle regardait pensivement par la fenêtre. Quand partirait-elle ? Que faisait donc ce bateau ? L'année avançait. On finissait février et la chaleur doucement revenait sur l'Égypte. La sève remontait dans les arbres. Un jour, le buisson ardent, dans le jardin, se chargea de petits points rouges, fleurit d'un coup, colora la pelouse entière. Elle y vit le présage qu'elle serait bientôt avec Jean-Baptiste. Il n'y avait plus de larmes en elle pour regretter, souffrir. Si profond qu'elle s'examinât, elle ne découvrait qu'une violente impatience.

De tous les voyageurs qui s'affairaient au Caire, Murad fut le premier à partir. Il alla saluer le consul, qui le reçut aimablement ; ses espions lui avaient rapporté la présence de six voyageurs et il en avait déduit qu'il s'agissait des jésuites annoncés par Fléhaut. Les instructions du ministre étaient de garder le silence sur cette affaire : M. de Maillet s'y tint scrupuleusement. Lui-même, d'ailleurs, voulait à toute force que son ambassade restât distincte des initiatives religieuses. Il souhaita bon vent à Murad et lui transmit oralement les vœux du Roi de France pour l'Empereur d'Éthiopie, si toutefois il le voyait...

— Par où cheminerez-vous pour retourner dans ce pays ? demanda le consul à Murad.

— Excellence, nous allons descendre jusqu'à Djedda puis Massaouah et nous prendrons la route de Gondar.

— Vous optez donc pour la voie maritime.

La nouvelle était bonne. Au moins, ils ne gêneraient pas du Roule et, avec un peu de chance, ils arriveraient après lui.

Maître Juremi, lui aussi, salua chaleureusement Murad, car il ne craignait désormais plus de l'abandonner en mauvaise posture. La Providence l'avait sauvé *in extremis*. Le protestant ne connaissait pas ces savants qui accompagneraient Murad. Bien qu'un doute traversât un instant son esprit, maître Juremi eut la faiblesse de ne pas chercher à percer le mystère de leur identité. Il était soulagé pour l'Arménien et trop préoccupé personnellement de la délicate mission que lui avait confiée Alix pour ajouter des complications là où elles n'étaient peut-être pas. Murad et ses commanditaires partirent pour Suez à cheval par un beau matin ensoleillé. Les trois Abyssins, de nouveau, suivaient dans un cabriolet.

Deux jours plus tard, un incident faillit compromettre tout le plan d'Alix. Un courrier de Versailles venait d'arriver au consulat, signe qu'un bateau était entré peu de temps avant à Alexandrie. Le départ était donc imminent.

Prise d'un ultime scrupule, Alix voulait savoir si ces dernières lettres ne contenaient pas quelque information à propos de Jean-Baptiste. Elle avait la vague crainte que l'éloignement ne leur fît prendre à l'un et à l'autre des initiatives contradictoires et qui, peut-être, compliqueraient les choses au lieu de les résoudre.

Comme d'habitude, M. Macé porta les lettres au consul, qui s'enferma dans son bureau pour les lire. Il en ressortit pour le déjeuner qu'il convia son secrétaire à partager avec lui. En toute hâte, il fut convenu entre Alix et Françoise que celle-ci profiterait de l'heure suivante, pendant laquelle le consul prenait toujours du repos au premier étage, pour s'introduire dans son cabinet et jeter un coup d'œil sur le courrier. Elle le fit hardiment et commença de lire la première lettre. La pauvre femme n'était guère habile à déchiffrer des écritures de ministre. Elle peinait et ânonnait. La compréhension des phrases ne lui venait pas toujours à la première lecture. Elle perdit du temps. Et toujours rien sur Jean-Baptiste...

Soudain, des voix se firent entendre dans le vestibule, comme si un visiteur s'annonçait. Il n'y avait pourtant eu aucun bruit d'équipage dans la cour. Il fallait que l'arrivant fût venu à pied. Françoise lâcha la lettre et courut vers le salon de musique. En ouvrant la porte, elle vit que Mme de Maillet y était assise, heureusement de dos, et sanglotait toute seule. Françoise referma la porte, entendit la voix de M. Macé qui approchait ; éperdue, elle se glissa derrière une tenture. Le secrétaire entra ; il était dans la compagnie d'un homme qui parlait avec un accent étranger.

— Attendez ici, mon Père, je vous prie. M. de Maillet ne saurait tarder.

M. Macé laissa le visiteur déambuler dans la pièce et Françoise entendit le secrétaire monter à l'étage. Peu après, le consul descendit, entra et dit sur le ton fort mécontent de l'homme que l'on prive de repos sous le tropique :

— Eh bien, Frère Pasquale, quelle urgence avez-vous à me voir ?

— Ah ! Messié lé consoulé, excozé-moi. Jé né savais pas qué vous dormiez. Voilà : cé qué nous avons les houiles !

— Les houiles ?

— Ma oui, les houiles delle couronnement.

— Oh ! les huiles, dit le consul avec humeur. Et alors ?

— Alora, lé patriarcho a été très gourmande. Il a fallou donner à loui tout cé qué vous avez réouni pour nous.

— C'est votre affaire, mon Frère. Nous sommes convenus d'une somme. Je n'irai pas plus loin.

— Ma, jé vous souplie, Messié lé consoulé, nos freré vont partire domani. Ils n'ont mesmé pas dé mulé pour les porter. À pied ! Ils vont là-bas jusqu'en Abyssinie à pied ?

— N'insistez pas, mon Frère. Je le répète, c'est votre affaire.

Le capucin marqua un temps d'arrêt. Françoise ne bougeait plus d'un pouce dans sa cachette.

— Quand je pense à touté les chamello della caravane dé votre ambassador…

— Cela n'a rien à voir.

— Hélas ! Portanto, ils vont passer aussi par Senaar. Ils pourraient bien nous emmener nos frèrés et les houiles.

— Il n'en est pas question. Ces deux affaires doivent être séparées. Ce sont les ordres mêmes du Roi.

— Dou Roi dé Francia, peut-être. Mais pas dé céloui de Senaar.

— Que voulez-vous dire ?

— Niente ! Nous connaissons très bene celoui de Senaar. Voilà tout.

Il n'y avait rien dans ces paroles. Pourtant comme à travers une eau limpide, on pouvait voir un fond trouble et noirâtre où se faufilaient, avec une aisance de murène, de dange-

515

reuses menaces. M. de Maillet comprit tout de suite. Il ne devait pas prendre le moindre risque. Ces moines allaient partir quoi qu'il arrive. Ils étaient sans bagage : ils iraient vite. Il fallait éviter à tout prix qu'ils déclenchent une cabale contre du Roule avant son arrivée à Senaar.

— C'est bon, que vous faut-il ?

Après bien des détours, le capucin extorqua un chameau, deux mulets et un peu d'or. Il partit en remerciant très bas.

— Nous n'y perdons guère, dit le consul à M. Macé pour justifier sa capitulation. Au moins, maintenant, il est mon obligé.

Ils quittèrent le bureau sur ces mots. Françoise attendit pour sortir de sa cachette et monter chez Alix que le consul fût recouché et M. Macé rentré dans son réduit.

CHAPITRE 5

La caravane de l'ambassade partit la semaine qui suivit le départ de Murad. M. de Maillet donna à cet événement une pompe remarquable. Il y avait, pour accompagner la mission du Roule, tout ce que la colonie comprenait de dignitaires et, comme beaucoup avaient l'ambition de l'être sans titre pour y prétendre, le consulat fit payer chèrement cet honneur et rentra dans quelques-uns de ses frais. Le Pacha avait fait des difficultés pour donner les autorisations nécessaires au départ. Mais le consul n'entendait pas pour autant rester discret, et par cette cérémonie de prestige, il voulait montrer le prix qu'attachait la France à cette affaire. On ne peut pas toujours, disait-il, ployer l'échine devant les Turcs, quand même ils prétendent qu'ils sont chez eux.

Le chevalier du Roule et sa bande d'altiers filous avaient grande allure sur leurs chameaux. Belac, habile caravanier, avait su, en harnachant les bêtes, ajouter à leur noblesse, témoins ces bracelets à grelots d'argent qu'il avait attachés autour de leurs pieds.

Des difficultés avaient surgi pour que cette caravane pût rejoindre celle d'Assiout qu'avait empruntée Poncet ; il fut finalement décidé que les voyageurs étaient en assez grand équipage pour faire route seuls, par un chemin que Belac connaissait bien et qui les mènerait directement à la troisième cataracte.

Pendant que ce brillant cortège s'éloignait vers le sud, accompagné longuement par les regards émus du consul et de l'élite des Francs du Caire, un autre convoi s'ébranlait à partir du consulat.

M. de Maillet avait souhaité que le départ de sa fille eût lieu à ce moment précis afin d'atténuer la curiosité et le scandale. Elle partit donc seule, dans un carrosse noir dépourvu d'armoiries. Deux gardes suivaient à cheval. Mme de Maillet, après avoir embrassé la nonne qu'elle venait de donner à Dieu, tomba en syncope dans le vestibule, et Françoise, qui dut la porter dans sa chambre, n'eut même pas le loisir de suivre des yeux le départ de son amie.

Le consul n'avait toléré la présence de la lingère devenue camériste qu'à la condition d'être délivré de sa vue le jour où Alix quitterait le consulat. Le soir même, elle fit son ballot et rentra à pied chez elle.

Par la fenêtre, elle aperçut maître Juremi sur sa terrasse et le rejoignit. Elle lui conta le départ d'Alix. Ils se répétèrent ce qu'ils auraient à faire les jours suivants. Le silence et la gêne s'installa entre eux.

Il était six heures du soir. Le carré de ciel, au-dessus de la terrasse, virait à l'outremer. On voyait briller quelques étoiles, tandis que les orangers étaient encore verts. C'est l'instant où les lueurs de la nuit et les couleurs du jour se croisent et se saluent. La jungle s'épaississait toujours dans la maison et maître Juremi, ces derniers temps, n'avait guère eu la tête à son entretien. Les grosses feuilles, sous la poussée de la multitude végétale, s'écrasaient sur les vitres de la fenêtre.

— Vous ne tenez plus vos plantes, dit Françoise.

— À quoi bon ? Puisque demain...

L'idée qu'ils allaient quitter Le Caire dans moins de deux journées et que jamais ils ne pourraient y revenir les entraîna dans une commune nostalgie. Partir, oui, et partir ensemble, prendre le même chemin, courir les mêmes risques, ils n'avaient jamais fait que cela depuis deux ans, mais jamais ils ne l'avaient fait en se tenant si proches l'un de l'autre. Françoise sentit Juremi s'assombrir à cette pensée.

— Je vous en prie, dit-elle, ne me boudez pas. C'est ainsi : nous allons être ensemble. Soyons simplement heureux de l'être. Je ne vous demande rien d'autre.

Ils se faisaient face, tout proches.

— Jean-Baptiste a disparu et Alix vient de nous quitter, dit-elle. Oh ! Juremi, est-ce seulement ce qui nous manque qui nous rapproche ?

Il releva sa grosse tête mangée de barbe et posa sur elle ses bons yeux. Elle inclina son visage sur la poitrine du géant et il referma les bras sur elle. Quand la nuit fut tout à fait là, ils entrèrent dans la maison de Françoise, en se hissant par la fenêtre. Elle avait un vaste lit, calé à deux angles par des briques. Il grinça autour d'eux toute la nuit, comme une grande nef fendant des vagues de plaisir, de tendresse et de liberté.

Au matin, maître Juremi revint chez lui et commença à préparer son bagage. C'était du moins son intention. Mais il errait du rez-de-chaussée à l'étage, regardait les plantes qui lui avaient tenu si longtemps compagnie, s'asseyait, se relevait, tournait sans repos. Il n'avait même pas la ressource de prier. Il ne savait comment s'adresser à son Dieu dans une telle circonstance.

Françoise eut la finesse de ne pas venir le troubler. Elle savait que, le lendemain à l'aube, ils partiraient tous les deux et qu'elle l'aurait à ses côtés autant qu'elle pouvait le désirer.

À cinq heures de l'après-midi, l'obscurité commença à se faire dans la tanière sombre du rez-de-chaussée. Au rebours du dormeur, que la lumière éveille, le songeur n'est souvent tiré de son monde que par la tombée de la nuit. Maître Juremi alluma une lampe à naphte et s'alarma de n'avoir rien avancé. Il sortit une paire de vieilles sacoches qui séchaient sous une armoire depuis son retour d'Abyssinie et entreprit d'y rassembler le nécessaire.

À sept heures, on frappa à la porte d'entrée. Il crut que c'était Françoise et s'en irrita. On frappa de nouveau. Cette impatience lui parut trop familière. Il ralentit encore le pas, approcha en bougonnant et ouvrit un judas rouillé qu'il n'avait pourtant guère l'habitude d'utiliser.

— Eh bien ! dit-il rudement en regardant à travers la grille.

Une silhouette d'homme se détachait sur le fond plus clair des arcades.

— Que me veut-on ? dit maître Juremi, pensant avoir affaire à une demande de consultation.

— Ouvre, dit l'homme.

— Ah ! tout doux, mon ami. Sachez d'abord qu'il n'y a personne.

L'intrus approcha du judas, au point d'y coller sa bouche. Il murmura :

— Ne fais pas l'âne, ouvre-moi.

Maître Juremi se sentit pâlir comme un mort.

— Serait-ce... toi ? dit-il.

— Allons, ne me laisse pas traîner ici à la vue de tous.

En une seconde, le protestant avait manœuvré le verrou, ouvert la porte et laissé entrer Jean-Baptiste. Ils se jetèrent dans une embrassade que les larmes rendaient muette.

— Que je te voie, dit enfin maître Juremi en soulevant la lampe et en s'écartant d'un pas.

Son ami était méconnaissable. Il y avait bien ses yeux noirs brillants, certaine forme du visage qui permettait de dire, une fois que l'on savait la vérité : « Oui, peut-être, ce doit être lui. » Mais tout avait changé. Il portait les cheveux coupés court et ils étaient gris par mèches. Une moustache pointue changeait la forme de son nez. À la mode du règne précédent, une mouche lui faisait une lippe fière et indignée. À cela s'ajoutait une élégance de gentilhomme : il portait un justaucorps gris taupe brodé de perles, des manchettes de dentelle fine, un gilet de soie et, à la main, un tricorne à plumes blanches.

— M'aurais-tu reconnu ? demanda Jean-Baptiste en riant.

— Ah ! ce rire-là, oui, est bien de toi, dit le protestant, qui donna une nouvelle accolade à son ami.

— Ne perdons pas de temps, dit Jean-Baptiste. Mon cheval est à l'anneau, devant les arcades. Va le prendre et mène-le derrière, dans l'écurie de Bennoch.

À l'arrière de leur maison, la maison de commerce Bennoch remisait ses voitures. Mais elle n'était plus si prospère que par le passé : il restait beaucoup de place et les voisins y avaient accès. Maître Juremi courut rentrer la bête. Il revint, la lourde selle à la saignée du bras et le portemanteau sur l'épaule de l'autre côté.

Jean-Baptiste était au premier étage, parmi ses plantes, qu'il saluait une par une en effleurant leurs feuilles aussi tendrement qu'il eût consolé des orphelines.

— Elles n'en font qu'à leur tête, dit-il à maître Juremi sans reproche dans la voix, seulement avec l'ironie tendre dont on use avec un précepteur mal obéi par ses élèves.

— Ah ! sacrebleu, s'exclama maître Juremi, que sa petite sortie au frais avait remis dans ses idées, on nous disait que tu étais à Paris, retenu par un jugement. Nous te voyions presque embastillé...

— Je l'étais. Mais tout cela ne me concerne plus : il s'agit d'un autre maintenant. Tu as devant toi le chevalier Hugues de Vaudesorgues, de la maison du prince de Conti.

Il fit un noble salut et sourit.

— Comment va Alix ? dit-il soudain en changeant de voix.

Maître Juremi comprit d'un coup toute la situation.

— Elle aussi te croyait à Paris. Elle est partie hier matin.

— Partie ! s'écria Jean-Baptiste. Mais comment ? Qui a pu...

— Elle est partie dans un carrosse gardé par deux spadas-

521

sins qui l'emmène à Alexandrie, où elle embarquera. Dès son arrivée en France, elle sera conduite au couvent.

Jean-Baptiste poussa un cri. Maître Juremi lui répondit avec véhémence en lui reprochant de les avoir laissés sans nouvelles. Ils commencèrent, chacun de son côté, à faire des questions à l'autre sans vouloir prendre le temps de répondre.

Françoise, alertée par le bruit, sortit à sa fenêtre. En entendant des pas sur la terrasse, les deux hommes se turent et Jean-Baptiste approcha de l'escalier, prêt à fuir.

— Reste, c'est Françoise, dit maître Juremi, et il rougit jusqu'au blanc des yeux.

— Je suis allé à Soubeyran. Marine est morte il y a quinze ans, lui souffla rapidement Jean-Baptiste, et il reprit contenance pour embrasser Françoise quand elle parut.

Elle laissa éclater son émotion et sa joie mais presque aussitôt son naturel pratique reprit le dessus : elle demanda à Jean-Baptiste s'il avait dîné. Il mourait justement de faim. Ils firent place nette sur la table ; maître Juremi remonta de son antre avec une bouteille ; Françoise grimpa chez elle chercher un chou cuit, des saucisses d'âne et une grosse moitié de miche. Maître Juremi parla le premier, pendant que Jean-Baptiste dévorait.

Il raconta les circonstances du départ d'Alix, dont il ne connaissait d'ailleurs que la part officielle car Françoise n'avait pas trahi le secret que sa jeune maîtresse lui avait confié. Il décrivit ensuite le plan qu'ils se proposaient de suivre et qui devait les faire partir le lendemain à l'aube. Jean-Baptiste applaudit et ils trinquèrent à la réussite de l'entreprise, à laquelle venait se joindre un puissant renfort. Ensuite, ce fut au tour de Jean-Baptiste de raconter à grands traits son voyage, l'audience du Roi et les désagréments qui en suivirent, son évasion et la rencontre des protestants. Ils trinquèrent de nouveau joyeusement.

— Et Murad ? demanda Jean-Baptiste.

— Il vient de repartir pour l'Éthiopie. Il a trouvé des mécènes qui l'entretiennent. On ne pouvait rien espérer de mieux.

— Ils sont six ?

— Oui, comment le sais-tu ?

— Des jésuites, fit Jean-Baptiste en mordant dans son pain. Envoyés par la cour de France. À la suite de ma fâcheuse audience, le Roi s'est fait fléchir par son confesseur. Il lui a offert le cadeau de cette nouvelle mission, pour récompenser la première.

— C'est-à-dire que tu n'as pas pu transmettre le message de l'Empereur ? dit maître Juremi.

— Je n'en ai pas eu le temps et je crois bien que personne n'était disposé à l'entendre.

— Ah ! Jean-Baptiste, dit sombrement le protestant, j'étais bien sûr que ces jésuites seraient les plus forts. Tu as voulu faire alliance avec eux…

— Je n'avais pas le choix, pour aller à Versailles.

— Et pourquoi tenais-tu tant à y aller ? dit maître Juremi avec les yeux terribles qu'il prenait quand il se disputait avec son Dieu. Uniquement pour plaider ta propre cause et tenter d'obtenir la main d'Alix…

— Uniquement est de trop, s'écria Jean-Baptiste. Je pensais servir tout autant l'Empereur, convaincre le Roi…

— Calmez-vous, dit Françoise, qui s'inquiétait de leurs éclats de voix. On peut vous entendre. Ce n'est pas le moment.

— En tout cas, dit maître Juremi plus doucement, le résultat est là. À la suite de la mission, ce sont deux caravanes qui partent à l'assaut de l'Abyssinie et le Roi de France les paie toutes les deux. Nous avons juré qu'il n'y aurait plus de jésuites : en voilà six qui traînent aux basques de Murad. L'Empereur te voulait comme ambassadeur ; à la place, il va voir arriver ce du Roule, qui est, à ce que tout le monde me

523

dit, le plus triste sire qui se puisse trouver dans cette contrée qui n'en manque pourtant pas.

Françoise voulut intervenir. Elle dit timidement :

— Pardonnez-moi, je souhaite avant tout vous apaiser. Mais puisque vous parlez de l'Abyssinie, il faut que je vous raconte quelque chose que j'ai entendu au consulat.

Elle fit le récit de l'entrevue entre M. de Maillet et le Frère Pasquale.

— Et de trois ! fit maître Juremi. Il ne manquait que ces Capucins. Avec les huiles du couronnement ! Encore un effet du désintéressement du patriarche copte. Morbleu, j'ai honte de ce que nous avons fait !

— Moi aussi, Juremi, dit Jean-Baptiste en baissant les yeux. Si tu veux bien cesser de m'accabler, je te dirai que j'ai agi sincèrement comme j'ai pu, que j'ai échoué et que je n'ai cessé d'y penser pendant mon retour.

Maître Juremi grogna en regardant le fond de son verre.

— Vois-tu, continua Jean-Baptiste, en rentrant ici je me suis dressé un plan, moi aussi. Il n'y était pas question du départ d'Alix, puisque je l'ignorais. Je désire ardemment la voir, bien sûr. Mais j'ai d'autres choses à faire. Aussi, écoutez bien ce que je vais vous dire.

Jean-Baptiste, avec sa moustache et sa petite barbe, avait un air farouche de bretteur du siècle passé, un air de raffiné d'honneur, aurait dit Sangray, de lanceur de défis prêt à les soutenir de sa vie.

— Vous allez exécuter ce que vous aviez prévu, dit-il, sans vous soucier autrement de moi. Mais, au lieu de partir en mer, comme vous l'imaginiez, vous irez vers Suez et le mont Sinaï. Te souviens-tu, Juremi, de ce monastère où nous avons passé un mois, la première fois que nous sommes venus en Égypte ?

— Là où tu as soigné l'abbé qui avait une fièvre ?

— Tout juste. Vous irez vous y cacher. Personne ne vous trouvera là-bas si vous prenez la précaution de ne pas être suivis. Je vous rejoindrai quand j'en aurai terminé de mes affaires.

Maître Juremi était saisi par le remords.

— Jean-Baptiste, viens avec nous, dit-il, je n'ai parlé que pour le passé. Les choses sont comme elles sont et tant pis. Les Abyssins se défendront seuls comme ils l'ont fait depuis des siècles.

— Non, Juremi. Le passé n'est clos qu'avec la mort. J'ai encore des choses à faire ici. Il ne sera pas dit que nous n'aurons pas respecté notre parole.

Françoise le mit en garde : Le Caire était plein d'espions. On pouvait le reconnaître, le dénoncer. Maître Juremi ne savait comment atténuer ses premiers reproches, maintenant qu'il avait découvert ce qu'il croyait en être les conséquences. Jean-Baptiste fit taire sèchement leurs objections. Pendant plus d'une heure, il continua de les interroger sur la vie dans la colonie depuis son départ, sur l'état de leur commerce d'apothicaire, sur la caravane de du Roule et il se fit remettre la liste des malades que maître Juremi avait continué de suivre.

Enfin, ils s'interrompirent pour prendre du repos. À six heures du matin, quand pointa l'aube, maître Juremi et Françoise rassemblèrent leurs bagages et chargèrent les chevaux dans la remise où séjournait, depuis la veille, celui de Jean-Baptiste. Françoise était vêtue comme un homme : elle portait des bottes et un chapeau à large bord. Maître Juremi avait la même silhouette mais plus haute.

Jean-Baptiste les salua avec émotion ; ils s'étaient à peine retrouvés qu'ils se quittaient de nouveau. Il attendit un quart d'heure, déambula encore une dernière fois parmi ses plantes, cueillit quelques graines, qu'il mit dans la poche de son habit, chargea en bandoulière une petite malle de remèdes que maître Juremi lui avait laissée et il partit, au pas souple de sa jument alezane, jusque dans la ville arabe, où il s'était logé la veille en arrivant.

CHAPITRE 6

La première intention d'Alix et de ses complices était de se défaire de sa garde peu avant Alexandrie, de s'enfuir vers un port de Cyrénaïque et de gagner la France par la mer. Françoise et maître Juremi ne devaient la rejoindre que le surlendemain de son départ, pour organiser l'embuscade contre l'escorte.

Maintenant que tout était changé et qu'ils devaient partir vers l'est et gagner Suez, ce retard était un grave inconvénient. Il leur faudrait redescendre une partie du delta, traverser jusqu'à Mandsourah puis atteindre Ismaïlia. Maître Juremi pensait au danger de ces nouvelles dispositions tout en galopant à côté de Françoise. Mais quand le soleil fut tout à fait levé et qu'il étala sur la brume froide de la plaine du Nil ses premières caresses, l'âme endurcie du protestant, si habituée qu'elle fût à la solitude, se laissa pénétrer du bonheur de cette chevauchée. Françoise, par moments, le regardait et lui souriait. L'effort et l'air aigrelet de la rive lui coloraient les joues. Ses cheveux étaient pris sous son chapeau ; on voyait seulement dépasser dans sa nuque un petit duvet dont maître Juremi connaissait désormais la douceur. C'était merveille de voir ces deux êtres chargés d'épreuves, usés sans ménagement par le temps et les rigueurs de la vie, épanouir ainsi tant de fraîcheur, de tendresse et de charme, comme les survivants d'un pillage qui se retrouvent saufs et sortent de sa cachette leur vaisselle d'or.

À mesure qu'ils montaient vers la côte, ils voyaient glisser au-dessus des eaux de plus en plus d'oiseaux de mer, gris et blanc. Ils croisaient dans les villages des vieillards portant le tarbouche ; les immenses campagnes ouvertes, parcourues de canaux d'argile, grouillaient de fellahs vêtus d'une simple blouse grise qui les regardaient avec des yeux de pharaons. Des bœufs gras paissaient dans des bois de palmiers décoiffés par le vent salé. Leur propre jeunesse retrouvée semblait se nourrir de la jeunesse même du monde qui, autour d'eux, paraissait demeuré aux âges premiers où tout était simple et familier.

Ils parcoururent en une journée le chemin que le lourd carrosse d'Alix avait fait en deux. Le soir, ils se logèrent à Damanhour. Ils savaient qu'Alix devait passer la nuit chez la pieuse veuve d'un marchand français qui, jusqu'à sa mort récente, avait servi de correspondant au consul pour cette petite ville. Françoise et maître Juremi se contentèrent d'un relais de poste crasseux tenu par un copte. Faute de pouvoir prouver qu'ils étaient mariés, ils eurent droit à deux paillasses séparées par une cloison de palme. Les apparences étaient sauves ; le vieux copte, après les avoir copieusement nourris d'un chapon et de riz jaune, leur souhaita une bonne nuit avec un sourire édenté et complice. Ils firent en se tenant par la taille une promenade d'après dîner qui les mena au milieu de la bourgade. Ils aperçurent de loin, dans l'enceinte d'une des rares maisons de pierre, le carrosse d'Alix et les chevaux de ses gardiens. Ils rentrèrent rassurés et maître Juremi demanda au tenancier de les réveiller avant l'aube. Ils partirent aux premiers rayons du jour et rejoignirent l'endroit convenu.

L'équipage d'Alix se mit en branle avec beaucoup de lenteur. Michel, le palefrenier du consulat, tenait les rênes du carrosse. Il n'était pas dans toute la confidence mais savait qu'il se préparait quelque chose et il n'y avait rien à craindre de lui. Il aimait Alix comme sa propre fille et se désolait de l'emmener au couvent. Les deux gardes, eux, prenaient leur tâche fort à cœur. Ils s'étaient relayés toute la nuit en sentinelle devant la porte de la jeune fille. Ces bougres étaient deux créatures de M. Macé. L'un d'eux, un Français, avait été libéré des galères trois ans avant ; il avait vécu à Aboukir sans papiers. Capturé par les Turcs, il devait son salut au secrétaire du consulat, qui se l'était attaché. L'autre était un métis du Caire né du commerce illégitime d'un Italien et d'une copte. Il servait comme portefaix au débarcadère du Nil. M. Macé lui promettait depuis longtemps de le naturaliser et, en échange de ce vain espoir, l'employait à son gré.

Une dernière complication surgit au moment du départ. L'hôtesse chez qui Alix avait passé la nuit, Mme veuve Beulorat, souhaita faire partie du convoi. Elle devait se rendre à Alexandrie pour ses affaires et pensait profiter du carrosse. Elle avait gagné à ses vues les deux gardes, sans doute en leur faisant tenir quelques piastres. On l'embarqua. Alix savait qu'à tout moment ses amis pouvaient surgir. Elle avait insisté pour garder à ses pieds le sac où elle avait glissé la dague et les pistolets. Et voilà qu'au lieu d'être à son aise pour se préparer à l'assaut, elle devait répondre à la conversation de cette bigote.

— Ah ! ma fille, disait Mme veuve Beulorat, sur un ton mielleux, ne regardez pas ainsi par la portière ! Vous vous faites du mal. Ce paysage disparaît pour vous. Mais songez aux beautés célestes que vous allez désormais glorifier sans cesse.

— J'en suis fort heureuse, Madame, si vous saviez.

— Je sais et figurez-vous que je vous envie. Bien sûr, j'ai eu une tout autre vie. Je me suis consacrée à un mari, à des enfants. Pourtant, je me demande parfois si je n'étais pas faite pour Dieu.

528

— Comme c'est intéressant, dit Alix, qui ne cessait de jeter des coups d'œil au-dehors.

— N'est-ce pas ? Il me semble que j'aurais trouvé dans la vie religieuse une paix à laquelle j'aspire de tout mon être.

Avec sa mante de satin, ses frisures à la mode de l'autre siècle, la vieille femme toute ridée prenait des mines de vierge pour expliquer qu'elle aurait voulu être la maîtresse de Dieu.

— Savez-vous que je me suis tant dédiée à Lui que mon défunt mari en a parfois été jaloux ?

— Est-ce possible ! dit poliment Alix.

Au bout d'une demi-heure de ce pénible dialogue, tandis que le carrosse ralentissait pour épouser une courbe raide de la route, deux détonations claquèrent dans l'air humide. Alix se précipita à la portière, ne vit rien ; elle se colla contre la lunette arrière : un des gardes, touché, était tombé sur le sol. Michel arrêta le carrosse. L'autre garde piqua son cheval, arriva à la hauteur du cocher et lui commanda de repartir. Au même moment, maître Juremi déboucha, à cheval, de derrière le muret de pierre sèche d'un jardin, et il chargea le garde, sabre à nu. L'autre dégaina le sien et ils commencèrent de se battre.

Mme veuve Beulorat, d'abord surprise, se rendit compte que le Ciel venait de lui envoyer une nouvelle épreuve. Elle se mit à pousser des hurlements de bête forcée. Alix, qui suivait passionnément le combat à la portière, se tourna vers elle et lui dit de se taire. L'autre redoublait de cris. Elle eut alors l'émotion suprême de voir la jeune fille approcher et lui envoyer froidement une vigoureuse paire de claques.

— Veux-tu te taire, vieille cagote !

Les mains sur les joues encore cuisantes du soufflet, Mme veuve Beulorat assista en silence mais haletant d'angoisse à la poursuite de cette scène d'épouvante. Elle vit la future nonne, si soumise dans sa dévotion quelques minutes plus tôt, ôter sa robe austère de fiancée du Christ et laisser paraître en dessous une tenue de cavalier. Elle ouvrit ensuite le sac de cuir qui était sur le plancher, quitta ses galoches, enfila de hautes bottes chocolat, noua des éperons à ses talons. Au-dehors, on entendait toujours tinter les lames des combattants. Maître Juremi avait le dessus mais l'autre résistait avec la dernière énergie. Soudain, un incident vint tout compromettre. Un janissaire à cheval déboucha au galop de la courbe de la route où était immobilisé le carrosse. Il ne mit pas longtemps à comprendre qui était l'assaillant et se porta au secours du sbire en frappant de toute la force de son sabre courbé. Maître Juremi recula. Alix voyait Françoise, derrière le muret, qui hésitait à tirer car le combat était violent, confus et elle était loin. Se retournant vers l'intérieur du carrosse où gémissait toujours la dévote, Alix saisit un pistolet qu'elle avait chargé la veille au soir, arma le chien, ajusta la pierre. Les combattants étaient à trois pas d'elle. Elle attendit que le janissaire fût seul dans sa mire et fit feu. Le Maure avait le bras levé ; la balle pénétra librement sa poitrine et le traversa de part en part. Il s'écroula. Le garde du consulat fut si étonné de voir disparaître aussi brutalement son allié qu'il resta interdit un moment de trop. Un coup de sabre de Juremi lui fendit le visage ; un autre lui perça le cœur et il tomba à la renverse avec un bruit mat.

Alix poussa un cri de joie. Mais il ne fallait pas s'attarder. Françoise tira les cadavres sur le bord de la route et les cacha derrière le muret. Michel manœuvra le carrosse pour le dissimuler à l'entrée de la palmeraie. Maître Juremi passa au vieux cocher des liens peu serrés mais qui lui serviraient d'alibi. Alix bâillonna elle-même Mme veuve Beulorat.

— Souvenez-vous bien de ce que vous avez vu, lui dit-elle avec sérieux : j'ai été enlevée par deux brigands turcs. Prétendez autre chose et mes amis reviendront s'occuper de vous rapprocher du ciel.

Puis, elle ajouta en riant :

— Maintenant, si ma place au couvent vous fait toujours envie, elle est libre.

Puis elle sauta sur un des chevaux des gardes, dont Françoise avait raccourci les étrivières, et les trois amis partirent au grand galop vers l'Orient.

Quand ils furent assez loin du lieu de l'enlèvement, maître Juremi les entraîna à l'écart de la route vers des ruines que l'on voyait sur un tertre. Ils mirent pied à terre, laissèrent les chevaux reprendre des forces. Le protestant rendit compte à Alix de ce qui s'était passé au Caire.

— Jean-Baptiste est arrivé ! s'écria-t-elle.

Ils eurent beaucoup de mal à la dissuader de rentrer dans la ville. Sentir la présence de l'homme qu'elle aimait à moins d'une demi-journée de chevauchée et décider malgré tout de s'en éloigner était une insupportable torture. Les amants auxquels le destin envoie une confirmation de leur bonne étoile sont invinciblement portés à en faire un usage encore plus hardi. Elle disait que, s'il avait échappé à Versailles et au Roi, il n'allait rien craindre de la retrouver au Caire. Maître Juremi et Françoise lui prêchèrent la patience, répétèrent les instructions données par Jean-Baptiste lui-même et finirent par la convaincre. Ils arrêtèrent un programme pour rejoindre le Sinaï.

— Dormons maintenant dans ce lieu retiré et mettonsnous en route au soir, dit maître Juremi.

Ils se couchèrent et, sans sommeil, prirent un repos fiévreux. À six heures, ils sellèrent les chevaux et repartirent. Ils pouvaient galoper sans crainte dans la nuit claire du delta, où la lune dispersait sa lumière en mille éclats laiteux à la surface du fleuve et des canaux.

Au matin, ils arrivèrent en vue d'Ismaïlia. Ils y entrèrent vers onze heures. La ville était silencieuse et paraissait encore entièrement endormie. Les volets de bois des commerçants étaient tirés devant les boutiques, les fenêtres closes, les portes plus encore. Il n'y avait pas une âme dans les rues.

Maître Juremi n'avait aucune inquiétude pour eux-mêmes : il était impossible que la nouvelle de l'enlèvement, qui devait d'abord remonter jusqu'au Caire, fût déjà répercutée. Mais, comme les deux femmes, il était saisi d'une sourde angoisse au spectacle de cette ville morte et qui, pourtant, n'était ni ravagée ni, sans doute, déserte.

Comme ils arrivaient au bout d'une grande rue bordée par l'entrée monumentale de deux mosquées ottomanes, ils entendirent soudain un volet de bois s'ouvrir au second étage d'une maison. Ils virent une jeune femme paraître à la fenêtre. Elle mettait la main en visière sur ses yeux qu'elle tenait plissés comme une aveugle. Presque aussitôt une autre fenêtre grinça dans la maison d'en face et un vieil homme pencha vers la rue sa tête ridée couverte d'un keffieh posé de travers. D'autres volets s'ouvrirent bientôt et la porte d'un négoce s'entrebâilla.

— Pourquoi vous levez-vous donc si tard ? demanda maître Juremi en arabe au vieillard qui avait paru au-dessus d'eux.

L'homme chercha qui pouvait bien lui parler. Il tenait aussi les yeux presque fermés et ne devait rien y voir.

— Je suis ici, dans la rue, oho ! fit maître Juremi.

— Ah ! vous êtes sans doute un étranger ! dit le vieux.

— Arrivé ce matin même.

— Et vous ignorez que la peste nous a frappés.

Le protestant se rappelait maintenant. On lui avait parlé au Caire de cas de peste qui n'avaient pas encore franchi l'isthme de Suez mais avaient touché certaines villes. Comme il n'avait pas l'intention, à l'époque, de prendre cette direction, il l'avait oublié.

— C'est le dernier jour de la quarantaine, aujourd'hui, dit le vieil Égyptien. Avez-vous vu beaucoup de cadavres dans les rues ?

— Aucun, pour le moment, dit maître Juremi. Et tout le monde a l'air bien vivant.

À présent, toutes les fenêtres s'ouvraient. On s'interpellait gaiement de l'une à l'autre. La rue était pleine de cris de joie, de youyous. Les portes aussi étaient déverrouillées et une foule d'enfants, de femmes, d'hommes plus ou moins jeunes, abrutis par l'obscurité et la réclusion, dansaient dans la rue, trébuchaient, se heurtaient avec des maladresses d'aveugles et des rires sonores.

Les trois voyageurs passèrent inaperçus dans ce tumulte. Ils trouvèrent du fourrage pour leurs chevaux et des fruits secs pour eux, que les commerçants en mal d'affaires furent heureux de leur vendre au meilleur prix.

Par précaution, maître Juremi répéta plusieurs fois à l'homme qui leur vendit ces marchandises qu'ils se dirigeaient vers Suez. À la sortie de la ville, ils prirent en effet la direction du golfe. Comme la veille, ils s'arrêtèrent à l'écart de la route dans une palmeraie qui finissait au bord d'une petite dune. Ils dormirent cette fois sans se faire prier. Quand tomba la fraîcheur du soir, ils repartirent. Au lieu de poursuivre la route, ils revinrent en arrière, coupèrent à l'est vers le désert et suivirent la trace aride du Sinaï.

La végétation les quitta presque aussitôt. Il n'y avait plus autour d'eux que l'ombre bleutée des pierres du désert qui sortaient de leur lit de sable comme des stèles. Il eût été bien préférable, sur ce terrain, d'avoir des chameaux mais leurs chevaux faisaient brave figure malgré les cailloux tranchants qui jonchaient le sol. Ils croisèrent une première oasis dans le milieu de la nuit mais décidèrent de ne pas s'y arrêter.

Ils suivaient les étoiles semées pour eux dans le ciel. Maître Juremi regardait souvent Françoise et, pour ne pas heurter Alix, dont il respectait la tristesse, il se retenait de trop sourire à son amie.

CHAPITRE 7

À l'arrière de la citadelle, résidence du Pacha du Caire, une ruelle obscure longeait les hautes murailles du sérail. Il était interdit de percer de ce côté la moindre ouverture, porte ou fenêtre. C'était donc une sorte de canal ou de fossé qui serpentait entre deux parois monotones, formées d'un côté par le dos du palais et de l'autre par les murs aveugles de maisons de la ville. Un guet y circulait nuit et jour et personne d'autre n'aurait osé s'aventurer dans ces parages sinistres. Pourtant, à mi-distance de l'extrémité de cette venelle, c'est-à-dire dans son point le plus retiré, une petite poterne de bois cloutée de fer, sans serrure extérieure, donnait accès à travers l'épaisse muraille jusque dans les cours du palais. Les pachas, au cours du temps, avaient fait de cet accès discret un usage variable, qui trahissait le caractère de chacun d'eux. Certains, comme Hussein, mort en tombant de cheval peu après le départ de la première mission d'Abyssinie, n'ouvraient cette poterne que pour eux-mêmes, afin de sortir incognito dans la ville, de s'y promener, d'entendre parler librement les uns et les autres et d'y nouer des intrigues à la manière de Haroun Rachid. D'autres la laissaient continuellement fermée et gardée : ceux-là craignaient pour leur vie et, souvent, finissaient assassinés, car Allah connaît les desseins secrets des hommes et les exauce toujours. Certains, enfin, usaient de la poterne pour introduire dans le palais des personnages qu'ils n'y auraient pas reçus officiellement. Tel était le cas de Mehmet-Bey, confit en dévotion, espoir et consolation de tout ce que l'Égypte comptait de muftis et d'imams rigoristes mais qui, à certaines occasions, modérait son intransigeance et consentait à de discrètes visites extérieures, qu'on introduisait par la poterne.

Régulièrement pourvu de quatre femmes musulmanes auxquelles il avait non moins régulièrement donné douze enfants — si l'on ne comptait que les survivants —, Mehmet-Bey ne pouvait, hélas ! se déprendre d'une autre nécessité : celle de posséder des étrangères. Il avait contracté cette habitude pendant ses campagnes guerrières en Europe. À cette époque bénie mais déjà lointaine, tout était simple : il recevait de belles infidèles comme butin et nul ne songeait à s'en offusquer. Il en avait eu de toutes figures et de tous âges, et, à vrai dire, cela lui importait peu. Il aimait surtout sentir qu'il chevauchait ces adoratrices d'un autre dieu, qu'elles fussent catholiques, juives, orthodoxes ou païennes. Il le faisait sans renier sa piété, bien au contraire. Jamais il ne se sentait aussi humblement utile au Prophète qu'en épandant sa semence de vrai croyant dans des sillons labourés d'abord par d'autres, qu'il privait de leur récolte. Les muftis connaissaient l'ardeur presque missionnaire du Pacha et ne s'en formalisaient pas. Les convenances et l'équilibre délicat des confessions dans cette partie de l'Empire voulaient toutefois qu'il cédât à ces inclinations avec toute la discrétion possible. À cela servait la petite porte.

Mais, depuis quelques mois, le corps de Mehmet-Bey, durement mené pendant sa vie de guerrier, le faisait souffrir au point de lui ôter l'énergie puis jusqu'à l'envie de se faire livrer quelque mécréante, si belle, si jeune, si hérétique fût-elle. Finalement, depuis trois mois il ne passait par la poterne que des médecins, et parmi eux maître Juremi était le plus apprécié.

Il venait trois fois par semaine, à jours fixes, au commencement de la nuit. Les sentinelles le savaient et, pourvu qu'elles eussent entendu le mot de passe « Ellébore », le laissaient entrer. Cette nuit, comme à l'ordinaire, il se présenta, enroulé dans un large manteau et sous un chapeau de feutre. Il dit le mot et passa la poterne. Un valet vêtu de blanc, pieds nus, conduisit ensuite le consultant par des gradins de marbre jusqu'à une petite cour, puis, en passant sous une arcade en ogive sculptée de motifs mauresques, l'introduisit dans un pavillon octogonal aux murs tapissés de faïences bleues.

De la charpente de cèdre pendait, au bout d'une longue chaîne, une lanterne à verres multicolores où brûlaient quatre bougies. Le Pacha se tenait assis à l'un des angles, sur une banquette, les pieds tendus vers un poêle en cuivre jaune, dont la fumée était conduite au-dehors par un étroit tuyau qui faisait trois coudes. Le valet se retira.

— Approchez, Monsieur le docteur, dit Mehmet-Bey en arabe.

Comme le visiteur s'asseyait sur un tabouret de bois et d'ivoire et ôtait son manteau, le Turc eut un mouvement d'effroi, saisit le couteau à manche incrusté qu'il portait toujours à la ceinture et s'écria :

— Qui êtes-vous ?

Il allait appeler. Jean-Baptiste l'arrêta.

— Soyez sans crainte, Monseigneur, c'est maître Juremi lui-même qui m'envoie. Je suis son associé. Ne vous a-t-il jamais parlé de moi ?

— Serait-ce vous, dit le Pacha, qui a soigné le Négus d'Éthiopie ?

— Moi-même, Monseigneur.

Jean-Baptiste fit un profond salut.

— Aussi est-ce vous que j'ai voulu voir d'abord, reprit le Maure. Mais votre associé m'a dit que vous étiez en France.

— J'en reviens.

— Pourquoi Juremi n'est-il pas venu avec vous ? Cela m'aurait évité une frayeur.

— Monseigneur, il est souffrant lui-même. Il vous présente ses excuses.

Le Pacha avait repris sa position auprès du poêle.

— Il m'a bien soigné. Mais je l'ai toujours entendu me dire qu'il regrettait votre absence et qu'il ne se comparait pas à vous.

— C'est un ami. Il a voulu me flatter. La vérité est que nous nous complétons. Je prescris et il confectionne les drogues avec une habileté que je n'ai point.

— En ce cas, examinez-moi et jugez de ce qu'il faut faire, dit le Pacha avec une expression de grande lassitude.

Jean-Baptiste commença par interroger longuement le vieil homme sur ses douleurs, leurs circonstances, leur lieu. Puis il le fit parler de sa vie, de ce qu'il mangeait et buvait, de sa manière de dormir et du goût qu'il avait pour les femmes. De la sorte se dessinait pour Jean-Baptiste l'image intérieure de l'être qu'il avait en face de lui et il cherchait, en venant à ces racines, quelles correspondances secrètes avec d'autres racines, d'autres êtres, leur feuillage ou leur fruit pouvaient lui rendre son harmonie.

— Me donnez-vous l'espoir de guérir ? demanda le Pacha.

— Tout dépend de ce que vous entendez par là. Si guérir veut dire retourner à ses vingt ans, non, Monseigneur, vous ne guérirez pas. S'il s'agit d'avoir la vigueur, le calme, le bonheur qu'autorise encore votre âge, alors, je puis vous assurer qu'il est fort vraisemblable que vous les retrouverez bientôt.

Le Turc était enchanté.

— Il me faudra rentrer dans mon atelier pour préparer les remèdes que je crois utiles pour vous, dit Jean-Baptiste. Je vous les apporterai moi-même demain.

— Ne tardez pas surtout, fit le Pacha fort impatient. Au

fait, Juremi a dû vous le dire mais je vous le répète solennellement : pas un mot de tout ceci, notamment chez les Francs.

— Monseigneur, c'est à moi de vous demander cette
faveur. Tout le monde dans la colonie ignore mon retour, en
particulier le consul. Je ne tiens pas à ce qu'ils l'apprennent.
À vrai dire, je ne vais voir mon associé que la nuit. Le jour je
ne sors pas de la pension arabe du vieux Caire où j'ai élu
domicile pour le moment.

— Tiens ! dit le Pacha, comme c'est étrange. Je croyais
que vous étiez allé voir votre Roi, qu'on vous avait chargé
d'une mission.

— Ah ! Monseigneur, c'est une histoire bien douloureuse,
fit Jean-Baptiste avec l'air de celui qui ne veut pas importu-
ner son interlocuteur avec ses propres infortunes. Elle est
surtout bien longue et pleine de choses si étonnantes que
vous en seriez peut-être lassé.

— Contez-la-moi, dit le Pacha qui, à l'exemple du Sultan
Schahariar, n'aimait rien tant que d'être tenu en haleine par
un récit.

— Eh bien voilà, commença Jean-Baptiste. Je suis allé dans
l'Abyssinie.

Il décrivit longuement son voyage, la rencontre de
l'Empereur, et sa parole coulait si bien que le Pacha, les
yeux mi-clos, marqua un vif plaisir à l'entendre. Il fit apporter du thé à la menthe et des gâteaux pour accroître encore
son plaisir.

Jean-Baptiste décrivit le désir qu'avait le Négus de ne pas
voir venir de prêtres étrangers chez lui et le respect dans
lequel il tenait le Pacha, qui autorisait l'Église éthiopienne à
recevoir son chef de l'Égypte.

— Il veut rester en paix dans ses montagnes, conclut
Poncet.

— Et, par Allah, il a bien raison ! Je le croyais moins raisonnable que cela et vous m'apprenez une bonne nouvelle.

Mais, poursuivit Mehmet-Bey, cela ne me dit pas pourquoi vous vous cachez ici ?

— J'y viens, Monseigneur ! C'est qu'après cela je suis allé à Versailles...

Jean-Baptiste se mit à faire une longue description de la cour du Roi-Soleil que le Pacha suivit avec béatitude. En Europe, pendant ses guerres, il avait maintes fois espéré être admis dans une de ces capitales brillantes. Hélas, il avait passé le plus clair de son temps dans des bivouacs de soldats au milieu des champs et quand, par hasard, il avait eu le bonheur de s'emparer d'une ville, c'était après l'avoir détruite. Jean-Baptiste, avec malice, s'attardait à la description des femmes de Versailles, de leurs coiffures et de leurs parfums. Le pauvre vieux soldat se pâmait.

Il eut droit ensuite à une évocation flatteuse de l'audience royale, où il ne fut point question d'oreille en putréfaction mais seulement du vif intérêt que le Roi de France portait à l'Orient.

Ils convinrent que c'était un grand roi : Mehmet-Bey regretta qu'il ne fût pas musulman mais osa avancer qu'il avait toutes les qualités pour le devenir.

— Cela ne me dit toujours pas pourquoi vous vous cachez.

La nuit avançait ; le serviteur était venu deux fois recharger le poêle. Le Pacha avait fait allumer sa pipe à eau et l'avait partagée avec Jean-Baptiste. Ils étaient maintenant tout à fait amis et la chaleur de leur entretien ne permettait pas de distinguer l'écart de leurs conditions.

— Hélas ! poursuivit Jean-Baptiste, notre grand Roi n'est qu'un roi et c'est encore peu de chose en comparaison de Dieu. Le seigneur des cieux, lui, a l'œil partout...

Le musulman, qui vivait sous cette constante surveillance, leva le regard avec soumission.

— Il n'y a de Dieu qu'Allah ! dit-il machinalement.

— ... Tandis que les souverains de la terre ne peuvent tout voir.

539

— C'est bien juste.

— Même ce qui se passe autour d'eux, ils l'ignorent parfois, dit Jean-Baptiste.

Il prit deux bouffées au tuyau de bois que lui tendait le Pacha puis continua :

— Je suis bien sûr que le Roi Louis XIV ne tolérerait pas, s'il le connaissait, le complot que j'ai découvert dans sa cour.

— Le complot ! fit le Pacha qui, malgré l'heure, était de plus en plus attentif au récit du médecin.

— Il n'y a pas d'autre mot. Vous vouliez savoir pourquoi je me cache : eh bien, c'est tout simplement pour n'avoir pas voulu me mettre au service de ces conspirateurs.

— De quoi s'agit-il donc ? dit le Pacha, au comble de l'impatience.

— De vous, Monseigneur.

— De moi !

— Oui, de vous, de l'Égypte, de l'Abyssinie. Bref, il s'agit de tout ce que trament ceux que vous accueillez ici et sur qui vous étendez la protection diplomatique.

— Parlez, par la barbe de Mohammed ! dit le Pacha, qui s'était presque relevé et auquel la curiosité la plus extrême faisait prendre un air menaçant.

— Apaisez-vous, Monseigneur, voici le détail de tout. J'espère que vous n'en tiendrez pas rigueur à celui qui n'est que la victime de ce qu'il rapporte.

— Allons...

— Voilà : ma mission en Abyssinie n'avait pour objet que de soigner le Roi. Celui-ci m'a à son tour envoyé à Paris, pour remercier un autre roi, envers qui il s'estimait redevable.

— Vous me l'avez déjà dit.

— Oui, mais il se trouve qu'en France cet hommage de l'Abyssin a donné des idées à certains.

— À qui ?

— Disons à l'entourage du Roi.

— Les prêtres ?

— Bien sûr, et cela ne peut pas vous étonner : ils n'ont jamais renoncé à pénétrer dans ce pays. Mais il n'y a pas qu'eux et je puis même dire qu'ils ne sont pas les plus en avant dans cette affaire.

— Vous m'inquiétez parce que je ne conçois rien de pire que ces gens-là.

— Monseigneur, c'est que vous êtes trop entier. Il y a des esprits autrement tortueux. Ils ont conçu un projet beaucoup plus sournois, croyez-moi. Puis-je prendre encore un de ces excellents loukoums ?

— Laissez là les loukoums pour le moment et poursuivez.

— Leur idée est la suivante : l'Abyssinie est riche. Elle est pleine d'or, de pierreries, de bois rares. L'Abyssinie est chrétienne, même s'il existe quelques points de doctrine qui la tiennent en dehors du respect qu'elle devrait à Rome. L'Abyssinie est située sur le revers des Turcs, c'est-à-dire de vous autres, Monseigneur.

— Donc ?

— Donc, il faut la contrôler.

— Rien que cela !

— Oui, s'en rendre maître, si vous voulez. Et pour y parvenir comment s'y prendre ? La convertir ? Ce n'est pas suffisant et peut-être même est-ce le contraire qui serait le plus logique : s'en rendre maître d'abord, pour la convertir ensuite. Voilà bien le plan qui a été choisi.

— Vous prétendez que les Francs veulent se rendre maîtres de l'Abyssinie ?

— Je ne le prétends pas, je l'affirme. Toutes les descriptions que j'ai faites de l'Éthiopie, en croyant naïvement servir la cause de son Roi pacifique, n'ont eu pour effet que de confirmer les comploteurs dans leur idée : une caravane légère et bien armée, pourvue d'or et de présents, peut suffire à prendre possession d'un pays aussi reculé. Les Jésuites eux-mêmes, il y a près d'un siècle, s'en sont presque emparés en mettant la main sur le Roi. Mais ils manquaient d'armes pour transformer cette victoire en conquête. Cette fois, les armes viendraient d'abord.

Le Pacha, tassé sur les coussins de la banquette, regardait Jean-Baptiste avec inquiétude :

— Vous êtes en train de me dire que l'ambassade qui vient de partir serait...

— ... l'instrument sur lequel certains comptent pour mettre la main sur l'Abyssinie.

— Ils sont à peine une vingtaine... C'est une plaisanterie !

— Monseigneur, je suis allé dans ce pays. Il est ravagé de rivalités. Vingt hommes sans aveu peuvent, avec de l'argent et des mousquets, lever une armée, propager le chaos et faire couronner un personnage à leur solde, voire l'un des leurs, comme les Espagnols l'ont fait au siècle passé chez les Incas d'Amérique.

— Hum ! fit le Pacha en mettant de l'indulgence dans son sourire. Est-ce là votre fameux complot ?

— Celui-là même qui m'a valu des menaces, parce que j'ai refusé d'y prendre part. J'ai dû quitter la France en cachette et je dissimule ici ma présence pour la même raison.

— Franchement, mon ami, je ne vous crois pas. Il est possible que vous ayez eu là-bas quelque différend sérieux. Il est même croyable qu'on ait évoqué devant vous des projets chimériques. Mais de là à penser que la caravane à laquelle j'ai moi-même donné un laissez-passer parte pour faire couronner son chef empereur, il y a beau.

— Monseigneur, votre sceau était indispensable. Comment croyez-vous qu'ils pouvaient l'obtenir, sinon en vous montrant les choses de façon rassurante. Il aurait été stupide de tout vous représenter d'un coup. Ainsi, par exemple, n'avez-vous pas entendu parler d'une mission d'hommes de science ?

— En effet, on m'a dit que des savants se proposaient d'aller à Suez pour passer dans l'Arabie Heureuse.

542

— Puis en Abyssinie. Ils ont emmené avec eux l'homme que l'Empereur avait placé auprès de moi pour le représenter.

— Ce chien de Kurde.

— Il est arménien.

— C'est égal, s'emporta le Pacha. Ils sont partis avec lui ? On ne m'en a rien dit.

— Et pour cause ! Vous voyez qu'ils ne sont plus vingt mais presque trente. Certains ont l'or et les armes, d'autres le messager du Roi et toute la science de l'Occident.

Le Pacha était plongé dans cet état, douloureux pour lui, qui s'appelle l'indécision et la perplexité. Jean-Baptiste eut pitié et décida de l'en tirer par une dernière confidence.

— Il y a plus.

— Plus ?

Jean-Baptiste regarda le Pacha droit dans les yeux.

— Oui, Monseigneur, vous êtes-vous demandé pourquoi donc cette caravane s'est fait précéder de capucins, qu'elle va rejoindre à Senaar, et auxquels le Patriarche a remis les huiles du couronnement ?

— Les huiles du couronnement ! fit le Pacha avec humeur. Qu'est-ce encore que cela ?

— Ce sont les saintes huiles qui, pour les coptes, permettent de conférer à un nouvel empereur l'autorité et la puissance.

— Le Patriarche a fait cela ?

— Les capucins sont en route, à cette heure.

— Sans me le dire ? Par le sabre d'Ali !

Le Pacha, usé par la nuit de veille, était entièrement la proie de cette révélation qui précédait l'aube. Il se leva, déambula dans le pavillon, où les premiers rayons du jour, entrant par les vitraux bleus, faisaient briller de reflets célestes les faïences qui montaient jusqu'au milieu des murs. Soudain il s'arrêta devant Jean-Baptiste et le remercia étourdiment. Il lui fit promettre de revenir la nuit suivante avec les drogues puis lui tourna le dos et partit vers un patio où scintillait un bassin d'eau claire. Aussitôt que le médecin fut reparti par la poterne, Mehmet-Bey ordonna à sa garde de tirer le Patriarche copte du lit et de le faire venir séance tenante, en présence de tous les imams que l'on irait quérir chez eux.

CHAPITRE 8

À la même heure de la nuit, le lendemain, Jean-Baptiste franchit de nouveau la poterne du sérail. Il tenait une mallette à la main. Le Pacha le reçut dans la même pièce. Sitôt qu'il le vit, il le pressa de lui présenter ses remèdes. Jean-Baptiste sortit des fioles, une tabatière pleine de poudre, un sac contenant des racines sèches. Il dut montrer beaucoup de fermeté pour que le Pacha ne se gavât pas de tout sur l'heure. Maître Juremi lui avait bien signalé que l'appétit de médication de ce Turc était extrême ; il ne le voyait toutefois pas à ce degré.

— Vous avez un serviteur, je crois, pour préparer vos drogues, dit Jean-Baptiste. Peut-être vaudrait-il mieux l'appeler pour qu'il entende de ma voix le mode de s'en servir et les conserve auprès de lui.

Le Pacha frappa dans les mains, cria un nom au valet qui parut. Un instant plus tard, un vieux serviteur entra et salua respectueusement les deux hommes. Il était petit et maigrelet, avait un visage étroit et triste de lévrier abandonné.

— Voici mes nouveaux remèdes, dit le Pacha. Écoute bien, Abdel Majid, l'usage qu'il faut en faire.

Jean-Baptiste expliqua longuement, fit réciter sa leçon au camérier et lui confia la mallette. Le Pacha insista pour prendre sa première dose sur-le-champ.

— N'attendez pas de soulagement avant plusieurs semaines, lui dit Jean-Baptiste.

Mais le fait d'absorber des potions avait en soi un effet sur le Pacha, qui, rassasié, la bouche piquée par le quinquina, s'allongea sur ses coussins avec l'humeur d'un jeune marié. Pourtant son front s'assombrit vite quand lui revinrent ses esprits et avec eux le souvenir de sa journée.

— J'ai convoqué ce chien de Patriarche, commença-t-il. Vous avez dit vrai pour les huiles. Il a avoué. D'ailleurs, je lui ai appris moi-même la raison de tout cela. L'imbécile n'avait vu que l'or. Il s'était bien demandé pourquoi les capucins tenaient tant à faire couronner un empereur qui règne depuis déjà quinze ans, mais il n'avait pas creusé l'affaire. Ah ! le bougre. Il m'a fait des excuses interminables. Nous y serions toujours si mon portier ne lui avait botté les fesses sur ma demande, pour le jeter dehors.

Le Pacha eut une éructation sonore dont il remercia Dieu puis il reprit :

— J'ai vu aussi le consul de France. Celui-là, je n'ai pas eu à le convoquer. Il est venu porter plainte parce que l'on a enlevé sa fille, il y a deux jours, sur la route d'Alexandrie.

Jean-Baptiste prit un air étonné.

— Vous la connaissiez ? dit le Pacha.

— De vue, au consulat. C'était une très belle jeune fille.

Jean-Baptiste ne pouvait s'empêcher de s'émouvoir en l'évoquant.

— On me l'a dit, reprit le Pacha. C'est très dommage, voilà tout ce que j'ai pu lui répondre. Ce sont des brigands, probablement. La route en est infestée. Une autre femme, qui était aussi dans le carrosse et dont ils n'ont pas voulu, sans doute parce qu'elle n'est plus de la première jeunesse, a fait des assaillants une description, hélas ! bien ordinaire : deux gaillards avec des turbans, une moustache noire et jurant par Allah. Ils ont emmené la fille en croupe et sont partis vers le nord-ouest. Ils vont sans doute la faire passer en bateau jusqu'à Chypre, et là elle ira fleurir un lupanar des Balkans ou d'ailleurs.

— La pauvre fille, dit Jean-Baptiste machinalement.

— Oui, notez que s'il ne lui était rien arrivé, elle n'aurait pas eu la meilleure vie non plus.

— Pourquoi ?

— Son père m'a dit qu'elle partait pour entrer au couvent. Franchement, Docteur, j'ai de l'estime pour vous, mais vous êtes chrétien et il y a des choses dans votre monde que je ne comprendrai jamais : pourquoi enfermer toutes ces femmes pour le seul usage de Dieu ? Croyez-vous qu'Il exige une chose pareille ? N'a-t-il pas créé les sexes pour les unir ? Quand le consul m'a expliqué l'affaire, j'ai eu grande envie de lui dire qu'au moins sa fille, enfermée pour enfermée, risquait désormais de faire un peu de bien autour d'elle. Enfin, laissons cela. Pour me résumer, je dirai que notre M. de Maillet était fort agité. Il en avait presque oublié son ambassade. Je dis « presque » parce que dès que je lui ai demandé des nouvelles, il s'est jeté sur le sujet. Depuis que vous m'avez ouvert les yeux, je comprends mieux la passion qu'il y met.

Jean-Baptiste gardait un air modeste. Le valet apporta les gâteaux et le thé.

— Croyez-moi si vous le pouvez, dit le Pacha, je me suis étendu pour dormir à l'heure de midi : impossible. Tous ces événements tournent dans ma pauvre tête. Je vais vous faire une confidence, Docteur : je suis un soldat. Il faut me montrer l'ennemi et me dire : « Frappe-le. » Alors, je donne le meilleur de moi-même. Grâce à vous, je vois l'ennemi. C'est une grande chose. Mais le frapper ? Nous ne sommes pas sur le champ de bataille. Que puis-je faire ? Vous savez comment la Porte en use avec les Francs ; toujours à négocier, à finasser, à ménager l'un ou l'autre. Voilà bien où cela nous mène.

Il parlait sans regarder Jean-Baptiste, qui attendait son heure patiemment.

— Si j'avertis le Grand Vizir, je suis sûr de mon fait : il va

547

me demander des preuves. On les jugera toujours insuffisantes. Il en faudra d'autres. En attendant, les jours passeront et ils seront peut-être déjà en train de verser leurs maudites huiles sur le front de ce du Roule, pour le couronner.

Jean-Baptiste acquiesçait prudemment.

— D'autre part, si j'agis seul contre les Francs, le consul va faire un scandale du diable, et qui sait si l'on me soutiendra à Constantinople ! Non, j'ai bien réfléchi : les seuls dont je puisse me saisir sans inquiétude, ce sont les capucins. Je me donne encore cette nuit pour mûrir ma décision mais, demain matin, j'envoie une troupe à Senaar pour les arrêter et rapporter les huiles et le certificat du Patriarche. Ceux-là sont bons pour être expulsés et personne ne pourra m'en faire le reproche. Mais que faire avec la caravane des Francs ? Docteur, vous qui êtes un homme de grande sagesse, qu'en pensez-vous ?

Voilà le moment que Jean-Baptiste attendait. Il but deux gorgées de thé, prit le temps de chercher sa réponse ou du moins de le faire croire car il l'avait préparée depuis beau, et dit enfin, sous une forme prudemment interrogative :

— Peut-être faudrait-il faire agir le Roi de Senaar ?

— Il ne prendra jamais le risque de s'attaquer à une ambassade officielle des Francs.

— À moins que ce ne soit son peuple qui ne le fasse lui-même...

— Que voulez-vous dire ?

— Quand je suis passé à Senaar, les capucins m'ont menacé de monter la populace contre moi : il leur aurait suffi de prétendre que j'étais un magicien. Le peuple de Senaar est, paraît-il, fort craintif des sortilèges et il imagine volontiers que les Blancs peuvent déchaîner des maléfices. Cela pourrait expliquer qu'une foule apeurée entre, contre des voyageurs inconnus, dans une fureur que personne n'aurait le pouvoir de contrôler, pas même le Roi...

Le Pacha remonta le fil de cette idée comme un homme

emporté par un torrent qui se rapproche du bord en se hissant à une liane. Dès qu'il fut à pied sec, il se félicita en lui-même d'avoir donné sa confiance à ce Franc.

Il posa, à la suite, une série de questions pratiques. Jean-Baptiste y répondit de façon lumineuse et simple.

— C'est à croire que vous aviez préparé vos réponses, dit le Pacha sans y mettre aucune malice mais seulement beaucoup d'admiration.

Il fit venir le narguilé et en tira les premières bouffées avec un bonheur complet. Jean-Baptiste attendait la suite. Elle vint sous la forme d'une violente grimace qui fit cheminer la fumée de travers : le Pacha eut une quinte de toux et s'écria, rouge jusqu'aux sourcils :

— Et les savants ? Ceux qui sont partis avec le Kurde !

— Ceux-là, dit Jean-Baptiste, laissez-les-moi, Monseigneur. Je m'en charge.

Le Pacha eut un mouvement de surprise.

— Donnez-moi une escorte jusqu'à Djedda, reprit Jean-Baptiste, assurez ma protection dans l'Égypte, au cas où quelqu'un me dénoncerait au consul. Je suis officiellement le chevalier de Vaudesorgues : si vous vous portez garant de moi, je peux circuler sans crainte. Je retrouverai les six hommes et, croyez-moi, ils n'iront jamais en Abyssinie.

Après une longue hésitation, le Turc dit :

— Il n'en est pas question.

Jean-Baptiste tressaillit, garda les yeux sur le vieux guerrier.

— Je ne peux pas rester sans médecin, déclara le Pacha.

On entendait crépiter les petites bûches de tamaris dans le poêle, dont le fond était envahi de cendres fines.

— Ce sera tout au plus l'affaire de quatre semaines, Monseigneur. Je vous ai laissé plus de traitement qu'il n'en faut pour trois mois. En cas de besoin, maître Juremi peut revenir, même s'il est actuellement souffrant.

— On parle de peste, dans l'Est. Ismaïlia a été en quarantaine. Vous pouvez tomber malade.

— Ici aussi. Dieu dispose de nous où il veut, dit Jean-Baptiste avec onction.

— C'est fort juste, soupira le Pacha. Puis, ayant pesé l'avantage qu'une telle mission aurait sur toute autre solution — aucune d'ailleurs ne se présentait à son esprit —, il accepta.

Tout était résolu ou en voie de l'être. La douceur du tabac, le moelleux des coussins, peut-être aussi certain effet bénéfique des remèdes se joignaient pour faire remonter dans la grande carcasse du vieux Turc toute la fatigue de ces deux journées trop intenses.

Jean-Baptiste prit congé très tôt. Le Pacha, avant d'aller dormir, donna ses ordres pour Senaar et demanda qu'on forme un détachement pour accompagner son médecin jusqu'à Djedda.

*

Le chevalier de Vaudesorgues avait fière allure en traversant Le Caire, bien droit sur son cheval arabe à robe grise. Il avait ôté son chapeau et levait le nez vers les plus hautes fenêtres des maisons, d'où les commères approchaient pour admirer ce noble Franc et son escorte de janissaires enturbannés, le sabre au côté. Le printemps était dans l'air tiède, plein d'oiseaux qui volaient en cercle au-dessus de la ville. La troupe passa par les bazars, au milieu d'un grand tapage de couleurs : les tapis, les cuivres, les tissus sortaient des échoppes, envahissaient la rue, captaient la foule des badauds vêtus de leurs longues tuniques bleues et noires, de leurs tarbouches ou de leurs voiles.

Ils firent la route jusqu'à Suez sans dire un mot car le plus gradé des janissaires tenait l'homme qu'ils accompagnaient pour un grand personnage et n'osait rompre le silence. Jean-Baptiste n'avait pas grand-chose à leur dire. Il était tout à l'idée de ce qu'il allait faire. Dès que sa réflexion le laissait en repos, il pensait à Alix, se demandait comment elle s'était tirée de la délicate épreuve de sa fuite à travers le désert. Jean-Baptiste avait confiance en elle, en Juremi, en Françoise. Surtout, il avait confiance en son destin.

Ils passèrent devant les lacs Amers, virent de loin le Serapeum. Enfin, le petit port de Suez, tout au bout de son golfe, étroit comme un lac d'Italie, apparut à la fin du deuxième jour. La baie était pleine de voiles blanches et grises, gonflées par un vent régulier qui poussait vers le sud-est.

Sur la réquisition des janissaires, le capitaine du port, un Libanais barbu et jovial, mit à leur disposition une grande felouque de mer à deux mâts, un ancien bâtiment civil converti à un usage militaire par l'armement de deux canons. L'équipage était composé de soldats turcs, ce qui n'était guère rassurant étant donné le légendaire divorce entre ce peuple et la navigation. Fort heureusement, la plupart, dont le quartier-maître, étaient des Grecs turquifiés originaires de Chio. Ils faisaient les cinq prières et croyaient par Mohammed mais continuaient de se parler dans la langue d'Aristophane.

La barque fila au grand largue, sans accalmie ni coup de vent, et longea le Sinaï, dont on devinait la masse dans la brume.

Le clapot grossit à la jonction du golfe Persique. Un grand soleil, dans la journée, faisait luire les lattes mouillées du plat-bord et la peau cuivrée des marins. Les nuits étaient encore venteuses et froides. Ils ne firent escale qu'une fois et parvinrent à Djedda au petit matin du cinquième jour.

Le Pacha du Caire avait préparé un sauf-conduit à remettre au chérif de La Mecque. Le chevalier fut accueilli avec tous les égards. On l'installa dans un hôtel, tenu par un Syrien orthodoxe nommé Markos, et situé à la limite des sables, sous l'abri de quelques palmiers, à l'écart du reste de la ville. C'était là que les chrétiens étaient contraints de séjourner.

Sur l'arrière du bâtiment ouvrait un jardin clos de murs, dallé, où étaient plantés en quinconce régulier des orangers et des lauriers-roses. Jean-Baptiste ne s'était pas trompé dans ses intuitions : à peine entra-t-il dans le jardin qu'il y vit Murad assis sur un coussin, fumant une pipe à eau. De l'autre côté, formant un cercle silencieux, chacun un livre à la main, les six savants tenaient chapitre.

Jean-Baptiste, plus chevalier que jamais, leur adressa de loin un salut hautain, s'assit en tournant le dos à Murad et se fit servir un café turc bien sucré. Les janissaires l'avaient quitté, sur sa demande. Il leur avait donné congé puisqu'il était arrivé à sa destination. Eux pouvaient se loger en ville. Djedda, cité de pèlerins et port actif, dissimulait sous son austère apparence toutes sortes de plaisirs. Jean-Baptiste donna deux sequins au premier janissaire et un à chaque autre, somme qui équivalait à deux patakas, c'est-à-dire à cinquante-six harfs, donc à cent douze diwanis, soit deux mille deux cent quarante kibeers, ou encore six mille sept cent vingt borjookas, cette petite monnaie de la mer Rouge qui n'est pas en métal mais en éclats colorés de verre de Venise. Bref, Jean-Baptiste les fit riches. Ils partirent vers la ville, avec dignité mais empressement, demander à la vie quittance de la faveur que Dieu, par l'étourderie de ce Franc, venait de leur envoyer.

Le soir, tous les pensionnaires de l'établissement soupèrent en silence dans une grande salle à manger aux murs passés à la chaux. Le seul décor était une ancienne épée de chevalerie, toute mangée de rouille, qui pendait à deux clous. Puis les convives se retirèrent, une bougie à la main, et l'on entendit grincer les parquets à l'étage. Jean-Baptiste attendit que Murad fût resté seul, selon sa bonne habitude de ne jamais quitter une table que le dernier et de finir tous les restes. Il alla s'asseoir en face de l'Arménien.

— Monsieur, dit Jean-Baptiste en arabe.

Murad plissa ses yeux de myope et salua en laissant paraître une légère inquiétude.

— L'ambassadeur Murad, je suppose ? fit Jean-Baptiste.

— Ah ! ça. Comment pouvez-vous le savoir ?

L'Arménien saisit le bougeoir, l'approcha du visage de son interlocuteur.

— Mais... On dirait... C'est toi, Jean-Baptiste ?

— Chut ! Je suis le chevalier de Vaudesorgues.

— Ah ! bon, fit Murad, un peu déçu. J'aurais cru...

— Mais non, idiot, c'est bien moi. Seulement il ne faut pas le crier partout. Surtout à tes nouveaux amis.

— Ce ne sont pas mes amis. Ces messieurs voyagent en leur qualité d'éminents savants. Ils désirent connaître l'Abyssinie. Comme je n'avais plus de tes nouvelles...

— Tu as bien fait de partir, Murad, dit Jean-Baptiste en souriant.

Il sortit un flacon plat en cuivre étamé et versa un liquide blanc dans la tasse vide de Murad et dans la sienne qu'il avait apportée de sa table.

— Du marc, dit l'Arménien. Dans l'Arabie Heureuse, sur la terre du Prophète... Tu n'as pas peur !

Ils trinquèrent prudemment et burent leurs verres jusqu'au fond.

— Si, dit Jean-Baptiste, j'ai peur. Pour toi.

— Que veux-tu dire ?

— Tu vas traverser vers Massaouah ?

— Dans deux ou trois jours, quand le chérif de La Mecque aura visé les documents de ces messieurs.

— Il y a longtemps que tu n'as pas vu le Nayb ?

— En effet, le cher vieux.

— Ce n'est plus lui.

— Ah ! bon, ce n'est plus le terrible Mohammed ?

— Non, Mohammed est mort, tu auras affaire à son

neveu, Hassan. Il est plus terrible encore. Sa haine des religieux francs est sans limites.

— Bah, cela ne nous concerne pas. C'est le Négus lui-
même qui m'a demandé de ramener des savants, s'il s'en
trouvait pour venir.

— Des savants, oui. Mais jésuites ?

— Quoi ! s'écria Murad. Qu'est-ce que tu racontes !

Jean-Baptiste saisit l'Arménien par le col de sa tunique et
lui parla dans le nez.

— Je raconte que tu es en train d'amener à Massaouah six
jésuites de la plus pure eau. Que, si, toi, tu es assez naïf pour
ne pas t'en apercevoir, il y a des chances que le Nayb, lui, soit
moins bête. Et à supposer qu'il ne se doute de rien,
l'Empereur va te voir arriver avec six personnages qui n'ont
qu'une idée en tête : le convertir. Il nous a fait jurer de ne
plus en ramener, et toi, tu rentres avec une demi-douzaine
d'entre eux dans tes bagages.

Il relâcha Murad, qui retomba sur sa chaise aussi étourdi
qu'au sortir d'une bastonnade.

— Je suis perdu, dit l'Arménien.

Il se mit à sangloter en silence comme un enfant.

— Cesse donc, lui dit Jean-Baptiste, en lui versant une
nouvelle rasade d'eau-de-vie.

Murad la but d'un trait et parut être encore plus triste.

— Ah ! j'aurais mieux fait de suivre mon idée et de me
placer comme cuisinier au Caire. Je ne connais que cela.
Toutes vos histoires de religion et de politique me confondent.

— Écoute-moi, Murad. Fais ce que je te dis et tu n'auras
rien à craindre. L'Empereur te fera le meilleur accueil et tu
pourras devenir cuisinier chez lui si cela te chante.

Murad, sans dire un mot, renifla et fit glisser son verre sur
la table. Jean-Baptiste jeta un coup d'œil vers les cuisines puis
le servit de nouveau.

— Demain matin, avant l'aube, tu vas partir vers le port,

dit doucement le médecin. Je vais te laisser un sac d'or qui te permettra de convaincre n'importe quel capitaine de felouque. Traverse la mer Rouge, va voir le Nayb. Préviens-le que six jésuites veulent entrer chez lui et que, fort heureusement, tu es parvenu à leur échapper. Ensuite, continue jusqu'à Gondar, donne mon salut à l'Empereur, dis-lui que le Roi des Francs a bien reçu son ambassade et qu'il le bénit. Ta mission s'arrête là. Tu retrouveras tes cousins, ton oncle, et j'espère que tu seras heureux pour le reste de tes jours.

— Et les jésuites ? dit Murad, ragaillardi par ces paroles et par les trois verres de marc.

— Je m'en charge.

— Et... toi ?

— Moi, mon ami, je suis un homme heureux. Et j'espère l'être bientôt plus encore.

— Ta fiancée ?

— Je vais la rejoindre. Qui sait, peut-être nous verras-tu quelque jour à Gondar ?

Ils trinquèrent encore deux fois. Jean-Baptiste répéta ses instructions et régla les moindres détails. Ils se séparèrent vers minuit après une chaleureuse accolade.

Pendant la journée suivante, Jean-Baptiste observa attentivement les six convives de l'hôtel qui accompagnaient Murad. Ils ne s'avisèrent de l'absence de l'Arménien que vers midi, car celui-ci les avait habitués à ses réveils tardifs. L'un d'eux alla frapper à la porte de sa chambre. Il redescendit fort inquiet. Comme il en était convenu la veille au soir avec Jean-Baptiste, Murad avait laissé instruction à l'aubergiste de dire qu'il était allé en ville pour régler une affaire. Aucun étranger ne pouvant s'y rendre sans autorisation spéciale, les six jésuites prirent leur mal en patience. Ils se répandirent dans le jardin et le long de la route poussiéreuse menant à la rade, qui était libre à la promenade sur cinq cents mètres environ.

La nuit vint. Ils se concertèrent de nouveau puis soupèrent en silence. Il n'y avait pas ce soir-là d'autres clients dans l'auberge que Poncet. Vers la fin de son repas, qu'il prit aussi tranquillement que possible, Jean-Baptiste approcha sa chaise de la table des savants. Il leur demanda la permission de leur offrir le thé à la menthe et les gâteaux puisqu'il avait eu l'indiscrétion d'entendre à leur maigre conversation qu'ils étaient ses compatriotes.

— Soyez le bienvenu, dit sombrement l'un des six.

— Eh bien, dit Jean-Baptiste en levant son verre tout fumant, puisqu'il n'est pas permis ici de porter une santé autrement, je lève mon thé, qui, si l'on y songe, a bien la couleur du cognac. À votre bonheur à tous !

Ils trinquèrent sans enthousiasme, sauf Jean-Baptiste, qui était jovial pour sept.

— Je ne me suis pas présenté, veuillez m'en excuser : je suis le chevalier Hugues de Vaudesorgues, votre serviteur.

Ayant dit, le prétendu chevalier se leva de quelques pouces et fit une petite courbette à la cantonade.

— Nous sommes des savants, répondit de mauvaise grâce le plus âgé des convives, envoyés en voyage d'étude par la Société royale des Sciences d'Espagne.

— Et où vous mènera votre voyage ? demanda Jean-Baptiste avec une innocence feinte.

Les six hommes se regardèrent avec inquiétude.

— En Abyssinie, dit finalement leur porte-parole.

Le chevalier poussa un cri d'admiration.

— Une contrée inconnue ! Messieurs, je salue votre intrépidité !

Rien ne paraissait moins intrépide, dans le moment, que ces malheureux voyageurs, orphelins de leur guide et pleins de méfiance envers le fanfaron qui les avait abordés.

— Puis-je vous faire une question indiscrète, Messieurs ? dit Jean-Baptiste à voix basse.

— Si vous y tenez.

— Voilà, mais ne vous sentez pas contraints de me répondre : êtes-vous mariés ?

Un frisson de malaise parcourut les six convives. Ils hésitèrent. Enfin, le même répondit :

— Non, Monsieur le chevalier, nous ne le sommes point.

— Ah ! voilà qui est excellent, s'écria Jean-Baptiste à voix haute, excellent vraiment.

— Et peut-on savoir en quoi ? demanda, piqué, l'un des voyageurs, à la gauche de la table, qui avait observé l'intrus avec plus de sang-froid que les autres.

— Mais parce que je ne peux donc plus douter que vous allez convertir ce pays.

Six exclamations s'élevèrent en même temps puis tous les regards se portèrent craintivement vers l'office où, par bonheur, personne ne semblait avoir entendu les imprudentes paroles de Jean-Baptiste.

— Expliquez-vous, dit à mi-voix le voyageur le plus loquace.

— Mais c'est fort simple. Je vais vous raconter une anecdote et vous allez comprendre. Je la tiens d'un missionnaire capucin qui a vécu à Senaar et s'est un peu avancé dans la campagne, en direction de l'Abyssinie. Mais d'abord, holà ! Aubergiste ! Apporte-nous des bougies. N'économise pas le suif, on paie assez cher dans ta maison.

Markos arriva en claudiquant, tout dévoué à ses hôtes à condition qu'on lui demandât les choses bien clairement et bien fort car il devenait sourd. Ils eurent trois chandelles neuves sur la table et, quand le tenancier fut parti, le chevalier reprit.

— Donc, ce missionnaire, un jour, arrive dans un village de la savane : quelques cases, de hautes herbes et, sous un baobab, les chaises basses où palabrent les anciens. Il se présente, s'explique en arabe, que les naturels entendent un peu. Leur chef le prend en sympathie. On l'adopte et voilà qu'au bout de deux journées de ce régime, il commence à parler de sa religion, c'est-à-dire, je suppose, de la nôtre.

Les voyageurs acquiescèrent, pas trop rassurés pour autant.

— Le chef paraît vivement intéressé par ce Jésus dont on lui expose les miracles. Ce capucin lui plaît ; il lui laisse entendre qu'il ne serait pas hostile à en savoir plus. Tout paraît bien engagé. Hélas ! la nuit arrive et voilà notre moine qui, à l'heure du coucher, trouve la fille du chef dans sa propre case. Il ne dit rien, dort au pied du lit sans la toucher. La malheureuse, le lendemain, raconte tout à son père. « Comment, dit celui-ci au capucin, tu as le front de refuser ma fille ! » Et le prêtre explique, fort gêné, que sa religion lui interdit toute fornication.

Les six jésuites écoutaient, de plus en plus inquiets. Jean-Baptiste prit son temps, fit revenir du thé et poursuivit :

— Fureur du chef ! Il entre dans une terrible colère : « Qu'est-ce que ce dieu dont tu nous parles et qui commande une chose pareille ? S'il veut le bien des hommes, il ne peut pas forcer ceux d'entre eux qui disent l'aimer le plus à ne pas toucher une femme de leur vie. Ton dieu est criminel, voilà tout. Il insulte la Nature et ne peut pas l'avoir créée. » Et le soir le chef fait de nouveau enfermer le capucin avec sa fille. Cette fois, tous les hommes du village sont autour de la case. Le moine est prévenu qu'il ne sortira pas vivant qu'il n'ait fait la preuve d'avoir consommé cette belle vierge.

— Cette histoire est horrible, Monsieur le chevalier, dit le chef des voyageurs d'une voix blanche. Veuillez cesser !

Mais le jésuite n'y mit pas beaucoup d'énergie car tous, en vérité, brûlaient de connaître le dénouement.

— J'ai presque terminé, dit Jean-Baptiste. Mon ami n'était pas un saint, ou peut-être l'est-il devenu ainsi. Enfin, il s'est exécuté. Le chef a fait procéder le matin aux plus honteuses vérifications et il s'est avancé, radieux, vers le capucin. « À la bonne heure, l'ami, lui a-t-il dit. Je suis fier de toi et me voilà prêt, de nouveau, à entendre parler de ton Jésus. Maintenant, tu vas pouvoir convertir tout le pays, c'est-à-dire y semer toi-même autant de petits chrétiens que tes forces te le permettront. Car le meilleur moyen, conclut le chef, de propager sa religion, c'est de faire beaucoup d'enfants et non pas de voler ceux des autres, ce qui n'est pas bien. »

Jean-Baptiste termina au milieu d'un lourd silence et, sans paraître s'en inquiéter, il souffla sur son thé encore chaud et en aspira bruyamment une gorgée.

— Est-ce à dire, prononça enfin le jésuite le plus attentif

et le plus hardi, que vous nous supposez l'intention d'inséminer à nous six l'Abyssinie ?

Ce disant, il posa sur le chevalier un regard plein d'attention et qui paraissait scruter sa figure pour en extraire un objet confus et lointain dans sa mémoire. À Jean-Baptiste non plus, ce visage n'était pas inconnu. Il lui répondit en quittant le ton bouffon et ce changement glaça encore davantage l'assistance.

— L'Abyssinie n'est pas la savane de Senaar. C'est un fier et vieux pays chrétien auquel on ne doit pas faire l'insulte de prêter d'aussi primitives pensées.

Puis regardant le cercle de tous les autres, il dit :

— Non, mes chers Pères, je ne vous prête aucune intention. Cela n'est pas nécessaire. Je sais seulement de source très certaine qui vous êtes et ce que vous allez faire.

Son ton était si assuré qu'aucun doute ne leur sembla possible et après la première stupeur ils attaquèrent sur un autre front.

— Eh bien, puisque vous nous connaissez, dites-nous en quoi nos projets peuvent soulever en vous quelque objection ? dit le premier porte-parole. Avez-vous quoi que ce soit contre la propagation de l'Évangile ?

— Vous êtes le Père de Monehaut, sans doute ? dit Jean-Baptiste qui avait fait cette déduction par la description que Murad lui avait laissée de ses commanditaires.

— En effet.

— Eh bien, oui, mon Père, j'ai des objections, et beaucoup. Ce pays n'a pas besoin de l'Évangile : il le connaît depuis aussi longtemps que nous. Je sais bien que la doctrine qu'ils professent ne vous paraît pas conforme au dogme rigoureux mais la question véritable n'est pas là.

— Où est-elle donc alors ? dit doucement le Père de Monehaut.

Jean-Baptiste parut hésiter une seconde puis reprit :

— Voyez-vous, le temps a passé et j'ai beaucoup changé.

L'an dernier, à la même époque, je me serais lancé dans un éloquent discours pour vous convaincre avec maints arguments historiques, humains, religieux de ne pas troubler ce pays. Je suis même allé jusqu'à Versailles, avec l'intention de tenir ce discours.

— Poncet ! s'écria le jésuite qui l'avait si curieusement observé.

Jean-Baptiste reconnut alors un des Pères de la maison de Marseille où il avait été reçu en compagnie du Père Plantain.

— Oui, l'an dernier, mon Père, quand vous m'avez vu, je brûlais de me faire comprendre et maintenant c'est moi qui ai compris.

— Eh bien, expliquez-nous au moins ce que vous avez compris, dit le Père de Monehaut avec patience, comme on calme un fou.

— Que vous êtes une force, tout simplement.

Des sourires de mépris parurent un instant sur quelques lèvres.

— Une force au service de la force, continua Jean-Baptiste, et qui prend Jésus-Christ pour drapeau, un drapeau qui en vaut un autre quand il s'agit de cacher l'essentiel, qui est le pouvoir.

— Donc ? fit le même prêtre, en habitué des critiques.

— Donc seule la force peut vous arrêter. J'ai eu trop longtemps la naïveté de croire que l'on pouvait vous convaincre.

Il y eut un moment de silence. On oubliait presque que cette salle, où brillaient des chandelles, était perdue à l'extrémité des sables, à la pointe de l'Arabie. Soudain, Jean-Baptiste ramena ce décor à sa place et alors parut l'évidence qu'il pouvait s'agir d'une prison.

— Ne cherchez plus Murad, dit-il méchamment. Il est parti et, à l'heure actuelle, j'espère même qu'il est arrivé. Le Nayb de Massaouah est prévenu de vos identités. Son grand-père s'est rendu célèbre en envoyant les tonsures de vos prédécesseurs à l'Empereur d'Éthiopie pour lui prouver qu'il avait fait bonne garde à sa porte. Le petit-fils a hérité toutes les qualités de l'aïeul. Ce n'est pas un Turc. Il n'obéit que de loin à la Sublime Porte. Aucune intrigue, aucun mensonge, aucune supplication ne l'attendriront et, si vous prenez le risque de traverser cette mer, ce sera sans espoir d'atteindre jamais l'Abyssinie.

Les six jésuites regardaient avec épouvante cet homme jeune, élégant dans son habit couleur feu et ses dentelles, qui les frappait aussi sévèrement.

— Que devons-nous faire ? dit le Père de Monehaut avec dignité.

— Ne pas aller au Caire, où vous seriez fort mal reçus. Ne pas tenter de rejoindre l'Abyssinie par la voie des terres, car tous les princes indigènes sont prévenus contre vous. Il n'y a qu'une solution : prenez une felouque, rentrez à Suez puis en Terre Sainte, en France, où vous voudrez, à vrai dire. Il y a bien assez de nations où vous êtes déjà chez vous.

Jean-Baptiste se leva en les regardant tous, et dit avec une expression gauche, comme repentante.

— J'ai du respect pour chacun d'entre vous, croyez-moi. S'il avait fallu vous livrer, ce n'est pas ainsi que je m'y serais pris. Non, je vous épargne, au contraire. Mais je suis fidèle à la parole que j'ai donnée à un roi.

Les six jésuites faisaient bonne figure devant le sort et Poncet était plus affecté qu'eux. « C'est que moi, pensa-t-il, je suis libre de mes actes. Et responsable. Eux, n'ont pas leur volonté ; ils obéissent… »

Il salua poliment, s'éloigna puis, avant d'atteindre la porte, se retourna pour un dernier mot :

— Il serait bien sûr inutile d'alerter le chérif de La Mecque. Pour l'instant, il ne sait rien de vos qualités et, s'il les apprenait, vous auriez plus que moi à vous repentir d'être démasqués. Cela dit, prenez du repos, il se fait tard. Bonne nuit, mes chers Pères.

Il monta s'enfermer dans sa chambre.

À cinq heures du matin, sans un brin de vent, la petite felouque qu'il avait louée emmenait Jean-Baptiste sur une mer d'huile où se reflétait déjà l'aube. Huit rameurs fendaient l'onde, cap au nord-ouest, en suivant Cassiopée.

*

La même semaine, une troupe de cavaliers turcs, envoyés par le Pacha, arrêta deux capucins à la hauteur de la troisième cataracte. On découvrit dans le bissac de l'un d'eux un document destiné à l'Abuna d'Abyssinie et un flacon d'huile. Ramenés au Caire, ils furent présentés au Patriarche copte, qui authentifia la lettre mais déclara formellement ne reconnaître ni les huiles, ni le flacon. Le Frère Pasquale refusa obstinément d'avouer où avaient été dissimulées les véritables onctions. Cette mauvaise volonté, mise en valeur par le Pacha dans sa correspondance avec Constantinople, entraîna l'expulsion vers l'Italie de plus de la moitié de la congrégation. La mission d'Abyssinie menée par cet ordre ne s'en releva jamais.

*

Du Roule n'avait qu'une inquiétude : faire régner la discipline dans sa troupe. Il avait choisi des gaillards si braves, si avides de conquêtes et de richesses qu'il devait sans cesse modérer leur ardeur. Ces valeureux ne montraient jamais mieux leur bravoure qu'en présence de quelque innocente à trousser. Tant qu'ils étaient en terre musulmane, il fallait pourtant les retenir. En Abyssinie, ce serait autre chose. D'ailleurs, ils imaginaient volontiers que c'est eux, là-bas, qui seraient pourchassés tant ils avaient entendu de fables sur la lascivité des femmes de ce peuple.

Bien préparée, bien armée, bien ravitaillée, la caravane

parvint à Dongola sans le moindre encombre. Le Roi de cette ville les reçut en faisant tous les efforts possibles.

Du Roule et Rumilhac eurent pourtant du mal à ne pas mourir de rire pendant le dîner d'apparat que leur offrit ce prince, tant leur semblait ridicule cette pompe un peu misérable et crasseuse.

— C'est une grande chose d'être sauvage ou presque, disait du Roule, mais qu'au moins ils en aient les avantages : la liberté, le naturel. Eh bien, non ! ils sont plus friands d'étiquette que les vieux ducs de chez nous.

Entre eux, ils se plaignaient beaucoup de Frisetti, le drogman, qui feignait de prendre tout cela au sérieux et semblait réprouver leur tenue. C'était un comble : il fallait bien venir chez des Nègres pour qu'un homme sans naissance prétendît enseigner le savoir-vivre à des gentilshommes.

Ne voyant rien à échanger dans cette ville qui les intéressât, ils repartirent pour Senaar dès le surlendemain.

Les deux premières oasis furent rejointes avec facilité. À la troisième, Belac, le chef de la caravane, vint trouver du Roule et lui exprima ses inquiétudes. Trois chameliers avaient déclaré qu'ils ne voulaient plus continuer. On n'avait pu leur en faire dire la raison. La population de l'oasis, pour réduite qu'elle fût, montrait une inexplicable méfiance à l'endroit de ces Blancs, alors même qu'elle était accoutumée d'en voir et de ne pas les craindre. Fâcheusement, un des sbires de la troupe, un grand gaillard de Dalmatie, caressa un peu trop intimement une gamine d'une douzaine d'années, morveuse allant nu-pieds, dont les indigènes défendirent l'honneur d'une façon qui parut exagérée. Du Roule s'en tira avec un collier d'éclats de verre de Venise pour la prétendue victime et de vieux souliers pour son père. Encore ces sauvages ne parurent-ils point satisfaits. L'affaire était décidément désagréable. Elle montrait à l'évidence, ce fut au moins l'avis de Rumilhac, la mauvaise volonté de cette tribu à l'égard d'étrangers si généreux.

Ils quittèrent cette oasis en espérant tout de la suivante. Ce fut pire et ainsi jusqu'à Senaar, où leur entrée provoqua un attroupement muet et hostile. Heureusement, le Roi compensa la froideur de son peuple par une prévenance exemplaire. Il invita les voyageurs à dîner dès le premier jour. Malgré le dégoût qu'ils avaient pour les nourritures grasses et relevées, du Roule, Rumilhac et les deux autres dignitaires supposés firent honneur à la table. Frisetti se prétendit malade et resta au camp pour en surveiller l'établissement. Selon l'habitude des Francs, connue de tous mais tolérée, les quatre convives tirèrent de petites flasques de leurs poches et corsèrent leur breuvage. Ils finirent le dîner complètement saouls, avec l'illusion que le Roi ignorait la cause de leur air réjoui, ce qui était lui supposer plus d'aveuglement qu'il n'en avait. Le souverain eut la bonté de ne rien laisser paraître, même quand l'ancien gendarme se prit à passer la main sous la tunique d'un des serviteurs, en oubliant tout à fait ce que recouvrent les robes dans ce pays. Ils rentrèrent ensuite à la caravane, et trouvèrent le campement complètement dressé, près d'une des portes de la ville. Ils s'endormirent comme des bienheureux en rêvant de gloire et de richesse.

Le lendemain, l'hostilité environnante était plus pesante encore. Deux hommes reçurent des pierres en se promenant dans la ville. Aucune des transactions qu'ils voulurent faire sur le marché ne fut acceptée, comme si ce qui venait d'eux eût porté malheur.

Du Roule décida de pousser leur avantage auprès des seuls qui voulussent les traiter avec un peu d'égards, c'est-à-dire le Roi et sa cour. En surcroît des cadeaux qu'il avait apportés la veille au souverain, il fit savoir qu'il s'honorerait de recevoir la Reine et les dames de haut rang pour les divertir d'une attraction qu'il apportait d'Europe. Le lendemain, une dizaine de femmes de la cour vinrent en éclaireuses. La Reine préféra ne pas paraître le premier jour.

Rumilhac étouffait de rire au spectacle de ces lourdes Nubiennes enveloppées de voiles colorés, qui découvraient librement leur visage et marchaient en se dandinant.

— Sont-elles vilaines ! disait-il en français à du Roule, tout en souriant à la galerie. Entrez, Mesdames. Tiens, regarde, voici la La Vallière.

Il montrait une énorme femme qui portait deux courtes nattes sur le haut du crâne, et boitait.

— Et là, tiens, notre chère Françoise d'Aubigné. Entrez, Madame la marquise.

C'était une vieille femme à l'air renfrogné. Après les avoir toutes disposées dans la grande tente dressée pour les réceptions au centre du camp, du Roule dévoila son attraction : les miroirs vénitiens déformants.

Les femmes étaient au centre de la tente et les miroirs accrochés tout à son pourtour. Quand ils ôtèrent les toiles qui les couvraient, elles restèrent groupées, immobiles et ils crurent qu'elles n'avaient pas vu leurs reflets. Du Roule et Rumilhac, saisissant l'une après l'autre les dames et plaisantant toujours en français, voulurent les approcher du phénomène.

— Celle-ci ne se sera jamais vue si maigre. Regarde, ma jolie ! Tu as l'air d'un caméléopard là-dessus : toute en jambes, avec une tête de chèvre.

— Approchez donc et regardez votre petite amie. La voilà bien sérieuse ! Plus large que haute, eh oui ! comme les messieurs d'ici ont l'air de les aimer.

Mais Frisetti, le drogman, qui comprenait ce que murmuraient les dames, ne riait pas. Il avait bien noté qu'elles restaient interdites et prises de stupeur devant ces images. Elles se voyaient elles-mêmes mais abominablement déformées, comme si elles eussent été transportées dans un corps de démon. L'apparence, dans ces terres où l'islam recouvre et absorbe la magie, est une chose trop sérieuse pour n'être qu'une illusion. Ce qui se révélait à elles, sous les ricanements de du Roule, c'était leur propre destin, comme si l'enfer eût entrouvert un instant ses portes pour leur dévoiler l'éternité des supplices à quoi elles se voyaient condamnées.

La première qui cria entraîna les autres. Elles sortirent toutes de la tente en tenant leurs voiles pour mieux courir et, haletantes, égarées, elles remontèrent jusqu'au palais en hurlant par les ruelles encaissées où les murs faisaient écho à leurs cris.

Du Roule comprenait enfin. Il donna l'ordre d'aller aux armes et de se regrouper. Au bout de dix minutes d'un lourd silence, ils virent déboucher par trois côtés une foule compacte, dont le lent piétinement soulevait la poussière. Les pierres volèrent. Chacun, parmi les Francs, tira un coup de fusil, tua son homme mais tant et tant venaient derrière qu'il était inutile d'espérer. En quelques minutes, toute la caravane était aux mains des assaillants. C'est une malédiction, dans l'esprit des Nubiens, de tuer un magicien à mains nues ; aussi l'agonie des prisonniers prit-elle un peu plus de temps que si l'on avait pu, tout bonnement, les étrangler.

La cavalerie du Roi n'intervint que quand tout fut fini : elle se saisit des chameaux ainsi que de tous les biens transportés par la caravane et alla les remettre au souverain. Celui-ci écrivit le jour même au Pacha. Il se lamentait que d'aussi noires rumeurs, sans doute propagées par les capucins, eussent précédé les voyageurs. Bien qu'il les ait traités le plus civilement qu'il eût pu, la foule s'en était finalement emparée. Et que sont les rois, demandait-il humblement, quand la foule veut le meurtre ?

CHAPITRE 10

À la bifurcation des deux golfes, un vent frais se leva qui prit la felouque par le travers, permit de hisser la voile et de filer à belle allure vers le Sinaï. Dans le ciel bleu pâle d'avril, on voyait se détacher le sommet ocre de la montagne. Jean-Baptiste avait sur le visage et sur les mains le goût piquant de la mer ; le soleil séchait les embruns sur sa peau, en laissant des traces de sel.

Tout allait finir et commencer. Les trois missions vers l'Abyssinie étaient, à cette heure, mises à bas. Alix, au creux de la montagne qui grossissait à vue d'œil, l'attendait. Bien sûr, il y avait encore assez d'incertitudes pour que Jean-Baptiste pût continuer de se projeter étourdiment dans l'instant à venir. Mais au fond de lui il ne s'attendait plus guère à de grandes surprises. Dans cette paix que ménagent, au point de leur contact, les tourmentes du vent et l'ondulation des flots, sur la mer, cette surface mystérieuse qui représente si bien le destin et la place de l'homme, Jean-Baptiste voyait, paisible mais fasciné comme au bord d'un précipice, approcher l'heure où il serait enfin réuni à celle qu'il aimait.

Les marins arabes, autour de lui, se tenaient debout, pieds nus, sur les plats-bords décolorés par le sel. Leurs tuniques claquaient au vent. Ils étaient heureux d'avoir chaud, contents de ramener leur barque sauve. Ils regardaient la montagne comme une grande et simple chose qui les dominait.

— Tâchons d'être comme eux, se dit Jean-Baptiste. Il s'agit d'éprouver seulement ce qui arrive et de ne point dresser son esprit contre le bonheur.

Ils accostèrent à Thor au début de l'après-midi. Jean-Baptiste était vêtu en Arabe, il tenait son habit européen dans un sac de toile. Il lui restait encore un peu de l'or du duc de Chartres, à peine une dizaine de sequins. Il acheta un mulet équipé d'une selle pleine de trous par où sortaient des touffes de paille grise. Un bâton dans une main pour frotter les côtes du paresseux animal et la bride dans l'autre pour lui donner un semblant de direction, il partit vers l'intérieur de la péninsule.

À cet endroit de la côte, le Sinaï s'abaisse en une plaine par laquelle on peut doucement s'élever vers le centre du massif. Le désert est là, dès que l'on quitte les derniers jardins du port. Ce n'est pas un désert de sable, où tout paraît s'être désagrégé. Au contraire, le paysage, fait de pierres dressées, nues, sur un socle de roche, ressemble à une immense étendue de ruines gigantesques, minérales, incorruptibles, qui condamne toute autre vie que celle, éternelle et figée, du roc. Une fine couche de poussière blanche, apportée par les tourbillons du vent depuis les profondeurs de l'Arabie Pétrée, saupoudre ce décor. Elle lui donne l'air d'abandon d'un palais délaissé par ses serviteurs et sur lequel le temps, empêché de commettre tout autre outrage, se contente de déverser le sable fin de la clepsydre céleste.

Jean-Baptiste ne rencontra pas une âme en deux heures. La nuit allait bientôt venir. Il tenta sans succès de presser le pas de son mulet. Hélas ! l'animal ne connaissait que deux allures : l'arrêt ou cette marche alanguie. Le chemin s'éleva en un lacet plus raide et franchit un grand à-pic déjà sombre. Jean-Baptiste parvint en haut alors que le ciel avait pris une teinte d'encre et donnait aux rochers des silhouettes noires de géants. Au débouché de deux hautes vallées qui fendaient les sommets du Sinaï, il découvrit une pierre taillée au beau milieu de ces pierres brutes : c'était la masse rectangulaire des murailles du monastère.

Douze tours arrondies bombaient hors des hauts murs gris. On aurait dit un ksar, une forteresse du désert, n'étaient les deux flèches de la basilique que l'on voyait dépasser. Le mulet mit Jean-Baptiste à la torture car, si près du but, il lui fallut encore plus d'une heure pour les mener au pied de la porte monumentale qui perçait les remparts. Les moines se gardaient eux-mêmes : deux d'entre eux, bâtis comme des lutteurs, une large ceinture passée autour de leur robe, et soutenant une épée droite, arrêtèrent le voyageur et allèrent porter son nom chez l'Abbé. Ils ne le firent pas entrer avant qu'un ordre leur fût donné en retour.

À l'intérieur de ses murailles, le monastère Sainte-Catherine était une véritable ville. La basilique en occupait le centre mais autour d'elle on avait dressé tant de bâtiments, de galeries, de terrasses, de chapelles, que l'espace contraint par les remparts était saturé de murs, de ruelles, de passages juxtaposés, empilés, emmêlés comme dans une ville ordinaire de l'Orient. Un moine tout jeune et blond comme un croisé guida Jean-Baptiste jusqu'à la résidence de l'Abbé. Il se chargea de son sac et lui recommanda de laisser le mulet à la garde des moines de l'entrée.

Construite au VIᵉ siècle par l'Empereur Justinien, Sainte-Catherine avait toujours été préservée, peut-être par ses murailles, sans doute plutôt par le voisinage protecteur de la montagne sacrée qui pèse sur toutes les consciences de la descendance de Moïse. Les moines orthodoxes qui avaient leur résidence dans ce sanctuaire étaient formellement rattachés au Patriarche de Jérusalem. En réalité, plus encore que les instruments d'une religion particulière, ils étaient une puissance autonome, les gardiens d'un lieu mystérieux et terrible. Les fugitifs auxquels le monastère donnait sa protection étaient saufs, quelles que fussent leur origine et la nature de leurs crimes. Certains n'y faisaient qu'un bref séjour ; beaucoup d'autres y demeuraient à jamais, grossissaient la communauté et pouvaient même espérer, au terme d'un long retour spirituel, en devenir le chef.

Dans la résidence abbatiale régnait une atmosphère étrange, bien différente de celle que Jean-Baptiste avait connue lors de son premier passage. Les moines parlaient à voix basse, des odeurs de camphre et de myrrhe flottaient dans les couloirs dallés.

— Notre Abbé est très malade, dit le prieur à Jean-Baptiste. Voilà trois semaines, il est tombé en plein office. On l'a relevé sans conscience. Depuis, il est revenu à lui mais il prononce avec difficulté. Il souffre la nuit, on l'entend gémir, crier parfois. Votre associé lui a composé un remède qui le soulage et l'apaise. Mais nous restons fort inquiets.

Jean-Baptiste se proposa de voir l'Abbé. Avant, il voulait pourtant poser la question qui lui brûlait les lèvres.

— Où sont donc mes amis, maître Juremi et les deux dames ?

— Rassurez-vous, dit le prieur, ils sont arrivés depuis deux semaines et vous attendent. Le seul contretemps, mais il n'est pas très grave, est qu'hier, peut-être un peu gagnés par l'ennui car il n'y a pas grand-chose à faire ici, ils ont décidé — l'idée d'ailleurs était de moi, je le regrette maintenant — d'aller voir le lever du soleil depuis une petite chapelle que nos Frères ont construite un peu plus haut, dans la solitude de la montagne. Ils redescendront demain matin.

Jean-Baptiste eut un instant de déception puis il se dit qu'il allait prendre une nuit de repos, se changer et que le lendemain matin il irait, tout frais de corps et d'esprit, à leur rencontre.

Le prieur l'introduisit dans la chambre de l'Abbé. C'était une vaste pièce éclairée par une haute croisée qui donnait sur un balcon fleuri de lauriers et de fuchsias. Une tapisserie, pendue sur l'un des murs, représentait la tour de Babel.

L'Abbé était un ancien architecte qui avait vécu longtemps à Damas. Après la mort soudaine de sa femme et de ses deux fils, il avait quitté la ville, erré devant lui et trouvé le chemin du Sinaï. Depuis lors, il n'avait plus quitté Sainte-Catherine et en était devenu le supérieur en moins de dix ans. Lors de son premier séjour, Jean-Baptiste l'avait encore vu manier le compas, l'équerre et la règle car il tenait à tracer lui-même le plan de tous les agrandissements du monastère. Sur une table, dans un coin de sa chambre, de grands rouleaux étaient entassés — sans doute l'ouvrage à finir.

Le pauvre homme était méconnaissable, hâve, maigre et cireux, il avait la bouche tordue.

— Je suis bien heureux de vous revoir avant la fin, prononça-t-il péniblement.

Jean-Baptiste serra sa main osseuse et ne put rien lui dire tant il était ému. Le vieillard s'assoupit. Le médecin sortit puis donna son avis au prieur. Il dit qu'on pouvait tout au plus espérer éloigner la douleur mais point la mort.

— Le plus extraordinaire, dit le prieur, est qu'il ne craint ni l'une ni l'autre. C'est nous qui en sommes le plus affectés.

— Il me semble qu'avant deux jours...

Le prieur se signa, cacha ses larmes et accompagna Jean-Baptiste jusqu'à l'appartement qui lui était réservé.

*

À sept heures du matin, tandis qu'ils redescendaient à pied du reposoir d'où ils avaient contemplé l'aube, Françoise et maître Juremi rencontrèrent Jean-Baptiste qui montait du monastère. Ils l'embrassèrent avec émotion, voulurent lui faire raconter son voyage, son arrivée. Mais il s'inquiétait d'Alix.

— Elle est restée un peu en arrière, dit Françoise. C'est son humeur, en ce moment, d'être seule. Vous la trouverez d'ici peu, sur le grand promontoire qui fait face à la chapelle.

Jean-Baptiste s'excusa de les quitter. Il continua le chemin. La chaleur était déjà forte ; il ôta son justaucorps et le porta à l'épaule. Le petit sanctuaire se découvrit au tout dernier moment, au détour d'une courbe du sentier. C'était une simple cabane de pierre couverte de dalles irrégulières. Les moines n'y avaient même pas disposé de croix, par égard pour les croyances diverses de ceux qui pouvaient s'émouvoir en ce lieu. Une sorte de petite esplanade s'étendait entre la bâtisse et un promontoire de roche, où se dressaient des pierres raides comme des silhouettes drapées. De ce tertre on observait le lever du jour. La vue plongeait de trois côtés. Jean-Baptiste reconnut Alix parmi ces formes. En vérité, c'est plutôt qu'il la devina, et elle, l'apercevant, eut la même intuition et se leva. Il approcha en courant, ralentit à dix pas d'elle et termina avec une grande lenteur. Comme elle avait changé ! Son visage, son corps, son maintien avaient mûri et sa beauté n'en éclatait que plus intensément. Vêtue en cavalière, elle était libre de l'entrave des robes et des corsets, sa chevelure était dénouée. « Tout cela, se dit-il, n'est rien en comparaison de cet air de majesté, d'insoumission. » Et lui, dont l'image en elle était polie par l'absence, reprenait cette vigueur de trait, cet éclat des yeux, cette grâce et cette force confondues dans le plus anodin des gestes.

Voilà, tout était vaincu. Il n'y avait plus entre eux que dix pas à parcourir sur un sol de pierraille. L'écart des naissances, la volonté d'un père, l'indifférence d'un Roi et la méchanceté de tant d'hommes n'encombraient pas plus leur chemin désormais que les petits cailloux de lave éteinte qui roulaient sous leurs pieds.

Quand ils furent proches à se toucher, ils continuèrent de se regarder gravement. Après tout, ils n'avaient rien accompli d'autre jusque-là, que rendre simplement possible une vraie, une attentive première rencontre. Ce n'était plus la comédie des yeux baissés ou des regards obliques. Libres, ils devaient d'abord se voir, se voir impudiquement, jusqu'au fond de leurs âmes, tels qu'ils étaient devenus, plus eux-mêmes que jamais.

Alix leva doucement sa main et l'approcha des lèvres de Jean-Baptiste. Il posa un baiser à l'extrémité de ses doigts. Libres, ils n'avaient plus à dérober leurs plaisirs ni à les amoindrir par la hâte en voulant en accroître la quantité.

Le ciel était plein de gros nuages blancs, cotonneux et sereins. Jean-Baptiste laissa tomber son pourpoint sur un rocher, étreignit Alix. Libres, ils n'avaient rien à refuser à leur désir, pourvu qu'ils fussent accordés et c'est peu de dire qu'ils l'étaient. Ils s'embrassèrent, mêlèrent leurs bouches, leurs caresses et il n'y a là-dessus rien à dire que ne puissent imaginer ceux qui, à un instant au moins de leur vie, ont été parfaitement heureux.

Ils restèrent sur la montagne pendant toute la matinée, marchant serrés l'un contre l'autre, s'arrêtant pour reprendre le cours suspendu de leurs baisers. Les immenses dalles de basalte étaient inclinées les unes sur les autres, comme les feuillets d'un livre gigantesque. Les lointains se révélaient à l'œil en plans successifs, de différentes qualités de bleu et jusqu'au mauve le plus lointain, qui était la mer Rouge. Aucun endroit n'est plus tourmenté que ces hauteurs du Sinaï : elles paraissent droit sorties des entrailles de lave de la terre et sont tout entières plongées dans le sein orageux d'un ciel voilé d'eau et tordu de bourrasques. Ils marchaient sous le vent chaud qui faisait voler leurs cheveux et les entremêlait.

— Quel lieu magique ! dit Jean-Baptiste, ne croirait-on pas à tout instant qu'un Dieu va paraître entre les nuées ?

— Et que ferais-tu s'il tombait là, devant nous ? dit Alix en riant.

— Eh bien, je lui dirais de s'asseoir, ici, par exemple, sur cette pierre, parce que je suppose que c'est un très grand vieillard et qu'il est las.

— Et puis ? dit Alix en écartant une mèche du front de son amant.

— Et puis je lui demanderais de nous bénir. Et nous parlerions de sa vie et de la nôtre.

— S'il te donnait ses commandements ?

— Je lui dirais qu'ils sont déjà inscrits dans la créature et qu'il ne doit les confier à personne en particulier sous peine d'inventer des prêtres, des rois, des pères et du malheur.

— Tu serais bien insolent et il pourrait t'envoyer ses foudres.

— Et pourquoi cela ? dit Jean-Baptiste gravement. S'il y a un Dieu, il aime les hommes heureux.

Ainsi passèrent ces heures de parfait bonheur, entre de courts dialogues emplis de rires et de longues caresses.

Lorsqu'ils reprirent le chemin du monastère, ils entrèrent un peu plus en avant dans le récit de leur séparation passée, sujet qu'ils n'épuiseraient pas avant longtemps. Alix tint à révéler qu'elle s'était donnée à un autre homme car ce secret lui pesait. Elle dit qui et, brièvement, pourquoi.

— L'aimes-tu ? demanda Jean-Baptiste.

— Je n'ai pensé qu'à toi et je n'ai jamais cessé un instant de t'aimer.

— Alors, qu'importe ! Je ne suis point ton maître et pour une union comme la nôtre, il n'est pas de condition.

Jean-Baptiste, intérieurement, sourit à l'idée que, sans en avoir eu le dessein ni l'envie, il était déjà vengé.

Au monastère, ils déjeunèrent en compagnie de Françoise et de maître Juremi. Le protestant accueillait son bonheur avec bonne humeur. Il avait repris sa faconde et son sourire. La grande question était : où aller ? Car ils étaient toujours, bien que protégés par sainte Catherine, sur les terres du Grand Seigneur, où on les recherchait sûrement.

— Françoise et moi, dit maître Juremi, nous partons pour la France.

— La France ! Mais tu es protestant, l'oublies-tu ?

— Si je l'oublie, ils me le rappelleront, dit maître Juremi en riant. Soyons sérieux : que vaut-il mieux ? Continuer d'être des parias dans l'Orient ou l'être sur sa propre terre ? Nous avons atteint un âge où l'errance est une douleur plus grande que tout. Alors, nous nous accommoderons de l'accueil qu'on nous fera.

Leur résolution était prise, il n'y avait pas à espérer de leur en faire démordre. Ils resteraient un mois au monastère, le temps que l'affaire de l'enlèvement s'apaise à Constantinople, où M. de Maillet avait dû la faire connaître. Puis ils monteraient en Palestine, embarqueraient à Jounieh pour Chypre, la Grèce, Venise et la France.

À les voir tous deux, massifs, calmes, forts de leurs expériences et unis par une si profonde tendresse, rien ne paraissait impossible à leur commune volonté.

Alix avait beaucoup rêvé de l'Abyssinie. Jean-Baptiste lui en parla pendant des heures et accrut encore sa curiosité. Ils eurent un moment le projet de s'y rendre. Mais il advint que pendant leur séjour au monastère ils reçurent, par des marins de Thor, une lettre de Murad, qui était parvenu à Massaouah. Il avait exécuté sa mission et donnait des nouvelles de l'Éthiopie. L'Empereur Yesu était mort quelques mois auparavant, sans doute de la maladie que Jean-Baptiste lui connaissait. Son fils, élevé dans l'influence des prêtres, était mal disposé à l'égard des étrangers, au point que Murad lui-même renonçait à lui rendre compte de sa mission et préférait retourner à Alep ou à Jérusalem, où il saurait faire valoir, comme cuisinier, son séjour chez les Francs du Caire.

Ces nouvelles dissuadèrent Jean-Baptiste de tenter un voyage où l'amitié pour l'Empereur avait sa part et les aurait protégés. On ne pouvait avoir voulu si ardemment empêcher les étrangers de troubler ce pays, et se plaindre de le voir suivre sa propre histoire, où l'Occident n'avait pas de part et les Occidentaux pas de place.

Ils décidèrent donc qu'ils chevaucheraient vers le nord,

accompagnant Françoise et maître Juremi jusqu'à Saint-Jean-d'Acre puis écoutant par la suite leur guise.

L'Abbé mourut au terme d'une semaine d'extrême faiblesse. Il fut enterré dans la ferveur. Un successeur élu par les moines le remplaça. Alix et Jean-Baptiste prirent l'habitude de grandes promenades dans la montagne mais aussi dans le dédale obscur des ruelles du monastère, qui leur devint familier. Leur endroit préféré, à la tombée du soir, quand la chaleur desserrait un peu les gorges, était une petite cour située contre l'abside de la basilique. Dans cet espace miraculeusement vide poussait un arbuste sans grâce et qui n'était l'objet d'aucun entretien. Il était pourtant la raison d'être du monastère, le pivot sacré autour duquel tournait l'édifice. Bien qu'il ne fût pas de la même espèce que la plante devant laquelle ils s'étaient rencontrés et que Jean-Baptiste avait retrouvée à El Vah — et ceci les avait un peu déçus —, c'était, à ce qu'on leur dit, l'authentique buisson ardent de Moïse.

ÉPILOGUE

Maître Juremi, depuis que Jean-Baptiste lui avait fait le récit de sa rencontre avec les protestants du maquis, ne rêvait plus que de les rejoindre. Françoise avait trop d'amour pour ne pas partager cet engagement. Sitôt qu'ils furent parvenus en France, elle loua une petite auberge avec les économies dont ils disposaient. Elle était de confession catholique et nul n'y trouva rien à redire. L'établissement, dans la journée, servait à boire aux voyageurs, aux paysans, aux soldats. La nuit, maître Juremi y descendait en compagnie des conjurés qu'il avait rejoints dans la montagne. Moins de six mois plus tard, les rebelles firent éclater une véritable guerre civile dans la région. Il fallut envoyer une armée entière, que commandait le maréchal de Villars, pour venir à bout de ces bandits couverts d'une chemise et qui devaient passer dans l'Histoire sous le nom de camisards. Maître Juremi, qui se faisait appeler Ravenel, en fut un des chefs. Après l'écrasement de la rébellion, il parvint à s'enfuir et Françoise, sans doute, le suivit. On perd leur trace à ce moment mais il est permis de supposer qu'ils se réfugièrent en Angleterre.

Jean-Baptiste gagna suffisamment d'argent à Saint-Jean-d'Acre, en soignant quelques notables du pays, pour repartir vers la Syrie. Alix et lui chevauchèrent jusqu'à Palmyre et, traversant tout le désert, atteignirent les marais de l'Euphrate. Ils entrèrent ensuite en Perse, où ils étaient en sûreté. Ils visi-

579

tèrent le pays à leur gré et l'aimèrent. À Ispahan, Jean-Baptiste reprit l'exercice de son art. Il connut un immense succès. Les marchands de la ville, étrangers ou persans, les diplomates, les hommes du peuple et jusqu'aux imams les plus farouches eurent recours à ses soins. Il eut assez d'or pour acheter bientôt une grande maison, près de la Mosquée bleue. Le climat était idéal pour faire pousser toutes sortes de plantes. Dans son jardin médicinal, il acclimata les graines qu'il avait conservées dans ses poches pendant ses voyages. Alix fit pousser des roses. Ils ne voulurent plus repartir.

À la mort de Louis XIV, ils apprirent, avec retard, la régence du duc d'Orléans, que Jean-Baptiste avait manqué de connaître lorsqu'il était encore duc de Chartres. Il lui écrivit. Le Régent répondit de sa main, exprima le vif désir de les recevoir à Paris. Jean-Baptiste consulta Alix ; finalement, ils décidèrent de ne point quitter leurs montagnes douces ni leurs roses.

Quant à l'Abyssinie, après la mort de du Roule, qui fit grand bruit, l'échec piteux des jésuites et l'expulsion des capucins, elle fut préservée de toute incursion extérieure pendant presque un siècle et demi — si l'on excepte quelques rares et pacifiques voyages de géographes anglais. C'est seulement dans la seconde moitié du XIXᵉ siècle que le percement du canal de Suez attira vers la mer Rouge des convoitises coloniales et que l'Abyssinie vit revenir à elle les personnages dont Poncet l'avait délivrée. Peut-être est-ce parce que le pays avait conservé la foi de ses origines, sa souveraineté et ses mœurs qu'il eut la force de leur résister.

On retrouve, dans les chroniques de l'Érythrée italienne, au début du XXᵉ siècle, le nom d'un Poncet, apothicaire à Asmara. Peut-être s'agit-il d'un des descendants issus des quatre enfants d'Alix et de Jean-Baptiste. Rien ne le contredit mais rien non plus ne le prouve car des gens heureux on ne sait pas grand-chose. Ils vivent, voilà tout, et le bonheur leur tient lieu d'histoire.

Reproduit et achevé d'imprimer
sur Roto-Page
par l'Imprimerie Floch
à Mayenne en février 1998.
Dépôt légal : novembre 1997.
Numéro d'imprimeur : 43160.
Numéro d'éditeur : 29626.

Imprimé en France.